Illustrierte Bibliothek der Abenteuer

Herausgegeben von Siegfried Augustin und Heinrich Pleticha

James Fenimore Cooper

Der Letzte der Mohikaner

von

James Fenimore Cooper

Übersetzung aus dem Amerikanischen von
Leonhard Tafel in einer Neubearbeitung
von Günther Geisler

Mit zeitgenössischen Illustrationen
von Elviro Michael Andriolli

EDITION ERDMANN

Erstes Kapitel

Es war eine Eigentümlichkeit der Kriege, die in den Kolonien Nordamerikas geführt wurden, daß erst die Mühseligkeiten und Gefahren der Wildnisse zu bestehen waren, ehe sich die feindlichen Heere begegnen konnten. Ein breiter Gürtel von scheinbar undurchdringlichen Wäldern trennte die Besitzungen der englischen und französischen Provinzen. Der kühne Pflanzer und der geübte Europäer, der an seiner Seite focht, kämpften oft monatelang mit reißenden Waldströmen oder suchten rauhe Gebirgspässe gangbar zu machen, um endlich Gelegenheit zu finden, ihren Mut im kriegerischen Kampf zu zeigen. Aber im Wetteifer mit der Ausdauer und Selbstverleugnung der erfahrenen eingeborenen Krieger lernten sie jede Schwierigkeit überwinden. Es schien, daß mit der Zeit kein Winkel in den Waldungen so finster, kein Versteck so abgelegen wäre, in das jene nicht einzudringen wagten, die ihr Blut daran gaben, um ihre Rache zu befriedigen oder der kalten, selbstsüchtigen Politik entfernter Monarchen Europas Geltung zu verschaffen.

Vielleicht gibt kein Distrikt auf der ganzen Strecke der dazwischen liegenden Grenzgebiete ein lebendigeres Bild von der Grausamkeit und Wildheit der barbarischen Kriege jener Zeiten als das Land, das zwischen den Quellen des Hudson und den anstoßenden Seen liegt.

Die Vorteile, die hier die Natur für die Bewegungen der Kämpfenden bot, waren zu augenfällig, um nicht benützt zu werden. Der langgedehnte Wasserspiegel des Champlain erstreckte sich von den Grenzen Kanadas bis tief in die benachbarte Provinz New York hin und bildete eine natürliche Straße auf der Hälfte des Landstrichs, die die Franzosen erst beherrschen mußten, um an ihre Feinde gelangen zu können.

Unweit seinem südlichen Ende empfängt er die Zuflüsse eines anderen Sees, dessen Wasser so klar sind, daß die Missionare der Jesuiten sie gewählt hatten, um die sinnbildliche Reinigung der Taufe zu vollziehen, was ihm den Namen des Sees du Saint Sacrement gegeben hat. Die minder eifrigen Engländer glaubten seinen klaren Wellen Ehre genug anzutun, wenn sie ihm den Namen ihres regierenden Fürsten, des zweiten aus dem Hause Hannover, gaben. Beide Völker vereinigten sich aber, den schutzlosen Eigentümern dieser bewaldeten Räume ihr natürliches Recht auf Verewigung seines ursprünglichen Namens Horican[1] zu rauben.

Durch zahllose Eilande sich windend und in Gebirge eingebettet, dehnt sich der »Heilige See« ein Dutzend Meilen weit gegen Süden aus. Mit der hochgelegenen Fläche, die hier dem Laufe des Wassers entgegentritt, fängt eine Tragestrecke von ebenso vielen Meilen an, die an die Ufer des Hudson zu einem Punkt führt, wo der Fluß über die gewöhnlichen Hemmnisse reißender Strömungen oder Rifts, wie sie in der dortigen Landessprache heißen, siegt und zur Flutzeit schiffbar wird.

Da rastloser Unternehmungsgeist die Franzosen bei Verfolgung ihrer Eroberungspläne selbst in die entferntesten, fast unzugänglichen Schluchten des Alleghenygebirges führte, läßt sich leicht denken, daß ihr zum Sprichwort gewordener Scharfsinn die natürlichen Vorteile der soeben beschriebenen Landstrecke nicht übersehen konnte. Sie wurde auch wirklich der blutige Schauplatz, auf dem die meisten Schlachten um die Herrschaft in den Kolonien geschlagen wurden. Forts wurden angelegt an den verschiedenen Punkten, die die Heerstraßen beherrschten; wurden genommen und wieder genommen, geschleift und wieder hergestellt, sowie ein Sieg über feindliche Heere erfochten war. Während der Pflanzer sich von den gefährlichen Pässen in die sichereren Grenzen der älteren Niederlassungen zurückzog, sah man Heere, stärker als jene, die oft über die Throne der Mutterländer entschieden, sich in diese Waldungen vergraben, aus denen sie meist nur als Banden von Gerippen, von Hunger abgemagert und durch Niederlagen entmutigt, wieder zum Vorschein kamen.

Wenn auch die Künste des Friedens in diesen unglücklichen Gegenden unbekannt waren, so wimmelten doch ihre Wälder von Menschen. Die lichten Punkte und Täler ertönten von kriegerischen Klängen, und das Echo ihrer Gebirge warf das Gelächter oder das mutwillige Geschrei manches ritterlichen, sorgenlosen Jünglings zurück, der in der vollen Kraft seines jungen Mutes dahineilte, um in die lange Nacht der Vergessenheit hinüberzuschlummern.

Auf diesem Schauplatz des Kampfes und des Blutvergießens trugen sich die Begebenheiten zu, die wir zu schildern versuchen, und zwar im dritten Jahr des Kriegs, den England und Frankreich um den

1 Da jede Nation der Indianer ihre eigene Sprache oder Mundart hatte, gaben sie denselben Plätzen verschiedene Namen. Fast alle ihre Benennungen beschrieben ihren jeweiligen Gegenstand. So heißt der von dem umwohnenden Stamm gebrauchte Name dieses Wassers wörtlich übersetzt: Tail of the Lake, Der Schweif des Sees. Der Lake George, Georgssee, wie er gewöhnlich und jetzt amtlich heißt, bildet, wenn man ihn auf der Karte betrachtet, eine Art Schweif zum Champlain. Daher sein Name.

Besitz eines Landes führten, das keinem auf die Dauer zuteil werden sollte.

Die Unfähigkeit seiner Heerführer draußen und der unglückliche Mangel an Energie bei seinen Beratungen im Innern hatte Großbritannien von der stolzen Höhe, auf die es die Talente und der Unternehmungsgeist seiner früheren Kriegs- und Staatsmänner gebracht hatten, herabgestürzt. Nicht länger von seinen Feinden gefürchtet, verloren seine Diener bald auch das Vertrauen auf sich selbst. Bei diesem drückenden Zustand der Erniedrigung waren die Kolonien, obgleich unschuldig an seiner Schwäche und zu niedrig gestellt, um an solchen Mißgriffen schuld zu haben, die natürlichen Opfer. Sie hatten erst noch gesehen, wie ein auserlesenes Heer aus dem Land, das sie bisher als Mutter verehrt und für unbesiegbar gehalten hatten, unter den Befehlen eines Führers, der wegen seiner besonderen kriegerischen Verdienste aus einer Schar erfahrener Kriegsmänner ausgewählt worden war, von einer Handvoll Franzosen und Indianer schimpflich vertrieben und vor völliger Vernichtung nur bewahrt wurde durch die kalte Besonnenheit eines virginischen Knaben, dessen Ruf, durch die Zeit gereift, sich seitdem bis an die äußersten Grenzen der christlichen Welt verbreitet hat[1]. So war durch diesen unerwarteten Unstern die Grenze weithin offen, und wesentlicheren Übeln gingen tausend eingebildete und erträumte Gefahren voraus. Die bestürzten Kolonisten glaubten das Geheul der Wilden in jedem Windstoß zu hören, der aus den endlosen Waldungen des Westens drang. Der furchtbare Charakter ihrer erbarmungslosen Feinde vermehrte noch die natürlichen Schrekken des Krieges über alle Maßen. Zahllose neuere Gemetzel lebten noch in ihrer Erinnerung. Auch war kein Ohr in den Provinzen so taub, das nicht begierig der Erzählung einer furchtbaren mitternächtlichen Mordszene gelauscht hätte, bei der die Eingeborenen der Wälder in ihrer Grausamkeit eine Hauptrolle spielen mußten. Wenn der leichtgläubige, aufgeregte Reisende von den Gefahren der Wildnis erzählte, gerann dem Furchtsamen vor Schrecken das Blut in den Adern, und Mütter warfen ängstliche Blicke selbst auf Kinder, die im sicheren Schoß der größten Städte schlummerten. Kurz, die alles vergrößernde Furcht machte die Berechnungen der Vernunft zunichte und dieje-

1 Washington, der den europäischen General erst vergeblich vor der Gefahr warnte, in die er sich unbesonnen stürzte, und dann die Reste des britischen Heeres bei dieser Gelegenheit durch seine Entschlossenheit und Tapferkeit rettete. Der Ruhm, den Washington in dieser Schlacht erntete, war der Hauptgrund, warum er später den Oberbefehl über die amerikanischen Heere erhielt. Merkwürdig ist, daß, während ganz Amerika von seinem wohlverdienten Ruhm widertönte, sein Name in keinem europäischen Schlachtbericht erscheint, wenigstens hat ihn der Verfasser vergeblich gesucht. So verschlingt der Mutterstaat bei solcher Regierungsweise selbst den gerechtesten Ruhm.

nigen, die sich ihrer Standhaftigkeit hätten erinnern sollen, zu Sklaven der niedrigsten Leidenschaft. Selbst die Zuversichtlichsten und Standhaftesten begannen zu glauben, daß der Ausgang des Kampfes zweifelhaft werden könnte, und stündlich vermehrte sich die Zahl jener Verächtlichen, die schon alle Besitzungen der englischen Krone in Amerika von ihren christlichen Feinden erobert oder durch die Einfälle ihrer mitleidlosen Verbündeten verödet sahen.

Als man daher in dem Fort, das das Südende der Tragstrecke zwischen dem Hudson und den Seen deckte, erfuhr, daß Montcalm mit einem Heer, zahllos wie das Laub auf den Bäumen, den Champlain heraufkomme, wurde die Nachricht mehr mit dem verzagten Widerwillen der Furcht aufgenommen als mit der ernsten Freude, die der Krieger fühlen sollte, wenn er den Feind in seinem Bereich findet. Die Nachricht war an einem Sommerabend durch einen indianischen Läufer eingetroffen, durch den auch Munro, der Befehlshaber eines Festungswerkes an dem Ufer des Heiligen Sees, um schleunige und kräftige Verstärkung bitten ließ. Die Entfernung zwischen diesen beiden Punkten betrug weniger als fünf Meilen. Dazu war der rauhe Pfad, der ursprünglich ihre Verbindungslinie bildete, für Wagen erweitert worden, so daß der Weg, für den der Sohn des Waldes nur zwei Stunden brauchte, von einem Corps mit seinem erforderlichen Gepäck leicht zwischen dem Auf- und Untergang der Sonne an einem Sommertag zurückgelegt werden konnte. Die loyalen Diener der britischen Krone hatten die eine dieser Waldfesten William Henry und die andere Fort Edward, nach zwei beliebten Prinzen des regierenden Hauses, benannt. Der erwähnte schottische Veteran lag in der ersteren mit einem Regiment regulärer Truppen und einer Anzahl Provinzialen, einer Besatzung, die in der Tat zu schwach war, der furchtbaren Macht, mit der Montcalm seinen Verschanzungen nahte, die Spitze zu bieten. An letzterer stand jedoch General Webb, der die Heere des Königs in den Nordprovinzen befehligte, mit einem Corps von mehr als fünftausend Mann. Durch Vereinigung der verschiedenen Detachements unter seinen Befehlen hätte dieser Offizier beinahe die doppelte Anzahl Kämpfer dem unternehmenden Franzosen, der sich mit einem nicht viel stärkeren Heer so weit aus seinen Stellungen hervorgewagt hatte, entgegenzustellen vermocht.

Von ihrem gesunkenen Glück niedergedrückt, schienen Offiziere und Soldaten mehr geneigt, die Annäherung ihres furchtbaren Feindes innerhalb ihrer Festungswerke zu erwarten, als sich ihrem Vorrücken zu widersetzen und nach dem glücklichen Beispiel der Franzosen beim Fort du Quesne einen kühnen Angriff auf die Heranrückenden zu wagen.

Nachdem sich die erste Bestürzung über diese Nachricht etwas gelegt hatte, verbreitete sich durch das verschanzte Lager, das am Rande des Hudson entlang eine Reihe von Außenwerken des Forts selbst bildete, das Gerücht, ein auserlesenes Detachement von fünfzehnhundert Mann werde mit Tagesanbruch zum Fort William Henry, dem Posten auf dem nördlichen Ende des Bergrückens, aufbrechen. Was anfangs bloß Gerücht war, wurde bald zur Gewißheit, da aus dem Quartier des Oberbefehlshabers an die verschiedenen von ihm zu diesem Dienst ausersehenen Corps die Order erging, sich zum schleunigen Abmarsch bereitzuhalten. Aller Zweifel über Webbs Absicht verschwand, und die nächsten paar Stunden sah man nichts als eilige Schritte und bängliche Gesichter. Der Neuling im Kriegshandwerk eilte von einem Ort zum anderen und hemmte seine eigenen Vorbereitungen durch das Übermaß eines ungestümen und etwas unordentlichen Eifers, während der erfahrenere Krieger seine Vorkehrungen mit Besonnenheit traf, die allem Anschein nach ohne Eile waren, obwohl seine ernsten Züge und sein unruhiges Auge verrieten, daß er keine besondere Lust zu dem noch ungewohnten, gefürchteten Krieg in der Wildnis in sich verspürte. Endlich sank die Sonne in einer Flut von Glorie hinter die entfernten westlichen Hügel, und als die Finsternis ihren Schleier um den abgeschiedenen Ort zog, verstummte allmählich das Geräusch der Vorbereitungen. Das letzte Licht verschwand endlich aus dem Blockhauszimmer eines Offiziers, die Bäume warfen tiefere Schatten auf die Wälle und den sich kräuselnden Strom, und bald herrschte in dem Lager so tiefe Stille wie in dem Wald umher.

Gemäß den Befehlen der vorigen Nacht unterbrach das Wirbeln der Trommeln, deren schallendes Echo in der feuchten Morgenluft aus jeder Richtung der Wälder widertönte, den tiefen Schlaf des Heeres, als eben der Tag die rohen Umrisse einiger hoher Fichten in der Nähe an einen milden, wolkenlosen östlichen Himmel zu zeichnen begann. Im nächsten Augenblick war das ganze Lager in Bewegung. Selbst der niedrigste Soldat sprang von seinem Lager auf, um Zeuge vom Abmarsch seiner Kameraden und den Aufregungen und Geschehnissen dieses Augenblicks zu sein. Die kleine auserlesene Truppe hatte sich bald in Marschordnung aufgestellt. Während die erfahreneren Soldaten des Königs stolz auf den rechten Flügel zogen, nahmen die minder anspruchsvollen Pflanzer ihre bescheidenere Stellung auf dem linken mit einer Gewandtheit ein, die lange Übung ihnen zu eigen gemacht hatte. Die Patrouillen brachen auf, starke Bedeckungen umgaben den schwerfälligen Gepäckwagen. Und ehe das graue Zwielicht den Strahlen der Sonne gewichen war, ordnete sich das Hauptcorps der Streiter zu einer Kolonne und verließ das Lager mit einem Anschein militärischen Stolzes, der die schlummernden Besorgnisse manches Neulings beschwichtigte, der seine erste Waffenprobe machen sollte. Solange sie im Angesicht ihrer sie bewundernden Kameraden waren, behielten sie dieselbe stolze Haltung, dieselbe Ordnung bei, bis die Töne ihrer Querpfeifen immer mehr verklangen und der Wald endlich die lebendige Masse zu verschlingen schien, die er eben langsam in seinen Schoß aufgenommen hatte.

Die tiefsten Töne der sich entfernenden und bereits dem Blick entschwundenen Kolonne erreichten nicht mehr das Ohr der Horcher, und die letzten Nachzügler waren schon den Augen entrückt. Aber immer noch sah man Anstalten zu einer anderen Abreise vor einem Blockhaus von ungewöhnlichem Umfang und mit größeren Bequemlichkeiten, vor dem Schildwachen auf und ab gingen, die, wie man wußte, die Person des englischen Generals zu bewachen hatten. An dieser Stelle stand ein Halbdutzend Pferde, von denen zwei, nach ihrem Sattelzeug zu urteilen, für Frauen von einem Rang bestimmt zu sein schienen, den man sonst nicht so weit in den Wildnissen des Landes zu treffen gewohnt war. Ein drittes trug das Geschirr und die Wappen eines Stabsoffiziers, während die anderen, mit einfachen Dekken und mit Reisetaschen ausgerüstet, offenbar für Diener bestimmt waren, die bereits der Winke ihrer Herrschaften gewärtig standen. In ehrerbietiger Entfernung von dieser Szene sah man in verschiedenen Gruppen neugierige Zuschauer stehen, von denen einige die Rasse und den Wuchs des feurigen Schlachtrosses bewunderten, andere mit der einfältigen Verwunderung gewöhnlicher Neugierde diese Vorbereitungen betrachteten. Von letzteren unterschied sich jedoch auffallend ein Mann, der weder müßig noch auch, wie es schien, sehr unwissend war.

Das Äußere dieses Menschen machte einen höchst ungünstigen Eindruck, ohne daß jedoch eine besondere Mißgestaltung an ihm zu bemerken war. Er hatte alle Gebeine und Gelenke anderer Leute, aber keine Spur von Ebenmaß. Stand er, so überragte er alle Nachbarn, saß er, so schien er wieder auf die gewöhnliche Größe unseres Geschlechts reduziert. Derselbe Widerspruch in den Gliedern schien durch den ganzen Menschen zu gehen. Sein Kopf war groß, seine Schultern waren eng, seine Arme lang und schlotternd, seine Hände dagegen klein und fast zart, seine Beine und Schenkel dünn, fast ausgemergelt, aber außerordentlich lang, und seine Knie wären unnatürlich plump erschienen, wenn sie nicht von den breiteren Grundlagen, auf welcher dieser falsche Bau verkehrter menschlicher Ordnungen ruhte, übertroffen worden wären. Der nicht zusammenpassende, geschmacklose

Anzug des Individuums diente scheinbar dazu, sein linkisches Wesen noch mehr hervorzuheben. Ein himmelblauer Rock mit kurzen, breiten Schößen und niedrigem Kragen gab einen langen, dünnen Hals und noch längere, dünnere Beine den schlimmsten Bemerkungen Übelwollender preis. Seine untere Bekleidung bestand aus gelber Baumwolle, die sich dicht am Leib anschmiegte und an seinen Ungeheuern von Knien mit breiten Schleifen von weißen Bändern befestigt war, die durch den Gebrauch ziemlich beschmutzt schienen. Dunkle baumwollene Strümpfe und Schuhe, an deren einem sich ein versilberter Sporn befand, vollendeten das untere Kostüm dieser Gestalt: keine Krümmung oder Ecke davon war versteckt, im Gegenteil durch die Eitelkeit oder die Einfalt des Eigentümers geflissentlich ins Licht gestellt. Unter der Klappe einer unförmigen, beschmutzten Westentasche von gewirkter Seide, mit verblichenen Silberborten schwerfällig verziert, ragte ein Instrument hervor, das in solch kriegerischer Umgebung leicht für ein unheilbringendes, unbekanntes Kriegsgerät hätte genommen werden können. So klein es war, so hatte es doch die Neugierde der meisten Europäer im Lager erregt, obwohl mehrere der Provinzialen damit ohne Furcht und ganz vertraut umgingen. Ein großer bürgerlicher Hut, hochgestülpt, wie ihn in den letzten dreißig Jahren die Geistlichen trugen, ruhte über dem Ganzen und verlieh einem gutmütigen, etwas leeren Gesicht Würde, das solch künstlicher Hilfe sichtlich bedurfte, um das Gewicht eines hohen und ungewöhnlichen Amtes zu unterstreichen.

Während der gemeine Haufe sich in ehrerbietiger Entfernung von Webbs Quartier hielt, ging unser Mann unbedenklich mitten unter den Dienern umher, indem er Lob oder Tadel über die Pferde ausdrückte, so wie sie ihm mißfielen oder seinen Beifall hatten.

»Freund, ich möchte fast sagen, dieses Tier stammt nicht aus heimischer Zucht, sondern ist aus fremden Landen, vielleicht gar von der kleinen Insel über dem blauen Wasser gekommen«, sagte er in einem Ton, der sich ebensowohl durch seine Milde und Sanftheit wie seine Person durch ihre seltsamen Proportionen auszeichnete. »Ich kann von diesen Dingen sprechen, ohne eben zu prahlen; denn ich bin drunten an beiden Häfen gewesen, dem, welcher an der Mündung der Themse liegt und nach der Hauptstadt Altenglands benannt wird, und dem anderen, der noch den Beisatz des ‹Neuen› führt, und habe gesehen, wie die Zweimaster und Brigantinen ihre Herden, wie man's einst bei der Arche tat, zusammentrieben. Sie mußten zu der Insel Jamaika, um dort mit vierfüßigen Tieren Tausch- und anderen Handel zu treiben. Aber nie habe ich ein Tier gesehen, das so sehr dem Schlachtroß in der Bibel gleicht wie dieses: ‹Es scharrt in dem Tal und freut sich seiner

Stärke; es stürmt heran, um den Geharnischten zu begegnen. Es ruft unter den Drommeten: ha, ha! und riecht die Schlacht von Ferne, den Donnerruf der Führer und das Jauchzen.' Man sollte meinen, die Rosse Israels hätten sich bis in unsere Zeit fortgepflanzt, nicht wahr, Freund?«

Als er auf diese ungewöhnliche Anrede, die, mit aller Kraft voller und klangreicher Töne vorgebracht, wohl einige Aufmerksamkeit verdient hätte, keine Erwiderung erhielt, wandte er, der jene Worte der heiligen Schrift entlehnt hatte, sich an die schweigende Gestalt, die er absichtslos angeredet hatte, und fand einen neuen und mächtigeren Gegenstand der Bewunderung in dem Wesen, das seinem Blick begegnete: Seine Augen fielen auf die schweigsame, aufrechte und starre Gestalt des indianischen Läufers, der die unwillkommene Nachricht am vorigen Abend ins Lager gebracht hatte. Obgleich der Wilde, im Zustand vollkommener Ruhe, dem Anschein nach mit charakteristischem Stoizismus, die Aufregung und den Lärm umher nicht beachtete, lag doch in seiner Ruhe ein mürrischer Trotz, der die Aufmerksamkeit selbst erfahrenerer Augen auf sich gezogen hätte, als es diejenigen waren, die ihn jetzt mit unverhohlenem Erstaunen betrachteten. Der Eingeborene trug den Tomahawk und das Messer seines Stammes; und doch war sein Aussehen nicht ganz das eines Kriegers. Im Gegenteil sprach sich in seiner Erscheinung eine gewisse Nachlässigkeit aus, wie es schien, die Folge von kürzlicher großer Anstrengung, von der er sich noch nicht ganz erholt haben mochte. Die Farben auf seinem nach Kriegerart bemalten wilden Gesicht waren wirr ineinandergeflossen und machten seine dunklen Gesichtszüge noch wilder und abstoßender, als wenn die Kunst hervorzubringen versucht hätte, was hier dem bloßen Zufall gelungen war. Sein Auge allein, das gleich einem feurigen Stern unter finsteren Wolken hervorblitzte, war in seiner natürlichen Wildheit zu schauen. Einen Augenblick nur begegnete sein forschender und doch vorsichtiger Blick dem verwunderten Auge des anderen, dann wandte er sich teils aus Klugheit, teils mit Verachtung ab und blickte starr vor sich hin, als wollte er die fernen Lüfte durchdringen.

Es ist schwer zu sagen, welche Bemerkung dieser kurze und schweigsame Augenverkehr zwischen zwei so seltsamen Menschen dem weißen Mann entlockt haben würde, wäre nicht seine Neugierde auf andere Gegenstände gerichtet worden. Eine allgemeine Bewegung unter den Dienern und leise Töne zarter Stimmen kündigten das Nahen derjenigen an, deren Gegenwart allein es bedurfte, um den Zug in Bewegung zu setzen. Der schlichte Bewunderer des Rosses wich sogleich zu einer kleinen, mageren Stute mit langem, dünnem Schwanz zurück, die das welke Gras des Lagers in der Nähe hin und wieder abweidete. Mit dem Ellbogen auf die Decke gelehnt, die statt des Sattels diente, blieb er hier ein Zuschauer der Abreise, während ein Füllen auf der entgegengesetzten Seite des Tiers ganz ruhig seine Morgenmahlzeit einnahm.

Ein junger Mann in der Uniform eines Offiziers führte zwei Damen zu ihren Pferden, die, nach ihrer Kleidung zu urteilen, im Begriff waren, sich den Anstrengungen einer Reise in den Wäldern zu unterziehen. Eine, und wie es schien, die jüngere, obgleich beide noch jung waren, vergönnte einen flüchtigen Blick auf ihr blendend weißes Gesicht, ihr schönes goldenes Haar und ihre lichten blauen Augen, indem sie die Morgenluft den grünen Schleier, der langsam von ihrem Biberhut herabfloß, kunstlos zur Seite wehen ließ. Das Rot, das noch über den Fichten am westlichen Himmel stand, war nicht glühender noch zarter als die Blüte ihrer Wangen und der anbrechende Tag nicht lieblicher als das seelenvolle Lächeln zu dem Jüngling, der ihr in den Sattel half. Die andere Dame, der gleichfalls die Aufmerksamkeit des jungen Offiziers zuteil wurde, verbarg ihre Reize vor dem neugierigen Blick des Soldatenvolkes mit einer Sorgfalt, die sich für vier oder fünf Jahre weiterer Erfahrung besser geschickt hätte. Soviel konnte man jedoch sehen, daß sie, obschon von gleich ausgezeichnetem Ebenmaß, das durch ihren Reiseanzug nichts an Grazie verlor, eher voller und ausgebildeter war als ihre Begleiterin.

Die Damen saßen kaum zu Pferde, als ihr Begleiter sich leicht in den Sattel seines Rosses schwang. Alle drei verbeugten sich jetzt vor Webb, der ihren Abgang höflich von der Schwelle seiner Wohnung aus beobachtete, und die Häupter ihrer Pferde wendend, ritten sie in einem langsamen Paß, von ihrer Dienerschaft gefolgt, zum nördlichen Eingang der Verschanzungen.

Auf dieser kleinen Strecke ließ sich unter ihnen kein Ton vernehmen. Ein leichter Ausruf entfuhr aber der jüngeren Dame, als der indianische Läufer unerwartet an ihr vorüberglitt und vor ihnen auf der Heerstraße dahineilte. Obgleich diese plötzliche und überraschende Erscheinung des Indianers der anderen keinen Laut entlockte, öffnete doch ihr Schleier seine Falten und verriet einen unbeschreiblichen Blick des Mitleids, der Verwunderung und des Entsetzens, während ihr schwarzes Auge den leichten Bewegungen des Wilden folgte. Die Locken dieser Lady waren glänzend schwarz gleich dem Gefieder des Raben. Ihre Gesichtsfarbe war nicht braun, sondern eher in eine Farbe des Blutes getaucht, das seine Grenzen zu durchbrechen drohte. Und doch war hier nichts Unedles, kein Mangel an Schattierung in einem Gesicht, das ungemein regelmäßig, würdevoll und ausnehmend schön genannt werden konnte. Sie lächelte, als bedauere sie ihre eigene augenblickliche Vergeßlichkeit und entblößte dabei eine Reihe Zähne, die das reinste Elfenbein beschämt haben würden, worauf sie ihren Schleier wieder in Ordnung brachte, ihr Gesicht vorwärts beugte und stillschweigend dahinritt wie jemand, dessen Gedanken von der ihn umgebenden Szene abgelöst sind.

Zweites Kapitel

Während die eine der liebenswürdigen Damen, mit denen wir unsere Leser flüchtig bekanntgemacht haben, so in Gedanken vertieft war, hatte sich die andere schnell von dem leichten Schrecken erholt, der jenen Ausruf veranlaßte, und über ihre eigene Schwäche lachend, fragte sie den jungen Mann, der ihr zur Seite ritt:

»Sind solche Gespenster häufig in diesen Wäldern, Heyward, oder ist das ein Schauspiel, das uns zuliebe gegeben wurde? Wenn letzteres der Fall ist, so muß uns Dankbarkeit den Mund schließen; im ersteren Fall bedürfen Cora und ich eines reichen Vorrates von jenem ererbten Mut, dessen wir uns rühmen, selbst ehe wir noch dem gefürchteten Montcalm begegnen.«

»Der Indianer dort ist ein Läufer aus dem Heer und kann nach der Auffassung seines Volkes als ein Held gelten«, versetzte der Offizier. »Er hat sich erboten, uns auf einem nur wenig bekannten Pfad schneller und folglich angenehmer zu dem See zu bringen, als wenn wir den langsamen Bewegungen des Heeres folgten.«

»Der Mensch gefällt mir nicht«, entgegnete die Lady und schauderte von angenommenem, noch mehr aber von wirklichem Schrecken. »Sie kennen ihn doch genau, Duncan, sonst würden Sie sich nicht so unbedenklich seiner Führung anvertrauen?«

»Sagen Sie lieber, Alice, ich würde *Sie* ihm nicht anvertrauen. Ich kenne ihn, sonst würde ich ihm am wenigsten in diesem Augenblick vertrauen. Man sagt, er sei auch ein Kanadier – und doch diente er unsern Freunden, den Mohawks, die, wie Sie wissen, eine der sechs verbündeten Nationen[1] sind. Er wurde, wie ich hörte, durch einen seltsamen Vorfall zu uns gebracht, bei dem Ihr Vater beteiligt war und

1 Lange Zeit bestand unter den indianischen Stämmen, die den nordwestlichen Teil der Kolonie New York bewohnten, ein Bund, der zuerst unter dem Namen der »Fünf Nationen« bekannt war. Später wurde noch ein anderer Stamm darin aufgenommen und der Name in den der »Sechs Nationen« verändert. Der ursprüngliche Bund bestand aus den Mohawks, den Queidas, den Senecas, den Cayugas und den Duondagves. Der sechste Stamm waren die Iuscaroras. Es leben noch Überreste aller dieser Völker in Ländereien,

wobei der Wilde hart behandelt wurde. Aber ich vergaß das Geschichtchen, genug, er ist jetzt unser Freund.«

»Wenn er meines Vaters Feind war, so gefällt er mir noch viel weniger!« rief das nun wirklich erschrockene Mädchen. »Wollen Sie nicht mit ihm sprechen, Major Heyward, daß ich seine Stimme höre. Es ist vielleicht eine Torheit, aber Sie haben schon oft von mir gehört, daß ich auf den Ton der Menschenstimme achte.«

»Das würde vergeblich sein und höchstwahrscheinlich nur durch einen Ausruf beantwortet werden. Wenn er auch Englisch versteht, so tut er doch, wie die meisten seines Volkes, als verstünde er nichts davon, und am wenigsten wird er sich herablassen, jetzt zu sprechen, da der Krieg ihn zur strengsten Beibehaltung seiner Würde auffordert. Aber er hält inne: der geheime Weg, den wir einschlagen sollen, ist wahrscheinlich hier in der Nähe.«

Die Vermutung Major Heywards war richtig. Als sie zu der Stelle kamen, wo der Indianer stand, wies er auf ein Dickicht zur Seite der Heerstraße, und ein schmaler, unansehnlicher Pfad, der, wenn auch mit einiger Unbequemlichkeit, gerade eine Person aufnehmen konnte, wurde sichtbar.

»Dahin also«, sprach der junge Mann mit gedämpfter Stimme, »geht unser Weg. Zeigen Sie kein Mißtrauen, oder Sie locken selbst die Gefahr herbei, die Sie zu fürchten scheinen.«

»Cora, was denkst du?« fragte die widerstrebende Schöne. »Wenn wir mit den Truppen reisen, werden wir nicht, obgleich wir ihre Gegenwart lästig finden müßten, über unsere Sicherheit beruhigter sein können?«

»Da Sie mit den Kunstgriffen der Wilden zu wenig bekannt sind, Alice, wissen Sie nicht, wo die Gefahr am größten ist«, fiel Heyward ein. »Wenn die Feinde überhaupt schon die Tragestrecke erreicht haben – was keineswegs wahrscheinlich ist, da unsere Kundschafter draußen sind –, so gehen sie sicherlich darauf aus, die Kolonne zu umzingeln, weil es hier am meisten zu skalpieren gibt. Die Straße des Detachements ist bekannt, während unser Weg, den einzuschlagen erst vor einer Stunde beschlossen wurde, noch ein Geheimnis sein muß.«

»Sollen wir dem Mann mißtrauen, weil seine Sitten nicht die unsern sind und seine Haut dunkel?« fragte kühl Cora.

deren Besitz der Staat ihnen gesichert hat. Täglich aber wird ihre Anzahl kleiner, teils durch Todesfälle, teils weil sie sich an Orte begeben, die ihren Sitten und Gebräuchen mehr zusagen. In kurzer Zeit werden von diesen merkwürdigen Völkern in den Ländern, die sie seit Jahrhunderten bewohnt haben, nur noch ihre Namen übrig sein. Der Staat New York hat Grafschaften, die nach ihnen allen, die Mohawks und Iuscaroras ausgenommen, benannt sind. Der zweite Fluß dieses Staates heißt Mohawk.

Alice zögerte nicht länger; sie gab ihrem Narragansett[1] einen tüchtigen Schlag mit der Reitgerte, drückte zuerst die dünnen Zweige der Gebüsche zur Seite und folgte dem Läufer den dunklen, verschlungenen Pfad entlang. Der junge Mann betrachtete die Sprecherin mit unverhohlener Bewunderung und ließ ihre schönere, oder zumindest nicht weniger schöne Gefährtin ohne Begleitung, während er eifrig einen Weg für jene bahnte, die Cora genannt worden war. Die Diener mußten vorher ihre Weisungen erhalten haben, denn statt mit in das Dickicht einzudringen, folgten sie auf der Heerstraße der Kolonne, eine Maßregel, die nach Heywards Angabe der Scharfsinn ihres Führers angeraten hatte, um nicht zu viel Spuren zu hinterlassen, für den Fall, daß die kanadischen Wilden sich etwa weit dem Heere voraus in den Hinterhalt legten. Mehrere Minuten lang erlaubte der verschlungene Weg keine weitere Unterhaltung. Jetzt aber gelangten sie aus dem breiteren Saum des Unterholzes, das sich die Heerstraße entlang erstreckte, unter das hohe und dunkle Bogendach der Waldbäume. Hier war ihr Vordringen weniger beschwerlich, und sobald der Führer merkte, daß die Damen über ihre Pferde freier verfügen konnten, schlug er einen stärkeren trottartigen Schritt an, der die sicherfüßigen Tiere in einen schnellen, aber leichten Paßgang versetzte. Der junge Mann hatte sich umgewendet, um mit der schwarzäugigen Cora zu sprechen, als ihn entfernte Hufschläge, die über die Wurzeln des holperigen Weges hinter ihnen daherstampften, veranlaßten, sein Pferd anzuhalten. Auch seine Begleiterinnen strafften in demselben Augenblick ihre Zügel. Die ganze Partie machte halt, um Aufschluß über die unerwartete Unterbrechung zu erhalten.

Im nächsten Moment sah man ein Füllen wie einen Damhirsch durch die geraden Fichtenstämme springen und gleich darauf die Person des ungelenken Mannes, den wir im vorigen Kapitel beschrieben haben, zum Vorschein kommen, wie er sein mageres Tier zu so viel Eile antrieb, wie dieses ertragen konnte, ohne daß es zu einem förmlichen Sturz kam. Bis jetzt war diese Person der Beobachtung unserer Reisenden entgangen. Besaß er die Macht, das Auge des Wanderers zu fesseln, wenn er zu Fuß die volle Glorie seiner Körperhöhe entfaltete, so mußte

1 In dem Staat Rhode Island ist eine Bai, die nach einem mächtigen Indianerstamm, der an ihren Gestaden wohnte, Narragansett hieß. Zufall oder eine jener unerklärlichen Launen, der die Natur oft im Tierreich folgt, ließ eine Rasse von Pferden aufkommen, welche früher in Amerika unter dem Namen Narragansett weit bekannt waren. Sie waren klein, gewöhnlich lichtbraun (sorrel, wie man es in Amerika nannte), und zeichneten sich durch ihren Paßgang aus. Pferde dieser Rasse waren und sind noch wegen ihrer Ausdauer und ihrer leichten Bewegungen als Reitpferde sehr beliebt; da die Narragansetts einen sicheren Tritt haben, werden sie hauptsächlich von Damen gesucht, die in den »neuen Landen« die Wildnisse mit ihren Wurzeln und Löchern zu durchreisen haben.

die Grazie des Reiters die gleiche Aufmerksamkeit erregen. Trotz der beständigen Tätigkeit der einen bewaffneten Ferse gegen die Seite seiner Stute, war doch der stärkste Lauf, in den er sie bringen konnte, ein leichter Galopp mit den Hinterbeinen, in den die vorderen nur in zweifelhaften Momenten mit einstimmten, gemeinhin aber sich begnügten, einen hüpfenden Trott einzuhalten. Vielleicht brachte der schnelle Wechsel dieser Bewegungen eine optische Täuschung hervor, die die Kräfte des Tieres scheinbar vergrößerte. Denn soviel ist gewiß, daß Heyward, der doch ein scharfes Auge für die Qualitäten der Pferde hatte, bei allem Scharfsinn nicht imstande war zu entscheiden, durch welcherlei Bewegung sein Verfolger die Krümmungen des Weges mit so ausdauernder Kühnheit zurücklegte.

Der Eifer und die Bewegungen des Reiters waren nicht minder merkwürdig als die seines Rosses. Bei jedem Wechsel der Bewegungen des letzteren hob der erstere seine hagere Gestalt in den Bügeln und bewirkte durch die ungebührliche Verlängerung seiner Beine ein so plötzliches Wachsen und Zusammensinken seiner Gestalt, daß jede Vermutung über seine eigentlichen Dimensionen vereitelt wurde. Fügen wir noch die Tatsache hinzu, daß durch den einseitigen Gebrauch des Sporns eine Seite der Mähre sich schneller zu bewegen schien als die andere und daß die mißhandelte Flanke durch unablässige Schläge mit dem buschigen Schweif bezeichnet wurde, so haben wir das treue Bild von Roß und Mann.

Die Runzeln, welche sich auf der schönen, offenen und männlichen Stirn Heywards gesammelt hatten, glätteten sich allmählich, und um seine Lippen kräuselte sich ein leichtes Lächeln, als er den Fremden betrachtete. Alice strengte sich nicht eben an, ihre Belustigung zu unterdrücken, und selbst Coras schwarze, nachdenkliche Augen verrieten einen Anflug von Heiterkeit, die sie offenbar nur aus Gewohnheit unterdrückte.

»Suchen Sie jemand?« fragte Heyward, als der andere nahe genug gekommen war, um seine Eile zu mäßigen. »Ich hoffe, Sie sind kein Unglücksbote.«

»Ja gewiß«, erwiderte der Fremde, indem er regen Gebrauch von seinem dreieckigen Biberhut machte, um sich frische Luft zuzufächeln, und seine Zuhörer dabei in Zweifel ließ, auf welche der Fragen des jungen Mannes er antwortete. Als er jedoch sein Gesicht abgekühlt hatte und wieder zu Atem gekommen war, fuhr er fort: »Ich höre, Sie reiten nach William Henry, und da ich ebendahin reise, so schloß ich, gute Gesellschaft würde mit den Wünschen beider Parteien zusammentreffen.«

»Sie scheinen das Vorrecht der entscheidenden Stimme zu haben«, erwiderte Heyward; »wir sind unser drei, und Sie haben niemanden, als sich selbst zu Rate gezogen.«

»Gewiß. Das erste, worüber wir im reinen sein müssen, sind wir selbst. Ist man dessen gewiß – und wo Weiber mit im Spiel sind, ist dies nichts Leichtes –, so ist das nächste, dem Entschlusse gemäß zu handeln. Ich suchte beides zu tun, und hier bin ich.«

»Wenn Sie zu dem See reisen«, versetzte Heyward mit einem Anflug von Hochmütigkeit, »dann sind Sie nicht auf dem rechten Weg, die Straße liegt wenigstens eine halbe Meile hinter uns.«

»So ist es«, erwiderte der Fremde, durch den kühlen Empfang nicht entmutigt. »Ich habe mich in Edward eine Woche aufgehalten und müßte stumm sein, wenn ich mich nicht nach dem Weg, den ich zu nehmen habe, erkundigt hätte; und wäre ich stumm, so hätte es auch mit meinem Beruf ein Ende.«

Er lächelte vor sich hin wie einer, dem die Bescheidenheit verbietet, seine Bewunderung über einen zum besten gegebenen, den Zuhörern aber unverständlichen Witz offen darzulegen, und fuhr dann fort: »Es ist nicht klug bei Leuten von meinem Beruf, sich mit denen, die sie zu unterrichten haben, zu gemein zu machen. Deshalb folge ich nicht dem Heereszug. Zudem glaube ich, daß ein Gentleman Ihres Standes am besten zu reisen weiß, und habe mich daher entschlossen, Ihnen Gesellschaft zu leisten, damit der Weg durch gegenseitige Mitteilung unterhaltender werde.«

»Ein äußerst willkürlicher, wenn nicht voreiliger Entschluß!« rief Heyward, unentschlossen, ob er seinem steigenden Ärger Luft machen oder dem Sprecher ins Gesicht lachen sollte. »Aber Sie reden vom Unterrichten und von Beruf. Sind Sie dem Provinzialcorps beigegeben als Lehrer in der edlen Kunst der Verteidigung und des Angriffs? Oder sind Sie vielleicht einer, der Linien und Winkel zieht und vorgibt, die Mathematik auszulegen?«

Der Fremde sah den Frager einen Augenblick verwundert an, dann aber löste sich jede Spur von Selbstzufriedenheit in einen Ausdruck feierlicher Demut auf, und er antwortete:

»Von Angriff ist, hoffe ich, auf keiner Seite die Rede. Was die Verteidigung betrifft, so brauche ich mich nicht zu verteidigen. Mit Gottes Gnade habe ich keine offenbare Sünde begangen, seitdem ich ihn zum letzten Mal um Vergebung gebeten habe. Ich verstehe Ihre Anspielungen auf Linien und Winkel nicht und überlasse das Auslegen denen, die besonders zu diesem heiligen Amt berufen sind. Ich erhebe auf keine höhere Gabe Anspruch als auf eine geringe Einsicht in die glorreiche Kunst des Lobgesangs und Danksagens, wie sie beim Psalmsingen dem Himmel dargebracht werden.«

»Der Mann ist offenbar ein Schüler Apollos«, rief die belustigte Alice, »und ich nehme ihn unter meine spezielle Protektion. Nein, weg mit diesen Runzeln, Heyward, aus Mitleid für meine neugierigen Ohren lassen Sie ihn in unserem Gefolge reisen. Überdies«, fuhr sie in gedämpftem und hastigem Ton mit einem Blick auf die entfernte Cora fort, die langsam den Schritten ihres schweigsamen und düsteren Führers folgte, »kann er vielleicht als Freund im Falle der Not unsere Kräfte verstärken.«

»Glauben Sie, Alice, ich würde diejenigen, die ich liebe, auf einen geheimen Pfad führen, wenn ich mir dächte, daß eine solche Not kommen könnte?«

»Nein, nein, ich denke jetzt auch nicht daran; aber dieser seltsame Mann belustigt mich, und wenn er ›Musik in seiner Seele hat‹, so wollen wir ihn nicht lieblos aus unsrer Gesellschaft verweisen.« Sie deutete mit ihrer Reitgerte bittend auf den Pfad, indes beider Augen in einem Blicke sich begegneten, den der junge Mann gerne verlängert hätte. Dann gab er ihrem begütigenden Einfluß nach, spornte sein Pferd und war in wenigen Sprüngen wieder an Coras Seite.

»Es freut mich, Sie zu treffen, Freund«, fuhr Alice fort und winkte dem Fremden mit der Hand, weiterzureiten, indem sie ihren Narragansett wieder in den Paßgang zu bringen suchte. »Wohlmeinende Verwandte haben mich beinahe überredet, daß ich bei einem Duett nicht übel abschneiden würde, und wir erheitern uns den Weg, wenn wir unserer Lieblingsneigung in etwas nachgeben. Es wird einem Wesen, das so unwissend ist wie ich, zu besonderem Vorteil gereichen, die Meinungen und Erfahrungen eines Meisters in der Kunst zu vernehmen.«

»Es ist erfrischend für Geist und Leib, sich zu seiner Zeit durch Singen von Psalmen zu erquicken«, erwiderte der Meister im Gesang, indem er unbedenklich ihrer Einladung folgte; »und nichts dürfte dem Gemüt so wohl tun wie eine solche Vereinigung. Aber es sind vier Stimmen erforderlich, um eine Melodie gehörig auszuführen. Nach allen Anzeichen besitzen Sie einen sanften und vollen Diskant; ich kann, durch besondere Gunst des Himmels, einen vollen Tenor auf die höchste Note führen. Aber es fehlt uns noch ein Alt und ein Baß! Der königliche Offizier dort, der mich nicht in seine Gesellschaft aufnehmen wollte, könnte den letzteren übernehmen, wenn ich nach den Intonationen seiner Stimme im gewöhnlichen Gespräch schließen darf.«

»Urteilen Sie nicht zu voreilig nach flüchtigen und täuschenden Scheinbarkeiten!« entgegnete lächelnd das Mädchen. »Wenn Major Heyward auch bei Gelegenheit solche tiefe Töne anstimmen kann, so glauben Sie mir, daß seine natürliche Stimme sich mehr zu einem weichen Tenor als für den Baß eignet, den Sie gehört haben.«

»Ist er also im Psalmsingen besonders erfahren?« fragte ihr schlichter Begleiter.

Alice hätte gern laut aufgelacht, bezähmte aber ihre Laune, als sie antwortete:

»Ich fürchte, er hält es mehr mit weltlichem Gesang. Das wechselnde Soldatenleben ist wenig geeignet, ernstere Neigungen zu begünstigen.«

»Die Stimme ist dem Menschen, wie andere Talente, zum Gebrauch, nicht zum Mißbrauch gegeben. Mir kann niemand nachsagen, daß ich je meine Gaben vernachlässigt habe. Ich danke Gott, daß, obgleich ich schon meine Jugend wie König David der Musik gewidmet habe, kein profaner Vers jemals meine Lippen entweihte.«

»So haben Sie denn Ihre Kunstversuche auf den heiligen Gesang beschränkt?«

»Ja. Wie die Psalmen Davids jede andere Sprache weit übertreffen, so übertrifft auch die Psalmodie, welche von den Gottesgelehrten und Weisen des Landes ihnen angepaßt worden ist, alle weltliche Poesie. Glücklicherweise darf ich sagen, daß ich nur die Gedanken und die Wünsche des Königs von Israel selbst ausspreche. Denn wenn auch die Zeiten einige unbedeutende Veränderungen erheischen, so übertrifft doch die Übertragung, deren wir uns in den Kolonien von Neu-England bedienen, jede andere so weit, daß sie durch ihre Fülle, ihre Genauigkeit und ihre geistliche Einfalt dem großen Werke des begeisterten Dichters möglichst nahe kommt. Nie bleibe ich schlafend oder wachend an einem Ort, ohne ein Exemplar dieses Buches bei mir zu haben. Es ist die sechsundzwanzigste Edition, herausgegeben zu Boston Anno Domini 1744, und führt die Aufschrift: Psalmen, Hymnen und geistliche Gesänge des Alten und Neuen Testaments, getreu übertragen in das englische Versmaß, zur Erbauung und zum Troste der Heiligen, zu öffentlichem und Privatgebrauch besonders in Neu-England.«

Während dieser Lobpreisung auf das seltene Produkt seiner heimischen Dichter hatte der Fremde das Buch aus seiner Tasche gezogen, eine in Eisen gefaßte Brille auf seine Nase gesetzt und das Buch mit einer Sorgfalt und Verehrung geöffnet, die seinen heiligen Zwecken ganz angemessen war. Dann sprach er ohne weitere Einleitung und Erklärung das Wort »Aufstellen!« aus, setzte das bereits erwähnte unbekannte Instrument an den Mund und brachte damit einen hohen, schrillen Ton hervor, dem er eine Oktave niedriger mit seiner eigenen Stimme folgte. Nun begann er die folgenden Worte in vollen, süßen und melodischen Tönen, die der Musik, der Poesie und selbst der unbehaglichen Bewegung seines ungezogenen Kleppers hohnzusprechen schienen, abzusingen:

»O sieh, wie fein und lieblich
Es ist, wie's Gott gefällt,
Wenn mit dem Bruder treulich
Der Bruder Frieden hält.

Es gleicht der Salben bester,
Die vom Haupt zum Barte floß,
Auf Aarons Brust herunter,
Bis zu des Kleides Schoß.«

Die Absingung dieser kunstreichen Reime begleitete der Fremde mit einem regelmäßigen Steigen und Fallen seiner rechten Hand. Beim Senken ließ er seine Finger einen Augenblick auf den Blättern des kleinen Buches ruhen, während er das Steigen mit einem Schnörkelschlag dieses Gliedes begleitete, welchen nachahmen zu können niemand als der Eingeweihte hoffen durfte. Es wollte scheinen, als ob lange Gewöhnung diese Begleitung der Hand notwendig gemacht hätte, denn sie hörte nicht auf, bis die Präposition, die der Poet für den Schluß seines Verses gewählt hatte, getreulich als ein Wort von zwei Silben abgesungen war[1].

Eine solche Unterbrechung der Stille des einsamen Waldes konnte nicht verfehlen, sich dem Ohr derer, die nur eine kleine Strecke vorauszogen, bemerkbar zu machen.

Der Indianer murmelte einige Worte in gebrochenem Englisch zu Heyward, der seinerseits mit dem Fremden sprach und damit seine musikalischen Versuche unterbrach und zugleich beendete:

»Obgleich wir nicht in Gefahr sind, so rät uns schon die gewöhnliche Klugheit, durch diese Wildnis in möglichster Stille zu reisen. Sie werden mir also verzeihen, Alice, wenn ich Ihre Genüsse beeinträchtige, indem ich diesen Herrn ersuche, seinen Gesang für eine sicherere Gelegenheit aufzusparen.«

»Das werden Sie in der Tat«, versetzte das schelmische Mädchen. »Nie hörte ich eine seltsamere Verbindung von Musik und Sprache als die, der ich soeben lauschte. Ich hatte mich schon in eine Untersuchung über die Ursachen einer solchen Disharmonie zwischen Ton und Sinn

1 Die letzte Strophe lautet nämlich im englischen Text: His garment's skirts unto. (Anm. d. Übersetzers, 1841)

vertieft, als Sie den Zauber meiner Träumereien durch ihren Baß zerstörten, Duncan.«

»Ich weiß nicht, was Sie meinen Baß nennen«, entgegnete Heyward empfindlich, »aber so viel weiß ich, daß Ihre und Coras Sicherheit mir viel teurer ist als ein Orchester mit Händels Musik.« Er schwieg, richtete plötzlich sein Auge auf das Dickicht und heftete es dann auf ihren Führer, der in ungestörter Gravität den gleichen Schritt einhielt. Der junge Mann lächelte über sich selbst, denn er glaubte, er habe eine glänzende Waldbeere für die glühenden Augäpfel eines herumstreifenden Wilden gehalten, und ritt weiter, indem er die Unterhaltung fortsetzte, die durch jenen flüchtigen Gedanken unterbrochen worden war.

Major Heyward hatte sich nur insofern getäuscht, als er sich durch seinen jugendlichen und hochsinnigen Stolz von weiterer Nachforschung abhalten ließ. Der Zug war noch nicht lange vorüber, als die Zweige des Gebüsches, die das Dickicht bildeten, vorsichtig auseinandergebogen wurden und ein Menschengesicht, so trotzig und furchtbar, wie wilde Kunst und ungebändigte Leidenschaften es machen konnten, den sich entfernenden Tritten der Reisenden nachblickte. Ein Strahl des Frohlockens schoß über die dunkelbemalten Gesichtszüge des Waldbewohners, als er sah, welche Richtung seine arglosen Schlachtopfer eingeschlagen hatten. Den lichten und anmutigen Gestalten der Frauen, die zwischen den Bäumen dahinschwebten, folgte durch die Krümmungen des Weges die männliche Gestalt Heywards, bis schließlich die unförmige Person des Singmeisters hinter den zahllosen Baumstämmen verschwand, die sich in düsteren Linien dazwischenschoben.

Drittes Kapitel

Wir lassen den arglosen Heyward und seine ihm vertrauenden Begleiter noch tiefer in den Wald eindringen, der so verräterische Bewohner in sich schloß, und bedienen uns der Freiheit des Schriftstellers, die Szene einige Meilen weiter westlich von dem Ort, wo wir sie zuletzt gesehen haben, zu versetzen.

An jenem Tag schlenderten zwei Männer an dem Ufer eines kleinen, aber reißenden Stroms, ungefähr eine Tagreise von dem Lager Webbs, als harrten sie der Ankunft eines dritten oder des Eintretens eines erwarteten Ereignisses. Das weite Laubdach des Waldes dehnte sich am Rand des Flusses aus; es hing über dem Wasser und überschattete so die dunklen Fluten mit noch tieferem Dunkel. Die Strahlen der Sonne fingen bereits an schwächer zu werden, und die übermäßige Hitze des Tages milderte sich, während kühlere Lüfte von Quellen aus ihren Laubbetten emporstiegen und sich mit der Atmosphäre vermischten. Immer noch herrschte in dieser Einsamkeit jene Stille, welche die drückende Schwüle einer amerikanischen Juli-Landschaft charakterisiert, und wurde nur von den leisen Stimmen der Männer, dem gelegentlichen müden Picken eines Waldspechts, dem unharmonischen Schrei eines bunten Hähers oder dem dumpfen Rauschen eines entfernten Wasserfalls unterbrochen.

Diese schwachen und abgebrochenen Laute waren jedoch den Waldbewohnern zu vertraut, als daß sie ihre Aufmerksamkeit von dem interessanteren Gegenstand ihrer Unterhaltung abgezogen hätten. Während einer dieser müßigen Wanderer die rote Haut und den wilden Aufzug eines Eingeborenen der Wälder hatte, zeigte der andere unter der Hülle roher und fast wilder Bekleidung die hellere, wenngleich sonnenverbrannte und lang verwitterte Farbe eines Mannes, der auf europäische Abstammung Anspruch erheben durfte. Der eine saß auf dem Rand eines bemoosten Baumstammes in einer Stellung, die ihm vergönnte, die Wirkung seiner ernsten Rede durch die ruhigen und ausdrucksvollen Gebärden des in einem Streitgespräch begriffenen Indianers zu erhöhen. Sein beinahe nackter Leib bot durch die verschlungene Mischung weißer und schwarzer Farbenzüge ein schreckhaftes Sinnbild des Todes. Sein kahl geschorener Kopf, auf dem kein anderes Haar als der wohlbekannte Skalpierschopf[1] belassen worden war, hatte keinen anderen Putz als eine einzige Adlerfeder, die über seinen Scheitel lief und auf die linke Schulter herunterhing. Ein Tomahawk und ein Skalpiermesser von englischer Arbeit steckten in seinem Gürtel, während eine Büchse von der Art, womit die Politik der Weißen ihre wilden Verbündeten bewaffnete, nachlässig über seinen bloßen, sehnigen Knien lag. Die gewölbte Brust, die vollgeformten Glieder und die ernste Haltung dieses Kriegers deuteten an, daß er sich in der Vollkraft seines Lebens befand, ohne schon Spuren der Abnahme seiner Leistungsfähigkeit zu fühlen.

Die Gestalt des Weißen glich, nach den Gliedern zu schließen, die er nicht mit der Kleidung bedeckte, jemandem, der seit seiner frühesten

1 Der nordamerikanische Krieger ließ sich das Haar am ganzen Leibe ausraufen und nur einen kleinen Schopf auf dem Wirbel stehen, damit der Feind sich dessen bedienen könnte, wenn er ihm bei seinem etwaigen Falle die Kopfhaut (den Skalp) abziehen wollte. Diese war auch die einzig zulässige Siegestrophäe. So hielt man es denn für wichtiger, die Kopfhaut zu gewinnen, als den Mann zu töten. Einige Stämme legen großes Gewicht auf die Ehre, keinen zu töten. Von dieser Gewohnheit ist man jedoch unter den Indianern der atlantischen Staaten beinahe ganz abgekommen.

Jugend Mühseligkeiten zu ertragen und Anstrengungen zu meistern gelernt hatte. Sein Körper, obgleich muskulös, war eher mager als voll; aber jeder Nerv und Muskel schien gedrungen und durch unausgesetzte Anstrengung und Arbeit abgehärtet. Er trug ein waldgrünes Jagdhemd[1] mit verwittertem Gelb besetzt und eine Sommermütze von geschorenem Fell. Auch trug er ein Messer in einem Wampumgürtel gleich dem, der die ärmliche Bekleidung des Indianers umschloß, aber keinen Tomahawk. Seine Mokassins waren nach der Weise der Eingeborenen verziert, während der einzige Teil seiner unteren Bekleidung, der unter dem Jagdrock sichtbar war, aus ein Paar bockledernen Gamaschen bestand, die, auf beiden Seiten verbrämt, über den Knien mit Hirschsehnen befestigt waren. Eine Jagdtasche und ein Pulverhorn vollendeten seinen Anzug, und eine Büchse[2] von großer Länge lehnte an einem benachbarten Bäumchen. Das Auge des Jägers oder Kundschafters, was immer er sein mochte, war klein, lebhaft, scharf und unruhig, sein Blick ging, während er sprach, in allen Richtungen umher, als ob er ein Jagdwild suchte oder die plötzliche Annäherung eines Feindes befürchtete. Trotz dieser Symptome gewohnten Mißtrauens verriet sein Gesicht nicht nur keine Tücke, sondern trug in dem Augenblick, da er sprach, sogar das Gepräge offener Redlichkeit.

»Selbst eure Überlieferungen sprechen für mich, Chingachgook«, entgegnete er in einer Sprache, die allen Eingeborenen, die früher das Land zwischen dem Hudson und dem Potomac bewohnten, bekannt war und von der wir dem Leser eine freie Übersetzung geben, wobei wir zugleich darauf Bedacht nehmen werden, einige Eigentümlichkeiten sowohl des Individuums wie des Ausdrucks beizubehalten. »Eure Väter kamen von der untergehenden Sonne her, gingen über den großen Fluß[3], kämpften mit dem Volk des Landes und nahmen dieses weg. Die meinigen kamen vom roten Morgenhimmel über den Salzsee und taten ganz nach dem Beispiel, das die eurigen ihnen gegeben hatten. So laß denn Gott unsere Sache entscheiden, und Freunde sollten darüber kein Wort verlieren.«

»Meine Väter fochten mit dem nackten roten Mann«, versetzte der Indianer ernst in der gleichen Sprache. »Ist kein Unterschied, Falken-

1 Das Jagdhemd ist ein pittoresker Kittel oder Rock, mit Fransen und Troddeln besetzt. Die Farben sollen diejenigen des Waldes nachahmen, um nicht bemerkt zu werden. Viele Corps amerikanischer Scharfschützen sind so ausgestattet, und ihre Uniform ist eine der auffallendsten unserer Zeiten. Das Jagdhemd ist jedoch häufig auch weiß.

2 Die Büchse beim Heer ist kurz, die des Jägers immer lang.

3 Den Mississippi. Der Kundschafter spielt auf eine Sage an, die unter den Stämmen der atlantischen Staaten sehr verbreitet ist. Der Beweis für ihre asiatische Abkunft wird aus diesem Umstand abgeleitet. Es herrscht aber über die Geschichte der Indianer noch große Ungewißheit.

Falkenauge und Chingachgook.

auge, zwischen dem steingespitzten Pfeil des Kriegers und der bleiernen Kugel, womit ihr tötet?«

»Ein Indianer hat Verstand, auch wenn ihm die Natur eine rote Haut gegeben hat«, entgegnete der Weiße und schüttelte den Kopf gleich einem, bei dem eine solche Berufung auf seine Gerechtigkeit nicht vergeblich war. Einen Augenblick schien es ihm, als ob er im Nachteil wäre; dann aber nahm er sich zusammen und beantwortete den Einwurf seines Gegners so gut, wie seine beschränkten Kenntnisse es ihm gestatteten. »Ich bin kein Schriftgelehrter und schere mich auch den Henker um ihre Weisheit. Wenn ich aber nach dem urteile, was ich bei meinen Jagden auf die Hirsche und Eichhörnchen von den Burschen da unten gesehen habe, da sollte ich meinen, daß eine Büchse in den Händen ihrer Großväter nicht so gefährlich gewesen wäre wie ein Bogen von Nußbaumholz und eine gute Feuersteinspitze, wenn jener mit indianischer Umsicht gespannt und diese mit einem Indianerauge entsendet wurde.«

»Dir wurde die Geschichte ja von deinen Vätern erzählt«, erwiderte der andere und machte mit der Hand eine verächtliche Bewegung. »Was sagen eure alten Männer? Sagen sie den jungen Kriegern, daß die Bleichgesichter den roten Männern entgegengetreten sind, die zum Krieg bemalt und mit der steinernen Streitaxt und dem hölzernen Geschoß bewaffnet waren?«

»Ich habe keine Vorurteile und bin nicht der Mann, der sich natürlicher Vorrechte rühmt, obgleich der schlimmste Feind, den ich habe, ein Irokese, nicht wagen darf zu leugnen, daß ich von weißer Abstammung bin«, sprach der Kundschafter, indem er mit geheimem Wohlgefallen die verwitterte Farbe seiner knöchernen und sehnigen Hand anblickte. »Und ich gestehe gern, daß mein Volk manche Wege geht, die ich als ehrlicher Mann nicht gutheißen kann. Es ist eine seiner üblen Gewohnheiten, daß es in Büchern schreibt, was es getan und gesehen hat, statt davon in seinen Dörfern zu erzählen, wo man einen feigen Prahlhans Lügen strafen und der brave Soldat seine Kameraden zu Zeugen für die Wahrheit seiner Worte aufrufen kann. Infolge dieser schlechten Sitte kann ein Mensch, der zu gewissenhaft ist, um seine Tage unter Weibern und im Lernen der schwarzen Zeichen zu verschwenden, nie von den Taten seiner Väter hören noch seinen Stolz darein setzen, sie übertreffen zu wollen. Für mein Teil glaube ich, daß alle Bumppos – so heißt unsere Familie – schießen konnten: denn ich habe ein natürliches Geschick für die Büchse, das sich von Geschlecht zu Geschlecht vererbt haben muß, da, wie unsere heiligen Gebote uns melden, alle guten und schlimmen Gaben von oben kommen. Aber jedes Ding hat seine zwei Seiten. So frage ich dich, Chingachgook, was begab sich nach den Überlieferungen der roten Männer, als unsere Väter sich zuerst getroffen haben?«

Eine augenblickliche Stille folgte, während der auch der Indianer stumm dasaß. Dann fing er, von der Würde seines Amtes erfüllt, seine kurze Erzählung mit einer Feierlichkeit an, die dazu diente, ihre Wahrheit zu stärken.

»Höre, Falkenauge, und dein Ohr soll keine Lüge vernehmen. So haben meine Väter gesagt und die Mohikaner getan.« Er zögerte einen Augenblick und heftete einen vorsichtigen Blick auf seinen Begleiter. Dann fuhr er auf eine Weise fort, die zwischen Frage und Behauptung geteilt war: »Fließt nicht der Strom zu unseren Füßen dem Sommer zu, bis seine Wasser salzig werden und sein Lauf aufwärts geht?«

»Es kann nicht geleugnet werden, daß eure Überlieferungen in diesen beiden Stücken Wahrheit enthalten«, sagte der weiße Mann; »denn ich bin dagewesen und habe sie gesehen. Warum aber das Wasser, das so süß im Schatten ist, in der Sonne bitter wird, weiß ich nicht und habe mir's nie erklären können.«

»Und der Lauf!« fragte der Indianer, der seine Antwort mit jener Art von Interesse erwartete, das jemand bei der Bestätigung eines Wunders fühlt, das er selbst unbegreiflich findet, während er seine Wirklichkeit anerkennt. »Die Väter von Chingachgook haben nicht gelogen.«

»Die heilige Bibel ist nicht wahrer, und das ist doch das Wahrste, was es hienieden gibt. Die Leute nennen diesen aufströmenden Lauf die Flut. Sechs Stunden laufen die Wasser hinein und sechs heraus, und das kommt daher: wenn das Wasser in der See höher ist als in dem Fluß, dann läuft es herein, und wenn es im Fluß höher wird, dann läuft es wieder hinaus.«

»Die Wasser in den Wäldern und an den großen Seen laufen hinab, bis sie so flach daliegen wie meine Hand«, versetzte der Indianer, indem er diese horizontal vor sich ausstreckte, »und dann laufen sie nicht weiter.«

»Kein ehrlicher Mann wird das bestreiten«, erwiderte der Kundschafter, ein wenig empfindlich über dieses Mißtrauen gegen seine Erklärung des Geheimnisses der Flut, »und ich gebe zu, daß es wahr ist in kleinerem Maßstab und wo das Land eben ist. Aber alles kommt darauf an, nach welchem Maßstab du die Dinge betrachtest. Nun ist die Erde nach dem kleineren Maßstab eben; nach dem vergrößerten aber ist sie rund. So mögen Teiche und Weiher und selbst die großen Frischwasserseen stillstehen, wie du und ich wissen, weil wir sie gesehen haben. Wenn du aber kommst und Wasser über eine große Fläche gießest wie die See: wie kann da das Wasser vernünftigerweise ruhig bleiben, wo die Erde rund ist? Ebensogut kannst du erwarten, daß der Fluß an dem Rand der schwarzen Klippen da oben eine halbe Meile über uns ruhig liegen bleibt, während deine eigenen Ohren dir sagen, daß er in diesem Augenblick darüber hinwegbraust.«

Wenn auch unbefriedigt von der Philosophie seines Begleiters, besaß der Indianer doch zu viel Würde, um seinen Unglauben zu verraten. Er hörte zu wie jemand, der sich überzeugen lassen will, und nahm dann seine Erzählung mit der früheren Feierlichkeit wieder auf:

»Wir kamen von dem Orte, wo die Sonne nachts sich verbirgt, über große Flächen, wo die Büffel leben, bis wir den großen Fluß erreichten. Hier kämpften wir mit den Alligewis, bis der Boden sich von ihrem Blute rötete. Von den Ufern des großen Flusses bis zu den Gestaden des Salzsees war keiner mehr, der es mit uns aufgenommen hätte. Dann folgten in einiger Entfernung die Maquas. Wir sagten, das Land sollte unser sein von der Stelle an, wo das Wasser nicht mehr stromaufwärts fließt, bis zu einem Flusse zwanzig Sonnen sommerwärts. Das Land, das wir als Krieger eroberten, behaupteten wir als Männer. Wir trieben die Maquas in die Wälder zu den Bären. Sie schmeckten das Salz ihrer Tränen und zogen keinen Fisch aus dem großen See; wir warfen ihnen die Gräten zu.«

»All das habe ich gehört und glaube es«, sagte der Weiße, als er bemerkte, daß der Indianer innehielt; »aber das war lange bevor die Engländer in das Land kamen.«

»Damals wuchs eine Fichte da, wo jetzt dieser Kastanienbaum steht. Die ersten Bleichgesichter, die zu uns kamen, sprachen kein Englisch. Sie kamen in einem großen Kanu, als meine Väter den Tomahawk mit den roten Männern um sie her begraben hatten. Da, Falkenauge«, fuhr er fort, indem er seine tiefe Bewegung nur dadurch kundgab, daß er seine Stimme zu jenen tiefen Kehltönen herabsinken ließ, die seine Sprache oft so musikalisch machten; »da, Falkenauge, waren wir *ein* Volk, und wir waren glücklich. Der Salzsee gab uns seine Fische, der Wald sein Wild und die Luft ihre Vögel. Wir nahmen Weiber, die uns Kinder gebaren; wir beteten den großen Geist an und hielten die Maquas außer dem Bereiche unserer Triumphgesänge.«

»Weißt du etwas von deiner eigenen Familie zu jener Zeit?« fragte der Weiße. »Du bist ein gerechter Mann für einen Indianer. Und da du, wie ich vermute, ihre Eigenschaft geerbt hast, müssen deine Väter brave Krieger und weise Männer beim Versammlungsfeuer gewesen sein.«

»Mein Stamm ist der Ahnherr von Nationen, aber ich bin unvermischt geblieben. Das Blut von Häuptlingen rollt in meinen Adern, wo es immer bleiben soll. Die Holländer landeten und gaben meinem Volk das Feuerwasser; sie tranken, bis Himmel und Erde sich zu berühren schienen, und wähnten in ihrer Torheit, sie hätten den großen Geist gefunden. Dann mußten sie von ihrem Land scheiden. Schritt für Schritt wurden sie zurück von den Gestaden getrieben, bis ich, der ich ein Häuptling und Sagamore bin, die Sonne nie anders als durch die Bäume habe scheinen sehen. Noch nie habe ich die Gräber meiner Väter besucht!«

»Gräber bringen das Gemüt in feierliche Stimmung«, bemerkte der Kundschafter, merklich gerührt von dem ruhigen Leiden seines Begleiters, »und oft helfen sie einem zu guten Entschlüssen. Ich für mein Teil erwarte, daß meine Gebeine einst unbegraben bleiben und in den Wäldern bleichen oder von den Wölfen zerrissen werden. Aber wo finden sich diejenigen deines Geschlechtes, die vor so vielen Sommern zu ihren Verwandten an den Delaware gekommen sind?«

»Wo sind die Blüten jener Sommer! – Gefallen, einer nach dem andern. Denn alle von meiner Familie sind, wie die Reihe an sie kam, in das Land der Geister hinübergegangen. Ich stehe oben auf dem Berg und muß ins Tal hinab; und wenn Uncas meinen Fußstapfen folgt, so ist keiner mehr übrig vom Blut der Sagamoren. Denn mein Sohn ist der letzte Mohikaner.«

»Uncas ist da!« sprach eine andere Stimme in denselben sanften Kehllauten dicht bei ihm. »Wer fragt nach Uncas?«

Der Weiße riß bei dieser plötzlichen Unterbrechung sein Messer aus der ledernen Scheide und machte eine unwillkürliche Bewegung mit der Hand nach seiner Büchse. Der Indianer aber saß ruhig da, ohne den Kopf dem unerwarteten Sprecher zuzuwenden.

Im nächsten Augenblick schritt ein junger Krieger mit geräuschlosem Tritt zwischen ihnen durch und setzte sich an das Ufer des reißenden Stromes. Kein Laut der Überraschung entfuhr dem Vater. Eine Zeitlang wurde keine Frage gestellt und keine Antwort gegeben, da jeder den Moment zu erwarten schien, wo er sprechen könnte, ohne weibische Neugierde oder kindische Ungeduld zu verraten. Der Weiße schien ihr Beispiel nachzuahmen, zog seine Hand von der Büchse zurück und blieb gleichfalls still und in sich gekehrt. Endlich wandte Chingachgook seine Augen langsam auf seinen Sohn und fragte:

»Wagen die Maquas, die Spuren ihrer Mokassins diesen Wäldern einzudrücken?«

»Ich war ihnen auf der Fährte«, antwortete der junge Indianer, »und weiß, daß ihrer so viele sind, wie Finger an meinen zwei Händen; aber sie liegen wie Feiglinge verborgen.«

»Die Diebe sind auf der Lauer nach Skalpen und nach Beute!« sagte der Weiße, den wir wie seine Begleiter Falkenauge nennen wollen. Der rührige Franzmann Montcalm wird seine Spione noch bis in unser Lager schicken. Er will erfahren, welchen Weg wir nehmen.«

»Genug!« versetzte der Vater, sein funkelndes Auge auf die untergehende Sonne gerichtet; »sie sollen vertrieben werden wie das Wild aus den Büschen. Falkenauge, wir wollen zur Nacht essen und morgen den Maquas zeigen, daß wir Männer sind.«

»Ich bin zu dem einen wie zu dem andern bereit. Aber um mit den Irokesen zu kämpfen, muß man sie in ihrem Versteck finden, und um zu essen, braucht man ein Wild – aber sprich vom Teufel, und er ist nicht weit von dir: da bewegt sich ein Paar der stärksten Geweihe, die ich dieses Jahr gesehen habe, hinter den Büschen den Hügel hinab. Nun, Uncas«, fuhr er halb flüsternd fort, indem er vor sich hin lachte, wie jemand, der gelernt hat, auf der Hut zu sein, »ich wette mein Horn, dreimal mit Pulver gefüllt, gegen einen Wampumfuß, daß ich ihn zwischen den Augen und näher dem rechten als dem linken Auge treffe.«

»Es kann nicht sein!« entgegnete der junge Indianer, indem er mit jugendlichem Ungestüm aufsprang; »es ist ja alles bis auf die Spitze des Geweihes hinter dem Gebüsch verborgen!«

»Er ist ein Knabe!« antwortete der Weiße, den Kopf schüttelnd und sich zum Vater wendend. »Meint er, der Jäger könne, wenn er einen Teil vom Tier sieht, nicht sagen, wo das übrige zu finden ist?«

Er legte an und war im Begriff, eine Probe seiner Geschicklichkeit abzulegen, da fuhr der Krieger mit der Hand nach der Waffe und sagte: »Falkenauge! Hast du Lust, mit den Maquas zu fechten?«

»Diese Indianer kennen die Wälder wie durch Instinkt!« versetzte der Kundschafter, indem er seine Büchse sinken ließ und sich abwendete wie einer, der sich eines Irrtums überführt sieht. »Ich muß den Bock deinem Pfeil überlassen, Uncas, oder wir töten das Tier, nur um die Diebe, die Irokesen, damit zu füttern.«

Kaum hatte der Vater diese Aufforderung mit einer ausdrucksvollen Bewegung der Hand begleitet, warf sich Uncas zu Boden und näherte sich mit vorsichtigen Bewegungen dem Tier. Als er nur noch wenig von dem Versteck entfernt war, legte er mit größter Sorgfalt einen Pfeil auf den Bogen. Das Geweih bewegte sich, als ob sein Besitzer Unrat witterte. Im nächsten Augenblick schwirrte der Pfeil, ein weißer Streif fuhr in das Gebüsch, und der verwundete Rehbock stürzte aus seinem Schutzort zu Füßen des verborgenen Feindes. Dem Geweih des wütenden Tieres ausweichend, sprang Uncas auf die Seite und stach ihm das Messer in die Kehle. Der Rehbock stürzte an den Rand des Flusses, fiel zu Boden und rötete das Wasser mit seinem Blut.

»Das nenne ich Indianergeschick!« sprach der Kundschafter mit großem Wohlgefallen und lachte vor sich hin. »Es war ein hübscher Anblick! Obschon der Pfeil nur in die Nähe ging und der Nachhilfe des Messers bedurfte.«

Dem Geweih des Tieres ausweichend, sprang Uncas auf die Seite.

»Ha!« schrie sein Begleiter und wendete sich plötzlich wie ein Hund, der die Fährte eines Wildes wittert.

»Bei Gott, da ist ein ganzes Rudel!« rief der Kundschafter, dessen Augen vor Lust funkelten.

»Wenn sie in Kugelweite kommen, brenne ich einem eins auf, und wenn alle sechs Nationen auf der Lauer lägen! Was hörst du, Chingachgook? Für meine Ohren sind die Wälder stumm.«

»Hier ist nur ein Reh, und das ist tot«, entgegnete der Indianer, indem er sich niederbückte, bis sein Ohr beinahe die Erde berührte. »Ich höre Fußtritte!«

»Vielleicht haben die Wölfe den Rehbock in das Versteck getrieben und sind ihm jetzt auf der Spur.«

»Nein, Pferde weißer Männer kommen!« erwiderte der andere, indem er sich mit Würde erhob und mit der früheren Ruhe seinen Sitz auf dem Stamm wieder einnahm. »Falkenauge, es sind deine Brüder; sprich mit ihnen!«

»Das will ich und in einem Englisch, auf das der König sich nicht schämen müßte zu antworten«, versetzte der Jäger in der Sprache, deren er sich rühmte. »Aber ich sehe nichts, noch höre ich einen Laut von einem Menschen oder Vieh. Es ist sonderbar, daß ein Indianer die Laute von Weißen besser kennen soll als einer, dem selbst seine Feinde gestehen müssen, daß er kein Falsch in seinem Blut hat, obgleich er lange genug mit den Rothäuten gelebt haben mag, um einiges Mißtrauen zu erregen. Ha! Da kracht etwas wie dürres Holz, nun höre ich im Gebüsch sich etwas bewegen – ja, ja, es sind Pferdetritte, die ich für das Fallen des Wassers hielt – und – aber da kommen sie selbst; Gott behüte sie vor den Irokesen!«

Viertes Kapitel

Der Kundschafter hatte seine Rede noch nicht beendet, als der Führer der Gruppe, deren nahende Tritte das wachsame Ohr des Indianers vernommen hatte, sichtbar wurde. Ein gebahnter Pfad, wie ihn der gelegentliche Durchzug des Wildes bildet, wand sich durch ein nahes Tälchen und führte dann den Fluß hinab auf die Stelle, wo der weiße Mann und seine roten Gefährten haltgemacht hatten. Auf diesem Wege kamen die Reisenden, die so unerwartet aus der Tiefe des Waldes erschienen waren, langsam auf den Jäger zu.

»Wer da?« fragte der Kundschafter, nahm seine Büchse lässig in den linken Arm und hielt den Vorderfinger der Rechten auf dem Drücker, wobei er jedoch allen Schein von Drohung vermied. »Wer kommt hierher, unter die Tiere und in die Gefahren der Wildnis?«

»Gläubige Christen und Freunde von Gesetz und König«, antwortete der vorderste Reiter. »Menschen, die seit Sonnenaufgang im Schatten des Waldes gereist sind, ohne Nahrung und erschöpft von der Anstrengung des Weges.«

»So habt ihr euch verirrt«, unterbrach ihn der Jäger, »und habt gefunden, wie übel man daran ist, wenn man nicht weiß, ob man sich zur Rechten oder Linken wenden soll.«

»So ist es. Der Säugling ist nicht abhängiger von der Amme als wir von dem Führer. Wir, die Erwachsenen, die jetzt nur die Gestalt, nicht aber den Verstand von Menschen haben. Wißt Ihr, wie weit es bis zu einem Posten der Krone, genannt William Henry, ist?«

»Wetter!« rief der Kundschafter, indem er laut auflachte, aber bald diese gefährlichen Laute unterdrückte, um seiner Laune auf eine Weise Raum zu geben, die von den lauernden Feinden weniger gut gehört werden konnte. »Ihr seid so weit von der Fährte wie ein Hund, wenn der Horican zwischen ihm und dem Wild liegt! William Henry, Mann! Wenn ihr Freunde des Königs seid und ein Geschäft bei dem Heer habt, so tätet ihr besser, am Fluß hinab nach Edward zu gehen und eure Sache Webb vorzulegen, der dort liegen bleibt, statt in die Engpässe vorzudringen und den fremden Franzmann über den Champlain in sein Nest zurückzutreiben.«

Ehe der Fremde auf diesen unerwarteten Vorschlag etwas erwidern konnte, sprengte ein anderer Reiter durch das nahe Gebüsch.

»Wie weit mögen wir denn von Fort Edward sein?« fragte der neue Sprecher. »Den Platz, nach dem Ihr uns weist, verließen wir diesen Morgen, und unser Reiseziel ist die Quelle des Sees.«

»Dann müßt Ihr Euern Gesichtssinn früher als den Weg verloren haben. Der Weg über die Tragestrecke ist gut zwei Ruten breit ausgehauen und eine so breite Straße, denke ich, wie irgendeine in London oder selbst vor dem Königspalast.«

»Wir wollen uns jetzt nicht über die Vortrefflichkeit des Weges streiten«, versetzte Heyward lächelnd; denn er war es, wie der Leser bereits bemerkt haben wird. »Es ist genug, wenn ich Euch sage, daß wir uns einem indianischen Führer anvertrauten, der uns einen näheren, wiewohl geheimeren Weg führen wollte, und daß wir durch seine vermeintliche Ortskenntnis getäuscht worden sind. Mit einem Wort: Wir wissen nicht, wo wir uns befinden.«

»Ein Indianer in den Wäldern verirrt!« sagte der Kundschafter und schüttelte bedenklich den Kopf. »Wenn die Sonne auf die Baumgipfel brennt und die Ströme ihre Betten füllen und das Moos an jedem Baum ihm sagen muß, in welcher Richtung der Nordstern in nächster Nacht leuchten wird, wenn die Wälder voll von Fährten des Wildes sind, die zu den Strömen führen, Punkte, die jedermann kennt! Und noch sind nicht alle Gänse zu den Kanadagewässern fort! Es ist seltsam, daß sich ein Indianer zwischen dem Horican und der Krümmung des Flusses verirrt haben soll! Ist er ein Mohawk?«

»Nicht von Geburt, obgleich in diesen Stamm aufgenommen. Ich glaube, seine Heimat liegt weiter nördlich, und er ist einer von denen, die Ihr Huronen nennt.«

»Hugh!« riefen die zwei Begleiter des Kundschafters, die bis zu diesem Teil des Gesprächs unbeweglich und anscheinend gleichgültig gegen das, was vorging, dagesessen hatten, jetzt aber überrascht mit einem Ungestüm und einer Teilnahme, die offenbar über ihre Zurückhaltung gesiegt hatte, emporsprangen.

»Ein Hurone!« wiederholte der Kundschafter und schüttelte noch einmal voll Mißtrauen den Kopf. »Dies ist ein diebisches Geschlecht, und ich frage nicht viel danach, von wem er aufgenommen wurde. Ihr könnt ihn zu nichts als zum Wegelagern und Herumstreichen brauchen. Da Ihr Euch einem aus dieser Nation anvertraut habt, so würde es mich nicht wundern, wenn Ihr es noch mit anderen zu tun bekommt!«

»Das hat keine Gefahr, da William Henry so viele Meilen vor uns liegt. Ihr vergeßt, was ich Euch vorhin sagte; unser Führer ist jetzt ein Mohawk und dient als Freund bei unserem Heer.«

»Und ich sage Euch, daß, wer als Mingo geboren wird, als Mingo stirbt«, entgegnete entschieden der andere. »Nein, da lobe ich mir einen Delawaren oder Mohikaner: *die* sind ehrlich. Und wenn sie fechten wollen, wozu jedoch nicht alle Lust haben, da sie sich von ihren listigen Feinden, den Maquas, zu Weibern machen ließen – aber wenn sie überhaupt fechten wollen, so schaut mir einen Delawaren oder Mohikaner an, wenn Ihr einen Krieger haben wollt.«

»Genug davon!« unterbrach Heyward ihn ungeduldig. »Ich will nicht den Charakter eines Mannes untersuchen, den ich kenne und der Euch fremd sein muß. Ihr habt mir noch nicht auf meine Frage geantwortet: Wie weit sind wir von dem Hauptheer in Edward?«

»Das kommt, scheint mir, darauf an, wer Euer Führer ist. Ein Pferd, wie das da, dürfte eine gute Strecke Landes zwischen Sonnenauf- und untergang zurücklegen, sollte einer meinen.«

»Ich wünsche keinen Streit in leeren Worten mit Euch, mein Freund«, bemerkte Heyward, sein Mißvergnügen unterdrückend, in höflicherem Ton. »Wenn Ihr mir die Entfernung von Fort Edward sagt und mich dahin führt, so soll Eure Bemühung nicht unbelohnt bleiben.«

»Und wenn ich das tue, wer bürgt mir dafür, daß ich keinen Feind und Spion Montcalms zu den Festungswerken des Heeres führe? Nicht jeder, der Englisch sprechen kann, ist darum ein Ehrenmann.«

»Wenn Ihr bei dem Heer dient, von dem Ihr, wie ich schließe, ein Kundschafter seid, so solltet Ihr das sechzigste Regiment des Königs kennen.«

»Das sechzigste Regiment! Ihr könnt mir wenig von den königlichen Amerikanern sagen, das ich nicht schon wüßte, obgleich ich ein Jagdhemd und keinen Scharlachrock trage.«

»Gut, dann kennt Ihr vielleicht unter anderem den Major desselben.«

»Seinen Major!« unterbrach der Jäger und richtete sich empor wie einer, der stolz auf das ihm geschenkte Vertrauen ist. »Wenn ein Mann im Lande ist, der Major Effingham kennt, so steht er vor Euch.«

»Das Corps hat mehrere Majore. Der von Euch genannte ist der älteste; aber ich spreche von dem allerjüngsten, der die Kompanien in William Henry befehligt.«

»Ja, ich habe gehört, daß ein sehr reicher junger Mann aus einer Provinz weit im Süden diesen Posten erhalten hat. Er ist jung für einen solchen Rang, wo er über Männern steht, deren Köpfe zu bleichen beginnen, und doch sagen sie, er sei ein geschickter Soldat und ein tapferer Mann.«

»Was er auch sein mag und wie er für seinen Posten sich eignet, er spricht jetzt mit Euch, und Ihr habt daher keinen Feind in ihm zu befürchten.«

Der Kundschafter betrachtete Heyward erstaunt, lüpfte dann seine Mütze und antwortete in einem minder freien, obgleich noch immer argwöhnischen Ton:

»Ich habe gehört, daß eine Abteilung diesen Morgen aus dem Lager nach dem Ufer des Sees abgehen sollte.«

»Da habt Ihr recht gehört, ich wählte lieber einen näheren Weg, wobei ich mich auf den erwähnten Indianer verließ.«

»Und er täuschte Euch und lief davon.«

»Keines von beiden, wie ich glaube, wenigstens das letztere nicht. Denn er ist in meinem Gefolge.«

»Ich möchte mir diesen Menschen etwas näher ansehen. Wenn es ein echter Irokese ist, so erkenne ich ihn an seinem Blick und an der Farbe seines Gesichts«, entgegnete der Kundschafter, indem er an Heywards Pferd vorbeischritt und an des Singmeisters Stute, deren Füllen den Stillstand benützte, um sich bei der Mutter satt zu trinken. Nachdem er das Gebüsch beiseite geschoben hatte, traf er einige Schritte weiter auf die Frauen, die das Ergebnis der Besprechung mit Ungeduld und nicht ohne Furcht erwarteten. Hinter diesen lehnte der Läufer an einem Baum. Er hielt die genaue Prüfung des Kundschafters mit unveränderter Miene aus, schaute aber mit einem so finsteren und wilden Blick, daß schon dieser an sich Furcht erregen konnte. Zufrieden mit dem Resultat seiner Forschung verließ ihn der Jäger. Als er an den Frauen vorüberging, hielt er einen Augenblick inne, um ihre Schönheit zu betrachten, wobei er das Lächeln und Nicken Alices mit augenfälligem Vergnügen erwiderte. Von da ging er wieder zu der Stute, und nachdem er einen Augenblick vergeblich den Charakter des Reiters zu erforschen gesucht hatte, schüttelte er den Kopf und kehrte zu Heyward zurück.

»Ein Mingo ist und bleibt ein Mingo, und da ihn Gott einmal so erschaffen hat, so können ihn weder die Mohawks noch andere Stämme anders machen«, sprach er, nachdem er seine frühere Stellung wieder eingenommen hatte. »Wenn wir allein wären und Ihr wolltet das edle Roß den Wölfen überlassen, so könnte ich Euch selbst den Weg nach Edward in einer Stunde zeigen: denn weiter ist es nicht von hier entfernt; aber mit den Frauen in Eurem Gefolge ist es unmöglich.«

»Warum? Sie sind zwar ermüdet, aber für einen Ritt von ein paar Meilen weiter noch kräftig genug.«

»Es ist unmöglich!« wiederholte der Kundschafter. »Für die beste Büchse in den Kolonien möchte ich nach Einbruch der Nacht in Gesellschaft dieses Läufers keine Meile in diesen Wäldern machen. Sie sind voll von lauernden Irokesen und Euer Zwitter-Mohawk weiß zu gut, wo er sie zu finden hat, als daß ich sein Gesellschafter werden möchte.«

»Seht Ihr die Sache so an?« entgegnete Heyward, indem er sich im Sattel vorneigte und seine Stimme fast zu einem Geflüster sinken ließ. »Ich gestehe, ich war auch nicht ohne Argwohn, obgleich ich ihn wegen meiner Begleiterinnen zu verbergen suchte. Eben weil ich Verdacht schöpfte, wollte ich ihm nicht länger folgen und ließ ihn, wie Ihr seht, hinter mir hergehen.«

»Ich wußte, daß er ein Schurke ist, sobald ich ihn anblickte!« versetzte der Kundschafter, als Zeichen der Vorsicht einen Finger an die Nase legend. »Der Dieb lehnt am Fuß des jungen Baumes, den Ihr über den Büschen weg sehen könnt. Sein rechtes Bein steht in einer Richtung mit der Rinde des Baums, und«, hier griff er nach seiner Büchse, »ich kann ihn von meinem Standpunkt aus zwischen dem Knöchel und dem Knie treffen, daß ihm für wenigstens einen Monat das Herumstreichen in den Wäldern vergeht. Ginge ich zu ihm zurück, so würde der Schlaukopf etwas wittern und wie ein erschrecktes Reh durch die Bäume entschlüpfen.«

»Das geht nicht. Er kann unschuldig sein, und ich liebe diese Handlungsweise nicht. Und doch, wenn ich gewiß wüßte, daß er ein Verräter – «

»Auf die Schurkerei eines Irokesen darf man mit Sicherheit rechnen«, sprach der Kundschafter, indem er mit einer instinktiven Bewegung nach seiner Büchse griff.

»Halt!« unterbrach ihn Heyward, »es geht nicht, wir müssen etwas anderes finden. Und doch, ich habe Grund zu glauben, daß der Schuft mich getäuscht hat.« Der Jäger, der bereits seine Absicht, den Läufer lahmzuschießen, aufgegeben hatte, sann einen Augenblick nach und machte dann ein Zeichen, das seine zwei roten Begleiter ihm sogleich zur Seite rief. Sie sprachen leise, aber lebhaft in der Sprache der Delawaren miteinander. Aus den Gebärden des Weißen jedoch ging deutlich hervor, daß er von ihrem verborgenen Feind sprach. Seine Begleiter hatten seine Wünsche schnell verstanden, legten ihre Gewehre weg, wandten sich nach entgegengesetzten Seiten und verschwanden mit so vorsichtigen Bewegungen im Dickicht, daß ihre Tritte nicht gehört werden konnten.

»Jetzt geht zurück«, sprach der Jäger wieder zu Heyward, »und haltet den Teufelsbalg mit Reden hin; die Mohikaner hier wollen ihn lebendig fangen, ohne ihm die Schminke zu verderben.«

»Nein«, sprach Heyward stolz, »ich will ihn selbst fassen.«

»Pah! Was vermögt Ihr zu Pferde gegen einen Indianer in den Büschen?«

»Ich steige ab.«

»Glaubt Ihr, er werde, wenn er sieht, daß Ihr einen Fuß aus dem Bügel habt, warten, bis auch der andere frei ist? Wer in den Wäldern mit den Eingeborenen zu tun hat, muß indianische Kniffe anwenden, wenn er etwas ausrichten will. Geht, sprecht vertraulich mit dem Bösewicht, und tut, als ob Ihr ihn für Euern treuesten Freund auf Erden hieltet.«

Heyward schickte sich an, diesen Rat zu befolgen, obgleich ihm die Rolle, die er zu spielen hatte, nicht behagen wollte. Indes war er jeden Augenblick mehr überzeugt, daß er durch ein zu großes Vertrauen seine Schützlinge in eine sehr mißliche Lage versetzt hatte. Die Sonne war bereits untergegangen, und die Wälder, plötzlich ihres Lichtes beraubt, nahmen eine düstere Farbe an. Das erinnerte ihn daran, daß die Stunde, die die Wilden gewöhnlich für ihre grausamsten und gefühllosesten Akte der Rache oder der Feindseligkeit wählten, mit schnellen Schritten heranrückte. Von Besorgnissen bestürmt, verließ er den Kundschafter. Dieser ließ sich unmittelbar darauf in eine laute Unterredung mit jenem Fremden ein, der sich mit so wenig Umständen am Morgen in die Reisegesellschaft eingedrängt hatte. Als Heyward an seinen zarten Begleiterinnen vorbeiritt, sagte er einige Worte der Ermutigung zu ihnen und fand zu seiner Freude, daß sie, obgleich ermüdet von den Anstrengungen des Tages, keinen Verdacht zu haben schienen. Er ließ sie glauben, daß er sich bloß über ihre bevorstehende Route bespreche, spornte sein edles Roß und ritt zu der Stelle, wo der trotzige Läufer immer noch an den Baum gelehnt stand.

»Du siehst, Magua«, sagte er, indem er eine unbefangene, vertrauliche Miene anzunehmen bemüht war, »daß die Nacht ringsumher einbricht und daß wir William Henry nicht näher sind als heute morgen zu Beginn unserer Reise. Du hast den Weg verfehlt, und ich bin nicht glücklicher gewesen. Zum Glück aber sind wir auf einen Jäger getroffen, der dort oben mit dem Sänger spricht. Er ist mit den Fährten des Wildes und den Fußpfaden der Wälder vertraut und verspricht, uns zu einem Platz zu führen, wo wir sicher bis zum Morgen ausruhen können.«

Der Indianer richtete seine funkelnden Augen auf Heyward und fragte in seinem gebrochenen Englisch: »Ist er allein?«

»Allein!« wiederholte zögernd Heyward, dem Täuschung noch zu neu war, als daß er nicht etwas verlegen geworden wäre. »Oh, gewiß nicht allein, Magua. Du weißt ja, daß wir bei ihm sind.«

»Dann kann Le Renard subtil gehen«, versetzte der Läufer, indem er eine kleine Reisetasche vor seinen Füßen aufhob; »und die Bleichgesichter werden nur Leute ihrer eigenen Farbe sehen.«

»Gehen? Wen nennst du Le Renard?«

»Diesen Namen haben seine kanadischen Väter Magua gegeben«, erwiderte der Läufer mit einer Miene, die bewies, daß er auf diese Auszeichnung stolz war. »Nacht und Tag sind für Subtil gleich, wenn Munro auf ihn wartet.«

»Was will Le Renard subtil dem Befehlshaber von William Henry von seinen Töchtern melden? Wird er es wagen, dem hitzköpfigen Schotten zu sagen, daß er seine Kinder trotz seines Versprechens ohne Führer gelassen habe?«

»Der Graukopf hat eine laute Stimme und einen langen Arm, aber wird Le Renard diese Stimme in den Wäldern hören oder den Arm fühlen?«

»Aber was werden die Mohawks sagen! Sie werden ihm einen Weiberrock machen und ihn heißen, im Wigwam bei den Weibern zu bleiben: denn nicht länger kann man ihm das Geschäft eines Mannes anvertrauen!«

»Le Subtil kennt den Pfad zu den großen Seen und kann die Gebeine seiner Väter finden«, war die Antwort des unbewegten Läufers.

»Genug, Magua«, sprach Heyward, »sind wir nicht Freunde? Warum sollen bittere Worte zwischen uns gewechselt werden? Munro hat dir für deine Dienste ein Geschenk versprochen, und ich werde dein Schuldner für ein weiteres sein. So laß deine müden Glieder ausruhen, und öffne deine Reisetasche, um zu essen. Wir haben nur wenige Minuten zum Rasten, laß sie uns nicht wie zänkische Weiber vergeuden. Wenn die Frauen Erfrischungen zu sich genommen haben, gehen wir weiter.«

»Die Bleichgesichter machen sich zu Hunden ihrer Frauen«, murmelte der Indianer in seiner Muttersprache. »Und wenn sie essen wollen, müssen ihre Krieger den Tomahawk beiseite legen, um ihre Trägheit zu nähren.«

»Was sagst du, Renard?«

»Le Subtil sagt, es ist gut.«

Der Indianer heftete jetzt das Auge fest auf das offene Gesicht Heywards. Als er aber seinem Blick begegnete, wandte er sich schnell ab, nahm, indem er sich bedächtig zu Boden setzte, den Rest eines frühen Mahles aus der Tasche und begann zu essen, jedoch nicht ohne langsam und vorsichtig um sich zu blicken.

»So ist es recht«, fuhr Heyward fort, »und morgen wird Renard neue Kraft des Leibes und der Augen haben, um den Weg zu finden.« Er hielt inne, denn Laute wie das Knistern von dürren Reisern und das Rascheln von Blättern ließen sich aus den nahen Gebüschen vernehmen. Plötzlich aber besann er sich und fuhr fort: »Wir müssen aufbrechen, ehe die Sonne sich sehen läßt, sonst legt sich uns Montcalm in den Weg und schneidet uns von der Festung ab.«

Magua ließ seine Hand vom Mund zur Seite herabsinken, und obgleich seine Augen auf den Boden geheftet waren, bog er den Kopf seitwärts. Seine Nasenlöcher weiteten sich, und sogar seine Ohren schienen aufrechter zu stehen als gewöhnlich. Sie gaben ihm den Anschein einer Bildsäule, die gespannte Aufmerksamkeit darstellen soll.

Heyward, der seinen Bewegungen mit wachsamem Auge folgte, zog nachlässig einen seiner Füße aus dem Bügel, während er mit der Hand über die Bärenhautdecke seiner Pistolenhalfter hinglitt. Jede Bemühung, den Punkt zu entdecken, den der Läufer besonders ins Auge faßte, scheiterte an dessen zitterndem Blick, der auf keinem besonderen Gegenstand auch nur einen Augenblick ruhte und sich doch auch nicht eigentlich zu bewegen schien. Während jener noch unschlüssig war, stand Le Subtil vorsichtig auf, jedoch mit einer so langsamen und bedächtigen Bewegung, daß diese Veränderung nicht das geringste Geräusch verursachte. Heyward fühlte, daß jetzt gehandelt werden mußte. Er warf sein Bein über den Sattel und sprang ab, entschlossen, sich seines verräterischen Begleiters zu bemächtigen, indem er sich auf seine Mannesstärke verließ. Um jedoch unnötigen Lärm zu vermeiden, behielt er immer noch den Anschein der Ruhe und Vertraulichkeit bei. »Le Renard subtil ißt nicht«, sagte er, indem er sich des Namens bediente, welcher der Eitelkeit des Indianers am meisten zu schmeicheln schien. »Sein Korn ist nicht gut geröstet, es scheint zu trocken. Ich will sehen, vielleicht findet sich etwas unter meinem eigenen Vorrat, was ihm besser mundet.«

Magua schlug die Hand des jungen Mannes zurück.

Magua hielt die Reisetasche hin, als wolle er ihm entgegenkommen. Er ließ es sogar zu, daß ihre Hände sich berührten, ohne die geringste Aufregung zu zeigen oder die Stellung zu verändern. Kaum fühlte er aber, daß Heywards Finger sich leicht über seinen nackten Arm hinbewegten, schlug er die Hand des jungen Mannes zurück, stieß, unter ihr wegspringend, einen durchdringenden Schrei aus und tauchte mit einem einzigen Sprung in das entgegengesetzte Dickicht. Im nächsten

Augenblick erschien die Gestalt Chingachgooks aus den Gebüschen. Er sah mit seiner Gesichtsbemalung wie ein Gespenst aus und glitt über den Pfad hin, um ihn eiligst zu verfolgen. Einen Augenblick später hörte man Uncas' Ruf, und die Wälder wurden durch einen plötzlichen Blitz erleuchtet, den ein scharfer Knall von des Jägers Büchse begleitete.

Fünftes Kapitel

Die plötzliche Flucht seines Führers und das wilde Geschrei der Verfolger versetzten Heyward auf einige Augenblicke in untätiges Erstaunen. Bald aber bedachte er, wie wichtig es sei, sich des Flüchtlings zu versichern, stürzte auf die nahen Büsche und drang eilig vor, um bei der Jagd Hilfe zu leisten. Er hatte aber noch keine zweihundert Schritte zurückgelegt, als er die drei Waldbewohner bereits von ihrer fruchtlosen Verfolgung zurückkehren sah.

»Warum habt ihr so schnell den Mut verloren?« rief er. »Der Schurke muß sich hinter einem dieser Bäume verborgen halten. Wir können seiner noch habhaft werden. Wir sind nicht sicher, solange er auf freiem Fuß ist.«

»Wollt Ihr den Wind mit einer Wolke jagen?« fragte der Kundschafter ärgerlich. »Ich hörte den Teufelskerl über das trockne Laub hinschlüpfen wie eine schwarze Natter, bekam gerade über jener dicken Fichte einen schwachen, flüchtigen Schein von ihm, spannte, als wäre ich ihm auf der Fährte, es war aber nichts! Da seht einmal diesen Sumachbaum an, seine Blätter sind rot, und doch weiß jedermann, daß er im Monat Juli in gelber Blüte steht.«

»Es ist Blut von Le Subtil! Er ist verwundet und fällt vielleicht noch!«

»Nein, nein«, entgegnete der Kundschafter, diese Vermutung entschieden verwerfend, »ich streifte wohl nur die Rinde von einem Glied ab, und der Bursche hüpft dafür um so länger. Eine Büchsenkugel tut einem Jagdtier, wenn sie es streift, just denselben Dienst wie Euer Sporn dem Roß, sie beschleunigt nur seinen Lauf und bringt Leben in das Fleisch, statt es zu rauben. Aber wenn sie ein tüchtiges Loch bohrt, so ist's nach ein paar Sprüngen gemeinhin am Ende mit dem Laufen, sei es nun Indianer oder Wild!«

»Wir sind aber vier kräftige Kerle gegen einen Verwundeten!«

»Ist das Leben Euch verleidet?« unterbrach ihn der Kundschafter. »Der rote Teufel dort würde Euch in den Bereich der Tomahawks seiner Gesellen bringen, bevor Ihr Euch noch von der Jagd erhitzt hättet. Es war ein unbesonnener Streich von einem Mann, der so oft geschlafen hat, während der Schlachtruf durch die Luft ertönte, seine Flinte in der Hörweite eines Hinterhalts abzufeuern. Aber die Versuchung war zu groß! Kommt, Freunde, verändern wir unsern Standort auf eine Weise, welche den listigen Mingo auf eine falsche Fährte bringt, sonst trocknen morgen um diese Stunde unsre Skalpe vor Montcalms Lager im Winde!«

Diese schauderhafte Erklärung, die der Kundschafter mit der kaltblütigen Sicherheit eines Mannes gab, der die volle Gefahr begriff, sie aber nicht fürchtete, erinnerte Heyward an die Wichtigkeit des Amtes, das er freiwillig übernommen hatte. Während er seine Blicke wandern ließ und sich vergeblich anstrengte, die Finsternis zu durchdringen, welche sich unter dem Blätterbogen des Waldes immer mehr verdichtete, war es ihm, als ob seine wehrlosen Begleiterinnen, von menschlicher Hilfe abgeschnitten, bald der Willkür dieser barbarischen Feinde ausgeliefert wären, die gleich Raubtieren nur warteten, bis die Finsternis ihre Streiche noch sicherer und verderblicher machte. Seine aufgeregte Einbildungskraft, getäuscht durch das trügerische Licht, verwandelte jedes sich bewegende Gebüsch, jeden Stamm eines gefallenen Baumes in menschliche Gestalten. Zu wiederholten Malen glaubte er die greulichen Gesichter seiner lauernden Feinde unterscheiden zu können, wie sie in rastloser Wachsamkeit auf die Bewegungen seiner Begleiter aus ihren Verstecken hervorschauten. Aufblickend bemerkte er, daß die dünnen, flockigen Wölkchen, die der Abend gerötet hatte, bereits ihre Rosenfarbe verloren, während der vorbeifließende Strom nur noch an dem dunklen Streifen seiner bewaldeten Ufer erkennbar war.

»Was ist zu tun?« fragte er und empfand die äußerste Hilflosigkeit seiner peinlichen Lage; »verlaßt mich nicht um Gottes willen! Bleibt, um die zu verteidigen, die unter meinem Geleit stehen, und bestimmt frei, womit ich euch belohnen soll!«

Seine Begleiter, die sich seitwärts in der Sprache ihres Stammes berieten, achteten nicht auf diese plötzliche Aufforderung. Obgleich ihre Unterredung in leisem und vorsichtigem Ton gehalten wurde und nicht viel mehr als Geflüster war, konnte Heyward, der jetzt hinzutrat, leicht den eindringlichen Ton des jungen Kriegers von den bedächtigen Reden der älteren unterscheiden. Offenbar stritten sie über die Zweckmäßigkeit einer Maßregel, die das Wohl der Reisenden betraf. Von der Dringlichkeit seines Gegenstandes überwältigt und ungeduldig über einen Verzug, der ihm mit so viel Gefahr verbunden schien, trat Heyward zu der düsteren Gruppe, um sein Anerbieten in Betreff der Belohnung noch bestimmter auszudrücken. Da machte der Weiße mit der Hand eine Bewegung, als gäbe er den bestrittenen Punkt zu, wandte sich ab und sagte in einer Art Selbstgespräch in englischer Sprache:

»Uncas hat recht! Es wäre unmenschlich, so unschuldige Geschöpfe ihrem Schicksal zu überlassen, selbst wenn dadurch unser Zufluchtsort für immer aufs Spiel gesetzt würde. Wenn Ihr diese zarten Blumen aus der Gewalt der schlimmsten aller Schlangen retten wollt, Herr, so habt Ihr keine Zeit zu verlieren und müßt zu einem Entschluß kommen!«

»Wie könnt Ihr an einem solchen Wunsch zweifeln! Habe ich mich nicht bereits erboten – «

»Richtet Euer Gebet an den Himmel, der kann uns allein Weisheit geben, die Arglist der Teufel, die diese Wälder füllen, zuschanden zu machen«, unterbrach ihn ruhig der Kundschafter. »Aber verschont uns mit Euern Geldangeboten, da Ihr vielleicht nicht so lange lebt, um sie zu erfüllen, noch ich, um sie zu benützen. Diese Mohikaner und ich wollen tun, was Menschengedanken ersinnen können, um liebliche Blumen, die nicht für die Wildnis geschaffen sind, vor Schaden zu bewahren, und zwar ohne Hoffnung auf andere Belohnung als solche, welche Gott immer rechtschaffenem Handeln zuteil werden läßt. Zuerst müßt Ihr zweierlei versprechen, sowohl in Euerm Namen als für Eure Freunde, oder wir werden uns, ohne Euch einen Dienst leisten zu können, nur selbst Schaden bringen!«

»Redet!«

»Das erste ist, euch stiller zu verhalten als die ruhenden Wälder hier, mag auch geschehen, was da will; das zweite, den Ort, wohin wir euch bringen, vor jedem Sterblichen geheimzuhalten.«

»Ich will mein Äußerstes tun, um diese beiden Bedingungen zu erfüllen.«

»So folgt mir. Denn wir verlieren Augenblicke, die so kostbar sind wie dem verwundeten Wilden das Herzblut!« Heyward konnte durch den wachsenden Schatten der Nacht die ungeduldigen Gebärden des Kundschafters bemerken und folgte schnell seinen Tritten zu der Stelle hin, wo er den Rest der Reisegesellschaft gelassen hatte. Als sie bei den erwartungsvollen und ängstlichen Frauen eintrafen, machte er sie in kurzen Worten mit den Bedingungen ihres neuen Führers bekannt und fügte hinzu, wie sie jede Besorgnis verscheuchen und sich zu augenblicklichen ernsten Anstrengungen entschließen müßten. Obgleich seine beunruhigende Mitteilung nicht ohne geheimen Schrecken aufgenommen wurde, gelang es doch seinem Ernst und seinen eindringlichen Vorstellungen, unterstützt vielleicht von der Beschaffenheit der Gefahr, ihre Nerven für eine unerwartete, ungewöhnliche Prüfung zu stählen. Schweigend und ohne den geringsten Verzug ließen sie sich von den Pferden helfen und begaben sich eilig an den Rand des Wassers hinab, wo der Kundschafter mehr durch ausdrucksvolle Gebärden als durch Worte den Rest der Gesellschaft versammelt hatte.

»Was tun wir mit den Pferden, diesen stummen Geschöpfen?« murmelte der Weiße, von dem die ganze Leitung ihrer künftigen Bewegungen abzuhängen schien. »Es wäre Zeitverlust, ihnen die Kehle durchzuschneiden und sie in den Fluß zu werfen. Sie aber hierzulassen, hieße den Mingos sagen, daß sie ihre Eigentümer nicht weit davon zu suchen haben.«

»So geben wir ihnen die Zügel und lassen sie frei im Walde laufen«, wagte Heyward zu raten.

»Nein, es ist besser, wir leiten die Schufte irre und lassen sie glauben, es bedürfe Rossesschnelle, um ihr Wildbret zu erjagen. Ja, ja, das blendet die Feuerkugeln ihrer Augen! Chingach – St! Was rührt sich hier im Gebüsch?«

»Das Füllen!«

»Das Füllen wenigstens muß sterben«, murmelte der Kundschafter und griff nach der Mähne des flinken Tieres, das indes schnell seiner Hand entschlüpfte. »Uncas, deine Pfeile!«

»Halt!« rief der Eigentümer des zum Tode verurteilten Tieres laut, ohne Rücksicht auf das Flüstern, in welchem die übrigen sprachen; »verschont mir Mirjams Füllen! Es ist der Sprößling einer treuen Mutter und wird willentlich keinen Schaden tun.«

»Wenn Menschen um das einzige Leben kämpfen, das Gott ihnen gegeben hat«, sprach der Kundschafter ernst, »so ist ihnen das eigene Geschlecht mehr wert als die Tiere des Waldes. Wenn Ihr widersprecht, so überlasse ich Euch der Willkür der Maquas! Den Pfeil aufgelegt, Uncas, und gut gezielt, wir haben keine Zeit, um einen zweiten zu versenden!«

Die leisen, murrenden Töne seiner drohenden Stimme waren noch hörbar, als das verwundete Füllen sich bereits bäumte und dann auf die Knie niederstürzte. Chingachgook trat herzu, stieß ihm blitzschnell das Messer durch die Kehle und warf das sich sträubende Schlachtopfer in den Fluß, von dessen Strömung es fortgerissen wurde, während es noch hörbar mit dem schwindenden Leben nach Atem schnappte. Dieser Akt scheinbarer Grausamkeit, aber wirklicher Notwendigkeit machte, als Beweis der drohenden Gefahr, in der sie schwebten, auf die Gemüter der Reisenden einen furchtbaren Eindruck, der durch die ruhige, aber feste Entschlossenheit der handelnden Personen noch erhöht wurde. Die Schwestern schauderten und drängten sich fester aneinander, während Heyward unwillkürlich die Hand an eine der

Pistolen legte, die er zuvor aus ihren Halftern gezogen hatte, als er zwischen seine Schutzbefohlenen und die finsteren Schatten trat.

Die Indianer bedachten sich keinen Augenblick, sie ergriffen die Zügel und führten die erschreckten und widerstrebenden Pferde in das Tal des Flusses hinab.

In einiger Entfernung vom Ufer wandten sie sich und wurden bald durch einen vorspringenden Hügel gedeckt, unter dessen Schutz sie flußaufwärts fortwanderten. Mittlerweile zog der Kundschafter ein Kanu von Baumrinde aus einem Versteck unter niedrigen Gebüschen hervor und bedeutete den Frauen, einzusteigen. Sie taten es unbedenklich, obgleich sie manchen furchtsamen und ängstlichen Blick in das wachsende Dunkel warfen, das jetzt wie eine schwarze Grenzwand auf dem Flußufer lag.

Sobald Cora und Alice saßen, hieß der Kundschafter, ohne einen Blick auf das Wasser zu werfen, Heyward die eine Seite des gebrechlichen Fahrzeugs zu halten, während er sich selbst auf die andere stellte. So brachten sie das Boot, gefolgt von dem niedergeschlagenen Besitzer des toten Füllens, eine große Strecke den Strom hinauf. Keiner sprach ein Wort, nur das Plätschern des Wassers und das leise Geräusch, das ihre Fußtritte machten, unterbrachen die Stille. Heyward überließ die Lenkung des Kanus dem Kundschafter, der sich dem Ufer bald näherte, bald sich von ihm entfernte, um Felsblöcke oder tiefere Stellen zu vermeiden, mit einer Gewandtheit, die seine Kenntnis des eingeschlagenen Weges bekundete. Gelegentlich hielt er an, und inmitten dieser Totenstille, die durch das dumpfe, jedoch zunehmende Rauschen eines Wasserfalls noch bedrückender wurde, horchte er mit ängstlicher Aufmerksamkeit, ob nicht etwa ein Laut aus dem schlummernden Wald herausdringe. Wenn er sich überzeugt hatte, daß alles ruhig war und er selbst mit seinen geübten Sinnen kein Zeichen sich nähernder Feinde entdecken konnte, fuhr er mit großer Bedächtigkeit langsam und vorsichtig weiter. Endlich erreichten sie eine Stelle in dem Fluß, wo Heywards umherschweifendes Auge eine Gruppe schwarzer Objekte gewahrte, die sich an einem Punkt sammelten, wo das höhere Ufer einen tieferen Schatten auf die finsteren Gewässer warf. Er zögerte weiterzufahren und lenkte die Aufmerksamkeit seines Begleiters auf diese Stelle. »Nun«, versetzte der ruhige Mann, »die Indianer haben hier die Tiere mit der den Eingeborenen eigenen Vorsicht untergebracht. Das Wasser läßt keine Spur zurück, und selbst die Augen einer Eule würden in der Finsternis einer solchen Höhle erblinden.«

Die ganze Gesellschaft war jetzt wieder zusammen, und eine zweite Beratung zwischen dem Kundschafter und seinen neuen Gefährten erfolgte, während welcher sie, deren Schicksal von der Treue und

Auf der Flucht.

Redlichkeit dieser unbekannten Waldbewohner abhing, ein wenig Muße hatten, sich genauer umzusehen.

Der Fluß war zwischen hohe und rauhe Felsen eingezwängt, von denen einer über die Stelle, wo das Kanu lag, herüberhing. Da die Felsen wieder von hohen Bäumen überragt wurden, welche an dem Rande des Absturzes zu schwanken schienen, so war es, als ob der Strom ein tiefes und enges Tal durchflösse. Unter diesen phantastischen Felsrändern und den gezackten Baumgipfeln, die sich hier und da dunkel an den gestirnten Zenit malten, lag alles in dichter Finsternis. Hinter ihnen begrenzte die Krümmung der Ufer bald die Aussicht, aber vorne und scheinbar in geringer Entfernung schien das Wasser zum Himmel emporgetürmt und stürzte von da in Höhlen, aus denen sich jene unheimlichen Töne vernehmen ließen, welche die Abendluft erfüllten. Der Ort schien wirklich der Abgeschiedenheit geweiht, und die Schwestern empfanden ein wohltuendes Gefühl von Sicherheit, als sie seine romantischen, wenngleich nicht schrecklosen Schönheiten betrachteten. Eine allgemeine Bewegung unter ihren Führern rief sie jedoch bald von dem Anschauen dieser Zauber, welche die Nacht dem Ort verliehen hatte, zu dem quälenden Bewußtsein wirklicher Gefahr zurück.

Die Pferde waren an einigen zerstreuten Gesträuchen, die aus den Spalten der Felsen wuchsen, angebunden und mußten hier, im Wasser stehend, die ganze Nacht zubringen. Der Kundschafter hieß Heyward und seine angstvollen Begleiter sich in das vordere Ende des Kanus setzen und nahm selbst Besitz von dem anderen, so aufrecht und fest, als ob er in einem Fahrzeug von viel stärkerem Material dahinführe. Die Indianer zogen sich behutsam auf die Stelle zurück, die sie verlassen hatten, dann stemmte der Kundschafter seine Ruderstange gegen einen Felsen und trieb mit einem kräftigen Stoß die gebrechliche Barke mitten in die stürmische Strömung. Mehrere Minuten blieb der Kampf zwischen dem leichten Fahrzeug und dem ungestümen Strom unentschieden. Da die Reisenden keine Hand rühren durften und beinahe nicht zu atmen wagten, um nicht das schwache Schiffchen der Wut des Stromes preiszugeben, starrten sie in fieberhafter Spannung auf die schäumenden Wogen. Oft glaubten sie, die wirbelnde Springflut stürzte sie in unvermeidliches Verderben – doch jedesmal stemmte die Meisterhand des Steuermanns den Bug des Kanus der Strömung entgegen. Eine lange, kräftige und, wie es den Frauen schien, verzweiflungsvolle Anstrengung beschloß den Kampf. Gerade als Alice ihre Augen vor Entsetzen geschlossen hatte, weil sie glaubte, von dem Strudel am Fuß des Wasserfalls verschlungen zu werden, blieb das Kanu an der Seite des flachen Felsen wie angewurzelt liegen.

»Wo sind wir? Was ist als nächstes zu tun?« fragte Heyward, als er wahrnahm, daß die Anstrengungen des Steuermanns aufgehört hatten.

»Ihr seid am Fuß des Glenfalls«, versetzte der andere mit lauter Stimme, ohne beim Brausen des Wasserfalls schlimme Folgen befürchten zu müssen. »Das nächste ist, festen Fußes auszusteigen, damit das Kanu nicht anstößt und Ihr den schwierigen Weg, den wir gemacht haben, schneller hinabfahrt, als Ihr heraufgekommen seid. Es ist ein hartes Stück Arbeit, gegen die Strömung zu fahren, wenn der Fluß etwas angeschwollen ist, und fünf Mitfahrer sind eine große Zahl, wenn man sich in einem Kahn, der nur mit Harz abgedichtet ist, in solchen Strudeln und Wirbeln trocken halten will. Da, tretet alle auf den Felsen, und ich will die Mohikaner mit dem Wildbret holen. Leichter schläft sich's ohne Skalp, als wenn man mitten im Überfluß Hunger leiden soll.«

Froh befolgten seine Gefährten diese Weisung. Als der letzte Fuß den Felsen berührte, löste sich das Kanu von seinem Standort; die hohe Gestalt des Kundschafters war einen Augenblick sichtbar, wie er über die Fluten dahinglitt, ehe er in der undurchdringlichen Finsternis, die über dem Bett des Flusses lag, verschwand. Verlassen von ihrem Führer blieben die Reisenden einige Minuten in hilfloser Unsicherheit. Sie zögerten, sich auf den abbrechenden Felsen fortzubewegen, um nicht durch einen Fehltritt in eine der tiefen und schäumenden Höhlen zu stürzen, in welche das Wasser von allen Seiten heranzubrausen schien. Bald waren sie jedoch von ihrer Ungewißheit befreit. Unterstützt von der Kunst der Eingeborenen schoß das Kanu zurück durch die Wirbel und lag wieder an der Seite des flachen Felsens.

»Nun haben wir Bollwerk, Besatzung und Proviant!« rief Heyward in munterer Laune, »und können Montcalm und allen seinen Verbündeten die Spitze bieten. Könnt Ihr, meine scharfsichtige Schildwache, etwas von Euren Irokesen, wie Ihr sie nennt, auf dem Lande drüben sehen?«

»Ich heiße sie Irokesen, weil mir jeder Eingeborne, der eine fremde Sprache spricht, als Feind gilt, wenn er auch vorgibt, dem König zu dienen! Wenn Webb von einem Indianer Treue und Redlichkeit haben will, so hole er die Stämme der Delawaren und schicke diese raubsüchtigen, lügenhaften Mohawks und Oneidas mit ihren sechs Nationen von Lumpenkerlen dahin, wohin sie ihrer Natur nach gehören, zu den Franzosen!«

»Dann würden wir einen kriegerischen Freund gegen einen unbrauchbaren vertauschen. Ich habe gehört, daß die Delawaren das Schlachtbeil niedergelegt haben und sich's gefallen ließen, Weiber genannt zu werden.«

»Ja, Schande über die Holländer[1] und die Irokesen, die jene durch ihre Teufeleien zu einem solchen Vertrag verleitet haben! Aber ich kenne sie seit zwanzig Jahren und nenne den einen Lügner, der sagt, daß Memmenblut in den Adern eines Delawaren fließt. Ihr habt ihre Stämme von dem Seegestade vertrieben und glaubt nun gerne, was ihre Feinde sagen, um nachts ruhiger auf euren Kissen zu schlafen. Nein, nein; bei mir ist jeder Indianer, der eine fremde Sprache redet, ein Irokese, mag nun die Burg seines Stammes in Kanada oder in York stehen[2].«

Als Heyward sah, daß die hartnäckige Anhänglichkeit des Kundschafters an seine Freunde, die Delawaren oder Mohikaner – sie waren Zweige desselben großen Volkes –, eine nutzlose Erörterung herbeiführen würde, ging er auf einen andern Gegenstand über.

»Vertrag oder nicht, ich sehe jetzt wohl, daß Eure zwei Begleiter wackere und vorsichtige Krieger sind. Hörten oder sahen sie etwas von unsern Feinden?«

»Einen Indianer spürt man vorher, ehe man ihn sieht«, antwortete der Kundschafter, den Felsen hinaufsteigend und den Rehbock nachlässig hinwerfend. »Ich verlasse mich auf andere Zeichen als solche, die ins Auge fallen, wenn ich den Mingos auf der Spur bin.«

»Sagen Eure Ohren Euch, daß sie unser Versteck aufgespürt haben?«

»Das sollte mir sehr leid tun, obgleich es ein Ort ist, den Mut und Tapferkeit gegen einen scharfen Angriff verteidigen könnten. Ich will jedoch nicht leugnen, daß die Pferde sich zusammendrückten, als ich an ihnen vorüberging, so als ob sie Wölfe witterten. Und ein Wolf ist ein Tier, das gerne um einen indianischen Hinterhalt streicht und auf den Abfall von dem Wild, das sie erlegen, zu lauern pflegt.«

»Ihr vergeßt den Rehbock da zu Euern Füßen! Oder verdanken wir ihren Besuch dem toten Füllen? Ha, was ist das für ein Geräusch?«

»Arme Mirjam!« murmelte der Fremde, »dein Füllen wurde verdammt, eine Beute der raubsüchtigen Bestien zu werden.« Dann erhob er plötzlich unter dem Getöse der Wogen seine Stimme und sang laut:

»Ägyptens Erstgeborne schlug er
Vom Menschen und vom Vieh zumal!
Ägypten, Wunder zu dir sandt' er
Auf Pharao und seine Diener all!«

1 Der Leser wird sich erinnern, daß New York ursprünglich eine Kolonie der Holländer war.

2 Die ursprünglichen Dörfer der Indianer werden noch jetzt von den Weißen in New York Castles, Burgen, genannt. Oneida castle ist heute eine zerstreut liegende Siedlung; der Name ist aber noch in aller Munde.

»Der Tod des Füllens liegt seinem Eigentümer schwer auf dem Herzen«, sagte der Kundschafter. »Es ist immer ein gutes Zeichen, wenn man noch etwas auf seine stummen Freunde hält. Seine Religion läßt ihn glauben: was geschehen soll, müsse doch geschehen. Und bei dieser Überzeugung wird es schwer, ihm darzutun, daß es vernünftig ist, ein vierfüßiges Tier zu töten, um das Leben von Menschen zu retten. Ihr habt vielleicht recht«, fuhrt er fort, indem er auf Heywards letzte Bemerkung zurückkam; »um so mehr Grund für uns, daß wir uns unsre Fleischstücke abschneiden und das Gerippe den Fluß hinabtreiben lassen, sonst heult das ganze Pack uns in die Ohren und mißgönnt uns jeden Bissen, den wir zum Munde bringen. Zudem sind die Irokesen, obgleich sie die Delawaren-Sprache so wenig wie ein Buch verstehen, gescheit genug, die Ursache von einem Wolfsgeheul zu enträtseln.«

Während dieser Bemerkungen war der Kundschafter beschäftigt, einige notwendige Gerätschaften zusammenzunehmen, und ging dann schweigend an der Gruppe der Reisenden vorbei, begleitet von den Mohikanern, die seine Absichten mit instinktiver Bereitwilligkeit zu begreifen schienen. Einer nach dem andern von den dreien verschwand hinter der finsteren Wand eines senkrechten Felsens, der ein paar Schritte vom Ufer entfernt steil aufragte.

Sechstes Kapitel

Heyward und seine weiblichen Begleiter sahen diese geheimnisvolle Bewegung mit innerer Unruhe. Wenn auch das Betragen des Weißen bis jetzt ganz untadelhaft war, so konnten doch sein grober Aufzug, sein derbes Betragen und seine mannigfachen Vorurteile in Verbindung mit dem Charakter seiner schweigsamen Gefährten Mißtrauen erregen, insbesondere in den Gemütern solcher, die eben erst durch indianische Verräterei in Not gekommen waren.

Der Psalmsänger allein achtete nicht auf das, was um ihn her vorging. Er saß auf dem Vorsprung eines Felsens und gab keine anderen Lebenszeichen von sich als häufige, schwere Seufzer, welche Kämpfe in seinem Innern bekundeten. Dumpfe Männerstimmen ließen sich jetzt vernehmen, wie von Menschen, die unter der Erde einander zuriefen. Ein plötzlicher Lichtstrahl fiel auf die außen Weilenden und enthüllte das so streng gehütete Geheimnis des Ortes.

An dem entfernten Ende einer engen, tiefen Höhle in dem Felsen, deren Länge durch die Perspektive und die Art der Beleuchtung noch größer schien, saß der Kundschafter und hielt einen Fichtenbrand in

Der helle Schein des Feuers fiel auf das Gesicht des Kundschafters.

der Hand. Der helle Schein des Feuers fiel auf sein derbes, verwittertes Gesicht und auf seinen Jagdanzug, wodurch die Gestalt dieses Mannes einen Anstrich von romantischer Wildheit erhielt. Dabei hätte er sich bei Tageslicht nur durch seinen seltsamen Anzug ausgezeichnet, durch die eiserne Gedrungenheit seiner Gestalt und durch die sonderbare Mischung von lebhaftem, allezeit wachem Scharfblick und entschiedener Einfalt, die abwechselnd seine Züge beherrschten. Unweit von ihm, aber etwas im Vordergrund, stand Uncas, dessen ganze Person in vollem Lichte erschien. Die Reisenden betrachteten aufmerksam die aufrechte, schlanke Gestalt des jungen Mohikaners, anmutig und ungezwungen in Haltung und Bewegungen. Obgleich sein Körper mehr als gewöhnlich verdeckt war durch ein grünes, mit Fransen bedecktes Jagdhemd, dem des Weißen gleich, sah man doch sein schwarzes, glänzendes und unerschrockenes Auge, das zugleich furchtbar und ruhig war. Man sah den kühnen Umriß seiner edlen und stolzen Züge, nur von ihrem natürlichen Rot gefärbt, und die erhabene, gewölbte Stirn – all die ausgewogenen Maße eines edlen Hauptes, das bis auf den Haarschopf kahl geschoren war. Zum erstenmal hatten Duncan und seine Gefährten Gelegenheit, die scharfen Züge ihrer beiden indianischen Begleiter näher zu betrachten, und alle fühlten sich von jeglichem Argwohn befreit. Sie fühlten, daß Uncas' Geist noch zum Teil von Unwissenheit umfangen sein könnte, daß er aber nie seine herrlichen Naturgaben zu boshafter Verräterei mißbrauchen würde.

Die offenherzige Alice staunte sein freies Wesen und seine stolze Haltung an, wie sie es bei einer kostbaren Reliquie des griechischen Meißels getan haben würde, die durch ein Wunder lebendig geworden wäre, während Heyward, obgleich gewohnt an den Anblick vollendeter Formen, die unter den unverdorbenen Eingebornen so häufig sind, seine Bewunderung über ein so tadelloses Bild der edelsten Männergestalt unverhohlen äußerte.

»Ich könnte ruhig schlafen«, flüsterte ihm Alice zu, »wenn ich einen so furchtlosen, edel aussehenden Jüngling zu meiner Schildwache hätte. Sicher, Duncan, werden die grausamen Mordtaten, jene furchtbaren Marterszenen, von denen wir so viel lesen und hören, nie in Gegenwart von einem wie ihm verübt.«

»Er ist gewiß ein seltenes, glänzendes Muster jener natürlichen Eigenschaften, wodurch diese eigentümlichen Völker sich so sehr auszeichnen sollen«, bemerkte er. »Ich bin mit Ihnen einverstanden, Alice, daß eine solche Stirn und ein solches Auge mehr geschaffen sind, Furcht einzujagen als zu betrügen. Aber täuschen wir uns nicht selbst, indem wir von ihm die Ausübung einer andern Tugend erwarten, als sich mit den Begriffen eines Wilden verträgt? Glänzende Beispiele großer Eigenschaften sind so selten unter Christen, wie sollten sie nicht bei den Indianern vereinzelte Erscheinungen sein, obgleich, zur Ehre unsrer gemeinsamen Natur, beide Teile nicht unfähig sind, dergleichen aufzustellen! Hoffen wir denn, daß dieser Mohikaner unsere Hoffnungen nicht täuscht, sondern sich, wie sein Blick verspricht, als wackrer und beständiger Freund erweist.«

»Jetzt spricht Major Heyward, wie Major Heyward sprechen sollte«, sagte Cora. »Wer gedenkt der Farbe der Haut, wenn er diesen Sohn der Natur betrachtet?«

Ein kurzes und anscheinend verlegenes Stillschweigen folgte auf diese Bemerkung. Es wurde von dem Kundschafter unterbrochen, der ihnen laut zurief, sie sollten in die Höhle treten.

»Das Feuer beginnt hell aufzuflammen«, fuhr er fort, als sie seiner Aufforderung folgten; »und könnte den Mingos zu unserem Verderben leuchten. Uncas, laß den Vorhang herab und zeig den Schelmen die finstere Seite. Das ist freilich kein Essen, wie es ein Major der königlichen Amerikaner zu erwarten berechtigt ist. Aber ich habe schon kühne Detachements gesehen, welche froh waren, wenn sie ihr Wildbret roh und ohne Geschmack essen durften[1]. Hier haben wir, wie Ihr seht, Salz genug, und das Fleisch ist bald gebraten. Da sind frische Sassafraszweige für die Ladies, um darauf zu sitzen, vielleicht nicht so stattlich wie ihre My-hog-Guineasessel[2], aber lieblicher duftend als die Haut eines Schweines, sei es aus Guinea oder einem andern Land. Kommt, Freund, seid nicht so traurig über das Füllen, es war ein unschuldiges Ding und hat nicht viel Trübsal erlebt. Sein Tod erspart ihm manchen wunden Rücken und manchen müden Fuß.«

Uncas tat, wie ihm der andere befohlen hatte, und sobald Falkenauges Stimme verstummte, scholl das Brausen des Wasserfalls wie das Dröhnen eines entfernten Donners.

»Sind wir ganz sicher in dieser Höhle?« fragte Heyward. »Ist kein Überfall zu befürchten? Ein einziger bewaffneter Mann am Eingang hätte uns alle in seiner Gewalt.«

Eine geisterähnliche Gestalt schritt aus der Finsternis hinter dem Kundschafter hervor, ergriff einen Fichtenbrand und hielt ihn gegen das entfernte Ende ihres Verstecks. Alice stieß einen schwachen Angstruf aus, und selbst Cora sprang auf, als diese erschreckende Figur mehr in das Licht trat. Heyward aber beruhigte sie mit der Versicherung, daß es bloß ihr Begleiter Chingachgook sei, der, einen zweiten Vorhang hebend, zeigte, daß die Höhle zwei Ausgänge hatte. Chingachgook schritt, den Feuerbrand in der Hand, durch eine enge tiefe Spalte in dem Felsen, die mit dem Gang, in welchem sie waren, in einem rechten

1 In der Volkssprache wird die Zutat oder Würze des Mahls von dem Amerikaner relish, Geschmack, genannt, indem er die Wirkung statt der Sache setzt. Diese Provinzialausdrücke werden den Sprechenden oft je nach den verschiedenen Lebensverhältnissen in den Mund gelegt. Die meisten sind besonderen Gegenden, andere besonderen Menschenklassen, die gerade auftreten, eigentümlich. Im gegenwärtigen Falle gebraucht der Kundschafter das Wort in unmittelbarer Beziehung auf das Salz, mit dem seine Gesellschaft das Glück hatte, versehen zu sein.

2 Ein unübersetzbares Wortspiel mit mahogany, Mahagoniholz, da hog im Englischen Schwein bedeutet. (Anm. d. Übersetzers, 1841)

Winkel zusammenlief, aber nicht wie dieser seitwärts, sondern nach oben offen war und in eine andere Höhle führte, die sich von der ersten nicht wesentlich unterschied.

»So alte Füchse wie Chingachgook und ich lassen sich nicht leicht in einem Bau mit *einem* Ausgang fangen«, bemerkte Falkenauge lachend. »Ihr könnt leicht sehen, wie klug alles eingerichtet ist. Der Felsen besteht aus schwarzem Kalkstein, der bekanntlich sehr weich ist und kein unbequemes Lager gewährt. Und Gestrüpp und Nadelholz sind selten. Der Wasserfall war früher einige Schritte unter uns, und ich darf wohl sagen, so gleichmäßig und schön wie nur irgendeiner längs des Hudson. Aber das Alter richtet in der Schönheit arge Verwüstungen an, wie diese lieblichen Ladies selbst noch erfahren werden. Der Platz hat eine traurige Umwandlung erlitten. Diese Felsen sind voll Risse und an einzelnen Stellen weicher als an andern. Das Wasser hat sich nun tiefe Höhlen gegraben, ist um einige hundert Fuß zurückgetreten, bald hier etwas ansetzend, bald dort etwas nehmend, bis die Fälle verschwunden waren.«

»In welchem Teil davon sind wir?« fragte Heyward.

»Nun, wir sind nahe bei der Stelle, wo die Vorsehung sie zuerst hinverlegt hatte, wo sie aber durchaus nicht mehr bleiben wollten. Der Felsen war auf beiden Seiten von uns weicher, und so ließ das Wasser die Mitte des Flusses trocken liegen und bohrte zuerst diese zwei kleinen Höhlen zu Verstecken für uns aus.«

»So sind wir denn auf einer Insel?«

»Allerdings. Zu beiden Seiten haben wir die Wasserfälle und über und unter uns den Fluß. Wenn wir Tag hätten, so würde sich's lohnen, auf die Höhe dieses Felsens zu treten und das Treiben des Wassers mitanzusehen. Es fällt ganz regellos: oft springt es empor, dann stürzt es wieder hinab; da hüpft, dort schießt es; an einer Stelle ist es weiß wie Schnee, an einer andern grün wie das Gras; hier stürzt es in tiefe Höhlen, daß die Erde rumort und erzittert, dort rieselt und singt es wie ein Bach, macht Wirbel und Strudel in dem alten Gestein, als ob es nicht härter als getretener Lehmboden wäre. Der ganze Lauf des Flusses scheint jetzt ins Stocken geraten zu sein: erst fließt er ganz sanft, als wollte er, wie sich's gehört, abwärts, dann macht er rechtsum und stößt an das Ufer. An einzelnen Stellen möchte er sogar wieder rückwärts, als wollte er die Wildnis nicht verlassen, um sich mit dem Salzwasser zu vermischen. Ja, Lady, das feine Spinngeweb, das Ihr am Halse tragt, ist grob wie ein Fischernetz gegen die vielerlei Bilder, die er an manchen Orten hervorzaubert, als ob er, einmal der Ordnung entronnen, seine Kunst an allem versuchen wollte. Und doch, auf was läuft alles hinaus? Hat das Wasser eine Weile wie ein verzogenes Kind seinen Willen gehabt, so sammelt es wieder dieselbe Hand, die es erschaffen hat. Eine kleine Strecke unter Euch könnt Ihr sehen, wie es hübsch ordentlich der See zufließt, als wär's ihm so von Anbeginn der Welt beschieden gewesen.«

Als Falkenauges Zuhörer aus dessen kunstloser Beschreibung des Glen[1] über die Sicherheit ihres Verstecks Gewißheit erhalten hatten, waren sie sehr geneigt, anders über seine wilden Schönheiten zu urteilen. Ihre Lage erlaubte es indes nicht, lange bei den Reizen der Natur zu verweilen; und da der Kundschafter es nicht für nötig hielt, während seines Vortrags seine Küchengeschäfte einzustellen, obgleich er hin und wieder mit seiner zerbrochenen Gabel auf besonders gefährliche Stellen des rebellischen Flusses hindeutete, so richteten sie jetzt ihre Aufmerksamkeit auf die notwendige, wenngleich gewöhnlichere Betrachtung ihres Abendessens.

Es gewährte mit Hilfe einiger guter Speisen, die Heyward beim Verlassen der Pferde vorsichtshalber mitgenommen hatte, den müden Reisenden eine ungemeine Stärkung. Uncas bediente die Damen und verrichtete alle die kleinen Dienste, die in seiner Macht standen, mit einer Mischung von Würde und Ängstlichkeit, welche Heyward sehr belustigte, da er wußte, daß dies eine ungewöhnliche Abweichung von den indianischen Sitten war. Sie verbieten einem Krieger nämlich, sich zu einem häuslichen Geschäft, besonders zugunsten von Frauen, herabzulassen. Da jedoch die Gebräuche der Gastfreundschaft unter ihnen als heilig angesehen wurden, so erregte diese Verletzung der männlichen Würde keinen hörbaren Tadel. Hätte einer aufmerksam beobachtet, so würde er gefunden haben, daß die Dienste des jungen Häuptlings nicht ganz unparteiisch waren: Während er Alice die Kürbisflasche mit Trinkwasser reichte, das Wildbret auf einem aus der Wurzel des Pfefferbaumes schön geschnitzten Teller darbot und mit gebührender Höflichkeit ihrer Schwester die gleichen Dienste tat, ruhte sein dunkles Auge auf Coras ausdrucksvollen Gesichtszügen. Ein- oder zweimal sah er sich veranlaßt zu sprechen, um die, die er bediente, auf

1 Die Glen Wasserfälle befinden sich am Hudson, etwa vierzig oder fünfzig Meilen über dem großen Fluß oder dem Ort, wo der Fluß für Schaluppen schiffbar wird. Die Beschreibung dieses pittoresken und merkwürdigen kleinen Wasserfalls, wie sie von dem Kundschafter gegeben wird, ist ziemlich richtig, obgleich die Verwendung des Wassers im Dienst des zivilisierten Lebens seine Schönheit wesentlich beeinträchtigt hat. Das Felseneiland und die zwei Höhlen sind jedem Reisenden wohlbekannt, da ersteres den Pfeiler einer Brücke trägt, die jetzt unmittelbar oberhalb des Falles über den Fluß führt. Um sich Falkenauges Geschmack zu erklären, muß man sich erinnern, daß man immer das am meisten schätzt, was man am wenigsten genießt. So sucht man in einem neuen Land sich der Wälder zu entledigen, die in einem alten Land mit großen Kosten erhalten werden, und alles allein zum Zweck einer Verbesserung (improving), wie man es nennt.

etwas aufmerksam zu machen. In solchen Fällen gebrauchte er das Englische, zwar gebrochen und mangelhaft, aber verständlich genug und durch seine tiefe Kehlstimme[1] so mild und wohlklingend, daß beide Damen jedesmal mit Bewunderung und Erstaunen auf ihn blickten. Im Verlaufe dieser Höflichkeitsbezeugungen wurden einige Worte gewechselt, welche nicht verfehlten, ihrem Verkehr den Anschein freundlicher Vertrautheit zu geben.

Unterdessen blieb Chingachgooks Ernst sich immer gleich. Er hatte sich mehr in den Bereich des Lichts gesetzt, wo die häufigen, auf ihn gerichteten Blicke seiner Gäste besser imstande waren, den natürlichen Ausdruck seines Gesichtes von dessen künstlichen Schreckenszügen zu trennen. Alle fanden eine große Ähnlichkeit zwischen Vater und Sohn, nur mit den Unterschieden, welche Alter und Anstrengungen erwarten ließen. Das Wilde seiner Züge schien zu schlummern und jener ausdrucksloseren Ruhe zu weichen, die einem indianischen Krieger eigentümlich ist, wenn seine Geisteskräfte nicht für höhere Lebenszwecke in Anspruch genommen sind. An den gelegentlichen Blitzen, die über sein dunkles Gesicht hinfuhren, war jedoch leicht zu ersehen, daß nur seine Leidenschaften geweckt werden müßten, um mit dem schreckhaften Emblem, das er gewählt hatte, seine Feinde in Furcht zu versetzen. Auf der andern Seite ruhte das lebhafte, unstete Auge des Kundschafters nur selten. Er aß und trank zwar mit einer Lust, die keine Furcht vor Gefahr zu stören vermochte, aber seine Wachsamkeit schien ihn nie zu verlassen. Mehrere Male, da er schon die Kürbisflasche oder das Wildbret zum Munde führen wollte, wendete er unvermittelt den Kopf zur Seite, als hörte er entfernte, verdächtige Laute – eine Bewegung, die nie verfehlte, seine Gäste von der Betrachtung ihrer neuen Lage abzuhalten und ihnen die beunruhigenden Ursachen ins Gedächtnis zurückzurufen. Da auf diese häufigen Pausen nie eine Bemerkung folgte, ging die augenblickliche Unruhe vorüber und wurde nach einer Weile vergessen.

»Kommt, Freund«, sprach Falkenauge, indem er gegen das Ende des Mahls ein Fäßchen unter einem Laubhaufen hervorzog und sich an den Fremden, der ihm zur Seite saß und seiner Kochkunst volle Gerechtigkeit widerfahren ließ, wandte: »Versucht einmal dies Sprossenbier[2], es spült Euch alle Gedanken an das Füllen hinweg und facht das Leben in Eurer Brust wieder an. Ich trinke auf bessere Freundschaft und hoffe, daß das bißchen Pferdefleisch keinen Groll in Eurem Herzen zurücklassen wird. Wie nennt Ihr Euch?«

1 Die Bedeutung indianischer Wörter wird durch Tonfall und Betonung bestimmt.

2 Ein amerikanisches Bier (Spruce), zu dem man unter anderem die Sprossen der Rottanne nahm.

»Gamut[1], David Gamut«, antwortete der Singmeister, indem er sich anschickte, in einem kräftigen Zug aus des Waidmanns stark duftender, wohlverspundeter Biertonne seinen Kummer hinabzuspülen.

»Ein sehr guter Name, und ich darf wohl sagen, von redlichen Vorfahren ererbt. Ich bin ein Bewunderer von Namen, obgleich die christlichen Gebräuche alle hinter der Sitte der Wilden zurückstehen müssen. Die feigste Memme, die ich kennenlernte, hieß Lion, Löwe, und sein Weib Patience, Geduld. Mit ihrem Gezänk hätte sie Euch eher um Euer Gehör gebracht, als ein gehetztes Wild eine Rute weit laufen könnte. Bei dem Indianer ist es Gewissenssache: wie er sich nennt, so ist er auch gemeiniglich – nicht als ob Chingachgook, das eine große Schlange bedeutet, wirklich eine große oder kleine Schlange wäre, sondern daß er sich auf die Windungen und Krümmungen der menschlichen Natur versteht, schweigt und seine Feinde trifft, wenn sie sich dessen am wenigsten versehen. Was ist Euer Beruf?«

»Ich bin ein unwürdiger Lehrer in der Kunst, die Psalmen abzusingen.«

»Wie?«

»Ich erteile den Kindern der Connecticuter Landwehr Unterricht im Singen.«

»Da könntet Ihr eine bessere Beschäftigung finden. Die jungen Hunde stöbern bereits zuviel lachend und singend durch die Wälder, wo sie nicht lauter atmen sollten als der Fuchs in seinem Bau. Versteht Ihr Euch aufs Fechten, oder handhabt Ihr die Büchse?«

»Gott sei Dank, noch nie hatte ich Gelegenheit, mit Mordinstrumenten umzugehen.«

»Vielleicht versteht Ihr Euch auf den Kompaß und könnt die Läufe der Gewässer und die Richtungen der Gebirge zu Papier bringen, damit diejenigen, welche nachkommen, die Plätze wiederfinden, die Ihr angegeben habt?«

»Ich treibe nichts dergleichen.«

»Ihr habt ein paar Beine, die einen langen Weg verkürzen dürften! Ihr reist, denke ich mir, oft mit Nachrichten zu dem General.«

»Nie; ich folge keinem andern als meinem eigenen hohen Beruf, und der ist, Unterricht in der heiligen Musik zu erteilen.«

»Ein seltsamer Beruf!« murmelte Falkenauge, in sich hineinlachend. »Wie ein Spottvogel durchs Leben zu gehen und alle hohen und tiefen Töne, die aus andrer Leute Kehlen kommen, zu bekritteln. Gut, Freund, ich denke, es ist nun einmal Euer Talent, und das muß man so gelten lassen, als wenn's fürs Schießen oder sonst was Besseres wäre.

1 Tonleiter (Anm. d. Übersetzers, 1841).

Laßt uns hören, was Ihr darin zu leisten vermögt; es wird eine freundliche Weise sein, gute Nacht zu sagen: denn es ist Zeit, daß die Ladies für eine harte, lange Tour am frühesten Morgen, ehe noch die Maquas sich rühren, Kräfte sammeln.«

»Mit höchster Freude stimm' ich zu«, versetzte David, indem er seine eisenbereifte Brille zurechtmachte, sein geliebtes Büchlein herauszog und Alice anbot. »Was kann passender und tröstlicher sein, als nach einem so gefahrvollen Tag seinen Abenddank Gott darzubringen.«

Alice lächelte und errötete, doch zögerte sie und warf einen Blick auf Heyward. »Tun Sie's immerhin!« flüsterte er. »Sollte nicht die Aufforderung von des Psalmisten würdigem Namensbruder in solch einem Augenblick Gewicht bei Ihnen haben?«

Ermutigt durch seine Zustimmung tat Alice, wozu sie ihre frommen Neigungen und ihre Vorliebe für sanfte Töne zuvor schon so stark gedrängt hatten. Das Buch wurde bei einer Hymne aufgeschlagen, die für ihre Lage nicht übel paßte und wo der Dichter seinen Wunsch unterdrückt hatte, den begeisterten König Israels zu übertreffen und eine reinere und ehrwürdige Kraft entfaltete. Cora fühlte Neigung, ihre Schwester zu unterstützen, und der heilige Gesang begann, nachdem der schulmeisterliche David als unerläßliche Vorbedingung mit der Pfeife den Ton angegeben hatte.

Die Weise war feierlich und langsam. Bisweilen erhob sie sich zu dem vollsten Umfang der reichen Stimmen der Frauen, die sich über ihr kleines Buch in heiliger Andacht beugten, und sank dann wieder so tief, daß das Rauschen des Wassers wie eine dumpfe Begleitung ihre Melodie durchzog. Der natürliche Geschmack und das gute Ohr Davids leitete und mäßigte die Töne entsprechend dem beschränkten Raum der Höhle, wo jede Spalte, jeder Riß von den durchdringenden Tönen ihrer biegsamen Stimmen erfüllt wurde. Die Indianer hefteten ihre Augen auf die Felsen und horchten mit einer Aufmerksamkeit, als ob sie in Stein verwandelt wären. Die harten Gesichtszüge des Kundschafters, der, sein Kinn auf die Hand gestützt, mit dem Ausdruck kalter Gleichgültigkeit dagesessen hatte, wurden allmählich milder, bis er, als nun Vers auf Vers folgte, seine eiserne Natur überwältigt fühlte. Seine Erinnerungen versetzten ihn in die Knabenjahre zurück, wo seine Ohren in den Pflanzungen der Kolonie ähnliche Lobgesänge vernommen hatten. Seine Augen wurden feucht, heiße Tränen rollten aus diesen, wie es schien, schon so lange trockenen Quellen und folgten einander über jene Wangen herab, die öfter Zeugen von den Stürmen des Himmels als von einer solchen Rührung gewesen waren. Die Sänger hielten eben einen jener tiefen, dahinsterbenden Akkorde aus, welche das Ohr mit so gierigem Entzücken verschlingt, als ob es wüßte, daß es sie bald verlieren werde, da ließ sich draußen ein Schrei vernehmen, der weder menschlichen noch überhaupt irdischen Ursprungs zu sein schien und nicht bloß die Winkel der Höhle, sondern selbst die innersten Herzen aller durchdrang. Ihm folgte eine so tiefe Stille, als ob die Wasser durch eine so gräßliche und ungewohnte Unterbrechung in ihrem tobenden Lauf gehemmt worden wären.

»Was war das?« flüsterte Alice nach einigen Augenblicken schrecklicher Ungewißheit.

»Was war das?« wiederholte Heyward laut.

Weder Falkenauge noch die Indianer gaben eine Antwort. Sie horchten, als erwarteten sie, daß der Laut sich wiederholen würde. Dann unterhielten sie sich ernst in ihrer delawarischen Mundart, und Uncas verließ durch die innere und verborgenste Öffnung vorsichtig die Höhle. Als er fort war, sagte der Kundschafter in englischer Sprache:

»Was es war oder nicht war, kann keiner hier sagen, obgleich zwei von uns die Wälder mehr als dreißig Jahre durchzogen haben. Ich glaubte, es gäbe keinen Schrei, den ein Indianer oder ein Tier ausstoßen könne, welchen mein Ohr nicht schon vernommen hätte. Dieser Ton aber hat bewiesen, daß ich nur ein eitler, eingebildeter Mensch gewesen bin!«

»War es denn nicht das Geschrei, das die Krieger erheben, wenn sie ihre Feinde erschrecken möchten?« fragte Cora, die stand und ihren Schleier um sich schlug mit einer Ruhe, deren ihre bestürzte Schwester völlig unfähig war.

»Nein, nein, das war ein schlimmes, ein schreckliches Geschrei, und es tönte wie übermenschlich. Wenn Ihr einmal den Schlachtruf hört, so werdet Ihr ihn niemals mehr mit etwas anderem verwechseln! Nun, Uncas«, fragte er den jungen Häuptling, welcher wieder in die Höhle trat, »was siehst du? Scheinen unsre Lichter durch die Vorhänge?«

Die Antwort war kurz und entschieden und erfolgte in der Delawaren-Sprache.

»Da draußen ist nichts zu sehen«, fuhr Falkenauge fort, indem er ärgerlich den Kopf schüttelte, »und unser Versteck liegt noch in Finsternis. Geht in die andere Höhle, und sucht den Schlaf, dessen Ihr bedürft. Lange ehe die Sonne aufgeht, müssen wir auf den Beinen sein und den größten Teil des Wegs nach William Henry hinter uns bringen, während die Indianer noch ihre Morgenruhe halten.«

Cora ging mit gutem Beispiel voran. Mit ihrer Festigkeit brachte sie die furchtsamere Alice dazu, ihr zu folgen. Ehe sie sich jedoch fortbegab, bat sie Duncan flüsternd, ihnen nachzukommen. Uncas hob den Vorhang, um sie durchzulassen, und als die Schwestern sich umwendeten, um ihm für diese Aufmerksamkeit zu danken, sahen sie, wie der

Kundschafter wieder, sein Gesicht auf die Hände gestützt, vor der erlöschenden Glutasche saß, in einer Stellung, welche verriet, wie tief er über die unerklärliche Unterbrechung ihrer Abendandacht brütete. Heyward nahm einen brennenden Ast mit sich, der ein düsteres Licht durch die engen Räume ihres neuen Gemaches warf. Nachdem er ihn an einer geeigneten Stelle aufgesteckt hatte, trat er zu den Frauen, welche sich jetzt zum ersten Male mit ihm allein befanden, seitdem sie die freundlichen Bollwerke von Fort Edward verlassen hatten.

»Verlassen Sie uns nicht, Duncan«, sagte Alice; »wir können an einem Platz wie diesem nicht schlafen, da der schreckliche Schrei uns immer noch in den Ohren tönt.«

»Zuerst wollen wir die Sicherheit unserer Festung untersuchen«, antwortete er, »und dann vom übrigen sprechen.«

Er näherte sich am hinteren Ende der Höhle einem Ausgang, der ebenfalls durch eine dicke Decke verborgen war, schob sie beiseite und atmete die frische und belebende Luft des Wasserfalls. Ein Arm des Flusses floß durch eine tiefe, enge Schlucht, welche die Strömung gerade unter seinen Füßen durch den weichen Felsen gegraben hatte und die, wie er glaubte, von dieser Seite den Ort gegen jede Gefahr sicher machte, da das Wasser nur wenige Ruten über ihnen mit größtem Ungestüm von Absatz zu Absatz herabstürzte und alles mit sich fortreißen mußte.

»Die Natur hat auf dieser Seite ein undurchdringliches Bollwerk gebildet«, fuhr er fort, indem er auf den senkrechten Absturz in die dunkle Strömung hinabwies. Dann ließ er den Vorhang wieder fallen. »Und da Sie wissen, daß gute und zuverlässige Männer auf der Vorderseite Wache halten, so sehe ich nicht ein, warum der Rat unsres ehrlichen Gastfreundes nicht befolgt werden sollte. Ich bin gewiß, Cora wird mir beistimmen, daß der Schlaf für Sie beide höchst notwendig ist.«

»Cora wird die Richtigkeit Ihrer Ansicht zugeben, aber sie kann ihr trotzdem nicht folgen«, entgegnete die ältere Schwester, die sich neben Alice auf ein Lager von Sassafras niedergelassen hatte. »Es gibt noch andere Dinge, die uns den Schlaf verscheuchen, selbst wenn wir auch von dem Schrecken des unerklärlichen Schreies verschont geblieben wären. Fragen Sie sich selbst, Heyward, können Töchter vergessen, welche Angst einen Vater peinigen muß, dessen Kinder in einer solchen Wildnis irgendwo umherirren und von so vielen Gefahren umgeben sind?«

»Er ist Soldat und weiß, was einem in den Wäldern alles begegnen kann.«

»Aber er ist Vater, und die Natur verleugnet ihre Rechte nie.«

»Wie nachsichtig er immer gegen alle meine Torheiten gewesen ist! Mit welcher Zärtlichkeit er allen meinen Wünschen nachgab!« seufzte

Alice. »Es war selbstsüchtig von uns, Schwester, daß wir unter solchen Gefahren auf unsrem Besuch bestanden.«

»Es war vielleicht unbesonnen von mir, daß ich in einer solchen Situation so dringend um seine Einwilligung bat. Ich wollte ihm aber zeigen, daß, wenn auch andere in seiner Not ihn vernachlässigen mögen, seine Kinder wenigstens in Treue an ihm hängen.«

»Als er von Ihrer Ankunft im Fort Edward hörte«, sagte Heyward freundlich, »kämpfte es gewaltig in seiner Brust zwischen Furcht und Liebe. Aber die Liebe, durch eine so lange Trennung womöglich noch verstärkt, gewann bald die Oberhand. ›Der Geist meiner edeldenkenden Cora treibt sie, Duncan‹, sagte er, ›ich will nicht dagegen sein. Wollte Gott, daß er, der die Ehre unsres königlichen Gebieters hier zu schirmen hat, nur halb so viel Festigkeit besäße!‹«

»Und sprach er nicht auch von mir, Heyward?« fragte Alice mit der Eifersucht der Liebe. »Gewiß hat er seine kleine Elsie nicht ganz vergessen.«

»Das wäre unmöglich«, versetzte der junge Mann, »er gebrauchte laufend Kosewörter, die nachzusprechen ich mir nicht herausnehme, deren Berechtigung ich aber von Herzen anerkenne. Einmal sagte er fürwahr – «

Duncan sprach nicht weiter: denn während seine Blicke auf Alices Augen geheftet waren, die sich mit der Innigkeit kindlicher Liebe zu ihm gewendet hatte, um seine Worte zu erhaschen, erfüllte derselbe starke, gräßliche Schrei wie zuvor die Luft und ließ ihn verstummen. Ein langes, atemloses Schweigen folgte, währenddessen sie einander anblickten in ängstlicher Erwartung, daß der Ton sich wiederholen werde. Endlich wurde der Vorhang beiseite geschoben, und der Kundschafter stand in der Öffnung mit einer Miene, die zeigte, daß er von einer Gefahr wußte, der all seine List und Erfahrung nicht gewachsen sein würde.

Siebentes Kapitel

Es hieße einer zu unserem Besten gegebenen Warnung nicht folgen«, sprach Falkenauge, »wenn wir länger in dem Versteck blieben, während sich solche Töne im Wald hören lassen. Die zarten Frauen mögen beisammen bleiben; aber die Mohikaner und ich wollen auf dem Felsen Wache halten, wo uns, wie ich vermute, ein Major vom sechzigsten Regiment gern Gesellschaft leisten möchte.«

»Ist denn die Gefahr so dringend?« fragte Cora.

»Er, der so seltsame Laute schafft und sie dem Menschen zur Warnung gibt, kennt allein unsere Gefahr. Gottloses Auflehnen gegen seinen Willen wäre es, wollte ich bei solchen Warnungen mich in eine Höhle verkriechen. Selbst die schwache Seele, die ihre Tage versingt, ist durch den Schrei aufgestört worden: Der Singmeister sagt, er sei bereit, in die Schlacht zu gehen. Wenn's nur eine Schlacht wäre, so verstünden wir uns alle darauf und würden leicht zurechtkommen. Ich ließ mir aber sagen, wenn solche Töne sich zwischen Himmel und Erde vernehmen ließen, so deute es auf eine andere Art von Krieg.«

»Wenn die Ursachen unseres Schreckens allein von Übernatürlichem herrühren, sollten wir uns nicht so sehr beunruhigen«, versetzte die unerschrockene Cora. »Seid Ihr gewiß, daß unsere Feinde kein neues, sinnreiches Mittel gefunden haben, uns zu schrecken, um sich den Sieg zu erleichtern?«

»Lady«, sprach der Kundschafter feierlich, »ich habe seit dreißig Jahren auf alle Töne in den Wäldern gehört als ein Mann, dessen Leben und Tod von der Schärfe seines Ohrs abhängt. Kein Winseln des Panthers, kein Pfeifen der Spottdrossel, keine Erfindung der teuflischen Mingos kann mich täuschen! Ich hörte die Wälder wehklagen wie sterbliche Menschen in großen Nöten; oft habe ich der Musik des Windes gelauscht, wie er in den verschlungenen Ästen der Bäume sauste, habe den Blitzstrahl durch die Lüfte zischen gehört gleich einem brennenden Holzstoß, der Funken und gezackte Flammen speit – aber stets habe ich geglaubt, ich hörte nur Ihn, der mit den Werken seiner Hände spielt. Aber weder die Mohikaner noch ich, der ich ein Weißer von reiner Abkunft bin, vermögen den soeben vernommenen Ton zu erklären. Wir glauben deshalb, daß es eine Weisung zu unserem Heile ist.«

»Etwas Außerordentliches ist es«, sprach Heyward und nahm seine Pistolen von der Stelle, wohin er sie bei seinem Eintritt gelegt hatte. »Mag es nun ein Zeichen des Friedens oder des Krieges sein, man muß darauf achten. Geht voran, mein Freund, ich folge Euch.«

Sie traten aus dem Versteck und fühlten sogleich die wohltätige Stärkung ihrer Sinne durch die kühle belebende Luft, die um die Wellen und Wirbel des Wasserfalls strich. Ein starker Abendwind fuhr über die Oberfläche des Flusses und schien das Brausen der Wasserfälle in die Winkel ihrer eigenen Höhlen zu treiben, aus denen es schwer und ununterbrochen gleich dem rollenden Donner hinter entfernten Hügeln widertönte. Der Mond war aufgegangen, und sein Licht schimmerte bereits hie und da auf die fallenden Wasser über ihnen. Der untere Teil des Felsens aber, wo sie standen, lag noch im Schatten. Außer den Tönen, welche die herabstürzenden Wasser hervorbrachten, und einem gelegentlichen Luftstoß, der an ihnen vorüberfuhr, war die

Szene so ruhig, wie Nacht und Finsternis sie nur machen konnten. Vergeblich waren aller Augen auf die entgegengesetzten Ufer gerichtet, um einige Lebenszeichen zu suchen, welche die Ursache der vernommenen Störung erklären konnten. Aber ihre ängstlich forschenden Blicke täuschte das trügerische Licht, oder sie fielen nur auf nackte Felsen und hohe, unbewegliche Bäume.

»Hier ist nichts zu sehen als das Dunkel und die Ruhe einer lieblichen Nacht«, flüsterte Duncan. »Wie sehr würden wir in jedem andern Augenblick eine solche Szene in ihrer stillen Einsamkeit genießen, Cora! Stellen Sie sich vor, Sie wären in Sicherheit und das, was jetzt vielleicht Ihren Schrecken vermehrt, dürfte vielleicht Ihren Genuß erhöhen!«

»Horcht!« unterbrach Alice.

Die Aufforderung war unnötig. Noch einmal erscholl derselbe Laut, als ob er aus dem Flußbett käme und, aus den engen Klüften der Klippen brechend, durch die Wälder in entfernten und dahinsterbenden Kadenzen fortwogte.

»Kann einer«, fragte Falkenauge, als sich das letzte Echo in den Wäldern verlor, »einem solchen Ton einen Namen geben, so spreche er! Ich für meinen Teil glaube, daß er nicht der Erde angehört.«

»Hier ist jemand, der Euch aufklären kann«, sprach Duncan; »mir ist der Ton recht wohl bekannt. Oft habe ich ihn auf dem Schlachtfeld gehört und in Lagen, die sich im Soldatenleben nicht selten wiederholen. Es ist der schreckliche Angstschrei eines Pferdes im Todeskampf – oft durch Schmerz, zuweilen durch Angst herausgepreßt. Mein Pferd ist entweder in den Krallen der Bestien des Waldes, oder es sieht die Gefahr, ohne ihr entrinnen zu können. Der Ton konnte mich täuschen, solange ich in der Höhle war, aber hier in freier Luft erkenne ich ihn zu gut, um mich zu irren.«

Der Kundschafter und seine Gefährten hörten dieser einfachen Erklärung mit der Aufmerksamkeit von Leuten zu, die eine neue Idee begierig aufnehmen, sich aber noch nicht von einer älteren, tief eingewurzelten losreißen können. Die beiden letzteren stießen ihr gewöhnliches, ausdrucksvolles »Hugh!« aus, als die Wahrheit des Gesagten ihnen einzuleuchten begann, während der erstere nach kurzem Nachdenken antwortete:

»Ich kann Euern Worten nicht widersprechen, denn ich verstehe mich wenig auf Pferde, obgleich ich in einem Lande geboren bin, wo man sie in Menge findet. Die Wölfe müssen über ihren Köpfen am Ufer umherschwärmen, und die furchtsamen Geschöpfe rufen den Menschen um Hilfe an, so gut sie können. Uncas« – hier sprach er delawarisch – »fahr mit dem Kanu hinunter, und wirf einen Feuerbrand unter das Pack! Sonst tut die Furcht, was die Wölfe nicht tun können, und wir haben morgen keine Pferde, wo wir sie am nötigsten brauchen, um unsere Reise möglichst zu beschleunigen.«

Der junge Eingeborene war schon an das Wasser hinabgestiegen, um seinem Befehl zu folgen, als sich ein langes Geheul vom Ufer des Flusses hören ließ und schnell in die Tiefen des Waldes entfernte – so als ob die Raubtiere, von plötzlichem Schrecken ergriffen, ihre Beute freiwillig im Stich ließen. Uncas kam mit instinktmäßiger Eile zurück, und die drei Waldbewohner hielten wieder leise ihre ernste Beratung.

»Es ging uns wie den Jägern, die die Richtungspunkte am Himmel verloren hatten und vor denen sich die Sonne den ganzen Tag verborgen hielt«, sprach Falkenauge, sich von seinen Gefährten abwendend. »Jetzt fangen wir wieder an, die Kennzeichen unseres Weges zu gewahren, und die Pfade sind von Dornen gereinigt. Setzt euch in den Schatten, welchen der Mond von jenem Ufer her wirft – er ist dunkler als der von den Fichten –, und laßt uns erwarten, wie es dem Herrn gefallen wird, über uns zu verfügen. Wir wollen einander nur noch zuflüstern, und vielleicht wäre es noch besser, wenn jeder eine Weile sich nur mit seinen eigenen Gedanken unterhielte.«

In dem Tone des Kundschafters lag hoher Ernst, aber ohne länger Anzeichen unmännlicher Furcht zu zeigen. Offenbar war seine augenblickliche Schwäche mit der Erklärung des Wunders, das seine eigene Erfahrung nicht ergründen konnte, verschwunden, und wenn er auch die Gefahr ihrer jetzigen Lage wohl erkannte, so war er doch bereit, ihr mit der ganzen Energie seines entschlossenen Charakters Trotz zu bieten. Dies Gefühl schienen auch die Eingeborenen zu teilen. Sie setzten sich so, daß sie beide Ufer überschauen konnten, während sie selbst der Beobachtung aus der Ferne entzogen waren. Unter solchen Umständen verlangte die gewöhnliche Klugheit Heywards und seiner Begleiter, eine Vorsicht nachzuahmen, die aus einer so verständigen Quelle floß. Der junge Mann holte aus der Höhle ein Bündel Sassafras-Zweige, legte es in die Felsenspalte, welche sich zwischen beiden Höhlen befand, und hieß die Schwestern sich darauf niederlassen. So waren sie durch die Felsen vor jederlei Geschoß geschützt, während man ihre Besorgnisse durch die Versicherung beschwichtigte, daß keine Gefahr ohne vorherige Warnung herannahen könne. Heyward selbst stellte sich in ihre Nähe, so daß er mit ihnen sprechen konnte, ohne seine Stimme zu laut werden zu lassen. David indessen folgte dem Beispiel der Waldmänner und versteckte sich so gut in den Felsspalten, daß seine unförmigen Glieder nicht ins Auge fielen.

So vergingen mehrere Stunden ohne weitere Zwischenfälle. Der Mond erreichte seinen Zenit und goß sein mildes Licht auf die lieblichen Gesichter der Schwestern, die einander in den Armen entschlummert waren. Duncan warf den weiten Schal Coras über die beiden, die er mit Wohlgefallen betrachtete, und suchte dann für sein eigenes Haupt ein Kissen auf dem Felsen. David begann schnarchende Töne hören zu lassen, die während des Wachens seine zarten Organe verletzt haben würden – kurz, alle außer Falkenauge und den Mohikanern versanken, vom Schlafe überwältigt, in einen Zustand der Bewußtlosigkeit. Allein die Wachsamkeit ihrer Beschützer schlummerte nicht. Unbeweglich wie der Fels, von dem sie einen Teil zu bilden schienen, lagen sie da, während ihre Augen unablässig an dem dunklen Rand der Bäume umherschweiften, welche die nahen Ufer des engen Stromes begrenzten. Kein Laut entschlüpfte ihnen, und der schärfste Beobachter konnte nicht entdecken, ob sie atmeten. Offenbar stützte sich diese außerordentliche Vorsicht auf eine Erfahrung, die durch keine Schlauheit ihrer Feinde mehr getäuscht werden konnte, und dauerte so lange ohne scheinbaren Erfolg, bis der Mond untergegangen war und ein blasser Lichtstreif über den Gipfeln der Bäume an einer Krümmung des Flusses weiter unten den Anbruch des Tages ankündigte. Jetzt rührte sich Falkenauge zum erstenmal. Er kroch auf dem Felsen heran und rüttelte Duncan aus seinem tiefen Schlaf auf.

»Jetzt ist es Zeit, daß wir aufbrechen«, flüsterte er, »weckt Eure Frauen und haltet Euch bereit, in das Kanu zu steigen, wenn ich es an den Landungsplatz bringe!«

»Habt Ihr eine ruhige Nacht gehabt?« fragte Heyward. »Bei mir hatte, glaub' ich, der Schlaf übers Wachen gewonnen.«

»Alles ist still wie die Mitternacht. Schweigt, aber seid flink bei der Hand.«

Jetzt war Duncan völlig wach und zog den Schal von den schlafenden Mädchen weg. Bei dieser Bewegung fuhr Cora mit der Hand empor, als wollte sie ihn zurückstoßen, während Alice mit ihrer sanften, zarten Stimme flüsterte: »Nein, nein, lieber Vater, wir waren nicht verlassen, Duncan war bei uns!«

»Ja, liebliche Unschuld«, flüsterte der Jüngling, »Duncan ist hier, und solange er lebt und Gefahr droht, wird er dich nie verlassen. Cora! Alice! Erwacht! Die Stunde zum Aufbruch ist da!«

Ein lauter Angstschrei der jüngeren Schwester und der Anblick der älteren, die in wirrem Schrecken aufrecht vor ihm stand, waren die unerwartete Folge seines Zurufs. Denn während die Worte noch auf Heywards Lippen schwebten, erhob sich ein so entsetzlicher Aufruhr gellenden Geheuls, daß ihm das Herz stehen bleiben wollte. Es war, als ob alle Dämonen der Hölle die Luft um sie her erfüllten und ihre wildeste Laune in diesen barbarischen Tönen austoben wollten. Das

Geschrei kam aus keiner besonderen Richtung, sondern erfüllte rings umher die Wälder und, wie sich die bestürzten Horcher fast einbildeten, selbst die Höhlen der Wasserfälle, die Felsen, das Bett des Flusses und die Luft. David erhob inmitten dieses höllischen Lärms seine hagere Gestalt und rief, indem er sich mit beiden Händen die Ohren zuhielt: »Woher kommen diese Mißtöne? Ist die Hölle los, daß man solche Töne von Menschen vernimmt?«

Grelle Blitze und der schnell folgende Knall von einem Dutzend Büchsen auf den entgegengesetzten Ufern des Stroms folgten dieser unvorsichtigen Zurschaustellung seiner Person und streckten den armen Singmeister besinnungslos auf den Felsen nieder, auf denen er so lange geschlummert hatte.

Die Mohikaner erwiderten kühn das Entsetzen erregende Geheul ihrer Feinde, die über Gamuts Fall ein wildes Triumphgeschrei erhoben. Die Blitze der Büchsen folgten jetzt schnell und ununterbrochen; aber beide Parteien waren zu erfahren, als daß sie auch nur ein Glied dem Feind als Ziel geboten hätten. Duncan glaubte, daß sie sich jetzt nur noch durch Flucht retten könnten, und horchte mit ängstlicher Ungeduld, ob sich nicht Ruderschläge hören ließen. Der Strom erglänzte wie sonst in seinem raschen Lauf, aber das Kanu war auf seinen dunklen Wassern nirgends zu sehen. Schon fing er an zu glauben, der Kundschafter habe sie im Stich gelassen, als aus dem Felsen unter ihm ein Blitz kam und ein wildes Geheul, mit Angstgestöhn vermischt, verkündete, daß die verderbenbringende Waffe Falkenauges ihr Opfer gefunden habe. Nach diesem Verlust zogen sich die Angreifenden unversehens zurück, und alles wurde allmählich wieder so still, wie es vor dem plötzlichen Tumult gewesen war.

Duncan benützte den günstigen Augenblick, um zu Gamut zu eilen und ihn in den Schutz der schmalen Felsenspalte zu tragen, der auch die Schwestern beschirmte. In der nächsten Minute war die ganze Truppe an diesem Ort versammelt, der wenigstens einigermaßen sicher zu sein schien.

»Der arme Kerl hat seinen Skalp gerettet«, sprach Falkenauge, indem er mit der Hand gelassen über Davids Kopf fuhr, »aber es ist ein Beweis, daß ein Mensch mit einer zu langen Zunge auf die Welt kommen kann. – Es war eine Tollheit, auf einem nackten Felsen den wütenden Wilden sechs Fuß Fleisch und Blut zu zeigen. Ich wundere mich nur, daß er mit dem Leben davongekommen ist.«

»Ist er nicht tot?« fragte Cora mit einer Stimme, deren schwache Töne verrieten, wie mächtig in ihr natürliches Entsetzen mit angenommener Festigkeit kämpften. »Können wir dem unglücklichen Mann etwas helfen?«

»Nein, nein! Es ist noch Leben in ihm. Und wenn er eine Weile geschlummert hat, wird er wieder zu sich kommen und in Zukunft klüger sein, bis sein letztes Stündlein einmal wirklich schlägt«, antwortete Falkenauge, einen zweiten Seitenblick auf den leblosen Körper werfend, während er sein Gewehr mit bewundernswürdiger Gewandtheit wieder lud. »Bring ihn hinein, Uncas, und leg ihn auf den Sassafras. Je länger sein Schläfchen dauert, desto besser ist's für ihn. Ich zweifle, ob eine Figur wie die seinige auf diesem Felsen Schutz genug finden kann, und Singen gilt nicht viel bei den Irokesen.«

»Ihr glaubt also, daß der Angriff sich erneuern wird?« fragte Heyward.

»Soll ich erwarten, daß ein hungriger Wolf sich mit einem Bissen begnügen wird? Sie haben einen Mann verloren, und es ist ihre Art, sich zurückzuziehen, wenn sie Verluste erleiden oder ein Überfall mißlingt. Aber wir werden sie bald wieder haben, mit neuen Tricks, uns zu überlisten und unsrer Schöpfe Herr zu werden. Unsere Hoffnung kann nur sein«, fuhr er fort, indem er sein rauhes Gesicht hob, über das ein Schatten von Besorgnis gleich einer dunklen Wolke zog, »den Felsen so lange zu halten, bis Munro uns Hilfe schickt.«

»Sie hören, Cora, was wir zu erwarten haben«, sagte Duncan, »daß wir alles von der Besorgnis und der Erfahrung Ihres Vaters zu hoffen haben. So kommen Sie denn mit Alice in die Höhle, wo Sie wenigstens vor den mörderischen Büchsen unsrer Feinde sicher sind und unserem unglücklichen Gefährten diejenige Hilfe leisten werden, die weibliches Mitleid Ihnen eingeben mag.«

Die Schwestern folgten ihm in die äußere Höhle, wo David durch Seufzer Zeichen seines zurückkehrenden Bewußtseins gab, und den Verwundeten ihrer Aufmerksamkeit empfehlend, schickte Heyward sich an, sie sogleich zu verlassen.

»Duncan!« sagte Cora mit zitternder Stimme, als er den Ausgang der Höhle erreichte. Er wandte sich um und blickte auf sie, deren Farbe einer tödlichen Blässe gewichen war. Ihre Lippen zitterten, als sie ihn mit einem Ausdruck von Teilnahme anblickte. »Erinnern Sie sich, Duncan, wie notwendig Ihre Sicherheit für die unsrige ist – daß Ihnen ein Vater sein Liebstes anvertraut hat – wie viel von Ihrer Besonnenheit und Sorgfalt abhängt – kurz«, fügte sie hinzu, während das verräterische Blut ihre Züge bis an die Schläfe mit einem glühenden Rot übergoß, »wie teuer Sie zu Recht allen sind, die den Namen Munro führen.«

»Könnte etwas meine Liebe zum Leben erhöhen«, antwortete Heyward, indem sein Auge unwillkürlich auf der jugendlichen Gestalt Alices ruhte, »so wäre es diese gütige Versicherung. Als Major vom sechzigsten Regiment muß ich, wie Ihnen unser ehrlicher Wirt sagen wird, an dem Strauß teilnehmen. Aber unsere Aufgabe wird leicht sein, wir haben diese Bluthunde nur einige Stunden hinzuhalten.«

Ohne eine Antwort abzuwarten, verließ er die Schwestern und begab sich wieder zu dem Kundschafter und seinen Gefährten, die noch immer in der sicheren Felsenspalte zwischen den zwei Höhlen lagen.

»Ich sage dir, Uncas«, sprach ersterer, als Heyward zu ihnen trat, »du nimmst zuviel Pulver, und der Stoß der Büchse verrückt dir das Ziel! Mit wenig Pulver, leichtem Blei und einem ausgestreckten Arm wirst du fast immer den Todesschrei eines Mingos[1] hören. Das hat mich die Erfahrung bei diesen Burschen gelehrt. Kommt, Freunde, in unsre Verstecke! Niemand kann sagen, wann und wo ein Maqua einem zu Leibe geht.«

Stillschweigend begaben sich die Indianer auf ihre Posten in die Felsenspalten, von denen aus sie alle Zugänge zu dem Fuß der Wasserfälle beherrschten. Mitten auf der kleinen Insel hatten ein paar kurze und verkrüppelte Fichten Wurzel geschlagen und ein Dickicht gebildet, in welches Falkenauge, von dem tatkräftigen Duncan begleitet, mit der Schnelligkeit eines Hirsches sprang. Hier versteckten sie sich so gut es ging hinter Gestrüpp und Felsblöcken, die zerstreut auf dem Platz umherlagen. Über ihnen erhob sich ein kahler, runder Felsen, an dessen beiden Seiten das Wasser, wie schon gesagt, seine Sprünge machte und dann in die Abgründe stürzte. Als der Tag anbrach, klärten sich die verworrenen Umrisse des gegenüberliegenden Ufers: Man konnte in die Wälder sehen und unter dem Laubdach der dunklen Fichten die einzelnen Gegenstände unterscheiden.

Eine lange Wache folgte, ohne daß irgend etwas auf einen erneuten Angriff schließen ließ, und Duncan gab sich schon der Hoffnung hin, daß ihr Feuer wirkungsvoller gewesen sei, als sie vermuteten, und ihre Feinde gänzlich zurückgetrieben habe. Als er diese Meinung äußerte, schüttelte Falkenauge ungläubig den Kopf.

»Ihr kennt den Maqua nicht, wenn Ihr glaubt, daß er sich so leichten Kaufs ohne Skalp zurückschlagen läßt!« antwortete er. »Wenn diesen Morgen auch nur einer dieser Teufel sein Geheul erhob, waren doch ihrer vierzig dabei, und sie kennen unsere Zahl und unsere Lage zu gut, um die Jagd so schnell aufzugeben. St! seht nach dem Wasser dort oben, gerade wo es sich über den Felsen stürzt! Ich will kein Mensch sein, wenn die teuflischen Wagehälse nicht bis zur Spitze herabschwimmen; und wenn es unser Unstern will, haben sie die Vorderseite der

1 Mingo war die Bezeichnung der Delawaren für Angehörige der »Fünf Nationen«. Maquas wurden sie von den Holländern genannt. Die Franzosen nannten sie seit dem ersten Zusammentreffen Iroquois.

Insel bereits erreicht! St! Ruhig, Freund, oder das Haar ist von Eurem Schädel weg, ehe sich eine Hand umwendet!«

Heyward hob den Kopf aus seinem Versteck empor und sah, was er mit Recht für ein Wunder von Geschick und Kühnheit halten mußte. Der Fluß hatte die Ecke des mürben Felsens so weit abgespült, daß sein erster Absatz nicht so abschüssig war, wie es bei Wasserfällen gewöhnlich ist. Mit Hilfe der Strömung des Flusses, die nach der Spitze des Eilandes ging, hatte sich eine Gruppe der rachsüchtigen Feinde herangewagt und war auf diese Spitze zugeschwommen, von wo aus sie, wenn sie Glück hatte, den ausersehenen Schlachtopfern zu Leibe rükken konnte.

Kaum schwieg Falkenauge, als sich vier Menschenköpfe über ein paar Stämmen Treibholz zeigten, die sich an diesen nackten Felsen gelegt und die Wilden wahrscheinlich auf den Gedanken an die Ausführbarkeit des gefahrvollen Unternehmens gebracht hatten. Im nächsten Augenblick erschien noch ein fünfter an dem grünen Rand des Wasserfalls, ein wenig weiter von der Insel entfernt. Der Wilde kämpfte mit äußerster Kraft, um die sichere Spitze zu erreichen, und, von den schäumenden Wellen begünstigt, streckte er schon einen Arm zu seinen Gefährten aus, die ihn hochziehen wollten, als er, von der wirbelnden Strömung ergriffen, mit erhobenen Armen und aufgerissenen Augen emporzuschießen schien und dann in den tiefen, gähnenden Abgrund, über dem er geschwebt hatte, hinunterstürzte. Ein einziger wilder Schrei der Verzweiflung erscholl aus dem Schlund, dann war alles wieder so still wie ein Grab.

Im ersten Drang des Edelmuts wollte Duncan zur Rettung des Unglücklichen herbeieilen, fühlte sich aber durch den eisernen Griff des bewegungslosen Kundschafters festgehalten. »Wollt Ihr uns einem sicheren Tode entgegenführen und den Mingos verraten, wo wir verborgen liegen?« fragte Falkenauge ernst. »Es ist uns eine Ladung Pulver erspart worden, und Munition wird uns jetzt so nötig sein wie einem gewürgten Wilden der Atem! Schüttet frisches Pulver auf die Zündpfanne Eurer Pistolen – der Nebel vom Wasserfall verdirbt gern den Schwefel –, und haltet Euch zum Kampf bereit, während ich feuere.«

Mit diesen Worten steckte er einen Finger in den Mund und tat einen langen, schrillen Pfiff, der von den Felsen, wo die Mohikaner Wache hielten, beantwortet wurde. Duncan erblickte, als dieses Zeichen erscholl, für einen Augenblick über den umherliegenden Treibholzstämmen Köpfe, die aber ebenso plötzlich, wie sie sich gezeigt hatten, wieder verschwunden waren. Ein leises Rascheln hinter ihm ließ ihn den Kopf wenden. Er erblickte Uncas, der zu ihm herangekrochen kam. Falkenauge sprach mit ihm in delawarischer Sprache, worauf der junge

Häuptling mit Vorsicht und unerschütterlicher Gelassenheit seine Stellung einnahm. Für Heyward war dies ein Augenblick fieberiger, ungeduldiger Erwartung; der Kundschafter indes hielt es für eine passende Gelegenheit, seinen jüngeren Kampfgenossen eine Lektion über den vorsichtigen Gebrauch des Feuergewehrs zu halten.

»Unter allen Waffen«, begann er, »ist die Büchse mit langem Lauf, wenn sie gut gebohrt und von weichem Metall ist, in geschickten Händen die gefährlichste. Sie braucht aber einen starken Arm, ein scharfes Auge und viel Geschick beim Laden, um alle ihre Vorzüge zu zeigen. Die Büchsenmacher verstehen sich nur schlecht auf ihr Handwerk, wenn sie ihre Vogelflinten und Karab – «

Er wurde unterbrochen durch das leise, aber ausdrucksvolle »Hugh« des Uncas.

»Ich sehe sie ja, Junge, ich sehe sie!« fuhr Falkenauge fort; »sie sammeln sich zum Angriff, sonst würden sie ihre braunen Rücken unter dem Treibholz verstecken. Nun, laßt sie nur«, fuhr er fort, seinen Büchsenstein prüfend, »der Vordermann wenigstens läuft einem sicheren Tod in die Arme, und wenn es Montcalm selbst wäre!«

In diesem Augenblick wurden die Wälder von einem abermaligen Geschrei erfüllt, und auf dieses Zeichen sprangen vier Wilde hinter dem Treibholz hervor. Heyward empfand eine brennende Begierde, ihnen entgegenzustürzen. Aber als er sah, wie sehr sich der Kundschafter und Uncas besonnen zeigten, hielt auch er sich zurück. Als ihre Feinde über die schwarzen Felsen mit dem wildesten Geheul in hohen Sprüngen heranstürzten und nur noch wenige Ruten entfernt waren, hob Falkenauge hinter dem Gestrüpp langsam seine Büchse und schoß. Der vorderste Indianer machte einen Sprung wie ein angeschossener Hirsch und stürzte kopfüber in die Felsenklüfte der Insel.

»Jetzt, Uncas!« rief der Kundschafter, sein langes Messer ziehend, während seine Augen vor Kampflust glühten, »nimm den letzten der heulenden Satane; die andern zwei sind uns sicher!« Uncas tat, wie ihm befohlen wurde, und so blieben nur noch zwei Feinde übrig. Heyward hatte eine seiner Pistolen Falkenauge gegeben, und beide stürzten die kleine Anhöhe hinab, ihren Feinden entgegen. Zu gleicher Zeit gaben sie Feuer, jedoch ohne Erfolg.

»Das wußte ich und habe es vorausgesagt!« murmelte der Kundschafter, indem er die kleine Waffe verächtlich in den Wasserfall hinabwarf. »Kommt, ihr blutgierigen Höllenhunde! Ihr kriegt einen Gegner von unverfälschtem Blut!«

Kaum hatte er das gesagt, wurde er von einem Wilden von gigantischem Wuchs und wutschnaubender Miene angefallen. Im selben Augenblick befand sich Duncan mit dem andern im Handgemenge. Mit gleicher Gewandtheit hatten Falkenauge und sein Gegner einander die aufgehobene, mit dem tödlichen Messer bewaffnete Hand aufgefangen. Fast eine Minute standen sie da, einander starr ins Auge blickend und alle Muskelkraft anstrengend. Endlich gewannen die zähen Sehnen des Weißen über die Glieder des weniger geübten Eingeborenen die Oberhand. Der Arm des letzteren wich allmählich der wachsenden Kraft des Kundschafters, der plötzlich die bewaffnete Hand dem Griff des Feindes entriß und die scharfe Waffe ihm durch die nackte Brust in das Herz stieß. Mittlerweile war Heyward in einem noch gefahrvolleren Kampf begriffen. Sein schwacher Degen war beim ersten Angriff zerbrochen. Da er jetzt jedes andern Verteidigungsmittels beraubt war, hing seine Rettung ganz von seiner Körperstärke und Entschlossenheit ab. Obgleich es ihm an keinem von beiden fehlte, hatte er doch einen Feind gefunden, der ihm durchaus gewachsen war. Mit Glück gelang es ihm bald, seinen Gegner zu entwaffnen, dessen Messer auf den Felsen zu ihren Füßen fiel. Von diesem Augenblick an entstand ein wildes Ringen, und jeder bemühte sich, den anderen von der Felskante in den Abgrund des Wasserfalls zu stoßen. Mit jeder neuen Anstrengung kamen sie dem Rand näher, wo, wie Duncan erkannte, die letzte Anstrengung über den Sieg entscheiden mußte. Jeder der Ringenden bot alle seine Kräfte auf, und immer näher kam der Abgrund. Heyward fühlte den Griff des anderen an seiner Kehle und las in seiner wilden Grimasse schon den Triumph. Er fühlte, wie sein Körper einer unwiderstehlichen Kraft zu unterliegen begann, und empfand die flüchtige Todesangst eines solchen Augenblicks. In diesem Moment höchster Gefahr fuhr plötzlich eine dunkle Hand und ein blitzendes Messer zwischen ihn und den Gegner. Der Indianer ließ los, da Blut in vollen Strömen um die durchschnittenen Sehnen seines Handgelenks floß. Uncas' rettender Arm riß Duncan zurück, während sein Auge noch auf den wilden, verzweiflungsvollen Zügen seines Feindes ruhte, der rettungslos in den vernichtenden Abgrund stürzte.

»Ins Versteck! Ins Versteck!« schrie Falkenauge, der soeben seinen Gegner abgefertigt hatte. »Ins Versteck, wenn euch euer Leben lieb ist! Die Arbeit ist nur halb getan!«

Der junge Mohikaner erhob ein lautes Triumphgeschrei und glitt, von Duncan gefolgt, die Anhöhe hinan, von der sie zum Kampf herabgekommen waren, in den freundlichen Schutz der Felsen und Gesträuche zurück.

Achtes Kapitel

Der Warnruf des Kundschafters war nicht überflüssig. Während der soeben geschilderte mörderische Kampf stattfand, wurde das Brausen des Wasserfalls durch keinen menschlichen Laut unterbrochen. Es schien, als hätte der Kampf die Eingeborenen, die sich am Gegenufer befanden, in atemloser Spannung gehalten. Denn die schnellen Bewegungen und die plötzlichen Wechsel in den Stellungen der Kämpfenden erlaubten einfach nicht, Feuer zu geben, da es dem Freund wie dem Feind gefährlich werden konnte. Sobald aber der Kampf entschieden war, erhob sich ein so stürmisches Geheul, wie es nur immer Wut und Rachsucht hervorbringen kann. Es folgten unaufhörliche Blitze aus den Büchsen, die ihre bleiernen Todesboten in vollen Ladungen über die Felsen sandten, als wollten die Angreifer ihre ohnmächtige Wut an der leblosen Szenerie auslassen, die Zeuge des Kampfes gewesen war.

Das Feuer wurde durch sicher gezielte Schüsse Chingachgooks erwidert, der während des ganzen Straußes seinen Posten mit unerschütterlicher Entschlossenheit behauptet hatte. Als Uncas' Siegesgeschrei an sein Ohr drang, antwortete der erfreute Vater mit einem einzigen Ruf, worauf seine tätige Büchse allein bewies, daß er seinen Posten noch mit unermüdetem Eifer verteidigte. Auf diese Weise flogen viele Minuten mit der Schnelligkeit eines Gedankens vorüber, während die Büchsen der Angreifenden sich bald in ganzen Salven, bald in vereinzelten Schüssen hören ließen. Obgleich der Fels, die Bäume und das Gesträuch rings um die Belagerten an hundert Stellen zerschossen und zerrissen wurden, war doch ihr Versteck so fest und gebrauchten die Verteidiger so große Vorsicht, daß David bis jetzt in der kleinen Truppe der einzige Verwundete war.

»Laßt sie ihr Pulver verschießen«, sagte der besonnene Kundschafter, während Kugel auf Kugel an seinem sicheren Versteck vorbeipfiff; »da wird's viel Blei aufzulesen geben, wenn es vorüber ist, und ich denke, die Satansgesellen kriegen das Spiel noch eher satt, als die alten Steine hier um Pardon bitten werden! Aber Uncas, Junge, du verschwendest ja nur Pulver, wenn du so stark lädst: eine Büchse, die stößt, schießt nie eine sichre Kugel. Ich sagte dir, du solltest den angreifenden Bösewicht gerade unter dem weißen Strich in seinem Gesicht aufs Korn nehmen. Nun wollte ich nichts dazu sagen, wenn auch deine Kugel um eine Winzigkeit höher gegangen wäre, aber so trafst du ihn zwei Zoll darüber. Der Sitz des Lebens liegt tief in einem Mingo, und Menschlichkeit gebeut, der Schlangenbrut ein baldiges Ende zu machen.«

Ein ruhiges Lächeln erhellte die stolzen Züge des jungen Mohikaners und verriet, daß er sowohl die englische Sprache wie auch die Meinung des andern verstand, aber er ertrug die Zurechtweisung, ohne darauf zu erwidern oder sich zu verteidigen.

»Ich kann nicht zulassen, daß Ihr Uncas Mangel an Scharfblick und Geschick unterstellen wollt«, sagte Duncan; »er hat mir auf die kaltblütigste und entschlossenste Weise das Leben gerettet und in mir einen Freund erworben, den man nie daran zu erinnern haben wird, was er ihm schuldig ist!«

Uncas erhob sich etwas, um Heywards dargebotene Hand zu drükken. Während dieser Freundschaftsbeweise wechselten die beiden jungen Männer so herzliche Blicke der Verständigung, daß Duncan den Stand und die Verhältnisse seines wilden Gefährten zu vergessen schien. Falkenauge, der diesen Ausbruch jugendlicher Gefühle kühl, aber nicht unfreundlich mitangesehen hatte, erwiderte unterdessen:

»Nur zu oft verdanken sich Freunde in der Wildnis das Leben. Ich darf wohl sagen, daß ich Uncas schon mehrere Male diesen Dienst geleistet habe, und erinnere mich recht wohl, daß auch er zu fünf verschiedenen Malen zwischen mir und dem Tod gestanden hat. Dreimal im Kampf mit den Mingos, einmal, da wir über den Horican gingen und – «

»Dieser Schuß war besser gezielt als gewöhnlich!« rief Duncan, indem er unwillkürlich vor einer Kugel zurückfuhr, die an dem Felsen neben ihm mit Heftigkeit abgeprallt war.

Falkenauge griff nach dem formlosen Metall und schüttelte bei der Untersuchung den Kopf. »Fallendes Blei«, sagte er, »drückt sich nie platt. Vielleicht wenn es aus den Wolken käme, dann ließe ich es mir gefallen!«

Uncas' Büchse richtete sich vorsichtig gegen den Himmel und zeigte den Augen seiner Gefährten einen Punkt, der das Geheimnis sogleich enthüllte. Eine mächtige Eiche stand auf dem rechten Ufer des Flusses, ihnen beinahe gegenüber, und neigte sich, den freien Luftraum suchend, so weit herüber, daß ihre oberen Äste über jenen Arm des Stromes hingen, der an ihrem eigenen Ufer floß. Unter dem obersten Laubwerk, das die knorrigen, verwitterten Äste nur spärlich bedeckte, hatte sich ein Wilder eingenistet, den der Stamm des Baumes verbarg. Er wurde aber sichtbar, als er auf sie herabblickte, um zu sehen, welche Wirkung sein verräterischer Schuß gehabt hatte.

»Diese Satane werden am Ende noch den Himmel ersteigen, um uns zugrunde zu richten«, sagte Falkenauge. »Halt ihn in Schach, Junge, bis ich den Wildtöter zum Schuß bringen kann und wir ihm sein Blei von beiden Seiten des Baumes wieder zurückgeben.«

Uncas wartete, bis der Kundschafter das Signal gab. Die Büchsen blitzten, Blätter und Rinde der Eiche flogen in die Luft und wurden vom Wind zerstreut. Der Indianer aber erwiderte ihren Angriff mit einem höhnischen Gelächter und antwortete ihnen mit einer zweiten Kugel, welche Falkenauge die Mütze vom Kopf schlug. Noch einmal erscholl das wilde Geheul aus den Wäldern, und ein Hagel von Kugeln pfiff über die Köpfe der Belagerten, als wollten sie diese an dem Ort zusammenhalten, wo sie ein leichtes Opfer des Kriegers werden mußten, der den Baum erklettert hatte.

»Da muß geholfen werden!« sagte der Kundschafter, mit unruhigem Auge um sich blickend. »Uncas, ruf deinen Vater: wir brauchen alle unsre Waffen, um die zähe Raupenbrut von ihrem Aste herabzuschütteln.«

Das Signal war sogleich gegeben, und ehe Falkenauge seine Büchse zum zweitenmal geladen hatte, war Chingachgook bei ihnen. Als der Sohn dem erfahrenen Krieger die Stellung des gefährlichen Feindes gezeigt hatte, entfuhr das gewöhnliche »Hugh« seinen Lippen; weiter ließ er kein Zeichen der Verwunderung oder der Besorgnis vernehmen. Falkenauge und die Mohikaner berieten sich einige Augenblicke ernst in delawarischer Sprache, dann nahmen sie ruhig ihre Posten ein, um den eilig verabredeten Plan zur Ausführung zu bringen.

Der Krieger auf der Eiche hatte von dem Augenblick seiner Entdeckung an ein ununterbrochenes, aber unwirksames Feuer unterhalten. Die Wachsamkeit seiner Feinde erlaubte ihm nicht, genau zu zielen, da ihre Büchsen sich sogleich alles, was von ihm sichtbar wurde, zum Ziel nahmen: immer jedoch fuhren seine Kugeln mitten unter die lauernden Verteidiger. Heywards Kleider, die ihn vor den andern sichtbar machten, wurden wiederholt getroffen, und einmal floß sogar Blut aus einer leichten Wunde am Arm.

Endlich versuchte der Hurone, durch die lange und geduldige Wachsamkeit seiner Feinde verwegen gemacht, besser und genauer zu zielen. Das scharfe Auge der Mohikaner entdeckte durch das dünne Laubwerk wenige Zoll von dem Stamm des Baumes die dunklen Umrisse seiner Beine, welche er unvorsichtigerweise nicht bedeckt hatte. Ihre Büchsen feuerten gemeinschaftlich, und der Feind sank auf seinem verwundeten Bein zusammen, so daß ein Teil seines Körpers zum Vorschein kam. Mit Blitzesschnelle benützte Falkenauge diesen Vorteil und feuerte mit seinem Gewehr in den Gipfel der Eiche. Die Blätter bewegten sich ungewöhnlich stark, die gefährliche Büchse fiel von der Höhe herab, und nach wenigen Minuten vergeblicher Anstrengung zeigte sich die Gestalt des Wilden in der Luft schwebend, während er noch einen knorrigen, nackten Ast des Baumes verzweifelt umklammert hielt. »Gebt ihm, um Gotteswillen, gebt ihm noch eine Kugel!« rief

Zwischen Himmel und Erde.

Duncan, seine Augen abwendend vor dem grausigen Schauspiel, ein Mitgeschöpf in solch entsetzlicher Todesangst zu sehen.

»Nicht ein Korn!« rief der harte Falkenauge. »Sein Tod ist gewiß, und wir müssen das Pulver sparen: Kämpfe mit Indianern dauern oft ganze Tage. Es gilt ihren oder unsern Skalp! Und Gott, der uns erschuf, hat in unsere Natur den Wunsch gelegt, die Haut auf dem Kopf zu behalten!« Gegen diese strenge und unbeugsame Moral, die noch durch solch eine taktische Erwägung unterstützt wurde, ließ sich nichts einwenden. Von diesem Augenblick an verstummte das Geheul in den Wäldern wieder, das Feuer hörte auf, und aller Augen der Freunde sowohl wie der Feinde waren auf den Unglücklichen gerichtet, der zwischen Himmel und Erde schwebte. Sein Körper wurde vom Winde hin und her getrieben, und obwohl dem Todgeweihten kein Ächzen oder Stöhnen entfuhr, gab es doch Augenblicke, wo er grimmige Blicke auf die Feinde warf und Todesangst und Verzweiflung sich trotz der Entfernung sehr deutlich auf seinem dunklen Gesicht spiegelten. Dreimal hob der Kundschafter mitleidig seine Büchse und dreimal siegte die Klugheit über sein Gefühl; schweigend senkte er sie wieder. Endlich ließ der Hurone eine Hand los, und erschlafft sank sie an seine Seite herab. Verzweifelt versuchte er den Ast wieder zu fassen, und man sah, wie er einen flüchtigen Augenblick in der leeren Luft umhergriff. Blitzschnell fuhr ein Schuß aus Falkenauges Büchse, die Glieder des Unglücklichen zitterten und zogen sich krampfhaft zusammen, das Haupt sank herab auf die Brust, und wie ein Bleiklumpen stürzte die Leiche in die schäumenden Wasser. Das Element schloß sich über ihm, und jede Spur des unglücklichen Huronen war auf immer verschwunden.

Kein Siegesruf folgte dem errungenen Vorteil; selbst die Mohikaner starrten einander mit schweigendem Entsetzen an. Ein einziger Schrei erscholl aus dem Wald, und alles war wieder still. Falkenauge, der allein noch die Besinnung behalten zu haben schien, schüttelte den Kopf über seine augenblickliche Schwäche und machte sich laut Vorwürfe darüber.

»Es war die letzte Ladung in meinem Horn und die letzte Kugel in meiner Tasche! Das hieß wie ein Knabe gehandelt! Was lag daran, ob er tot oder lebendig auf den Felsen fiel! Mit dem Schwung wäre es ohnehin bald vorbei gewesen. Uncas, Junge, gehe hinab zum Kanu, und bringe das große Horn; es ist das ganze Pulver, das wir noch haben, und wir werden es brauchen bis auf das letzte Korn, oder ich kenne die Mingos nicht.«

Der junge Mohikaner gehorchte und verließ den Kundschafter, der den unnützen Inhalt seiner Tasche durchsuchte und sein leeres Horn mit erneuter Unzufriedenheit schüttelte. Von dieser unerfreulichen

Untersuchung schreckte ihn jedoch bald ein lauter, durchdringender Schrei aus Uncas' Mund auf, der selbst Duncans ungeübtem Ohr wie die Botschaft eines neuen, unerwarteten Unfalls klang. Da jeder Gedanke seiner Seele nur auf den kostbaren, ihm anvertrauten, in der Höhle verborgenen Schatz gerichtet war, sprang der junge Mann auf, unbekümmert um die Gefahr, der er sich aussetzte. Wie vom gleichen Drang getrieben folgten seine Begleiter ihm nach und stürzten der schützenden Felsenkluft zu mit einem Ungestüm, die das zerstreute Feuer ihrer Feinde wirkungslos bleiben ließ. Der ungewohnte Schrei rief auch die Schwestern mit dem verwundeten David aus ihrem Zufluchtsort herbei, und ein einziger Blick machte sie mit dem Unstern bekannt, der selbst die kühle Ruhe ihres jungen indianischen Beschützers aus dem Gleichgewicht gebracht hatte.

Nicht weit vom Felsen sah man ihre kleine Barke durch den Strudel in der schnellen Strömung des Flusses auf eine Weise dahintreiben, welche schließen ließ, daß ihr Lauf durch eine verborgene Kraft gelenkt wurde. Sobald der Kundschafter die Lage erfaßt hatte, griff er instinktiv nach seiner Büchse und drückte ab. Aber der ungeladene Lauf blieb stumm, wenn auch der Stein helle Funken sprühte.

»Es ist zu spät, es ist zu spät!« rief Falkenauge, indem er mit bitterem Unmut die Waffe sinken ließ. »Der Schurke hat die Strömung erreicht, und hätten wir auch Pulver, so könnt die Kugel kaum schneller fliegen, als das Boot jetzt forttreibt!«

Der wagehalsige Hurone hob jetzt den Kopf über die Wandung des Kanus empor, winkte, während er pfeilschnell in der Strömung dahinglitt, mit der Hand und stieß einen Schrei aus, der das wohlbekannte Zeichen eines glücklichen Erfolges war. Sein Ruf wurde durch gellendes Geheul und höhnisches Gelächter aus den Wäldern beantwortet, das so boshaft klang, als ob fünfzig böse Geister ihre Lästerungen über den Fall einer Christenseele ausstießen.

»Ihr habt gut lachen, ihr Höllenkinder!« sagte der Kundschafter, indem er sich auf den Vorsprung eines Felsens setzte und die Büchse nachlässig zu seinen Füßen fallen ließ; »die drei schärfsten und besten Flinten in diesen Wäldern sind jetzt nicht mehr wert als drei Wollkrautstengel oder ein vorjähriges Rehgeweih!«

»Was ist zu tun?« fragte Duncan, bei welchem das erste Gefühl getäuschter Hoffnung dem männlichen Verlangen nach Handlung gewichen war; »was wird aus uns werden?«

Falkenauge fuhr statt der Antwort auf eine so bezeichnende Weise mit dem Finger um seinen Schädel, daß niemand an seiner Meinung zweifeln konnte.

»Ich bin ganz sicher, daß es mit uns nicht so verzweifelt steht«, rief der junge Mann; »die Huronen sind nicht hier; wir können die Höhlen verteidigen und ihre Landung verhindern.«

»Mit was?« fragte kühl der Kundschafter. »Mit Uncas' Pfeilen? Oder mit Weibertränen? Nein, nein: Ihr seid jung und reich und habt Freunde; in solchem Alter ist es freilich hart zu sterben! Aber«, hier warf er einen Blick auf die Mohikaner, »laßt uns bedenken, daß wir Männer reiner Abkunft sind, und diese Eingeborenen der Wälder lehren, daß das Blut der Weißen ebenso ruhig wie das der Roten fließen kann, wenn die letzte Stunde gekommen ist.«

Duncan wandte sich schnell in die Richtung, die ihm des andern Augen gaben, und seine schlimmsten Befürchtungen wurden durch das Benehmen der Indianer bestätigt.

Chingachgook setzte sich in würdevoller Haltung auf ein anderes Felsstück, hatte bereits sein Messer und seinen Tomahawk beiseite gelegt und war im Begriff, die Adlerfeder vom Haupt zu nehmen und seinen Haarschopf für den letzten Dienst in Ordnung zu bringen. Seine Miene war ruhig, wenn auch nachdenklich, während das Feuer seiner dunklen, glühenden Augen allmählich in einen Ausdruck überging, der für das Schicksal, das er im nächsten Augenblick erwartete, mehr geeignet war.

»Unsere Lage kann doch nicht so hoffnungslos sein!« sagte Duncan. »Selbst in diesem Augenblick ist uns vielleicht Hilfe nah. Ich sehe keine Feinde; sie sind offenbar des Kampfes müde, in dem sie so viel wagen und so wenig Aussicht haben zu siegen.«

»Es kann eine Minute, vielleicht eine Stunde dauern, dann werden die listigen Schlangen uns umzingeln, und es ist ganz in ihrer Art, daß sie in diesem Augenblick vielleicht schon in Hörweite sind«, entgegnete Falkenauge. »Aber kommen werden sie und in einer Weise, die uns nichts mehr erhoffen läßt! – Chingachgook« – hier ging er ins Delawarische über –, »mein Bruder, wir haben unsern letzten Kampf zusammen gekämpft, und die Maquas werden jubeln über den Tod des weisen Mannes der Mohikaner und des Bleichgesichtes, dessen Auge Nacht zu Tag und dichte Wolken zu Frühlingsnebeln machen kann!«

»Laß die Mingoweiber über ihre Erschlagenen weinen!« entgegnete der Indianer mit charakteristischem Stolz und unerschütterlicher Festigkeit. »Die Große Schlange der Mohikaner hat sich in ihre Wigwams geschlichen und ihren Triumph mit den Wehklagen der Kinder vergiftet, deren Väter nicht mehr zurückgekehrt sind! Elf Krieger liegen verscharrt fern von den Gräbern ihres Stammes, seit der Schnee gefallen ist, und niemand kann sagen, wo sie zu finden sind, wenn Chingachgooks Zunge verstummt! Laß sie ihr schärfstes Messer ziehen und ihren besten Tomahawk schwingen: denn ihr grimmigster Feind ist in ihren Händen. Uncas, letzter Zweig eines edlen Stammes, rufe den Feiglingen zu, daß sie sich beeilen, sonst erweichen ihre Herzen, und sie werden zu Weibern!«

»Sie suchen unter den Fischen nach ihren Toten!« antwortete die leise, sanfte Stimme des jugendlichen Häuptlings. »Die Huronen schwimmen mit den schleimigen Aalen, sie fallen von den Eichen wie reife Früchte! Und die Delawaren lachen!«

»Ja, ja«, murmelte der Kundschafter, der diesen eigentümlichen Herzensergießungen aufmerksam zugehört hatte; »sie haben ihr indianisches Herz erwärmt und werden bald die Maquas auffordern, schnell ein Ende mit ihnen zu machen. Was mich betrifft, der ich das reine Blut der Weißen in mir trage, ich muß sterben, wie es meiner Herkunft geziemt, ohne Spott im Munde und ohne Haß im Herzen!«

»Warum aber sterben?« fragte Cora, die jetzt aus der Felsenhöhle trat, wo sie sich bisher aus Angst aufgehalten hatte. »Flieht in die Wälder, und ruft Gott um Beistand an! Geht, wackere Männer, wir verdanken euch bereits zu viel und wollen euch nicht länger an unser unglückliches Schicksal fesseln.«

»Da kennt Ihr die List der Irokesen schlecht, Lady, wenn Ihr glaubt, daß sie uns den Weg in die Wälder offengelassen haben«, versetzte Falkenauge, fügte jedoch gleich darauf in seiner sachlichen Weise hinzu: »Die Strömung würde uns freilich bald aus dem Bereich ihrer Büchsen bringen.«

»So versucht es mit dem Fluß! Warum noch säumen und die Zahl der Opfer unsrer erbarmungslosen Feinde vermehren?«

»Warum?« wiederholte der Kundschafter, stolz um sich blickend. »Weil es einem Manne besser geziemt, in Frieden mit sich selbst zu sterben, als von bösem Gewissen gepeinigt zu leben! Welche Antwort wollten wir Munro geben, wenn er uns fragte, wo und wie wir seine Kinder verlassen hätten?«

»Geht und sagt ihm, daß Ihr sie mit dem Auftrag verlassen hättet, ihnen eilig zu Hilfe zu kommen«, versetzte Cora mit Eifer und trat näher an den Kundschafter heran; »sagt ihm, daß die Huronen sie in die nördlichen Wildnisse schleppen und sie durch Wachsamkeit und Eile noch gerettet werden könnten. Und wenn nach alledem es dem Himmel gefallen sollte, daß sein Beistand zu spät käme, so hinterbringt ihm«, fuhr sie mit allmählich sinkender, zuletzt beinahe ersterbender Stimme fort, »die Liebe, den Segen, die letzten Gebete seiner Töchter und sagt, er solle nicht trauern über ihr frühes Ende, sondern mit demütigem Vertrauen auf das Ziel der Christen blicken, wo er seinen Kindern wieder begegnen werde!«

Die harten, verwitterten Züge des Kundschafters begannen sich zu beleben, und als sie geendet hatte, stützte er sein Kinn auf die Hand, in tiefes Nachdenken über den Vorschlag versunken.

»Es liegt Vernunft in ihren Worten!« brach endlich eine Stimme aus den zusammengepreßten, bebenden Lippen hervor. »Ja, und sie atmen den Geist des Christentums. Was gut und recht für eine Rothaut ist, kann Sünde für einen Mann sein, dem seine Herkunft nicht erlaubt, sich mit Unwissenheit zu entschuldigen. Chingachgook! Uncas! Hört ihr die Worte des schwarzäugigen Weibes?«

Er sprach jetzt in delawarischer Sprache mit seinen Gefährten, und seine Rede, obgleich ruhig und bedächtig, schien sehr entschieden. Der ältere Mohikaner hörte ihm mit feierlichem Ernst zu und schien seine Worte abzuwägen, wie wenn er die Wichtigkeit ihres Inhalts fühlte. Nach kurzem Zögern gab er durch einen Wink mit der Hand seine Zustimmung und sprach mit dem seinem Volke eigentümlichen Nachdruck das englische »Gut!« Dann steckte er sein Messer und seinen Tomahawk wieder in den Gürtel und schritt schweigend auf die Ecke des Felsens zu, die von dem Gegenufer aus am wenigsten eingesehen werden konnte. Hier verharrte er einen Augenblick, wies bedeutungsvoll auf die Wälder unten und sagte einige Worte in seiner Sprache, als wollte er den von ihm beabsichtigten Weg andeuten. Dann sprang er in das Wasser und war dem Auge der Zuschauer entschwunden.

Der Kundschafter folgte ihm erst, nachdem er einige Worte mit der tapferen Cora gesprochen hatte, deren Atem leichter ging, als sie sah, daß ihre Vorschläge so gut aufgenommen worden waren.

»Weisheit«, sprach er, »wird der Jugend wie dem Alter gegeben, und was Ihr gesagt habt, ist weise, um nicht mehr zu sagen. Wenn man Euch verschonen sollte und in die Wälder führt, so knickt die Zweige an den Büschen, wo Ihr geht, und macht die Spuren Eures Zuges so deutlich, wie Ihr könnt. Wenn je sterbliche Augen sie entdecken können, so verlaßt Euch darauf, daß Ihr einen Freund habt, der Euch eher bis ans Ende der Welt folgt, als daß er Euch verließe.«

Er schüttelte Cora liebevoll die Hand, schulterte seine Büchse, betrachtete diese einen Augenblick kummervoll und legte sie dann sorgfältig auf die Seite. Dann stieg er zu der Stelle hinab, wo Chingachgook soeben verschwunden war. Einen Augenblick hing er am Felsen, schaute sich vorsichtig um und murmelte bitter: »Hätte das Pulver gereicht, so wäre diese Schande nicht über uns gekommen.« Dann ließ er los, das Wasser schloß sich über ihm, und er war gleichfalls verschwunden.

Aller Augen waren jetzt auf Uncas gerichtet, der sich in unbeweglicher Ruhe an den rauhen Felsen gelehnt hatte. Cora zauderte einige Augenblicke, wies dann auf den Fluß und sagte:

»Deine Freunde sind nicht mehr zu sehen und jetzt wahrscheinlich in Sicherheit. Ist es nicht Zeit, daß du ihnen folgst?«

»Uncas bleibt«, antwortete der Häuptling ruhig in englischer Sprache.

»Um die Schrecken unsrer Gefangennahme zu vermehren und unsre Rettung weniger möglich zu machen! Geh, edler junger Mann«, fuhr Cora fort, ihre Augen unter dem Blick des Mohikaners senkend und vielleicht im Bewußtsein ihres Einflusses auf ihn, »geh zu meinem Vater, wie ich dir gesagt habe, und sei der vertrauteste meiner Boten. Sag ihm, er solle dir die Geldmittel anvertrauen, um die Freiheit seiner Töchter zu erkaufen. Geh! Es ist mein Wunsch, meine Bitte, daß du gehst!«

Der gefaßte, ruhige Blick des jungen Häuptlings ging in einen Ausdruck düsterer Traurigkeit über, aber er zögerte nicht länger. Mit geräuschlosem Tritt lief er über den Felsen und stürzte sich in den rauschenden Strom. Die Zurückgelassenen hielten den Atem an, dann sahen sie, schon weit stromabwärts, seinen Kopf auftauchen. Er holte kurz Atem, verschwand wieder und wurde nicht mehr gesehen.

Die schnellen und anscheinend glücklichen Versuche hatten nur wenig Zeit gekostet. Nach dem letzten Blick auf Uncas wandte sich Cora mit bebenden Lippen zu Heyward:

»Ich habe Ihre Fertigkeit im Schwimmen rühmen hören, Duncan, folgen Sie dem klugen Beispiel dieser einfachen und treuen Menschen!«

»Ist das die Treue, welche Cora Munro von ihrem Beschützer fordert?« fragte der junge Mann mit traurigem, aber bitterem Lächeln.

»Es ist jetzt keine Zeit für eitle Spitzfindigkeiten und falsche Meinungen«, antwortete sie. »In diesem Augenblick verlangt vielmehr jede Pflicht eine unparteiische Beurteilung. Für uns können Sie jetzt von keinem weiteren Nutzen sein, während Ihr kostbares Leben noch für andere Freunde gerettet werden kann.«

Er erwiderte nichts, aber seine Augen ruhten auf der reizenden Gestalt Alices, die sich mit kindlicher Hingebung an seinen Arm schmiegte.

»Bedenken Sie«, fuhr Cora nach einer Pause fort, während der sie mit einem Schmerz zu kämpfen schien, noch bitterer als derjenige, der in ihrer Furcht seinen Grund hatte, »daß das Schlimmste, was wir erleiden können, der Tod ist, ein Zoll, den wir alle entrichten müssen, wenn Gott ihn von uns fordert.«

»Es gibt Übel, die schlimmer sind als der Tod«, entgegnete Duncan, unwillig über ihre dringlichen Vorstellungen, »die aber die Gegenwart eines Mannes, der für Sie zu sterben bereit ist, abwenden kann.«

Cora drang nicht weiter in ihn, sie verhüllte ihr Gesicht mit ihrem Schal und zog die fast besinnungslose Alice hinter sich her in den tiefsten Winkel der inneren Höhle.

Neuntes Kapitel

Die plötzliche, fast magische Umwandlung der wilden Szenen des Kampfes in die Stille, welche rings um ihn herrschte, wirkte auf die erhitzte Einbildungskraft Heywards wie ein fieberhafter Traum. Es fiel ihm schwer, sich von der Wirklichkeit des Erlebten zu überzeugen. Ungewiß über das Schicksal derer, die sich der reißenden Strömung anvertraut hatten, lauschte er anfangs auf jedes Zeichen, jeden Laut, der den guten oder schlechten Ausgang ihres gewagten Unternehmens verkünden könnte. Aber er lauschte vergeblich: mit Uncas war jede Spur von den Abenteurern verschwunden, und er blieb in gänzlicher Ungewißheit über ihr Schicksal.

In diesem Augenblick quälenden Zweifels wagte Duncan vor den schützenden Felsen zu treten, um einen Blick auf die Landschaft umher zu werfen. Doch konnte er trotz aller Anstrengung keine Spur ihrer verborgenen Feinde entdecken. Die bewaldeten Ufer des Flusses schienen wieder von allem verlassen, was Leben atmete. Der Aufruhr, welcher eben noch durch die Laubgewölbe des Waldes widerhallte, war vorüber, und das Rauschen der Wasser, durch den Wind verstärkt oder gemindert, ertönte in seiner ganzen natürlichen Lieblichkeit. Ein Fischadler, welcher auf dem obersten Zweig einer abgestorbenen Fichte ein entfernter Zuschauer des Kampfes gewesen war, schoß jetzt von seinem hohen, luftigen Sitz herab und schwebte in weiten Kreisen über seiner Beute, während eine Elster, deren kreischende Stimme durch das noch heiserere Geschrei der Wilden übertönt worden war, wieder ihr unharmonisches Lied begann, als wäre sie von neuem im ungestörten Besitz ihres einsamen Waldgebiets. Duncan schöpfte aus diesen natürlichen Merkmalen der Einsamkeit wieder einige Hoffnung. Er fing an, seine Lebensgeister zu sammeln und auf Mittel zu ihrer Rettung zu sinnen, wobei ihn ein wachsendes Vertrauen auf einen glücklichen Ausgang belebte. »Die Huronen lassen sich nicht sehen«, sagte er zu David, der sich von den Wirkungen des betäubenden Schusses noch nicht ganz erholt hatte, »wir wollen uns in der Höhle verbergen und das übrige der Vorsehung überlassen.«

»Ich erinnere mich«, versetzte der verwirrte Singmeister, »daß ich mich mit zwei holdseligen Mädchen zusammentat, um unsere Stimmen zu Dank und Preis zu erheben. Seitdem bin ich von einem schweren Gericht für meine Sünden heimgesucht worden. Es war mir, als läge ich im Schlaf, und Mißtöne zerrissen mein Ohr, als ob die Zeit erfüllt wäre und die Natur all ihre Harmonie vergessen hätte.«

»Armer Mensch! Deine eigene Zeit war beinahe abgelaufen! Aber steh auf, und komm mit mir; ich will dich an einen Ort führen, wo du keine anderen Töne als die deines Psalmgesanges hören sollst.«

»Es liegt eine Harmonie in dem Rauschen des Wasserfalls, und dieses Rauschen ist den Sinnen oft angenehm!« sagte David, indem er sich noch verwirrt die Hand an die Stirn drückte. »Ist nicht noch immer die Luft mit Geheul und Geschrei erfüllt, als ob die abgeschiedenen Geister der Verdammten – «

»Nicht mehr, nicht mehr«, unterbrach ihn der ungeduldige Heyward, »es hat aufgehört, und sie, die es erhoben haben, sind, so Gott will, nicht mehr da! Alles ist still und im Frieden, bis auf den Fluß. Herein denn, wo Ihr jene Laute, die Euch so lieb sind, hören lassen könnt.«

David lächelte traurig, obgleich nicht ohne einen flüchtigen Schimmer von Freude über die Anspielung auf seinen Lieblingsberuf. Er zögerte nicht länger, sich an einen Ort zu begeben, welcher ihm so ungestörten Genuß für seine müden Sinne versprach, und auf den Arm seines Begleiters gelehnt, trat er in den engen Eingang der Höhle. Duncan ergriff einen Haufen Sassafraszweige und schob sie vor den Eingang, so daß keine Spur einer Öffnung mehr zu sehen war. Drin hängte er die Decken auf, welche die Waldbewohner zurückgelassen hatten, wodurch er das hintere Ende der Höhle verdunkelte, während das vordere von der engen Schlucht, durch die ein Arm des Flusses rauschte, ehe er sich weiter unten wieder mit seinem Nebenarm vereinigte, spärliches Licht empfing.

»Ich liebe den Grundsatz des Eingeborenen nicht, nach welchem sie sich in verzweifelten Lagen ohne Widerstand ihrem Schicksal fügen«, sagte er, noch mit dieser Arbeit beschäftigt, »unser Grundsatz, daß die Hoffnung erst mit dem Leben endet, ist weit tröstlicher und des Charakters eines Soldaten würdiger. Sie, Cora, bedürfen der Ermutigung nicht; Ihre Seelenstärke und ruhige Überlegung sagt Ihnen, was sich für Ihr Geschlecht geziemt. Aber wie können wir die Tränen der Weinenden trocknen, die zitternd an Ihrem Busen liegt?«

»Ich bin ja ruhig, Duncan«, sagte Alice und machte sich aus den Armen ihrer Schwester los, um sich trotz Tränen einen Anschein von Fassung zu geben. »Jetzt bin ich viel ruhiger. In diesem Versteck sind wir sicher, geborgen, vor Mißhandlungen geschützt. Wir wollen alles von den edelmütigen Männern erwarten, die schon so viel für uns gewagt haben.«

»Jetzt spricht unsere sanfte Alice wie eine Tochter Munros!« sagte Heyward und ging, ihr die Hand drückend, auf den Eingang der Höhle zu. »Zwei solche Muster von Mut vor sich, da müßte ein Mann sich schämen, wenn er sich anders denn als Held betrüge!« Er setzte sich in die Mitte der Höhle, indem er die einzige ihm noch gebliebene Pistole krampfhaft umklammerte, während seine gerunzelte Stirn einen verzweifelten Entschluß verriet. »Wenn die Huronen kommen, so sollen sie unsere Stellung nicht so leicht nehmen, wie sie vielleicht glauben«, murmelte er leise und schien, mit dem Kopf an den Felsen gelehnt, in Geduld zu warten, was da kommen würde, während sein Auge unverrückt auf den offenen Eingang ihres Asyls gerichtet war.

Dem letzten Laut seiner Stimme folgte eine tiefe, lange, beinahe atemlose Stille. Die frische Morgenluft war in das Versteck gedrungen und begann ihre Bewohner zu stärken. Da eine Minute nach der andern verging und sie in ungestörter Sicherheit dasaßen, begann ein wohltuendes Gefühl der Hoffnung sich nach und nach wieder zu regen, obgleich jeder sich scheute, Erwartungen auszusprechen, welche der nächste Augenblick grausam zerstören konnte.

Allein David machte eine Ausnahme bei diesem Wechsel von Stimmungen. Ein schwacher Lichtstrahl fiel durch die Öffnung auf sein bleiches Gesicht und auf die Seiten des kleinen Buchs, dessen Blätter er überschlug, als ob er einen für ihre Lage passenden Gesang finden wollte. Endlich schien es, als ob sein geduldiges Suchen belohnt werden sollte: denn ohne Erklärung oder Einleitung sprach er laut die Worte: »Insel Wight«, blies dann einen langen, sanften Ton auf seiner Pfeife und durchging einige Läufe der Weise, die er eben genannt hatte, mit den Tönen seiner eigenen klangreichen Stimme. »Ist das nicht gefährlich?« fragte Cora, ihr dunkles Auge auf Major Heyward heftend.

»Armer Kerl! Seine Stimme ist zu schwach, um unter dem Rauschen der Wasserfälle gehört zu werden«, war die Antwort. »Außerdem schützt ihn auch die Höhle. Lassen Sie ihm sein Lieblingsgeschäft, da er's ohne Gefahr tun kann.«

»Insel Wight!« wiederholte David, indem er mit jener Würde um sich blickte, womit er die flüsternden Stimmen seiner Zuhörer zum Schweigen zu bringen pflegte. »Es ist eine schöne Melodie und ein feierlicher Text. Singen wir es mit gebührender Andacht!«

Nachdem er eine Weile geschwiegen hatte, um seinen Worten mehr Nachdruck zu verleihen, ließ sich die Stimme des Sängers anfangs in leisen, murmelnden Tönen vernehmen, die sich nach und nach verstärkten, bis sie endlich das enge Gewölbe mit Klängen füllte, die durch das Zittern seiner Stimme noch dreimal lauter tönten. Die Melodie, die dadurch nichts von ihrer Schönheit verlor, übte allmählich ihren Einfluß auf die Zuhörer aus. Alice trocknete unwillkürlich ihre Tränen und heftete ihr Auge auf Gamuts blasse Züge mit einem Ausdruck reinen Entzückens, den sie nicht zu verbergen suchte. Cora lächelte den frommen Anstrengungen des Namensbruders des jüdischen Fürsten Beifall zu, und Heyward wandte den festen, ernsten Blick vom Eingang der Höhle ab und schaute mit milderem Ausdruck auf Davids Gesicht und auf die umherirrenden Blicke, die sich aus den feuchten Augen Alices stahlen. Die lebhafte Anteilnahme seiner Zuhörer ermutigte den Sänger, und seine Stimme gewann wieder ihren vollen Umfang und Reichtum, ohne die rührende Sanftheit zu verlieren, die ihr einen geheimen Zauber verlieh. Seine wiederkehrende Kraft aufs höchste steigernd, füllte er jetzt die Gewölbe der Höhle mit langen und vollen Tönen – als sich draußen plötzlich ein Geheul erhob, das die frommen Akkorde verstummen ließ und seine Stimme erstickte, als wäre ihm buchstäblich sein Herz in die Kehle gesprungen.

»Wir sind verloren!« rief Alice, indem sie sich Cora in die Arme warf.

»Noch nicht, noch nicht«, entgegnete der aufgeregte, aber unerschrockene Heyward; »das Geschrei kam von der Mitte der Insel; sie haben ihre toten Gefährten gefunden. Wir sind noch nicht entdeckt, es bleibt immer noch Hoffnung.«

So schwach und beinahe hoffnungslos die Aussicht auf Rettung war, blieben Duncans Worte doch nicht vergeblich: die Schwestern gewannen ihre Fassung wieder und erwarteten schweigend das Kommende. Das Geheul ertönte zum zweitenmal, Stimmen erschollen von der oberen Spitze der Insel bis zu ihrem unteren Ende und ließen sich bald auch auf dem nackten Felsen über den Höhlen vernehmen. Ein entsetzliches Geheul erfüllte die Luft, wie es nur der Mensch im Zustand der wildesten Barbarei ausstoßen kann.

Die Töne erschollen bald in allen Richtungen um sie her. Einige riefen ihren Gefährten vom Uferrand zu, und andere antworteten von der Höhe herab. Schreie ließen sich gefährlich nahe der Felsspalte zwischen den beiden Höhlen vernehmen, die sich mit kreischendem Geheul aus dem Abgrund der tiefen Felsenklüfte mischten. Kurz, die wilden Töne hatten sich so schnell über den ganzen kahlen Felsen verbreitet, daß die geängstigten Zuhörer sich einbildeten, sie ertönten auch unter ihnen, während sie in Wahrheit über ihnen und auf allen Seiten von ihnen waren.

Mitten in diesem Tumult ertönte ein Triumphgeheul, nur wenige Schritte von dem verborgenen Eingang in die Höhle. Heyward gab alle Hoffnung auf; er glaubte, sie seien entdeckt. Diese Besorgnis schwand jedoch wieder, als sich die Schreienden um die Stelle sammelten, wo der Weiße so widerstrebend seine Büchse zurückgelassen hatte. Unter dem Kauderwelsch der indianischen Dialekte, das man jetzt deutlich vernahm, ließen sich nicht nur einzelne Wörter, sondern selbst ganze Sätze in der Sprache der Kanadier unterscheiden. Mehrere Stimmen riefen mit einemmal: »La longue Carabine!« Und die Echos der Wälder gaben einen Namen wieder, der, wie Heyward sich wohl erinnerte, von seinen Feinden einem berühmten englischen Jäger und Kundschafter gegeben wurde, der, wie er jetzt zum erstenmal erfuhr, sein letzter Begleiter gewesen war. »La longue Carabine! La longue Carabine!« ging es von Mund zu Mund, bis die ganze Bande sich, wie es schien, um die Siegestrophäe versammelt hatte, die den Tod ihres furchtbaren Eigentümers zu verkünden schien. Nach einer stürmischen Beratung, welche nur zuweilen durch Ausbrüche wilder Freude unterbrochen wurde, trennten sie sich wieder und erfüllten die Luft mit dem Namen eines Feindes, dessen Leiche sie, wie Heyward aus ihren Rufen schloß, in einer Spalte des Felsens zu finden hofften.

»Jetzt«, flüsterte er den zitternden Schwestern zu, »jetzt ist der Augenblick der Entscheidung! Wenn unser Versteck diesmal ihrer Nachforschung entgeht, so sind wir gerettet! Auf jeden Fall können wir gewiß sein, daß unsere Freunde entkommen sind und daß wir in wenigen Stunden auf Hilfe von Webb hoffen dürfen.«

Einige Minuten fürchterlicher Stille folgten, während der, wie Heyward wohl wußte, die Wilden ihre Nachforschungen mit verdoppeltem Eifer und mehr Umsicht als bisher fortsetzten. Mehr als einmal konnte er ihre Fußtritte hören, wie sie an den Sassafraszweigen vorbeigingen, daß die Blätter raschelten und die dürren Äste brachen. Endlich gab der aufgetürmte Haufen nach, der Zipfel einer Decke fiel herunter, ein schwacher Lichtstrahl drang in das Innere der Höhle.

Da die inneren Eingänge der beiden Höhlen so dicht nebeneinander lagen, trat Duncan, der jetzt jedes Entkommen für unmöglich hielt, vor David und die Schwestern, um sich selbst dem ersten Anlauf der schrecklichen Rotte entgegenzustellen. Durch seine Lage zur Verzweiflung gebracht, trat er ganz nahe an die schwache Barriere, welche ihn nur einige Fuß von seinen grausamen Verfolgern trennte, hielt sein Auge an eine Öffnung und schaute mit einer Art verzweifelter Gleichgültigkeit hinaus, um ihre Bewegungen zu beobachten.

Wirklich war ihm die braune Schulter eines riesenhaften Indianers so nahe, daß er sie hätte greifen können. Dessen tiefe und gebieterische Stimme schien Befehle zu erteilen, denen die andern gehorchten. An ihm vorbei konnte Duncan in die Höhle gegenüber blicken, die mit Wilden angefüllt war, die die ärmlichen Gerätschaften des Kundschafters durcheinanderwarfen und durchstöberten. Davids Wunde hatte die Blätter des Sassafras mit einer Farbe gefärbt, für die es, wie die Wilden wohl wußten, noch nicht an der Zeit war. Über dieses Zeichen ihres Erfolges brachen sie in ein Geheul aus wie eine Koppel Hunde, welche die Fährte wiedergefunden hat. Nach diesem Siegesgeschrei durchwühlten sie das duftende Lager in der Höhle, warfen die Äste in die Felsspalte und rissen die Zweige auseinander, als vermuteten sie den Körper des Mannes, den sie schon so lange gehaßt und gefürchtet hatten, darunter verborgen zu finden. Ein Krieger von wildem, furchtbarem Aussehen näherte sich jetzt mit einem Haufen Strauchwerk dem Anführer und deutete freudig auf das daran befindliche Blut. Heyward hörte wiederholt den Namen »La longue Carabine« und wußte jetzt, wovon der Indianer sprach. Danach warf er die Sträucher auf den dünnen kleinen Haufen, den Duncan vor dem Eingang der zweiten Höhle aufgetürmt hatte und verschloß dadurch wiederum die Öffnung. Andere folgten seinem Beispiel. Sie warfen das Strauchwerk aus des Kundschafters Höhle auf diesen Haufen, wodurch sie selbst zur Sicherheit derer, die sie suchten, beitrugen. Niemandem fiel es ein, einen Haufen Zweige wegzuräumen, der wohl in der Eile und Verwirrung von seinen eigenen Gefährten aufgehäuft sein mochte.

Da die Decken unter dem äußeren Druck nachgaben und die Zweige sich, durch ihre eigene Last eine dichte Masse bildend, in die Felsspalte eindrückten, atmete Duncan wieder freier auf. Mit leichtem Schritt und noch leichterem Herzen kehrte er in die Mitte der Höhle zu der Stelle zurück, wo er durch die Öffnung eine Aussicht auf den Fluß hatte. Die Indianer schienen ihre Absichten geändert zu haben. Sie brachen aus der kleinen Felsenschlucht auf und entfernten sich wieder die Insel hinauf dorthin, wo sie ursprünglich hergekommen waren. Ein zweites Klagegeheul verriet, daß sie sich noch einmal um die Leichen ihrer gefallenen Kameraden versammelt hatten.

Nun erst wagte Duncan die Augen wieder seinen Begleitern zuzuwenden. Denn während der größten Gefahr hatte er befürchtet, der Ausdruck von Besorgnis in seiner Miene könnte die Unruhe derer vermehren, die ohnedies schon so sehr niedergeschlagen waren.

»Sie sind fort, Cora!« flüsterte er; »Alice, sie sind dahin zurückgekehrt, woher sie gekommen sind! Dem Himmel allein sei Dank, der uns aus den Klauen der erbarmungslosen Feinde errettet hat!«

»Dem Himmel will auch ich danken!« rief die jüngere Schwester. Sie riß sich aus den umschlingenden Armen Coras los und fiel mit begeistertem Dankgefühl auf den nackten Felsen nieder. »Dem Himmel, welcher einem ergrauten Vater bittere Tränen erspart und denen, die ich so sehr liebe, das Leben gerettet hat – «

Heyward und die ruhige Cora wurden von diesem Akt unwillkürlicher Rührung mächtig ergriffen, und Heyward glaubte, die Frömmigkeit noch nie in einer so lieblichen Gestalt wie in der jugendlichen Alice erblickt zu haben. Ihre Augen strahlten von der Glut dankbarer Gefühle, eine schöne Röte kehrte auf ihre Wangen zurück, und ihre ganze Seele schien durch die durchglänzten Gesichtszüge Dank ausdrücken zu wollen. Doch urplötzlich änderte sich ihr Gesichtsausdruck, und die Worte erstarben ihr auf den Lippen. Todesblässe überzog ihre Wangen; ihre sanften, schmelzenden Augen erstarrten und schienen sich vor Entsetzen krampfhaft zusammenzuziehen, während ihre Hände, noch zum Dankgebet gen Himmel erhoben, niedersanken und ihre Finger in krampfhaften Bewegungen nach vorn wiesen. Heywards Augen folgten der gewiesenen Richtung, und über dem Rand des Felsens, der die Schwelle des offenen Ausgangs bildete, erblickte er die boshaften, wilden und grimmigen Züge von Le Renard subtil!

Selbst in diesem Augenblick der Überraschung verlor Heyward nicht seine Besonnenheit. In dem leeren ausdruckslosen Gesicht des Indianers las er, daß sein Auge, an das Tageslicht gewöhnt, noch nicht imstande war, das Dämmerlicht in der Tiefe der Höhle zu durchdringen. Schon wollte er sich mit seinen Begleiterinnen hinter eine Krümmung der Wand verbergen, als ein plötzlicher Schimmer der Freude, der über das Gesicht des Wilden fuhr, ihm sagte, es sei zu spät, und sie seien verraten.

Dem empörenden Blick des barbarischen Triumphes konnte Heyward nicht widerstehen. Alles vergessend und nur dem Triebe seines heißen Blutes folgend, hob Duncan seine Pistole und gab Feuer. Vom Knall der Waffe dröhnte die Höhle wie beim Ausbruch eines Vulkans, und als der Luftzug der Schlucht den Pulverdampf vertrieben hatte, war die Stelle leer, auf der man soeben noch die Züge des verräterischen Führers erblickt hatte. Heyward stürzte an den Ausgang; allein er sah nur noch den Schein einer dunklen Gestalt, die um den niederen Rand eines Felsens schlich und ihm bald aus den Augen kam.

Unter den Wilden herrschte Totenstille nach der Explosion, die sich aus den Eingeweiden des Felsens hatte vernehmen lassen. Als aber Renard seine Stimme zu einem langen und ihnen verständlichen Geschrei erhob, wurde es von allen Indianern, die es hören konnten, mit einem ebenso lauten Geheul beantwortet. Die schreienden Rotten stürzten sich wieder die Insel herunter, und ehe Duncan Zeit hatte, sich von seiner Bestürzung zu erholen, war die schwache Barriere in alle Winde zerstreut. Von beiden Enden drangen die Feinde in die Höhle. Sie wurden aus ihrem Zufluchtsort an das Tageslicht geschleppt und von der ganzen Bande triumphierender Huronen umringt.

Zehntes Kapitel

Sobald sich Duncan von dem Schrecken über dieses plötzliche Unglück erholt hatte, stellte er über das Äußere und das Benehmen der Sieger seine Beobachtungen an. Gegen ihre sonstige Sitte hatten sich die Eingeborenen im Übermut des Sieges weder an den zitternden Schwestern noch an ihm selbst vergriffen. Zwar hatten einzelne die reichen Verzierungen seiner Uniform zu wiederholten Malen betastet, und ihre gierigen Augen drückten auch den Wunsch nach dem Besitz dieser Kleinigkeiten aus. Aber ehe sie ihrer gewohnten Heftigkeit Lauf lassen konnten, hemmte die gebieterische Stimme des schon erwähnten Häuptlings die ausgestreckten Hände. Heyward gewann die Überzeugung, daß man sie zu irgendeinem besonderen Zweck aufsparen wollte.

Währenddessen setzten die erfahrenen Krieger ihre Nachforschungen in den Höhlen mit einem Eifer fort, welcher zeigte, daß sie mit dem bereits Gefundenen noch nicht zufrieden waren. Da sie jedoch keine Opfer fanden, wandten sie sich ihren männlichen Gefangenen zu, indem sie den Namen La longue Carabine mit einem Ungestüm aussprachen, das nicht mißverstanden werden konnte. Duncan stellte sich, als ob er ihre wiederholten und ungestümen Fragen nicht verstünde, während seinem Begleiter die völlige Unkenntnis der französischen Sprache den Versuch einer solchen Täuschung ersparte. Ermüdet durch ihre Zudringlichkeiten und in der Furcht, durch hartnäckiges Stillschweigen die Sieger zu reizen, sah sich Duncan nach Magua um, der seine Antworten auf die immer ernster und drohender werdenden Fragen dolmetschen konnte.

Dieser Wilde benahm sich ganz anders als seine Gefährten. Während die anderen entweder ihre kindische Leidenschaft für den Putz zu befriedigen suchten und die ärmlichen Gerätschaften des Kundschafters plünderten oder, blutdürstige Rache in ihren Blicken, nach dem abwesenden Eigentümer forschten, stand Le Renard in einiger Entfernung von den Gefangenen so ruhig und zufrieden da, daß man deutlich sah, daß er den Hauptzweck seines Verrats bereits erreicht hatte. Als Heyward den Augen seines früheren Führers begegnete, wandte er sich ab, voll Abscheu über den boshaften, wenngleich ruhigen Blick, der ihn traf. Er bezähmte seinen Widerwillen und redete mit abgewandtem Gesicht seinen siegreichen Feind in folgenden Worten an:

»Le Renard subtil ist ein zu großer Krieger, als daß er einem unbewaffneten Mann nicht sagen würde, was seine Sieger wollen.«

»Sie fragen nach dem Jäger, der die Pfade durch die Wälder kennt«, antwortete Magua in gebrochenem Englisch, indem er gleichzeitig mit wildem Lächeln die Hand auf das Bündel Blätter legte, mit denen eine Wunde an seiner Schulter verbunden war. »La longue Carabine! Seine Büchse ist gut und sein Auge nie geschlossen; aber gleich dem kurzen Gewehr des weißen Häuptlings kann er doch nichts ausrichten gegen das Leben Le Subtils.«

»Le Renard ist zu tapfer, um der im Krieg erhaltenen Wunden oder der Hände, die sie schlugen, zu gedenken.«

»War es Krieg, als der ermüdete Indianer am Zuckerahorn ruhte, um sein Korn zu essen? Wer füllte die Gebüsche mit den kriechenden Feinden? Wer zog sein Messer? Wessen Zunge sprach Friedensworte, obwohl sein Herz von Blut gerötet war? War es Magua, der sagte, daß das Kriegsbeil nicht mehr in der Erde, sondern ausgegraben war?«

Duncan schwieg, weil er seinem Ankläger nicht antworten wollte, indem er ihn an seinen Verrat erinnerte. Er verschmähte es auch, durch Entschuldigungen dessen Unmut zu besänftigen. Magua schien auch bereit, den Streit sowie jede andere Unterhaltung ruhen zu lassen. Er lehnte sich wieder an den Baum, von dem ihn nur seine augenblickliche Erregung entfernt hatte. Aber der Ruf nach La longue Carabine wurde wieder laut, sobald die ungeduldigen Wilden merkten, daß die kurze Unterhaltung abgebrochen war.

»Ihr hört«, sprach Magua mit verstockter Gleichgültigkeit, »die roten Huronen rufen nach dem Leben der Langen Büchse, sonst verlangen sie das Blut derer, die ihn verborgen halten!«

»Er ist fort – ist entflohen; er ist schon zu weit fort, als daß sie ihn erreichen könnten.«

Renard lächelte mit kalter Verachtung und antwortete: »Wenn der weiße Mann stirbt, so glaubt er in Frieden zu ruhen. Aber die roten Männer wissen selbst die Geister ihrer Feinde zu peinigen. Wo ist seine Leiche? Laß die Huronen seinen Skalp sehen!«

»Er ist nicht tot, er ist entflohen.«

Magua schüttelte ungläubig den Kopf.

»Ist er ein Vogel, um seine Schwingen auszubreiten, oder ein Fisch, um ohne Luft zu schwimmen? Der weiße Häuptling liest in seinen Büchern und hält die Huronen für Toren?«

»Wenn er auch kein Fisch ist, so kann die Lange Büchse doch schwimmen. Er schwamm den Strom hinab, als alles Pulver verschossen und die Augen der Huronen hinter einer Wolke waren.«

»Und warum blieb der weiße Häuptling zurück?« fragte der immer noch ungläubige Indianer. »Ist er ein Stein, der im Wasser zu Boden sinkt, oder brennt der Skalp ihm auf dem Kopf?«

»Daß ich kein Stein bin, könnte euer Kamerad, der in die Wasserfälle stürzte, bezeugen, wenn er noch am Leben wäre!« entgegnete gereizt der junge Mann und bediente sich in seinem Ärger jener ruhmredigen Sprache, die am ehesten die Bewunderung eines Indianers zu erregen pflegt. »Der weiße Mann glaubt, daß nur Memmen ihre Weiber im Stich lassen.«

Magua murmelte einige unverständliche Worte zwischen den Zähnen und entgegnete: »Können die Delawaren ebenso gut schwimmen, wie sie in den Büschen kriechen? Wo ist Le gros Serpent?«

Duncan sah aus dieser kanadischen Benennung, daß seine früheren Begleiter den Feinden besser als ihm selbst bekannt waren, und antwortete zögernd: »Auch er ist mit dem Strom hinab.«

»Ist Le Cerf agile nicht hier?«

»Ich weiß nicht, wen ihr den Flinken Hirsch nennt«, antwortete Duncan, der gern eine Gelegenheit ergriff, um Zeit zu gewinnen.

»Uncas«, antwortete Magua, indem er den delawarischen Namen mit noch mehr Schwierigkeiten aussprach als selbst die englischen Worte. »Springender Elch, sagt der weiße Mann, wenn er den jungen Mohikaner ruft.«

»Es herrscht einige Verwirrung in den Namen unter uns, Le Renard«, erwiderte Duncan, indem er eine Erörterung herbeizuführen hoffte, »daim ist das französische Wort für Damhirsch und cerf für Hirsch; élan ist der richtige Ausdruck, wenn du vom Elch sprichst.«

»Ja«, murmelte der Indianer in seiner Muttersprache; »die Bleichgesichter sind geschwätzige Weiber! Sie haben für jedes Ding zwei Wörter, während die Rothaut den Ton ihrer Stimme für sich sprechen läßt.« Dann wechselte er wieder in die fremde Sprache, wobei er sich der unvollkommenen Ausdrucksweise bediente: »Der Damhirsch ist schnell, aber schwach; der Elch schnell und stark, und der Sohn von Le Serpent ist Le Cerf agile. Hat er sich in den Fluß gestürzt, um die Wälder zu erreichen?«

»Wenn du den jungen Delawaren meinst, auch er ist in den Fluß hinab.«

Da dem Indianer die Art und Weise ihres Entkommens nicht unwahrscheinlich erschien, glaubte er Heyward unbesehen – ein weiterer Beweis, wie wenig Wert er auf so unbedeutende Gefangene legte. Seine Gefährten schienen jedoch anderer Ansicht zu sein.

Die Huronen hatten das Ergebnis des kurzen Gesprächs mit der ihnen eigenen Geduld und Stillschweigen abgewartet. Als Heyward aufhörte zu sprechen, richteten sich alle Augen fragend auf Magua. Ihr Dolmetscher wies auf den Fluß und machte sie durch Worte und Gebärden mit dem Inhalt des Gesprochenen bekannt. Als sie verstanden hatten, erhoben sie ein furchtbares Geschrei. Einige rannten zum Ufer des Flusses und gestikulierten wild, andere spien gar voller Entrüstung in das Wasser, als wollten sie den Fluß bestrafen. Wieder andere warfen tückisch lauernde und grimmige Blicke auf die in ihrer Gewalt befindlichen Gefangenen. Einer oder zwei machten ihren boshaften Gefühlen durch drohende Gebärden Luft, vor denen die Schwestern weder Geschlecht noch Schönheit schützen konnten. Der junge Soldat machte einen verzweifelten, wenngleich fruchtlosen Versuch, Alice beizuspringen, als er sah, wie ein Wilder seine dunkle Hand mit dem üppigen, in Locken über ihre Schultern fallenden Haar umwand und mit einem Messer um ihr Haupt fuhr, als wollte er zeigen, auf welche furchtbare Weise es seiner schönen Zierde beraubt werden sollte. Aber Heywards Hände waren gebunden; und bei der ersten Bewegung, die er machte, fühlte er, wie die Faust des Indianers, der die Rotte befehligte, seine Schultern wie mit einer Zange zusammendrückte. Ohnmächtig gegen diese überlegene Gewalt ergab er sich in sein Schicksal und ermutigte seine zarten Begleiterinnen nur durch die leise und freundliche Versicherung, daß die Drohungen der Indianer gewöhnlich schlimmer als ihre Handlungen seien.

Während aber Duncan durch diese tröstenden Worte die Besorgnisse der Schwestern zu zerstreuen versuchte, mochte er sich selbst nicht täuschen. Er wußte sehr wohl, daß das Ansehen eines Indianerhäuptlings auf schwachen Füßen ruht. Oft kann er sich mehr durch physische Kraft und weniger durch moralische Überlegenheit behaupten. Die Gefahr war deshalb in dem Maße größer, je bedeutender die Zahl der Wilden war, die sie umringten. Der ausdrücklichste Befehl dessen, der ihr anerkannter Führer war, konnte jeden Augenblick durch einen Wilden überschritten werden, dem es einfiel, dem Geist eines verstorbenen Freundes oder Verwandten ein Opfer darbringen zu wollen. Während er sich daher den äußeren Anschein von Ruhe und Seelenstärke gab, schwebte er in tödlicher Angst, sobald sich einer der Sieger den hilflosen Schwestern näherte oder einen finsteren, irrenden Blick auf die hilflosen Gestalten warf, die so wenig imstande waren, Gewalt zu ertragen.

Seine Besorgnisse wurden jedoch gemildert, als er sah, daß der Häuptling seine Krieger zu einer Beratung versammelte. Sie war kurz, und es wurde, wie es schien, ein einmütiger Beschluß gefaßt. Da die Sprecher häufig in die Richtung von Webbs Lager deuteten, fürchteten sie offenbar von dieser Seite Gefahr. Diese Besorgnis beschleunigte wahrscheinlich ihren Entschluß und auch ihre weiteren Unternehmungen.

Während dieser kurzen Beratung, die seine schlimmsten Befürchtungen weiter milderte, hatte Heyward Muße, die vorsichtige Art zu bewundern, mit der die Huronen selbst nach der Einstellung der Feindseligkeiten sich der Insel genähert hatten.

Es ist schon erwähnt worden, daß die obere Hälfte der Insel ein nackter Felsen war, der außer einigen zerstreuten Stämmen Treibholz keine Schutzwehr hatte. Diesen Punkt hatten sie zu ihrer Landung gewählt und dazu das Kanu durch den Wald um den Wasserfall herum getragen. Nachdem sie ihre Waffen in das kleine Fahrzeug gelegt hatten, hängte sich ein Dutzend Männer an die Seiten des Kanus, während zwei der erfahrensten Krieger ruderten und den gefährlichen Weg im Auge behielten. So gelangten sie an der Spitze der Insel zu jenem Punkt, der für die ersten Wagemutigen so verderbenbringend geworden war. Ihr Vorteil war, daß sie in größerer Zahl kamen und daß sie im Besitz von Feuerwaffen waren. Duncan sah, daß sie so und nicht anders gelandet waren: denn sie brachten nun die leichte Barke vom oberen Ende des Felsens und ließen sie nahe dem Eingang zur äußeren Höhle ins Wasser. Sobald dies geschehen war, winkte der Führer den Gefangenen, heranzukommen und in das Kanu zu steigen.

Da Widerstand unmöglich schien und Einwände nutzlos waren, gab Heyward ein Beispiel und stieg in das Kanu, wo er sich mit den beiden Schwestern und dem noch immer geschockten David niederließ. Obgleich die Huronen die kleinen Kanäle zwischen den Stromschnellen und Wirbeln nicht kennen konnten, waren sie doch mit den gewöhnlichen Regeln einer solchen Schiffahrt zu vertraut, um einen bedeutenden Fehler zu machen. Als der Steuermann seinen Platz eingenommen hatte, sprang die ganze Rotte in den Fluß, das Schiff glitt auf der Strömung dahin, und in wenigen Augenblicken befanden sich die Gefangenen auf dem südlichen Ufer des Stromes, beinahe der Stelle gegenüber, wo sie das Kanu am vorigen Abend verlassen hatten.

Hier fand eine zweite kurze, aber ernste Beratung statt, während der die Pferde, deren panischem Schrecken die Gefangenen ihr Unglück zuschrieben, aus dem Dickicht der Wälder an den verborgenen Ort geführt wurden. Der Trupp teilte sich jetzt. Der oft erwähnte Häuptling bestieg Heywards Roß, durchquerte mit dem größten Teil seiner Leute den Fluß und verschwand in den Wäldern, indem er die Gefangenen der Obhut von sechs Wilden überließ, an deren Spitze Le Renard subtil stand. Duncan sah das mit erneuter Besorgnis.

Nach der ungewöhnlichen Schonung zu urteilen, die die Wilden ihm angedeihen ließen, glaubte er schließen zu dürfen, daß er Montcalm als Gefangener ausgeliefert werden sollte. Da die Gedanken eines Unglücklichen selten schlummern und die Phantasie nie lebhafter ist, als wenn sie von einer noch so schwachen und fernen Hoffnung genährt wird, hatte er schon daran gedacht, ob nicht die väterlichen Gefühle

Munros benützt werden sollten, ihn seiner Pflicht gegen den König untreu zu machen. Denn obgleich der französische Befehlshaber als Mann von Mut und Unternehmungsgeist galt, traute man ihm auch jene politische Raffinesse zu, die es mit der Moral nicht so genau nahm – so wie es eben in der europäischen Diplomatie jener Zeiten leider üblich war.

Derjenige Teil des Trupps, der dem riesenhaften Häuptling folgte, nahm seine Richtung zum unteren Ende des Horican. Heyward und seine Gefährten hatten nichts Geringeres zu gewärtigen, als daß sie als hilflose Gefangene in der Gewalt der Sieger bleiben müßten. Um über ihr künftiges Schicksal Gewißheit zu erhalten und je nach Umständen auch die Macht des Goldes zu erproben, überwand Duncan seinen Widerwillen und wandte sich an Magua, also an seinen früheren Führer, der sich zum Anführer des Trupps aufgeschwungen hatte, und sprach in so freundlichem und vertraulichem Ton, wie ihm nur möglich war:

»Ich möchte mit Magua Worte sprechen, die nur ein großer Häuptling hören darf.«

Der Indianer wandte seine Augen verächtlich auf den jungen Kriegsmann und antwortete:

»Sprich! Die Bäume haben keine Ohren!«

»Aber die roten Huronen sind nicht taub, und ein Rat, der sich nur für die großen Männer einer Nation eignet, würde die jungen Krieger trunken machen. Wenn Magua nicht hören will, so weiß der Offizier des Königs zu schweigen.«

Der Wilde sprach gleichgültig mit seinen Kameraden, die damit beschäftigt waren, in ihrer linkischen Weise die Pferde für die beiden Schwestern herzurichten. Dann trat er ein wenig auf die Seite und winkte Heyward mit einer vorsichtigen Gebärde herbei.

»Jetzt sprich!« sagte er, »wenn deine Worte von der Art sind, daß Magua sie hören kann.«

»Le Renard subtil hat sich des ehrenvollen Namens, den ihm seine kanadischen Väter gaben, würdig erwiesen«, fing Heyward an. »Ich erkenne seine Weisheit und fühle, was er für uns getan hat, und werde ihm danken, wenn die Stunde seiner Belohnung kommt. Ja, Renard hat gezeigt, daß er nicht bloß ein großer Häuptling im Rat ist, sondern auch weiß, wie er seine Feinde hintergehen kann.«

»Was hat Renard getan?« fragte ihn kalt der Indianer.

»Wie? Hat er nicht gesehen, daß die Wälder mit lauernden Feindeshaufen angefüllt waren und daß selbst eine Schlange sich nicht ungesehen durchschleichen konnte? Schlug er darauf nicht einen falschen Pfad ein, um die Augen der Huronen zu täuschen? Gab er nicht vor, daß er zu seinem Stamm, der ihn so sehr mißhandelt und wie einen

Hund von seinen Wigwams vertrieben hatte, zurückkehren wolle? Und als wir seine Absicht erkannten, unterstützten wir ihn nicht durch unsere Verstellung, damit die Huronen denken sollten, der weiße Mann glaube, daß aus seinem Freund sein Feind geworden sei? Ist nicht alles dies wahr? Und als Le Subtil die Augen seiner Nation geblendet und ihre Ohren verstopft hatte, vergaßen sie nicht, daß sie ihm einst Übles angetan und ihn gezwungen hatten, zu den Mohawks zu fliehen? Ließen sie ihn nicht auf der Südseite des Flusses mit ihren Gefangenen, während sie törichterweise nach Norden gingen? Gedenkt er jetzt nicht, wie ein Fuchs auf seiner Fährte umzukehren, um dem reichen grauköpfigen Schotten seine Töchter wieder zuzuführen? Ja, Magua, ich sehe jetzt alles und habe schon darüber nachgedacht, wie so viel Weisheit und Ehrlichkeit zu belohnen sein wird. Zuerst wird der Befehlshaber von William Henry ihn für einen solchen Dienst belohnen, wie es eines so großen Hauptes würdig ist. Maguas Medaille[1] wird nicht länger von Zinn, sondern von geschlagenem Gold sein; sein Horn wird Pulver in Fülle haben; Dollars wird er soviel in seiner Tasche tragen, wie Kiesel am Horican sind; und das Wild des Waldes wird ihm die Hand lecken, denn es wird wissen, daß es vergeblich vor der Büchse flieht, die er führen wird. Was mich betrifft, so weiß ich noch nicht, wie ich den Schotten an Dankbarkeit übertreffen soll; aber ich – ja, ich will –«

»Was will der junge Häuptling, der vom Aufgang der Sonne kommt, geben?« fragte der Hurone, als er bemerkte, daß Heyward gerade dort ins Stocken geriet, wo er bei der Aufzählung seiner Geschenke mit der Gabe enden wollte, die für einen Indianer das höchste Ziel seiner Wünsche bilden mochte.

»Er will das Feuerwasser von den Inseln des Salzsees vor Maguas Wigwam schneller fließen lassen, als der brausende Hudson strömt, bis das Herz des Indianers leichter wird als die Feder eines Kolibris und sein Atem süßer als der Geruch des wilden Geißblattes.«

Le Renard hatte Heywards schlauer Rede mit tiefem Schweigen zugehört. Als der junge Mann von dem Kunstgriff sprach, nahm die Miene des Zuhörers den Ausdruck vorsichtigen Ernstes an. Bei der Anspielung auf das Unrecht, das den Huronen aus seinem heimatlichen Stamm vertrieben hatte, schoß aus seinem Auge ein Strahl von so unbezähmbarer Wildheit, daß der verwegene Sprecher glaubte, die rechte Saite angeschlagen zu haben. Als er aber zu der Stelle kam, wo er den Durst nach Rache durch das Motiv der Gewinnsucht so listig zu

1 Es ist lange ein Kunstgriff der Weißen gewesen, wichtige Männer unter den Indianern durch Medaillen zu gewinnen, die diese dann statt ihres primitiven Schmuckes zu tragen pflegten. Die Medaillen der Engländer trugen meist das Bildnis des regierenden Königs, die der Amerikaner das ihres Präsidenten.

verdrängen suchte, wurde ihm die gespannteste Aufmerksamkeit zuteil.

Le Renard hatte seine Frage ruhig und mit aller Würde eines Indianers gestellt, doch aus seiner nachdenklichen Miene war ersichtlich, daß die Rede auf das schlaueste angelegt war. Der Hurone besann sich einige Augenblicke, legte dann seine Hand auf den Verband seiner verwundeten Schulter und fragte mit einigem Nachdruck:

»Machen Freunde solche Zeichen?«

»Würde La longue Carabine einen Feind mit einer so leichten Verletzung davonkommen lassen?«

»Kriechen die Delawaren gegen diejenigen, die sie lieben, gleich Schlangen heran und winden sich, um sie zu treffen?«

»Würde Le gros Serpent von jemand gehört worden sein, wenn er gewollt hätte, daß dieser taub blieb?«

»Schießt der weiße Häuptling stets das Pulver seinen Freunden ins Gesicht?«

»Würde er sein Ziel verfehlen«, fragte Duncan, mit einem Ausdruck scheinbarer Offenheit lächelnd, »wenn er die Absicht gehabt hätte zu töten?«

Eine wiederholte lange Pause des Nachdenkens folgte diesen klugen Fragen und schnellen Antworten. Duncan sah, daß der Indianer schwankte. Um seinen Sieg zu vollenden, wollte er die Belohnungen nochmals aufzählen, als Magua mit einer ausdrucksvollen Gebärde sagte: »Genug, Le Renard ist ein weiser Häuptling, und was er tut, wird sich zeigen. Geh und halte den Mund geschlossen. Magua wird sprechen, wenn die Zeit dazu gekommen ist.«

Als Heyward bemerkte, daß sich seine Augen unruhig auf den Rest der Truppe richteten, zog er sich zurück, um den Anschein eines verdächtigen Einverständnisses mit ihrem Führer zu vermeiden. Magua trat auf die Pferde zu und tat, als ob er mit der Sorgfalt und dem Geschick seiner Gefährten zufrieden wäre. Er machte Heyward durch Zeichen verständlich, den Schwestern in den Sattel zu helfen, denn selten ließ er sich herab, die englische Sprache zu gebrauchen, wenn es dazu nicht eine ganz besondere Veranlassung gab.

Zu weiterem Verzug gab es nun keinen hinreichenden Vorwand mehr, und Duncan sah sich, wenn auch ungern, genötigt zu gehorchen. Während er den zitternden Mädchen auf das Pferd half, flüsterte er ihnen seine wiedergewonnene Hoffnung zu. Sie hielten ihre Augen weiter gesenkt, schon aus Furcht, den wilden Blicken ihrer Sieger zu begegnen. Da die Stute Davids von den Begleitern des Häuptlings in Beschlag genommen war, mußte ihr Eigentümer ebenso wie Duncan zu Fuß gehen. Letzterer bedauerte jedoch diesen Umstand nicht, da ihm so vielleicht möglich wurde, die Eile der Reise zu vermindern. Denn immer noch wandte er sehnsüchtige Blicke in die Richtung von Fort Edward in der Hoffnung, in diesem Teil des Waldes irgendein Zeichen nahender Hilfe zu entdecken.

Als alle bereit waren, gab Magua das Zeichen zum Aufbruch, indem er selbst als Führer an die Spitze des Zuges trat. Nächst ihm folgte David, der anfing, sich seiner mißlichen Lage bewußt zu werden, da die Schmerzen seiner Wunde immer mehr nachließen. Die Schwestern ritten hinter ihm; neben diesen ging Heyward, während die Indianer die Seiten deckten und den Zug in gewohnter unermüdlicher Wachsamkeit zusammenhielten.

So zogen sie in andauernder Stille dahin. Nur hin und wieder richtete Heyward einige Worte des Trostes an die Schwestern oder machte David seinem Kummer durch fromme Ausrufe Luft, womit er seine demütige Ergebung ausdrücken wollte. Ihr Weg ging nach Süden, der Richtung von William Henry beinahe entgegengesetzt. Obgleich Magua dem ursprünglichen Beschluß der Sieger treu zu bleiben schien, glaubte Heyward nicht, daß seine lockenden Angebote so schnell vergessen worden wären; er kannte die Krümmungen eines Indianerpfads zu gut, um nicht zu vermuten, daß hier, wo kluge List vor allem nötig war, auch diese scheinbar eingeschlagene Richtung am Ende doch noch zum Ziel führen würde. Meile auf Meile wurde in diesen endlosen Wäldern zurückgelegt, und noch war kein Ende ihrer Reise abzusehen. Heyward schaute auf die Sonne, die ihre Mittagsstrahlen durch die Äste der Bäume schickte, und erwartete sehnsüchtig den Augenblick, da Maguas List ihrem Zug eine seinen Hoffnungen günstigere Richtung geben würde. Zuweilen bildete er sich ein, der listige Wilde werde, weil er nicht hoffen konnte, Montcalms Heer zu umgehen, den Zug zu einer wohlbekannten Pflanzung an der Grenze lenken, wo ein ausgezeichneter Offizier der Krone und beliebter Freund der sechs Nationen große Besitzungen hatte. In die Hände Sir William Johnsons überantwortet zu werden, war freilich einer Reise in die Wildnisse Kanadas bei weitem vorzuziehen; aber selbst um dorthin zu gelangen, mußte noch manche ermüdende Meile im Walde zurückgelegt werden. Überdies entfernte ihn jeder Schritt weiter vom Schauplatz des Krieges und folglich von einem Posten, auf den ihn Pflicht und Ehre riefen.

Cora indes erinnerte sich an die Weisungen des geflohenen Kundschafters, und sooft sich Gelegenheit bot, streckte sie ihre Hand aus, um Zweige, die ihr in den Weg kamen, zu knicken. Doch die Wachsamkeit der Indianer machte diese Vorsichtsmaßregeln nicht nur schwierig, sondern auch gefährlich. Die finsteren Blicke, die sie ihr zuwarfen,

Sie zogen in andauernder Stille.

störten sie öfters bei ihrem Vorhaben, und sie mußte sich dann den Schein von Unruhe und Angst geben, um die Bewegungen ihres Armes zu erklären. Nur einmal, aber auch nur dies einzige Mal, gelang ihr dies vollkommen: als sie den Zweig eines Sumachbaumes abbrach und ihr dabei der Einfall kam, einen ihrer Handschuhe fallen zu lassen. Dieses Zeichen, das den Nachfolgenden einen Wink geben sollte, wurde jedoch von einem ihrer Bewacher beobachtet. Er gab ihr den Handschuh zurück, brach auch andere Zweige ab, um den Anschein zu erwecken, als sei ein Wild dort durchgebrochen, und legte dann seine Hand mit einem so bedeutungsvollen Blick auf den Tomahawk, daß er diesen verstohlenen Merkmalen ihres Zuges für immer ein Ende machte. Da sich überdies bei beiden Abteilungen Pferde befanden, gab es ohnehin wenig Hoffnung, daß die Retter die richtige Spur herausfinden würden.

Heyward hätte vielleicht eine Einrede gewagt, wenn ihm nicht die finstere Zurückhaltung Maguas den Mut dazu genommen hätte. Auf dem ganzen Zug wandte er sich selten, um nach seinen Begleitern zu sehen, und sprach kein Wort. Ohne andere Führer als die Sonne und geleitet von Wegmarken, welche nur dem Scharfblick des Eingeborenen erkennbar sind, verfolgte er seinen Weg durch die gleichförmigen Fichtenwälder, mitunter durch kleine, fruchtbare Täler, durch Büsche und kleine Flüsse und über wellige Hügel mit instinktiver Sicherheit und fast in der geraden Richtung des Vogelflugs. Nie schien er unschlüssig zu sein, der Weg mochte kaum erkennbar werden, ganz verschwinden oder gebahnt und offen vor ihm liegen. Nichts hemmte seine Eile oder ließ ihn zweifeln. Es schien, als ob Ermüdung ihm völlig unbekannt wäre. Sooft sich die Augen der ermatteten Wanderer von dem gefallenen Laub, über das sie schritten, erhoben, schwebte seine dunkle Gestalt durch die vorderen Baumstämme hin. Sein Auge blieb unbeweglich vorwärts gerichtet, während die leichte Feder auf seinem Schopf in einem Luftzug flatterte, der allein durch seine schnelle Bewegung entstand.

All diese Sorgfalt und Eile galt einem bestimmten Ziel. Nachdem sie durch ein tiefes Tal gekommen waren, durch welches ein rauschender Bach in Krümmungen dahinfloß, stieg er plötzlich einen Hügel hinan, der so steil und unwegsam war, daß die Schwestern, um zu folgen, absteigen mußten. Als sie den Gipfel erreicht hatten, befanden sie sich auf einer Fläche mit nur wenigen Bäumen. Unter einem von ihnen hatte sich Maguas dunkle Gestalt hingestreckt, als wollte er jene Ruhe suchen, die alle so sehr nötig hatten.

Elftes Kapitel

Der Indianer hatte für seinen Zweck einen jener steilen pyramidenförmigen Hügel ausersehen, welche eine große Ähnlichkeit mit künstlichen Erdaufwürfen haben und in den Tälern Amerikas so häufig anzutreffen sind. Der fragliche Hügel war hoch und abschüssig, sein

Gipfel wie gewöhnlich abgeplattet, eine Seite davon aber weniger regelmäßig, als es sonst wohl der Fall ist. Der Ort hatte als Ruheplatz keine anderen Vorteile als seine Höhe und Form, die eine Verteidigung leicht und einen Überfall beinahe unmöglich machten. Da Heyward jedoch nicht weiter auf eine Befreiung hoffte, da Zeit und Entfernung sie unwahrscheinlich machten, betrachtete er diese kleinen Eigentümlichkeiten mit gleichgültigem Auge und war allein darauf bedacht, seine schwächeren Begleiter zu trösten und ihnen Mut zuzusprechen. Man ließ die Pferde an den Zweigen der Bäume und Sträucher weiden, während die Reste des Mundvorrates unter dem Schatten einer Buche, deren waagerechten Äste so etwas wie ein Dach bildeten, ausgebreitet wurden.

Trotz ihres schnellen Marsches hatte einer der Indianer Gelegenheit gefunden, ein verirrtes Hirschkalb mit einem Pfeil zu erlegen. Die besten Teile des Tieres hatte er geduldig auf seinen Schultern bis zum Ruheplatz getragen. Ohne Hilfe und Kenntnis der Kochkunst schickten er und seine Gefährten sich sogleich an, die ungekochte Speise hinunterzuschlingen. Allein Magua hielt sich entfernt, ohne an dem widerlichen Mahl teilzunehmen. Er schien in tiefes Nachdenken versunken. Diese Zurückhaltung, so auffallend bei einem Indianer, wenn er die Möglichkeit hat, seine Eßlust zu befriedigen, zog Heywards Aufmerksamkeit auf sich. Er gab sich der Hoffnung hin, der Hurone denke darüber nach, wie er die Wachsamkeit seiner Gefährten am ehesten täuschen könne, um sich in den Besitz der versprochenen Geschenke zu setzen. Mit dem Gedanken, diese Pläne durch seinen eigenen Rat zu befördern und die Versuchung noch zu verstärken, verließ er die Buche und kam scheinbar absichtslos zu der Stelle, wo Le Renard saß.

»Hat Magua die Sonne nicht lange genug im Gesicht gehabt, um aller Gefahr von den Kanadiern entronnen zu sein?« fragte er, als ob er über das gute Einverständnis zwischen ihnen nicht länger im Zweifel wäre. »Und wird der Häuptling von William Henry nicht noch mehr erfreut sein, wenn er seine Töchter wiedersieht, ehe noch eine zweite Nacht sein Herz gegen ihren Verlust abstumpft und ihn mit seinen Geschenken weniger freigebig gemacht haben wird?«

»Lieben die Bleichgesichter ihre Kinder weniger am Morgen als am Abend?« fragte der Indianer kalt.

»Keineswegs«, erwiderte Heyward, bemüht, seinen Fehler zu verbessern, wenn er einen gemacht haben sollte, »der weiße Mann vergißt oft den Begräbnisplatz seiner Väter; er gedenkt zuweilen nicht mehr derer, die er lieben sollte und zu lieben versprochen hat; aber die Zärtlichkeit eines Vaters zu seinem Kind stirbt nie.«

»Und ist das Herz des weißköpfigen Häuptlings sanft, wird er lange an die Kinder denken, die seine Squaws ihm gegeben haben? Gegen seine Krieger ist er hart, und seine Augen sind aus Stein gemacht!«

»Er ist streng gegen die Trägen und Bösen, aber gegen die, die ihre Pflicht tun und sich Verdienste erwerben, ist er ein gerechter und gütiger Führer. Ich habe schon viele liebevolle und zärtliche Eltern gesehen, aber noch keinen Mann, dessen Herz gegen sein Kind zärtlicher gesinnt gewesen wäre. Du hast den Graukopf vor der Front seiner Krieger gesehen, Magua, aber ich habe erlebt, wie seine Augen in Tränen schwammen, wenn er von diesen Kindern sprach, die nun in deinen Händen sind!«

Heyward schwieg: denn er konnte sich den merkwürdigen Ausdruck nicht erklären, der sich plötzlich über die dunklen Züge des aufmerksamen Indianers ausbreitete. Zuerst war es, als würden die Schilderungen väterlicher Zärtlichkeit die Erinnerung an versprochene Belohnungen in ihm lebendig machen. Während Duncan aber weiter redete, wurde der Ausdruck der Freude so wild und boshaft, daß er befürchtete, es liege ihr eine unheimlichere Leidenschaft als Habsucht zugrunde.

»Geh!« sprach der Hurone, indem er für den Augenblick diesen beunruhigenden Ausdruck seines Gesichtes mit dem einer totenähnlichen Ruhe vertauschte. »Geh und sage der schwarzlockigen Tochter, daß Magua sie sprechen will. Der Vater wird nicht vergessen, was die Tochter verspricht.«

Duncan, der in dieser Rede des Wilden den Wunsch nach einem weiteren Unterpfand erblickte, damit er die versprochenen Gaben auch wirklich erhielt, kehrte langsam und zögernd an den Platz zurück, wo die Schwestern von ihrer Anstrengung ausruhten, und richtete seinen Auftrag an Cora aus.

»Sie wissen, von welcher Art die Wünsche eines Indianers sind«, schloß er und führte sie zu der Stelle, wo sie erwartet wurde. »Sie müssen daher freigebig mit Pulver und Decken sein. Geistige Getränke stehen jedoch bei Leuten wie ihm obenan. Auch wäre es gut, wenn Sie ihm ein Geschenk von Ihrer Hand mit jener Grazie, die Ihnen eigen ist, anbieten würden. Bedenken Sie, Cora, daß von Ihrer Geistesgegenwart und Besonnenheit Ihr Leben und das Alices abhängt!«

»Und das Ihre, Heyward!«

»Das meine kommt wenig in Betracht, es ist bereits an meinen König verkauft und gehört dem ersten besten Feind, der die Macht hat, es mir zu nehmen. Ich habe keinen Vater, der mich erwartet, und nur wenige Freunde werden ein Schicksal beklagen, das ich in jugendlichem Streben nach kriegerischer Auszeichnung mehr als einmal erwarten mußte. Aber still! Wir nahen uns dem Indianer. – Magua, die Lady, mit der du zu sprechen gewünscht hast, steht vor dir.«

Der Indianer erhob sich langsam von seinem Sitz und stand fast eine Minute schweigend und regungslos vor ihr. Dann gab er Heyward mit der Hand ein Zeichen, sich zurückzuziehen, und sagte kalt: »Wenn der Hurone mit den Weibern spricht, verschließt sein Stamm die Ohren.«

Als Duncan noch immer zögerte, als wollte er nicht gehorchen, sprach Cora mit ruhigem Lächeln: »Hören Sie's, Heyward? Ihr Zartgefühl sollte Sie wenigstens veranlassen, sich zu entfernen. Gehen Sie zu Alice, und trösten Sie sie mit unseren wiederauflebenden Hoffnungen!«

Sie wartete, bis er sich entfernt hatte, und sprach dann, zu dem Eingeborenen gewendet, mit aller Würde ihres Geschlechts in Stimme und Gebärden: »Was will Le Renard der Tochter Munros sagen?«

»Höre!« antwortete der Indianer, seine Hand fest auf ihren Arm legend, als wollte er alle ihre Aufmerksamkeit auf seine Worte lenken – eine Bewegung, die Cora ebenso fest wie ruhig zurückwies, indem sie ihren Arm seinem Griff entzog. »Magua wurde als Häuptling und Krieger unter den roten Huronen; er sah die Sonnen von zwanzig Sommern, den Schnee von zwanzig Wintern in die Ströme treiben, ehe er ein Bleichgesicht erblickte, und er war glücklich! Dann kamen seine kanadischen Väter in die Wälder und lehrten ihn das Feuerwasser trinken, und er wurde ein Bösewicht. Die Huronen trieben ihn von den Gräbern seiner Väter, als ob sie einen Büffel jagten. Er lief zu den Ufern der Seen hinab und verfolgte ihren Ausfluß bis zur Stadt der Kanonen. Hier jagte und fischte er, bis das Volk ihn zurück durch die Wälder wieder in die Arme seiner Feinde trieb. Der Häuptling, der ein geborener Hurone war, wurde endlich ein Krieger unter den Mohawks!«

»Ich habe früher Ähnliches gehört!« sagte Cora, als sie bemerkte, daß er schwieg, um die Leidenschaft zu unterdrücken, die bei der Erinnerung an das erlittene vermeintliche Unrecht in hellen Flammen aufzulodern begann.

»Ist es Le Renards Schuld,« fuhr er fort, »daß sein Haupt nicht aus einem Felsen geschaffen war? Wer gab ihm das Feuerwasser? Wer machte ihn zu einem Schurken? Die Bleichgesichter, das Volk deiner Farbe!«

»Und bin ich verantwortlich dafür, daß es unbesonnene, schlechte Menschen gibt, deren Gesichtsfarbe der meinen gleicht?« fragte Cora ruhig den erregten Wilden.

»Nein, Magua ist ein Mann und kein Tor. Solche wie du öffnen nie ihre Lippen dem Feuerwasser. Der große Geist hat dir Weisheit gegeben!«

»Was kann ich also zu deinem Unglück, oder vielleicht besser, zu deinen Verirrungen tun oder sagen?«

»Höre«, wiederholte der Indianer, indem er seine würdige Haltung wieder einnahm, »als seine englischen und französischen Väter das Kriegsbeil aus der Erde gruben, zog Le Renard auf die Vorposten der Mohawks und kämpfte gegen seine eigene Nation. Die Bleichgesichter haben die Rothäute aus ihrem Jagdgebiet vertrieben, und wenn sie jetzt kämpfen, führt sie ein weißer Mann an. Der alte Häuptling am Horican, dein Vater, war der große Anführer unserer Kriegspartei. Er sprach zu den Mohawks: tut dies und tut jenes, und sie gehorchten. Er machte ein Gesetz: wenn ein Indianer Feuerwasser trinkt und dann in die Wigwams seiner Krieger kommt, sollte dies nicht ungestraft bleiben. Magua öffnete töricht den Mund, und das Feuergetränk führte ihn in Munros Hütte. Was machte der Graukopf? Seine Tochter möge es sagen!«

»Er vergaß seine Worte nicht, übte Gerechtigkeit und bestrafte den Schuldigen«, entgegnete das kühne Mädchen.

»Gerechtigkeit!« wiederholte der Indianer, indem er einen grimmigen Blick auf ihr unerschrockenes Antlitz warf, »ist das Gerechtigkeit, wenn man das Übel schafft und dann dafür straft? Magua war es nicht selbst: das Feuerwasser sprach und handelte für ihn! Aber Munro glaubte es nicht. Der Huronenhäuptling wurde vor allen bleichgesichtigen Kriegern an den Pfahl gebunden und wie ein Hund ausgepeitscht.«

Cora schwieg. Denn sie wußte nicht, wie sie diese überharte Strenge ihres Vaters so rechtfertigen sollte, daß es der Fassungskraft eines Indianers entsprach.

»Sieh!« fuhr Magua fort, indem er das leichte Baumwollhemd, das seine bemalte Brust nur unvollkommen bedeckte, wegriß, »hier sind Narben von Messern und Kugeln – ihrer kann sich ein Krieger vor seiner Nation rühmen. Aber der Graukopf hat Spuren auf dem Rücken des Huronenhäuptlings hinterlassen, die er wie eine Squaw mit einem bunten Hemd verbergen muß.«

»Ich glaubte«, begann Cora wieder, »der indianische Krieger sei ausdauernd, fühle, kenne nicht den Schmerz, den sein Körper erleidet.«

»Als die Chippewas Magua an den Pfahl banden und ihm diese Wunden schlugen,« sagte der Indianer, indem er seinen Finger in eine tiefe Narbe legte, »lachte ihnen der Hurone ins Gesicht und sagte: Nur Weiber schlagen so harmlose Wunden! Da schwebte sein Geist über den Wolken! Aber als er Munros Streiche fühlte, lag sein Geist unter der Birkenrute. Der Geist eines Huronen ist nie berauscht; er vergißt nichts!«

»Aber er kann besänftigt werden. Wenn mein Vater dir Unrecht tat, so zeige ihm, wie ein Indianer vergeben kann, und bringe ihm seine Töchter zurück. Du hast den Major Heyward gehört – «

Magua schüttelte den Kopf und verbot ihr, die Angebote zu wiederholen, die er so sehr verachtete.

»Was willst du also haben?« fuhr Cora nach einer quälenden Pause fort, während der sie immer mehr die Überzeugung gewann, daß der zuversichtliche und großzügige Duncan durch die Schlauheit des Wilden grausam getäuscht worden sei.

»Was ein Hurone liebt – Gutes für Gutes, Böses für Böses!«

»So willst du denn das Unrecht, welches Munro dir zugefügt hat, an seinen hilflosen Töchtern rächen? Wäre es nicht männlicher, du trätest ihm vors Angesicht und verschafftest dir als Krieger Genugtuung?«

»Die Arme der Bleichgesichter sind lang und ihre Messer scharf!« entgegnete der Wilde mit boshaftem Lachen. »Warum sollte Renard unter die Musketen seiner Krieger gehen, wenn er den Geist des Graukopfs in seiner Hand hat?«

»Sag mir, was du willst, Magua«, sprach Cora, alle ihre Kräfte aufbietend, um ruhig und standhaft zu bleiben. »Willst du uns als Gefangene in die Wälder schleppen, oder hast du uns noch größeres Übel zugedacht? Gibt es keine Belohnung, kein Mittel, das Unrecht zu sühnen und dein Herz zu erweichen? Wenigstens gib meine zarte Schwester frei, und schütte all deinen Zorn über mich aus. Erkaufe dir Reichtum mit ihrer Rettung, und sättige deine Rache an *einem* Opfer. Der Verlust beider Töchter würde den alten Mann ins Grab bringen, und welche Genugtuung hätte dann Le Renard?«

»Höre!« sagte der Indianer wieder, »die hellen Augen können zum Horican zurückkehren und dem alten Mann erzählen, was geschehen ist, wenn das schwarzlockige Mädchen bei dem großen Geist seiner Väter schwören will, nicht zu lügen.«

»Was muß ich versprechen?« fragte Cora, die mit ihrer Festigkeit und ihrer weiblichen Würde den wilden Eingeborenen noch immer in der Gewalt hatte.

»Als Magua das Volk verließ, wurde sein Weib einem andern Häuptling gegeben. Er hat sich jetzt Freunde unter den Huronen erworben und will zu den Gräbern seiner Väter an die Ufer des großen Sees zurückkehren. Die Tochter des englischen Häuptlings soll mit ihm gehen und für immer in seinem Wigwam leben.«

So empörend auch ein solcher Vorschlag für Cora sein mußte, so behielt sie doch Selbstbeherrschung genug, um ihm, ohne eine Schwäche zu verraten, zu antworten:

»Und welches Vergnügen würde Magua daran finden, seine Hütte mit einem Weib zu teilen, das er nicht liebt, das einer anderen Nation und einer Farbe angehört, die von der seinigen verschieden ist? Es wäre besser, er nähme Munros Gold und kaufte mit seinen Gaben das Herz eines Huronenmädchens.«

Der Indianer gab ihr fast eine Minute lang keine Antwort, heftete aber seine wilden Blicke in einer so seltsamen Weise auf Coras Antlitz, daß sie beschämt ihre Augen niederschlug, weil sie zum erstenmal einem Ausdruck begegnet waren, den kein ehrbares Mädchen ertragen kann. Während sie sich so furchtsam in sich zurückzog, antwortete Magua im Ton der schwärzesten Bosheit:

»Als die Hiebe den Rücken des Huronen geißelten, wußte er schon, wo ein Weib zu finden war, das für diesen Schmerz büßen sollte. Die Tochter Munros sollte sein Wasser schöpfen, sein Kornfeld hacken und sein Wildbret kochen. Der Leib des Graukopfes sollte zwar unter seinen Kanonen schlafen, sein Herz aber unter Le Subtils Messer liegen!«

»Ungeheuer! Du verdienst wirklich deinen verräterischen Namen!« rief Cora, deren Gefühl empörter Kindesliebe sich vehement Luft machte. »Nur ein Teufel konnte solche Rache ersinnen! Aber du überschätzt deine Gewalt! Du sollst sehen, daß du wirklich Munros Herz in deinen Händen hast und daß es deiner abgründigen Bosheit Hohn spricht!«

Der Indianer antwortete auf diesen kühnen Trotz mit einem furchtbaren Lächeln, das seinen unerschütterlichen Entschluß verriet, und winkte sie hinweg, als wollte er die Unterredung für immer beenden. Cora, die bereits ihren Ausbruch bereute, mußte gehorchen; denn Magua verließ sie sogleich und ging zu seinen gierig essenden Gefährten.

Heyward eilte dem aufgeregten Mädchen entgegen und fragte sie nach dem Ergebnis der Unterredung, das er in einiger Entfernung mit aller Anteilnahme beobachtet hatte. Da sie aber Alices Angst nicht vermehren wollte, wich sie einer klaren Antwort aus und verriet bloß durch ihre bleichen Züge und die unruhigen Blicke, die sie auf die Indianer warf, daß sie nichts ausgerichtet habe. Auf die wiederholten und ernstlichen Fragen ihrer Schwester über ihr wahrscheinliches Schicksal antwortete sie nur, indem sie mit einer Bestürzung, die sie nicht mehr unterdrücken konnte, auf die dunkle Gruppe deutete und, Alice an ihr Herz drückend, laut ausrief:

»Dort! Dort! Lies unser Schicksal in ihren Gesichtern! Bald werden wir's sehen! Bald!«

Die Rotte der lungernden Wilden hatte unterdes ihr ekelhaftes Mahl mit gieriger Gefräßigkeit beendet und lagerte nun in tierischer Trägheit im Gras. Als Magua sie erreicht hatte, begann er sie mit der Würde eines indianischen Häuptlings anzureden. Gleich seine ersten Worte wirkten so, daß sich seine Zuhörer mit den Zeichen ehrfurchtsvoller Aufmerksamkeit erhoben. Da der Hurone in seiner Muttersprache redete, konnten die Gefangenen, obgleich von den Eingeborenen aus Vorsicht im Bereich ihrer Tomahawks gehalten, nur aus den bedeutungsvollen Gebärden, womit der Indianer stets seine Beredsamkeit unterstrich, auf den Inhalt seiner Worte schließen.

Anfangs waren Maguas Worte und Bewegungen ruhig und bedächtig. Als er aber die Aufmerksamkeit seiner Kameraden hinlänglich geweckt hatte, schloß Heyward aus seinem mehrmaligen Hindeuten in die Richtung der großen Seen, daß er von dem Land ihrer Väter und ihrem entfernten Stamm sprach. Er erhielt häufig Beifall, und mit ausdrucksvollem »Hugh!« sahen die Zuhörer einander an, als wollten sie ihre Zufriedenheit mit dem Redner zu erkennen geben. Le Renard war zu geschickt, um seinen Vorteil nicht zu nutzen. Er sprach jetzt von der langen, mühevollen Wanderung, seit sie ihre Jagdreviere und ihre Dörfer verlassen hätten, um mit den Feinden ihrer kanadischen Väter zu kämpfen. Er zählte die Krieger auf, ihre zahlreichen Waffentaten, ihre der Nation geleisteten Dienste, ihre Wunden und die Zahl der Skalpe, die sie gewonnen hätten. Wenn er auf einen der Anwesenden anspielte (und der schlaue Indianer vergaß keinen), strahlten die Züge der Geschmeichelten vor Entzücken, und er versäumte nicht, die Wahrheit dieser Worte durch Gebärden des Beifalls zu bekräftigen.

Jetzt sank die Stimme des Sprechers, verlor den lauten triumphierenden Ton, mit welchem er ihre Heldentaten aufgezählt hatte. Er beschrieb Glens Wasserfall, die unzugängliche Felseninsel mit ihren Höhlen, ihren zahllosen Strudeln und Wasserwirbeln. Er nannte den Namen La longue Carabine und wartete, bis das letzte Echo ihres lauten und langen Geheuls, mit dem sie den verhaßten Namen aufgenommen hatten, verklungen war. Er deutete auf den jungen Gefangenen und beschrieb den Tod des beliebten Kriegers, der von seiner Hand in die tiefe Schlucht gestürzt worden war. Er schilderte nicht nur das traurige Los dessen, der zwischen Himmel und Erde hängend, der ganzen Truppe ein so gräßliches Schauspiel geboten hatte, sondern stellte selbst pantomimisch unter den Ästen eines jungen Baumes die Schrekken seiner Lage, seine Standhaftigkeit und seinen Tod dar. Schließlich erwähnte er die Art und Weise, wie jeder ihrer Freunde gefallen war, wobei er nicht versäumte, ihren Mut und ihre Verdienste rühmend hervorzuheben.

Als die Aufzählung der Ereignisse zu Ende war, wechselte seine Stimme abermals und wurde klagend, sogar melodisch in ihren tiefen Kehllauten. Er sprach jetzt von den Weibern und Kindern der Erschlagenen, ihrer Verlassenheit, ihrem leiblichen und geistigen Elend. Dann erhob er plötzlich seine Stimme zu furchtbarer Kraft und rief: »Sind die Huronen Hunde, daß sie solches ertragen? Wer soll dem Weibe Menowguas sagen, daß sein Skalp bei den Fischen liegt und sein Volk noch nicht Rache genommen hat? Wer wagt es, der Mutter Wassawattimies, dem stolzen Weib, mit unblutigen Händen unter die Augen zu treten? Was soll man den alten Männern sagen, wenn sie nach Skalpen fragen und wir ihnen nicht ein einziges Haar vom Haupt eines Weißen vorweisen können? Die Weiber werden mit Fingern auf uns deuten. Ein schwarzer Fleck haftet auf dem Namen der Huronen, mit Blut muß er abgewaschen werden!«

Seine Stimme war nicht länger hörbar in dem Rachegeschrei, das so laut erscholl, als wäre der Wald nicht von einem kleinen Indianertrupp, sondern von einem ganzen Stamm angefüllt. Das Echo der Zuhörer zeigte, welch großen Erfolg der Redner hatte. Sie hatten seine Schwermut und Trauer mit kummervollen Mienen und Mitgefühl beantwortet, seine Behauptungen mit bekräftigenden Gebärden begleitet und seine Lobeshymnen mit wildem Geschrei beantwortet. Wenn er von Mut sprach, waren ihre Blicke fest und entschlossen; wenn er auf ihre Verluste anspielte, glühten ihre Augen vor Wut. Als er auf die Schmähungen der Weiber kam, senkten sie beschämt ihre Häupter. Als er aber auf die Mittel zur Befriedigung ihrer Rache hinwies, berührte er eine Saite, die in der Brust eines Indianers immer einen Ton gab. Auf seinen Wink, daß Rache hier, bei den Gefangenen, möglich sei, sprang die ganze Rotte auf, stieß ein wütendes Geschrei aus und stürzte mit gezückten Messern und hocherhobenen Tomahawks auf die Wehrlosen los. Heyward warf sich zwischen die Schwestern und die Feinde und packte den ersten von ihnen mit solch einer Kraft der Verzweiflung, daß er sich selbst Einhalt gebieten mußte. Dieser unerwartete Widerstand gab Magua Zeit, dazwischenzutreten und durch Gebärden die Aufmerksamkeit der Bande aufs neue zu fesseln. In ihrer Sprache, deren er sich mit solcher Gewandtheit zu bedienen wußte, brachte er seine Kameraden von ihrem augenblicklichen Vorhaben ab und forderte sie auf, die Qual ihrer Opfer zu verlängern. Sein Vorschlag wurde mit Beifall aufgenommen und mit Blitzesschnelle ausgeführt.

Zwei kräftige Krieger warfen sich auf Heyward, während ein dritter sich des minder gefährlichen Singmeisters bemächtigte. Keiner der Gefangenen unterlag jedoch ohne Widerstand. Selbst David warf seinen Angreifer zur Erde, und Heyward wurde erst überwältigt, als der Sieg über seinen Begleiter die Indianer instand setzte, ihn mit vereinten Kräften anzugreifen. Er wurde gefesselt und an den Stamm des jungen Baumes gebunden, unter dessen Ästen Magua den verhängnisvollen Tod des Huronen pantomimisch dargestellt hatte. Als der junge Kriegsmann wieder zur Besinnung kam, hatte er die quälende Gewißheit vor Augen, daß sie alle ein gemeinsames Schicksal erwartete. Zu seiner Rechten stand Cora, gleich ihm an einen Baum gebunden, blaß und aufgeregt, aber mit festem Blick alle Bewegungen ihrer Feinde verfolgend. Zu seiner Linken leisteten Alice die Weidenruten, womit man sie an eine Fichte gebunden hatte, einen Dienst, den ihr ihre zitternden Glieder versagten: sie schützten ihre zarte Gestalt vor einem schnellen Zusammensinken. Ihre Hände hatte sie vor sich, wie zum Gebet gefaltet. Statt aber nach oben zu schauen zu jener Macht, die allein noch retten konnte, wanderten ihre Augen mit einer Art von kindlicher Abhängigkeit zu Duncans Antlitz. David hatte gekämpft, und das Ungewöhnliche dieses Umstandes hielt ihn schweigend und in stiller Überlegung, ob er damit recht oder unrecht getan habe.

Die Rachsucht der Huronen hatte jetzt eine neue Wendung genommen, und sie schickten sich an, sie mit jener raffinierten Grausamkeit zu befriedigen, die seit Jahrhunderten bei ihnen an der Tagesordnung ist. Einige suchten Äste, um den Holzstoß zu errichten; einer schnitzte von einer Fichte spitze Splitter, um sie den Gefangenen ins Fleisch zu stoßen, während andere die Wipfel zweier junger Bäume zur Erde bogen, um Heyward mit den Armen daran zu binden und sie dann zurückschnellen zu lassen. Aber Maguas Rache suchte einen höheren und noch boshafteren Genuß.

Während die minder raffinierten Ungeheuer der Bande vor den Augen der Opfer ihrer Rache diese wohlbekannten und gewöhnlichen Mittel der Marter vorbereiteten, trat Magua zu Cora und machte sie mit dem Ausdruck teuflischer Bosheit auf das Schicksal aufmerksam, das sie in kurzer Zeit erwartete: »Nun!« rief er, »was sagt die Tochter Munros? Ihr Haupt ist zu fein, um auf einem Kissen im Wigwam Le Renards zu ruhen. Wird sie es besser haben, wenn es, ein Spielball der Wölfe, um diesen Hügel rollt? Ihre Brust kann nicht die Kinder eines Huronen nähren, so soll sie sie von Indianern angespien sehen!«

»Was will dieses Ungeheuer?« fragte der erstaunte Heyward.

»Nichts!« war ihre feste Antwort. »Er ist ein Wilder, ein grausamer, unwissender Wilder und weiß nicht, was er tut. Laßt uns mit unsrem letzten Atem Buße und Vergebung für ihn erflehen!«

»Vergebung!« echote der wilde Hurone, indem er in seiner Wut den Sinn der Worte mißverstand. »Das Gedächtnis eines Indianers ist länger als der Arm der Bleichgesichter; sein Erbarmen kürzer als ihre Gerechtigkeit! Sprich, soll ich die gelben Locken ihrem Vater senden, oder willst du Magua zu den großen Seen folgen, um sein Wasser zu tragen und ihn mit Korn zu nähren?«

»Verlaß mich!« sprach sie mit einer Feierlichkeit, die für einen Augenblick sogar die Wildheit des Indianers zügelte. »Du mischst Bitterkeit in meine Gebete und stehst zwischen mir und meinem Gott!«

Der Eindruck, den sie auf den Wilden machte, war jedoch bald vorüber, und er fuhr, auf Alice deutend, mit bitterem Hohn fort:

»Sieh!« sprach er, »das Kind weint! Sie ist noch zu jung zum Sterben! Schicke sie zu Munro, damit sie ihm die grauen Haare kämmt und das Leben des alten Mannes erhält.«

Cora konnte dem Verlangen nicht widerstehen, einen Blick auf die jugendliche Schwester zu werfen, in deren flehenden Augen die Liebe zum Leben geschrieben stand.

»Was sagt er, liebste Cora?« fragte Alice mit zitternder Stimme. »Sprach er davon, mich zu unserm Vater zurückzusenden?«

Einige Augenblicke ruhten die Augen der älteren Schwester auf der jüngeren, während in ihren Zügen mächtige und miteinander streitende Gefühle kämpften. Endlich sagte sie mit einem Ausdruck fast mütterlicher Zärtlichkeit:

»Alice, der Hurone bietet uns beiden das Leben an – ja, mehr noch als dies: er will sogar Duncan – unsern unschätzbaren Duncan, ebenso wie dich unseren Freunden, unserem Vater, unserem kinderlosen, unglücklichen Vater zurückgeben, wenn ich diesen rebellischen, eigensinnigen Stolz bezwinge und mich dazu verstehe – «

Ihre Stimme stockte, und ihre Hände faltend, blickte sie gen Himmel, als suchte sie in ihrer Todesangst Erleuchtung von der Weisheit des Unendlichen.

»Sprich!« rief Alice, »zu was, teuerste Cora? Oh, daß das Anerbieten mir gemacht würde, euch zu retten, den betagten Vater zu trösten, Duncan zu befreien, wie freudig könnte ich sterben!«

»Sterben!« wiederholte Cora mit ruhigerer und festerer Stimme, »das wäre leicht! Vielleicht ist es die Wahl nicht weniger, die er mir läßt. Er wollte von mir haben«, fuhr sie fort, während ihre Stimme unter dem Bewußtsein des Entehrenden eines solchen Vorschlages leiser wurde, »daß ich ihm in die Wildnis folge, mit ihm zu den Behausungen der Huronen gehe und dort bleibe: kurz, daß ich sein Weib werde! Sprich nun, Alice, teures Kind, geliebte Schwester! Und auch Sie, Major Heyward, stehen Sie meiner schwachen Vernunft mit Ihrem Rat bei. Darf man das Leben mit einem solchen Opfer erkaufen? Willst du es, Alice, aus meiner Hand um solchen Preis empfangen? Und Sie, Duncan, leiten Sie mich! Verfügt über mich! Euch gehöre ich ganz!«

»Wie?« rief der Jüngling voller Unwillen und Erstaunen. »Cora! Cora! Sie spielen mit unserem Jammer! Sprechen Sie nicht noch einmal von dieser entsetzlichen Wahl. Der Gedanke schon ist schrecklicher als tausendfacher Tod!«

In höchster Gefahr.

»Daß Sie so antworten würden, wußte ich!« rief Cora, während ihre Wange errötete und ihre dunklen Augen noch einmal mit dem Feuer einer jungen Frau funkelten. »Was sagt meine Alice? Ihrer Entscheidung will ich mich ohne Murren unterwerfen.«

Beide, Heyward und Cora, horchten mit qualvoller Erwartung und mit der gespanntesten Aufmerksamkeit, aber keine Antwort erfolgte. Es schien, als sei die zarte und gefühlvolle Alice, nachdem sie diesen Vorschlag gehört hatte, vernichtet in sich selbst zurückgesunken. Ihre Arme hingen herab, die Finger bewegten sich in leisen Zuckungen; ihr Haupt war auf ihren Busen gesunken, und ihre ganze Gestalt schien ohne eigene Kraft, nur durch ihre Fesseln am Baum aufrecht gehalten zu werden. Sie glich einem schönen Sinnbild verwundeten Zartgefühls ihres Geschlechtes, scheinbar ohne Leben und doch sich noch des Lebens bewußt.

Einige Augenblicke später begann jedoch ihr Haupt sich langsam zu bewegen mit dem Zeichen unbezwinglicher Mißbilligung.

»Nein! Nein! Nein! Besser, wir sterben, wie wir zusammen gelebt haben!«

»So stirb!« schrie Magua, seinen Tomahawk mit Ungestüm gegen die wehrlose Sprecherin schwingend, zähneknirschend und mit einer Wut, die er nicht länger bezwingen konnte, über diesen unerwarteten Beweis von Festigkeit in einem Wesen, das er für das schwächste unter allen gehalten hatte. Die Axt schwirrte an Heywards Stirn vorbei, durchschnitt eine von den flatternden Locken Alices und fuhr dicht über ihren Kopf in den Baum.

Dieser Anblick brachte Duncan zur Verzweiflung. Mit gewaltsamer Anstrengung sprengte er seine Fesseln und stürzte sich auf einen anderen Wilden, der, mit lautem Geschrei und augenscheinlich besser zielend, im Begriff war, einen zweiten Streich zu führen. Sie faßten sich, rangen miteinander und fielen zu Boden. Der nackte Leib seines Gegners bot Heyward keinen Halt; der Feind entschlüpfte ihm, fuhr ihm mit einem Knie auf die Brust und drückte ihn mit Riesenkraft nieder. Schon sah Duncan das Messer in der Luft blitzen, als ein zischender Laut an seinem Ohr vorbeipfiff und von dem scharfen Knall einer Büchse mehr begleitet als gefolgt wurde. Er fühlte sich von der Last, die ihn niedergedrückt hatte, erleichtert und sah, wie der grimmige Ausdruck in seines Gegners Miene in einen Blick leerer Wildheit überging. Der Indianer sank tot auf die dürren Blätter zu seiner Seite nieder.

Zwölftes Kapitel

Die Huronen standen regungslos, als sie sahen, wie der Tod einen der ihren so plötzlich ereilte. Als sie sich aber der verderbenbringenden Sicherheit dieses Schusses bewußt wurden, der sein Ziel mit so viel Gefahr für den Freund gefunden hatte, ertönte plötzlich der Ruf: »La longue Carabine!« aus aller Munde, und ein wildes, fast klägliches Geheul ließ sich hören. Ein lautes Geschrei aus einem kleinen Dickicht, wo die unvorsichtigen Huronen ihre Waffen hatten, antwortete. Im nächsten Augenblick stürzte Falkenauge hervor. Zu ungeduldig, die wiedererlangte Büchse zu laden, schwang er die gewichtige Waffe und durchschnitt die Luft mit weiten und mächtigen Schwüngen. So rasch aber auch der Lauf des Kundschafters war, überholte ihn doch die leichte und kräftige Gestalt eines Wilden, der mit unglaublicher Behendigkeit und Kühnheit an ihm vorbei mitten zwischen die Huronen sprang, unter furchtbaren Drohungen seinen Tomahawk schwang und sich mit einem blitzenden Messer vor Cora stellte. Schneller, als der Gedanke diesen unerwarteten und verwegenen Unternehmungen folgen konnte, glitt, mit den furchtbaren Sinnbildern des Todes bemalt, eine Gestalt heran und stellte sich in drohender Haltung an der anderen Seite auf. Die wilden Quäler schraken vor diesen kriegerischen Eindringlingen zurück und stießen bei ihrem Erscheinen Rufe des Erschreckens aus, auf den die wohlbekannten und gefürchteten Namen: »Le Cerf agile! Le gros Serpent!« folgten.

Aber der schlaue und wachsame Führer der Huronen war nicht so schnell aus der Fassung zu bringen. Er schaute um sich und wußte, was jetzt kommen mußte. Seine Begleiter durch Stimme und Beispiel ermutigend, zückte er sein langes, gefährliches Messer und stürzte sich mit lautem Geheul auf Chingachgook. Dies war das Signal zu allgemeinem Kampf. Keine Partei hatte Feuergewehre, und der Streit mußte auf die tödlichste Weise, Hand gegen Hand mit Waffen des Angriffs und keinen der Verteidigung, entschieden werden.

Uncas stürzte sich, das Kampfgeschrei erwidernd, auf den Feind und zerschmetterte dem ersten mit einem einzigen, wohlgezielten Schlag den Schädel. Heyward zerrte Maguas Waffe aus dem jungen Baum und eilte zum Streit herbei. Da die Kämpfenden sich jetzt an Zahl gleich waren, suchte sich jeder seinen Mann aus. Angriff und Hiebe erfolgten mit der Wut eines Wirbelwindes und der Schnelligkeit des Blitzes. Falkenauge erreichte bald einen anderen Gegner. Mit einem Schwung seiner furchtbaren Waffe wehrte er die einfache, kunstlose Verteidigung seines Gegners ab und schlug ihn mit demselben Streich zu Boden.

Heyward wollte nicht warten, bis sein Gegner nahe genug war, und schleuderte seinen Tomahawk auf ihn. Er traf den Indianer, den er sich ausersehen hatte, vor die Stirn und hemmte für einen Augenblick dessen Angriff. Ermutigt durch diesen geringen Vorteil, sprang der ungestüme junge Mann mit unbewehrten Händen auf seinen Feind los. Ein Augenblick aber reichte hin, ihn von seinem Übereifer zu überzeugen: denn im nächsten Augenblick mußte er seine ganze Gewandtheit und allen Mut aufbieten, um sich der verzweifelten Messerstöße des Huronen zu erwehren. Unfähig, einem so behenden und gewandten Gegner länger zu widerstehen, umfaßte er ihn mit seinen Armen, und es gelang ihm, dem Feind mit eisernem Griff die Hände fest an den Leib zu drücken. Aber diese Anstrengung war zu stark, als daß sie ihn nicht hätte bald erschöpfen müssen. In dieser äußersten Gefahr ertönte eine Stimme neben ihm: »Vernichtet die Schufte! Keinen Pardon den verfluchten Mingos!« Im nächsten Augenblick fiel der Kolben der Büchse Falkenauges auf den nackten Kopf von Heywards Gegner, dessen Muskeln unter dem Hieb zu verdorren schienen. Er sank kraft- und bewegungslos aus Duncans Armen nieder.

Als Uncas seinen ersten Feind niedergeschmettert hatte, wandte er sich wie ein hungriger Löwe, um einen zweiten zu suchen. Der fünfte und einzige Hurone, dem im ersten Angriff kein Mann gegenüberstand, hatte einen Moment unentschlossen gezögert und dann mit teuflischer Bosheit versucht, das unterbrochene Werk der Rache zu vollenden. Mit einem lauten Schrei sprang er auf die wehrlose Cora zu und schleuderte seinen scharfen Tomahawk nach ihr. Das Beil streifte ihre Schulter, durchschnitt die Weiden, die sie an den Baum gefesselt hielten, und gab ihr Freiheit zu entfliehen. Cora entschlüpfte dem Griff des Wilden, warf sich, um die eigene Sicherheit unbesorgt, an Alices Busen und versuchte mit krampfhaften, zitternden Händen, die Weiden zu lösen, die jene noch festhielten. Nur ein Ungeheuer konnte bei diesem Beispiel edelmütiger, aufopfernder Liebe ungerührt bleiben; aber die Brust des Huronen kannte kein Mitgefühl. Er ergriff Cora an den üppigen Locken, welche ihr in schöner Verwirrung über Nacken und Schultern fielen, und riß sie mit dem rohesten Ungestüm auf die Knie nieder. Er wand sich die reiche Fülle der Haare um die Hand, hielt sie mit ausgestrecktem Arme hoch und schwang unter höhnischem und frohlockendem Gelächter ein Messer um das schöngeformte Haupt seines Opfers. Allein er mußte diesen Augenblick grausamer Lust teuer bezahlen. In demselben Moment sah Uncas diese entsetzliche Szene. Emporspringend schoß er durch die Luft und stürzte gleich einer Kugel auf die Brust seines Feindes herab, indem er ihn jählings viele Schritte weg zu Boden schleuderte. Die Heftigkeit der Anstrengung warf beide zur

Erde. Sie sprangen zugleich wieder auf, fochten, bluteten wechselseitig. Aber der Kampf war bald entschieden: der Tomahawk Heywards und die Büchse Falkenauges fielen im selben Augenblick auf den Schädel des Huronen, als Uncas' Messer sein Herz erreichte.

Der Kampf war jetzt entschieden bis auf das immer noch andauernde Handgemenge zwischen Le Renard subtil und Le gros Serpent. Die wilden Krieger bewiesen, daß sie diese Beinamen, die ihnen für frühere Kriegstaten zuteil geworden waren, wohl verdienten. Als sie handgemein wurden, schlugen sie eine Zeitlang mit schnellen, wuchtigen Hieben auf den anderen ein. Dann plötzlich stürzten sie aufeinander los, umfaßten sich und kämpften, wie Schlangen sich windend, am Boden weiter. Die Stelle, wo sie ihren Kampf austrugen, war nur an einer Wolke von Staub und dürren Blättern zu erkennen, die sich, wie durch einen Wirbelwind getrieben, langsam fortbewegte. Von Liebe, Freundschaft und Dankbarkeit angetrieben, stürzten Heyward und seine Gefährten auf den Kampfplatz; aber vergeblich umkreiste Uncas das Geschehen, um dem Feind seines Vaters das Messer in das Herz zu stoßen; umsonst wurde Falkenauges Büchse drohend emporgehoben; umsonst auch suchte Duncan einen Fuß des Huronen zu erfassen. Die raschen und gewandten Bewegungen der mit Blut und Staub bedeckten Kämpfer ließen ihre Körper wie zu einem verschmelzen. Die Gestalt des Mohikaners und die des Huronen wechselten vor ihren Augen in so schneller und verworrener Aufeinanderfolge, daß die Freunde nicht wußten, wann oder wohin sie ihre hilfreichen Streiche führen sollten. Es gab kurze, flüchtige Augenblicke, wo die grimmigen Augen Maguas gleich denen eines Basilisken durch den Staubwirbel funkelten. Dann konnte er in den Zügen seiner verhaßten Feinde lesen, daß er keine Gnade, kein Mitleid zu erwarten hatte. Aber ehe eine feindliche Hand sein Haupt treffen konnte, war schon an seiner Stelle das finstere Gesicht Chingachgooks sichtbar. Auf diese Weise hatte sich der Kampf vom Mittelpunkt an den Rand der kleinen Ebene bewegt. Da plötzlich gelang es dem Mohikaner, seinem Gegner einen gewaltigen Stoß mit dem Messer zu versetzen. Magua ließ ihn sofort los und sank, wie es schien, ohne Leben zurück. Sein Gegner sprang auf die Füße und ließ die Laubgewölbe des Waldes von seinem Siegesgeschrei ertönen.

»Sieg den Delawaren! Sieg den Mohikanern!« rief Falkenauge, indem er den Kolben seiner langen Todeswaffe hob. »Ein letzter Kolbenstreich von einem Krieger reinen Blutes ist nicht wider seine Ehre und raubt ihm nicht sein Recht auf den Skalp.«

In dem Augenblick aber, da die verderbenbringende Waffe herabfuhr, entzog sich der geschmeidige Hurone der Gefahr mit einer schnellen Bewegung, durch die er über den Rand des Absturzes rollte, kam auf die Füße zu stehen und verschwand mit einem einzigen Sprung in das Dickicht eines niedrigen Buschwerks. Die Delawaren, die den Feind tot geglaubt hatten, stießen Rufe der Verwunderung aus und verfolgten ihn wie zwei Jagdhunde das Wild. Allein ein schriller Schrei des Kundschafters änderte ihr Vorhaben und führte sie auf den Gipfel des Hügels zurück.

»Das sieht ihm gleich!« rief der alte Waidmann, dessen Vorurteile in allem, was die Mingos betraf, über sein natürliches Gefühl von Rechtlichkeit siegten. »Ein lügenhafter, betrügerischer Kerl! Ein ehrlicher Delaware, einmal besiegt, wäre liegengeblieben und hätte sich den Todesstoß geben lassen. Diese schurkischen Maquas aber haben ein Leben wie wilde Katzen. Laßt ihn gehen, laßt ihn gehen! Es ist nur ein Mann ohne Büchse oder Bogen, und er hat manche gute Meile zu seinen französischen Kameraden. Wie ein Eber, der seine Hauer verloren hat, kann er vorderhand keinen Schaden mehr tun. Sieh, Uncas«, fuhr er in delawarischer Sprache fort, »dein Vater hält bereits seine Skalpernte. Er tut recht, daß er nach den Strolchen sieht, sonst entspringt uns wieder einer in die Wälder und kreischt wie eine Elster, der man die Flügel freigelassen hat!«

Mit diesen Worten machte der ehrliche, aber unversöhnliche Kundschafter seinen Rundgang bei den Toten, und stieß ihnen mit solcher Kaltblütigkeit sein langes Messer in die leblose Brust, als wenn es ebenso viele Überreste von Tieren gewesen wären. Der ältere Mohikaner war ihm jedoch zuvorgekommen und hatte den widerstandslosen Häuptern bereits die Sinnbilder des Sieges abgezogen.

Uncas aber eilte, seine Sitte, und wir möchten wohl sagen, seine Natur verleugnend, von instinktivem Zartgefühl getrieben in Heywards Begleitung den Mädchen zu Hilfe, befreite schnell Alice von ihren Fesseln und führte sie in Coras offene Arme.

Wir wollen nicht versuchen, den Dank gegen den allmächtigen Lenker unserer Schicksale zu schildern, der in den Schwestern glühte, da sie sich dem Leben und ihrer Liebe so unerwartet wiedergeschenkt sahen. Ihr Gebet war innig und still; die Opfer ihres edlen Gemüts brannten hell und rein auf den geheimen Altären ihrer Herzen, und ihre neu belebten irdischen Gefühle drückten sich in langen, glühenden, wenn auch sprachlosen Liebkosungen aus. Alice, die neben Cora auf die Knie gesunken war, erhob sich und stürzte sich an den Busen ihrer älteren Schwester. Unter lautem Schluchzen rief sie den Namen ihres betagten Vaters, während ihre sanften Taubenaugen von den Strahlen der Hoffnung erglänzten.

»Wir sind gerettet! Wir sind gerettet«, sagte sie leise; »um in die Arme unseres teuren, teuren Vaters zurückzukehren, und sein Herz wird nicht vor Gram brechen. Und auch du, Cora, meine Schwester, die du mir mehr als Mutter bist, auch du bist gerettet; und Duncan!« fuhr sie fort, indem sie mit einem unaussprechlichen Lächeln der Unschuld auf den Jüngling schaute; »auch unser tapferer, edelmütiger Duncan ist ohne Verletzung der Gefahr entronnen!«

Auf diese lebhaften und fast unzusammenhängenden Worte antwortete Cora nur damit, daß sie die jugendliche Sprecherin mit inniger Zärtlichkeit an ihr Herz drückte. Der männliche Heyward schämte sich nicht, bei diesem rührenden Anblick Tränen zu vergießen. Uncas stand, frisch vom Kampfe kommend und mit Blut bedeckt, scheinbar als ruhiger und ungerührter Zuschauer dabei, allein seine Augen hatten ihre Wildheit verloren und strahlten in einem Mitgefühl, das ihn weit über den geistigen Gesichtskreis seiner Nation erhob und ihn wahrscheinlich um Jahrhunderte ihren Sitten voraus sein ließ.

Während solcher Rührung, die in dieser Lage so natürlich war, hatte sich Falkenauge überzeugt, daß die Huronen nicht mehr imstande waren, diese Szene zu stören. Er nahte sich David und befreite ihn von den Banden, die er bis zu diesem Augenblick mit musterhafter Geduld getragen hatte.

»Jetzt!« rief der Kundschafter und warf die letzte Weidenrute hinter sich, »jetzt seid Ihr wieder Herr Eurer Glieder, obgleich Ihr im Gebrauch derselben nicht mehr Verstand zeigt als die Natur, die diese geschaffen hat. Wenn Euch der Rat eines Mannes nicht verdrießt, der nicht älter ist als Ihr, der aber den größten Teil seines Lebens in der Wildnis zugebracht hat und also wohl sagen kann, daß er Erfahrung über seine Jahre besitzt, so wäre er folgender: Verkauft das kleine Blasinstrument in Eurer Tasche da an den ersten besten Narren, den Ihr trefft, und kauft mit dem Geld eine brauchbare Waffe, und wär's auch nur der Lauf einer Reiterpistole. Mit Eifer und Sorgfalt könntet Ihr's noch zu was bringen. Denn jetzt, sollte ich meinen, müßten Eure Augen deutlich sehen, daß eine Aaskrähe mehr wert ist als eine Spottdrossel. Die eine schafft wenigstens dem Menschen das stinkende Aas aus dem Gesicht, indes die andere in den Wäldern nichts als Unheil stiftet, indem sie die Leute irreführt.«

»Waffen und Trompeten für die Schlacht, aber Lobgesang für den Sieg!« antwortete der befreite David. »Freund«, fügte er hinzu, seine kleine, zarte Hand freundlich gegen Falkenauge ausstreckend, während seine Augen blinzelten und sich mit Tränen füllten; »ich danke dir, daß die Haare meines Hauptes noch dort wachsen, wo die Vorsehung sie hingepflanzt hat. Mögen auch andere Leute glänzendere und besser gekräuselte haben, so habe ich doch die meinen immer noch gut genug gefunden für den Schädel, den sie bedecken. Daß ich keinen Anteil an dem Kampf nahm, geschah nicht aus Abneigung, sondern wegen der Fesseln, in die mich die Heiden gelegt hatten. Du hast dich tapfer und flink im Kampf bewiesen, und hierfür danke ich dir, ehe ich mich anderen und wichtigeren Pflichten zuwende. Denn du hast es verdient, von einem Christen gelobt zu werden.«

»Das ist nicht der Rede wert, und noch oft könnt Ihr Ähnliches zu sehen bekommen, wenn Ihr länger bei uns verweilt«, erwiderte der Kundschafter, ein gut Teil milder gestimmt gegen den Mann des Gesangs, der so unzweideutig seine Dankbarkeit ausgedrückt hatte. »Ich habe meinen alten Kameraden, den Wildtöter, wieder«, setzte er hinzu, indem er mit der Hand an den Kolben seiner Büchse schlug; »und das ist allein schon ein Sieg. Die Irokesen sind schlau; aber das war dumm, daß sie ihre Büchsen so weit aus der Hand legten. Hätten Uncas oder sein Vater auch nur die gewöhnliche Indianergeduld gehabt, so wären wir gegen die Schurken mit drei Kugeln statt mit einer angerückt, und das hätte dem ganzen Pack den Garaus gemacht, dem Springhasen dort wie seinen Spießgesellen. Aber es war alles so vorherbestimmt und wird auch so am besten sein.«

»Du hast recht«, versetzte David. »Du hast den wahren Geist des Christentums erfaßt. Wer gerettet werden soll, wird gerettet werden, und wer zur Verdammnis vorherbestimmt ist, wird verdammt werden. Dies ist die Lehre der Wahrheit, und eine höchst tröstliche und erquickliche für den echten Gläubigen!«

Der Kundschafter, der sich unterdes hingesetzt hatte und den Zustand seiner Büchse mit einem gewissen väterlichen Eifer prüfte, blickte mißvergnügt auf und unterbrach den Redefluß des anderen.

»Lehre oder nicht«, sprach der kühne Waldmann, »das ist der Glaube von Schurken und der Fluch eines ehrlichen Mannes. Ich kann glauben, daß der Hurone dort durch meine Hand fallen mußte: denn ich hab' es mit meinen eigenen Augen gesehen. Aber nur wenn ich Zeuge davon bin, will ich glauben, daß er da oben irgendeinen Lohn empfangen oder daß Chingachgook dort am jüngsten Tag verdammt werden wird.«

»Ihr habt keine Berechtigung zu solch einer verwegenen Lehre, noch habt Ihr die Autorität, auf die Ihr Euch berufen könnt«, rief David, dessen Glaube eine starke Färbung jener metaphysischen Spitzfindigkeit trug, durch welche man zu jener Zeit, und vornehmlich in seiner Provinz, die schöne Einfachheit der Offenbarung verhüllte, um in das heilige Dunkel der göttlichen Natur einzudringen. Man setzte den Dünkel an die Stelle des Glaubens und verwickelte alle, die darüber diskutieren wollten, in Widersprüche und Zweifel.

»Euer Tempel ist auf Sand gebaut, und der erste Sturm wird ihn von seiner Stelle reißen. Ich frage Euch, welche Autoritäten habt Ihr für eine so unchristliche Behauptung?« Gleich anderen Verteidigern eines Systems war David nicht immer genau in der Wahl seiner Ausdrücke. »Nennt Kapitel und Vers! In welchem der heiligen Bücher findet Ihr einen Text, der für Euch spräche?«

»Bücher!« wiederholte Falkenauge mit deutlicher, unverhohlener Verachtung. »Haltet Ihr mich für einen wimmernden Knaben, der einer Eurer alten Großmütter an der Schürze hängt? Haltet Ihr die gute Büchse auf meinem Knie hier für eine Gänsefeder, mein Pulverhorn für ein Tintenfaß und meine Jagdtasche für zusammengefaltetes Tuch, in dem ich meine Mahlzeit aufbewahre? Bücher! Was hab' ich, ein Krieger der Wildnis, obgleich ein Mann von reinem Blut, mit Büchern zu schaffen? Ich las immer nur in einem, und die Worte, welche in diesem geschrieben stehen, sind zu einfach und zu klar, um einer Erklärung zu bedürfen. Und doch kann ich mich rühmen, vierzig lange und harte Jahre darin gelesen zu haben.«

»Was meint Ihr da für ein Buch?« fragte David, der die Worte des anderen mißverstand.

»Es liegt offen vor Euern Augen«, erwiderte der Kundschafter, »und der Eigentümer ist nicht kleinlich, wenn jemand darin lesen will. Ich hörte schon sagen, es gebe Leute, die in Büchern lesen, um sich zu überzeugen, daß ein Gott ist. Es ist möglich, daß sie in ihren Niederlassungen seine Werke so verunstalten, daß das, was in der Wildnis so klar und deutlich vor Augen liegt, unter Krämern und Priestern zweifelhaft wird. Wenn es aber einen gibt, der zweifelt, so soll er mir nur von einer Sonne zur anderen durch die Windungen der Wälder folgen, und er wird genug sehen, um sich zu überzeugen, daß er ein Narr ist und daß seine größte Narrheit darin besteht, an ein Wesen hinanreichen zu wollen, dem er niemals, weder an Güte noch an Macht, gleichkommen kann.«

Sobald David merkte, daß er mit einem stritt, der seinen Glauben aus Naturanschauungen schöpfte und sich auf Spitzfindigkeiten der Lehre nicht einließ, gab er freiwillig einen Kampf auf, in dem er weder Vorteil noch Ehre ernten konnte. Während der Kundschafter sprach, hatte auch er sich gesetzt. Das allzeit bereite Büchlein nebst der in Eisen gefaßten Brille hervorziehend, schickte er sich an, eine Pflicht zu erfüllen, die er allein durch den unerwarteten Angriff auf seine Rechtgläubigkeit solange hatte aufschieben müssen. David war in der Tat so etwas wie ein Minstrel des westlichen Kontinents, allerdings in einer weit späteren Zeit als jene begeisterten Barden, die einst den weltlichen Ruhm eines Barons oder Fürsten besangen. Aber er war ein Barde im

Geist seiner Zeit und seines Landes und jetzt im Begriff, den soeben errungenen Sieg zu verherrlichen oder vielmehr einen Lobgesang darauf anzustimmen. Er wartete geduldig, bis Falkenauge ausgeredet hatte, und begann, seine Augen erhebend, mit lauter Stimme:

»Ich lade ein, meine Freunde, euch mit mir zu einem Lobgesang für die wunderbare Errettung aus den Händen der Barbaren und Ungläubigen zu vereinigen, zu singen nach der kräftigen und feierlichen Melodie, genannt ›Northampton‹.«

Er benannte Seite und Vers, wo die von ihm gewählten Strophen zu finden waren, und brachte die kleine Pfeife an seine Lippen mit einem so würdevollen Ernst, als ob er sich in der Kirche befände. Diesmal aber blieb seine Stimme ohne Begleitung: denn die beiden Schwestern ergingen sich noch in jenen zärtlichen Liebesbeweisen, von denen wir bereits gesprochen haben. Nicht abgeschreckt durch die kleine Zuhörerschaft, die in Wahrheit nur aus dem verdrießlichen Kundschafter bestand, erhob er seine Stimme, begann und endete seinen heiligen Gesang, ohne durch irgend etwas unterbrochen zu werden.

Falkenauge hörte zu, während er seinen Feuerstein zurechtmachte und seine Büchse wieder lud. Aber die Töne, die durch keine Szenerie und keine verwandte Empfindung unterstützt wurden, konnten seine schlummernden Gefühle nicht wecken. Nie hatte ein Minstrel, oder wie immer man David nennen wollte, vor unempfänglicheren Zuhörern seine Talente entwickelt. Und doch, sah man auf die Einfalt und Innigkeit seiner Andacht, so drang wahrscheinlich noch keines Barden Gesang so unmittelbar zu dem Throne dessen, dem allein Preis und Ehre gebührt. Der Kundschafter schüttelte den Kopf, murmelte einige unverständliche Worte, unter denen allein »Kehle« und »Irokese« vernehmbar waren, und ging weg, um das eroberte Waffenarsenal der Huronen in Augenschein zu nehmen. Bei diesem Geschäft unterstützte ihn Chingachgook, der sowohl seine eigene wie seines Sohnes Büchse unter der Beute fand. Selbst Heyward und David wurden jetzt mit Waffen versehen; auch fehlte es nicht an Munition, um sie wirksam zu machen.

Als die Waldbewohner ihre Auswahl getroffen und ihre Beute verteilt hatten, kündigte der Kundschafter an, daß sie aufbrechen müßten. Mittlerweile war Gamuts Gesang verstummt, und die Schwestern waren wieder Herr ihrer Gefühle. Gestützt auf Heyward und den jungen Mohikaner stiegen sie den steilen Abhang des Hügels hinab, den sie unter so ganz anderen Verhältnissen erklommen hatten und dessen Gipfel beinahe der Schauplatz ihrer grausamen Ermordung geworden wäre. Am Fuße des Berges fanden sie ihre Pferde, die an den Gebüschen weideten. Sie stiegen auf und folgten einem Führer, der sich in den gefährlichsten Lagen als ihr Freund bewährt hatte.

Die Reise war jedoch kurz. Falkenauge verließ den Pfad, auf dem die Huronen gekommen waren, bog rechts durch ein Dickicht, überquerte einen murmelnden Bach und hielt in einem engen Tälchen unter dem Schatten einiger Bergulmen. Die Entfernung zum Fuß des verhängnisvollen Hügels betrug nur einige Ruten, und die Pferde hatten den Schwestern nur dazu gedient, sie trockenen Fußes über den seichten Bach zu bringen.

Der Kundschafter und die Indianer schienen den abgeschiedenen Platz, auf dem sie sich befanden, genau zu kennen. Sie lehnten ihre Büchsen an die Bäume und fingen an, das dürre Laub wegzuräumen und die bläuliche Tonerde aufzuscharren, worauf plötzlich eine klare, reine Quelle hervorsprudelte. Der Weiße blickte um sich, als ob er etwas suchte, gleichwohl aber nicht entdecken konnte.

»Die sorglosen Schufte, die Mohawks mit ihren Tuscarora- und Onondagabrüdern haben hier ihren Durst gestillt«, murmelte er, »und die Vagabunden haben die Kürbisflasche weggeworfen! So geht es, wenn man jemandem einen Dienst erweist und es mit undankbaren Hunden zu tun hat! Hier hat der Herr zu ihrem Besten mitten in der schaurigen Wildnis die Hand ausgestreckt und aus den Eingeweiden der Erde eine Quelle springen lassen, welche die reichsten Apothekerbuden in allen Kolonien zuschanden machen könnte. Nun seht! Die Taugenichtse haben die Erde zertrampelt und den hübschen Platz geschändet, als ob sie dumme Bestien und keine Menschen wären.«

Uncas reichte ihm stillschweigend die gesuchte Kürbisflasche, die sorgfältig an einer Ulme aufgehängt war, doch von Falkenauge in seinem Mißmut nicht bemerkt wurde. Er füllte sie mit Wasser und zog sich in einige Entfernung zurück an eine Stelle, wo der Boden fester und trockener war. Hier setzte er sich nieder, und nach einem langen und anscheinend erquickenden Zug machte er sich an die Untersuchung der Lebensmittel, die die Huronen zurückgelassen hatten und die er in seine Waidtasche gesteckt hatte. »Dank dir, Junge«, sagte er, indem er die leere Kürbisflasche an Uncas zurückgab, »jetzt wollen wir sehen, wie diese wildgewordenen Huronen auf ihren Wegelagerungen lebten. Da seht mal! Die Kerls kennen die besten Bissen vom Hirschkalb, und man sollte denken, sie könnten ein Stück Wildbret abschneiden und braten wie der beste Koch im Lande! Aber alles ist roh: die Irokesen sind noch wahre Wilde. Uncas, nimm meinen Stahl, und zünde ein Feuer an! Ein Stück Rostbraten hilft nach einem so langen Marsch der Natur wieder auf.«

Heyward, der bemerkte, daß ihre Führer Anstalten zu einem Mahl machten, half den Schwestern von den Pferden und nahm an ihrer Seite Platz. Er freute sich, daß sie nach dem blutigen Drama einige

Augenblicke Ruhe bekamen. Während die Küchengeschäfte in Gang kamen, trieb ihn die Neugier, nach den Umständen zu fragen, die zu ihrer so unerwarteten Rettung geführt hatten.

»Wie kommt es, daß wir euch so rasch wiedersahen, mein großherziger Freund?« fragte er. »Und ohne die Hilfe der Garnison von Edward?«

»Wären wir der Krümmung des Flusses gefolgt, so wären wir zurechtgekommen, um eure Leichen mit Laub zu bedecken, aber zu spät, um eure Skalps zu retten«, antwortete der Kundschafter kühl. »Nein, nein, statt Kraft und Zeit mit dem Rennen nach dem Fort zu vergeuden, blieben wir am Ufer des Hudson, um aus dem Hinterhalt die Bewegungen der Huronen zu beobachten.«

»So wart ihr Augenzeugen alles dessen, was mit uns vorging?«

»Keineswegs, die Augen der Indianer sehen zu scharf, als daß man ihnen entgehen könnte; wir hielten uns deshalb verborgen. Schwer war es auch, den jungen Mohikaner da im Versteck zu halten. O Uncas, Uncas! Du hast dich mehr wie ein neugieriges Weib als wie ein Krieger betragen, der seinem Feind auf der Spur ist.«

Uncas wandte einen Augenblick sein Haupt und sah in die finstere Miene des Sprechers; aber er sprach nicht, noch gab er ein Zeichen der Reue. Im Gegenteil lag, wie Heyward zu bemerken glaubte, in der Miene des jungen Mohikaners ein Ausdruck von Stolz, wo nicht von Verachtung: er unterdrückte eine Leidenschaft sowohl aus Rücksicht auf seine Zuhörer als auch aus gewohnter Achtung für seinen weißen Gefährten.

»Ihr saht, wie sie uns gefangennahmen?« fragte Heyward weiter.

»Wir hörten es«, war die bezeichnende Antwort. »Ein Indianergeschrei ist eine verständliche Sprache für Leute, die ihr Leben in den Wäldern zugebracht haben. Aber als ihr landetet, mußten wir uns wie Schlangen unter den Gebüschen verkriechen. Dadurch verloren wir euch gänzlich aus den Augen. Als wir euch wieder erblickten, wart ihr an die Bäume gebunden, um nach indianischer Art niedergemetzelt zu werden.«

»Unsere Rettung war ein Werk der Vorsehung. Fast ein Wunder war es, daß ihr den rechten Weg einschlugt: denn die Huronen teilten sich, und jeder Haufen hatte seine Pferde.«

»Ja, beinahe hatten wir die Fährte verloren. Und wir wären irregegangen, wenn Uncas nicht gewesen wäre. Wir entschieden uns für den Weg, der in die Wildnis führte: denn wir vermuteten zu Recht, daß die Wilden mit ihren Gefangenen diese Richtung einschlagen würden. Aber als wir schon einige Meilen zurückgelegt hatten, ohne einen einzigen Zweig geknickt zu finden, wie ich doch geraten hatte, wurde ich sehr besorgt, zumal da ich sah, daß alle Fußstapfen von Mokassins herrührten.«

»Unsere Sieger hatten die Vorsicht gebraucht, uns auf ihre Weise zu beschuhen«, sagte Duncan, indem er den Fuß aufhob und die kleinen Halbstiefel zeigte.

»Das war klug und sieht ihnen ähnlich. Doch wir waren zu erfahren, um uns durch diese gewöhnliche List von unsrer Fährte abbringen zu lassen.«

»Welchem Umstande verdanken wir also unsere Rettung?«

»Einem Umstand, den ich als ein Weißer, der keinen Tropfen Indianerblut in seinen Adern hat, nur beschämt eingestehe: der Einsicht des jungen Mohikaners in Dinge, die ich besser verstehen sollte als er und die ich jetzt noch kaum glauben kann, obgleich mich meine eigenen Augen von der Wahrheit überzeugt haben.«

»Das ist sonderbar! Wollt Ihr Euch nicht näher erklären?«

»Uncas war kühn genug zu behaupten«, fuhr Falkenauge fort, indem er seine Augen nicht ohne Neugierde auf die kleinen Pferde der Ladies heftete, »daß die von den Frauen gerittenen Tiere beide Füße auf einer Seite zu gleicher Zeit zur Erde setzen, was dem Gang aller vierfüßigen Tiere, die ich kenne, widerspricht, dem des Bären ausgenommen. Und doch sind hier Pferde, die auf diese Weise gehen, wie meine eigenen Augen mich überzeugten und wie ihre Fährte zwanzig lange Meilen bewiesen hat.«

»Das ist der Vorzug dieser Tiere. Sie kommen von der Küste der Narragansett-Bai, aus der kleinen Provinz der Providence-Kolonien und sind berühmt wegen ihrer Ausdauer und der Leichtigkeit ihrer Bewegungen. Doch lassen sich auch andere Pferde so abrichten.«

»Mag sein! Mag sein!« sagte Falkenauge, der dieser Erklärung mit großer Aufmerksamkeit zugehört hatte. »Obgleich ich von meiner Abstammung her ein Weißer bin, verstehe ich mehr von Damhirschen und Bibern als von Lasttieren. Major Effingham hat viele edle Rosse, ich habe aber nie eines auf so wunderliche Weise seitwärts gehen sehen.«

»Gewiß; denn er schätzt den Wert der Tiere nach ganz andern Eigenschaften. Immerhin aber ist dies eine sehr beliebte Rasse, und wie Ihr seht, erfährt sie viel Ehre durch die Lasten, die man ihr anvertraut.«

Die Mohikaner hatten ihr Geschäft am Feuer eingestellt, um zuzuhören; und als Duncan ausgeredet hatte, sahen sie einander verwundert an, während der Vater den nie fehlenden Ausruf des Erstaunens vernehmen ließ. Der Kundschafter sann einige Augenblicke nach, als ob er die neu erworbene Kenntnis verdauen wollte, und warf dann wieder einen verstohlenen Blick auf die Pferde.

»Ich darf wohl sagen, man bekommt in den Niederlassungen wirklich seltsame Dinge zu Gesicht!« begann er langsam. »Die Natur wird vom Menschen schwer mißbraucht, wenn er einmal die Oberhand über sie gewinnt. Doch mag der Gang dieser Tiere nun sein, wie er will, Uncas hatte sich jedenfalls die Bewegung gemerkt, und die Spur führte uns an den geknickten Busch. Der höchste Zweig war aufwärts gebogen auf die Art, wie eine Lady die Blume von ihrem Stengel bricht. Alles andere aber war zerknickt und niedergebrochen, als ob die starke Hand eines Mannes da gewütet hätte. Ich schloß daraus, daß die schlaue Schlangenbrut das Knicken des Zweiges bemerkt und dann auch die übrigen Zweige geknickt habe, um uns glauben zu machen, ein Rehbock habe an den Zweigen sein Geweih versucht.«

»Ich glaube, Euer Scharfblick täuschte Euch nicht; es ist so etwas vorgefallen!«

»Das war leicht zu bemerken!« fuhr der Kundschafter fort, dem seine Schlußfolgerungen gar nicht besonders scharfsinnig erschienen. »Etwas ganz anderes war es mit dem schwankenden Gang des Pferdes. Da fiel mir ein, die Mingos könnten zu dieser Quelle gehen, denn die Schelme kennen die Kraft ihres Wassers recht gut.«

»Ist sie denn so berühmt?« fragte Heyward, mit einem neugierigen Blick auf das einsame Tal und seine sprudelnde Quelle, die von brauner Erde umgeben war.

»Wenige Rothäute reisen südlich oder östlich von den großen Seen, die nicht von ihren Eigenschaften gehört haben. Wollt Ihr sie nicht selber kosten?«

Heyward nahm die Kürbisflasche, warf sie aber, nachdem er ein wenig von dem Wasser getrunken hatte, mit einer Gebärde des Ekels wieder weg. Der Kundschafter lachte leise, aber herzlich und nickte voller Genugtuung.

»Ja, Ihr müßt erst durch Gewohnheit den rechten Geschmack daran finden! Es gab eine Zeit, wo mir's ebensowenig schmecken wollte. Nun habe ich mich daran gewöhnt und lechze danach wie der Damhirsch nach den Licks[1]. Eure starkgewürzten Weine sind Eurem Gaumen nicht angenehmer als der Rothaut dieses Wasser, besonders im Zustand der Erschöpfung. – Aber Uncas ist mit dem Braten fertig. Es ist Zeit, ans Essen zu denken, denn wir haben noch einen langen Weg vor uns.«

Mit diesem raschen Übergang brach Falkenauge das Gespräch ab und machte sich an die Überreste des Mundvorrats, die der Gefräßig-

1 Viele Tiere der amerikanischen Wälder besuchen Orte, wo sich Salzquellen befinden. Diese heißen »Licks« oder »Salzlicks« in der Sprache des Landes, weil die Vierfüßler oft die Erde auflecken (lick) müssen, um die Salzteilchen zu erhalten. Diese Licks sind Hauptpunkte für die Jäger, die an den Pfaden, die dahin führen, ihrem Wild auflauern.

keit der Huronen entgangen waren. Das Essen wurde mit ebensowenig Umständen aufgetragen wie zubereitet; und er und die Mohikaner nahmen ihr bescheidenes Mahl mit der Stille und Sorgfalt von Männern zu sich, die sich für neue und große Anstrengungen stärken wollen.

Sobald sie sich dieser notwendigen und zum Glück angenehmen Pflicht entledigt hatten, trank jeder der Waldbewohner zum Abschied noch einen tüchtigen Schluck aus der einsamen, stillen Quelle, um welche sich innerhalb der nächsten fünfzig Jahre der Reichtum, die Schönheit und die Talente einer ganzen Halbkugel sammeln sollten, um Gesundheit und Vergnügen zu suchen[1]. Falkenauge gab das Signal zum Aufbruch, und die Schwestern bestiegen ihre Pferde. Duncan und David griffen nach ihren Büchsen und folgten ihnen. Der Kundschafter ging voran, und die Mohikaner beschlossen den Zug. Die ganze Gesellschaft bewegte sich auf dem schmalen Pfad schnell nordwärts und verließ das Wasser der kleinen Heilquelle, die sich mit dem benachbarten Bach vermischte. Die Leichen der Gefallenen aber verfaulten unbeerdigt auf dem nahen Berg – ein Schicksal, das die Krieger der Wälder zu häufig trifft, als daß es Mitleid erregen oder auch nur zu einer weiteren Bemerkung führen könnte.

Dreizehntes Kapitel

Der Weg, den Falkenauge einschlug, führte quer über die sandigen, hier und da von Tälern und Hügeln durchschnittenen Ebenen, durch die sie am Morgen desselben Tages unter Maguas Führung gekommen waren. Die Sonne war jetzt tief hinter die fernen Berge gesunken, und da der Weg der Reisenden durch endlose Wälder führte, war die Hitze jetzt nicht mehr so drückend. Ihre Reise ging also rascher vonstatten, und lange vor Einbruch der Dämmerung hatten sie eine gute, obwohl beschwerliche Strecke ihres Weges zurückgelegt.

Der Jäger schien wie der Wilde, dessen Stelle er eingenommen hatte, auf geheime Merkzeichen in der Wildnis mit einer Art von Instinkt zu achten, ließ selten in seiner Eile nach und hielt niemals an, nur um mit sich zu Rate zu gehen. Ein schneller Blick im Vorübergehen auf das Moos an den Bäumen, auf die sinkende Sonne, auf den Lauf der zahlreichen Gewässer reichte hin, um ihm Gewißheit zu geben, daß er ohne Zweifel auf dem rechten Wege war. Mittlerweile begann der Wald

1 Die eben geschilderte Szene spielt dort, wo jetzt das Dorf Balliston, einer der beiden wichtigsten Badeorte Amerikas, steht.

seine Farbe zu wechseln, und das lebhafte Grün, das seine Laubgewölbe verschönert hatte, verlor sich in dem dunkleren Licht, das den Einbruch der Nacht verkündigt.

Die Schwestern schauten durch die Bäume hindurch auf die goldene Strahlenflut, die einen glänzenden Hof um die Sonne bildete und eine längs der Hügel im Westen aufgetürmte Wolkenmasse bald hier und dort mit Purpurstreifen durchzog, bald mit einem schmalen Saum des glänzendsten Goldgelb begrenzte. Da wandte sich Falkenauge plötzlich um und sagte, indem er auf den prachtvollen Himmel wies:

»Dies ist das Zeichen für den Menschen, jetzt die Nahrung und die Ruhe zu suchen, deren er bedarf. Besser und weiser wäre es, wenn er diesem Wink der Natur folgte und sich an den Vögeln in der Luft und den Tieren auf dem Feld ein Beispiel nähme! Unsere Nachtruhe wird jedoch bald vorüber sein. Mit dem Mond müssen wir wieder aufbrechen und weiterziehen. Ich erinnere mich, hier mit den Maquas gekämpft zu haben; der erste Krieg, in dem ich Menschenblut vergoß. Wir errichteten ein Blockhaus, um die Rabenbrut von unseren Skalpen fernzuhalten. Wenn mich die Merkzeichen nicht täuschen, finden wir es ein paar Ruten weiter zur Linken.«

Ohne eine zustimmende Äußerung oder auch nur eine Antwort abzuwarten, trat der rauhe Kundschafter unerschrocken in ein dichtes Gehölz von jungen Kastanienbäumen, indem er die Zweige der üppigen, den Boden deckenden Schößlinge beiseite schob, als erwarte er mit jedem Schritt etwas Vertrautes wiederzufinden. Seine Erinnerungen täuschten ihn nicht. Nachdem er sich einige hundert Schritte weit durch das mit Brombeersträuchern durchwachsene Unterholz gearbeitet hatte, gelangte er auf eine Lichtung, auf der über einem kleinen Erdhügel das verfallene Blockhaus lag. Das plumpe Gebäude war aus einer momentanen Notsituation geschaffen worden und lag nun, da die Gefahr vorüber war, verlassen und verfallen in der Einsamkeit des Waldes – vergessen wie die Umstände, die zu seiner Errichtung geführt hatten. Solche Denkmale früherer Kämpfe findet man noch häufig auf der breiten Grenze der Wildnis, die einst die feindlichen Provinzen trennte. Sie bilden eine Art von Ruinen, die mit den Erinnerungen an die Kolonialgeschichte eng verbunden sind und dem düsteren Charakter der sie umgebenden Schauplätze vollkommen entsprechen[1]. Das

1 Vor einigen Jahren jagte der Verfasser dieser Zeilen in der Nachbarschaft der Ruinen des Forts Oswego, das jetzt an den Ufern des Ontariosees steht. Er jagte auch Rotwild, und sein Jagdgrund erstreckte sich mit geringer Unterbrechung fünfzig Meilen landeinwärts. Unerwartet stieß er in den Wäldern auf sechs oder acht Leitern, die in geringer Entfernung voneinander lagen. Sie waren roh gearbeitet und schon sehr verwittert. Da es ihm auffiel, so viele dieser Geräte an einem so einsamen Platz zu finden, bat er einen alten Mann, der in der Nähe wohnte, um Aufschluß: Während des Krieges im Jahre 1776

Rindendach war längst zerfallen und wieder zu Erde geworden; die mächtigen Fichtenstämme aber, die eilig übereinandergeschoben worden waren, lagen noch an ihrem Platz. Allerdings war schon eine Ecke des Gebäudes zusammengebrochen, so daß man den Einsturz des Ganzen befürchten mußte. Während Heyward und seine Begleiter zögerten, sich dem verfallenen Gebäude zu nähern, traten Falkenauge und die Indianer nicht nur ohne Furcht, sondern mit sichtbarem Interesse in die niedrigen Wände. Während der erste die Ruinen innen und außen mit der Neugierde eines Mannes betrachtete, dessen Erinnerungen mit jedem Augenblick wieder lebendiger werden, berichtete Chingachgook seinem Sohn in delawarischer Sprache und mit dem Stolz des Siegers kurz die Geschichte des Scharmützels, das in seiner Jugend an diesem einsamen Ort stattgefunden hatte. Ein Zug von Schwermut mischte sich jedoch in seinen Triumph und gab seiner Stimme, wie so oft, etwas eigentümlich Sanftes und Musikalisches.

Mittlerweile waren die Schwestern vom Pferd gestiegen und schickten sich an, in der Abendkühle an einem Ort auszuruhen, dessen Sicherheit, wie sie glaubten, nur durch die Tiere des Waldes gestört werden konnte.

»Wäre es nicht besser gewesen, mein geschätzter Freund«, sagte der umsichtige Duncan, als er sah, daß der Kundschafter seine kurze Untersuchung beendet hatte, »wenn wir einen weniger bekannten und seltener besuchten Ort gewählt hätten?«

»Wenige sind noch am Leben, die von der Errichtung dieses Blockhauses wissen«, antwortete dieser langsam und nachdenklich. »Es geschieht nicht oft, daß Bücher und Erzählungen geschrieben werden über solch ein Scharmützel, wie es hier zwischen den Mohikanern und den Mohawks stattgefunden hat. Ich war damals noch ein junger Bursche und zog mit den Delawaren aus, weil ich wußte, daß sie eine ungerecht behandelte und verleumdete Nation waren. Vierzig Tage und vierzig Nächte lagen die Schufte, nach unserem Blute dürstend, um dieses Blockhaus, dessen Plan ich selbst entworfen und das ich zum Teil selbst mitgebaut habe, obgleich ich, wie Ihr wißt, kein Indianer, sondern ein Weißer von unverfälschtem Blut bin. Die Delawaren halfen mir dabei, und wir verteidigten es zehn gegen zwanzig, bis unsere Zahl beinahe gleich war. Dann machten wir einen Ausfall, und keiner ent-

wurde das Fort Oswego von den Engländern verteidigt. Eine Expedition wurde zweihundert Meilen weit in die Wildnis ausgesandt, um das Fort zu überrumpeln. Es scheint, daß die Amerikaner hier, nur noch eine Meile oder zwei von dem Fort entfernt, merkten, daß man sie erwartete und daß sie Gefahr liefen, abgeschnitten zu werden. Sie warfen ihre Leitern weg und zogen sich eilig zurück. Diese blieben so dreißig Jahre auf der Stelle, wo sie zuerst hingeworfen worden waren, unberührt liegen.

kam, um das Schicksal seiner Gefährten zu verkünden. Ja, ja, ich war damals noch jung, und der Anblick von Blut war mir neu. Ich konnte den Gedanken nicht ertragen, daß Geschöpfe, die eine Seele hatten wie ich, auf dem nackten Erdboden liegenbleiben sollten, um von wilden Tieren zerrissen oder im Regen gebleicht zu werden. Deshalb begrub ich die Toten mit eigenen Händen unter eben dem Hügel, auf dem ihr Platz genommen habt, und es ist kein übler Sitz, obwohl er sich über menschlichem Gebein erhebt.«

Heyward und die beiden Schwestern fuhren augenblicklich von der mit Gras bewachsenen Grabstätte auf. Letztere überlief unwillkürlich ein Schauer, obgleich sie selbst gerade erst ähnlich schreckliche Szenen erlebt hatten. Das Dämmerlicht, das düstere Dickicht, aus dem sich die Fichten in majestätischem Schweigen bis zu den Wolken reckten, und die Totenstille in dem weiten Wald umher – all das tat ein übriges, jenes Gefühl noch zu steigern.

»Sie sind dahin und tun niemandem mehr etwas zuleide«, fuhr Falkenauge fort, indem er, melancholisch lächelnd über ihrer sichtbaren Unruhe, eine beruhigende Handbewegung machte; »die erheben kein Schlachtgeheul mehr, können keinen Streich mit dem Tomahawk mehr führen! Und von allen denen, die sie bestatten halfen, sind Chingachgook und ich allein noch am Leben! Die Brüder und die Sippe Chingachgooks bildeten unsere ganze Kriegspartei, und ihr seht hier alles beisammen, was noch von seinem Geschlecht übrig ist.«

Die Augen der Zuhörer richteten sich unwillkürlich in mitleidiger Teilnahme auf die beiden Indianer. Im Schatten des Blockhauses gewahrte man ihre dunklen Umrisse; der Sohn lauschte der Erzählung des Vaters mit der gespanntesten Aufmerksamkeit. Der Bericht dieser Ruhmestaten bestätigte ihm, daß er seinen Vater mit Recht bewunderte und verehrte.

»Ich hatte geglaubt, die Delawaren seien ein friedfertiges Volk«, sagte Duncan. »Sie hätten nie selbst Krieg geführt und die Verteidigung ihres Landes eben den Mohawks anvertraut, die ihr erschlagen habt.«

»Das ist zum Teil wahr«, antwortete der Kundschafter, »und doch im Grunde eine heillose Lüge. Ein solcher Vertrag wurde vor langem unter der trickreichen Mithilfe der Holländer geschlossen. Sie wollten damit die Eingeborenen entwaffnen, die das meiste Recht auf ein Land besaßen, in dem jene sich niedergelassen hatten. Die Mohikaner, obgleich zum selben Stamm gehörig, kümmerten sich in ihrem Verkehr mit den Engländern nie um diesen törichten Vertrag. Sie vertrauten ihrer Tapferkeit, und das taten auch die Delawaren, als ihnen die Augen über ihre Torheit aufgingen. Ihr seht hier einen Abkömmling der großen Sagamoren der Mohikaner vor euch! Seine Sippe konnte einst den Damhirsch über Länderstrecken jagen, größer als heutzutage die von Albany Patteroon, ohne über einen Bach oder Hügel zu kommen, der ihr nicht gehörte. Aber was ist ihrem Nachkommen geblieben? Er findet, so es Gott gefällt, seine sechs Fuß Erde und ruht hier vielleicht in Frieden, wenn er einen Freund hat, der sich die Mühe nimmt, sein Haupt so tief in die Grube zu legen, daß die Pflugschar es nicht erreichen kann.«

»Genug!« fiel Heyward ein, der befürchtete, daß das Gespräch in eine Richtung führen könnte, welche die zur Rettung seiner schönen Schutzbefohlenen so unumgänglich notwendige Eintracht stören könnte. »Wir sind weit gereist, und wenige unter uns besitzen eine Körperkraft wie die Eurige, die weder Ermüdung noch Schwäche zu kennen scheint.«

»Meine Sehnen und Knochen helfen mir allerdings überall durch«, sagte der Jäger, indem er seine muskulösen Glieder mit einem Wohlgefallen betrachtete, das verriet, wie sehr ihm das Kompliment behagte. »Es gibt größere und stärkere Leute in den Niederlassungen, doch könnt Ihr Euch viele Tage in einer Stadt umsehen, bis Ihr einen findet, der imstande ist, seine fünfzig Meilen zu laufen, ohne anzuhalten, um Atem zu schöpfen, oder der die Hunde auch während einer stundenlangen Jagd in Hörweite behält. Da aber Fleisch und Blut nicht immer dieselben sind, so ist es nach alledem, was die Frauenzimmer heute erlebt und durchgemacht haben, nicht mehr als billig anzunehmen, daß sie zu ruhen wünschen. Uncas, reinige die Quelle, während dein Vater und ich über ihre zarten Häupter von diesen Kastanienschößlingen ein Dach und aus Gras und Blättern eine Lagerstätte bereiten wollen.«

Das Gespräch verstummte, während der Jäger und seine Gefährten damit beschäftigt waren, für die Bequemlichkeit und den Schutz der ihnen Anvertrauten zu sorgen. Eine Quelle, die vor vielen Jahren die Eingeborenen veranlaßt hatte, diesen Platz zu befestigen, war bald von Blättern gereinigt und ließ nun ihr kristallklares Wasser den grünen Hügel hinabfließen. Ein Winkel des Gebäudes wurde mit einem Dach versehen, das vor dem starken Morgentau schützen sollte, und Schichten von weichen Zweigen und dürrem Laub wurden darunter zum Ruhelager für sie ausgebreitet.

Während die emsigen Waidmänner in dieser Weise beschäftigt waren, genossen Cora und Alice die Mahlzeit weniger aus Appetit als aus Notwendigkeit. Bald darauf zogen sie sich in das Blockhaus zurück, dankten erst dem Himmel für die Gnade, die ihnen bisher zuteil geworden war, und flehten um Fortdauer der göttlichen Huld auch für die künftige Nacht. Dann legten sie ihre matten Glieder auf das duftende Lager, und trotz aller quälenden Erinnerungen und Besorgnisse sanken sie bald in einen Schlummer, den die Natur gebieterisch forderte und mit Hoffnungen auf den kommenden Morgen versüßte.

Duncan hatte sich angeschickt, die Nacht vor der Ruine zu wachen. Doch der Kundschafter, der seine Absicht bemerkte, deutete auf Chingachgook, während er sich selbst unbekümmert in das Gras fallen ließ, und sagte:

»Die Augen des weißen Mannes sind zu schwerfällig und zu blind für eine solche Wache! Der Mohikaner wird unsere Schildwache sein. Wir dürfen ruhig schlafen.«

»Ich bin vorige Nacht auf meinem Posten eingeschlummert«, entgegnete Heyward, »und habe weniger Ruhe nötig als Ihr, die Ihr einem Soldaten mehr Ehre gemacht habt! Laßt darum alle schlafen, ich allein will Wache halten.«

»Wenn wir unter den weißen Zelten des sechzigsten Regiments und vor einem Feind wie den Franzosen lägen, wünschte ich mir keinen besseren Wächter«, versetzte der Kundschafter. »Aber in der Finsternis und mitten in der Wildnis würdet Ihr nicht viel schärfer beobachten können als ein Kind, und Eure Wachsamkeit wäre umsonst. Macht es wie ich und Uncas und schlaft. Schlaft unbesorgt!«

In der Tat sah Heyward, daß sich der jüngere Indianer, während sie noch sprachen, am Fuß des Hügels niedergelegt hatte wie einer, der seine Ruhezeit bestmöglich nutzen will. Seinem Beispiel war auch David gefolgt, dessen Stimme buchstäblich ausgetrocknet war und dem seine Wunde durch die Anstrengungen der Reise wieder zu schaffen machte. Heyward verzichtete auf weitere nutzlose Erörterungen, lehnte sich zurück an die Stämme des Blockhauses und war fest entschlossen, kein Auge zuzumachen, bis er das ihm anvertraute kostbare Gut unversehrt in Munros Hände gegeben haben würde. Falkenauge glaubte, seinen Gefährten überredet zu haben und schlief seinerseits bald ein. Es herrschte nun eine so tiefe Stille wie in dem Augenblick, da sie diesen Erdenplatz betraten.

Eine Zeitlang hielt Duncan wirklich seine Sinne munter und lauschte aufmerksam auf jeden Laut, der sich im Wald hören ließ. Sein Blick wurde schärfer, während die Schatten der Nacht sich über seine Umgebung lagerten. Selbst als die Sterne schon über seinem Haupt funkelten, konnte er noch die zurückgelehnten Gestalten seiner Begleiter, ja selbst die Gestalt Chingachgooks erkennen, der aufrecht und bewegungslos dasaß, einem der Bäume ähnlich, die den Platz auf allen Seiten mit einer dunklen Linie begrenzten. Noch hörte er die leisen Atemzüge der Schwestern, die wenige Schritte entfernt von ihm lagen, und der Luftzug bewegte kein Blättchen, dessen flüsternden Laut sein Ohr nicht vernommen hätte. Endlich mischten sich die melancholischen Töne eines Waldvogels mit dem klagenden Geschrei der Eule; seine müden Augen suchten noch hin und wieder das funkelnde Licht der Sterne, und dann war ihm, als sähe er sie noch durch seine geschlossenen Augenlider. In Augenblicken flüchtigen Erwachens hielt er einen Busch für einen Mitwächter; sein Kopf sank aber bald wieder auf die Schulter, und diese suchte ihrerseits auf der Erde eine Stütze. Endlich erschlaffte seine ganze Gestalt, und der junge Mann verfiel in einen tiefen Schlaf. Er träumte, er sei ein Ritter alter Zeit, der seine mitternächtliche Wache vor dem Zelt einer befreiten Prinzessin hielt, deren Gunst er durch einen solchen Beweis von Aufopferung und Wachsamkeit zu gewinnen hoffte.

Wie lange der erschöpfte Duncan in diesem Zustand der Bewußtlosigkeit lag, wußte er selbst nicht zu sagen. Seine Traumbilder waren aber lange schon vorüber, als ihn ein leichter Schlag auf die Schulter weckte. Aufgeschreckt durch dieses Signal sprang er empor mit der verworrenen Erinnerung an die Pflicht, die er sich zu Anfang der Nacht auferlegt hatte.

»Wer da?« fragte er und griff an die Stelle, wo sonst sein Degen hing. »Sprich! Freund oder Feind?«

»Freund«, erwiderte die leise Stimme Chingachgooks, der auf den Himmelskörper deutete, welcher seinen milden Schimmer durch die Öffnung der Bäume gerade auf ihr Biwak ergoß. Und in seinem gebrochenen Englisch fuhr er fort: »Mond kommt und weißen Mannes Fort weit – weit entfernt. Zeit zum Aufbruch, wenn Schlaf beide Augen des Franzmanns schließt!«

»Du hast recht, rufe deine Freunde, und sattelt die Pferde, während ich meine Begleiterinnen für den Marsch vorbereiten will.«

»Wir sind wach, Duncan«, sprach Alice mit ihrer sanften Silberstimme im Innern des Gebäudes, »und fühlen uns nach einem so erquickenden Schlaf selbst für die anstrengendste Reise gerüstet. Aber Sie haben die ganze Nacht hindurch für uns gewacht nach den langen und großen Anstrengungen des gestrigen Tages!«

»Sagen Sie vielmehr, daß ich wachen wollte; aber meine treulosen Augen haben mich im Stich gelassen. Zum zweitenmal habe ich mich des anvertrauten Gutes unwürdig gezeigt.«

»Nein, Duncan, versuchen Sie nicht, uns zu täuschen«, unterbrach ihn lächelnd Alice, indem sie, durch den erfrischenden Schlaf schöner denn je, aus dem Schatten des Gebäudes in das Licht des Mondes trat. »Ich weiß, sorglos sind Sie nur, wenn Sie an sich selbst zu denken haben, sonst aber stets wachsam für das Wohl anderer. Können wir hier nicht noch ein wenig bleiben, bis Sie selbst die Ruhe gefunden haben, die Sie unbedingt brauchen? Mit Freude, mit der größten Freude werden Cora und ich Wache halten, während Sie und diese wackeren Männer ein wenig schlafen.«

»Wenn Scham mich von meiner Schläfrigkeit heilen könnte, würde ich mein Auge nie mehr schließen«, antwortete der Jüngling unbehaglich und blickte Alice in ihr offenes Antlitz. Er konnte jedoch in ihrer Miene nichts erkennen, was seinen halb erwachten Argwohn hätte bestätigen können. »Aber leider ist es wahr: nachdem ich Sie durch meine Unbesonnenheit in diese Gefahr gebracht habe, bleibt mir nicht einmal das Verdienst, Ihre Ruhe so überwacht zu haben, wie es die Pflicht des Soldaten ist.«

»Niemand außer Duncan selbst würde Duncan einer solchen Schwäche anklagen. Gehen Sie denn zur Ruhe; glauben Sie mir, keine von uns beiden, so schwache Mädchen wir auch sind, wird seine Wache nachlässig ausüben.«

Der junge Mann sah sich der Verlegenheit, seine Schuld aufs neue zu beteuern, durch einen Ausruf Chingachgooks enthoben und durch eine Geste, mit der auch sein Sohn gespannte Aufmerksamkeit verriet.

»Die Mohikaner hören einen Feind!« flüsterte Falkenauge, der mit den übrigen wach und munter geworden war. »Der Wind läßt sie Gefahr wittern.«

»Das wolle Gott verhüten!« rief Heyward. »Wir haben genug Blutvergießen gehabt.«

Mit diesen Worten griff der junge Kriegsmann nach seiner Büchse und trat einige Schritte vor, bereit, seine Nachlässigkeit zu büßen, indem er sein Leben für die Verteidigung seiner Schutzbefohlenen einsetzte.

»Es ist irgendein Tier, das um uns herum Futter sucht«, flüsterte er, sobald er die leisen und anscheinend entfernten Laute, die die Mohikaner aufgeschreckt hatten, selber hörte. »Still!« entgegnete der aufmerksame Kundschafter, »es ist ein Mensch; ich selbst höre jetzt seinen Tritt, so unvollkommen auch meine Sinne im Vergleich mit denen eines Indianers sind. Der geflüchtete Hurone ist wahrscheinlich auf eine Patrouille Montcalms gestoßen und hat sich auf unsere Fährte gesetzt. Es sollte mir leid tun, wenn ich an diesem Ort nochmals Blut vergießen müßte«, fuhr er mit einem unruhigen Blick auf seine düstere Umgebung fort. »Aber wenn es sein muß, muß es sein! Führe die Pferde in das Blockhaus, Uncas, und ihr, Freunde, folgt ihnen nach. Wenn das Gebäude auch alt und dürftig ist, bietet es doch einigen Schutz.«

Er fand keine Widerrede, und die Mohikaner führten die Narrangansetts in die Ruine, wohin sich auch die übrige Gesellschaft in größter Stille begab.

Das Geräusch nahender Fußtritte ließ sich jetzt so deutlich vernehmen, daß es keinen Zweifel mehr über die Art der Störung geben konnte. Bald hörte man Menschen, die, wie der Jäger Heyward zuflüsterte, in der Sprache der Huronen redeten. Als sie an die Stelle kamen, wo die Pferde in das Dickicht rund um das Blockhaus eingedrungen waren, schienen sie die Spur verloren zu haben.

Nach den Stimmen zu schließen, schien es, daß wenigstens zwanzig Menschen dort versammelt waren und lärmend ihre Meinungen und Ratschläge kundtaten.

»Die Schurken kennen unsere Schwäche«, flüsterte Falkenauge, der neben Heyward im tiefen Schatten stand und durch eine Lücke zwischen den Stämmen blickte, »sonst würden sie nicht so müßig dastehen und sich einem solchen Weibergeschwätz hingeben. Da, hört das Gewürm! Jeder von ihnen scheint zwei Zungen und nur ein Bein zu haben.«

So tapfer Duncan im Kampf war, vermochte er nicht in dieser spannungsgeladenen Situation auf die kaltblütige und charakteristische Bemerkung des Kundschafters zu antworten. Er faßte nur seine Büchse fester und heftete mit steigender Unruhe seinen Blick durch die enge Öffnung auf die mondbeleuchtete Umgebung. Die tönende Stimme eines Wilden, der mit gebieterischem Nachdruck zu sprechen schien, ließ sich vernehmen, und die Stille, mit der sein Befehl oder vielmehr sein Rat aufgenommen wurde, bewies die Achtung, in der er stehen mußte. Gleich darauf hörte man Blätter rauschen und Zweige brechen – ein Anzeichen, daß sich die Wilden trennten, um die verlorene Spur wieder aufzufinden. Zum Glück für die Verfolgten war das Mondlicht, das einen milden Schimmer über die Lichtung vor der Ruine verbreitete, nicht stark genug, die dichten Waldgewölbe zu durchdringen: alle Gegenstände lagen noch in trügerischem Schatten. Die Spurensuche blieb erfolglos; zu unvermittelt waren die Reisenden von ihrem Pfad abgebogen; die Spur ihrer Fußtritte hatte sich in der Dunkelheit der Wälder verloren.

Nicht lange jedoch währte es, so hörte man die rastlos umherspähenden Wilden durch das Gestrüpp brechen und sich dem inneren Kreis von jungen Kastanienbäumen nähern, welche den kleinen Platz umgaben.

»Sie kommen«! murmelte Heyward, indem er seine Büchse zwischen zwei Baumstämmen durchzustecken suchte. »Wir wollen bei ihrer Annäherung Feuer geben.«

»Haltet Euch um Gotteswillen zurück«, sagte der Kundschafter. »Das

Schnappen des Feuersteins oder selbst der Geruch eines einzigen Pulverkorns auf der Zündpfanne würde sie uns wie hungrige Wölfe auf den Hals bringen. Sollte es Gott gefallen, daß wir für unsere Skalpe kämpfen müssen, so vertraut auf die Erfahrung von Männern, die die Gebräuche der Wilden kennen und ihnen nicht gleich den Rücken zukehren, wenn das Kriegsgeschrei ertönt.«

Duncan blickte zurück und sah, wie die zitternden Schwestern sich in einem fernen Winkel des Gebäudes aneinanderschmiegten, indes die Mohikaner gleich zwei aufrechten Pfeilern im Schatten standen, bereit loszufeuern, sobald es nötig sein würde. Seine Ungeduld bekämpfend, blickte er wieder durch die Lücke auf die freie Fläche und erwartete schweigend, was geschehen würde. In diesem Augenblick teilte sich das Dickicht, und ein großer, bewaffneter Hurone machte einige Schritte auf die offene Fläche. Während er das stille Blockhaus betrachtete, fiel das volle Mondlicht auf seine dunklen Züge und verriet sein Erstaunen und seine Neugierde. Er ließ einen Ruf hören, der das Erstaunen eines Indianers stets zu begleiten pflegt, und rief dann mit leiser Stimme einen Gefährten zu sich.

Die Kinder der Wälder standen einige Augenblicke still, indem sie auf das verfallene Gebäude deuteten und sich in der unverständlichen Sprache ihres Stammes miteinander unterhielten. Jetzt näherten sie sich mit langsamen, vorsichtigen Schritten, indem sie jeden Augenblick innehielten und das Gebäude anstarrten, gleich scheuen Damhirschen, in denen Neugier und Furcht miteinander streiten. Plötzlich stieß einer mit dem Fuß an den Erdhügel und untersuchte ihn. In diesem Augenblick bemerkte Heyward, daß der Kundschafter sein Messer in der Scheide lockerte und den Hahn seiner Büchse spannte. Der junge Mann folgte seinem Beispiel, denn der Kampf schien jetzt unvermeidlich.

Die Wilden waren so nahe, daß die geringste Bewegung eines der Pferde oder selbst ein stärkerer Atemzug die Flüchtlinge verraten hätte. Die Untersuchung des Erdhügels schien jedoch die Aufmerksamkeit der Huronen ganz und gar zu beanspruchen. Sie sprachen miteinander; aber ihre Stimmen klangen so tief und feierlich, als hätte sie ein Gefühl der Ehrfurcht und geheimen Scheu ergriffen. Sie zogen sich vorsichtig zurück, indem sie ihre Augen auf die Ruine gerichtet hielten, als erwarteten sie Geister der Toten aus den schweigsamen Räumen emporschweben zu sehen. Endlich erreichten sie den Saum des freien Platzes, traten langsam in das Dickicht zurück und verschwanden.

Falkenauge ließ den Kolben seiner Büchse auf die Erde sinken und sprach, lang und tief ausatmend, in kaum hörbarem Geflüster:

»Ja, sie scheuen die Toten, und das hat ihnen und vielleicht besseren Menschen, als sie es sind, das Leben gerettet.«

Heyward hörte ihn zwar, antwortete aber nicht, sondern wandte sich denen zu, die ihn in diesem Moment mehr angingen. Er hörte, wie die beiden Huronen das Gebüsch verließen. Die ganze Schar hatte sich, wie jetzt deutlich zu vernehmen war, um sie versammelt, um mit gespannter Begierde ihren Bericht zu vernehmen. Nach wenigen Minuten ernster und feierlicher Beratung, die sehr verschieden war von dem Lärm, mit dem sie sich bei ihrem Eintreffen um die Stelle versammelt hatten, wurden die Töne schwächer, klangen entfernter und verloren sich endlich in den Tiefen des Waldes. Falkenauge wartete, bis eine Handbewegung des lauschenden Chingachgook ihm die Gewißheit gab, daß kein Laut mehr von den Abziehenden zu hören war, und machte dann Heyward ein Zeichen, die Pferde herbeizuführen und den Schwestern in den Sattel zu helfen. Sobald dies geschehen war, verließen sie den Ort in der entgegengesetzten Richtung ihres Kommens. Die beiden Schwestern warfen verstohlene Blicke auf das stille Grabmal und auf das verfallene Blockhaus, als sie aus dem sanften Mondlicht traten, um in die düsteren Tiefen der Wälder einzutauchen.

Vierzehntes Kapitel

Sie ließen das Blockhaus schnell hinter sich. Dabei sprach niemand ein Wort, denn der glückliche Ausgang des Geschehens bewegte sie noch immer. Der Kundschafter nahm seinen alten Platz an der Spitze des Zuges wieder ein, doch seine Schritte waren, selbst als eine erhebliche Entfernung zwischen ihnen und ihren Feinden lag, bedächtiger als bei ihrem früheren Marsch, auch da er die Örtlichkeit der ihn umgebenden Wälder nicht kannte. Mehr als einmal machte er halt, um mit seinen Gefährten, den Mohikanern, zu Rate zu gehen, wobei er zum Mond hinaufwies und die Rinden der Bäume sorgfältig untersuchte. In diesen kurzen Pausen lauschten Heyward und die Schwestern mit doppelt geschärften Sinnen, ob nicht irgendein Laut die Nähe ihrer Feinde anzeigte. In solchen Augenblicken war ihnen, als ob hier ein weites Land in ewigem Schlaf liege. Nicht der geringste Laut ließ sich im Wald hören, außer dem entfernten und kaum hörbaren Murmeln eines Baches. Vögel, Tiere und Menschen schienen, wenn es überhaupt welche in der Wildnis gab, zu schlummern. Doch das Murmeln des Baches, obgleich schwach und leise, machte der Unsicherheit ihrer Führer ein Ende und bewog sie, sich in diese Richtung zu wenden. Als die Ufer des kleinen Flusses erreicht waren, machte Falkenauge noch einmal halt, nahm die Mokassins von den Füßen und lud Heyward und Gamut ein, das gleiche zu tun. Hierauf wateten sie in das Wasser, und fast eine halbe Stunde gingen sie im Bett des Flusses, um keine Spur zu hinterlassen. Der Mond war bereits hinter einer Masse ungeheurer, schwarzer, über dem westlichen Horizont hängender Wolken versunken, als sie aus dem flachen und windungsreichen Gewässer stiegen, um wieder auf die sandige, aber bewaldete, höhergelegene Fläche zu gelangen. Hier schien der Kundschafter wieder zu Hause zu sein. Er verfolgte seinen Weg so sicher und schnell wie einer, der seiner Ortskenntnis vollkommen vertrauen kann. Der Pfad wurde bald unebener. Die Reisenden sahen sich von beiden Seiten immer enger von Bergen eingeschlossen und spürten, daß sie bald in eine Gebirgsschlucht kommen würden. Plötzlich hielt Falkenauge an, wartete, bis die ganze Reisegesellschaft beisammen war, und sagte dann in leisem, vorsichtigem Ton, den die Ruhe und das Dunkel des Platzes noch feierlicher machten:

»Es ist leicht in der Wildnis die Pfade zu kennen, und die Licks und die Strombetten zu finden. Aber wer kann sagen, ob nicht hinter jenen stillen Bäumen und öden Bergen ein mächtiges Heer lagert?«

»Sind wir denn so nahe bei William Henry?« fragte Heyward, auf den Kundschafter zutretend.

»Es ist noch ein langer und ermüdender Weg dahin; aber wann und wie wir ihn angehen sollen, ist jetzt die Hauptfrage. Seht!« fuhr er fort und deutete durch die Bäume auf einen Punkt, wo ein kleines Wasserbecken den Glanz der Sterne auf seiner ruhigen Fläche widerspiegelte. »Das ist der ›Blutteich‹. Ich bin hier auf einem Boden, auf dem ich nicht nur oft gewandelt bin, sondern mich auch vom Aufgang der Sonne bis zum Untergang mit dem Feind herumgeschlagen habe.«

»Ha! So ist denn jenes düstere Wasser das Grab der wackeren Männer, die in dem Kampf gefallen sind. Ich habe davon gehört, bin aber nie zuvor an das Gewässer gekommen.«

»Drei Schlachten lieferten wir hier den Holländern und Franzosen an einem Tag«, fuhr Falkenauge fort, mehr dem Gang seiner Gedanken folgend, als auf Duncans Bemerkung antwortend. »Der Feind stieß auf uns, als wir gerade auszogen, seiner Vorhut einen Hinterhalt zu legen, und trieb uns wie gescheuchtes Wild durch den Engpaß bis an die Ufer des Horican. Hier sammelten wir uns wieder hinter einer Barrikade von gefällten Bäumen und stellten uns ihm unter Sir William entgegen, der für diese Waffentat erst zu Sir William wurde, und zahlten ihm tüchtig heim für unsere Niederlage am Morgen. Hunderte von Franzosen sahen an dem Tag die Sonne zum letztenmal, und selbst ihr Anführer

Dieskau[1] fiel in unsere Hände, so zusammengeschossen und verwundet, daß er, zu weiterem Kriegsdienst unfähig, in sein Vaterland zurückkehren mußte.«

»Das war ein ruhmvoller Tag!« rief Heyward in der Hitze seines jugendlichen Feuers. »Sein Ruf verbreitete sich schnell bis zu unserem Heer im Süden.«

»Ja, es hatte aber damit noch nicht ein Ende. Ich wurde auf Sir Williams ausdrücklichen Befehl von Major Effingham abgesandt, die Flanke der Franzosen zu umgehen und die Nachricht von ihrer Niederlage über den Bergrücken hin in das Fort am Hudson zu überbringen. Gerade dort, wo Ihr die Bäume auf der Anhöhe wachsen seht, traf ich auf ein Hilfscorps und führte es an den Ort, wo der Feind gerade sein Mittagsmahl hielt und sich nicht träumen ließ, daß sein blutiges Tagewerk nicht zu Ende sei.«

»Und Ihr überfielt sie?«

»Wenn der Tod ein Überfall für Leute ist, die bloß daran denken, ihren Magen zu füllen. Wir ließen ihnen keine Zeit zum Besinnen. Denn sie hatten uns in dem Kampf am Morgen auch übel mitgespielt; und nur wenige waren unter uns, die nicht einen Freund oder Verwandten durch sie verloren hatten. Als alles vorbei war, wurden die Toten, und einige sagen, sogar die Sterbenden, in den kleinen Teich dort geworfen. Mit meinen eignen Augen sah ich das Wasser so mit Blut gefärbt, wie nie Wasser aus den Eingeweiden der Erde kommt.«

»Ein passendes und hoffentlich friedliches Grab für einen Soldaten! Ihr habt also auf dieser Grenze viele Treffen mitgemacht?«

»Ich?« sprach der Kundschafter, indem er sich mit einem Ausdruck militärischen Stolzes zu seiner vollen Höhe erhob. »Es gibt wenige Echos in diesen Bergen, die nicht widerhallten vom Knall meiner Büchse, und Ihr werdet kaum eine Quadratmeile zwischen dem Horican und dem Fluß finden, wo nicht mein Wildtöter einem lebendigen Wesen, sei es Feind oder wildes Tier, den Garaus gemacht hat. Ob das Grab da drunten so ruhig ist, wie Ihr meint, ist eine andere Frage. Es gibt Leute im Lager, die meinen, wenn ein Mann ruhig im Grab liegen soll, so dürfe man ihn nicht hineinlegen, wenn noch Leben in seinem Leibe ist. Und so viel ist gewiß: die Ärzte hatten nur wenig Zeit zu bestimmen, wer tot oder lebendig war. – Still! Seht Ihr nicht etwas am Ufer des Teiches umherlaufen?«

»Es ist nicht wahrscheinlich, daß sich jemand so heimatlos wie wir in diesem öden Wald befindet.«

1 Baron Dieskau, ein Deutscher im Dienste Frankreichs. Wenige Jahre vor der Zeit der Erzählung wurde dieser Offizier von Sir William Johnson aus Johnstown, New York, am Ufer des Lake George geschlagen. (Anm. d. Übersetzers, 1841)

»Solch einer wie der fragt wenig nach Haus und Obdach, und der Nachttau tut dem nichts, der den Tag im Wasser des Teiches zubringt«, entgegnete der Kundschafter. Dabei packte er Heywards Schulter so krampfhaft, daß der junge Krieger mit Schmerzen fühlte, wie sehr abergläubische Furcht über diesen sonst so unerschrockenen Mann die Oberhand gewonnen hatte.

»Bei Gott! Es ist eine Menschengestalt und kommt auf uns zu! Die Waffen bereit, meine Freunde! Wir wissen nicht, mit wem wir es zu tun haben.«

»Qui vive?« fragte eine strenge, harte Stimme, die an diesem einsamen Platz wie ein Ruf aus einer anderen Welt klang.

»Was will er?« flüsterte der Kundschafter. »Er spricht weder indianisch noch englisch.«

»Qui vive?« wiederholte dieselbe Stimme, und die Worte wurden vom Gerassel von Waffen und einer drohenden Bewegung begleitet.

»France«, rief Heyward, indem er aus dem Schatten der Bäume trat und sich am Ufer des Teiches der Schildwache bis auf wenige Schritte näherte.

»Woher kommt Ihr? Wohin wollt Ihr so früh?« fragte der Grenadier in der Sprache und mit dem Akzent eines Mannes aus Altfrankreich.

»Ich komme vom Rekognoszieren und will mich wieder niederlegen.«

»Seid Ihr ein Offizier des Königs?«

»Natürlich, Kamerad; hältst du mich für einen Krieger aus den Provinzen? Ich bin Hauptmann bei den Jägern.« Heyward wußte wohl, daß der andere von einem Linienregiment war. »Ich habe die Töchter des Festungskommandanten bei mir. Sicher hast du davon gehört – ich nahm sie in der Nähe des anderen Forts gefangen und bringe sie zum General.«

»Meiner Treu, meine Damen, das tut mir leid für Sie!« rief der junge Soldat, seine Mütze mit Anstand berührend. »Aber so geht's im Krieg. Sie werden finden, welch tüchtiger Mann unser General ist und wie höflich gegen Frauen.«

»Das zeichnet einen guten Soldaten aus«, versetzte Cora mit bewundernswürdiger Geistesgegenwart und ebenfalls französisch. »Lebe wohl, Freund, ich wünschte, Ihr hättet angenehmere Pflichten zu erfüllen!« Der Soldat salutierte höflich. Nach einem »Gute Nacht, Freund!« von Heyward zogen die Reisenden langsam weiter. Die Schildwache, welche wieder am Ufer des Teiches auf und ab ging und sich sicher nicht vorstellen konnte, daß ihn ein Feind so unverfroren übertölpeln würde, trällerte beim Anblick der Frauen, der vielleicht Erinnerungen an sein fernes und schönes Frankreich in ihm weckte, die

»Wer da?«

Strophen eines Liedes, das mit den Worten anfängt: Vive le vin, vive l'amour.

»Das war gut, daß Ihr den Schurken verstanden habt!« flüsterte der Kundschafter, als sie sich ein wenig entfernt hatten, und ließ seine Büchse in die Biegung seines Armes sinken. »Ich sah gleich, daß es einer von den unangenehmen Franzmännern war; und er tat wohl daran, daß er so freundlich sprach, sonst hätte er einen Platz unter den Gebeinen seiner Landsleute gefunden.«

Hier unterbrach ihn ein langes und heftiges Stöhnen, das aus dem kleinen Wasserbecken zu kommen schien, als ob die Geister der Hingeschiedenen um ihr Wassergrab spukten.

»Offenbar ist er doch aus Fleisch und Bein«, fuhr der Kundschafter fort, »kein Geist hätte sein Gewehr so fest handhaben können.«

»Er *war* aus Fleisch und Bein, aber ob der arme Kerl noch dieser Welt angehört, möchte ich bezweifeln«, erwiderte Heyward, als er sich umblickte und Chingachgook in ihrem kleinen Zug vermißte. Ein zweites Stöhnen, schwächer als das erste, folgte, dann ein lauter, unheimlicher Sturz in das Wasser, und alles war wieder still, als ob die Ufer dieses düsteren Teiches seit der Schöpfung nie in ihrer Ruhe gestört worden wären. Während sie noch in Ungewißheit waren, sahen sie die Gestalt des Indianers aus dem Dickicht gleiten. Als der Häuptling wieder zu ihnen kam, befestigte er den noch rauchenden Skalp des unglücklichen jungen Franzosen an seinem Gürtel und steckte auf der anderen Seite das Messer und den Tomahawk, mit seinem Blut gefärbt, an ihre Stelle zurück. Chingachgook nahm seinen gewöhnlichen Platz wieder ein mit der Miene eines Mannes, der ein verdienstliches Werk verrichtet zu haben glaubte. Der Kundschafter ließ den Schaft seiner Büchse auf die Erde sinken, und mit den Händen auf den Lauf gestützt, stand er eine Weile in tiefem Nachdenken. Dann schüttelte er traurig den Kopf und murmelte vor sich hin: »Von einer Weißhaut wäre das eine grausame, unmenschliche Handlung gewesen; aber für den Indianer lag sie in der Natur: das läßt sich, glaube ich, wohl nicht leugnen. Lieber wollte ich, es wäre einem verfluchten Mingo begegnet als dem lustigen Jungen aus den alten Landen!«

»Genug«, entgegnete Heyward, besorgt, die arglosen Schwestern könnten den Grund dieses Aufenthalts erraten, während er seinen Abscheu durch ähnliche Betrachtungen wie der Jäger niederkämpfte; »es ist einmal geschehen und läßt sich nicht mehr ändern, obgleich es besser unterblieben wäre. Wir sind, wie Ihr seht, offenbar in die Vorpostenlinie der Feinde geraten. Welchen Weg gedenkt Ihr nun einzuschlagen?«

»Ja«, versetzte Falkenauge und richtete sich wieder auf, »ja, so ist es, wir dürfen es uns nicht verhehlen: die Franzosen haben das Fort wirklich eingeschlossen, und eine kitzlige Sache ist es, da durchzukommen.«

»Und nur wenig Zeit bleibt uns dazu!« fügte Heyward bei, indem er seine Augen auf den Dunst richtete, der den untergehenden Mond verbarg.

»Und nur wenig Zeit dazu!« wiederholte der Kundschafter. »Die Sache läßt sich mit Hilfe der Vorsehung auf zweierlei Weise angehen, einen dritten Ausweg weiß ich nicht.«

»Nennt sie schnell! Die Zeit drängt.«

»Die eine wäre, wir ließen die Frauenzimmer absteigen, ihre Tiere auf der Ebene weiden, schickten die Mohikaner voraus, brächen eine Bahn durch die Schildwachen und zögen über deren Leichen in das Fort ein.«

»Das geht nicht! Das geht nicht!« unterbrach der hochherzige Heyward; »ein Soldat könnte sich vielleicht so durchschlagen, aber nicht in solcher Begleitung.«

»Es wäre allerdings ein blutiger Pfad, auf dem die zarten Füße gehen müßten«, erwiderte mit ähnlichem Widerstreben der Kundschafter; »aber ich glaubte, ihn als Mann zur Sprache bringen zu müssen. Im andern Fall müssen wir wieder zurück, um aus dem Bereich ihrer Vorposten zu kommen. Wir wenden uns nach Westen und gehen in die Berge, wo ich euch monatelang so verbergen will, daß alle Teufelshunde Montcalms euch vergeblich suchen werden.«

»Machen wir es doch, und zwar augenblicklich!«

Weitere Worte waren nicht vonnöten: denn Falkenauge rief: »Folgt mir!« und wendete sich auf den Weg zurück, der sie in diese mißliche und gefährliche Lage gebracht hatte. Sie gingen still und vorsichtig vorwärts, ohne das geringste Geräusch: denn mit jedem Augenblick mußten sie befürchten, einer Patrouille oder einem verborgenen Posten zu begegnen. Während sie schweigend den Teich passierten, warfen Heyward und der Kundschafter verstohlene Blicke in das unheimliche Dunkel. Vergeblich suchten sie die Gestalt, die soeben noch an seinen stillen Ufern auf und ab gegangen war, während ein leises und regelmäßiges Anschlagen kleiner Wellen zeigte, daß das Wasser sich noch nicht wieder beruhigt hatte: ein erschreckender Beweis für die blutige Tat, die so kurz zuvor in ihrem Bereich verübt worden war. Schnell ließen sie den Teich und den Ort des düsteren Geschehens hinter sich.

Falkenauge wich bald von der Richtung ab, der sie bisher auf ihrem Rückweg gefolgt waren, wendete sich aufwärts gegen die Berge, die die westliche Grenze der kleinen Ebene bildeten, und führte seine Begleiter mit schnellen Schritten tief hinein in die Schatten, die von den hohen und steilen Gipfeln fielen. Der Weg wurde jetzt beschwerlich, da der Boden bald über ungeheure Felsmassen lief, bald von tiefen Schluchten durchschnitten war. Sie kamen nur langsam voran. Indes fühlten sie sich für ihre Anstrengung entschädigt durch ein Gefühl der Sicherheit, das ihnen die Berge ringsum einflößten. Endlich begannen sie einen steilen Pfad hinaufzusteigen. Er wand sich zwischen Felsen und Bäumen, umging die einen, nutzte die andern, und man sah ihm an, daß er von Männern geschaffen wurde, die mit der Wildnis eng vertraut waren.

Als sie sich allmählich über den Talgrund erhoben, begann sich die dichte Finsternis, die gewöhnlich dem nahenden Tag vorangeht, zu zerstreuen, und die Gegenstände in der Ebene erschienen in den klaren und deutlichen Farben, die ihnen die Natur verliehen hatte. Als sie aus dem Gehölz verkrüppelter Bäume, die sich um die kahlen Wände des Gebirges zogen, auf einen flachen, moosbewachsenen Felsen, der den Gipfel bildete, heraustraten, begrüßte sie die Morgenröte über einem Kranz grüner Fichten von der anderen Seite des Tals. Der Kundschafter ließ die Schwestern absteigen, nahm den ermüdeten Tieren Zaum und Sattel ab und ließ sie in voller Freiheit das Gestrüpp und die kärglich vorhandenen Kräuter dieser hohen Region abweiden.

»Geht«, sagte er, »sucht euer Futter, wo die Natur es euch anweist, und nehmt euch in acht, daß ihr auf diesen Hügeln nicht selbst ein Futter der Wölfe werdet!«

»Brauchen wir sie nicht mehr?« fragte Heyward.

»Seht und überzeugt Euch selbst«, antwortete der Kundschafter, indem er an den östlichen Rand des Berges trat und den andern winkte, ihm zu folgen. »Wenn es so leicht wäre, in das Herz des Menschen zu blicken, wie man von diesem Punkt aus erspähen kann, was mitten in Montcalms Lager vorgeht, so gäbe es wenig Heuchler, und die Arglist der Mingos wäre im Vergleich mit der Ehrlichkeit eines Delawaren verlorenes Spiel.«

Als die Reisenden den Rand des Absturzes erreichten, sahen sie mit einem Blick, daß der Kundschafter nicht unrecht hatte, und bewunderten seine Vorsicht in der Wahl dieses Platzes.

Der Berg, auf dem sie standen, erhob sich vielleicht tausend Fuß über der Niederung gleich einem ungeheuren Kegel und trat ein wenig aus der Bergkette hervor, die sich meilenweit an den westlichen Ufern des Horican-Sees hinzieht, bis sie ihre Schwestergipfel jenseits der Wasser erreicht und in wild durcheinandergewürfelten, schroffen Felsmassen, spärlich mit immergrünen Gewächsen bedeckt, nach Kanada hin ausläuft. Unmittelbar unter ihren Füßen beschrieb das Südufer des Sees einen großen Halbkreis von einem Berg zum andern und bildete ein weites Gestade, aus dem sich eine hüglige, hochgelegene Fläche erhob. Gegen Norden erstreckte sich der klare und, wie es von dieser schwindligen Höhe schien, schmale Spiegel des Heiligen Sees in unzählige Buchten ausgezackt, durch phantastische Formen von Vorgebirgen umkränzt und mit zahllosen Inseln besät. In der Entfernung von einigen Meilen verlor sich das Bett des Sees zwischen Bergen oder wurde durch eine Dunstmasse bedeckt, welche von einer leichten Morgenluft langsam über seine Fläche hergetrieben wurde. Eine Senke zwischen den Kämmen des Gebirges deutete den Ausgang an, durch den der See seinen weiteren Weg nach Norden fand und noch einmal seine klaren Fluten ausbreitete, ehe er dem fernen Champlain seinen Tribut zollte. Gegen Süden lag die Schlucht oder vielmehr die bewaldete Ebene, die oft schon erwähnt wurde. Mehrere Meilen entfernt, in der gleichen Richtung, senkten sich die Berge, anscheinend ungern ihre Herrschaft aufgebend, und liefen in die sandigen Ebenen aus, über welche wir unsere Abenteurer auf ihrer zweifachen Reise begleitet haben. An beiden Bergreihen, welche die gegenüberliegenden Seiten von See und Tal begrenzten, stiegen Dunstwolken in Windungen aus den unwirtlichen Wäldern wie Rauch aus verborgen liegenden Hütten empor oder trieben langsam die Abhänge hinab, um sich mit dem Nebel der Niederungen zu verbinden. Eine einzelne schneeweiße Wolke schwamm über dem Tal, genau dort, wo der stille Blutteich lag.

Gerade am Ufer des Sees, etwas mehr gegen den westlichen als den östlichen Rand hin, lagen die ausgedehnten Erdwälle und die niedrigen Gebäude von William Henry. Zwei der Hauptbastionen schienen aus dem Wasser aufzutauchen, während ein tiefer Graben und ausgedehnte Sümpfe die anderen Seiten verteidigten. Das Land war auf eine beträchtliche Strecke rings um die Festungswerke der Bäume beraubt, sonst aber lag der ganze Schauplatz in dem grünen Kleid der Natur, ausgenommen dort, wo die klaren Gewässer den Gesichtskreis begrenzten oder steile Felsen ihre schwarzen, kahlen Häupter über die Wellenlinien der Gebirgsketten erhoben. Vor dem Fort waren hier und da Schildwachen zu sehen, die ihre zahlreichen Feinde aufmerksam zu beobachten schienen, und innerhalb der Wälle erblickten die Reisenden Soldaten, die offenbar nach durchwachter Nacht in Schlummer gesunken waren. Gegen Südosten, aber in unmittelbarer Nähe des Forts, stand auf einer Felsenanhöhe ein verschanztes Lager, auf einem Punkt, den man weit geeigneter für das Fort selber gewählt hätte. Hier befanden sich, wie Falkenauge sagte, die Hilfstruppen, die erst kürzlich in ihrer Gesellschaft den Hudson verlassen hatten. Aus den Wäldern, ein wenig weiter gegen Süden, stiegen zahlreiche schwarze und finstere Rauchsäulen auf, die man von den reineren Dunstschwaden der

Quellen leicht unterscheiden konnte: nach der Aussage des Kundschafters sichere Zeichen, daß der Feind sich dort in großer Zahl gelagert hatte.

Am meisten aber fesselte den jungen Krieger ein Schauspiel, das sich an der südwestlichen Ecke des Sees darbot. Auf einem Streifen Land, das von seinem Standpunkt aus zu schmal schien für ein beträchtliches Truppencorps, sich aber in Wahrheit mehrere tausend Fuß von den Ufern des Horican bis an den Fuß des Berges erstreckte, sah man weiße Zelte und Waffen für ein Lager von zehntausend Mann. Davor waren bereits Batterien aufgestellt, und während die Zuschauer mit verschiedenen Gefühlen auf die Szene herabblickten, die, einer Landkarte gleich, vor ihren Füßen ausgebreitet lag, erscholl bereits der Donner einer Artilleriesalve aus dem Tal herauf und wurde vom Echo der östlichen Berge vielfach wiederholt.

»Da unten fängt's nachgerade an zu tagen«, sagte der bedächtige und nachdenkliche Kundschafter, »und die Wachenden wollen die Schläfer mit Kanonendonner wecken. Wir sind um ein paar Stunden zu spät gekommen. Montcalm hat bereits die Wälder mit seinen vermaledeiten Irokesen besetzt.«

»Der Platz ist in der Tat eingeschlossen«, bemerkte Duncan; »aber bleibt uns denn gar kein Mittel, um hineinzukommen? Besser noch, innerhalb der Festung gefangengenommen zu werden, als den herumschwärmenden Indianern in die Hände zu fallen.«

»Seht!« rief der Kundschafter und lenkte die Aufmerksamkeit Coras unwillkürlich auf das Quartier ihres eigenen Vaters, »wie dieser Schuß die Steine aus dem Haus des Kommandanten emporgeschleudert hat! Ja, diese Franzosen werden es, so solide und massiv es ist, in kürzerer Zeit zusammenschießen, als es aufgebaut wurde.«

»Heyward, ich sterbe beim Anblick einer Gefahr, die ich nicht teilen kann!« sagte die unerschrockene, aber besorgte Tochter. »Gehen wir zu Montcalm und bitten ihn, uns einzulassen. Er wird es nicht wagen, der Tochter die Bitte abzuschlagen.«

»Ihr würdet schwerlich noch mit einem Haar auf dem Kopf in das Zelt des Franzmannes kommen!« entgegnete der derbe Jäger. »Wenn ich nur eines der tausend Boote hätte, die leer am Ufer liegen, dann ließe es sich noch machen. Ha! Bald wird es mit ihrem Schießen ein Ende haben: dort kommt ein Nebel, der den Tag zur Nacht machen wird. Dann ist ein Indianerpfeil gefährlicher als eine Kanone. Jetzt, wenn ihr euch getraut und mir folgen wollt, machen wir einen Versuch, uns durchzuschlagen. Denn es verlangt mich recht, ins Lager zu kommen, und wär's auch nur, um die Mingohunde auseinanderzutreiben, die ich da unten in dem Birkendickicht lauern sehe.«

»Wir sind bereit!« antwortete Cora mutig. »Mit einem solchen Ziel vor Augen trotzen wir jeglicher Gefahr!«

Der Kundschafter wandte sich mit dem Lächeln aufrichtigen und herzlichen Beifalls zu ihr und antwortete:

»Ich wollte, ich hätte tausend Mann mit tüchtigen Armen und scharfen Augen, die den Tod so wenig fürchteten wie Ihr! Ich wollte diese schnatternden Franzosen, ehe noch eine Woche um wäre, in ihr Nest zurückgejagt haben, daß sie heulen sollten wie Hunde an der Kette oder wie hungrige Wölfe. Aber vorwärts!« fuhr er fort und wendete sich damit an die übrigen. »Der Nebel kommt so schnell, daß wir Mühe haben werden, noch in seinem Schutz die Ebene zu durchqueren. Und denkt daran, daß ihr, falls mir was Menschliches begegnet, den Wind immer auf der linken Wange behaltet – oder folgt den Mohikanern, die finden ihren Weg so gut bei Nacht wie bei Tag.«

Er winkte ihnen jetzt mit der Hand, ihm zu folgen, und eilte mit weiten, aber vorsichtigen Schritten den steilen Hang hinab. Heyward stützte die Schwestern, und in wenigen Minuten waren sie am Fuß des Berges, den sie mit so viel Mühe und Anstrengung erklommen hatten.

Der von Falkenauge eingeschlagene Weg brachte die Reisenden bald auf die Ebene, gerade gegenüber eines an der Westseite des Forts gelegenen Ausfalltors, das nicht weiter als eine halbe Meile entfernt vor ihnen lag. Dort hielt er inne, um Duncan Zeit zu lassen, mit seinen Begleiterinnen nachzukommen. Von Ungeduld getrieben und durch die Beschaffenheit des Bodens begünstigt, waren sie dem Nebel, der nur langsam über den See herankam, vorausgeeilt und mußten deshalb warten, bis er das Lager in seinen dichten Mantel eingehüllt hatte. Die beiden Mohikaner nutzten den Aufschub, um sich aus der Waldung zu schleichen und die Umgebung auszukundschaften. Ihnen folgte in einiger Entfernung Falkenauge, um schneller zu erfahren, was sie gesehen hatten und selbst seine Beobachtungen zu machen. In wenigen Minuten kehrte er zurück, rot vor Ärger und heftig schimpfend.

»Da haben die listigen Franzosen uns eine Wache gerade in den Weg gestellt«, sagte er; »Rothäute und Weiße; und wir können im Nebel ebensogut mitten unter sie geraten wie an ihnen vorbeikommen.«

»Können wir keinen Umweg machen, um der Gefahr zu entgehen?« fragte Heyward. »Und später wieder, wenn wir sie passiert haben, auf unsern Weg zurückkommen?«

»Wenn einer im Nebel einmal von der geraden Linie abweicht, kann er nie wissen, wann und ob er sie wiederfindet. Die Nebel des Horican sind nicht die Rauchwölkchen aus einer Tabakspfeife oder der Rauch eines Musketenschusses!«

Er sprach noch, als sich ein furchtbarer Knall vernehmen ließ, eine

Kanonenkugel in das Dickicht und in den Stamm eines jungen Baumes schlug und, da ihre Kraft dadurch gebrochen war, von der Erde zurückprallte. Fast zur selben Zeit wie dieser schreckliche Bote tauchten die Indianer wieder auf, und Uncas begann unter lebhaften Gebärden eifrig in der Sprache der Delawaren zu reden.

»So könnte es gehen, Junge«, murmelte der Kundschafter, als jener mit seiner Erzählung zu Ende war; »hitzige Fieber kann man nicht wie Zahnweh behandeln. So kommt denn! Der Nebel ist da.«

»Halt!« rief Heyward; »sagt mir vorher, ob Ihr Hoffnung habt!«

»Das ist schnell gesagt: die Hoffnung ist nicht groß«, erwiderte der Kundschafter, »aber es ist besser als nichts. Die Kugel hier«, fuhr der Kundschafter fort, indem er das nun harmlose Eisen mit dem Fuß anstieß, »hat die Erde auf seinem Weg vom Fort aufgepflügt. Wir können dieser Spur folgen, wenn alle anderen Zeichen trügen. Keine Worte mehr! Folgt mir, sonst verläßt uns der Nebel mitten auf dem Weg, und man schießt von beiden Heeren auf uns.«

Heyward erkannte, daß nun wirklich der entscheidende Augenblick gekommen war, wo gehandelt, nicht gesprochen werden mußte. Er trat zwischen die beiden Schwestern, um ihre Schritte zu beschleunigen, und behielt dabei die kaum sichtbare Gestalt ihres Führers im Auge. Bald zeigte sich, daß Falkenauge die Stärke des Nebels nicht überschätzt hatte: denn kaum waren sie fünfzig Schritte weit gegangen, als sie ihre verschiedenen Reisegefährten in dem Dunst nicht mehr zu unterscheiden vermochten.

Sie hatten einen kleinen Bogen nach links gemacht, wollten eben wieder nach rechts einbiegen und hatten damit, wie Heyward glaubte, schon den halben Weg zur rettenden Festung zurückgelegt. Da drang aus unmittelbarer Nähe ein schrecklicher Ruf an ihr Ohr: »Qui va là?«

»Vorwärts!« flüsterte der Kundschafter und wendete sich wieder links.

»Vorwärts!« wiederholte Heyward, als der Ruf von einem Dutzend Stimmen in drohendem Ton wiederholt wurde.

»Ich«, rief Duncan französisch, indem er die Schwestern mit sich fortzog.

»Dummkopf! – welcher Ich?«

»Freund von Frankreich!«

»Du scheinst mir eher ein Feind von Frankreich! Halt! – Nein? Bei Gott, ich will dich mit dem Teufel gut Freund machen! Kameraden, Feuer!«

Der Befehl wurde augenblicklich befolgt, und durch den Nebel dröhnte das Krachen von fünfzig Musketen. Zum Glück hatte man ins Blaue geschossen. Die Kugeln pfiffen aber doch so nahe, daß es den ungeübten Ohren Davids und der beiden Mädchen dünkte, sie pfiffen nur ein paar Zoll vorüber. Der Ruf erscholl abermals, und dann hörte man den Befehl, die Verfolgung aufzunehmen. Als Heyward kurz den Sinn des Gehörten erklärt hatte, befahl Falkenauge Halt und sagte entschlossen und fest:

»Laßt uns das Feuer erwidern. Dann glauben sie, es sei ein Ausfall. Sie werden sich zurückziehen oder auf Verstärkung warten.«

Der Plan war gut, jedoch er mißglückte. Sobald die Franzosen die Gewehrsalve hörten, war es, als ob die ganze Gegend lebendig würde. Man hörte das Geräusch schußbereit gemachter Gewehre vom Seeufer bis an die äußerste Grenze des Waldes.

»Wir kriegen das ganze Heer auf den Hals und führen einen allgemeinen Sturm herbei«, sprach Duncan; »voran, mein Freund, wenn Euch Euer Leben lieb ist.«

Der Kundschafter wollte dem Rat folgen, aber in der Verwirrung des Augenblicks hatte er seine Stellung verändert und die Richtung verloren. Vergeblich hielt er seine Wangen gegen den Wind; nicht das leiseste Lüftchen wehte mehr. In dieser Not entdeckte Uncas die Furche der Kanonenkugel, die hier die Spitzen von drei nahe aneinanderliegenden Ameisenhaufen weggerissen hatte.

»Laßt mich mal schauen!« sagte Falkenauge, bückte sich, um deren Richtung zu erkennen, und setzte rasch seinen Weg fort.

Geschrei, Flüche, rufende Stimmen, Flintenschüsse jagten sich, wie es schien, von allen Seiten. Plötzlich erleuchtete ein greller Feuerstrahl die Szene, der Nebel stieg in dichten Wirbeln empor, mehrere Kanonenschüsse fielen, und das Echo der Berge wiederholte vielstimmig den Donner des Geschützes.

»Das ist aus dem Fort!« rief Falkenauge und blieb plötzlich stehen. »Und wir laufen, wie mit Blindheit geschlagen, in den Wald, zu den Maquas in die Messer.«

Sobald sie den Irrtum erkannt hatten, bemühten sie sich, ihn wieder gutzumachen. Duncan überließ es Uncas, Cora zu führen, und sie nahm diesen Beistand bereitwillig an. Offenbar verfolgte sie eine große Anzahl von Soldaten, und jeden Augenblick drohte Gefangenschaft, wenn nicht sogar Verderben.

»Keinen Pardon den Schuften!« rief ein eifriger Verfolger, der die Bewegungen der Feinde zu leiten schien.

»Steht fest und bereit, meine Tapferen vom sechzigsten Regiment!« rief plötzlich eine Stimme über ihnen. »Wartet, bis ihr die Feinde seht; feuert tief und fegt das Glacis rein!«

»Vater! Vater!« rief eine durchdringende Stimme aus dem Nebel. »Ich bin's! Alice! Deine Elsie! Halt ein, o rette deine Töchter!«

»Halt!« schrie der frühere Sprecher im furchtbarsten Ton väterlicher Angst, so daß der Ruf bis in die Wälder drang und in feierlichem Echo zurückrollte. »Sie ist's! Gott hat mir meine Kinder wiedergeschenkt! Das Ausfalltor geöffnet! Hinaus, ihr Sechziger! Hinaus! Tut keinen Schuß, ihr könntet meine Kinder töten. Treibt die französischen Hunde mit dem Bajonett zurück!«

Duncan hörte das Rasseln der rostigen Angeln. Er eilte mit seinen Gefährten dorthin und stieß dabei auf eine Formation dunkelrot uniformierter Soldaten, die zum Kampfplatz liefen. Es war sein eigenes Bataillon. Sofort stellte er sich an seine Spitze und verjagte den Feind.

Einen Augenblick hatten Cora und Alice zitternd und verwirrt dagestanden, als sie sich von Heyward so plötzlich verlassen sahen. Aber ehe sie Worte fanden oder auch nur daran zu denken vermochten, stürzte ein Offizier von fast riesenhafter Gestalt, dessen Haar die Jahre und der Dienst gebleicht und dessen militärischen Stolz die Zeit zwar gemildert, aber nicht vernichtet hatte, mitten aus dem Nebel auf sie zu und drückte sie an seine Brust. Große Tränen rollten über sein bleiches und tiefgefurchtes Antlitz.

»Ich danke dir, Herr!« rief er in seinem eigentümlichen schottischen Akzent. »Laß Gefahr kommen, welche da wolle, dein Knecht ist vorbereitet!«

Fünfzehntes Kapitel

Die nächsten Tage verflossen unter den Entbehrungen, der Verwirrung und den Gefahren einer Belagerung, die ein Feind, dem Munro keinen ernsthaften Widerstand entgegensetzen konnte, aufs lebhafteste betrieb. Es war, als ob Webb mit seinem Heer, das untätig an den Ufern des Hudson lag, die bedrängte Lage seiner Landsleute gänzlich vergessen hätte. Montcalm dagegen hatte die Wälder mit seinen Wilden angefüllt, deren Geschrei und Geheul bis in das britische Lager scholl und die Soldaten entmutigte, die ohnehin schon dazu neigten, die drohende Gefahr zu übertreiben.

Anders stand es indes um die Belagerten im Fort. Durch die Worte und das gute Beispiel ihrer Führer angefeuert, hatten sie Mut gefaßt und ihren guten Ruf mit einem Eifer verteidigt, der den Vorstellungen ihres Kommandanten ganz und gar gerecht wurde. Der französische General seinerseits schien sich damit zu begnügen, durch die Wildnis marschiert zu sein, um den Feind zu erreichen. Bei all seinem Geschick hatte er es dennoch verabsäumt, die benachbarten Höhen zu besetzen, von denen aus er die Belagerten leicht hätte vernichten können. Die neuere Kriegskunst hätte das keinesfalls versäumt. Wie überhaupt die Mißachtung von Anhöhen, vielleicht wegen der Mühen des Aufstiegs, eine der Hauptschwächen der damaligen Kriegsführung war. Sie schrieb sich von den Indianerkriegen her, wo bei der Art der Kämpfe und den dichten Wäldern Festungen selten waren und das Geschütz beinahe alle Bedeutung verlor. Die Nachlässigkeit, die sich dadurch allmählich eingeschlichen hatte, zeigte sich sogar in den Revolutionskriegen. Die Vereinigten Staaten verloren so die wichtige Festung Ticonderoga, ein Verlust, der Burgoynes Heer den Weg in das Herz des Landes öffnete. Erstaunt blicken wir auf diese Unwissenheit, denn wer übersieht, welche Vorteile ein Berg bietet – und sei es, wie beim Mount Defiance, noch so schwer, sich darauf festzusetzen –, würde heutzutage seinen Ruf verlieren – sei er als Ingenieur Baumeister der Festung, sei er der General, der sie zu verteidigen gehabt hätte.

Der Reisende, der Erholungsuchende oder der Freund von Naturschönheiten, der jetzt mit seinem Viergespann über die Schauplätze dieser Erzählung dahinrollt, um Belehrung, Gesundheit oder Vergnügen zu finden, oder gemächlich seinem Ziele entgegen auf jenen künstlichen Wasserstraßen getragen wird, die unter der Verwaltung eines Staatsmanns[1] entstanden sind, der für das Gelingen des gewagten Unternehmens seinen politischen Ruf einsetzte, dieser Reisende darf nicht glauben, daß seine Vorfahren mit gleicher Leichtigkeit über die Berge gegangen sind und die Strömungen überwunden haben. Der gelungene Transport einer einzigen schweren Kanone wurde oft einem Sieg gleichgesetzt, insbesondere wenn trotz schlechter Wege auch noch die Munition mit herbeigeschafft werden konnte. Denn ohne Munition war die Kanone nichts weiter als eine schwerfällige, nutzlose eiserne Röhre.

Die Übel, welche aus einer solchen Lage entspringen mußten, lasteten schwer auf dem entschlossenen Schotten, der jetzt William Henry verteidigte. Obgleich sein Gegner die Berge nicht benützte, hatte dieser seine Batterien doch mit gutem Blick in der Ebene aufgepflanzt, und sie wurden mit Geschick und Nachdruck bedient. Diesem Angriff konnten die Belagerten nur die unvollkommenen und in Eile getroffenen Verteidigungsmaßnahmen einer Festung in der Wildnis entgegenstellen.

Es war am fünften Tage der Belagerung und dem vierten seines eigenen Dienstes im Fort, als Major Heyward nachmittags einen eben angekündigten Waffenstillstand benutzte, um sich auf die Brustwehr einer Bastion am Ufer zu begeben, wo er die frische Seeluft atmen und

1 Offenbar De Witt Clinton, der im Jahr 1828 als Gouverneur von New York starb.

die Fortschritte der Belagerer beobachten konnte. Er war allein, wenn man die einsame Schildwache, die auf dem Erdwall auf und ab ging, nicht rechnen will, denn die Artilleristen hatten sich entfernt, um die vorübergehende Unterbrechung ihres gefahrvollen Dienstes zu nutzen. Der Abend war äußerst still und das Lüftchen, das von dem klaren See her wehte, sanft und erfrischend. Es schien, als ob auch die Natur den Augenblick, da der Donner des Geschützes und das Pfeifen der Kugeln verstummte, gewählt hätte, um in ihrer mildesten und schönsten Gestalt zu erscheinen. Die Sonne goß ihre scheidende Glorie über die Landschaft. Das frische, liebliche Grün der Berge wurde bald durch das sanftere Licht der Sonne gemildert, bald durch die leichten Wölkchen verdunkelt, welche zwischen ihnen und der Sonne schwammen. Zahlreiche Eilande ruhten im Schoße des Horican-Sees, einige so flach, als wären sie in die Wasser gebettet, andere mit kleinen grünen Hügeln emporsteigend. Zwischen diesen ruderten die Fischer des Belagerungsheeres friedlich in ihren Nachen umher oder gaben sich auf dem klaren Wasserspiegel ruhig dem Vergnügen des Fischfanges hin.

Die Szene war belebt und doch still, und alles, was der Natur angehörte, lieblich und einfach groß, während alles, was mit den Menschen zusammenhing, lebhaft und mutwillig erschien.

Zwei kleine weiße Flaggen wehten, die eine auf einem hervorspringenden Winkel des Forts, die andere auf der vorgeschobenen Batterie der Belagerer – Sinnbilder der Waffenruhe, nicht nur für die Feindseligkeiten, sondern selbst für die Erbitterung der Kämpfenden. Hinter ihnen wehten in schweren, seidenen Falten die konkurrierenden Standarten Englands und Frankreichs.

Hunderte junger Franzosen, munter und sorglos, zogen Netze an den kieselreichen Strand, in der gefährlichen Nähe der düsteren, aber jetzt schweigenden Geschütze des Forts, während die östlichen Berge von dem lärmenden Jubel der Fischenden widertönten. Die einen kamen eilig herbei, um die Belustigungen auf dem Wasser mitzumachen, während andere mit der unruhigen Neugierde ihrer Nation bereits die benachbarten Hügel erklommen. Die Soldaten, die Wachdienste zu versehen hatten, und die Belagerten selbst gaben auf beiden Seiten die Zuschauer ab, ohne allerdings ihre Wachsamkeit darüber zu vergessen. Hier und da stimmte auch ein Posten einen Sang an oder begann einen Tanz, der die düsteren Indianer aus ihren Hinterhalten im Wald um sie versammelte. Kurz, alles hatte mehr den Anschein eines Freudentages als einer den Gefahren und Anstrengungen eines blutigen, erbitterten Krieges gestohlenen Stunde.

Nachdenklich hatte Duncan eine Weile diese Szene beobachtet, als seine Augen sich durch das Geräusch nahender Fußtritte auf das Glacis vor dem schon erwähnten Ausfalltor richteten. Er trat in den Winkel einer Bastion und sah, wie der Kundschafter unter der Bewachung eines französischen Offiziers auf das Fort zukam. Falkenauges Züge waren eingefallen und bekümmert, seine Miene niedergeschlagen, als fühlte er sich tief entehrt, daß er in die Hände der Feinde geraten war. Er war ohne seine Lieblingswaffe, und die Hände waren ihm mit Riemen aus Hirschhäuten auf den Rücken gebunden. Das Herannahen von weißen Fahnen, zum Schutze der Parlamentäre bestimmt, war in letzter Zeit so häufig geworden, daß Heyward bei dem ersten nachlässigen Blick auf die Gruppe wieder einen Offizier in gleichem Auftrag zu sehen erwartete. Sobald er aber den hohen Wuchs und die immer noch trotzigen, wenngleich niedergeschlagenen Züge seines Freundes, des Waidmannes, erkannte, fuhr er erstaunt zurück und eilte von der Bastion in das Innere der Festung hinab.

Der Klang anderer Stimmen zog jedoch seine Aufmerksamkeit auf sich und ließ ihn einen Augenblick seinen Vorsatz vergessen. In einem inneren Winkel des Erdwalls traf er auf die beiden Schwestern, welche längs der Brustwehr spazierengingen, um wie er die frische Abendluft zu genießen. Er hatte sie seit dem peinlichen Augenblick, als er sie nur verließ, um für ihre Sicherheit zu sorgen, nicht wieder gesehen. Als er sich von ihnen trennte, waren sie von Sorge gebeugt und durch Anstrengungen erschöpft, jetzt fand er sie frisch und blühend, obgleich sie immer noch einige Schüchternheit und Unruhe verrieten. Unter solchen Umständen dürfen wir uns nicht wundern, wenn der junge Mann eine Zeitlang alles andere vergaß, um sie anzureden. Die unbefangene, jugendliche Alice kam ihm jedoch zuvor.

»Ha, der treulose, pflichtvergessene Ritter, der seine Damen mitten auf dem Kampfplatz verläßt!« rief sie. »Tage, Jahrhunderte warteten wir darauf, daß Sie zu unseren Füßen um Gnade und Verzeihung bitten würden für Ihr feiges Entweichen, für Ihre Flucht – denn Sie flohen wirklich mit einer Eile, daß kein angeschossenes Wild, wie unser würdiger Freund, der Kundschafter, sich ausdrücken würde, Ihnen hätte gleichkommen können!«

»Alice spricht, wie Sie wissen werden, von unserm Dank und unserm Segen«, setzte die ernstere, besonnenere Cora hinzu. »Wirklich, wir haben uns ein wenig gewundert, daß Sie sich so streng von einem Ort entfernt hielten, wo die Dankbarkeit der Töchter in der des Vaters Unterstützung gefunden hätte.«

»Ihr Vater selbst konnte Ihnen sagen, daß ich, obgleich von Ihnen entfernt, um Ihre Sicherheit stets bekümmert war«, erwiderte der junge Mann. »Um den Besitz der Häuser dort«, er wies auf das benachbarte verschanzte Lager, »ist indessen erbittert gekämpft worden. Wer sie besitzt, ist bald auch im Besitz des Forts und alles dessen, was sich darin befindet. Seit unserer Trennung habe ich dort meine Tage und Nächte verbracht, weil ich glaubte, daß ich meine Pflicht dort zu erfüllen hätte. Aber«, fuhr er mit einer Miene des Unmuts fort, den er vergeblich zu verbergen suchte, »aber hätte ich geglaubt, daß Soldatenpflicht so ausgelegt werden könnte, so wäre Scham noch zu der Zahl meiner Gründe gekommen!«

»Heyward! Duncan!« rief Alice und beugte sich vor, um in sein halb abgewandtes Antlitz zu sehen, während eine Locke ihres goldenen Haars über das Auge fiel und eine Träne verbarg; »könnte ich glauben, daß diese geschwätzige Zunge Ihnen wehe getan hat, so wollte ich sie zu ewigem Stillschweigen verdammen. Cora mag sagen, wenn sie es will, wie inbrünstig unsere Dankbarkeit ist.«

»Und wird Cora die Wahrheit dieser Worte bezeugen?« rief Duncan, indes ein heiteres Lächeln die Wolken des Mißmuts von seiner Stirn trieb. »Was sagt unsere ernste Schwester? Läßt sich die Nachlässigkeit des Ritters mit dem Eifer des Soldaten entschuldigen?«

Cora antwortete nicht sogleich, sondern wandte ihr Gesicht dem Wasser zu, als ob sie beobachtete, was auf dem Horican vorgehe. Als sie ihr dunkles Auge auf den jungen Mann richtete, lag ein solcher Ausdruck von Angst darin, daß er keinen anderen Gedanken fassen und nur tiefe Besorgnis empfinden konnte.

»Es geht Ihnen nicht gut, liebste Miß Munro?« rief er. »Wie konnten wir scherzen, während Sie leiden!«

»Es ist nichts«, antwortete sie, indem sie seinen angebotenen Arm mit weiblicher Zurückhaltung ablehnte. »Daß ich das Leben nicht von seiner Sonnenseite betrachten kann wie diese harmlose, glühende Schwärmerin«, fuhr sie fort, indem sie ihre Hand leicht, aber zärtlich auf den Arm ihrer Schwester legte, »ist die Schuld der Erfahrung und vielleicht ein unglücklicher Zug meines Wesens. Blicken Sie um sich, Major Heyward«, fügte sie hinzu, als wollte sie aus Pflichtgefühl jede Schwäche unterdrücken, »und sagen Sie mir, welche Aussicht dies ist für die Tochter eines Soldaten, dessen größtes Glück seine Ehre und sein militärischer Ruf ist.«

»Beide sollen und können nicht verdunkelt werden durch Umstände, denen er nicht gebieten kann«, erwiderte Duncan mit Wärme. »Aber Ihre Worte rufen mich zu meiner eigenen Pflicht zurück. Ich gehe jetzt zu Ihrem tapferen Vater, um seinen Entschluß in Dingen unserer Verteidigung zu hören. Gott segne Sie, was immer mit Ihnen geschieht, edle Cora – denn so kann und muß ich Sie nennen.« Sie reichte ihm freimütig die Hand, obgleich ihre Lippen bebten und ihre Wangen allmählich eine Totenblässe überzog. »Ich weiß, Sie werden in jeglichem Geschick eine Zierde Ihres Geschlechtes sein. Alice, adieu!« Sein Ton ging von Bewunderung in Zärtlichkeit über. »Adieu, Alice; wir werden uns bald wiedersehen, als Sieger hoffe ich und unter Freudenbezeugungen!«

Ohne die Antwort einer der Schwestern abzuwarten, eilte der junge Mann die Rasenstufen der Bastion hinab, mit raschen Schritten über den Paradeplatz, und stand nach kurzer Zeit vor ihrem Vater. Munro ging, als Duncan eintrat, mit unruhiger Miene und Riesenschritten in dem engen Zimmer auf und ab.

»Sie sind meinen Wünschen zuvorgekommen, Major Heyward«, sagte er, »ich wollte Sie eben um die Ehre Ihres Besuches bitten lassen.«

»Mit Bedauern sah ich den Boten, den ich so warm empfohlen hatte, als französischen Gefangenen zurückkehren! Ich hoffe, Sie haben keinen Grund, an seiner Treue zu zweifeln.«

»Die Treue der Langen Büchse ist mir wohlbekannt«, versetzte Munro, »und über allen Zweifel erhaben. Aber sein Glück scheint ihn verlassen zu haben. Montcalm hat ihn gefaßt und mit der verdammten Höflichkeit seines Volkes ihn mir wieder gesandt mit der demütigenden Erklärung: da er wisse, welch große Stücke ich auf den Burschen halte, so wolle er ihn mir nicht vorenthalten. Eine jesuitische Manier, Major Heyward, einem Mann zu sagen, daß er im Unglück ist!«

»Aber der General und seine Hilfe?«

»Haben Sie nach dem Süden gesehen, und konnten Sie etwas entdecken?« fragte der alte Soldat bitter lachend. »Gehen Sie! Gehen Sie, Sie sind ein ungeduldiger Knabe, Sir, und wollen den Herren keine Zeit zum Marschieren lassen!«

»So kommen sie also! Hat der Kundschafter davon gesprochen?«

»Wann und auf welchem Wege sie kommen, das hat der Dummkopf mir nicht gesagt. Es scheint, als wäre ein Brief vorhanden gewesen, und das ist das einzige Erfreuliche bei der Sache. Was die gewohnten Aufmerksamkeiten Ihres Marquis von Montcalm betrifft – ich stehe dafür, Duncan, Der von Lothian könnte ein Dutzend solcher Marquisate kaufen –, wenn die Nachrichten in dem Brief schlimm lauteten, würde diesem französischen Herrn die Höflichkeit gewiß nicht erlauben, sie uns zu verschweigen.«

»Er behielt also den Brief und ließ den Boten frei?«

»Ja, und das alles aus sogenannter Bonhomie. Ich wollte wetten, wenn man die Wahrheit wüßte, so würde sich finden, daß der Großvater des Burschen in der edlen Kunst des Tanzens unterrichtet hat.«

»Aber was sagt denn der Kundschafter? Er hat Augen und Ohren und eine Zunge: wie lautet sein mündlicher Bericht?«

»Oh, Sir, an den natürlichen Organen fehlt's ihm nicht, und er kann sehr gut sagen, was er gehört und gesehen hat. Alles aber läuft darauf hinaus: an den Ufern des Hudson befindet sich, wie Sie wissen, ein Fort Sr. Majestät, zu Ehren Sr. Königlichen Hoheit des Prinzen von York Edward genannt, und hat eine starke Besatzung, wie es sich für eine solche Befestigung gehört.«

»Bemerkte er keine Bewegung, keine Zeichen, daß man uns zu Hilfe kommen wolle?«

»Es gab Morgen- und Abendparaden, und wenn einer von den Kerlen aus den Provinzen – doch Sie sind selber ein halber Schotte, Duncan, und kennen das Sprichwort: wenn man sein Pulver fallen läßt, und es trifft die Kohlen, so gibt es Feuer.« Plötzlich aber ging er von seiner bitteren Ironie in einen ernsteren, bedächtigeren Ton über und fuhr fort: »Und doch müßte und muß in dem Brief etwas gestanden haben, das zu wissen für uns gut wäre.«

»Wir sollten uns schnell entscheiden«, sagte Duncan, der die veränderte Stimmung benützte, um die Unterredung auf wichtigere Gegenstände zu lenken. »Ich kann Ihnen nicht verhehlen, Sir, daß sich das Außenlager nicht mehr lange halten läßt, und es tut mir leid hinzufügen zu müssen, daß es mit dem Fort selber nicht besser zu stehen scheint: mehr als die Hälfte unserer Geschütze ist unbrauchbar.«

»Wie sollte es anders sein?« erwiderte Munro. »Ein Teil wurde aus dem See gefischt; ein anderer rostete seit der Entdeckung des Landes in den Wäldern, und bei dem dritten Teil handelte es sich gar nicht um Kanonen; es war Spielzeug für Korsaren. Glauben Sie, Sir, man könnte dreitausend Meilen von Großbritannien, mitten in einer Wildnis, Woolwicher Material bekommen?«

»Die Mauern stürzen uns über dem Kopf zusammen, und der Proviant wird knapp«, fuhr Heyward fort, ohne Munros neuen Ausbruch von Unmut zu beachten; »selbst die Mannschaft zeigt Spuren von Unzufriedenheit und Unruhe.«

»Major Heyward«, sprach Munro mit der Würde des Alters und eines höheren Ranges, »glauben Sie, ich hätte Sr. Majestät ein halbes Jahrhundert gedient und meine Haare im Feld ergrauen sehen, wenn ich das, was Sie sagen, und die Dringlichkeit der Umstände nicht selbst begreifen würde! Und doch sind wir der Ehre der königlichen Waffen und unsrer eigenen verpflichtet. Solange noch Hoffnung auf Unterstützung vorhanden ist, werde ich diese Festung verteidigen, und sollte ich dazu die Kiesel vom Seeufer auflesen. Alles kommt darauf an, den Brief zu Gesicht zu bekommen, damit wir die Absichten des Mannes kennenlernen, den uns der Earl of London als seinen Stellvertreter hinterlassen hat.«

»Und kann ich hierbei von Nutzen sein?«

»Ja, das können Sie, Sir. Der Marquis von Montcalm hat mich neben seinen übrigen Aufmerksamkeiten auch zu einer persönlichen Unterredung zwischen den Festungswerken und dem Lager eingeladen, um mir, wie er sagt, weitere Informationen zu geben. Nun denke ich, es würde nicht sehr weise sein, wenn ich ein zu großes Verlangen zeigte, ihn zu sprechen, und ich könnte Sie, einen Offizier von Rang, als meinen Stellvertreter handeln lassen: denn es würde Schottland keine Ehre bringen, wenn es hieße, einer seiner Bewohner habe sich von dem Eingeborenen eines anderen Landes an Höflichkeit übertreffen lassen.«

Ohne sich in eine Erörterung über die Höflichkeit dieser oder jener Nation einzulassen, stimmte Duncan mit Freuden zu, bei der bevorstehenden Unterredung den Kommandanten zu vertreten. Es folgte nun eine lange, vertrauliche Besprechung in der der junge Mann genau unterrichtet wurde, was er zu tun und zu sagen habe. Dann verabschiedete er sich.

Da Duncan nur als der Stellvertreter des Befehlshabers auftrat, fielen natürlich die Förmlichkeiten, die eine Unterredung der Häupter beider feindlichen Streitkräfte begleitet hätten, weg. Der Waffenstillstand dauerte noch fort, und unter dem Wirbeln der Trommeln trat Duncan, von einer kleinen weißen Fahne begleitet, zehn Minuten nach seinem Gespräch mit Munro aus dem Ausfalltor. Er wurde von dem französischen Offizier, der die Vorposten befehligte, mit den üblichen Förmlichkeiten empfangen und sogleich zu dem entfernten Zelt des berühmten Kriegsmannes geführt, der an der Spitze des französischen Heeres stand.

Der feindliche General empfing den jugendlichen Abgesandten, umgeben von seinen hohen Offizieren und einer dunklen Schar indianischer Häuptlinge, die ihn mit den Kriegern ihrer verschiedenen Stämme in das Feld begleitet hatten. Heyward stand einen Augenblick unwillkürlich still, als seine Augen mit einem flüchtigen Blick über die dunkle Gruppe der Indianer schweiften und dabei die boshaften Züge Maguas entdeckten, der ihn mit der diesem Wilden eigenen, ruhigen, aber düsteren Aufmerksamkeit betrachtete. Ein Ausruf des Erstaunens wäre beinahe den Lippen des jungen Mannes entschlüpft; schnell erinnerte er sich aber seines Auftrags und seiner Umgebung, und jeden Schein von Verwirrung unterdrückend, wandte er sich an den feindlichen Anführer, der ihm bereits einen Schritt entgegengetreten war.

Der Marquis von Montcalm stand in der Zeit, von der wir berichten, in der Blüte seiner Jahre und, könnte man hinzusetzen, im Zenit seines Glückes. Aber selbst in dieser beneidenswerten Lage war er leutselig und zeichnete sich ebenso durch seine Aufmerksamkeit gegen die Gesetze der Höflichkeit wie durch jenen ritterlichen Mut aus, der ihn schon zwei Jahre später auf den Ebenen von Abraham das Leben kostete. Duncan wandte sich von der boshaften Miene Maguas ab und blickte mit Vergnügen auf die lächelnde, zuvorkommende Miene und den edlen, kriegerischen Anstand des französischen Generals.

»Mein Herr«, sprach letzterer, »es ist mir ein Vergnügen, daß – aber wo ist der Dolmetscher?«

»Ich glaube, er wird entbehrlich sein«, erwiderte Heyward bescheiden, »ich spreche ein wenig Französisch.«

»Ah, das ist mir lieb«, entgegnete Montcalm, indem er Duncan freundlich den Arm bot und ihn in die Tiefe des Zeltes führte, wo sie sprechen konnten, ohne gehört zu werden. »Ich hasse diese Burschen, man weiß nie, woran man mit ihnen ist.«

»Nun, mein Herr«, fuhr er fort, weiter französisch sprechend, »obgleich ich stolz darauf gewesen wäre, Ihren Kommandanten bei mir zu empfangen, so schätze ich mich dennoch glücklich, daß er mir einen so ausgezeichneten und sicher ebenso liebenswürdigen Offizier schickt.«

Duncan verbeugte sich tief, denn die Schmeichelei gefiel ihm, obgleich er den heroischen Entschluß gefaßt hatte, über dem liebenswürdigen Betragen des Generals nicht die Pflichten zu vergessen, die er seinem Souverän schuldig war. Montcalm fuhr, nachdem er einen Augenblick geschwiegen hatte, als ob er seine Gedanken sammeln wollte, fort:

»Ihr Kommandant ist ein wackerer Mann und versteht wohl, meine Angriffe abzuschlagen. Aber ist es nicht Zeit, der Menschlichkeit mehr als dem Mut Gehör zu geben? Jene ziert den Helden ebenso wie dieser.«

»Wir halten diese Eigenschaften für unzertrennlich«, versetzte Duncan lächelnd. »Während wir aber in der Energie Eurer Exzellenz alle Aufforderung finden, diesen zu beleben, so sehen wir doch noch keine Veranlassung, jene in Anwendung zu bringen.«

Montcalm verbeugte sich seinerseits leicht, aber mit der Miene eines Mannes, der zu erfahren ist, um auf die Sprache der Schmeichelei zu hören. Nach kurzem Nachsinnen fuhr er fort:

»Möglich, daß meine Gläser mich täuschten und daß Ihre Befestigungen unseren Geschützen besser widerstehen, als ich geglaubt hatte. Sie kennen unsere Stärke?«

»Unsere Berichte lauten verschieden«, antwortete Duncan nachlässig. »Aber die höchste Angabe liegt nicht über zwanzigtausend Mann.«

Der Franzose biß sich auf die Lippen und faßte den anderen scharf ins Auge, als ob er seine Gedanken lesen wollte. Dann fuhr er mit der ihm eigenen Gewandtheit fort, als ob er die Richtigkeit einer Angabe, welche die Stärke seines Heeres verdoppelte, anerkenne:

»Es ist kein Kompliment für uns Soldaten, mein Herr, wenn wir trotz aller Bemühungen die Anzahl unserer Krieger nicht haben verbergen können. Wenn es irgendwo möglich wäre, so glaubte ich, müßte es in diesen Wäldern geschehen können. – Wenn Sie es aber auch für zu früh halten, auf die Stimme der Menschlichkeit zu hören«, fuhr er arglistig lächelnd fort, »so darf ich doch glauben, daß die Galanterie bei einem jungen Mann wie Ihnen ihr Recht finden wird: die Töchter des Kommandanten sind, wie ich höre, in das Fort gekommen, seit es eingeschlossen ist.«

»Das ist wahr, Monsieur; aber weit entfernt, unsere Entschlossenheit zu schwächen, feuern sie uns durch ihr Beispiel zu neuem Mut an. Bedürfte es nur der Entschlossenheit, um einen so erfahrenen Kriegsmann wie den Marquis de Montcalm zurückzuschlagen, so würde ich der älteren dieser Damen mit Vergnügen die Verteidigung von William Henry anvertrauen.«

»Es ist eine weise Verordnung in unserem Salischen Gesetz, daß die Krone von Frankreich nie von der Lanze an den Spinnrocken übergehen solle«, versetzte Montcalm trocken und mit einer gewissen Hoheit, ging aber sogleich wieder in einen Ton leichter Höflichkeit über: »Da alle edleren Eigenschaften sich vererben lassen, so will ich Ihnen gern glauben. Aber, wie ich schon sagte, auch der Mut hat seine Grenzen, und die Stimme der Menschlichkeit darf nicht überhört werden. Ich hoffe, mein Herr, Sie sind bevollmächtigt, über die Bedingungen der Übergabe des Forts zu verhandeln?«

»Haben Euer Exzellenz unsere Verteidigung so schwach gefunden, daß Sie diese Maßregel für nötig halten?«

»Es sollte mir leid tun, wenn sich die Verteidigung so lange hinzöge, daß meine roten Freunde dort noch mehr gereizt würden«, fuhr Montcalm fort, indem er seine Augen auf die Gruppe aufmerksamer und finster blickender Indianer richtete, ohne die Frage des anderen zu beantworten. »Ich finde es jetzt schon schwierig, sie in den Grenzen unsrer Kriegsbräuche zu halten.«

Heyward schwieg: denn eine schmerzliche Erinnerung an die Gefahren, denen er eben erst entronnen war, und an die Leiden, die jene wehrlosen Geschöpfe mit ihm geteilt hatten, drängte sich ihm auf.

»Diese Herren da«, fuhr Montcalm fort, indem er seinen vermeintlichen Vorteil verfolgte, »sind furchtbar, wenn sie sich in ihrer Hoffnung getäuscht sehen, und ich brauche Ihnen nicht zu sagen, wie schwer es mir fällt, ihren Unmut in Schranken zu halten. Nun, mein Herr, wollen wir von den Bedingungen sprechen?«

»Ich fürchte, Euer Exzellenz sind über die Stärke von William Henry und die Hilfsquellen der Besatzung getäuscht worden!«

»Ich belagere nicht Quebec, sondern eine Erdschanze, die von zweitausenddreihundert tapferen Soldaten verteidigt wird«, war seine kurze, lakonische Antwort.

»Unsere Wälle sind Erdschanzen, das ist wahr, und sie ruhen nicht auf den Felsen von Peak Diamond, aber sie stehen an einem Ufer, das Dieskau und seinem Heer verderblich geworden ist. Nur wenige Stunden von uns entfernt steht eine beträchtliche Macht, die wir als einen Teil unseres Verteidigungspotentials betrachten.«

»Ja, sechs- bis achttausend Mann«, erwiderte Montcalm, wie es schien, mit großer Gleichgültigkeit, »und ihr kluger Anführer hält sich in seinen Schanzen für sicherer als in offenem Feld.«

Jetzt war es an Heyward, sich vor Ärger auf die Lippen zu beißen, da der andere so kaltblütig von Truppen sprach, deren Stärke, wie der junge Mann wohl wußte, so sehr übertrieben worden war. Beide schwiegen eine Weile; endlich nahm Montcalm wieder das Wort und gab zu verstehen, daß es bei diesem Besuch des englischen Offiziers allein um die Bedingungen zur Übergabe gehen könne. Auf der andern Seite suchte Heyward dem französischen General Äußerungen zu entlocken, die auf den Inhalt des abgefangenen Briefes schließen ließen. Keiner von beiden erreichte jedoch seinen Zweck. Nach einer längeren und fruchtlosen Unterredung verabschiedete sich Duncan mit einer vorteilhaften Meinung von den guten Manieren und den Talenten des feindlichen Anführers, aber ohne Aufschlüsse über den Brief erhalten zu haben. Montcalm begleitete ihn bis an den Eingang seines Zeltes und wiederholte seine Einladung an den Kommandanten des Forts, mit ihm auf einem offenen Platz zwischen beiden Heeren unverzüglich zu einer Besprechung zusammenzutreffen.

Sie trennten sich, und Duncan kehrte in Begleitung des Offiziers, der ihn hergeleitet hatte, zu den Vorposten der Franzosen zurück, von wo er sich sogleich in das Fort und in das Quartier seines Befehlshabers begab.

Sechzehntes Kapitel

Major Heyward fand Munro allein mit seinen Töchtern. Alice saß auf seinem Knie und teilte die grauen Haare des alten Kriegers mit ihren zarten Fingern; und als er über ihre Tändelei die Stirne zu runzeln schien, drückte sie ihre Lippen zärtlich auf das gefurchte

Haupt, um den scheinbaren Unmut zu beschwichtigen. Cora saß neben ihnen, eine ruhige und heitere Zuschauerin, die die kindlichen Bewegungen ihrer jüngeren Schwester mit jener Art von mütterlicher Zärtlichkeit betrachtete, die ihre Liebe zu Alice so auszeichnete. Vergessen schienen nicht bloß die Gefahren, die sie überstanden hatten, sondern auch die zukünftigen, die sie noch bedrohten. Es war, als ob sie den kurzen Waffenstillstand nützen wollten, um sich für einen Augenblick der Zärtlichkeit hinzugeben. Die Töchter vergaßen ihre Befürchtungen, der Veteran seine Sorgen in der Sicherheit des Augenblicks. Duncan, der im Eifer, von seiner Sendung zu berichten, unangemeldet eingetreten war, blieb einige Augenblicke der unbemerkte Zuschauer einer Szene, die ihn entzückte. Bald aber erblickte das lebhafte, umherschweifende Auge Alices seine Gestalt in einem Spiegel, sprang errötend von ihres Vaters Knie auf und rief mit lauter Stimme:

»Major Heyward!«

»Was willst du von ihm?« fragte ihr Vater, der den Major nicht bemerkte. »Ich habe ihn fortgesandt, damit er mit den Franzosen in ihrem Lager ein bißchen schwatzt. Ha! Sir, Sie sind jung und darum flink! Entfernt euch, ihr Schelme! Hat der Soldat nicht Plackerei genug, warum muß er dann auch noch das Lager voll solcher Schwätzerinnen wie ihr haben?«

Alice folgte lächelnd ihrer Schwester, die sie aus dem Zimmer führte, da man ihre Gegenwart nicht länger wünschte. Munro schritt, statt den jungen Mann nach dem Ergebnis seiner Mission zu fragen, einige Augenblicke im Zimmer auf und ab, die Hände auf dem Rücken und das Haupt zu Boden gekehrt, als ob er in tiefes Nachdenken versunken wäre. Endlich hob er seine Augen, die im Ausdruck väterlicher Zärtlichkeit glänzten, und rief:

»Es sind ein paar prächtige Mädchen, Heyward, auf die sich ein Vater was zugute halten darf.«

»Ich hoffe, Oberst Munro, Sie kennen meine Meinung über Ihre Töchter.«

»Es ist wahr, Junge«, unterbrach ihn der ungeduldige Alte. »Sie wollten mir Ihr Herz am Tage Ihrer Ankunft öffnen, aber ich glaubte, es zieme sich nicht für einen alten Soldaten, von Hochzeit und Hochzeitsfreuden zu sprechen, wenn die Feinde seines Königs sich als ungebetene Gäste zum Fest einfinden könnten! Aber es war Unrecht von mir, Duncan! Junge, es war Unrecht, und ich bin jetzt bereit zu hören, was Sie mir zu sagen haben.«

»Soviel Freude mir Ihre Versicherung macht, Sir, so habe ich Ihnen zuerst eine Botschaft von Montcalm – «

»Zum Teufel mit dem Franzosen und seinem ganzen Heer!« rief der

Munro und seine Töchter.

ungestüme Veteran. »Er ist noch nicht Herr über William Henry und soll es auch nie werden, sofern Webb seine Schuldigkeit tut. Nein, Sir, dem Himmel sei Dank, wir sind noch nicht so in der Klemme, daß sich Munro nicht einen Augenblick seinen häuslichen Angelegenheiten widmen dürfte. Ihre Mutter war das einzige Kind meines besten Freundes, Duncan, und ich will Sie jetzt anhören, wenn auch alle Ludwigsritter mitsamt ihrem Heiligen vorm Ausfalltor ständen und ein Wörtchen mit mir sprechen wollten. Ein sauberer Ritterorden, den man mit ein paar Tonnen Zucker kaufen kann, und dann ihre Pfennigmarquisate! Die Distel, das ist der Orden der Ehre und der Ehrwürdigkeit: das wahre *Nemo me impune lacessit* des Rittertums: Sie hatten Ahnen in diesem Orden, Duncan, und diese waren eine Zierde der schottischen Ritterschaft.«

Heyward, der sah, daß sein Oberer ein boshaftes Vergnügen daran fand, die Botschaft des französischen Generals mit Verachtung zu strafen, wollte nicht eine Laune stören, die, wie er wußte, nur von kurzer Dauer sein würde. Er erwiderte deshalb mit soviel Gleichgültigkeit, wie es ihm möglich war:

»Ich glaube, Sir, ich gab Ihnen zu erkennen, daß ich nach der Ehre strebe, mich Ihren Sohn nennen zu dürfen.«

»Ja, Junge, das haben Sie mir deutlich genug zu verstehen gegeben. Aber lassen Sie mich fragen, Sir, haben Sie sich ebenso verständlich gegenüber meiner Tochter auszudrücken gewußt?«

»Bei meiner Ehre, nein«, rief Duncan mit Feuer, »es hieße ein mir geschenktes Vertrauen mißbrauchen, hätte ich mein Verhältnis zu einem solchen Zweck ausgenutzt!«

»Sie haben als Ehrenmann gehandelt, Major Heyward, Ihr Benehmen war in diesem Augenblick in Ordnung. Aber Cora Munro ist ein zu verständiges Mädchen, ihre Denkungsart zu vornehm und gefestigt, als daß sie der Leitung selbst ihres Vaters bedürfte.«

»Cora?«

»Ja – Cora! Wir sprechen von Ihrer Werbung um Miß Munros Hand, nicht wahr, Sir?«

»Ich – ich – ich glaube, ihren Namen noch nicht genannt zu haben«, stotterte Duncan.

»Und *wen* wollten Sie denn heiraten, daß Sie meiner Zustimmung bedürften, Major Heyward?« fragte der alte Soldat und richtete sich mit der Würde des verletzten Gefühls empor.

»Sie haben eine zweite, nicht minder liebenswürdige Tochter!«

»Alice!« rief der Vater, ebenso überrascht, wie Duncan gewesen war, da er den Namen Coras wiederholt hatte.

»Sie ist das Ziel meiner Wünsche, Sir.«

Der junge Mann erwartete schweigend die Reaktion auf diese offensichtlich unerwartete Mitteilung. Mehrere Minuten lang ging Munro mit großen und raschen Schritten im Zimmer auf und ab; seine Gesichtsmuskeln arbeiteten krampfhaft, und er schien in tiefem Nachdenken versunken. Endlich blieb er vor Heyward stehen, richtete seine Augen fest auf ihn und sprach, während seine Lippen heftig zitterten:

»Duncan Heyward, ich habe Sie wegen des Mannes geliebt, dessen Blut in Ihren Adern fließt, ich habe Sie um Ihrer eigenen guten Eigenschaften willen geliebt und habe Sie geliebt, weil ich dachte, Sie würden mein Kind glücklich machen. Aber alle diese Liebe würde sich in Haß verwandeln, wenn ich wüßte, daß das, was ich fürchte, wahr ist.«

»Gott möge verhüten, daß irgendeine Handlung oder nur ein Gedanke von mir einen solchen Wechsel verursachen könnte!« rief der junge Mann, dessen Auge den durchdringenden Blick des Kommandanten ohne Verlegenheit ertrug. Ohne daran zu denken, daß Heyward unmöglich erraten konnte, was in seinem Herzen vorging, schien Munro durch den unverändert ruhigen Blick besänftigt und fuhr in milderem Ton fort: »Sie wollen mein Sohn werden, Duncan, und kennen die Geschichte dessen nicht, den Sie Vater zu nennen wünschen. Setzen Sie sich, junger Mann, und ich will Ihnen mit wenigen Worten ein Herz öffnen, dessen Wunden noch nicht vernarbt sind.«

Montcalms Botschaft war nun völlig vergessen sowohl von dem, der sie überbringen, wie auch von dem, der sie anhören sollte. Jeder nahm einen Sessel, und während der Veteran einige Augenblicke in traurigen Erinnerungen versunken schien, unterdrückte der junge Mann seine Ungeduld und suchte in Blick und Gebärden achtungsvolle Aufmerksamkeit zu legen.

»Sie wissen bereits, Major Heyward, daß meine Familie alt und ehrenvoll ist«, begann der Schotte, »obgleich sie mit Glücksgütern nicht so begünstigt war, wie es ihrem Adel gebührt hätte. Ich war ungefähr in Ihrem Alter, als ich mich Alice Graham mit Herz und Mund verpflichtete. Sie war das einzige Kind eines benachbarten Lairds, nicht ohne Vermögen. Allein ihr Vater war nicht für die Verbindung, außer meiner Armut stand auch anderes noch seinen Wünschen entgegen. Ich tat daher, was jeder Mann von Ehre getan hätte, ich gab dem Mädchen sein Wort zurück und verließ das Land im Dienst meines Königs. Ich hatte schon viele Länder gesehen, schon an vielen Orten mein Blut vergossen, als mich mein Dienst auf die westindischen Inseln rief. Hier wollte mein Schicksal, daß ich mit einem Mädchen bekannt wurde, das bald mein Weib und Coras Mutter wurde. Sie war die Tochter eines Mannes von Stand auf jenen Inseln, dessen Gattin, wenn Sie so wollen, das Unglück hatte, in einem entfernten Grade von jener unglücklichen Menschenklasse abzustammen«, sprach der alte Mann stolz, »die zu so schändlicher Sklaverei verurteilt ist, um die Bedürfnisse eines verwöhnten Volkes zu befriedigen. Ja, Sir, das ist ein Fluch, der auch auf Schottland lastet seit seiner unnatürlichen Verbindung mit einem fremden Handelsvolk. Aber würde ich einen finden, der sich geringschätzig über mein Kind äußerte, der sollte das ganze Gewicht meines väterlichen Zorns zu spüren bekommen! Doch, Major Heyward, Sie sind selbst im Süden geboren, wo diese unglücklichen Geschöpfe als eine niedrigere Menschenklasse betrachtet werden.«

»Das ist unglücklicherweise nur zu wahr, Sir«, sprach Duncan, so verlegen, daß er seine Augen zu Boden senken mußte.

»Und Sie machen meiner Tochter einen Vorwurf daraus? Sie verschmähen es, das Blut der Heywards mit dem Blut eines so verachteten, wenn auch noch so liebenswürdigen und tugendhaften Mädchens zu vermischen?« fragte der leidenschaftlich erregte Vater.

»Der Himmel behüte mich vor einem Vorurteil, das meiner Vernunft unwürdig wäre!« erwiderte Duncan, wiewohl er sich eines solchen Gefühls durchaus bewußt war: ja, ihm war sogar, als wäre es ein Teil seiner Natur. »Die Schönheit, der Zauber Ihrer jüngeren Tochter, Oberst Munro, werden meine Gefühle hinlänglich erklären, ohne daß ich mich einer solchen Ungerechtigkeit schuldig mache.«

»Sie haben recht, Sir«, versetzte der alte Mann, der wieder in den Ton der Güte oder vielmehr Sanftmut verfiel; »das Mädchen ist das vollkommene Bild ihrer Mutter in jenem Alter, bevor sie noch den Gram kennengelernt hatte. Als mich der Tod meines Weibes beraubte, kehrte ich, durch diese Heirat reicher geworden, nach Schottland zurück, und – werden Sie es glauben, Duncan! – dort fand ich den Engel wieder, der meine erste Liebe gewesen und meinetwegen all die Zeit, zwanzig Jahre, unverheiratet geblieben war. Sie tat noch mehr, Sir; sie vergab mir meine Treulosigkeit, und da alle Schwierigkeiten nun beseitigt waren, nahm sie mich zu ihrem Gatten.«

»Und wurde Alices Mutter?« rief Duncan mit einer Heftigkeit, die gefährlich hätte werden können, wäre nicht Munro in diesem Augenblick so tief in seine schmerzlichen Erinnerungen versunken gewesen.

»Ja«, antwortete der alte Mann, »und sie bezahlte das kostbare Geschenk, das sie mir hinterließ, teuer. Doch sie ist eine Heilige im Himmel, Sir! Und es ziemt sich nicht für einen Mann, der mit einem Fuß schon im Grabe steht, ein so wünschenswertes Los zu beklagen. Nur ein einziges Jahr hat sie mit mir gelebt, ein kurzes Glück für ein Weib, das ihre Jugend in hoffnungsloser Sehnsucht hatte dahinschwinden sehen.«

Es lag in dem Kummer des alten Mannes etwas so Überwältigendes, daß Heyward kein Wort des Trostes an ihn zu richten wagte. Munro schien Duncans Gegenwart völlig vergessen zu haben, seine Gesichtszüge kämpften gegen den Schmerz seiner Empfindungen, während schwere Tränen seinen Augen entquollen und über seine Wangen rollten. Endlich rührte er sich, als sei er plötzlich wieder zur Besinnung gelangt. Er stand auf, ging noch einmal durch das Zimmer und trat dann mit einem Ausdruck von Entschlossenheit vor Heyward mit der Frage:

»Haben Sie mir keine Botschaft von dem Marquis de Montcalm zu überbringen, Major Heyward?«

Duncan fuhr auf und begann sogleich mit verlegener Stimme sich des halbvergessenen Auftrags zu entledigen. Es ist unnötig, bei der gewandten, wenngleich höflichen Art zu verweilen, womit der französische General jedem Versuch Heywards ausgewichen war, ihn über den Zweck der dem Kommandanten vorgeschlagenen Unterredung zu informieren. Ebenso wollen wir übergehen, was er Munro in höflichen, aber bestimmten Worten sagen ließ: wenn er die Mitteilung nicht in eigener Person entgegennehmen wolle, müsse er eben darauf verzichten. Während Munro die Einzelheiten des Berichts anhörte, wich das aufgeregte Vatergefühl allmählich den Rücksichten auf seine Dienstpflicht. Und als Duncan geendet hatte, erblickte er nur noch den Veteranen, dessen Ehre als Soldat gekränkt worden war.

»Sie haben genug gesagt, Major Heyward!« rief der erzürnte Alte; »genug, um einen Kommentar über französische Höflichkeit zu schreiben. Da lädt mich der Herr zu einer Zusammenkunft ein, und wie ich ihm statt meiner einen tüchtigen Stellvertreter schicke, denn das sind Sie, Duncan, so jung Sie auch noch sind, so antwortet er mir in lauter Rätseln.«

»Er hatte vielleicht eine minder günstige Meinung von dem Stellvertreter, Sir! Und Sie werden sich erinnern, daß die Einladung, die er nun wiederholt, an den Kommandanten des Forts und nicht an einen Untergebenen ging.«

»Richtig, Sir; aber ist nicht der Stellvertreter mit aller Gewalt und Würde desjenigen ausgestattet, der ihm den Auftrag gibt? Er wünscht mit Munro zu sprechen! Ehrlich, Sir, ich habe große Lust, ihm die Unterredung zu gewähren, und sollte es nur sein, ihm zu zeigen, wie fest wir ihm trotz der Zahl seiner Truppen und seiner Übergabevorschläge ins Auge sehen. Das wäre vielleicht keine üble Taktik, junger Mann.«

Duncan, der es für höchst wichtig hielt, möglichst bald den Inhalt des von dem Kundschafter überbrachten Briefs zu erfahren, unterstützte ihn darin, indem er sagte: »Ohne Zweifel wird unsre Gleichgültigkeit seine Zuversicht mindern.«

»Nie haben Sie wahrer gesprochen. Ich wollte, Sir, er käme und beschaute sich unsere Befestigungen am hellen Tag, und zwar während eines Angriffs. Das ist das untrüglichste Mittel um zu sehen, ob der Feind sich wacker hält, und tausendmal besser als die von ihm bevorzugten Beschießungen. Das Schöne und Männliche der Kriegskunst hat durch die Künste ihres Monsieur Vauban sehr gelitten, Major Heyward! Unsere Vorfahren waren über diese wissenschaftliche Feigheit weit erhaben.«

»Das mag wahr sein, Sir. Jetzt aber müssen wir uns eben mit den Waffen verteidigen, mit denen wir angegriffen werden. Was haben Sie hinsichtlich der Zusammenkunft beschlossen?«

»Ich will den Franzosen sprechen, und das ohne Furcht oder Aufschub, prompt, Sir, wie es sich für einen Diener meines königlichen Gebieters gehört. Gehen Sie, Major Heyward, lassen Sie eine Fanfare blasen, und schicken Sie einen Boten, um dem Marquis zu melden, daß ich komme. Wir folgen mit einer kleinen Eskorte: denn Ehre gebührt dem, der über die Ehre eines Königs zu wachen hat. Und hören Sie, Duncan«, fügte er halb flüsternd, obgleich sie allein waren, hinzu, »es wird gut sein, eine Verstärkung bei der Hand zu haben, falls allem nur eine Verräterei zugrunde läge.«

Der junge Mann benutzte den Befehl, um das Zimmer zu verlassen, und beeilte sich, da der Tag zu Ende ging, unverzüglich die nötigen Vorkehrungen zu treffen. In wenigen Minuten waren Truppen unter das Gewehr getreten und eine Ordonnanz mit einer weißen Fahne abgeschickt, um die Ankunft des Kommandanten von Fort William Henry zu melden. Sobald dies geschehen war, führte er die Eskorte zum Ausfalltor, wo sein Oberst bereits auf ihn wartete. Nach den bei einem Auszug von Truppen üblichen Förmlichkeiten verließen der Veteran und sein jüngerer Gefährte, von der Eskorte begleitet, die Festung.

Sie hatten sich kaum ein paar hundert Schritte von der Bastion entfernt, als der kleine Trupp Soldaten, der den französischen General begleitete, aus einem Hohlweg hervorkam, der gleichzeitig das Bett eines zwischen den Batterien der Belagerer und dem Fort fließenden Baches bildete. Seit Munro seine eigenen Befestigungen verlassen hatte, um seinen Feinden entgegenzutreten, nahm seine Miene eine gewisse Hoheit an, und Schritt und Haltung wurden kriegerisch. In dem Augenblick, da er den weißen Federbusch sah, der von Montcalms Hut wehte, blitzten seine Augen, und das ganze Feuer der Jugend schien wieder in seinem hohen, muskulösen Körper zu erwachen.

»Sagen Sie den Männern, sie sollen auf der Hut sein«, flüsterte er

Duncan zu, »und Flinten und Säbel bei der Hand halten, denn man ist bei einem Knecht dieser Louis niemals sicher. Dabei wollen wir uns aber als Männer zeigen, die sich in tiefer Sicherheit glauben. Sie haben mich doch verstanden, Major Heyward?«

Der Wirbel einer Trommel unterbrach sie und wurde sogleich von ihrer Seite beantwortet. Während jede Partei eine Ordonnanz mit einer weißen Fahne vortreten ließ, hielt der vorsichtige Schotte seine Eskorte dicht hinter dem Rücken. Sobald diese flüchtige Begrüßung vorüber war, trat Montcalm mit leichtem, elegantem Schritt auf ihn zu und zog vor Munro den Hut so tief, daß sein weißer Federbusch beinahe den Boden berührte. War das Äußere Munros männlicher und ehrfurchtgebietender, so fehlte ihm dagegen die leichte, einschmeichelnde Eleganz des Franzosen. Beide schwiegen eine Weile, indem sie sich mit neugierigem Auge betrachteten. Sodann unterbrach Montcalm, wie es sein höherer Rang und die Art der Unterredung mit sich brachte, das Stillschweigen. Nach den üblichen Begrüßungsworten wandte er sich an Duncan und fuhr mit einem Lächeln des Wiedererkennens in französischer Sprache fort:

»Es freut mich, mein Herr, daß Sie uns bei dieser Veranlassung das Vergnügen Ihrer Gegenwart schenken. Wir können so auf den gewöhnlichen Dolmetscher verzichten. Denn bei Ihnen fühle ich die gleiche Sicherheit, als wenn ich selbst Ihre Sprache spräche.«

Duncan dankte für dieses Kompliment; Montcalm aber wandte sich an seine Eskorte, die sich nach dem Vorbild von Munros Leuten dicht hinter ihm aufgestellt hatte, und befahl:

»Zurück, Kinder – es ist warm! Zieht euch ein wenig zurück!«

Ehe Major Heyward diesen Beweis von Vertrauen erwiderte, warf er einen Blick auf die Ebene und gewahrte nicht ohne Unruhe die zahlreichen dunklen Gruppen von Wilden, die sich als neugierige Zuschauer der Zusammenkunft am Saum der naheliegenden Wälder gelagert hatten.

»Monsieur de Montcalm wird ohne Zweifel den Unterschied unserer Lage erkennen«, sagte er mit einiger Verlegenheit und deutete zugleich auf die gefährlichen Feinde, die an allen Seiten sichtbar wurden. »Entließen wir unsere Eskorte, so wären wir der Willkür unserer Feinde preisgegeben.«

»Monsieur, Sie haben das Ehrenwort eines französischen Edelmannes für Ihre Sicherheit!« erwiderte Montcalm und legte die Hand auf das Herz. »Das sollte genügen.«

»Und genügt auch. Zurück!« sagte Duncan zu dem Offizier, der die Eskorte befehligte. »Zurück, Sir, bis auf weitere Order, so weit, daß Sie uns nicht hören können.«

Munro, der der französischen Sprache nicht mächtig war, beobachtete den Vorgang mit sichtbarer Unruhe und fragte, was das alles zu bedeuten habe.

»Liegt es nicht in unserem Interesse, Sir, kein Mißtrauen zu zeigen?« versetzte Duncan. »Monsieur de Montcalm verpfändete sein Ehrenwort für unsere Sicherheit, und ich habe den Leuten befohlen, sich etwas zurückzuziehen, um zu zeigen, wie fest wir auf seine Zusicherung bauen.«

»Sie können recht haben, Sir. Ich habe aber kein überschwengliches Vertrauen zu diesen Marquis, oder wie sie sich nennen. Ihre Adelspatente sind zu gewöhnlich, als daß man ihnen auch das Siegel wahrer Ehre zutrauen könnte.«

»Sie vergessen, Sir, daß wir einen Offizier vor uns haben, der sich durch seine Taten in Europa und Amerika gleich ausgezeichnet hat. Von einem Kriegsmann seines Rufes haben wir sicher nichts zu befürchten.«

Der Veteran gab mit einer resignierenden Handbewegung nach. Allein seine strengen Züge verrieten immer noch sein Mißtrauen, das mehr von einer gewissen ererbten Verachtung der Franzosen und weniger von den offenbaren Tatsachen herrührte. Montcalm wartete geduldig das Ende dieses halblauten, kurzen Zwiegesprächs ab, trat dann näher und eröffnete die Unterredung mit folgenden Worten:

»Ich habe Ihren Kommandanten um diese Zusammenkunft gebeten, Monsieur, weil ich glaube, er werde sich überzeugen lassen, bereits alles getan zu haben, was die Ehre seines Landesherren unumgänglich verlangt, so daß er nun auf die Stimme der Menschlichkeit hören könne. Ich werde stets bezeugen, daß er den tapfersten Widerstand geleistet hat, den er solange fortsetzte, wie noch Hoffnung vorhanden war.«

Die Worte wurden übersetzt, und Munro antwortete mit Würde und hinreichender Höflichkeit:

»So sehr ich ein solches Zeugnis des Monsieur de Montcalm zu schätzen weiß, so wird es mir doch noch wertvoller sein, wenn ich es besser verdient haben werde.«

Der französische General lächelte, als ihm diese Antwort übersetzt wurde, und bemerkte:

»Was man erprobtem Mut so gern gewährt, kann der nutzlosen Hartnäckigkeit vielleicht verweigert werden. Monsieur beliebe, mein Lager anzusehen, meine Truppen zu zählen und sich selbst von der Unmöglichkeit eines längeren Widerstandes zu überzeugen!«

»Ich weiß, daß der König von Frankreich gut ausgestattet ist«, erwiderte der unerschütterliche Schotte, sobald Duncan seine Übersetzung beendet hatte; »aber mein königlicher Gebieter hat ebenso viele und ebenso treue Truppen.«

»Die aber zum Glück für uns nicht bei der Hand sind«, entgegnete Montcalm, ohne in seinem Eifer auf den Dolmetscher zu warten. »Es gibt ein Kriegsgeschick, dem sich der tapfere Mann mit demselben Mut unterwerfen muß, mit dem er den Feinden die Stirne bietet.«

»Hätte ich gewußt, daß Monsieur de Montcalm des Englischen so mächtig ist, so hätte ich mir die Mühe einer ungelenken Übersetzung ersparen können«, versetzte der verärgerte Duncan pikiert, da ihm das Gespräch einfiel, das er vorhin mit Munro gehabt hatte.

»Verzeihen Sie, mein Herr«, entgegnete der Franzose, indem eine leichte Röte über seine dunkle Wange flog. »Es ist ein großer Unterschied zwischen dem Sprechen und dem Verstehen einer fremden Sprache. Sie werden daher die Gefälligkeit haben, mir auch fernerhin Ihren Beistand nicht zu entziehen.« Dann fuhr er nach einer Pause fort: »Diese Berge hier machen es uns sehr bequem, Ihre Verteidigungsanlagen zu beobachten, meine Herren, und ich kenne vielleicht ihren schwachen Zustand so gut wie Sie selbst.«

»Fragen Sie den französischen General, ob seine Gläser bis an den Hudson reichen!« sagte Munro mit Stolz; »und ob er weiß, wann und wo Webbs Heer erwartet werden darf.«

»General Webb mag sein eigener Dolmetscher sein«, versetzte der schlaue Montcalm, indem er Munro einen offenen Brief hinhielt. »Sie werden daraus ersehen, mein Herr, daß seine Bewegungen meinem Heer nicht eben viel in den Weg legen werden.«

Ohne auf Duncans Übersetzung zu warten, griff Munro nach dem Brief mit einer Heftigkeit, die verriet, wie wichtig ihm sein Inhalt sein müsse. Während sein Auge das Schreiben überflog, ging seine Miene plötzlich von dem Ausdruck militärischen Stolzes in den des tiefsten Kummers über. Seine Lippen begannen zu beben, das Papier entfiel seiner Hand, und das Haupt sank ihm auf die Brust wie einem Mann, dessen Hoffnungen mit einem Schlag vernichtet wurden. Duncan hob den Brief auf und ohne die Freiheit, die er sich nahm, zu entschuldigen, warf er einen Blick auf dessen grausamen Inhalt. Ihr gemeinsamer Vorgesetzter ermunterte sie nicht nur nicht zum Widerstand, sondern riet ihnen sogar selbst, sich unverzüglich zu ergeben. Als Grund führte er an, daß er ihnen auch nicht einen einzigen Mann zum Einsatz schicken könne.

»Hier findet keine Täuschung statt!« rief Duncan, indem er den Brief sorgfältig von beiden Seiten untersuchte. »Er trägt Webbs Siegel, und es muß der aufgefangene Brief sein.«

»Der Mann hat mich verraten!« rief endlich Munro bitter. »Er hat das

Haus eines Mannes entehrt, dem Schande bisher unbekannt war! Er hat Schmach über meine grauen Haare gebracht!«

»Sagen Sie das nicht!« rief Duncan. »Noch sind wir Herren des Forts und Herren unserer Ehre. Wir wollen unser Leben um einen Preis verkaufen, der selbst unsern Feinden zu teuer erscheinen soll!«

»Ich danke dir, mein Sohn!« rief der alte Mann, der wie aus einer Betäubung erwachte. »Du hast Munro zu seiner Pflicht zurückgerufen. Wir wollen heim und unsere Gräber hinter jenen Bollwerken graben!«

»Messieurs«, sprach Montcalm mit hochherziger Teilnahme, einen Schritt vortretend, »Sie kennen Louis de St. Véran schlecht, wenn Sie ihn für fähig halten, diesen Brief zur Demütigung tapferer Soldaten und zur Befleckung seines eigenen Rufes benützen zu wollen. Hören Sie meine Bedingungen, ehe Sie mich verlassen.«

»Was sagt der Franzose?« fragte der Veteran finster. »Macht er sich ein Verdienst daraus, einen Kundschafter mit einem Zettel aus dem Hauptquartier abgefangen zu haben? Sir, er täte besser, die Belagerung aufzuheben und sich vor Fort Edward zu legen, wenn er einen Feind mit Worten einzuschüchtern wünscht.«

Duncan erklärte ihm, was Montcalm gesagt hatte.

»Monsieur de Montcalm, wir sind bereit, Sie anzuhören«, sagte Munro in ruhigerem Ton, als Duncan geendet hatte.

»Das Fort zu halten ist unter diesen Umständen unmöglich«, sprach sein großmütiger Gegner. »Das Interesse meines Gebieters fordert, daß es zerstört wird. Was aber Sie selbst und Ihre tapferen Kameraden betrifft, so sollen Ihnen keine Privilegien, die dem Soldaten teuer sind, verweigert werden.«

»Unsere Fahnen?« fragte Heyward.

»Nehmen Sie nach England, um sie Ihrem König zu zeigen.«

»Unsere Waffen?«

»Sie sollen Ihnen bleiben; niemand kann sie besser führen.«

»Unser Auszug, die Übergabe des Platzes?«

»Alles soll auf die ehrenvollste Weise für Sie vor sich gehen.«

Duncan wandte sich jetzt an seinen Kommandanten, um ihm die Punkte mitzuteilen. Der greise Krieger hörte ihn mit Erstaunen an und war von einem so ungewöhnlichen und unerwarteten Edelmut tief ergriffen.

»Gehen Sie, Duncan«, sagte er, »gehen Sie mit diesem Marquis, der ein echter Marquis ist, gehen Sie mit ihm in sein Zelt, und bringen Sie alles in Ordnung. Zwei Dinge habe ich in meinem Alter erlebt, die ich nie für möglich gehalten hätte: Ein Engländer ist zu feige, seinem Waffenbruder Hilfe zu leisten, und ein Franzose hat zu viel Ehrgefühl, um daraus seinen Vorteil zu ziehen.« Mit diesen Worten senkte der

Veteran sein Haupt und kehrte langsamen Schrittes in das Fort zurück, wo seine Niedergeschlagenheit schlimme Erwartungen weckte.

Dieser unerwartete Schlag hatte Munros stolzen Sinn so niedergebeugt, daß er sich nie mehr erholte. Von diesem Augenblick an war in seinem entschiedenen Charakter eine Veränderung vorgegangen, die ihn bald in das Grab begleiten sollte.

Duncan blieb zurück, um die Bedingungen der Kapitulation festzusetzen. Man sah ihn um die erste Nachtwache in das Fort zurückkehren und unmittelbar nach einer kurzen Besprechung mit dem Kommandanten das Fort wieder verlassen. Es wurde jetzt öffentlich bekanntgemacht, daß die Feindseligkeiten eingestellt würden. Munro hatte eine Kapitulation unterzeichnet, laut welcher der Platz mit dem anbrechenden Morgen dem Feind übergeben werden, die Besatzung aber ihre Waffen, ihre Fahnen und ihr Gepäck, folglich nach militärischen Begriffen ihre Ehre behalten sollte.

Siebzehntes Kapitel

Die feindlichen Heere, die in den Wildnissen des Horican lagerten, brachten die Nacht des August 1757 ungefähr so zu, als wenn sie auf dem schönsten Schlachtfeld Europas zusammengetroffen wären. Während die Besiegten still, verdrossen und niedergeschlagen waren, triumphierten die Sieger. Aber Trauer wie Freude haben ihre Grenzen, und lange vor der Morgenwache wurde die Stille der endlosen Wälder nur noch durch den Jubelruf eines lustigen jungen Franzosen auf einem entfernten Posten oder durch ein drohendes »Wer da?« der englischen Schildwachen unterbrochen, die niemanden vor der festgesetzten Zeit an die Bastionen ließen. Selbst diese gelegentlich laut werdenden drohenden Töne verstummten in der Stunde, die dem Anbruch des Tages vorangeht, und auch ein Lauscher hätte vergeblich auf irgendein Zeichen gehorcht, das die Anwesenheit der an den Ufern des Heiligen Sees lagernden Streitkräfte verraten hätte.

Während dieser Augenblicke tiefer Stille wurde der Vorhang vor dem Eingang eines geräumigen Zeltes in dem französischen Lager beiseite geschoben, und ein Mann trat heraus. Er war in einen Mantel gehüllt, der ihn gegen die kalte Luft der Wälder schützen, wohl aber auch seine ganze Gestalt verbergen sollte. Der Verhüllte schritt ungehindert an dem Grenadier vorüber, der am Zelt des französischen Generals Wache hielt. Die Schildwache machte nur das gewöhnliche Zeichen militärischer Ehrerbietung, als er schnellen Schrittes durch die

Zeltstadt in der Richtung von William Henry eilte. Sooft der Unbekannte auf eine der zahlreichen Schildwachen stieß, war seine Antwort kurz und, wie es schien, befriedigend, denn man ließ ihn überall ohne weitere Fragen vorüber. Mit Ausnahme solcher Unterbrechungen störte ihn auf seiner stillen Wanderung von der Mitte des Lagers bis zu den äußersten Vorposten nichts. Als er sich dem Soldaten näherte, der unmittelbar vor den feindlichen Festungswerken Wache hielt, wurde er wie gewöhnlich angerufen:

»Wer da?«

»Frankreich«, war die Antwort.

»Die Parole?«

»Der Sieg«, antwortete der Wanderer und näherte sich ihm so, daß er seine Antwort flüstern konnte.

»In Ordnung«, versetzte die Schildwache und nahm die Muskete wieder auf die Schulter, »Ihr geht früh spazieren, Herr!«

»Man muß wachsam sein, mein Sohn«, bemerkte der andere, indem er seinen Mantel aufschlug und im Vorübergehen den Soldaten scharf ins Auge faßte. Der Soldat fuhr zusammen, seine Waffe klirrte, als er sie achtungsvoll präsentierte. Dann nahm er seine Flinte wieder auf die Schulter und ging vor sich hin murmelnd weiter auf und ab:

»Wahrlich, man muß wachsam sein! Ich glaube, wir haben da einen Korporal, der nie ein Auge schließt!«

Der Offizier tat, als hätte er die Worte, die der überraschten Schildwache entschlüpft waren, nicht gehört und ging weiter, bis er das niedrige Ufer des Sees in der Nähe der westlichen Wasserbastion des Forts erreichte. Das Licht des umwölkten Mondes reichte eben hin, daß er die Umrisse der Gegenstände schwach unterscheiden konnte. Er gebrauchte die Vorsicht, sich hinter den Stamm eines Baumes zu stellen, von wo er die dunklen, stillen Erddämme der englischen Festungswerke mit gespannter Aufmerksamkeit betrachtete. Sein Blick auf die Bollwerke war nicht der eines neugierigen oder müßigen Gaffers, sondern wanderte von einem Punkt zum andern und bewies militärische Kenntnis, verriet aber auch, daß seine Untersuchung nicht ganz frei von Mißtrauen war. Endlich schien er befriedigt. Er warf ungeduldig einen Blick auf das östliche Gebirge, als könnte er den Anbruch des Morgens nicht erwarten, und war im Begriff, wieder zurückzukehren, als ein leises Geräusch an der nächsten Ecke der Bastion sein Ohr erreichte und ihn zum Bleiben bewog.

In diesem Augenblick näherte sich eine Gestalt dem Rand der englischen Brustwehr, blieb dort stehen und schien die entfernten Zelte des französischen Lagers zu betrachten. Ihr Blick wandte sich nach Osten, als sehe sie dem nahenden Tag mit Sorge entgegen, und schien dann über die klare Fläche der Wasser zu schweifen, die wie ein zweites Firmament das Bild von tausend Sternen widerspiegelte. Die frühe Morgenstunde, dazu das melancholische Aussehen und der hohe Wuchs des Mannes, der sich sinnend an die Brustwehr gelehnt hatte, ließen den aufmerksamen Beobachter über die Person nicht im Zweifel. Taktgefühl nicht minder als Klugheit geboten ihm, sich zurückzuziehen. Vorsichtig hatte er sich schon von dem Baumstamm entfernt, da zog ein anderer Laut seine Aufmerksamkeit auf sich und hieß ihn abermals stillstehen. Leise, kaum hörbar bewegte sich das Wasser, dann war es, als ob Kieselsteine sich aneinander rieben. Eine dunkle Gestalt erhob sich und stieg vorsichtig an Land, einige Schritte von der Stelle, wo er stand. Im nächsten Moment richtete sich eine Büchse auf die Bastion, aber ehe der Schuß fallen konnte, war schon die Hand des Fremden auf dem Hahn des Gewehrs.

»Hugh!« rief der Wilde, dessen schurkische Absicht so seltsam und unerwartet unterbrochen worden war.

Ohne ein Wort zu sprechen, legte der französische Offizier seine Hand auf die Schulter des Indianers und führte ihn von der Stelle weg, wo ein Zwiegespräch hätte gefährlich werden können und wo einer von ihnen ein Opfer zu suchen schien. Den Mantel zurückschlagend, um seine Uniform und das Ludwigskreuz an seiner Brust zu zeigen, fragte jetzt Montcalm in strengem Ton:

»Was soll das? Weiß mein Sohn nicht, daß die Kriegsaxt begraben ist zwischen dem Engländer und seinem kanadischen Vater?«

»Was sollen die Huronen beginnen?« entgegnete der Wilde, ebenfalls französisch, dies aber nur unvollkommen sprechend. »Kein Krieger hat einen Skalp, und die Bleichgesichter werden miteinander Freunde.«

»Ha! Le Renard subtil! Das scheint mir doch ein übertriebener Eifer für einen Freund zu sein, der gerade noch ein Feind war! Wie viele Sonnen gingen unter, seitdem Le Renard das letztemal auf einen Posten der Engländer gestoßen ist!«

»Wo ist jene Sonne?« fragte der trotzige Wilde. »Hinter den Bergen, und sie ist schwarz und kalt. Aber wenn sie wiederkommt, wird sie glänzen und warm sein. Le Subtil ist die Sonne seines Stamms. Wolken und viele Berge waren zwischen ihm und seiner Nation; aber jetzt scheint sie hell, und es ist klarer Himmel!«

»Daß Le Renard Macht über die Männer seines Volkes hat, weiß ich wohl«, erwiderte Montcalm, »denn gestern jagte er noch nach ihren Skalpen, und heute hören sie ihn am Versammlungsfeuer.«

»Magua ist ein großer Häuptling.«

»Er zeige es dadurch, daß er sein Volk lehrt, wie es sich gegen unsere neuen Freunde zu betragen hat.«

»Warum führte der Häuptling von Kanada seine jungen Krieger in die Wälder und feuerte sein Geschütz auf das Haus von Erde ab?« fragte der schlaue Indianer.

»Um es in Besitz zu nehmen. Meinem Herrn gehört das Land, und euer Vater bekam den Befehl, die englischen Eindringlinge daraus zu vertreiben. Sie willigen ein zu gehen, und jetzt heißt er sie nicht mehr Feinde.«

»Das ist gut. Aber Magua nahm die Kriegsaxt, um sie mit Blut zu färben. Jetzt glänzt sie; wenn sie rot ist, will er sie gern wieder begraben.«

»Aber Magua ist verpflichtet, Frankreichs Lilien nicht zu beflecken. Die Feinde des großen Königs über dem Salzsee sind seine Feinde; seine Freunde die Freunde der Huronen.«

»Freunde!« wiederholte der Indianer verächtlich. »Der Vater Maguas erlaube ihm, seine Hand zu fassen.«

Montcalm, der wußte, daß er seinen Einfluß auf die kriegerischen Stämme, die er versammelt hatte, mehr durch Nachgiebigkeit als durch Gewalt aufrechterhalten konnte, willfahrte ihm widerstrebend. Der Wilde legte den Finger des französischen Befehlshabers in eine tiefe Narbe auf seiner Brust und fragte dann erregt:

»Weiß mein Vater, was das ist?«

»Welcher Krieger sollte das nicht wissen? Es ist von einer Bleikugel.«

»Und das?« fuhr der Indianer fort, dem andern den nackten Rücken zukehrend, denn er trug nicht wie gewöhnlich seinen baumwollenen Mantel.

»Das, mein Sohn, stammt von einer schweren Mißhandlung her. Wer hat es getan?«

»Magua hatte ein hartes Lager in den englischen Wigwams, und dies sind die Spuren davon«, antwortete der Wilde mit dumpfem Gelächter, das gleichwohl seine Wut nicht verbergen konnte, die ihn beinahe überwältigte. Bald aber faßte er sich und fuhr mit seiner angeborenen und schnell wiedergewonnenen Würde fort: »Geh, sag du deinen jungen Kriegern, daß Frieden ist. Le Renard subtil weiß, wie er mit dem Huronenkrieger sprechen muß.«

Ohne weitere Worte und ohne eine Antwort abzuwarten, nahm der Wilde seine Büchse in den Arm und schritt langsam durch das Lager auf die Wälder zu, wo sein Stamm sich gelagert hatte. Alle Augenblicke wurde er von den Schildwachen angerufen, aber er ging trotzig weiter, ohne den Ruf der Soldaten zu beachten. Sie ließen ihn gewähren, weil sie sein Aussehen und seinen Gang nicht weniger als die Tollkühnheit eines Indianers kannten.

Montcalm blieb noch eine Weile an dem Ort, an dem Magua ihn

verlassen hatte, versunken in tiefes Nachdenken über die Stimmung, die sein wilder Bundesgenosse an den Tag gelegt hatte. Schon einmal war sein Ruf durch eine furchtbare Szene verdunkelt worden, und die Umstände glichen den gegenwärtigen aufs Haar. Je weiter er nachsann, desto lebhafter wurde ihm klar, welche Verantwortung derjenige auf sich lädt, dem jedes Mittel recht ist, wenn es nur zu seinem Ziel führt, und der dabei unbekümmert Folgen auslöst, die sich seinem Einfluß ganz und gar entziehen. Er verscheuchte Betrachtungen dieser Art, die er im Augenblick des Sieges für Schwäche hielt, kehrte in sein Zelt zurück und gab im Vorbeigehen Befehl, das Heer aus seinem Schlaf zu wecken.

Der erste Schlag der französischen Trommeln fand ein Echo im Innern der Festung, und augenblicklich füllte sich das Tal mit den anhaltenden und durchdringenden Klängen einer Kriegsmusik, die ihre lärmende Begleitung noch übertönte. Die Hörner der Sieger bliesen heitere und fröhliche Klänge, bis der letzte Mann im Lager unter den Waffen war. Sobald aber die britischen Pfeifen im Fort ihr schrilles Signal gaben, verstummten sie.

Unterdessen war der Tag angebrochen, und als das französische Heer zum Empfang seines Generals in Reih und Glied bereitstand, blitzten die Waffen der Krieger von den Strahlen einer glänzenden Sonne. Die Kapitulation, obwohl schon bekannt, wurde nun öffentlich verkündet, und das Corps, das auserwählt war, die Tore der eroberten Festung zu besetzen, defilierte vor dem General. Das Zeichen zum Aufbruch wurde gegeben, und all die üblichen Vorbereitungen für den Wechsel einer Herrschaft wurden unter den Bastionen des Forts getroffen und ausgeführt.

Einen ganz anderen Anblick boten die Reihen des englisch-amerikanischen Heeres. Sobald das Abzugssignal gegeben war, sah man allerorten Zeichen eines übereilten, erzwungenen Abmarsches. Mit finsteren Blicken warfen die Soldaten ihre ungeladenen Gewehre auf die Schulter. Als sie in die Reihe traten, sah man, daß ihr Blut durch den so lange geleisteten Widerstand erhitzt war und daß sie bloß auf eine Gelegenheit warteten, den Schimpf zu rächen, der ihren Stolz verletzte, auch wenn er unter den üblichen Formen militärischer Disziplin verdeckt war. Weiber und Kinder liefen hin und her, teils trugen sie die spärlichen Reste des Gepäckes, teils suchten sie in den Reihen der Soldaten die Gesichter derjenigen, von denen sie Schutz und Schirm erwarteten.

Munro erschien ruhigen Antlitzes, aber niedergeschlagen in der Mitte seiner schweigenden Truppen. Offenbar hatte ihn dieser unerwartete Schlag hart getroffen, obgleich er sich anstrengte, sein Unglück als Mann zu tragen.

Duncan war tief bewegt von dem ruhigen und doch so eindringlichen Gram, der aus seiner Miene sprach. Er hatte seine eigene Pflicht erfüllt und eilte jetzt an die Seite des alten Mannes, um ihm seine Dienste anzubieten.

»Meine Töchter!« war die kurze, aber bedeutungsvolle Antwort.

»Gott des Himmels! Sind noch keine Vorkehrungen für sie getroffen worden?«

»Heute bin ich allein Soldat, Major Heyward!« sprach der Veteran. »Alle, die Sie hier sehen, sind mit gleichem Recht meine Kinder!«

Duncan hatte genug gehört. Ohne einen Augenblick der jetzt so kostbaren Zeit zu verlieren, eilte er in die Wohnung des Kommandanten, um die Schwestern zu suchen. Er fand sie auf der Schwelle des niedrigen Gebäudes zur Abreise bereit und umgeben von einem Haufen weinender und jammernder Frauen, die sich hier versammelt hatten, wo sie am ehesten Schutz erwarten durften. Cora hatte nichts von ihrer Festigkeit verloren, obgleich ihre Wange blaß und ihre Miene unruhig war. Alices Augen aber waren entzündet und verrieten, daß sie lange und bitterlich geweint hatte. Beide empfingen den jungen Mann mit unverhohlener Freude, und Cora redete ihn gegen ihre Gewohnheit zuerst an.

»Das Fort ist verloren«, sagte sie mit melancholischem Lächeln, »aber unser guter Name ist, darauf traue ich, unverloren!«

»Er steht glänzender da denn je! Aber teuerste Miß Munro, es ist Zeit, weniger an andere zu denken und mehr für sich selbst zu sorgen. Brauch und Stolz – der Stolz, den Sie selbst so hoch schätzen – verlangen, daß Ihr Vater und ich eine kleine Weile an der Spitze der Truppen ziehen. Aber wo ist ein geeigneter Beschützer für Sie gegen die Verwirrung und die Wechselfälle eines solchen Abmarsches?«

»Es ist keiner nötig«, versetzte Cora. »Wer wird es wagen, die Töchter eines solchen Vaters bei einer solchen Gelegenheit zu beleidigen oder zu beschimpfen?«

»Ich möchte Sie nicht allein lassen, auch nicht für das Kommando des besten Regiments in königlichem Sold«, entgegnete der Jüngling, flüchtig um sich blickend. »Bedenken Sie, unsere Alice besitzt nicht Ihre Seelenstärke, und Gott weiß, welche Schrecken Sie erwarten!«

»Sie mögen recht haben«, sagte Cora, wieder lächelnd, aber viel ernster als zuvor. »Hören Sie, der Zufall hat uns bereits einen Freund gesandt, da wir ihn am nötigsten brauchen.«

Duncan horchte und verstand sogleich, was sie meinte. Die langsamen, ernsten Töne des heiligen Gesangs, so wohlbekannt in den östlichen Provinzen, trafen sein Ohr und führten ihn in das Zimmer eines nahen Gebäudes, das bereits von seinen bisherigen Bewohnern verlassen war. Hier fand er David, der seine frommen Gefühle in der einzigen ihm eigenen Weise aussprach. Duncan wartete an der Tür, bis Davids Handbewegungen endeten, mit denen er wieder seinen Gesang begleitete. Dann klopfte er ihm auf die Schulter, um seine Aufmerksamkeit zu erregen, und teilte ihm in wenigen Worten seine Wünsche mit.

»Recht gerne«, antwortete der schlichte Jünger des Königs von Israel, als der junge Mann ausgeredet hatte. »Ich habe viel Anmut und viel melodische Anlagen bei diesen Mädchen gefunden, und es will sich ziemen, daß wir, die wir so viele Gefahren geteilt haben, auch ferner in Frieden zusammen reisen. Ich will sie begleiten, wenn ich mein Morgenlied beendigt habe, wozu nur noch die Lobpreisung fehlt. Wollen Sie mitsingen, Freund? Das Silbenmaß ist bekannt und die Weise ›Southwell‹.«

Damit schlug David sein Büchlein auf, gab mit wohlüberlegter Genauigkeit den Ton an, begann und endete seinen Gesang mit jener Bestimmtheit, die sich nicht leicht eine Unterbrechung gefallen ließ. Heyward konnte das Ende kaum erwarten und fuhr, sobald er sah, daß David seine Brille in das Futteral und das Buch in die Tasche steckte, fort:

»Eure Pflicht wird sein, dafür zu sorgen, daß niemand sich den Ladies in einer bösen Absicht naht oder das Unglück ihres tapferen Vaters schmäht oder verhöhnt. Die Diener ihres Haushalts werden Euch dabei behilflich sein.«

»Gut so.«

»Es ist möglich, daß euch Indianer oder Streifzüge der Feinde etwas anhaben wollen. Ihr verweist sie dann nur auf die Bedingungen der Übergabe und droht ihnen, die Sache Montcalm zu berichten. Ein Wort wird genügen.«

»Wo nicht, so habe ich hier etwas, das seine Wirkung tut«, versetzte David mit einer Miene frommer Zuversicht und griff nach seinem Buche. »Hier stehen Worte, die mit gehörigem Nachdruck, im richtigen Zeitmaß und mit feierlichem Ernst gesprochen, den unbändigsten Sinn zähmen müssen: ›Warum toben die Heiden so ungestüm?‹«

»Genug!« sagte Heyward und unterbrach diese Anrufung der Musik. »Wir verstehen einander; es ist Zeit, daß jeder von uns seiner Pflicht nachgeht.«

Gamut stimmte zu, und sie suchten die beiden Schwestern auf. Cora empfing ihren neuen, etwas sonderbaren Beschützer wenigstens mit Höflichkeit; und selbst in Alices blasse Gesichtszüge schlich sich ein Zug ihrer angeborenen Schalkhaftigkeit, als sie Heyward für seine Fürsorge dankte. Duncan versicherte ihnen, er habe so viel getan, wie die Umstände erlaubten, und wohl auch genug für ihre Sicherheit, da keine wirkliche Gefahr vorhanden sei. Er freue sich schon jetzt auf ein Wiedersehen in der Nähe des Hudson, wenn er die Vorhut bis an den Fluß geführt habe. Dann nahm er eilig Abschied.

Das Zeichen zum Abmarsch war indessen gegeben worden und die englische Kolonne bereits in Bewegung. Die Schwestern erschraken bei dem Trommelschlag, und als sie sich umblickten, sahen sie schon die weißen Uniformen der französischen Grenadiere, die die Tore des Forts bereits in Besitz genommen hatten. In diesem Augenblick schien plötzlich eine ungeheure Wolke über ihren Köpfen zu stehen. Sie schauten empor und erblickten über sich die weiten Tuchbahnen der Standarte von Frankreich.

»Laßt uns aufbrechen!« sprach Cora. »Dies ist kein schicklicher Aufenthalt mehr für die Kinder eines englischen Offiziers.«

Alice hängte sich an den Arm ihrer Schwester, und zusammen verließen sie den Paradeplatz, umringt von der sich langsam fortbewegenden Menge. Als sie durch den Torweg gingen, verbeugten sich die französischen Offiziere, die von ihrem Rang erfahren hatten. Sie enthielten sich aber weiterer Aufmerksamkeiten, die, wie sie spürten, angesichts der Situation auch nicht am Platz waren. Da alle Wagen und Lasttiere für Kranke und Verwundete in Anspruch genommen waren, hatte Cora beschlossen, mit ihrer Schwester lieber die Beschwerden eines Fußmarsches auf sich zu nehmen, als jenen die Bequemlichkeit zu entziehen. Ohnehin mußte mancher verstümmelte und schwache Soldat, da es in diesen Wildnissen an den nötigen Beförderungsmitteln fehlte, seine erschöpften Glieder hinter den Kolonnen herschleppen. Alles war jedoch in Bewegung: die Schwachen und Verwundeten stöhnend und leidend, ihre Kameraden still und verdrießlich und die Frauen und Kinder von Schrecken ergriffen, ohne zu wissen, warum.

Als die verworrene und verängstigte Menschenmenge die schützenden Wälle des Forts verließ und auf die offene Ebene gelangte, lag die ganze Szene vor jedermanns Augen. In einiger Entfernung zur Rechten und etwas nach hinten stand das französische Heer unter den Waffen. Montcalm hatte alle seine Truppen zusammengezogen, sobald seine Wachen in Besitz der Festungswerke waren. Sie waren aufmerksame, aber schweigende Beobachter der Bewegungen der Besiegten und versagten sich angesichts ihres Triumphes jeglichen Hohn und Spott, im Gegenteil: sie erwiesen den Gegnern die üblichen militärischen Ehren. Die Engländer, beinahe dreitausend Mann stark, zogen langsam über die Ebene und näherten sich einer durch den hohen Wald gehauenen Straße, die zum Hudson führte. Am Saum der Wälder hatten sich Haufen von Indianern gelagert, die den Marsch ihrer Feinde beobachteten und Geiern ähnlich in einiger Entfernung lauerten. Nur die Gegenwart und die Macht eines überlegenen Heeres hielt sie davon ab, über ihre Beute herzufallen. Einige hatten sich sogar unter die Kolonnen der Besiegten gemischt, wo sie in finsterem Unmut als aufmerksame, jetzt noch untätige Beobachter in der sich bewegenden Menge mitwanderten.

Die Vorhut, von Heyward angeführt, hatte bereits den Waldweg erreicht und verschwand allmählich zwischen den Bäumen, als Coras Aufmerksamkeit sich auf einen Trupp Nachzügler richtete, in dem Streit ausgebrochen war. Ein Soldat der Provinzialtruppen, der gegen strengen Befehl zurückgeblieben war, um sich herrenloses Gut anzueignen, wurde von einem Indianer seines Gepäckes beraubt. Der Mann war von zu starkem Körperbau, um sich seine Habe ohne Widerstand entreißen zu lassen. Von beiden Seiten mischte man sich in den Streit, die einen, den Raub zu verhindern, die andern, um ihn zu unterstützen. Die Stimmen wurden immer lauter und ungestümer, und plötzlich, wie durch Zauberei, standen Hunderte von Wilden dort, wo man gerade noch ein Dutzend gezählt hatte. Cora erblickte die Gestalt Maguas, der zwischen seinen Landsleuten umherschlich und mit seiner arglistigen und gefährlichen Beredsamkeit auf sie einredete. Die Masse der Frauen und Kinder blieb stehen und drängte sich aneinander. Doch die Raubsucht des Indianers schien befriedigt, und der Zug ging wieder langsam vorwärts.

Die Wilden zogen sich jetzt zurück und schienen ihre Feinde ohne weitere Störungen ziehen lassen zu wollen. Als aber der Weiberhaufen nahte, zog die bunte Farbe eines Schals die Augen eines wilden Huronen auf sich. Er trat auf die Frau zu, die ihn trug, um ihn ihr zu entreißen. Die Frau hüllte, mehr vor Schreck denn aus Liebe zu dem Kleidungsstück, ihr Kind in den begehrten Schmuck und drückte beide fester an ihre Brust. Cora wollte eben sprechen und der Frau raten, die Kleinigkeit dem Wilden zu überlassen, als dieser den Schal fahren ließ und das schreiende Kind aus ihren Armen riß. Alles andere vergessend, stürzte die Mutter voller Verzweiflung auf ihn zu, um ihr Kind zurückzufordern. Der Indianer lächelte grimmig und streckte ihr eine Hand entgegen, um seine Bereitwilligkeit zu einem Tausch anzudeuten. Mit der anderen Hand aber schwang er das Kind an den Füßen um seinen Kopf, als wollte er damit das Lösegeld steigern.

»Hier – hier – da – alles – alles!« rief die unglückliche Mutter und riß sich mit zitternden, ungeschickten Fingern alle entbehrlichen Kleidungsstücke vom Leib. »Nimm alles, nur gib mir mein Kind wieder!«

Der Wilde verschmähte die wertlosen Lappen, und als er gewahrte, daß der Schal bereits die Beute eines anderen geworden war, ging sein spöttisches, aber tückisches Lächeln in einen Ausdruck der Wut über.

Er zerschmetterte dem Kinde den Kopf an einem Felsen und warf die noch zuckenden Glieder der Mutter vor die Füße. Einen Augenblick stand die Arme regungslos da, ein Bild der Verzweiflung, und blickte wild auf das entstellte Wesen, das sich gerade noch an ihren Busen geschmiegt und ihr zugelächelt hatte. Dann hob sie Augen und Gesicht gen Himmel, als flehte sie Gott an, den ruchlosen Verbrecher zu verderben. Die Sünde eines solchen Gebets blieb ihr erspart: wütend über die getäuschte Hoffnung und durch den Anblick des Blutes erregt, spaltete ihr der Hurone mit seinem Tomahawk den Schädel. Die Mutter sank unter dem Streich und stürzte zu Boden. Und noch im Tode griff sie nach ihrem Kind mit derselben überwältigenden Liebe, mit der sie es im Leben umfaßt hatte.

In diesem entscheidenden Augenblick hielt Magua beide Hände an den Mund und ließ das verhängnisvolle, furchtbare Kriegsgeschrei ertönen. Die zerstreuten Indianer fuhren bei dem wohlbekannten Ruf auf wie Rennpferde, die ungeduldig auf das Signal zum Start gewartet haben, und plötzlich erscholl durch die Ebene und die Baumwipfel des Waldes ein so schreckliches Geheul, wie es selten von Menschenlippen vernommen wurde. Wer es hörte, dem stockte das Herz, als hätte er die Posaunen des jüngsten Gerichts vernommen.

Mehr als zweitausend Wilde brachen auf dieses Signal wütend aus dem Wald und stürmten auf die verhängnisvolle Ebene. Wir verweilen nicht bei den empörenden Greuelszenen, die jetzt erfolgten. Überall war der Tod, und zwar in seinen schrecklichsten, abscheulichsten Gestalten. Widerstand diente nur dazu, die Wut der Mörder noch mehr zu entflammen. Sie führten noch ihre Streiche, wenn ihre Opfer sie schon lange nicht mehr fühlen konnten. Die Ströme von Blut glichen den Wogen eines Gießbachs. Sein Anblick machte die Eingeborenen fast wahnsinnig vor Wut, so daß manche unter ihnen niederknieten, um unter höllischem Jauchzen die dunkelrote Flut zu trinken.

Die regulären Truppen stellten sich schnell in Schlachtordnung auf, um den Angreifern durch militärische Ordnung zu imponieren. Der Versuch gelang nur zum Teil, denn viele Soldaten ließen sich, in der trügerischen Hoffnung, die Wilden damit zu beschwichtigen, die ungeladenen Flinten aus den Händen reißen.

Während solcher Szenen spielte Zeit keine Rolle. Zehn Minuten, für sie ebenso viele Jahrhunderte, mochten die Schwestern erstarrt vor Entsetzen und beinahe hilflos dagestanden haben. Als der erste Streich gefallen war, hatten sich ihre Begleiterinnen laut schreiend um sie zusammengedrängt, jede Flucht verhindernd. Nun, da Furcht oder Tod die meisten zerstreut hatte, sahen sie nirgendwo einen Weg, der nicht unter die Tomahawks der Feinde geführt hätte. Von allen Seiten hörte man Geschrei, Gestöhn, Ermahnungen und Flüche. In diesem Augenblick glaubte Alice die hohe Gestalt ihres Vaters zu erkennen, wie er schnell über die Ebene zum französischen Lager eilte.

Tatsächlich war er, keine Gefahr achtend, auf dem Weg zu Montcalm, um die versprochene Eskorte zu verlangen. Fünfzig blitzende Streitäxte und Speere mit Widerhaken bedrohten sein Leben, aber selbst noch in ihrer Wut achteten die Wilden seinen Rang und seine unerschütterliche Ruhe. Die todbringenden Waffen wurden von seinen noch immer kräftigen Armen beiseitegestoßen, oder sie senkten sich, als hätte keiner den Mut, den angedrohten Streich zu führen. Zum Glück suchte der rachsüchtige Magua sein Opfer gerade in der Abteilung, die der Veteran soeben verlassen hatte.

»Vater! Vater! Wir sind hier!« schrie Alice, als er in geringer Entfernung an ihnen vorübereilte. »Komm, Vater, oder wir sterben!« Sie wiederholte diesen Ruf mehrmals in einem Ton, der ein Herz von Stein hätte rühren können, allein es war vergeblich. Einmal wohl schien der alte Mann wirklich die Töne vernommen zu haben, denn er hielt inne und horchte. Aber Alice war besinnungslos zu Boden gesunken, und Cora kniete mit ängstlicher Besorgnis an ihrer Seite. Enttäuscht und kopfschüttelnd ging Munro weiter und dachte nur noch an seine Pflichten.

»Lady«, sagte Gamut, der trotz seiner Hilflosigkeit nicht im Traum daran dachte, seine Schutzbefohlenen zu verlassen, »das ist ein Jubelfest der Teufel und kein Ort, wo Christen verweilen können. Auf! Laßt uns fliehen!«

»Flieht!« entgegnete Cora, immer noch ihre besinnungslose Schwester anstarrend, »rettet Euch. Mir könnt Ihr nicht mehr helfen!«

David sah ihre Entschlossenheit in der einfachen, aber ausdrucksvollen Gebärde, die ihre Worte begleitete. Einen Augenblick schaute er noch auf die dunklen Gestalten, welche rings um ihn her ihr Höllenwerk vollbrachten. Seine hagere Gestalt wurde noch größer, seine Brust hob sich, und alle seine Züge verkündeten, daß eine mächtige Empfindung in ihm aufstieg und ihn gänzlich beherrschte.

»Wenn der jüdische Hirtenknabe durch den Klang seiner Harfe und die Worte heiligen Gesanges Sauls bösen Geist bezwingen konnte, so wird es nicht am unrechten Orte sein«, sprach er, »wenn ich hier die Macht der heiligen Musik versuche.«

Seine Stimme zur höchsten Höhe erhebend, begann er einen so mächtigen Gesang, daß er selbst in dem Getümmel des blutigen Schlachtfeldes hörbar wurde. Einige Wilde stürzten heran, um die unbeschützten Schwestern ihres Schmuckes und ihrer Skalpe zu berauben. Als sie aber diese seltsame und unbewegliche Gestalt an ihrer

Seite erblickten, blieben sie horchend stehen. Ihr Staunen ging bald in Bewunderung über. Sie drückten ihren Beifall aus über die Standhaftigkeit, womit der weiße Krieger sein Totenlied sang, und sie wandten sich ab, um andere, weniger mutige Schlachtopfer zu suchen. Ermutigt durch diesen ersten Erfolg verdoppelte David seine Anstrengung, um die Kraft dieses, wie er glaubte, heiligen Einflusses zu erhöhen. Diese ungewohnten Laute drangen an das Ohr eines entfernten Wilden, der wütend von Gruppe zu Gruppe eilte, als verschmähe er die gewöhnlichen Schlachtopfer und suche nach etwas Besonderem, würdig seines Rufes. Es war Magua, der einen Freudenschrei ausstieß, als er seine alten Gefangenen wieder erblickte.

»Komm!« rief er und faßte mit seiner blutigen Hand nach Coras Kleid. »Der Wigwam des Huronen ist noch leer. Ist er nicht besser als dieser Ort?«

»Hinweg!« rief Cora, ihre Augen vor seinem empörenden Anblick verhüllend.

Der Indianer lachte höhnisch und antwortete, indem er eine Hand emporhielt: »Sie ist rot, aber das Blut kommt aus weißen Adern!«

»Ungeheuer! Blut, Ströme von Blut lasten auf deiner Seele: du bist schuld an diesem Geschehen!«

»Magua ist ein großer Häuptling!« erwiderte der frohlockende Wilde. »Will das schwarze Haar ihm zu seinem Stamm folgen?«

»Nimmermehr! Schlag zu, wenn du willst, und vollende deine Rache!«

Der Indianer zögerte einen Augenblick; dann aber hob er rasch die leichte und leblose Gestalt Alices in seine Arme und eilte über die Ebene dem Wald zu.

»Halt!« schrie Cora und lief ihm mit wildem Ungestüm nach. »Laß das Kind! Elender! Was willst du mit ihr?«

Aber Magua war taub für ihre Stimme; oder vielmehr er kannte seine Macht und war entschlossen, von ihr Gebrauch zu machen.

»Bleibt, Lady, bleibt!« rief Gamut Cora nach, die völlig außer sich war. »Der heilige Zauber beginnt zu wirken, und bald wird dieser schreckliche Aufruhr gestillt sein!«

Da er sah, daß man nicht auf ihn hörte, folgte der treue David der verzweifelten Schwester. Dabei erhob er seine Stimme abermals zu heiligem Gesang, wobei er wie üblich mit seinen langen Armen die Luft durchfurchte, um das Zeitmaß anzugeben. So eilten sie über die Ebene hin, mitten durch Fliehende, Verwundete und über Tote. Der wilde Hurone bot Alice in seinen Armen hinlänglich Schutz; aber Cora wäre mehr als einmal unter den Streichen ihrer wilden Feinde gefallen, hätten nicht die erstaunten Eingeborenen das außerordentliche Wesen, das ihr auf dem Fuß folgte, für eine Art verrückten Schutzgeist gehalten.

Um sich allen Gefahren und jeglicher Verfolgung zu entziehen, lief Magua durch eine kleine Schlucht in den Wald. Dort standen die beiden Pferde, die die Reisenden einige Tage zuvor ihrem Schicksal überlassen hatten. Jetzt bewachte sie ein Hurone, dessen Züge ebenso wild und boshaft waren wie die Maguas. Er setzte Alice auf eines der Pferde und winkte Cora, das andere zu besteigen.

Trotz des Abscheus, den seine Gegenwart in ihr erregte, fühlte sie sich doch für den Augenblick erleichtert, daß sie dem gräßlichen Schauspiel auf der Ebene entronnen war. Sie bestieg das Pferd und streckte ihrer Schwester die Arme entgegen mit einem bittenden Ausdruck der Liebe, dem sogar der Hurone nicht widerstehen konnte. Er legte Alice auf Coras Pferd, ergriff den Zügel und eilte hinein in die Tiefe des Waldes. Als David merkte, daß man ihn allein gelassen hatte wie einen, bei dem sich nicht einmal das Töten lohnte, warf er eines seiner langen Beine über den Sattel des zurückgelassenen Pferdes und folgte den beiden Schwestern, so schnell es der schwierige Pfad erlaubte.

Bald ritten sie eine Anhöhe hinauf. Da aber diese Bewegung die schlummernde Lebenskraft Alices wieder zu wecken schien, war Coras Aufmerksamkeit geteilt zwischen der zärtlichen Sorgfalt für die Schwester und dem Geschrei, das sich immer noch laut genug von der Ebene her vernehmen ließ. So konnte sie nicht darauf achten, in welche Richtung sie ritten. Erst als sie auf die ebene Fläche eines Berggipfels gelangt waren und sich dem östlichen Absturz nahten, erkannte sie den Platz wieder, zu welchem sie mit den anderen vor einigen Tagen unter der freundlicheren Leitung des Kundschafters geführt worden waren. Hier ließ sie Magua absteigen. Trotz ihrer Gefangenschaft trieb sie die Neugierde, die vom Schauder unzertrennlich zu sein scheint, einen Blick auf das entsetzliche Schauspiel unter ihnen zu werfen.

Das grausame Werk war noch nicht zu Ende. Auf allen Seiten flohen die Besiegten vor ihren erbarmungslosen Verfolgern, während die bewaffneten Kolonnen des allerchristlichsten Königs mit einer Gefühllosigkeit zuschauten, die sich nicht erklären läßt und die auf den sonst so hohen Ruf ihres Anführers einen unauslöschlichen Flecken wirft. Das Schwert des Todes ruhte nicht eher, als bis die Raubgier der Wilden über ihren Blutdurst die Oberhand gewann. Endlich wurde das Gewinsel der Verwundeten und das Schlachtgeheul der Mörder allmählich schwächer. Die Schreckensrufe verstummten oder wurden von dem lauten, langen, durchdringenden Triumphgeschrei der Wilden übertönt.

Achtzehntes Kapitel

Die blutige, barbarische Szene, die wir im vorigen Kapitel mehr flüchtig erwähnt, als im einzelnen geschildert haben, führt in der Geschichte der Kolonien den treffenden Namen eines »Massakers von William Henry«[1]. Der Ruf des französischen Heerführers hatte schon durch einen früheren Vorgang ganz ähnlicher Art gelitten, und diesen neuen Flecken konnte selbst sein frühzeitiger, ruhmvoller Tod nicht völlig tilgen. Die Zeit hat ihn jetzt etwas verwischt, und Tausende, denen bekannt ist, daß Montcalm auf den Ebenen von Abraham den Tod eines Helden starb, wissen vielleicht nicht, wie sehr es ihm an jenem moralischen Mut gebrach, ohne den es keine wahre Größe gibt. Seiten ließen sich schreiben, um an diesem allbekannten Beispiel die Mängel menschlicher Vollkommenheit zu zeigen, um darzutun, wie leicht Großmut, Höflichkeit und ritterliche Tapferkeit vor dem erstarrenden Frosthauch der Selbstsucht dahinschwinden und der Welt einen Mann zeigen, der nach landläufigen Begriffen groß genannt werden könnte, hätte er nicht die Politik über die Forderungen des Sittengesetzes gestellt. Aber diese Aufgabe würde die Grenzen unseres Werkes überschreiten; und da die Geschichte, gleich der Liebe, ihre Helden so gern mit einem Heiligenschein umgibt, so wird wohl die Nachwelt in Louis de Saint Véran nur den ritterlichen Verteidiger seines Vaterlandes erblicken und seine grausame Gleichgültigkeit an den Ufern des Oswego und des Horican vergessen. Mit Bedauern über diese Schwäche unserer Schwestermuse treten wir aus ihrem geheiligten Gebiet zurück auf das Feld unseres eigenen bescheideneren Berufs.

Der dritte Tag nach der Übergabe des Forts ging zu Ende; doch muß der Leser noch etwas an den Ufern des Heiligen Sees verweilen. Als wir seine Gewässer zuletzt sahen, waren die Umgebungen der Festungswerke Schauplatz der Gewalttat und des Aufruhrs; jetzt herrschte dort eine Totenstille. Die blutbefleckten Sieger waren abgezogen; und ihr Lager, das gerade noch vom Jubelruf eines siegreichen Heeres widergehallt hatte, war nun eine verlassene Hüttenstadt. Die Festung lag in rauchenden Trümmern: verkohlte Balken, Überreste von Kanonen, zerfallenes Mauerwerk lagen in krausem Durcheinander auf den Erdwällen zerstreut.

Auch die Jahreszeit schien sich erschreckend verändert zu haben. Die Sonne hielt ihre wärmenden Strahlen hinter undurchdringlichem

1 Die Zahl der in diesem Gemetzel Gefallenen wird von den einen mit fünfhundert, von den andern sogar mit fünfzehnhundert angegeben.

Dunst verborgen. Hunderte lebloser menschlicher Gestalten, die die glühende Hitze des August geschwärzt hatte, erstarrten in einem Wind, der mit der Strenge des Novemberfrostes daherstürmte. Die wogenden Nebelwolken, die über die Berge nach Norden zogen, wurden mit der Wut eines Orkans in endlosen grauen Schwaden nach Süden getrieben. Der ruhige Spiegel des Horican war dahin: statt seiner peitschten grüne, ungestüme Fluten die Ufer, als ob sie allen Unrat unwillig an den entweihten Strand zurückwerfen wollten. Zwar behielt das weite Becken noch immer eine gewisse Klarheit, spiegelte aber nur das düstere Gewölk, das den Himmel über ihm verdeckte. Die liebliche, sanfte Atmosphäre, die sonst der Landschaft ihren Reiz verlieh und den Charakter der Wildheit und Strenge milderte, war verschwunden. Der Nordwind brauste so scharf und ungestüm über die Wasserfläche, daß weder dem Auge noch der Einbildungskraft ein Punkt blieb, auf dem sie mit Vergnügen hätten verweilen können. Das ungestüme Element hatte das Grün der Ebene so verdorren lassen, als wenn ein verzehrender Blitzstrahl darüber hingefahren wäre. Doch sah man hier und da inmitten der Ödnis dunkelgrüne Stellen, als wollten sie die künftige Fruchtbarkeit des mit Menschenblut getränkten Bodens verkünden.

Die ganze Landschaft, bei heiterem Himmel und angenehmer Wärme so anziehend, glich jetzt einem Sinnbild des Lebens, in dem die Gegenstände in ihren grellsten, aber wahren Farben hervortreten, ohne durch irgendeinen Schatten gemildert zu werden.

Wenn auch die vereinzelten, dürren Grashalme sich vor den darüber hinstreichenden Windstößen nur furchtsam erheben konnten, so traten die kühnen Felsenberge in ihrer Nacktheit um so deutlicher hervor. Vergeblich suchte das Auge einen Ruhepunkt in der endlosen Leere des Himmels, der durch trübe, dahintreibende Nebelschwaden dem Blick verschlossen blieb.

Der Wind blies ungleich: bald strich er dicht über dem Boden hin, als wollte er sein dumpfes Stöhnen in das kalte Ohr der Toten flüstern, bald erhob er sich in einem schrillen, kläglichen Pfeifen und fuhr in die Wälder mit einem Ungestüm, das die Luft mit abgerissenen Blättern und Zweigen erfüllte. Mitten in diesem unnatürlichen Schauer kämpften einige hungrige Raben mit dem Sturm. Sobald sie das grüne Wäldermeer, das unter ihnen flutete, überwunden hatten, ließen sie sich auf dem Platz nieder, wo die Toten lagen und wo es ihnen nicht an Nahrung fehlte.

Mit einem Wort, es war ein Schauplatz der Öde und Verwüstung; und es schien, als hätte der unerbittliche Arm des Todes alle ergriffen, die sich in seine Nähe wagten. Doch dieser Bann war vorüber: zum erstenmal, nachdem die Urheber jener Greueltaten verschwunden waren, wagten es menschliche Wesen, sich dem Ort zu nahen.

Am Abend des Tages, von dem wir hier sprechen, sah man fünf Männer aus dem Waldpfad, der zum Hudson führt, hervortreten und den zerstörten Festungswerken zuschreiten. Anfangs waren ihre Schritte langsam und vorsichtig, als ob sie nur widerstrebend in den Bereich dieses Ortes träten und die Wiederholung seiner Schreckensszenen fürchteten.

Die schlanke Gestalt eines Jünglings schritt den anderen voran mit der Vorsicht und Gewandtheit eines Eingeborenen. Er nutzte jeden kleinen Hügel, um zu spähen, und zeigte durch Gebärden seinen Begleitern den Weg, den er für den sichersten hielt. Auch die ihm Folgenden ließen es nicht an jener Vorsicht und Wachsamkeit fehlen, die bei einem Krieg in den Wäldern unerläßlich ist. Einer unter ihnen, ebenfalls ein Indianer, hielt sich etwas abseits, indem er seine Augen, gewohnt, die nahende Gefahr an dem leisesten Zeichen zu erkennen, unverwandt auf den Saum der Wälder richtete. Die drei anderen waren Weiße, aber in einer Kleidung, die nach Stoff und Farbe für ihr gefahrvolles Unternehmen berechnet war – einem sich zurückziehenden Heer in der Wildnis auf dem Fuße zu folgen.

Auf die schrecklichen Bilder, die sich mit jedem Schritt zum See ihren Augen darboten, reagierten sie entsprechend ihrer Charaktere ganz unterschiedlich. Der Jüngling warf, leichten Schrittes über die Ebene schreitend, ernste, aber verstohlene Blicke auf die verstümmelten Schlachtopfer, ängstlich, die Gefühle, die sich ihm aufdrängten, zu verbergen, und doch zu unerfahren, um ihrem mächtigen Eindruck sich ganz entziehen zu können. Sein roter Gefährte dagegen war über eine solche Schwäche weit erhaben. Festen Schrittes und mit ruhiger Miene ging er an den Leichnamen vorbei, so daß man wohl erkannte, lange Gewohnheit habe ihn mit dergleichen Szenen vertraut gemacht. Selbst die Gefühle, die dieser Anblick in den Gemütern der Weißen erregte, waren verschiedener Art, doch schienen Schmerz und Kummer vorzuherrschen. Der eine, obwohl jetzt in der Kleidung eines Waidmannes, verriet durch seine grauen Haare, die gefurchte Stirn und seine kriegerische Haltung einen Mann, der Szenen des Krieges schon lange gewohnt war. Dennoch verbarg er sein Entsetzen nicht, wenn wieder ein ungewöhnlich schrecklicher Anblick ihm vor Augen trat. Der junge Mann an seiner Seite schauderte, schien aber aus Schonung für seinen Begleiter solche Empfindungen zu unterdrücken. Unter ihnen allen sprach allein der letzte, der gleichsam den Nachtrab bildete, seine Empfindungen ohne Scheu und Rückhalt aus. Mit starrem Blick und heftig arbeitenden Gesichtszügen schaute er auf die Greuelbilder um sich her und gab mit den stärksten und bittersten Verwünschungen seinen Abscheu vor den Untaten der Feinde zu erkennen.

Der Leser wird in den beschriebenen Personen schnell die Mohikaner und ihren weißen Freund nebst Munro und Heyward erkannt haben. Es war wirklich der Vater, der seine Kinder suchte, begleitet von dem jungen Mann, der so lebhaften Anteil an ihrem Schicksal nahm, und von den wackeren und zuverlässigen Waldbewohnern, die schon zuvor in den gefahrvollen Begebenheiten Beweise ihres Geschicks und ihrer Treue gegeben hatten.

Als Uncas, der voranging, die Mitte der Ebene erreicht hatte, stieß er einen Schrei aus, der sogleich die Gefährten an seine Seite rief. Der junge Krieger stand vor einem verworrenen Haufen niedergemetzelter Frauen. So abschreckend auch die Aufgabe war, eilten doch Munro und Heyward herbei und suchten mit einem Eifer, den das Entsetzen nicht mindern konnte, unter den zerstreuten und bunten Gewändern nach Spuren von Vermißten. Der Vater und der Liebende fühlten sich einigermaßen getröstet, als sie nichts fanden, was auf Cora oder Alice hinwies. Indes wuchs wieder die Qual der Ungewißheit, und so standen sie in düsterem Schweigen versunken vor den Toten, als der Kundschafter herbeikam. Mit tiefem Zorn blickte er auf das schlimme Bild, und zum erstenmal, seit sie die Ebene betreten hatten, erhob er laut und vernehmlich seine Stimme:

»Ich habe mehr als ein grauenvolles Schlachtfeld gesehen und habe die blutigen Spuren oft manche Meile weit verfolgt, aber nie habe ich die Hand des Teufels so sichtbar im Spiele gefunden wie hier! Die Rache ist etwas für Indianer, und alle, die mich kennen, wissen, daß kein Tropfen ihres Blutes in meinen Adern fließt; aber soviel will ich sagen – hier, im Angesicht des Himmels und vor dem Allgewaltigen, der in der schaurigen Wildnis seine Macht so laut verkündet –, wenn diese Franzosen mir wieder in Schußweite kommen, so gibt es *eine* Büchse, die ihre Schuldigkeit tut, solange der Stein noch Feuer gibt und das Pulver zündet! Den Tomahawk und das Messer überlasse ich denen, die von Herkunft her damit umgehen können. Was sagst du dazu, Chingachgook?« fuhr er in delawarischer Sprache fort; »sollen die Huronen sich dessen bei ihren Weibern rühmen dürfen, wenn der Schnee fällt?«

Ein Rachestrahl blitzte über die finsteren Züge des Mohikaner-Häuptlings, er lockerte sein Messer in der Scheide. Dann aber wandte er sein Auge von dem Anblick ab, und sein Gesicht wurde wieder so ruhig, als wäre ihm jede Leidenschaft fremd.

»Montcalm! Montcalm!« fuhrt der tief entrüstete Kundschafter fort, der sich weniger Zwang auferlegte. »Man sagt, es komme eine Zeit, wo man alle seine Handlungen auf Erden mit einem Blick überschaut, und zwar mit Augen, die von sterblicher Schwäche frei sind. Wehe dann dem Elenden, der Rechenschaft abzulegen hat für das, was sich hier auf der Ebene begeben hat. Ha – ich bin ein Mann von weißem Blut, aber dort liegt eine Rothaut, der man den Skalp abgezogen hat. Sieh nach ihm, Delaware, es ist vielleicht einer von eurem Volk, den ihr vermißt! Dann soll er begraben werden, wie es ein tapferer Krieger verdient. Ich lese es in deinen Augen, Sagamore: ein Hurone zahlt dafür, ehe noch die Winde von den Wasserfällen den Geruch seines Blutes weggeweht haben!«

Chingachgook nahte sich dem verstümmelten Leichnam und wendete ihn um. Er gewahrte die unterscheidenden Zeichen eines der sechs verbündeten Stämme oder Nationen, wie man sie nannte, die, obgleich sie in den Reihen der Engländer fochten, Todfeinde seines Volkes waren. Er stieß den verhaßten Körper verächtlich mit dem Fuß zurück und wandte sich mit einer Gleichgültigkeit ab, als ob es die Überreste eines Tieres gewesen wären. Der Kundschafter hatte Verständnis für den anderen, fuhr aber dennoch fort, seine rachedürstenden Verwünschungen gegen den französischen Heerführer auszustoßen.

»Nur der unendlichen Weisheit und unumschränkten Allmacht sollte es zustehen, so viele Menschen auf einmal wegzuraffen!« rief er. »Denn nur Gott weiß, wann es nottut zu richten. Wo aber ist das Wesen, das ein einziges Geschöpf zu ersetzen vermag, dem es das Leben raubte! Ich halte es schon für eine Sünde, einen zweiten Rehbock zu schießen, ehe der erste verzehrt ist; es sei denn, ich müßte in den Kampf ziehen oder einen Hinterhalt vorhaben. Etwas anderes ist es, wenn man mit Kriegern im offenen Kampf ist: da gilt es zu sterben mit der Büchse oder dem Tomahawk in der Hand, je nachdem die Haut rot oder weiß ist. Uncas, komm her, Junge, und laß die Raben sich auf dem Mingo niedersetzen! Ich weiß, sie haben eine Vorliebe für das Fleisch eines Oneida, und der Vogel mag seinem natürlichen Appetit folgen.«

»Hugh!« rief der junge Mohikaner. Er richtete sich auf die Zehenspitzen auf und blickte aufmerksam geradeaus, wobei er die Raben durch den Ruf und die Bewegung verscheuchte; sie suchten sich nun anderswo ihre Beute.

»Was gibt es, Junge?« flüsterte der Kundschafter, seine Gestalt wie ein Panther gespannt, der auf seine Beute losspringen will. »Gott gebe, daß es ein französischer Nachzügler ist, der noch plündern will. Ich glaube, mein Wildtöter würde sich heute ganz besonders gut halten.«

Ohne zu antworten eilte Uncas davon und hatte einen Augenblick später von einem Gebüsch ein Stückchen von Coras grünem Schleier herabgeholt, das er nun wie im Triumph schwang. Die Bewegung, die Gebärde und der Schrei, der den Lippen des jungen Mohikaners entfuhr, riefen die anderen schnell herbei.

»Mein Kind«, rief Munro mit ungestümer, wilder Stimme; »gebt mir mein Kind!«

»Uncas will es versuchen«, war die kurze und unbewegte Antwort.

Diese einfache, aber bedeutungsvolle Zusage wurde von dem Vater nicht beachtet. Er ergriff das Stückchen Schleier, preßte es krampfhaft in die Hand, während sich seine starren Blicke auf die Büsche umher richteten, als hoffte oder fürchtete er, sie könnten ein Geheimnis enthüllen.

»Hier sind keine Toten!« sagte Heyward. »Der Sturm scheint nicht diesen Weg genommen zu haben.«

»Das ist so klar wie der Himmel über uns«, bemerkte der Kundschafter gelassen. »Aber entweder sie selbst oder diejenigen, die sie entführten, müssen durch dieses Gebüsch gekommen sein. Ich erinnere mich noch recht gut, daß sie diesen Schleier trug, um ein Gesicht zu verbergen, in das alle so gern schauten. Uncas, du hast recht; das schwarzlockige Mädchen ist hiergewesen und wie ein erschrecktes Hirschkalb in den Wald geflohen. Niemand, der noch fliehen konnte, wäre stehengeblieben, um sich töten zu lassen! Wir wollen nach ihrer Spur forschen. Manchmal habe ich das Gefühl, als ob für ein Indianerauge selbst der Kolibri in der Luft Spuren zurücklassen müßte.«

Der Mohikaner stürzte schon während dieser Bemerkung davon, und kaum hatte der Kundschafter ausgeredet, erhob er vom Saum des Waldes ein neues Freudengeschrei. Als sie an die Stelle kamen, gewahrten sie ein zweites Stückchen Schleier, das an dem niedrigen Ast einer Buche flatterte.

»Gemach! Gemach!« rief der Kundschafter und hielt den eiligen Heyward mit der langen Büchse zurück. »Wir wissen jetzt, woran wir sind. Aber die Spur darf nicht verwischt werden. Ein Schritt zu früh kann uns stundenlang zu schaffen machen. Aber wir haben sie; das ist nicht zu leugnen.«

»Gott segne Euch, Gott segne Euch, würdiger Mann!« rief Munro. »Wohin sind sie denn geflohen, und wo sind meine Lieben?«

»Der Weg, den sie genommen haben, hängt von mancherlei Umständen ab. Wenn sie allein geflohen sind, so können sie ebensowohl im Kreis herum wie geradeaus gelaufen sein. Dann sind sie wohl nicht mehr als zwölf Meilen von uns entfernt. Haben aber die Huronen oder andere französische Indianer Hand an sie gelegt, so sind sie wahrscheinlich nahe der kanadischen Grenze. Aber was tut das?« fuhr der besonnene Kundschafter fort, der Angst und Bestürzung in den Mienen seiner Zuhörer las; »hier sind die Mohikaner und ich an dem einen Ende der Fährte, und verlaßt euch darauf, wir finden das andere Ende, wenn auch hundert Stunden dazwischenlägen! Sachte, sachte, Uncas!

Uncas schwang Coras Schleier wie im Triumph.

Du bist so ungeduldig wie einer aus den Kolonien! Du vergißt, daß leichte Füße nur schwache Spuren hinterlassen!«

»Hugh!« rief Chingachgook und untersuchte eine Öffnung, die, wie man deutlich sah, durch das niedrige, den Wald umsäumende Unterholz gebrochen worden war. Er richtete sich auf und deutete auf die Erde in der Stellung und mit der Gebärde eines Mannes, der eine widerliche Schlange erblickt hat.

»Hier ist die deutliche Spur eines Männerfußes!« rief Heyward, indem er sich auf die bezeichnete Stelle niederbückte. »Er ist an den Rand dieser Pfütze getreten, das sieht man deutlich. Sie sind Gefangene.«

»Besser als wenn man sie in der Wildnis hätte Hungers sterben lassen!« versetzte der Kundschafter. »Und um so deutlicher wird ihre Fährte werden. Ich wollte fünfzig Biberfelle gegen ebenso viele Flintensteine wetten, daß die Mohikaner und ich innerhalb eines Monats in ihren Wigwams sind! Bücke dich, Uncas, und sieh, was du aus dem Mokassin machen kannst: denn ein Mokassin ist es offenbar und kein Schuh!«

Der junge Mohikaner bückte sich über die Spur, entfernte die zerstreuten Blätter in der Nähe und untersuchte alles mit der Sorgfalt eines Geldwechslers unserer Tage, der einen verdächtigen Schuldbrief prüft. Endlich erhob er sich von den Knien und schien mit dem Erfolg seiner Untersuchung zufrieden.

»Nun, Junge«, fragte der aufmerksame Kundschafter, »was meinst du? Kannst du etwas daraus machen?«

»Le Renard subtil!«

»Ha, wieder der schleichende Teufel! Das wird erst ein Ende mit ihm nehmen, wenn mein Wildtöter ein vertrauliches Wort mit ihm gesprochen hat.«

Heyward räumte nur widerstrebend die Richtigkeit dieser Betrachtung ein und suchte sich durch Zweifel zu trösten:

»Ein Mokassin ist wie der andere, es wird eine Täuschung sein.«

»Ein Mokassin wie der andere! Ebensogut könntet Ihr sagen: ein Fuß ist wie der andere; und doch wissen wir alle, daß der eine lang, der andere kurz ist, der eine breit, der andere schmal, daß bei dem einen der Spann hoch, bei dem andern niedrig ist; daß die einen einwärts, die andern auswärts gehen. Die Mokassins sehen einander so wenig gleich wie ein Buch dem andern, wenn schon derjenige, der in dem einen liest, nicht immer imstande ist, etwas vom anderen zu sagen. So ist alles aufs beste geordnet und jedem sein Vorteil vor dem anderen gegeben. Laß mich auch einmal sehen, Uncas! Buch oder Mokassin, zwei Meinungen sind immer besser als nur eine.« Der Kundschafter bückte sich und fügte augenblicklich hinzu: »Du hast recht, Junge; hier ist die Spur, die wir so oft gesehen haben, wenn wir Jagd auf ihn machten. Der Bursche trinkt gern, wenn er dazu Gelegenheit hat. Wenn ein Indianer den Trunk liebt, so tritt er fester auf als der Wilde im Naturzustand. Das ist nun einmal die Art der Trunkenbolde, mag ihre Haut nun von roter oder weißer Farbe sein. Es ist auch die rechte Länge und Breite! Sieh auch du hin, Sagamore: du hast die Fußstapfen mehr als einmal gemessen, als wir den Schurken von Glens Fall bis zu den Heilquellen verfolgten.«

Chingachgook kniete nieder, und nach einer kurzen Untersuchung stand er wieder auf und sprach mit der ihm eigenen Ruhe nur das Wort: »Magua.«

»Ja, so viel ist gewiß; hier sind das Mädchen mit dem schwarzen Haar und Magua vorbeigekommen.«

»Und Alice nicht?« fragte Heyward.

»Von ihr haben wir noch keine Spuren entdeckt«, antwortete der Kundschafter und betrachtete aufmerksam die Bäume, die Gebüsche und den Boden. »Aber was sehe ich hier? Uncas, hol mal das Ding, das dort an dem Dornbusch hängt.«

Der Indianer gehorchte, und der Kundschafter nahm den Fund, hob ihn in die Höhe und lachte still und herzlich vor sich hin.

»Das ist das Spielzeug des Sängers, seine Flöte! Jetzt haben wir eine Spur, die ein Priester verfolgen könnte«, sagte er. »Uncas, such einmal die Spuren eines Schuhs, der lang genug ist, um ein sechs Fuß zwei Zoll hohes schlotterndes Menschengestell tragen zu können. Nun habe ich einige Hoffnung, daß doch noch etwas aus dem Burschen werden könnte: er gibt sein Gequiek auf, um sich auf ein besseres Handwerk zu verlegen.«

»Wenigstens hat er treu auf seinem Posten ausgehalten«, entgegnete Heyward; »und Cora und Alice sind nicht ohne Freund.«

»Ja«, entgegnete Falkenauge, indem er seine Büchse senkte und sich mit deutlicher Verachtung darauf stützte; »er singt für sie! Aber kann er einen Rehbock zum Mittagsmahl schießen, nach dem Moos an den Buchen den Weg erkennen oder einem Huronen die Gurgel abschneiden? Und kann er's nicht, so läuft ihm die erste beste Spottdrossel[1], die er trifft, den Rang ab. Nun, Junge, findest du noch etwas?«

1 Die Geschicklichkeit der amerikanischen Spottdrossel ist allgemein bekannt. Aber die eigentliche Spottdrossel findet sich nicht so nördlich wie der Staat New York, wo sie jedoch zwei Stellvertreter mit geringeren Fähigkeiten hat: den Katzenvogel (cat bird) und den Bodendrescher (ground thresher). Jeder dieser zwei Vögel ist der Nachtigall oder Lerche weit überlegen, obgleich im allgemeinen die amerikanischen Vögel weniger musikalisch sind als die europäischen.

»Hier ist so etwas wie der Tritt von jemandem, der Schuhe getragen hat. Kann es der unseres Freundes sein?«

»Berührt die Blätter nur mit Vorsicht, sonst verderbt ihr die Spur. Dies? Das ist der Tritt eines Fußes, aber es ist der des schwarzlockigen Mädchens. Er ist klein angesichts ihrer Körpergröße und ihrer prächtigen Erscheinung. Der Sänger würde ihn allein mit seinem Absatz abdecken.«

»Wo? Laßt mich die Fußtritte meines Kindes sehen«, verlangte Munro, indem er die Büchse beiseite schob und sich sehnsüchtig über den halbverwischten Eindruck des Fußes bückte. Obgleich der Tritt, der die Spur hinterlassen hatte, nur leicht und eilig gewesen war, ließ er sich noch deutlich unterscheiden. Die Augen des alten Soldaten verschleierten sich während der Beobachtung, und als er sich erhob, sah Heyward, daß er den Fußtritt seiner Tochter mit einer heißen Träne benetzt hatte. Um den Schmerz zu mildern, der jeden Augenblick über seine Selbstbeherrschung zu siegen drohte, und den Sinn des Veteranen auf etwas anderes zu lenken, wendete der junge Mann sich schnell an den Kundschafter: »Da wir nun untrügliche Spuren gefunden haben, wollen wir unseren Weg beginnen. Jeder Augenblick in solcher Lage muß den Gefangenen zu einer Ewigkeit werden.«

»Der Hirsch, der am schnellsten läuft, gibt nicht die längste Jagd«, entgegnete Falkenauge, ohne sein Auge von den Spuren, die sich ihm darboten, abzuwenden. »Wir wissen, daß der schleichende Hurone, das Schwarzhaar und der Sänger hier vorbeigekommen sind, aber wo ist das Mädchen mit den blonden Locken und den blauen Augen? Wenn auch klein und bei weitem nicht so mutig wie die Schwester, ist sie doch lieblich anzuschauen und freundlich im Gespräch. Hat sie keinen Freund, daß niemand nach ihr fragt?«

»Das wolle Gott verhüten!« sagte Duncan. »Suchen wir sie nicht auch? Ich jedenfalls ruhe nicht bis sie gefunden ist.«

»In diesem Fall müssen wir vielleicht verschiedene Wege einschlagen. Denn so leicht und klein ihr Fußtritt auch ist, wir hätten eine Spur finden müssen.«

Heyward schrak zurück, all sein Eifer schien in diesem Augenblick zu schwinden. Ohne auf den so plötzlichen Wechsel in der Stimmung des andern zu achten, fuhr der Kundschafter nach kurzem Bedenken fort: »Es gibt kein weibliches Wesen in dieser Wildnis, das eine solche Spur hinterlassen könnte wie die Schwarzlockige oder ihre Schwester. Wir wissen, daß die erste hier gewesen ist, aber wo sind die Spuren der anderen? Laßt uns die Fährte genauer verfolgen, und wenn sich nichts zeigt, so müssen wir zurück auf die Ebene und andere Spuren suchen. Geh voran, Uncas, und richte dein Auge auf das dürre Laub! Ich will die Büsche untersuchen, während dein Vater die Nase dicht auf den Boden halten wird. Wir haben es eilig, Freunde. Die Sonne sinkt hinter die Berge!«

»Kann ich nichts dabei tun?« fragte der ängstliche Heyward.

»Ihr!« wiederholte der Kundschafter, der sich mit seinen roten Freunden bereits in Bewegung gesetzt hatte; »Ihr könnt hinter uns hergehen und darauf achten, daß Ihr die Fährte nicht durchkreuzt.«

Sie waren erst wenige Ruten vorwärtsgekommen, als die Indianer hielten und mit größerer Aufmerksamkeit die Erde betrachteten. Beide, Vater und Sohn, sprachen schnell und laut, indem sie bald den Gegenstand ihrer Verwunderung, bald einander selbst mit der größten Freude anblickten.

»Sie haben den kleinen Fuß gefunden!« rief der Kundschafter, indem er auf sie zulief, ohne weiter daran zu denken, was er sich bei diesen Nachforschungen selbst zur Pflicht gemacht hatte. »Was gibt es hier? Nein, bei der sichersten Büchse in den Grenzländern, hier haben wir die einseitig laufenden Pferdchen wieder! Jetzt ist das ganze Geheimnis heraus und alles so klar und hell wie der Nordstern um Mitternacht. Ja, hier sind sie aufgestiegen. Dort waren die Tiere an den jungen Baum gebunden und warteten, und hier führt die breite Fährte in voller Eile nach Kanada!«

»Aber immer noch sind keine Spuren von Alice, der jüngeren Miß Munro, vorhanden?« fragte Duncan.

»Wenn nicht der schimmernde Tand, den Uncas gerade vom Boden aufgehoben hat, uns weiterhilft. Bring ihn her, Junge, daß wir ihn untersuchen.«

Heyward erkannte sogleich das Geschmeide, das Alice gern trug und das, wie er sich mit dem getreuen Gedächtnis eines Liebenden erinnerte, an dem verhängnisvollen Morgen um den schönen Nacken seiner Geliebten hing. Er ergriff das teure Kleinod, und indem er den Gefährten von der Herkunft des Fundes berichtete, verbarg er es an seinem Herzen mit einer Hast, daß der Kundschafter glaubte, es sei zur Erde gefallen.

»Ach!« klagte Falkenauge, der eine Weile vergeblich mit dem Kolben seiner Büchse im Laub wühlte; »es ist ein sicheres Zeichen, daß das Alter naht, wenn die Augen schlechter werden. Ein so glitzerndes Ding und soll nicht zu finden sein! Nun, ich kann doch noch, selbst wenn es trübe ist, über den dunklen Lauf einer Büchse hinschauen, und das ist genug, um allen Streit zwischen mir und den Mingos zu schlichten. Gern würde ich das Ding wiederfinden, wär's auch nur, um es der Eigentümerin zurückzugeben, das würde die zwei Enden einer langen Fährte hübsch verknüpfen – denn jetzt liegen schon der breite St.-Lorenz-Strom oder gar die großen Seen zwischen uns.«

»Um so mehr Grund für uns, den Marsch nicht aufzuschieben«, versetzte Heyward. »Ziehen wir sogleich weiter!«

»Junges Blut und heißes Blut, sagt man, sind allezeit beieinander. Es gilt nicht, Eichhörnchen zu jagen oder ein Wild in den Horican zu treiben. Wir werden Tage und Nächte unterwegs sein und müssen durch eine Wildnis, die selten ein Menschenfuß betritt und wo Euch Eure Bücherweisheit nicht unversehrt durchbringen würde. Ein Indianer unternimmt nie einen solchen Zug, ohne zuvor am Versammlungsfeuer seine Pfeife zu rauchen. Und obwohl ich ein Mann von weißer Abstammung bin, ehre ich doch auch diesen Punkt ihrer Sitte, weil er weise und wohlüberlegt ist. Wir wollen daher zurück und heute Nacht unser Feuer in den Ruinen des alten Forts anzünden. Am Morgen beginnen wir dann frisch und gestärkt das Werk wie Männer und nicht wie plaudernde Weiber und unbesonnene Knaben.«

Heyward sah an dem Benehmen des Kundschafters, daß jede Widerrede vergeblich sein würde. Munro war in jenen Zustand von Teilnahmslosigkeit zurückversunken, aus dem er seit den letzten überwältigenden Unglücksfällen nur durch neue und lebhafte Eindrücke aufgerüttelt werden konnte. Der junge Mann machte aus der Not eine Tugend, nahm den Veteranen in den Arm und folgte den Schritten der Indianer und des Kundschafters, die bereits den Rückzug in die Ebene eingeschlagen hatten.

Neunzehntes Kapitel

Als die Reisenden die Ruinen von William Henry betraten, hatten die Schatten des Abends das Unheimliche des Platzes noch vermehrt. Der Kundschafter und seine Begleiter trafen sogleich Anstalten für die Nacht, aber mit einem Ernst und einer Besonnenheit, die den tiefen Eindruck verriet, den der schreckliche Anblick selbst auf ihre abgehärtete Natur ausübte. Einige Trümmer von Balken wurden an eine geschwärzte Wand gelehnt, und nachdem Uncas sie leicht mit Zweigen überdeckt hatte, schienen sie ein genügendes Obdach zu bieten. Der junge Indianer deutete auf die einfache Hütte, als seine Arbeit zu Ende war, und Heyward, der den Sinn dieser schweigsamen Gebärde verstand, drängte Munro freundlich einzutreten. Er ließ jedoch den alten, verlassenen Mann mit seinem Kummer allein und trat wieder an die freie Luft. Er fühlte sich zu aufgeregt, um selbst die Ruhe genießen zu können, die er soeben seinem alten Freund empfohlen hatte.

Während Falkenauge und die Indianer ein Feuer anzündeten und ihre frugale Abendmahlzeit aus gedörrtem Bärenfleisch verzehrten, begab sich der junge Mann auf die Trümmer einer Bastion, die auf die Wasserfläche des Horican hinaussah. Der Wind hatte sich gelegt, und die Wogen rollten bereits in regelmäßiger, weniger ungestümer Folge an das sandige Ufer unter ihm. Die Wolken teilten sich, als wären sie ihres wütenden Treibens müde; die dichteren sammelten sich in schwarzen Massen um den Horizont, während die leichteren über das Wasser dahinglitten oder um die Gipfel der Berge wirbelten, dem unterbrochenen Flug gescheuchter Vögel gleich, die um ihre Nester flattern. Hier und da rang sich der rote, funkelnde Schimmer eines Sterns durch die treibenden Nebel und goß ein schwaches Dämmerlicht über den finsteren Himmel.

Im Bereich der umgebenden Berge ruhte bereits undurchdringliche Finsternis, und die Ebene lag wie ein weites, ödes Beinhaus vor ihm, dessen Bewohner auch nicht durch das leiseste Geflüster in ihrem Schlummer gestört wurden.

Lange stand Duncan in tiefer Betrachtung der Szene versunken, die mit dem Vergangenen in so schrecklichem Einklang stand. Seine Augen wanderten von dem Innern der Befestigung, wo die Waldbewohner um ihr schwaches Feuer saßen, zu dem matten Licht, das immer noch den Himmel erhellte, und ruhten dann lange und besorgt auf dem tiefen, unheimlichen Dunkel, das über der Fläche lag, wo die Toten schlummerten. Bald aber war es ihm, als drängten von dieser Seite her unerklärliche Laute so leise und unbestimmt in sein Ohr, daß er über ihren Ursprung und selbst ihre Wirklichkeit ungewiß blieb. Er schämte sich über die Unruhe, die ihn unwillkürlich beschlich, und wandte sich dem Wasser zu, um seine Aufmerksamkeit auf die Sterne zu lenken, die sich auf der bewegten Oberfläche des Sees spiegelten. Doch abermals vernahm sein lauschendes Ohr die gleichen Töne, als ob es ihn vor irgendeiner verborgenen Gefahr warnen wollte. Endlich schien ein rascher Fußtritt deutlich hörbar durch die Finsternis zu tönen. Unfähig, seine Unruhe länger zu beschwichtigen, sprach Duncan leise mit dem Kundschafter und bat ihn, auf die Bastion zu kommen, dorthin, wo er gestanden hatte. Falkenauge warf seine Büchse über den Arm und nahte mit einer so unbeweglichen ruhigen Miene, daß man sah, er glaubte sich in völliger Sicherheit.

»Horcht!« sagte Duncan, als sich der andere bedächtig an seine Seite gestellt hatte. »Ich höre da halblaute Töne auf der Ebene, die mich glauben machen, daß Montcalm noch nicht gänzlich abgezogen ist!«

»Dann sind die Ohren besser als die Augen«, bemerkte der Kundschafter, der, ein Stück Bärenfleisch zwischen seinen Backenzähnen, schwer und undeutlich sprach wie einer, dessen Mund zwiefach beschäftigt ist. »Mit meinen eigenen Augen habe ich ihn mit seinem ganzen Heer auf den Ty gehen sehen. Denn wenn Franzosen einen guten Streich geführt haben, so eilen sie gleich nach Hause zu ihren Weibern und feiern mit Tanz oder anderen Lustbarkeiten.«

»Das weiß ich nicht; aber ein Indianer schläft selten während des Krieges, und die Lust zu plündern kann wohl einen Huronen noch zurückgehalten haben, auch nachdem sein Stamm schon abgezogen ist. Es wäre besser, wir löschten das Feuer und blieben auf unserer Hut. Horcht! Hört Ihr nicht das Geräusch, das ich meine?«

»Ein Indianer schleicht selten um Gräber herum. Er ist schnell bei der Hand, wenn es gilt, Feinde zu erschlagen. Er begnügt sich aber gemeiniglich mit dem Skalp, wenn sein Blut nicht zu erhitzt und seine Leidenschaften zu aufgeregt sind. Ist aber der Geist aus dem Körper geschieden, so vergißt er seine Feindschaft und gönnt den Toten ihre Ruhe. Da wir einmal von Geistern sprechen, Major, glaubt Ihr, daß die Rothäute und wir Weiße dereinst in einen und denselben Himmel kommen?«

»Ohne Zweifel – ohne Zweifel. Aber es war mir, als ob ich wieder den gleichen Laut vernähme! Oder war es vielleicht das Rauschen der Blätter auf der Buche dort?«

»Für meinen Teil«, fuhr Falkenauge fort und kehrte sein Gesicht einen Augenblick mit einer nichtssagenden, gleichgültigen Miene zu der Seite, in die Heyward wies; »glaube ich, daß das Paradies zur Glückseligkeit bestimmt ist und die Menschen je nach ihren Neigungen und Anlagen dieser Glückseligkeit teilhaftig werden. Meine Meinung ist daher, daß die Rothaut nicht so ganz Unrecht hat, wenn sie die schönen Jagdgebiete, wovon die Sage spricht, wiederzufinden hofft. Und so würde es für einen Mann, dessen Blut unvermischt ist, nicht so ganz uneben sein, wenn er sich die Zeit mit –«

»Hört Ihr's nicht wieder?« unterbrach ihn Duncan.

»Ja, ja, ob das Futter knapp ist oder ob es im Überfluß da ist, die Wölfe sind immer auf den Beinen«, bemerkte unbewegt der Kundschafter. »Es wäre eine hübsche Jagd auf die Häute dieser Satane, wenn wir Tag und Zeit zur Kurzweil hätten. Was aber das künftige Leben betrifft, Major, so hörte ich Prediger in den Kolonien sagen, der Himmel sei ein Ort der Ruhe. Nun sind aber die Begriffe der Menschen von Glückseligkeit sehr verschieden. Für meinen Teil sage ich bei aller Achtung vor den Fügungen der Vorsehung, ich würde es ihr nicht groß danken, wenn ich in den Wohnungen, von denen sie predigen, eingeschlossen bleiben würde, der ich doch von Natur einen Hang zur Bewegung und zum Jagen in mir fühle.«

Duncan, der nach der Erklärung des Kundschafters zu wissen glaubte, woher das Geräusch rührte, ging jetzt in seiner Antwort näher auf den Gegenstand ein, den der Kundschafter sich zur Unterhaltung ausersehen hatte.

»Es ist schwer«, sagte er, »die Gefühle zu beurteilen, die den Menschen bei diesem letzten großen Wechsel ergreifen.«

»Das wäre allerdings ein furchtbarer Wechsel für einen Mann, der seine Tage unter freiem Himmel verlebt und so oft an den Quellen des Hudson seinen Morgenimbiß eingenommen hat«, versetzte der schlichte Kundschafter, »wenn er im Bereich eines heulenden Mohawk sein Schläfchen halten sollte. Aber es ist ein Trost zu wissen, daß wir einem barmherzigen Herrn dienen, wenn es auch jeder auf seine Weise tut und viele Wildnisse zwischen uns liegen. – Was war das?«

»Ist das nicht der Tritt der Wölfe, von denen Ihr gesprochen habt?«

Falkenauge schüttelte langsam den Kopf und winkte Duncan, ihm an einen Ort zu folgen, den das Feuer nicht beleuchtete. Nach dieser Vorsichtsmaßregel horchte er mit gespannter Aufmerksamkeit, ob sich der unerwartete leise Laut nicht wiederholen würde. Allein sein Horchen war vergeblich, und nach einigen Minuten fruchtloser Stille flüsterte er Duncan zu: »Wir müssen Uncas rufen, der Junge hat indianische Sinne und hört, was uns verborgen bleibt. Ich, als eine weiße Haut, kann meine Natur nicht verleugnen.«

Der junge Mohikaner, der sich am Feuer leise mit seinem Vater unterhielt, fuhr auf, als er den Ruf einer Eule vernahm, und blickte auf die schwarzen Erdwälle, als suchte er den Ort, woher der Laut ertönte. Der Kundschafter wiederholte den Schrei, und in wenigen Augenblicken sah Duncan Uncas' Gestalt vorsichtig an die Brustwehr heranschleichen, wo sie standen.

Falkenauge teilte ihm in kurzen Worten mit, worum es ging. Sofort warf Uncas sich mit dem Gesicht auf die Erde, wo er, wie es Duncan schien, ruhig und regungslos liegenblieb. Verwundert über die unbewegliche Lage des jungen Kriegers und neugierig, auf welche Art dieser die gewünschten Erkundigungen einziehen werde, trat Heyward einige Schritte vor und bückte sich zu der dunklen Gestalt nieder, auf die er seine Augen gerichtet hielt. Er entdeckte aber, daß Uncas verschwunden war. Was er betrachtet hatte, erwies sich als dunkle Umrisse von Trümmern.

»Was ist aus dem Mohikaner geworden?« fragte er den Kundschafter, indem er sich erstaunt wieder umwandte. »Ich sah ihn hier niederfallen und hätte geschworen, daß er hier auch geblieben sei!«

»St! Sprecht leiser! Denn wir wissen nicht, was für Ohren uns belauschen, und die Mingos sind eine hellhörige Brut. Uncas ist auf der Ebene, und die Maquas, wenn welche um uns sind, bekommen sicher mit ihm zu tun.«

»Ihr glaubt, Montcalm habe nicht alle seine Indianer abgezogen? Laßt uns die Unseren alarmieren und zu den Waffen greifen! Wir sind fünf und nehmen es schon mit einem Feind auf.«

»Kein Wort zu ihnen, wenn Euch Euer Leben lieb ist. Seht den Sagamoren an, wie ein großer Indianerhäuptling sitzt er am Feuer! Wenn jemand in der Finsternis umherschleicht, so ist aus seiner Miene nicht zu lesen, daß wir an Gefahr denken!«

»Aber ihn können sie entdecken, und das ist sein Tod. Seine Gestalt ist im Schein des Feuers deutlich sichtbar, und er wird das erste und sicherste Opfer sein.«

»Die Wahrheit Eurer Worte läßt sich nicht leugnen«, antwortete der Kundschafter, mehr als gewöhnliche Unruhe verratend. »Aber was ist zu tun? Ein einziger Blick des Verdachts kann einen Angriff auslösen, ehe wir zum Widerstand bereit sind. Aus dem Zeichen, das ich Uncas gegeben habe, weiß er, daß wir Unrat wittern. Durch ein weiteres Zeichen will ich ihn darauf aufmerksam machen, daß wir den Mingos auf der Spur sind. Sein Indianerinstinkt wird ihm sagen, was er zu tun hat.«

Der Kundschafter hielt die Finger an den Mund und ließ einen leisen, zischenden Laut hören, bei dem Duncan zuerst zur Seite fuhr, als hätte er eine Schlange gehört. Chingachgooks Kopf ruhte auf seiner Hand, und er schien in Gedanken versunken. Sobald er aber den warnenden Laut des Tieres vernahm, dessen Namen er trug, richtete er sich auf, und seine dunklen Augen blickten schnell und scharf nach allen Seiten hin. Nach dieser plötzlichen und vielleicht unwillkürlichen Bewegung war jeder Anschein von Überraschung und Unruhe verschwunden. Seine Büchse lag unberührt und, wie es schien, kaum beachtet im Bereich seiner Hand. Der Tomahawk, den er zu seiner Bequemlichkeit im Gürtel gelockert hatte, fiel sogar auf den Boden, und seine Gestalt schien zusammenzusinken wie bei einem Mann, dessen Sehnen und Nerven sich der Ruhe überlassen dürfen.

Er nahm wieder seine frühere Stellung ein, stützte aber den Kopf nun mit der anderen Hand, so als wollte er bloß den Arm ausruhen lassen. Dann erwartete er den Ausgang mit einer Ruhe und Beharrlichkeit, die nur ein indianischer Krieger zeigen konnte.

Während der Mohikanerhäuptling für ein weniger geübtes Auge zu schlummern schien, bemerkte Heyward aber, wie sich seine Nasenlöcher weiteten und sein Kopf sich ein wenig zur Seite neigte, um den Gehörorganen zu Hilfe zu kommen, und wie seine lebhaften und schnellen Blicke jeden Gegenstand erfaßten, den er mit dem Auge erreichen konnte.

»Seht einmal den edlen Krieger an!« flüsterte Falkenauge und be-

Chingachgooks Kopf ruhte auf seiner Hand, und er schien in Gedanken versunken.

rührte Heywards Arm. »Er weiß, daß ein Blick, eine Bewegung unseren Plan vereiteln und uns der Satansbrut in die Hände liefern könnte –«

Hier unterbrach ihn der Blitz und der Knall einer Büchse. Feuerfunken stoben auf rings um den Ort, auf den Heywards Augen noch mit Bewunderung gerichtet waren. Ein zweiter Blick sagte ihm, daß Chingachgook in der Verwirrung verschwunden war. Indessen hatte der Kundschafter seine Büchse zum Schuß bereit gemacht und erwartete mit Ungeduld den Augenblick, da ein Feind sich sehen lassen würde. Aber mit diesem einzelnen, wohl auch fruchtlosen Versuch schien der Angriff auf Chingachgooks Leben beendet. Ein- oder zweimal glaubten die Horchenden ein entferntes Rascheln in dem Gebüsch zu vernehmen, wie wenn jemand sich durchdrängte. Aber dann deutete Falkenauge auf ein Rudel aufgescheuchter Wölfe, die eilends vor dem Eindringling in ihr Revier Reißaus nahmen. In Ungewißheit und Ungeduld verflossen abermals einige Minuten, als man etwas ins Wasser fallen und gleich darauf einen zweiten Flintenschuß hörte.

»Das ist Uncas!« rief der Kundschafter. »Der Junge führt eine gute Büchse! Ich kenne ihren Knall wie ein Vater die Stimme seines Kindes, denn ich trug sie lange selbst, bis sich mir eine bessere bot.«

»Was soll das alles heißen?« fragte Duncan. »Man lauert uns auf und scheint es auf unser Verderben abgesehen zu haben.«

»Der Schuß in das Feuer dort zeigt, daß man nichts Gutes im Schilde führte, und der Indianer hier mag beweisen, daß er keinen Schaden genommen hat«, versetzte der Kundschafter, indem er seine Büchse absetzte und Chingachgook, der eben wieder innerhalb des Lichtkreises erschien, in das Innere der Festungswerke folgte. »Wie steht es, Sagamore? Sind uns die Mingos ernstlich auf den Fersen, oder ist es bloß einer von dem Gewürm, das dem Heer nachzieht, um die Toten zu skalpieren und sich zu Hause bei den Squaws seiner ritterlichen Taten gegen die Bleichgesichter zu rühmen?«

Chingachgook nahm ruhig seinen Sitz wieder ein und gab keine Antwort, bis er das Feuer untersucht hatte, in das die Kugel gefahren war, die ihm selbst beinahe verderblich geworden wäre. Hierauf hob er einen Finger empor und begnügte sich mit dem englischen Wort: »Einer.«

»Das dachte ich!« versetzte Falkenauge und setzte sich wieder. »Und da er den See erreicht hatte, ehe Uncas feuern konnte, ist es mehr als wahrscheinlich, daß der Schurke den Leuten von einem großen Hinterhalt lügen wird, in welchem er gegen zwei Mohikaner und einen weißen Jäger gelegen habe. Denn die beiden Offiziere können nur als müßige Zuschauer bei einem solchen Scharmützel betrachtet werden. Mag er es tun! Es gibt überall in jeder Nation ein paar ehrliche Kerle – obgleich sie, der Himmel weiß es, unter den Maquas dünn genug gesät sind –, die einen solchen Glückspilz zurechtweisen können, wenn er es gar zu bunt treibt. Aber das Blei von diesem Schuft ist dir dicht an den Ohren vorbeigepfiffen, Sagamore.«

Ruhig und gleichgültig wandte Chingachgook sein Auge zu der Stelle hin, wo die Kugel eingeschlagen war. Seine Kaltblütigkeit schien durch einen so unbedeutenden Vorfall nicht gestört worden zu sein. Jetzt glitt Uncas auch wieder in ihren Kreis und setzte sich mit derselben Gleichgültigkeit, die sein Vater zeigte, an das Feuer.

Heyward war mit Erstaunen und der lebhaftesten Teilnahme Zeuge all dieser Bewegungen. Es schien ihm, als hätten die Waldbewohner geheime Zeichen, durch die sie sich verständlich machten, die aber den Bereich seiner eigenen Beobachtungsgabe überstiegen. Statt jener eilfertigen Geschwätzigkeit, womit ein junger Weißer das, was in der Finsternis der Ebene vorgegangen war, mitgeteilt und vielleicht übertrieben hätte, war der junge Krieger anscheinend zufrieden, seine Taten für sich sprechen zu lassen. Es war wirklich hier für einen Indianer weder der Augenblick noch der Ort, sich des Vollbrachten zu rühmen; und wahrscheinlich wäre kein Wort über den Gegenstand mehr geäußert worden, hätte Heyward nicht dazu Veranlassung gegeben.

»Was ist aus unserem Feind geworden, Uncas?« fragte Duncan. »Wir hörten deine Büchse und hofften, du werdest nicht umsonst geschossen haben.«

Der junge Häuptling schob eine Falte seines Jagdhemdes zurück und zeigte ruhig den Haarschopf, den er als Siegeszeichen trug. Chingachgook legte die Hand auf den Skalp und betrachtete ihn einen Augenblick mit großer Aufmerksamkeit. Dann ließ er ihn los und rief mit einem Ausdruck von Verachtung in seinen strengen Zügen:

»Ein Oneida!«

»Ein Oneida!« wiederholte der Kundschafter, der, beinahe so apathisch wie seine roten Gefährten, schnell das Interesse an dem Vorgang verloren hatte, jetzt aber mit ungewöhnlichem Ernst das blutige Siegespfand betrachtete. »Bei Gott, wenn die Oneidas uns auflauern, dann sind wir auf allen Seiten von Teufeln umgeben. Nun, für weiße Augen ist zwischen diesem Stückchen Haut und dem eines anderen Indianers kein Unterschied, und doch erklärt der Sagamore, sie komme von dem Schädel eines Mingo! Ja, er nennt sogar den Stamm des armen Teufels mit so viel Sicherheit, als ob der Skalp das Blatt eines Buches und jedes Haar ein Buchstabe wäre. Welches Recht haben die christlichen Weißen, sich ihrer Gelehrsamkeit zu rühmen, wenn der Wilde eine Sprache lesen kann, die die Kunst ihres Weisesten beschämen müßte! Was sagst du dazu, Junge? Von welchem Volk war der Schurke?«

Uncas schaute in das Antlitz des Jägers und antwortete mit seiner klangreichen Stimme:

»Oneida!«

»Wieder Oneida! Wenn ein Indianer etwas sagt, so ist es gewöhnlich wahr; aber wenn ein anderer seines Volkes es bestätigt, so darf man es für ein Evangelium halten!«

»Der arme Kerl hat uns für Franzosen gehalten«, sagte Heyward, »sonst hätte er nicht einem Freunde nach dem Leben getrachtet!«

»Einen Mohikaner, mit den Farben seines Volkes bemalt, für einen Huronen halten! Ebenso leicht könntet Ihr die weißen Röcke von Montcalms Grenadieren mit den roten Jacken der königlichen Amerikaner verwechseln«, entgegnete der Kundschafter. »Nein, nein, die Natter wußte wohl, was sie tat! Auch ist es am Ende kein so großes Vergehen. Denn zwischen einem Delawaren und einem Mingo ist die Liebe nicht eben groß, gleichviel für wen ihre Stämme in einem Kampf zwischen den Weißen auch streiten mögen. Obgleich die Oneidas Seiner Majestät dem König dienen, der mein Souverän und Gebieter ist, hätte auch ich mich nicht lange bedacht, meinen Wildtöter auf ihn abzufeuern, wenn er mir in die Quere gekommen wäre.«

»Das wäre eine Verletzung unserer Verträge und Eures Charakters unwürdig gewesen.«

»Wenn einer viel mit einem Volk verkehrt«, fuhr Falkenauge fort, »und es ist ehrlich und er kein Schuft, so werden sie einander zugetan sein. Es ist wahr, die Arglist der Weißen hat unter diesen Wilden eine solche Verwirrung gebracht, daß man kaum mehr weiß, wer Freund oder Feind ist. So ziehen denn die Huronen und die Oneidas, die dieselbe oder beinahe dieselbe Sprache reden, einander die Skalpe ab, und auch die Delawaren sind gespalten. Einige sind daheim an ihrem Fluß bei ihrem großen Versammlungsfeuer geblieben und fechten für dieselbe Sache wie die Mingos, indes der größere Teil aus natürlichem Haß gegen die Maquas in Kanada ist. So ist alles in Unordnung und kein rechter Gang im Kriegführen! Es liegt jedoch nicht in der Art der Rothäute, mit jedem Windstoß die Farbe zu wechseln, und darum gleicht die Freundschaft zwischen einem Mohikaner und einem Mingo so ziemlich der Neigung eines Weißen zu einer Schlange.«

»Es tut mir wehe, dies zu hören. Ich hatte geglaubt, die Eingeborenen, die innerhalb unserer Grenzen wohnen, hätten uns gerecht und gutgesinnt gefunden und deshalb unsere Sache ganz zu der ihren gemacht.«

»Nun, ich meine, es ist doch natürlich, daß man den eigenen Streit vor dem fremden auskämpft. Ich für mein Teil liebe die Gerechtigkeit und will deshalb nicht sagen, ich hasse einen Mingo, das würde sich weder für meine Farbe noch für meine Religion schicken. Doch noch einmal: die Nacht allein war schuld, daß mein Wildtöter bei dem Tod dieses schleichenden Oneida nicht beteiligt war!«

Überzeugt von dem Gewicht seiner Gründe und unbekümmert um den Eindruck, den sie auf die anderen machten, wandte sich der ehrliche, aber unversöhnliche Waldmann vom Feuer ab. Heyward begab sich wieder auf den Wall. Er war nicht vertraut mit dieser Art von Kriegführung und fühlte sich zu unbehaglich, um ruhig an einem Ort zu bleiben, wo sich so hinterlistige Angriffe wiederholen konnten. Nicht so der Kundschafter und die Mohikaner. Ihre feinen und lange geübten Sinne, deren Schärfe oft ins Unglaubliche ging, hatten sie in den Stand gesetzt, die Gefahr zu entdecken. Keiner von den dreien schien jetzt im geringsten zu zweifeln, daß sie nun in vollkommener Sicherheit seien. Sie bewiesen ihre Zuversicht durch die Vorkehrungen, die sie trafen, um weitere Maßnahmen zu beraten.

Die Verwirrung unter den Nationen, ja selbst den Stämmen, auf welche Falkenauge angespielt hatte, war um diese Zeit aufs höchste gestiegen. Das mächtige Band der Sprache, und damit auch der gemeinschaftlichen Abkunft, war vielerorten gelöst, und so kam es, daß der Delaware und der Mingo (wie man die Angehörigen der sechs Nationen bezeichnete) in denselben Reihen kämpften, während der letztere den Skalp des Huronen suchte, obgleich man beide für Sprößlinge desselben Stammes hielt. Die Delawaren selbst waren unter sich getrennt. Die Liebe zu dem Land, das einst seinen Ahnen gehört hatte, bewog den Häuptling der Mohikaner mit einem kleinen Trupp Delawaren, der im Fort Edward diente, unter der Fahne des Königs von England zu bleiben. Doch wußte man, daß der größere Teil der Nation als Verbündete Montcalms im Feld stand. Der Leser weiß wahrscheinlich, wenn er es aus dem Verlauf unserer Erzählung noch nicht erfahren haben sollte, daß die Delawaren oder Lenapes sich für das Stammvolk jener zahlreichen Völkerschaften hielten, die einst Herren der meisten östlichen und nördlichen Staaten Amerikas waren, und daß unter diesen die Gemeinschaft der Mohikaner einen alten und in hohem Ansehen stehenden Zweig bildete.

Mit den verwickelten Verhältnissen, die Freund gegen Freund bewaffnet und geborene Feinde als Waffenbrüder nebeneinander gestellt hatten, vollkommen vertraut, schickten sich der Kundschafter und seine Gefährten zur Beratung der Maßnahmen an, die ihre künftigen Bewegungen unter so vielen verfeindeten Stämmen zu leiten hatten. Duncan wußte von den indianischen Sitten genug, um zu verstehen, warum das Feuer wieder geschürt wurde und die Krieger, Falkenauge nicht ausgenommen, sich mit feierlichem Anstand unter den Rauchwolken wieder zusammensetzten. An die Ecke eines Winkels der Festungswerke gelehnt, wo er die Szene im Innern beobachten und zugleich ein wachsames Auge auf jede Gefahr von außen halten konnte, wartete er das Ergebnis der Beratung mit so viel Geduld ab, wie man sie für einen solchen Anlaß nun einmal brauchte.

Nach einer kurzen, bedeutungsvollen Pause zündete Chingachgook eine Pfeife an, deren Rohr aus gewöhnlichem Holz, deren Kopf aber aus einem weichen Stein des Landes kunstvoll gearbeitet war, und fing an zu rauchen. Nachdem er den Duft des beruhigenden Krautes eingeatmet hatte, gab er sie an den Kundschafter weiter. Auf diese Weise hatte die Pfeife dreimal die Runde gemacht, ehe das tiefe Schweigen gebrochen wurde und einer der Gefährten seinen Mund öffnete. Der Sagamore, als der Älteste und Höchste im Rang, trug in wenigen Worten mit Ruhe und Würde den Gegenstand der Beratung vor. Ihm antwortete der Kundschafter, und Chingachgook entgegnete, als der andere Einwendungen machte. Der jugendliche Uncas blieb ein stiller und ehrerbietiger Zuhörer, bis ihn Falkenauge nach seiner Meinung fragte. Heyward schloß aus der Miene und den Gebärden der verschiedenen Sprecher, daß Vater und Sohn die eine Meinung verfochten, während der Kundschafter auf der anderen beharrte. Der Streit wurde allmählich lebhafter; aber trotz des zunehmenden Eifers, mit dem die Freunde stritten, hätte sich die ehrsamste christliche Versammlung, die Zusammenkünfte ehrwürdiger Geistlicher nicht ausgenommen, an der Zurückhaltung und dem Anstand der Streitenden ein heilsames Muster der Mäßigung nehmen können. Uncas' Rede wurde mit derselben Aufmerksamkeit angehört wie die Worte gereifterer Einsicht, die sein Vater gesprochen hatte, und keiner antwortete, ohne zuvor einige Augenblicke in stillem Nachdenken über das Gesprochene zugebracht zu haben.

Die Rede der Mohikaner war von so natürlichen und ausdrucksvollen Gebärden begleitet, daß es Heyward nicht schwerfiel, dem Faden ihrer Beweisführungen zu folgen. Dunkler blieb ihm dagegen der Kundschafter, weil er aus geheimem Stolz auf seine Hautfarbe sich jener kühlen und nüchternen Sprechweise befleißigte, die allen Klassen der Anglo-Amerikaner eigen ist, solange sie sich nicht in Aufregung befinden. Aus ihrer häufigen Wiederholung der Merkmale eines Weges durch die Wälder ließ sich schließen, daß sie auf eine Verfolgung zu Lande drängten, wogegen des Kundschafters immer wiederkehrende Armbewegung zum Horican anzudeuten schien, daß er für die Wasserstraße sprach.

Falkenauge schien zu verlieren, und die Sache war auf dem Punkt, gegen ihn entschieden zu werden, als er sich plötzlich erhob, seine kühle Gleichgültigkeit fahren ließ und gleich einem Eingeborenen alle Künste indianischer Beredsamkeit aufzubieten begann. Seinen Arm emporhaltend, wies er auf den Lauf der Sonne und wiederholte diese Gebärde für jeden Tag, den er für ihre Aufgabe erforderlich glaubte. Er beschrieb sodann einen langen, mühevollen Weg über Felsen und durch Gewässer. Das Alter und die Schwäche des schlummernden Munro wußte er durch Zeichen anschaulich zu machen. Selbst von

Duncans Kräften schien er in seiner Rede keine gar zu hohe Meinung zu haben: er streckte seine flache Hand aus und bezeichnete ihn damit als »Offene Hand« – das war der Name, den ihm seine Freigebigkeit bei allen befreundeten Stämmen eingebracht hatte. Dann folgte eine Darstellung der leichten und zierlichen Bewegungen des Kanus in schreiendem Kontrast mit den schwankenden Schritten eines müden und erschöpften Wanderers. Zum Schluß deutete er auf den Skalp des Oneida und drang offenbar darauf, eilig aufzubrechen, und zwar so, daß keine Spur von ihnen zurückblieb.

Die Mohikaner hörten mit vielem Ernst zu, und man las in ihren Gesichtern die Wirkung seiner Rede. Sie ließen sich allmählich überzeugen und begleiteten seine letzten Worte mit dem gewohnten Ausruf der Einwilligung. Kurz gesagt: Uncas und sein Vater bekehrten sich zu seiner Meinung und verließen ihre bisher verfochtenen Ansichten mit so viel Bereitwilligkeit und Offenheit, daß sie bei einem solchen Mangel an Konsequenz sicher allen politischen Ruf eingebüßt hätten, wären sie Repräsentanten eines großen zivilisierten Volkes gewesen.

Sobald die Sache nun entschieden war, schien die Erörterung vergessen, ausgenommen ihre Resultate. Ohne sich umzuschauen, ob sich in den Augen der Zuhörer sein Triumph widerspiegelte, streckte Falkenauge seine hohe Gestalt vor dem erlöschenden Feuer ruhig auf die Erde nieder und schlief ein.

So gleichsam sich selbst überlassen, nutzten die Mohikaner, die sich seither ausschließlich den Interessen anderer gewidmet hatten, diesen Augenblick für sich selbst. Mit einem Male legte Chingachgook den Ernst und die Strenge des Indianerhäuptlings ab und begann sanft und mit väterlicher Zärtlichkeit zu seinem Sohn zu sprechen. Uncas bemerkte vergnügt die vertrauliche Stimmung seines Vaters, und ehe die tiefen Atemzüge des Kundschafters verrieten, daß er eingeschlafen sei, war in dem Benehmen seiner beiden Gefährten ein völliger Wechsel vorgegangen.

Es ist unmöglich, den Wohllaut ihrer Sprache zu schildern, da sie sich nun der Fröhlichkeit und dem Scherze überließen. Ihre Stimmen, besonders die des Jünglings, waren von wundervollem Umfang und vereinigten den tiefsten Baß mit Lauten von fast weiblicher Sanftheit. Die Augen des Vaters folgten den anmutigen Bewegungen des Sohnes mit sichtlichem Vergnügen, und er stimmte wohlgefällig in dessen hinreißendes und doch halblautes Lachen ein. Aus den Zügen des Sagamoren war jede Spur von Wildheit verschwunden, und die Sinnbilder des Todes, die in grellen Farben auf seinen Körper gemalt waren, schienen mehr eine Mummerei zu sein, als die stolze Absicht zu verkünden, Vernichtung und Zerstörung zu bringen.

Eine Stunde war hingegangen, als Chingachgook den Wunsch nach Ruhe zu erkennen gab: er hüllte den Kopf in seine Decke und streckte sich auf der nackten Erde nieder. Uncas unterdrückte seine laute Fröhlichkeit, schürte sorgfältig die Kohlen des Feuers zusammen, damit sie die Füße seines Vaters wärmen sollten, und suchte dann selbst unter den Ruinen des Forts eine Lagerstätte.

Aus der Sicherheit der erfahrenen Waldbewohner schöpfte Heyward neues Vertrauen. Deshalb folgte er ihrem Beispiel, und lange vor Mitternacht schienen alle, die im Schoß der Festungstrümmer ruhten, in tiefen Schlaf versunken, wie die leblosen Schlachtopfer, deren Gebeine auf der umliegenden Ebene bereits zu bleichen begannen.

Zwanzigstes Kapitel

Der Himmel war noch mit Sternen besät, als Falkenauge kam, um die Schläfer zu wecken. Munro und Heyward warfen ihre Mäntel beiseite und waren schon auf den Beinen, als der Kundschafter am Eingang ihres kunstlosen Obdaches noch mit gedämpfter Stimme ihren Namen rief. Als sie aus dem Versteck traten, wartete Falkenauge schon auf sie. Er begrüßte sie mit einer Gebärde, die ihnen unbedingtes Schweigen gebot.

»Betet in Gedanken!« flüsterte er und trat auf sie zu, »denn Er, zu dem ihr betet, versteht alle Sprachen, die des Herzens sowohl wie des Mundes. Aber sprecht keine Silbe! Selten trifft eines Weißen Stimme in diesen Wäldern den rechten Ton, wie wir an dem Beispiel des armen Teufels, des Sängers, gesehen haben. Kommt«, fuhr er fort, indem er sich der zerstörten Bastion näherte, »wir wollen in den Graben hinabsteigen. Und achtet beim Gehen sorgfältig auf Steine und Holztrümmer!«

Seine Begleiter gehorchten, obgleich für zwei von ihnen die Gründe dieser außerordentlichen Vorsichtsmaßregeln noch ein Geheimnis waren. Als sie sich in dem niedrigen Graben befanden, der die Erdwälle des Forts von drei Seiten umgab, war ihnen der Weg beinahe ganz durch Trümmer versperrt. Mit Vorsicht und Geduld schafften sie es, dem Kundschafter nachzuklettern, bis sie das sandige Ufer des Horican erreichten.

»Das ist eine Fährte, der man nur mit der Nase folgen kann«, sagte der Kundschafter, auf den schwierigen Weg zurückblickend. »Gras ist ein verräterischer Teppich für Fliehende; aber Holz und Stein nehmen keine Spur eines Mokassins an. Hättet ihr eure schweren Stiefel angehabt, so wäre immerhin noch etwas zu fürchten gewesen; aber mit einer passend zugerichteten Hirschhaut unter den Füßen kann man sich gemeinhin den Felsen sicher anvertrauen. – Ein wenig näher ans Land mit dem Kanu, Uncas; in den Sand drückt sich ein Fuß so leicht ein wie in die Butter der Deutschen[1] am Mohawk. Gemach, Junge, gemach! Das Kanu darf das Ufer nicht berühren, sonst merken die Kerle, wo wir den Ort verlassen haben.«

Der junge Mann hielt sich daran, und der Kundschafter legte ein Brett, das er aus den Trümmern mitgenommen hatte, auf den Kahn und winkte den beiden Offizieren einzusteigen. Sobald dies geschehen war, wurde alles wieder sorgsam in den früheren Zustand gebracht. Falkenauge gelang es, das kleine Fahrzeug zu besteigen, ohne eine jener Spuren zu hinterlassen, die er so sehr zu fürchten schien. Heyward schwieg, bis die Indianer das Kanu vorsichtig eine Strecke von dem Fort weggerudert hatten, hin in den Schutz der breiten, dunklen Schatten, die von den östlichen Bergen auf den Wasserspiegel des Sees fielen. Dann fragte er:

»Warum mußten wir so verstohlen und eilig abziehen?«

»Wenn das Blut eines Oneida eine so reine Wasserfläche wie diese hier färben könnte«, versetzte der Kundschafter, »so würden Eure Augen diese Frage selbst beantworten. Habt Ihr den schleichenden Wurm vergessen, den Uncas erschlagen hat?«

»Keineswegs. Aber es hieß ja, er sei allein, und Tote sind nicht mehr zu fürchten.«

»Ja, bei seiner Teufelei war er allein! Aber ein Indianer, dessen Stamm so viele Krieger zählt, braucht kaum zu fürchten, daß sein Blut fließt, ohne daß dafür einige Feinde sterben müssen.«

»Aber unsere Gegenwart, das Ansehen Oberst Munros würden hinlänglichen Schutz gegen den Unwillen unsrer Verbündeten bieten, besonders in einem Fall, in dem der Elende sein Schicksal nur zu wohl verdient hat. Ich hoffe zum Himmel, daß ein so wenig triftiger Grund Euch nicht einen Schritt von der geraden Richtung unseres Weges abweichen läßt.«

»Glaubt Ihr, die Kugel des Spitzbuben wäre seitwärts gegangen, wenn Seine Majestät der König ihr im Wege gestanden hätte?« entgeg-

1 Jarmans im Text steht wohl für Germans. (Anm. d. Übersetzers, 1841)

2 Die Naturschönheiten des Lake George oder Georgesees sind allen amerikanischen Reisenden bekannt. In der Höhe der ihn umgebenden Berge steht er den herrlichsten Seen der Schweiz und Italiens nahe, während er ihnen in seinen Umrissen und der Reinheit des Wassers völlig gleichkommt und sie alle in der Zahl und der malerischen Lage seiner Inseln und Inselchen bei weitem übertrifft. Auf einer Strecke von weniger als dreißig Meilen sollen Hunderte von Inseln über seinen Wasserspiegel ragen. Die Engen, die ihn in zwei Becken teilen, sind mit Inseln so umlagert, daß die Durchfahrten häufig nur einige Fuß breit sind. Der See selbst hat eine Breite von einer bis drei Meilen.

Der Staat New York zeichnet sich durch die Menge und Schönheit seiner Seen aus. Eine seiner Grenzen stößt an die Wasserfläche des Ontario, während der Champlain ihn

nete der unbeugsame Kundschafter. »Warum ließ der große Franzose, der Generalkapitän von Kanada ist, nicht die Tomahawks der Huronen begraben, wenn das Wort eines Weißen so großen Einfluß auf die Natur eines Indianers hat?«

Heywards Antwort wurde durch einen Seufzer Munros unterbrochen. Er schwieg deshalb aus Achtung vor dem Kummer seines betagten Freundes einen Augenblick, fuhr aber dann fort:

»Der Marquis von Montcalm mag diese Schuld allein mit seinem Gott abmachen«, sagte der junge Mann in feierlichem Ton.

»Ja, ja, nun ist Vernunft in Euren Worten: denn sie stützen sich auf Religion und Ehre. Es ist ein großer Unterschied, ein Regiment Weißröcke zwischen Wilde und Gefangene zu werfen oder einem wütenden Wilden mit Worten, die stets mit ›mein Sohn‹ beginnen müssen, vergessen zu lassen, daß er ein Messer und eine Büchse trägt. Nein, nein«, fuhr der Kundschafter fort, indem er zum verschwindenden Ufer von William Henry zurückblickte und dabei, wie es seine Art war, still und herzlich lachte: »Sie müssen unsere Spur auf dem Wasser suchen. Und wenn die Satane nicht mit den Fischen Freundschaft schließen und von ihnen hören, wer an diesem schönen Morgen über ihren See gerudert ist, kriegen wir den ganzen Horican hinter uns, ehe sie mit sich im reinen sind, welchen Weg sie einschlagen wollen.«

»Feinde vor und hinter uns, da scheinen unserer Reise viele Gefahren zu drohen!«

»Gefahren!« wiederholte Falkenauge ruhig. »Nein, nicht eben Gefahren! Mit wachsamen Ohren und scharfen Augen können wir den Schurken immer ein paar Stunden vorausbleiben. Und wenn wir zu den Büchsen greifen müssen, so verstehen drei von uns sie so gut zu gebrauchen wie nur irgendeiner an der langen Grenze. Nein, von Gefahr kann keine Rede sein. Nicht daß ich behaupten wollte, wir würden ganz frei ausgehen; dies ist unwahrscheinlich. Es kann zu einem kleinen Strauß, einem Scharmützel oder anderer Kurzweil kommen; aber wir können uns überall leicht verbergen, und an Schießpulver fehlt es uns auch nicht.«

Wahrscheinlich hatte Heyward, wenn er von Gefahr sprach, einen andern Maßstab als der Kundschafter. Denn statt etwas zu erwidern, schwieg er jetzt, während das Kanu mehrere Meilen auf dem Wasser dahinglitt. Gerade als der Tag anbrach, kamen sie in die Engen des Sees[2] und stahlen sich schnell und vorsichtig durch die zahllosen

auf einer anderen Seite beinahe vierzig Stunden weit begrenzt. Der Oneida, der Cayuga, der Canandaigua, der Seneca und der Georgesee sind alle ihre zwölf Stunden lang, während die kleineren Gewässer kaum zu zählen sind. An den meisten dieser Seen liegen jetzt reizende Wohnsitze, und viele werden von Dampfbooten befahren.

kleinen Inseln. Auf diesem Weg hatte sich Montcalm mit seinem Heer zurückgezogen, und unsere Abenteurer hielten es für möglich, daß er einige Indianer als Hinterhalt zurückgelassen habe, um den Nachtrab zu decken und die Versprengten zu sammeln. Sie nahten sich also der Durchfahrt in tiefstem Schweigen und mit der üblichen Vorsicht.

Chingachgook legte sein Ruder beiseite, während Uncas und der Kundschafter das leichte Fahrzeug durch die Schlangenwindungen der Kanäle trieben, wo sie mit jedem Fuß, den sie vordrangen, auf ein plötzliches Hindernis gefaßt sein mußten.

Während das Kanu sich leicht fortbewegte, wanderten die Blicke des Sagamoren von Insel zu Insel, von Busch zu Busch; und sein scharfes Auge schweifte, sobald der See es erlaubte, längs der kahlen Felsen und der darüber hängenden Waldungen, die die enge Wasserstraße begrenzten.

Heyward war ein doppelt aufmerksamer Zuschauer. Auf der einen Seite bewunderte er die Schönheiten der Natur, auf der anderen war ihm ihre bedrohliche Lage durchaus bewußt. Als er schon glaubte, daß für die Besorgnisse kein Grund vorhanden sei, hielten die Ruderer auf ein von Chingachgook gegebenes Zeichen ein.

»Hugh!« rief Uncas beinahe im selben Augenblick, da sein Vater durch einen leichten Schlag auf den Bootsrand auf eine nahe Gefahr aufmerksam gemacht hatte.

»Was gibt es?« fragte der Kundschafter. »Der See ist so glatt, als ob nie ein Wind darüber geweht hätte, und ich kann ihn meilenweit überblicken; nicht einmal der schwarze Kopf eines Seetauchers ragt über die Oberfläche empor.«

Der Indianer hob bedächtig sein Ruder und deutete auf einen Punkt, den er fest im Auge behielt. Duncans Augen folgten der Bewegung. Wenige Ruten vor ihnen lag eine niedrige, bewaldete Insel, so still und friedlich, als ob ihre Einsamkeit nie durch den Tritt eines Menschen gestört worden wäre.

»Ich sehe nichts als Land und Wasser«, sagte Heyward. »Es ist ein wunderbarer Anblick!«

»St!« unterbrach ihn der Kundschafter. »Ja, Sagamore, du tust nie etwas ohne Grund. Es ist bloß ein Schatten, aber doch ist er nicht natürlich. Ihr seht den Nebel, Major, der sich über der Insel erhebt. Ihr könnt es keinen eigentlichen Nebel nennen: es ist mehr wie der Streifen eines dünnen Gewölks.«

»Es ist Dunst, der aus dem Wasser kommt!«

»Das sieht ein Kind. Habt Ihr nicht bemerkt, daß dieser Dunst nach hinten zu schwärzer ist und daß er aus dem Haseldickicht kommt? Das ist von einem Feuer, das man aber, wie mir vorkommt, hat niederbrennen lassen.«

»So wollen wir anlegen und unserem Zweifel ein Ende machen«, entgegnete der ungeduldige Duncan. »Der Trupp muß klein sein, der auf einem so kleinen Fleckchen Land liegen kann.«

»Wenn Ihr die List der Indianer nach den Regeln, die Ihr in Eueren Büchern findet, oder mit dem Scharfsinn eines Weißen beurteilen wollt, so führt Euch das in die Irre, wenn nicht sogar dem Tod entgegen«, erwiderte Falkenauge, indem er die verdächtigen Anzeichen mit dem Scharfblick betrachtete, der ihn so auszeichnete. »Wenn ich meine Meinung sagen darf, so haben wir nur zweierlei zur Wahl: das eine ist, wir kehren um und geben alle Gedanken an die Verfolgung der Huronen auf – «

»Nimmermehr!« rief Heyward mit viel lauterer Stimme, als die Umstände es erlaubten.

»Gut! Gut!« fuhr Falkenauge fort, indem er ihm hastig bedeutete, seine Ungeduld zu bezähmen. »Ich bin auch Eurer Meinung, aber ich glaube es meiner Erfahrung schuldig zu sein, alles zu sagen. So müssen wir denn voran! Und wenn die Indianer oder die Franzosen in diesen Engen sind, so müssen wir unter den bergigen Ufern Spießruten laufen. Ist Vernunft in meinen Worten, Sagamore?«

Der Indianer antwortete nur damit, daß er das Ruder in das Wasser senkte und das Kanu weitertrieb. Da ihm die Führung oblag, war sein Entschluß damit deutlich genug gemacht. Auch die übrigen ruderten jetzt kräftig, und in wenigen Minuten hatten sie einen Punkt erreicht, von dem aus sie das ganze, bisher verborgen gewesene nördliche Ufer der Insel mit einem Blick überschauen konnten.

»Da sind sie! Wenn nicht alle Kennzeichen täuschen!« flüsterte der Kundschafter. »Zwei Kanus und der Rauch! Die Augen der Kerle sind noch in dem Nebel gefangen, sonst hätten wir schon ihr verdammtes Kriegsgeschrei hören müssen. Rudert, Freunde! Wir entfernen uns von ihnen, und eine Kugel kann uns fast nicht mehr erreichen.«

Der wohlbekannte Knall einer Büchse, deren Kugel auf der ruhigen Wasserfläche daherhüpfte, und ein schrilles Geheul von der Insel unterbrachen seine Rede und machten ihnen deutlich, daß sie entdeckt waren. Einen Augenblick später sah man mehrere Wilde in die Kanus stürzen, die bald in eiliger Verfolgung auf dem Wasser dahertanzten. Diese beunruhigenden Vorläufer eines nahenden Kampfes brachten, soweit Duncan sehen konnte, in den Gesichtszügen und den Bewegungen seiner drei Führer keine Veränderung hervor, außer daß ihre Ruderschläge stärker und gleichmäßiger wurden. Die kleine Barke schien nun leicht wie ein Vogel dahinzufliegen.

»Bleibe in dieser Richtung, Sagamore!« sagte Falkenauge und blickte ruhig über seine linke Schulter, während er immer noch fortruderte. »Halte das Fahrzeug gerade so! Die Huronen haben nie Gewehre, die so weit reichen. Aber mein Wildtöter hat ein Rohr, auf das sich ein Mann verlassen kann.«

Als der Kundschafter sich überzeugt hatte, daß die Mohikaner ohne ihn das Kanu in der erforderlichen Entfernung halten konnten, legte er ruhig sein Ruder beiseite und hob die todbringende Büchse. Dreimal legte er sein Gewehr an die Schulter, die Gefährten erwarteten den Schuß, und dreimal senkte er es wieder, um die Indianer zu bitten, ihre Feinde ein wenig näher herankommen zu lassen. Endlich schien sein genaues, scharfes Auge befriedigt, er brachte seine linke Hand unter den Lauf und hob eben die Mündung langsam empor, als ein Ruf aus Uncas' Mund seinen Schuß abermals verhinderte.

»Was gibt es, Junge?« fragte Falkenauge. »Du hast einem Huronen den Todesschrei erspart! Hast du Grund dazu gehabt?«

Uncas wies zum Felsenufer, wo ein anderes Kriegskanu im Begriff war, ihnen den Weg abzuschneiden. Ihre Lage war jetzt äußerst mißlich, so daß es keiner weiteren Worte bedurfte. Der Kundschafter legte seine Büchse weg und ergriff wieder das Ruder, während Chingachgook den Bug des Kanus ein wenig gegen das Westufer richtete, um die Entfernung zwischen ihnen und dem neuen Feind möglichst zu vergrößern. Zugleich machte sich der Feind in ihrem Rücken wieder bemerkbar, indem er ein wildes und frohlockendes Geheul anstimmte. Eine so bedenkliche Szene weckte selbst Munro aus seiner Teilnahmslosigkeit.

»Laßt uns den Felsen dort am Lande ansteuern«, sagte er mit der Miene eines erfahrenen Soldaten; »und mit den Wilden kämpfen! Gott möge mich und alle, die mit mir und den meinigen verbunden sind, davor bewahren, je einem Diener dieser Louis wieder zu trauen!«

»Wer im Indianerkrieg gut fahren will«, entgegnete der Kundschafter, »darf nicht zu stolz sein, von der Erfahrung der Eingeborenen zu lernen. Mehr ans Land, Sagamore! Wir umschiffen die Schurken, und vielleicht werden sie versuchen, weiter auszuholen.«

Falkenauge hatte sich nicht geirrt. Sobald die Huronen sahen, daß der Weg, den sie genommen hatten, den Verfolgten einen Vorsprung gab, steuerten sie weniger geradeaus und immer mehr in schräger Richtung, mit dem Erfolg, daß die beiden Kanus bald auf parallelen Linien fuhren, etwa zweihundert Ruten voneinander entfernt.

Jetzt galt es, wer am schnellsten ruderte. Die Bewegung der leichten Fahrzeuge war so schnell, daß der See vor ihnen kleine Wellen warf und sie durch ihre eigene Schnelligkeit in eine wiegende Bewegung kamen. Dieser Umstand und die Notwendigkeit, alle Hände beim Rudern zu beschäftigen, war vielleicht Ursache, daß die Huronen nicht sogleich Feuer gaben. Die Anstrengungen der Fliehenden waren jedoch zu groß, um lange andauern zu können, und die Verfolger waren durch ihre Überzahl im Vorteil. Duncan bemerkte nicht ohne Bangigkeit, daß der Kundschafter unruhig um sich zu blicken begann, als suche er nach neuen Hilfsmitteln, um ihre Flucht zu beschleunigen.

»Steuere ein wenig mehr aus der Sonne, Sagamore!« rief der unverzagte Waidmann. »Ich sehe, einer von den Kerlen greift zu seiner Büchse. Ein einziges verwundetes Glied könnte uns unsere Skalpe kosten. Steuere etwas aus der Sonne, so haben wir bald die Insel zwischen uns und ihnen.«

Der Ratschlag blieb nicht ohne Erfolg. Ein langgedehntes, niedriges Eiland lag in geringer Entfernung vor ihnen, und als sie dort herankamen, blieb dem verfolgenden Kanu nichts übrig, als sich auf der anderen Seite zu halten. Der Kundschafter und seine Gefährten ließen diesen Vorteil nicht ungenutzt. Sobald sie durch die Gebüsche jeder Beobachtung entzogen waren, verdoppelten sie ihre Anstrengungen, die schon vorher ans Wunderbare grenzten. Die beiden Kanus kamen um die letzte niedrige Spitze wie zwei Renner am Ziel ihres Laufes: die Fliehenden aber lagen vorn. Diese Wendung brachte sie zwar einander näher, auf der anderen Seite veränderte es die Situation.

»Du hast bewiesen, daß du dich auf dergleichen Fahrzeuge aus Birkenholz verstehst, Uncas, als du dieses unter den Kanus der Huronen auswähltest«, bemerkte lächelnd der Kundschafter, mehr befriedigt durch ihren Vorsprung im Rudern als durch die schwache Aussicht, zuletzt noch zu entrinnen. »Die Kerle haben sich wieder ganz aufs Rudern gelegt, und wir müssen mit Stücken aus glattem Holz statt mit dem Rohr und scharfen Augen um unsere Skalpe kämpfen. Holt weiter mit dem Ruder aus, Freunde, und haltet euch im Takt!«

»Sie machen sich zum Schießen bereit«, sagte Heyward, »und da wir in einer Linie mit ihnen fahren, werden sie uns kaum verfehlen.«

»Legt Euch auf den Boden des Fahrzeugs«, erwiderte der Kundschafter, »Ihr und der Oberst; es sind dann schon ein paar Zielpunkte weniger.«

Heyward antwortete lächelnd:

»Das wäre ein gutes Beispiel, wenn die Ranghöheren sich ducken würden, während die Krieger im Feuer stehen.«

»Gott und Herr!« rief der Kundschafter, »das ist wieder einmal typisch für den Mut eines Weißen. Aber wie so vieles bei ihnen, ist seine Haltung nicht in der Vernunft begründet. Meint Ihr, der Sagamore oder

Uncas oder selbst ich, dem kein falscher Tropfen Blut in den Adern rinnt, würden sich bei einem Scharmützel kein Versteck suchen, wenn es nichts brächte, ungeschützt zu kämpfen? Wozu haben sich die Franzmänner in Quebec Schanzungen gebaut, wenn man doch nur im freien Feld fechten darf?«

»Alles dies mag wahr sein, mein Freund«, erwiderte Heyward, »und doch verbietet unser Kodex uns, Euren Wunsch zu erfüllen.«

Eine Salve der Huronen unterbrach das Gespräch. Als die Kugeln um ihre Ohren pfiffen, sah Duncan, wie Uncas sich umwandte, um nach ihm und Munro zu sehen. Ungeachtet der Nähe des Feindes und der eigenen großen Gefahr drückte die Miene des jungen Kriegers, wie es Heyward schien, keine andere Empfindung als Erstaunen darüber aus, daß Leute sich so nutzlos einer Gefahr aussetzten. Chingachgook war wahrscheinlich mit den Begriffen der Weißen mehr bekannt: denn er blieb, ohne einen Seitenblick zu tun, einzig mit der Lenkung des Kahns beschäftigt. Gleich darauf schlug eine Kugel dem Häuptling das leichte, geglättete Ruder aus den Händen und schleuderte es weit weg in die Luft. Die Huronen stießen einen Jubelschrei aus und ergriffen die Gelegenheit, eine zweite Salve abzugeben. Uncas beschrieb mit seinem Ruder einen Halbkreis im Wasser, und während das Kanu dieser Bewegung pfeilschnell folgte, konnte Chingachgook sein Ruder wieder erhaschen. Er schwang es hoch empor, erhob das Schlachtgeschrei der Mohikaner und wandte dann wieder alle seine Stärke und Geschicklichkeit dem Rudern zu.

Der weittönende Ruf: »Le gros Serpent! La longue Carabine! Le Cerf agile!« erscholl mit einem Male auf den Kanus hinter ihnen und schien die Verfolger mit neuem Eifer zu beleben. Der Kundschafter ergriff seinen Wildtöter mit der Linken und schwang ihn triumphierend über seinem Haupt den Feinden entgegen. Die Wilden beantworteten diesen Hohn mit Geheul, und unmittelbar darauf erfolgte eine weitere Salve. Die Kugeln sausten über den See herbei, und eine durchschlug sogar die Rinde ihres kleinen Kahns. Während dieses kritischen Augenblicks war bei den Mohikanern keine merkliche Aufregung zu entdecken; ihre Gesichtszüge drückten weder Hoffnung noch Furcht aus. Nur der Kundschafter sah sich nach Heyward um und sagte, leise vor sich hin lachend:

»Die Schufte hören sich gern schießen; aber keiner von den Mingos ist in der Lage, von einem auf den Wellen tanzenden Boot die Schußweite bemessen zu können. Ihr seht, die dummen Teufel vergeuden die Kraft eines Mannes zum Laden, und schlecht gerechnet machen wir dann drei Fuß vorwärts, wenn sie zwei tun!«

Duncan war nicht so ruhig wie seine Gefährten, weil er wohl die

Geschwindigkeit der beiden Boote nicht so gut berechnen konnte. Doch sah er mit Vergnügen, daß sie durch Anstrengung und Gewandtheit dem Feind wirklich einen Vorsprung abgewonnen hatten. Die Huronen feuerten wieder, und eine Kugel schlug in die Schaufel von Falkenauges Ruder, doch ohne ihn zu verletzen.

»Nicht übel!« bemerkte der Kundschafter, die leichte Zersplitterung an seinem Ruder untersuchend. »Es hätte einem Kind nicht die Haut geritzt, viel weniger Männern, die gleich uns schon aller Ungunst des Himmels in Wind und Wetter getrotzt haben. Nun, Major, wenn Ihr es mit diesem Stück flachen Holzes versuchen wolltet, so würde ich meinen Wildtöter an der Unterhaltung teilnehmen lassen.«

Heyward ergriff das Ruder und machte sich mit einem Eifer ans Werk, der sein geringes Geschick ausglich, während Falkenauge das Zündpulver seiner Büchse untersuchte. Er zielte schnell und feuerte. Der Hurone im Bug des vorderen Kanus wollte ebenfalls gerade feuern. Jetzt sank er zurück und ließ seine Büchse ins Wasser fallen. Doch raffte er sich im nächsten Augenblick wieder auf, aber seine Gebärden waren wild und verstört. Zugleich hörten seine Begleiter auf zu rudern; die verfolgenden Kanus stießen zusammen und verloren ihre Fahrt. Chingachgook und Uncas benützten die augenblickliche Pause, um Atem zu schöpfen. Duncan aber fuhr fort, mit ausdauerndem Eifer zu arbeiten. Vater und Sohn warfen jetzt ruhige, aber forschende Blicke aufeinander, um zu sehen, ob keiner durch das Feuer der Feinde verletzt worden sei. Denn beide wußten wohl, daß kein Schrei oder Ausruf in einem solchen Augenblick der Not den Unfall hätte verraten dürfen. Einige große Tropfen Blut rannen über die Schulter des Sagamoren, und als er sah, daß Uncas' Blicke zu lange darauf verweilten, schöpfte er etwas Wasser in der hohlen Hand, um den Fleck damit wegzuwaschen. Auf diese einfache Weise überzeugte er den Sohn von der geringen Bedeutung der Wunde.

»Gemach, gemach, Major!« sagte der Kundschafter, der inzwischen seine Büchse wieder geladen hatte. »Wir sind schon ein wenig zu weit entfernt, als daß eine Büchse ihre Vorzüge entfalten könnte, und Ihr seht, die Burschen beraten sich soeben. Laßt sie auf Schußweite herankommen; ich kann mich auf mein Auge verlassen! Wir wollen sie den ganzen Horican hinablocken, und doch garantiere ich, daß keiner ihrer Schüsse im schlimmsten Falle mehr als die Haut streifen wird, während mein Wildtöter bei drei Versuchen wenigstens zwei der Schurken niederstreckt.«

»Wir vergessen den Zweck unserer Reise«, entgegnete der besorgte Duncan. »Um Gottes willen laßt uns diesen Vorteil benützen, um uns weiter von den Feinden zu entfernen.«

Der Kundschafter schwang seinen Wildtöter triumphierend über seinem Haupt.

»Gebt mir meine Kinder!« rief Munro mit unterdrückter Stimme. »Treibt kein Spiel mit der Angst eines Vaters, gebt mir meine Kinder wieder!«

Seit langer Zeit geübte Achtung gegen die Befehle seiner Oberen hatte den Kundschafter die Tugend des Gehorsams gelehrt. Er warf einen letzten, zaudernden Blick auf die entfernten Kanus, dann legte er seine Büchse beiseite und ergriff, den ermüdeten Duncan ablösend, wieder das Ruder, das er mit Muskeln, die keine Erschöpfung kannten, regierte. Seine Anstrengungen wurden durch die Mohikaner unterstützt, und in wenigen Minuten war eine solche Wasserfläche zwischen ihnen und den Feinden, daß Heyward wieder freier atmete.

Der See dehnte sich jetzt weiter aus, und ihr Weg ging über weite Wasserräume, die wie bisher von hohen, rauhen Felsen eingefaßt waren. Die wenigen Inseln waren leicht zu umfahren. Die Ruderschläge wurden abgemessener und regelmäßiger, und die Ruderer setzten nach der hitzigen, gefahrvollen Verfolgung ihre Anstrengungen mit einer Kaltblütigkeit fort, als ob ihre bisherige Eile nur ein Spiel, nicht das Gebot dringender, ja verzweifelter Umstände gewesen wäre.

Statt dem westlichen Ufer zu folgen, wohin ihr Weg führte, steuerte der schlaue Mohikaner mehr auf die Berge zu, hinter denen, wie man wußte, Montcalm sein Heer zu der mächtigen Festung Ticonderoga geführt hatte. Da die Huronen allem Anschein nach die Verfolgung aufgegeben hatten, war kein Grund für eine übermäßige Vorsicht vorhanden. Dennoch dauerte es Stunden, bis sie in einer Bucht am nördlichen Ufer des Sees anlangten. Hier wurde das Kanu ans Ufer gezogen, und alle stiegen an Land. Falkenauge und Heyward erklommen eine nahe Anhöhe. Jener überschaute die weite Wasserfläche unter ihnen und machte auf einen kleinen schwarzen Fleck aufmerksam, der in der Entfernung von mehreren Meilen unter einer Landspitze sichtbar war. »Seht Ihr ihn?« fragte der Kundschafter. »Für was würdet Ihr diesen Fleck halten, wenn Ihr mit Eurer Erfahrung als Weißer allein den Weg durch diese Wasserwildnis machen müßtet?«

»Nach der Entfernung und der Größe würde ich es für einen Vogel halten. Kann es etwas Lebendiges sein?«

»Es ist ein Kanu von guter Birkenrinde und wird von wilden, listigen Mingos gerudert. Obgleich die Vorsehung den Bewohnern der Wälder Augen verliehen hat, die in den Niederlassungen nutzlos wären, weil es künstliche Mittel gibt, die Sehkraft zu heben, so sind doch menschliche Organe außerstande, alle die Gefahren zu bemerken, von denen wir in diesem Augenblick umgeben sind. Die Burschen tun, als dächten sie nur an die Abendmahlzeit; sobald es aber finster ist, sind sie gleich Spürhunden uns auf der Fährte. Wir müssen sie loswerden oder auf Renard subtils Verfolgung verzichten. Diese Seen sind manchmal zu etwas gut, besonders wenn das Wild ins Wasser stürzt«, fuhr der Kundschafter fort und blickte mit etwas besorgter Miene um sich. »Aber sie geben niemandem Schutz, wenn nicht den Fischen. Gott weiß, was aus dem Land werden wird, wenn die Weißen je ihre Niederlassungen weit über die zwei Flüsse ausdehnen. Jagd und Krieg würden ihren Reiz verlieren.«

»Laßt uns keinen Augenblick verlieren ohne gute und dringende Gründe.«

»Der Rauch will mir gar nicht gefallen, den Ihr dort an dem Felsen über dem Kanu aufsteigen seht«, unterbrach ihn der abgelenkte Kundschafter. »Ich setze mein Leben, daß andere Augen als die unseren ihn ebenfalls sehen und wissen, was er zu bedeuten hat. Nun, Worte machen nichts besser, und es ist Zeit, daß wir handeln.«

Falkenauge stieg tief nachdenklich von seinem Aussichtspunkt an das Ufer hinab. Hier teilte er seine Beobachtungen den Gefährten in delawarischer Sprache mit, und eine kurze, ernste Beratung folgte. Als sie zu Ende war, machte man sich sogleich an die Ausführung der Beschlüsse.

Sie hoben das Kanu aus dem Wasser und trugen es auf den Schultern in den Wald, indem sie möglichst breite, in die Augen fallende Spuren hinterließen. In Kürze erreichten sie ein Gewässer, das sie überquerten, und bald standen sie vor einem nackten Felsen von gewaltiger Größe. Von hier aus, wo ihre Spuren nicht mehr sichtbar waren, kehrten sie zurück zu dem Bach, indem sie mit der äußersten Vorsicht rückwärts gingen. Jetzt folgten sie dem Bett des kleinen Flusses bis zum See und ließen ihr Kanu wieder ins Wasser. Ein niedriger Felsenvorsprung verbarg sie hier vor der Landspitze, und der Rand des Sees war eine Strecke weit mit dichten, herabhängenden Büschen bewachsen. Unter dem Schutz dieser von der Natur gebotenen Vorteile fuhren sie eine ganze Zeitlang am Ufer entlang, bis der Kundschafter es für angemessen hielt, wieder zu landen.

Hier blieben sie liegen, bis der Abend die Form aller Gegenstände verschwimmen ließ und ungewiß machte. Dann nahmen sie ihren Weg wieder auf und ruderten, von der Finsternis begünstigt, in aller Stille zielstrebig auf das westliche Ufer zu. Obgleich die zerklüfteten Umrisse der Berge, auf die sie lossteuerten, Duncans Auge keine unterscheidenden Merkmale boten, lief der Mohikaner mit der Sicherheit und Umsicht eines erfahrenen Lotsen in den kleinen Hafen ein, den er für die Landung gewählt hatte.

Das Boot wurde wieder aufgehoben und in die Wälder getragen, wo sie es sorgfältig unter einem Haufen Strauchwerk verbargen. Die Reisenden nahmen jetzt ihre Waffen und ihr Gepäck an sich, und der Kundschafter versicherte Munro und Heyward, daß er nun bereit sei, mit den Indianern die Wanderung anzutreten.

Einundzwanzigstes Kapitel

Die Wanderer waren an der Grenze eines Landstrichs gelandet, der bis auf den heutigen Tag den Bewohnern der Vereinigten Staaten weniger bekannt ist als die Wüsten Arabiens oder die Steppen der Tatarei. Es war der unfruchtbare und rauhe Distrikt, der die Nebenflüsse des Champlain von denen des Hudson, des Mohawk und des St. Lorenz trennt. Seit der Zeit, in der unsere Geschichte spielt, hat der Unternehmungsgeist des Landes den Distrikt mit einem Gürtel reicher, blühender Niederlassungen umgeben, obgleich auch bis jetzt nur Jäger oder Indianer in seine wilden Gebiete eingedrungen sind.

Da jedoch Falkenauge und die Mohikaner die Berge und Täler dieser endlosen Wildnis oft durchstreift hatten, trugen sie kein Bedenken, in ihre Tiefen einzudringen mit der Zuversicht von Männern, die an Entbehrungen und Anstrengungen gewöhnt sind. Mehrere Stunden lang hatten die Reisenden, von einem Stern geleitet oder dem Lauf eines Waldbaches folgend, ihren mühsamen Weg fortgesetzt, da machte der Kundschafter halt. Nach einer kurzen Beratung mit den Indianern wurde ein Feuer angezündet, und man traf die gewöhnlichen Vorkehrungen, um den Rest der Nacht an diesem Ort zuzubringen.

Munro und Duncan folgten dem Beispiel ihrer erfahrenen Gefährten und überließen sich ohne Furcht, wenn auch nicht mit Behaglichkeit, der Ruhe. Als die Reisenden ihre Wanderung wieder begannen, war der Tau schon verdunstet, und die Sonne hatte die Nebel aufgelöst und goß ein starkes, helles Licht über den Wald.

Nachdem sie einige Meilen zurückgelegt hatten, wurde Falkenauge, der voranging, bedächtiger und wachsamer. Er blieb oft stehen, untersuchte die Bäume und ging über keinen Bach, ohne die Tiefe, Schnelligkeit und Farbe seines Wassers zu beobachten. Weil er seinem eigenen Urteil mißtraute, holte er häufig die Meinung Chingachgooks ein. Während dieser Besprechungen bemerkte Heyward, daß Uncas stets ein ruhiger und schweigender, Anteil nehmender Zuhörer war. Er fühlte sich stark versucht, den jungen Häuptling anzusprechen und ihn zu ihren Fortschritten zu befragen. Aber die ruhige, würdevolle Haltung des Eingeborenen ließ ihn glauben, daß auch er dem Scharfsinn und der Einsicht der Älteren unbedingt vertraue. Endlich wandte sich der Kundschafter selbst an den Major und erklärte ihm die Verlegenheit, in der sie sich befanden.

»Als ich merkte daß die Spuren der abziehenden Huronen nordwärts gingen«, sagte er, »da brauchte es kein gereiftes Urteil, um zu schließen, daß sie den Tälern nachgehen und sich zwischen den Wassern des

Hudson und des Horican halten würden, bis sie an die Quellen jener Flüsse Kanadas kämen, die sie in das Herz des Franzosenlandes führen müßten. Jetzt sind wir hier nicht weit vom Scaroon, und keine Spur einer Fährte haben wir gefunden! Es irrt der Mensch, und möglich ist, daß wir nicht den rechten Weg eingeschlagen haben!«

»Der Himmel bewahre uns vor solch einem Irrtum!« rief Duncan. »Wir wollen zurück und mit schärferen Blicken suchen. Hat Uncas in solch einer Situation keinen Vorschlag zu machen?«

Der junge Mohikaner warf einen Blick auf seinen Vater, aber er schwieg und behielt seine ruhige und zurückhaltende Miene bei. Chingachgook hatte dies bemerkt und winkte ihm mit der Hand zu sprechen. Kaum war die Erlaubnis erteilt, ging die ernste Ruhe des Jünglings in einen Ausdruck der Freude über. Leicht wie ein Hirsch lief er eine kleine Anhöhe hinan, die sich in einiger Entfernung von ihnen erhob, und blieb frohlockend vor einer Spur frisch aufgewühlter Erde stehen, die vom Tritt eines schweren Tieres herzurühren schien. Aller Augen folgten seinen Bewegungen und lasen in der triumphierenden Miene des jungen Mannes den glücklichen Erfolg seiner Nachforschungen.

»Das ist eine Spur!« rief der Kundschafter, der sich der Stelle genähert hatte, »der Junge ist schnell von Blick und scharfsinnig für sein Alter!«

»Es ist sonderbar«, murmelte Duncan, »daß er mit seiner Entdeckung so lange an sich gehalten hat.«

»Es wäre noch mehr zu verwundern gewesen, wenn er unaufgefordert gesprochen hätte. Nein, nein; ein Junge bei euch Weißen, der seine Weisheit aus den Büchern schöpft und sein Wissen nach den Seiten eines Buches mißt, mag sich einbilden, daß er mit dem Kopf wie mit den Beinen seinen Vater überholt. Aber hier, wo es auf Erfahrung ankommt, lernt der Schüler den Wert der Jahre schätzen und achtet sie demgemäß.«

»Seht!« sprach Uncas und deutete nach Norden und Süden auf die deutlichen Zeichen einer starken Fährte. »Das schwarze Haar ist hier nach Norden gegangen.«

»Kein Spürhund hat je eine schönere Fährte gefunden«, versetzte der Kundschafter und eilte auf dem angedeuteten Weg vorwärts. »Der Himmel ist uns günstig, sehr günstig, und wir brauchen jetzt die Nase nicht mehr auf die Erde zu halten. Ja, hier sind wieder die zwei einseitig laufenden Pferdchen; der Hurone marschiert wie ein General der Weißen. Er ist nicht recht bei Trost, er ist toll! Sieh, Sagamore, ob du keine Spur von Wagenrädern findest«, fuhr er fort, indem er mit neuerwachter Befriedigung lachend rückwärts blickte. »Bald wird der

Tor noch in der Kutsche fahren, indes ihm sechs der besten Augen im Grenzland dicht auf den Fersen sind.«

Die Aufgeräumtheit des Kundschafters und der unerwartet glückliche Erfolg, der ihren mehr als vierzig Meilen langen Weg nun gekrönt hatte, verfehlte nicht, auch den anderen neue Hoffnung zu machen. Sie marschierten mit schnellen Schritten und so zuversichtlich wie Reisende auf einer breiten Landstraße. Wenn ein Felsen, ein Bach oder etwas härterer Boden den Faden des Knäuels, dem sie folgten, unterbrach, so nahm ihn das untrügliche Auge des Kundschafters in einiger Entfernung wieder auf, und nur selten war es nötig, einen Augenblick stehenzubleiben. Sehr erleichtert wurde ihre Reise durch die Gewißheit, daß Magua seinen Weg durch die Täler nahm: ein Umstand, der keinen Zweifel an der Hauptrichtung ihres Weges ließ. Der Hurone hatte übrigens die gewöhnlichen Kunstgriffe der Eingeborenen, wenn sie sich vor einem Feind zurückziehen, nicht gänzlich verabsäumt. Falsche Spuren und plötzliche Wendungen waren häufig, sooft ein Bach oder die Beschaffenheit des Bodens es tunlich machte. Aber die Verfolger ließen sich nur selten täuschen, merkten bald ihren Irrtum, bevor sie Zeit oder Richtung auf der trügerischen Spur verloren hatten.

Gegen die Mitte des Nachmittags hatten sie den Scaroon überquert und folgten nun der Richtung der untergehenden Sonne. Nachdem sie von einer Anhöhe in eine Niederung hinabgestiegen waren, durch welche ein kleiner Bach dahineilte, kamen sie unerwartet an eine Stelle, wo Le Renards Zug offenbar haltgemacht hatte. Halbverkohlte Scheite lagen um eine Quelle, Überreste eines Damhirsches waren über den Platz verstreut, und die Bäume trugen unverkennbare Spuren einer Abweidung durch die Pferde. In einiger Entfernung entdeckte Heyward ein kleines Laubdach, das er mit zärtlicher Rührung betrachtete in der Vorstellung, daß Cora und Alice darunter geruht hätten. Während aber die Erde rundum zertreten war und Fußstapfen von Männern und Tieren im ganzen Umkreis des Platzes deutlich sichtbar waren, schien hier mit einem Male alle Spur zu verschwinden.

Zwar konnte man die Fährte der Narragansetts leicht verfolgen, sie schienen aber ohne Führer umhergelaufen zu sein und nur Futter gesucht zu haben. Endlich entdeckte Uncas eine Spur, die ganz frisch zu sein schien. Ehe er aber den Tritten nachging, teilte er die Entdeckung seinen Begleitern mit, und während diese sich noch über diesen sonderbaren Umstand berieten, erschien der junge Indianer wieder: er hatte die beiden Pferde gefunden. Ihre Sättel waren zerbrochen und die Decken beschmutzt, als wären sie mehrere Tage, sich selbst überlassen, umhergelaufen.

»Worauf deutet das ?« fragte Duncan erbleichend und blickte besorgt umher, als ob die Büsche und Blätter ein entsetzliches Geheimnis verbergen würden.

»Daß wir mit unserer Reise zu einem schnellen Ende gekommen sind und uns in Feindesland befinden«, versetzte der Kundschafter. »Wären wir dem Schurken zu nahe gerückt und hätten die Mädchen keine Pferde gehabt, um mit den übrigen Schritt halten zu können, so hätte er ihnen vielleicht die Skalpe abgezogen. Aber ohne einen Feind auf den Fersen und mit solchen Tieren hat er ihnen kein Haar auf dem Haupt gekrümmt. Ich weiß, was Ihr denkt, und Schande ist's für unsere Hautfarbe, daß Ihr Grund dazu habt. Wer aber glaubt, ein Mingo mißhandle eine Frau, es sei denn, um sie danach zu erschlagen, der kennt die Indianer und das Leben in den Wäldern nicht. Nun habe ich aber gehört, daß die französischen Indianer in diese Berge gegangen sind, um den Elch zu jagen, und wir sind in die Nähe ihres Lagers gekommen. Warum sollten sie auch nicht? Jeden Tag kann man morgens und abends die Kanonen von Ty in diesen Bergen hören: denn die Franzosen bauen eine neue Verteidigungslinie zwischen den Provinzen des Königs und Kanada auf. Es ist wahr, die Pferde sind hier, aber die Huronen sind fort. Wir müssen jetzt den Pfad aufspüren, auf dem sie sich davongemacht haben.«

Falkenauge und die Mohikaner gingen ernsthaft ans Werk. Ein Kreis von einigen hundert Fuß wurde um den Platz gezogen, und jeder nahm sich seinen Teil davon vor. Die Forschung führte jedoch zu keinem Resultat. Häufige Spuren von Fußtritten waren vorhanden; allein die Leute schienen nur umhergelaufen zu sein ohne die Absicht, den Ort zu verlassen. Der Kundschafter und seine Gefährten machten noch einmal die Runde um den Ruheplatz, indem einer dem anderen langsam folgte, bis sie in der Mitte zusammentrafen; aber sie waren nicht klüger geworden.

»Solche Arglist deutet auf den Satan!« rief Falkenauge, als er die ratlosen Blicke seiner Gefährten sah. »Wir müssen wieder hinab, Sagamore, und von der Quelle an den Boden Zoll für Zoll untersuchen. Der Hurone soll sich bei seinem Stamm nicht rühmen können, daß sein Fuß keine Spuren hinterläßt.«

Der Kundschafter ging mit gutem Beispiel voran und begann die Untersuchung mit erneutem Eifer. Jedes Blatt wurde umgekehrt, jedes dürre Reis weggeräumt, jeder Stein aufgehoben – denn es war eine bekannte List der Indianer, sich solcher Mittel zu bedienen, um jeden Tritt sorgfältig zu verdecken. Noch immer blieb die Untersuchung ohne Erfolg. Endlich kam Uncas, der mit gewohnter Lebhaftigkeit seine Aufgabe zuerst erfüllt hatte, auf den Gedanken, den kleinen Bach, der jener Quelle entsprang, durch einen Damm in ein anderes Bett zu leiten. Sobald sein Grund hinter dem Damm trocken lag, bückte er sich mit scharfem, neugierigem Blick darüber. Ein Ruf ausgelassener Freude rief die übrigen Gefährten an seine Seite. Alle umstanden die Stelle, wo Uncas in der feuchten Anschwemmung auf die Spur eines Mokassins deutete.

»Der Junge wird seinem Volk Ehre machen«, sagte Falkenauge und betrachtete die Fährte mit so viel Bewunderung wie der Naturforscher den Stoßzahn eines Mammuts oder die Rippe eines Mastodons. »Ja, und er wird den Huronen ein Dorn im Auge sein. Das ist aber kein Fußtritt eines Indianers! Das Gewicht ruht zu sehr auf der Ferse, und die Zehen sind kantig, als wäre einer der französischen Tänzer hier gewesen und hätte seinen Leuten Kunststücke vorgemacht! Geh zurück, Uncas, und bring mir das Maß von des Singmeisters Fuß. Dort dem Felsen gegenüber an dem Abhang des Hügels findest du einen herrlichen Abdruck davon.«

Während der Jüngling mit diesem Auftrag beschäftigt war, betrachteten der Kundschafter und Chingachgook die Spuren mit großer Aufmerksamkeit. Das Maß traf zu, und Falkenauge war fest überzeugt, daß sie Davids Fußspur vor sich hatten, der seine Schuhe wieder mit Mokassins hatte vertauschen müssen.

»Jetzt ist mir alles so klar und deutlich, als ob ich Le Subtils Künsten zugesehen hätte«, fuhr er fort. »Da der Singmeister ein Mensch ist, dessen Kraft hauptsächlich in seiner Kehle und in seinen Füßen liegt, mußte er vorausgehen, und die anderen sind in seine Fußstapfen getreten.«

»Aber«, rief Duncan, »ich sehe keine Spuren von – «

»Unseren beiden Schönen!« vollendete der Kundschafter. »Der Bursche muß ein Mittel gefunden haben, sie so weit zu tragen, bis er glaubte, er habe allen Verfolgungen die Spur entzogen. Mein Leben daran – ehe wir eine große Strecke hinter uns haben, treffen wir wieder auf die Spur ihrer niedlichen Füßchen!«

Der Zug brach jetzt auf und folgte dem Lauf des Baches, mit aufmerksamen Augen die regelmäßigen Spuren verfolgend. Das Wasser floß bald wieder in sein altes Bett, aber sie behielten den Boden von beiden Seiten stets im Auge, überzeugt, daß unten im Wasser die Fährte weiterlief. Mehr als eine halbe Meile waren sie gegangen, bis der Bach um den Fuß eines großen und kahlen Felsen rieselte. Hier hielten sie an, um sich zu vergewissern, daß die Huronen an dieser Stelle das Wasser nicht verlassen hatten.

Und wohl ihnen, daß sie dies nicht unterließen! Das lebhafte, scharfe Auge des jungen Kriegers fand bald die Spur eines Indianerfußes auf einem Büschel Moos, auf das jemand aus Unachtsamkeit getreten war. Diese Entdeckung führte ihn in das nahe Dickicht, und dort fand er eine Spur, so frisch und deutlich wie jene, die sie vor der Quelle gefunden hatten. Ein Ruf verkündete das gute Glück des Jünglings seinen Begleitern, und alles Suchen hatte nun ein Ende.

»Ja, ja, indianische Schlauheit war es«, sagte der Kundschafter, als sich alle um die Stelle versammelt hatten; »und sie hätte weiße Augen sicherlich irregeführt.«

»Gehen wir weiter?« fragte Heyward.

»Gemach! Gemach! Wir kennen jetzt unseren Weg. Es wird aber gut sein, wenn wir alles genau untersuchen. Das ist mein Grundsatz, Major: wenn einer im Buch der Natur zu lesen verabsäumt, so erfährt er nicht, was ihm offen vor Augen liegt. Alles ist jetzt klar, nur nicht, wie er die Mädchen über die nasse Fährte gebracht hat. Selbst ein Hurone wäre zu stolz, die zarten Füße das Wasser berühren zu lassen.«

»Erklärt uns dies vielleicht das schwierige Rätsel?« fragte Heyward und deutete auf die Bruchstücke einer Art von Tragbahre, die, aus rohen Ästen verfertigt und mit Weiden zusammengebunden, als unnütz beiseite geworfen schien.

»Jetzt haben wir's!« rief der entzückte Kundschafter. »Wenn die Kerle den Weg in einer Minute zurückgelegt haben, so waren vorher Stunden nötig, ihrer Fährte ein Lügen-Ende zu zimmern. Nun, ich kenne sie und weiß, daß sie mit so nebensächlichen Dingen schon ganze Tage verbracht haben. Hier haben wir drei Paar Mokassins und zwei von kleinen Füßen. Es ist erstaunlich, daß menschliche Wesen auf so kleinen Gliedmaßen gehen können! Uncas, gib mir den bockledernen Riemen, damit ich die Länge dieses Fußes messen kann. Bei Gott, es ist der eines Kindes, und doch sind die Mädchen schlank und stattlich! Der Himmel ist parteiisch mit seinen Gaben, wiewohl er seine weisen Gründe dafür haben mag – das müssen die Besten und Zufriedensten von uns zugeben.«

»Die zarten Glieder meiner Töchter sind diesen Mühseligkeiten nicht gewachsen«, sagte Munro und betrachtete die leichten Fußtritte seiner Kinder mit väterlicher Zärtlichkeit. »Wir werden ihre verschmachteten Gestalten in dieser Wüste finden.«

»Das habt Ihr eigentlich nicht zu befürchten«, versetzte der Kundschafter und schüttelte langsam den Kopf. »Ihr Schritt ist fest und gerade, wenn auch kurz und leicht. Seht, die Ferse berührte kaum den Boden, und hier hat die mit dem dunklen Haar einen kleinen Sprung über Wurzeln gemacht. Nein, nein; wie ich die Sache verstehe, war hier keine von ihnen dem Verschmachten nahe. Der Sänger bekommt nun aber langsam wunde Füße und müde Beine, das sieht man an der Fährte da. Hier, das sieht man, ist er ausgerutscht, und hier ist er so weit ausgeschritten, als wäre er auf Schneeschuhen gegangen. Ja, ja, einer, der immer nur seine Kehle schult, kann seine Beine nicht recht bewegen.«

Durch solch untrügliche Zeugnisse erriet der geübte Waidmann die Wahrheit so sicher und treffend, als ob er bei all den Vorfällen gegenwärtig gewesen wäre. Erfreut über diese Resultate und beruhigt durch seine so schlagenden, einfachen Schlußfolgerungen setzte die Gesellschaft ihren Marsch fort. Zuvor machten sie aber noch kurz halt, um ein eiliges Mahl einzunehmen.

Nach beendigtem Essen warf der Kundschafter einen Blick auf die untergehende Sonne und eilte mit einer Schnelligkeit dahin, daß Heyward und der immer noch robuste Munro alle Kräfte anstrengen mußten, um Schritt zu halten. Ihr Weg ging immer längs der schon erwähnten Niederung. Da die Huronen keine weitere Vorsicht gebraucht hatten, ihre Fährte zu verbergen, hielt keine Ungewißheit die Verfolger mehr auf. Ehe jedoch eine Stunde verging, ließ die Eile Falkenauges merklich nach. Statt die frühere gerade Richtung beizubehalten, wandte er seinen Kopf vorsichtig bald auf diese, bald auf jene Seite, als ob er eine nahende Gefahr ahne. Endlich hielt er an und wartete, bis die ganze Gesellschaft herangekommen war. »Ich wittere die Huronen«, sagte er zu den Mohikanern. »Dort zwischen den Baumgipfeln wird es licht, wir kommen am Ende ihrem Lager zu nahe. Sagamore, nimm du den Hügel hier zur Rechten, und Uncas geht links den Bach entlang, indes ich die Spur verfolge. Wenn es was gibt, so wird dreimal wie eine Krähe gekrächzt. Ich sah soeben einen dieser Vögel durch die Luft streichen, gerade über jener abgestorbenen Eiche – auch ein Zeichen, daß wir an ein Lager kommen.«

Die Indianer entfernten sich, ohne ein Wort zu erwidern, jeder nach seiner Seite hin, während der Kundschafter mit den beiden Offizieren weiter voranschritt. Heyward trieb es bald an die Seite ihres Führers, voller Ungeduld, die Feinde, die sie mit solcher Mühe und Angst verfolgten, zu erblicken. Sein Begleiter wies ihn an, durch das Dickicht am Rande des Waldes zu schleichen und dort auf ihn zu warten. Er selbst wollte einige verdächtige Zeichen untersuchen, die er abseits vom Weg bemerkt hatte. Duncan gehorchte und fand sich bald an einem Punkt mit einer Aussicht, die ihm so außergewöhnlich wie überraschend erschien.

Viele Morgen weit waren die Bäume gefällt, und der Glanz eines milden Sommerabends lag auf der Lichtung, in schönem Kontrast mit der dunkleren Färbung der Wälder. In geringer Entfernung von der Stelle, wo Duncan stand, hatte sich der Bach zu einem kleinen See erweitert, der den größten Teil der Niederung zwischen den Bergen einnahm. Aus diesem weiten Becken ergoß sich ein Wasserfall, so sanft und gleichmäßig, daß man mehr das Werk von Menschenhänden als ein Gebilde der Natur zu erblicken glaubte. Hunderte von Hütten aus Erde standen am Rande des Sees und selbst noch im Wasser, als ob die Flut über ihr gewöhnliches Ufer getreten wäre. Die eigentümlichen Dächer, zum Schutz gegen Unwetter seltsam gerundet, zeugten von mehr Sorgfalt und Umsicht, als die Eingeborenen ihren gewöhnlichen Hütten zu widmen pflegten, und waren auch nicht mit jenen zu vergleichen, die mehr der Jagd oder dem Krieg dienten. Kurz, das ganze Dorf oder die kleine Stadt, wie man es nennen konnte, war ordentlich und mit mehr Aufwand gebaut, als die Weißen bei den Indianern gewöhnlich vorauszusetzen pflegten. Der Ort schien jedoch verlassen; wenigstens war Duncan eine Weile dieser Meinung. Endlich aber glaubte er mehrere menschliche Gestalten zu erblicken, die auf allen Vieren gingen und etwas Schweres, vielleicht eine furchtbare Kriegsmaschine, hinter sich herschleppten. Eben jetzt schauten mehrere schwarze Köpfe aus den Wohnungen hervor. Der Platz schien plötzlich von Wesen belebt, die so schnell von Versteck zu Versteck eilten, daß es ihm unmöglich war, ihre Stimmung oder Absicht zu erkennen. Beunruhigt durch diese verdächtigen und unerklärlichen Bewegungen war er im Begriff, das Krähensignal zu geben, als ein nahes Rauschen der Blätter seine Augen nach einer anderen Seite zog.

Der junge Mann erschrak und prallte instinktiv einige Schritte zurück, als er weniger als hundert Schritte vor sich einen fremden Indianer erblickte. Er faßte sich schnell und blieb, statt Lärm zu machen, der ihm selbst hätte verderblich werden können, unbeweglich stehen, ein aufmerksamer Beobachter des neuen Ankömmlings.

Ein Augenblick ruhiger Betrachtung überzeugte Duncan, daß er noch nicht bemerkt worden war. Der Eingeborene schien wie er selbst beschäftigt, die niedrigen Hütten des Dorfes und die eiligen Bewegungen seiner Bewohner zu beobachten. Unter der Maske einer grotesken Malerei waren seine Gesichtszüge nicht zu erkennen. Doch war es Duncan, als ob sie eher Schwermut als Wildheit ausdrückten. Sein Kopf war wie gewöhnlich kahl geschoren, bis auf den Scheitel, von dem drei oder vier verwitterte Falkenfedern lose herabhingen. Ein zerrissener Mantel aus Baumwolle hüllte seinen Leib zur Hälfte ein, während der untere Teil seiner Bekleidung aus einem schlichten Hemd bestand, dessen Ärmel einen Dienst versahen, der sonst durch eine weit bequemere Einrichtung geleistet wird. Seine Beine waren nackt und von Dornen kläglich zerrissen, an seinen Füßen aber trug er ein Paar Mokassins von gutem Hirschleder. Kurz, das Aussehen des Individuums war verwahrlost und elend.

Duncan war immer noch mit der neugierigen Betrachtung seines

Nachbarn beschäftigt, als der Kundschafter still und vorsichtig an seiner Seite auftauchte.

»Ihr seht, wir haben eine ihrer Niederlassungen oder ein Lager erreicht«, flüsterte ihm der junge Mann zu. »Und hier ist einer der Wilden selbst, der unsere weiteren Bewegungen sehr störend hemmen könnte.«

Falkenauge fuhr auf und hob seine Büchse, als er, dem Finger seines Begleiters folgend, den Fremden gewahrte. Doch senkte er die gefährliche Mündung wieder und reckte seinen Hals, als sollte dieser seine Prüfung unterstützen.

»Der Bursche ist kein Hurone«, stellte er fest, »auch keiner von den kanadischen Stämmen, und doch seht Ihr an seinen Kleidern, daß er einen Weißen geplündert hat. Ja, Montcalm hat die Wälder durchkämmt und für seinen Einfall eine lärmende, mörderische Rotte um sich versammelt. Könnt Ihr sehen, wo er seine Büchse oder seinen Bogen abgelegt hat?«

»Er scheint unbewaffnet zu sein und überhaupt keine schlimmen Absichten zu hegen. Wenn er nicht seine Gefährten dort unten am Wasser alarmiert, haben wir nur wenig von ihm zu fürchten.«

Der Kundschafter drehte sich zu Heyward um und sah ihn einen Augenblick mit unverhohlenem Erstaunen an. Dann öffnete er den Mund und brach in ein volles und herzliches Lachen aus, dessen Ton er aber unterdrückte, wie ihn häufige Gefahr gelehrt hatte.

»Gefährten dort unten am Wasser!« wiederholte er. »Das hat man davon, daß man seine Jugend in der Schule und innerhalb der Niederlassungen verbringt! Der Bursche hat jedoch lange Beine, und wir dürfen ihm nicht ganz trauen. Haltet ihn mit Eurer Büchse in Schach, bis ich durch das Gebüsch von hinten heranschleiche und ihn lebendig fange. Schießt aber auf keinen Fall!«

Schon war sein Gefährte halb im Dickicht verschwunden, als Heyward seinen Arm ausstreckte und ihn mit einer Frage noch einmal zurückhielt: »Wenn ich Euch in Gefahr weiß, soll ich da nicht einen Schuß wagen?«

Falkenauge sah ihn einen Augenblick an wie einer, der nicht recht weiß, wie er die Frage nehmen sollte. Dann nickte er mit dem Kopf und antwortete lachend, obgleich kaum hörbar:

»Ein ganzes Pelotonfeuer, Major!«

Im nächsten Augenblick verschluckte ihn das Gesträuch. Duncan wartete einige Minuten in fieberhafter Ungeduld, bis er den Kundschafter wieder gewahrte: auf der Erde liegend, von der er sich durch seinen Anzug kaum abhob, und gerade auf sein Opfer zukriechend. Als er noch einige Schritte von ihm entfernt war, richtete er sich still und

Falkenauge trifft David.

langsam auf. In diesem Augenblick hörte man laute Geräusche vom Wasser her. Duncan wandte seine Augen gerade noch rechtzeitig, um hundert schwarze Gestalten in das kleine, in Aufruhr gebrachte Gewässer plumpsen zu sehen. Er griff nach seiner Büchse, und seine Blicke richteten sich wieder auf den nahen Indianer. Statt über den Lärm zu stutzen, streckte der Wilde unwillkürlich den Hals vor, als ob auch er die Bewegungen in dem düsteren See mit einer Art einfältiger Neugierde beobachten wollte. Mittlerweile schwebte Falkenauges Hand über ihm, sank aber wieder ohne sichtbaren Grund, und ihr Eigentümer überließ sich von neuem einem langen, obgleich immer noch verborgenen Ausbruch von Heiterkeit. Endlich nachdem sein herzliches Gelächter zu Ende war, gab er, statt sein Opfer an der Kehle zu fassen, ihm einen leichten Schlag auf die Schulter und rief laut:

»Wie, Freund, habt Ihr vor, die Biber singen zu lehren?«

»Gewiß«, war die schnelle Antwort. »Das Wesen, das ihnen möglich machte, seine Gaben so gut anzuwenden, wird ihnen nicht die Stimme versagen, sein Lob zu singen.«

Zweiundzwanzigstes Kapitel

Der Leser wird sich Heywards Überraschung eher vorstellen können, als wir sie zu beschreiben vermögen. Seine lauernden Indianer waren plötzlich in vierfüßige Tiere verwandelt, sein See in einen Biberteich, sein Wasserfall in einen Damm, von diesen fleißigen und erfinderischen Vierfüßlern angelegt, ein verdächtiger Feind in einen erprobten Freund, David Gamut, den Meister im Psalmengesang. Die Gegenwart des letzteren rief so viel unerwartete Hoffnung im Hinblick auf die Schwestern ins Leben, daß der junge Mann, ohne sich einen Augenblick zu bedenken, aus seinem Versteck hervorsprang und auf die beiden Hauptakteure dieser Szene zueilte.

Falkenauges lustige Laune ließ sich nicht so leicht unterdrücken. Mit rauher Hand drehte er den geschmeidigen Gamut auf der Ferse herum und versicherte mehr als einmal, die Wahl seines Kostüms mache den Huronen alle Ehre. Dann ergriff er des Gefährten Hand, drückte sie mit einer Kraft, die dem ehrlichen David Tränen in die Augen trieb, und wünschte ihm Glück zu seiner neuen Stellung.

»So wart Ihr also wirklich im Begriff, unter den Bibern eine Singschule einzurichten, nicht wahr?« fragte er. »Die gelehrigen Teufel haben den Bogen fast heraus; sie schlagen mit ihren Schwänzen den Takt, wie Ihr eben gehört habt. Übrigens hatten sie Zeit dazu, sonst hätte ihnen mein Wildtöter den ersten Ton angegeben. Ich habe Leute gekannt, die lesen und schreiben konnten und nicht halb so viel verstanden wie ein alter Biber. Was aber das Singen betrifft, so läßt sich nichts mit ihnen machen. Die armen Tiere sind stumm geboren. Was haltet Ihr von einem Gesang wie diesem?«

David hielt sich die Hände vor die beleidigten Ohren, als das Krächzen einer Krähe durch die Luft tönte, und selbst Heyward, der den Urheber kannte, sah unwillkürlich empor, als wollte er den Vogel suchen.

»Seht«, fuhr der Kundschafter lachend fort, indem er auf seine zwei Begleiter deutete, die dem Signal folgten und bereits herbeikamen, »das nenne ich eine Musik, die Saft und Kraft hat! Sie bringt zwei gute Büchsen an meine Seite, von Messer und Tomahawks ganz zu schweigen. Doch wir sehen, daß Ihr gesund und wohlbehalten seid, nun sagt uns, was aus den Mädchen geworden ist.«

»Sie sind in der Gefangenschaft der Heiden«, antwortete David, »und, wenn auch im Geiste sehr betrübt, körperlich völlig wohlbehalten und sicher.«

»Beide?« fragte Heyward, beinahe atemlos.

»Gewiß. Wenn auch unsere Reise anstrengend und unsere Kost nicht die beste war, so hatten wir doch wenig zu klagen, außer daß man uns den Tort antat, uns in ein fernes Land zur Gefangenschaft zu führen.«

»Gott segne Euch für diese Worte!« rief der zitternde Munro. »So erhalte ich denn meine Kinder so unverletzt und engelgleich wieder, wie ich sie verloren habe!«

»Ich glaube nicht, daß ihre Befreiung so nahe ist!« entgegnete der zweifelnde David. »Der Anführer dieser Wilden ist von einem bösen Geist besessen, den nur die Allmacht des Herrn zähmen kann. Schlafend und wachend habe ich es bei ihm versucht, aber weder Töne noch Worte scheinen seine Seele zu rühren.«

»Wo ist der Schurke?« unterbrach ihn der Kundschafter ungestüm.

»Er jagt heute mit seinen jungen Leuten den Elch, und morgen, hörte ich, ziehen sie weiter in die Wälder, näher an die Grenze Kanadas. Das ältere Mädchen ist zu einem benachbarten Volk gebracht worden, dessen Wohnungen dort hinter jenen schwarzen Felsengipfeln liegen; die Jüngere aber mußte bei den Weibern der Huronen bleiben, deren Wohnungen sich nur zwei kurze Meilen von hier auf einer Ebene befinden, wo das Feuer die Dienste der Axt versehen hat, um Platz für die Hütten zu schaffen.«

»Alice, meine sanfte Alice!« rief Heyward mit gedämpfter Stimme. »Du hast sogar den Trost verloren, bei deiner Schwester zu sein.«

»Gewiß. Aber alle Aufrichtung, die das Gebet und Lobgesänge dem bekümmerten Gemüt geben können, ist ihr zuteil geworden.«

»Hat sie denn noch Sinn für die Musik?«

»Ja, wenn sie ernst und feierlich ist. Obgleich ich bekennen muß, daß das Mädchen allen meinen Bemühungen zum Trotz öfter weint als lächelt. In solchen Augenblicken gebiete ich den heiligen Gesängen Schweigen. Aber es gibt manchen schönen Moment tröstlichen Umgangs, wenn die Wilden ehrfürchtig unseren Stimmen lauschen, die sich zum Himmel erheben.«

»Und warum läßt man Euch so unbewacht umhergehen?«

David versuchte seinen Zügen einen Ausdruck bescheidener Demut zu geben, ehe er mit sanfter Stimme antwortete:

»Wenig Ruhm gebührt einem Wurm, wie ich es bin. Aber wenn auch die Macht des Psalmengesangs während der Vorgänge auf jenem schrecklichen Blutfeld unterbrochen war, so hat er doch selbst auf die Gemüter der Heiden seinen Einfluß wiedergewonnen, und ich darf gehen und kommen, wie ich will.«

Der Kundschafter lachte, berührte bedeutungsvoll seine eigene Stirn und erklärte vielleicht diese absonderliche Nachsicht noch besser, indem er sagte:

»Die Indianer tun einem Verwirrten nie etwas zuleide. Warum aber, wenn der Weg offen vor Euch lag, seid Ihr nicht auf Eurer eigenen Fährte, die so spurlos nicht ist, zurückgegangen und habt Kunde nach Fort Edward gebracht?«

Der Kundschafter, der allein seine unerschütterliche Eisennatur im Auge hatte, verlangte von David eine Leistung, die dieser wahrscheinlich unter keinen Umständen vollbracht hätte. Ohne aber seinen sanften Ausdruck ganz zu verlieren, begnügte sich der Psalmensänger zu antworten:

»Wenn sich auch mein Geist nach den Wohnungen des Christentums zurücksehnt, so wollten doch meine Füße lieber den zarten Wesen, die meiner Obhut anvertraut worden sind, selbst in die abgöttische Provinz der Jesuiten folgen, als einen Schritt rückwärts tun, während sie in Gefangenschaft und Kummer schmachten.«

Obgleich die bildhafte Sprache Davids nicht sehr verständlich war, konnte doch der treuherzige, entschiedene Ausdruck seines Auges und das Feuer seiner ehrlichen Miene kaum mißdeutet werden. Uncas trat näher an ihn heran und betrachtete den Sprecher mit beifälligem Blick, während sein Vater durch den gewohnten, kräftigen Ausruf der Befriedigung sein Wohlgefallen zu erkennen gab. Kopfschüttelnd erwiderte der Kundschafter:

»Es war nie des Herrn Wille, daß der Mensch alle seine Sorgfalt auf die Kehle verwenden und andere edlere Gaben darüber vernachlässigen sollte! Aber er ist in die Hände einfältiger Weiber gefallen, statt daß er unter dem blauen Himmel und unter den Schönheiten des Waldes seine Erziehung hätte suchen sollen. Hier, Freund! Ich wollte mit diesem Eurem Tutinstrument ein Feuer anzünden; da Ihr es aber hochhaltet, so nehmt und pfeift wieder nach Herzenslust!«

Gamut empfing seine Pfeife mit einem so lebhaften Ausdruck von Freude, wie er es mit seinem strengen Beruf für verträglich hielt. Nachdem er das Instrument mit Hilfe seiner eigenen Stimme zum wiederholten Mal geprüft hatte und endlich überzeugt war, daß keiner seiner Klänge verloren war, machte er einen ernsthaften Versuch, einige Strophen aus einem der längsten Herzensergüsse in dem oft erwähnten Büchlein abzusingen.

Heyward störte jedoch hastig diesen frommen Vorsatz mit Fragen und nochmals Fragen über die bisherige und vormalige Lage seiner Mitgefangenen, und zwar mit mehr Zusammenhang, als seine Gefühle beim Beginn der Unterredung gestattet hatten. David sah sich, obgleich er den wiedergewonnenen Schatz mit sehnsüchtigen Augen betrachtete, gezwungen zu antworten, zumal da auch der ehrwürdige Vater an den Fragen teilnahm, und dies mit einem Interesse, das gebieterisch Befriedigung forderte. Auch der Kundschafter verfehlte nicht, sich gelegentlich nach Einzelheiten zu erkundigen. Auf diese Weise gelangten die Verfolger, obgleich mit häufigen Pausen, die der Psalmensänger mit drohenden Tönen aus dem wiedererlangten Instrument ausfüllte, zur Kenntnis der wichtigsten Umstände, die ihnen zur Ausführung ihres großen, umfassenden Unternehmens, der Befreiung der beiden Schwestern, von höchstem Nutzen sein konnten.

Davids Erzählung war einfach und enthielt nur wenige Tatsachen. Magua hatte auf dem Berge gewartet, bis sich ein sicherer Augenblick zum Rückzug bot. Dann war er herabgestiegen und hatte den Weg längs der Westseite des Horican in Richtung Kanada eingeschlagen. Da der kluge Hurone die Pfade kannte und wußte, daß keine unmittelbare Gefahr einer Verfolgung drohte, kamen sie nur langsam und ohne jede Ermüdung voran. Aus der ungeschmückten Erzählung Davids ging hervor, daß seine Gegenwart mehr geduldet als gewünscht wurde, obgleich auch Magua selbst nicht ganz frei von der abergläubischen Verehrung war, womit die Indianer ein Wesen betrachten, dessen Verstand, wie sie glauben, der große Geist verwirrt hat. Nachts waltete die größte Vorsicht, um die Gefangenen vor den Dünsten der Wälder zu schützen, aber auch ihr Entweichen zu verhindern. An der Quelle ließ man die Pferde laufen, wie wir gesehen haben, und ungeachtet der Entfernung und Länge ihres Weges wurden die bereits erwähnten Kunstgriffe angewandt, um alle weiteren Spuren zu ihrem Versteck zu verwischen. Bei ihrer Ankunft im Lager seines Volkes trennte Magua die Gefangenen, einem Brauch zufolge, der selten unbeachtet blieb. Cora wurde zu einem nomadischen Stamm gesandt, der ein benachbartes Tal vorübergehend bewohnte. David aber war zu unbekannt mit den Sitten und der Geschichte der Eingeborenen, um über seinen Namen oder seinen Charakter befriedigende Auskunft geben zu können. Er wußte bloß, daß dieser Stamm den letzten Zug gegen William Henry nicht mitgemacht hatte, daß diese Wilden gleich den Huronen Verbündete Montcalms waren und einen freundlichen, wiewohl zurückhaltenden Verkehr mit dem kriegerischen und wilden Volk unterhielten, das der Zufall eben jetzt in so nahe und unangenehme Berührung mit ihnen gebracht hatte.

Die Mohikaner und der Kundschafter horchten auf seine oft unterbrochene und unvollständige Erzählung mit einer Anteilnahme, die jetzt sichtlich stieg. Und als er die Art des Volksstammes, unter welchem Cora gefangen war, schildern wollte, fragte der Kundschafter plötzlich:

»Saht Ihr die Form ihrer Messer? Waren sie englischen oder französischen Ursprungs?«

»Meine Gedanken waren nicht auf solche Eitelkeiten gerichtet, sondern nur auf Trost für die beiden Mädchen bedacht.«

»Die Zeit könnte kommen, wo Ihr das Messer eines Wilden für kein so verächtliches Ding ansehen werdet«, versetzte der Kundschafter mit dem Ausdruck tiefer Verachtung für die Einfalt des andern. »Haben sie ihr Kornfest gefeiert? Oder könnt Ihr etwas von den Totems ihres Stammes sagen?«

»Was das Korn betrifft, so hatten wir oft und reiche Feste. Es war im Überfluß vorhanden, auch ist das Korn, in Milch gekocht, angenehm für den Mund und heilsam für den Magen. Was die Totems betrifft, so weiß ich nicht, was das ist. Wenn es sich aber in irgendeiner Weise auf die indianische Musik bezieht, so darf man bei ihnen gar nicht danach fragen. Nie erheben sie ihre Stimmen, Gott zu preisen, und es scheint, daß sie zu den gottlosesten Götzendienern gehören.«

»Da verkennt Ihr die Natur der Indianer. Selbst der Mingo betet nur den wahren, lebendigen Gott an. Und ich sage es zur Schande unserer eigenen Hautfarbe, es ist eine heillose Erfindung der Weißen, wenn sie den indianischen Krieger zu einem Anbeter selbstgeschaffener Bilder machen wollen. Wahr ist es, sie suchen mit dem Teufel Frieden zu schließen, wie es einer mit einem Gegner tut, über den er nicht Meister werden kann. Aber um Gunst und Beistand flehen sie nur den großen und guten Geist an.«

»Das mag sein«, bemerkte David; »aber ich habe gesehen, wie sie sich den Körper mit seltsamen, phantastischen Bildern bemalten, und ihre Bewunderung dafür und die Sorgfalt, mit der sie sie ausführten, hatte viel von geistlichem Stolz, besonders wenn das Bild ein ekelhaftes unreines Tier darstellte.«

»War es eine Schlange?« fragte schnell der Kundschafter.

»Fast so etwas. Es hatte viel von einer gemeinen, kriechenden Landschildkröte.«

»Hugh!« riefen die aufmerksamen Mohikaner wie aus einem Munde, während der Kundschafter den Kopf schüttelte mit der Miene eines Mannes, der eine wichtige, aber keineswegs erfreuliche Entdeckung gemacht hat. Dann sprach der Vater in der Mundart der Delawaren und mit einer Ruhe und Würde, die sogar die Aufmerksamkeit derer fesselten, denen seine Worte unverständlich waren. Seine Gebärden waren ausdrucksvoll und mitunter energisch. Einmal hob er seinen Arm hoch empor, und als er ihn wieder sinken ließ, schoben sich die Falten seines leichten Mantels beiseite, und ein Finger seiner Hand blieb auf der Brust ruhen, als ob er durch diese Haltung seine Meinung bekräftigen wollte. Duncans Augen folgten der Bewegung, und er gewahrte, daß das eben erwähnte Tier in blauer Farbe schön, aber schwach auf die dunkle Brust des Häuptlings gemalt war. Alles was er von der gewaltsamen Trennung der mächtigen Stämme der Delawaren je gehört hatte, kam ihm wieder ins Bewußtsein. Er erwartete den geeigneten Augenblick zum Sprechen mit einer Ungeduld, die sein lebhaftes Interesse an der Sache fast unerträglich machte. Seinem Wunsch kam jedoch der Kundschafter zuvor, der sich von seinem roten Freund abwendete und sagte: »Wir sind auf etwas gekommen, das uns nützlich oder schädlich werden kann, wie der Himmel es fügen wird. Der Sagamore stammt aus dem edlen Blut der Delawaren und ist der große Häuptling ihrer Schildkröten! Daß einige aus diesem Geschlecht unter dem Volk sind, von dem der Sänger erzählt, ist aus seinen Worten klar. Hätte er nur die Hälfte des Atems, den er verschwendete, indem er aus seiner Kehle eine Trompete machte, auf kluge Fragen verwendet, so wüßten wir jetzt, wie viele Krieger sie zählen. Es ist auf jeden Fall ein gefährlicher Weg, den wir betreten: denn ein Freund, der sein Gesicht von euch abgewandt hat, ist oft blutdürstiger als ein Feind, der auf euern Skalp aus ist.«

»Erklärt Euch«, bat Duncan.

»Es ist eine lange, traurige Geschichte, an die ich nicht gern denke. Denn es läßt sich nicht leugnen, daß das Übel vornehmlich von Weißen angerichtet wurde. Das Ende vom Liede war, daß der Bruder gegen den Bruder den Tomahawk erhob und der Mingo mit dem Delawaren auf einem gemeinsamen Pfad wandelte!«

»So vermutet Ihr denn, daß es ein Teil jenes Volkes ist, bei dem sich Cora gegenwärtig befindet?«

Der Kundschafter nickte bejahend, obgleich er wenig geneigt schien, die Erörterung eines ihm peinlichen Gegenstandes weiter fortzuspinnen. Der ungeduldige Duncan entwarf jetzt hastig mehrere tollkühne Vorschläge, um die Befreiung der Schwestern zu versuchen. Munro erwachte aus seiner Teilnahmslosigkeit und horchte auf die verzweifelten Pläne des jungen Mannes mit einer Achtung, die man von seinen grauen Haaren und seinem Alter nicht erwartet hätte. Der Kundschafter aber wartete ab, bis die Hitze des Liebhabers sich ein wenig gelegt hatte, und wußte ihn dann von der Torheit vorschnellen Handelns in einer Sache zu überzeugen, die die kaltblütigste Überlegung und die äußerste Entschlossenheit erforderte.

»Es wäre am besten«, fügte er hinzu, »wir ließen diesen Mann wieder hineingehen, daß er in ihrem Lager bliebe und den Mädchen Kunde von unserem Kommen brächte. Dann rufen wir ihn wieder durch ein Signal zu weiteren Beratungen. Ihr könnt doch das Geschrei einer Krähe von dem Pfeifen des Ziegenmelkers unterscheiden?«

»Es ist ein Vogel«, antwortete David, »und hat einen so sanften und melancholischen Ton, obwohl sein Takt zu schnell und regellos ist.«

»Er meint den Wish-ton-wish«, sagte der Kundschafter; »nun gut, wenn Euch jenes Pfeifen gefällt, so soll das Euer Signal sein. Merkt es Euch denn, wenn Ihr den Ruf des Vogels dreimal hört, kommt Ihr in die Büsche, wo Ihr das Tier vermutet –«

»Halt!« unterbrach ihn Heyward; »ich will ihn begleiten.«

»Ihr!« rief der erstaunte Kundschafter; »seid Ihr müde, die Sonne auf- und untergehen zu sehen?«

»David ist ein lebendiger Beweis, daß die Huronen nicht immer unbarmherzig sind.«

»Ja, aber David kann seine Kehle benützen, und kein anderer Mensch, der bei Sinnen ist, wird sie so mißbrauchen.«

»Auch ich kann den Narren, den Wahnsinnigen, den Helden spielen – kurz, alles, wenn es gilt, sie, die ich liebe, zu befreien. Keine Einwendungen mehr: ich bin entschlossen.«

Falkenauge sah den jungen Mann einen Augenblick mit sprachlosem Erstaunen an. Aber Duncan, der aus Achtung vor dem Geschick und den Diensten des anderen ihm bisher beinahe blindlings gefolgt war, nahm jetzt die Miene eines Menschen an, der gewohnt ist zu befehlen. Er winkte mit der Hand zum Zeichen, daß er keine Einwände mehr hören wolle, und fuhr dann mit ruhiger Stimme fort:

»Ihr habt die Mittel, mich zu verkleiden. Wandelt mich um, bemalt mich, wie es Euch beliebt, kurz, macht einen anderen Mann aus mir, einen Narren, wenn Ihr wollt.«

»Für einen wie mich ziemt es sich nicht zu entscheiden, ob jemand, den die mächtige Hand der Vorsehung gebildet hat, nochmals verwandelt werden darf«, murmelte der unzufriedene Kundschafter. »Wenn Ihr Euere Abteilung in den Krieg schickt, findet Ihr es wenigstens geraten, eine Parole auszugeben und einen Sammelplatz zu bestimmen, damit die, die auf Eurer Seite fechten, wissen, wann und wo sie einen Freund zu erwarten haben.«

»Hört mich an«, unterbrach ihn Duncan. »Ihr habt von diesem getreuen Begleiter der Gefangenen gehört, daß die Indianer von zwei verschiedenen Stämmen, wenn nicht gar von verschiedenen Nationen sind. Bei einem, den Ihr für einen Zweig der Delawaren haltet, ist sie, die Ihr Schwarzhaar nennt; die andere und jüngere der Schwestern befindet sich bei unseren erklärten Feinden, den Huronen. Meiner Jugend und meinem Rang kommt es zu, das Abenteuer bei den Huronen zu bestehen. Während Ihr daher mit Eueren Freunden die Befreiung der einen Schwester versucht, will ich die andere erlösen oder sterben!«

Neuerwachtes Feuer glühte in den Augen des jungen Soldaten und gab seinem ganzen Wesen etwas Achtunggebietendes, dem man nicht widerstehen konnte. Falkenauge, der den Scharfsinn der Indianer zu gut kannte, um nicht die Gefahr eines solchen Unternehmens zu sehen, wußte gleichwohl nicht recht, wie er diesen plötzlichen Entschluß bekämpfen sollte.

Es lag vielleicht in diesem Plan etwas, was seiner eigenen kühnen Natur und einer geheimen Vorliebe für gefährliche Abenteuer entsprach. Diese Vorliebe war mit zunehmender Erfahrung immer größer geworden, bis Wagnis und Gefahr ihm gewissermaßen zum Lebensbedürfnis wurden. Statt sich dem Plan Duncans weiter entgegenzustellen, schlug seine Stimmung plötzlich um, und er bot seine Mithilfe an.

»Kommt«, sprach er wohlwollend lächelnd; »dem Bock, der ins Wasser will, muß man vorangehen, nicht folgen. Chingachgook hat so viele Farben wie die Frau eines Pionieroffiziers, die die Natur auf Papierfetzen so malt, daß die Berge wie verkommene Heuhaufen aussehen und man den Himmel darüber mit der bloßen Hand erreichen könnte. Der Sagamore kann auch gut damit umgehen. Setzt Euch da auf den Baumstamm, und ich wette meinen Kopf, er macht noch schneller einen Narren aus Euch, als es Euch lieb ist.«

Duncan gehorchte, und der Mohikaner, der der Unterredung aufmerksam gefolgt war, machte sich gern ans Geschäft. Lange geübt in all den feineren Künsten der Eingeborenen, zog er mit großer Gewandtheit und Schnelligkeit jene seltsamen Schattenlinien, die die Wilden als ein Zeichen fröhlicher und scherzhafter Gemütsstimmung zu betrachten pflegen. Jeder Strich, der möglicherweise auf eine geheime Neigung zum Krieg hätte deuten können, wurde sorgfältig vermieden, während er auf der anderen Seite alles tat, um den freundlichen Charakter des Dekorierten hervorzuheben.

Kurz, er opferte mit dieser Mummerei den Krieger zugunsten des Narren. Solche Erscheinungen waren bei den Indianern nicht ungewöhnlich; und da Duncan bereits durch seine Kleidung zur Genüge unkenntlich war, durfte man mit einigem Grund annehmen, er werde sich bei seiner Kenntnis des Französischen als einen Gaukler aus Ticonderoga ausgeben dürfen, der unter den verbündeten und befreundeten Stämmen umherschwärmt.

Als der junge Mann sich genügend bemalt glaubte, gab ihm der Kundschafter noch manchen freundlichen Rat, verabredete Signale und bezeichnete den Ort, wo sie sich im Fall gegenseitigen Erfolges treffen wollten. Munros Trennung von seinem jungen Freund war schwerer, und doch ergab er sich mit einer Gleichgültigkeit darein, die sich bei seiner natürlichen Wärme und seinem Edelmut nur aus seiner gedrückten Stimmung erklären ließ. Der Kundschafter führte Heyward zur Seite und sagte ihm, daß er den Veteranen unter dem Schutz Chingachgooks an einem sicheren Ort unterbringen wolle, während er und Uncas bei dem Volksstamm, den sie mit Grund für Delawaren halten durften, Nachforschungen anstellen wollten. Nachdem er ihm nochmals einige Vorsichtsmaßregeln gegeben hatte, sagte er endlich in feierlichem Ton und mit einer Wärme des Gefühls, die Duncan tief bewegte: »Und nun segne Euch Gott! Ihr habt einen Mut gezeigt, wie ich ihn liebe. Solch ein Mut ist ein Geschenk der Jugend, aber mehr noch eines heißen Blutes und kühnen Herzens. Aber glaubt der Warnung eines Mannes, der aus reicher Erfahrung spricht: Ihr werdet all Eurer Standhaftigkeit und eines schärferen Verstandes bedürfen, als man aus den Büchern lernt, um einen Mingo zu überlisten oder seinen Mut zu übertreffen. Gott segne Euch! Wenn die Huronen Herren Eures Skalpes werden, so verlaßt Euch auf das Wort eines Mannes, der zwei tapfere Krieger in seinem Rücken hat: sie sollen ihren Sieg teuer bezahlen – ein Leben für jedes Haar. Noch einmal, junger Herr, die Vorsehung segne Eure gute Sache! Und vergeßt nicht, daß, um diese Burschen zu täuschen, Dinge erlaubt sind, für die ein Weißer sonst nicht geschaffen ist.«

Duncan schüttelte seinem achtbaren und zögernden Gefährten mit Wärme die Hand, empfahl den betagten Freund aufs neue seiner Fürsorge und gab, seine freundlichen Wünsche erwidernd, David das Zeichen zum Aufbruch. Falkenauge sah dem kühnen, abenteuerlustigen jungen Mann mehrere Augenblicke mit unverhohlener Bewunderung nach, schüttelte dann bedenklich den Kopf, wandte sich und begab sich mit seinen Begleitern in den Schutz des Waldes.

Der Weg, den Duncan und David gingen, führte gerade über die Lichtung längs des Biberteiches hin. Als Heyward sich allein mit einem Menschen sah, der bei seiner Einfalt so wenig imstande war, in Fällen der Not Beistand zu leisten, wurden ihm die Schwierigkeiten seiner Aufgabe erst recht bewußt. Das schwindende Tageslicht erhöhte noch das Düstere der öden und rauhen Wildnis, die sich nach jeder Richtung hin erstreckte, und selbst die Stille der kleinen Hütten, die doch so reichlich bevölkert waren, hatte etwas Unheimliches. Während er diese staunenswerten Bauten betrachtete und an die bewunderungswürdigen Vorsichtsmaßregeln ihrer scharfsinnigen Bewohner dachte, wurde ihm klar, daß selbst die Tiere in dieser weiten Wildnis einen Instinkt besaßen, der sich beinahe mit der Vernunft des Menschen vergleichen durfte, und er mußte nicht ohne Bangen an den ungleichen Kampf denken, in den er sich so unbesonnen gestürzt hatte. Dann trat Alices Bild wieder in glühenden Farben vor sein inneres Auge, ihr Unglück, die Gefahr, in der sie schwebte, und alles Bedenkliche seiner eigenen Lage war vergessen. Er munterte David auf und ging mit dem leichten, kräftigen Schritt eines unternehmungslustigen jungen Mannes weiter.

Nachdem sie beinahe in einem Halbkreis um den Teich gegangen waren, verließen sie den Lauf des Wassers und erstiegen eine kleine Anhöhe. Binnen einer halben Stunde kamen sie an den Saum einer zweiten Lichtung; wie es schien, gleichfalls das Werk der Biber, von diesen scharfsichtigen Tieren aber wahrscheinlich aus irgendeinem Grund um der günstigeren Stelle willen, die sie jetzt innehatten, verlassen. Ein sehr natürliches Gefühl ließ Duncan einen Augenblick stehenbleiben, als scheue er sich, den Schutz des Waldpfades aufzugeben. Er glich einem Menschen, der zu einer bevorstehenden Anstrengung alle seine Kräfte sammelt, und benutzte die kleine Pause, um sich durch einige rasche Blicke so weit wie möglich umzusehen.

Auf der entgegengesetzten Seite der Lichtung und nahe der Stelle, wo der Bach von einer höheren Fläche über Felsbrocken herabstürzte, entdeckte er fünfzig bis sechzig Hütten, ganz roh aus Baumstämmen, Zweigen und Erde errichtet. Sie standen ohne Ordnung durcheinander und schienen mit wenig Rücksicht auf Gefälligkeit und Schönheit errichtet. In dieser Beziehung standen sie den Wohnungen der Biber, die Duncan soeben gesehen hatte, bei weitem nach. Dieser Eindruck verminderte sich auch keineswegs, als er im Zwielicht der Dämmerung zwanzig bis dreißig Gestalten erblickte, die sich aus dem Versteck des hohen, rauhen Grases vor den Hütten abwechselnd erhoben und dem Auge wieder entschwanden, als ob sie in die Erde schlüpfen wollten.

Sie tauchten so plötzlich auf und waren nur so flüchtig zu sehen, daß sie mehr wie finstere Gespenster oder andere übermenschliche Wesen erschienen denn als Geschöpfe, aus gewöhnlichem Fleisch und Blut gebildet. Eine hagere, nackte Gestalt wurde für einen Augenblick sichtbar, warf ihre Arme wild in die Luft, und plötzlich war ihre Stelle wieder leer. Mit einemmal erschien sie weiter entfernt von neuem oder machte einer anderen von ebenso rätselhaftem Aussehen Platz. Als David bemerkte, daß sein Begleiter zögerte, folgte er der Richtung seines Blickes und rief Heyward einigermaßen zur Besinnung zurück, indem er sagte:

»Hier ist viel fruchtbarer, unbebauter Boden, und ich darf ohne den sündhaften Sauerteig des Selbstlobs wohl hinzufügen, daß ich seit meinem kurzen Aufenthalt in diesen Hütten des Heidentums viel guten Samen ausgestreut habe, der jedoch leider nur auf Steine gefallen ist.«

»Diese Stämme lieben die Jagd mehr als Arbeit und Landbau«, antwortete der ahnungslose Duncan und schaute noch immer auf die Objekte seiner Verwunderung.

»Es ist eher Freude als Arbeit für den Geist, die Stimme zum Lob zu erheben; aber diese Jungen mißbrauchen ihre Gaben auf eine traurige Weise. Selten habe ich Knaben ihres Alters gefunden, welche die Natur so freigebig mit der Anlage zum Psalmgesang beschenkt hätte; und gleichwohl wird sie nirgendwo mehr vernachlässigt. Drei Nächte habe ich hier verweilt und zu drei verschiedenen Malen die Unholde zu einem heiligen Gesang versammeln wollen. Und ebenso oft haben sie meine Bemühungen mit einem Geheul und Geschrei erwidert, daß es mir das Herz zerschnitt.«

»Von wem sprecht Ihr?«

»Von den Teufelskindern dort, die ihre kostbare Zeit mit so eitlen Possen vergeuden. Ach, der heilsame Zwang der Kinderzucht ist bei diesem sich selbst überlassenen Volk wenig bekannt. In diesem Land der Birken sieht man keine Rute; und es darf einen nicht wundernehmen, daß dann die kostbarsten Segnungen des Himmels zu solchen Mißtönen verschwendet werden.«

David hielt sich die Hände vor die Ohren gegen das schrille Geheul der jungen Horde, das jetzt den ganzen Wald erfüllte. Duncan aber verzog die Lippen zu einem Lächeln, als spotte er über seinen eigenen Aberglauben, und sagte dann mit festem Ton:

»Wir wollen weitergehen.«

Ohne die Hände von den Ohren zu nehmen, stimmte der Singmeister zu, und sie schlugen zusammen ihren Weg ein zu den Zelten der Philister, wie David sich zuweilen auszudrücken beliebte.

Dreiundzwanzigstes Kapitel

Es ist selten, daß man Lager der Eingeborenen findet, die wie die der besser ausgebildeten Weißen von Bewaffneten bewacht werden. Der Indianer ist von der Annäherung einer jeden Gefahr unterrichtet, mag sie auch noch so fern sein. Denn er kennt die Zeichen des Waldes genau und weiß überdies, daß lange, unwegsame Pfade ihn von seinen Gegnern trennen. Der Feind, der durch ein glückliches Zusammentreffen von Umständen Mittel gefunden hat, die Wachsamkeit der Kundschafter zu täuschen, begegnet in der Nähe ihrer Wohnungen selten Schildwachen, die Lärm machen können. In unserer speziellen Situation wußten die mit den Franzosen befreundeten Stämme zu gut, welches Gewicht der soeben errungene Sieg hatte, um unmittelbare Gefahr von den Nationen zu fürchten, welche der britischen Krone untertan und mit ihr geschlagen worden waren.

Als sich daher Duncan und David inmitten der Kinder befanden, welche die erwähnten Spiele trieben, hatten diese nicht die geringste Kunde von ihrem Kommen gehabt. Kaum aber hatte man sie erblickt, erhob die ganze Kinderrotte ein gellendes Warngeschrei und verschwand wie durch einen Zauberschlag vor den Augen der Fremden. Die nackten, lohfarbigen Leiber der sich versteckenden Bengel gingen zu dieser Tageszeit ganz in die Farbe des verwitterten Grases über, so daß es anfangs wirklich schien, als hätte sie die Erde verschlungen. Als aber die erste Überraschung vorüber war und Duncan hinschaute, begegnete sein Blick überall schwarzen, lebhaft rollenden Augen.

Für Heyward war die Neugierde der Kinder eben nicht sehr ermutigend und ließ ihn ahnen, was er erst von dem reiferen Urteil der Männer zu erwarten hatte. Es war ein Augenblick, da der junge Krieger gern den Rückweg angetreten hätte; allein dafür war es zu spät. Das Geschrei der Kinder hatte ein Dutzend Krieger an die Tür der nächstgelegenen Hütte gelockt, wo sie in einer düsteren und wilden Gruppe zusammenstanden und mit ernster Würde die Annäherung der unverhofften Besucher erwarteten.

David, einigermaßen vertraut mit der Szene, schritt mit einer Festigkeit voran, die nur ein ungewöhnliches Hindernis hätte stören können, und trat in eben jene Hütte ein. Sie war das Hauptgebäude des Dorfes, obgleich roh aus Rinde und Baumästen errichtet. Innerhalb seiner Wände hielt der Stamm bei seinem derzeitigen Aufenthalt an den Grenzen der englischen Provinz seine öffentlichen Versammlungen und Beratungen. Während Duncan zwischen den dunklen und mächtigen Gestalten der Wilden, die an der Schwelle zusammengedrängt standen, hindurchging, konnte er nur mit Mühe die notwendige Unbefangenheit in seiner Miene beibehalten. In der Überzeugung aber, daß sein Leben von seiner Geistesgegenwart abhinge, überließ er sich der Besonnenheit seines Begleiters, folgte ihm auf dem Fuß und suchte auf dem Weg alle Gedanken für das nun Kommende zu sammeln. Sein Blut stockte, als er sich in der unmittelbarsten Berührung mit so wilden und unversöhnlichen Feinden sah. Er meisterte aber seine Gefühle und gelangte bis in die Mitte der Hütte, ohne sich durch irgendwelche Schwäche zu verraten. Nach dem Beispiel des besonnenen Gamut nahm auch er ein Bündel wohlriechenden Buschwerks von einem Haufen in der Ecke der Hütte und ließ sich schweigend darauf nieder.

Sobald der neue Ankömmling an den beobachtenden Kriegern vorbeigeschritten war, verließen diese den Eingang, stellten sich um ihn her und schienen geduldig den Augenblick zu erwarten, da die Würde des Fremden ihm zu sprechen gestattete. Der weitaus größte Teil von ihnen stand in müßiger, träger Stellung an die aufrechten Pfosten gelehnt, die das schwache Gebäude stützten, während drei oder vier der ältesten und ausgezeichnetsten unter den Häuptlingen sich etwas mehr im Vordergrund niedersetzten.

Eine Fackel brannte und sandte, in der Zugluft hin und her flakkernd, ihren rötlichen Schimmer von Gesicht zu Gesicht und von Gestalt zu Gestalt. Duncan benützte ihr Licht, um in den Mienen seiner Gastfreunde zu forschen, welcher Empfang ihn erwartete. Aber sein Scharfblick half ihm wenig angesichts der kühlen Verstellungskunst dieser Männer. Die vorn sitzenden Häuptlinge warfen kaum einen Blick auf seine Person und hefteten statt dessen ihre Augen mit einem Ausdruck auf die Erde, den man für Achtung nehmen, aber ebenso leicht als Mißtrauen fürchten konnte. Die Männer, die im Schatten standen, waren weniger zurückhaltend. Duncan begegnete bald ihren verstohlenen, aber forschenden Blicken, wie sie seine Gestalt und seinen Aufzug Zoll für Zoll musterten und keinen Zug seiner Miene, keine Gebärde, keine Linie seiner Malerei, ja, keinen Teil seiner Bekleidung unbeachtet und unbeurteilt ließen.

Endlich trat einer, dessen Haare bereits mit Grau sich zu mengen begannen, dessen sehnige Glieder und fester Tritt aber zeigten, daß er noch allen Ansprüchen des Mannesalters genügen konnte, aus dem Dunkel eines Winkels hervor, wohin er sich wahrscheinlich begeben hatte, um ungesehen beobachten zu können. Da er in der Mundart der Wyandots oder Huronen redete, blieben seine Worte Heyward unverständlich, schienen aber nach den Gebärden, die sie begleiteten, mehr Höflichkeit als Unwillen auszudrücken. Duncan schüttelte den Kopf und bedeutete durch eine Gebärde, daß er nicht zu antworten vermöge.

»Spricht einer meiner Brüder französisch oder englisch?« fragte er in französischer Sprache und schaute von einem Gesicht auf das andere in der Hoffnung, einem bejahenden Nicken zu begegnen.

Obgleich mehr als ein Kopf sich drehte, um den Sinn seiner Worte zu erfassen, blieb seine Frage doch unbeantwortet.

»Es täte mir leid«, fuhr Duncan langsam und in dem einfachsten Französisch, dessen er mächtig war, fort, »wenn ich glauben müßte, daß keiner in dieser weisen und tapferen Nation die Sprache des Großen Monarchen, deren er sich gegen seine Kinder bedient, versteht. Es würde ihm schwer auf das Herz fallen, müßte er denken, daß seine roten Krieger ihm so wenig Ehrfurcht bezeigen!«

Eine lange und ängstliche Pause erfolgte. Keine Bewegung eines Gliedes, kein Ausdruck eines Auges ließ die Wirkung erraten, die seine Bemerkung hervorgebracht hatte. Duncan, der wußte, daß Schweigen bei seinen Wirten als Tugend geschätzt wurde, benützte gern diese Sitte, um unterdessen seine Gedanken zu ordnen. Endlich antwortete derselbe Krieger, der sich vorher an ihn gewandt hatte, mit der trockenen Frage in der kanadischen Mundart:

»Wenn unser Großer Vater mit seinem Volke spricht, geschieht es in der Sprache der Huronen?«

»Er kennt keinen Unterschied unter seinen Kindern, mag die Farbe ihrer Haut rot, schwarz oder weiß sein«, antwortete Duncan ausweichend, »obgleich er besonderes Wohlgefallen an den Huronen hat!«

»Wie wird er aber sprechen«, fragte der schlaue Häuptling, »wenn die Boten ihm die Skalpe vorzählen, die vor fünf Nächten noch auf den Köpfen der Yengeese[1] wuchsen?«

»Sie waren seine Feinde!« sprach Duncan und schauderte unwillkürlich. »Und ohne Zweifel wird er sagen: es ist gut – meine Huronen sind sehr tapfer.«

»Unser kanadischer Vater denkt nicht so. Statt vorwärts zu schauen und seine Indianer zu belohnen, sind seine Augen rückwärts gewendet. Er sieht die toten Yengeese, aber keine Huronen. Was kann dies bedeuten?«

»Ein großer Häuptling wie er hat mehr Gedanken als Zungen. Er schaut sich um, ob ihm keine Feinde auf der Fährte sind.«

»Das Kanu eines toten Kriegers schwimmt nicht mehr auf dem Horican«, entgegnete düster der Wilde. »Seine Ohren sind für die Delawaren offen, die nicht unsere Freunde sind, und sie füllen seine Ohren mit Lügen.«

»Es kann nicht sein. Seht, er hat mich, da ich die Kunst beherrsche,

1 Engländer (Anm. d. Übersetzers, 1841)

Kranke zu heilen, geheißen, zu seinen Kindern, den roten Huronen an den großen Seen, zu gehen, um zu fragen, ob welche krank seien.«

Eine zweite Pause folgte dieser Ankündigung des Berufs, den sich Duncan gegeben hatte. Aller Augen hefteten sich zu gleicher Zeit auf ihn, als wollten sie die Wahrheit oder Falschheit seiner Aussage erkunden, und dies mit so scharfen Blicken, daß das Objekt ihrer Ausforschung zittern mußte. Aber Duncan wurde von dem früheren Sprecher beruhigt.

»Bemalen die klugen Männer in Kanada sich die Haut?« fragte der Hurone kühl weiter. »Sie rühmten sich doch sonst ihres blassen Gesichtes!«

»Wenn ein Indianerhäuptling zu seinen weißen Vätern kommt«, versetzte Duncan mit großer Festigkeit, »so legt er seine Büffelkleidung ab, um das Hemd zu tragen, das ihm angeboten wird. Meine Brüder haben mir diese Farben gegeben, und ich trage sie.«

Ein halblautes Gemurmel des Beifalls verkündete, daß dieses Kompliment von den Indianern günstig aufgenommen wurde. Der ältliche Häuptling machte eine Gebärde der Zufriedenheit, in welche die meisten seiner Genossen einstimmten, indem sie ihre Hand hoben und einen kurzen Ausruf des Wohlgefallens hören ließen. Duncan atmete wieder freier in der Annahme, das Schwerste sei vorüber, und da er sich bereits auf eine einfache und glaubwürdige Erzählung zur Stütze seines angeblichen Berufes vorbereitet hatte, durfte er hoffen, daß sein Vorhaben gelingen könnte.

Nach einem kurzen Schweigen erhob sich ein anderer Krieger, wartete, als wollte er seine Gedanken vorher ordnen, um auf die eben gegebene Erklärung des Gastes gebührenden Bescheid zu geben, und schickte sich zum Sprechen an. Schon öffnete er seine Lippen, da erschollen dumpfe, furchterregende Laute aus dem Wald, denen unmittelbar ein helltönendes, schrilles Geschrei von solcher Dauer folgte, daß es dem kläglichen langen Geheul eines Wolfes glich. Diese plötzliche und gräßliche Unterbrechung schreckte Duncan von seinem Sitz auf und ließ ihn unter dem Eindruck dieser entsetzlichen Töne alles übrige vergessen. Im selben Augenblick verließen alle Krieger die Hütte, und die Luft außerhalb erfüllten laute Ausbrüche von Geschrei, die jene schrecklichen, immer noch aus dem Blätterdach des Waldes schallenden Laute beinahe übertönten. Unfähig, sich länger zurückzuhalten, lief auch Duncan vor die Hütte und fand sich plötzlich inmitten eines verworrenen Haufens, der aus allem zu bestehen schien, was im Lager lebendig war. Männer, Weiber und Kinder, Alte, Gebrechliche, Rüstige, Starke – alles war auf den Beinen. Die einen schrien laut, andere schlugen wie verrückt vor Freude die Hände zusammen, und alle drückten ihr wildes Frohlocken über ein unerwartetes Ereignis aus. Obgleich anfangs wie betäubt von dem Aufruhr, fand Heyward bald in der folgenden Szene die Auflösung des Rätsels.

Der Himmel gab noch hinreichend Licht, um die helleren Öffnungen zwischen den Bäumen bemerken zu lassen, wo verschiedene Pfade von der Lichtung in die Tiefen der Wildnis führten. Auf einem derselben kam eine Reihe von Kriegern aus dem Wald hervor und näherte sich langsam den Wohnungen.

Einer der ersten trug eine kurze Stange, an welcher, wie man nachher sah, mehrere menschliche Skalpe aufgehängt waren. Die erschreckenden Töne, die Duncan gehört hatte, waren das, was die Weißen nicht zu Unrecht den Todesschrei nennen, und jede Wiederholung sollte dem Stamm das Schicksal eines Feindes verkünden.

Heyward kannte den Brauch. Und da er jetzt wußte, daß die unerwartete Rückkehr von einem glücklichen Kriegszug Ursache der Unterbrechung gewesen war, verschwand jede Besorgnis, und er wünschte sich innerlich Glück zu einem so willkommenen Ereignis, das die Aufmerksamkeit von ihm ablenkte.

Etwa hundert Schritte von den Hütten machten die neu angekommenen Krieger halt. Ihr klägliches und erschreckendes Geheul, das bald das Wehklagen der Sterbenden, bald den Triumph der Sieger ausdrücken sollte, hatte gänzlich aufgehört. Einer von ihnen rief jetzt laute Worte, die seine Zuhörer begeisterten, wenn sie auch beinahe so unverständlich waren wie das vorangegangene Geheul. Es ist schwer, einen Begriff von der wilden Verzückung zu geben, mit der die so mitgeteilte Kunde aufgenommen wurde. Das ganze Lager bildete im nächsten Augenblick den Schauplatz des wildesten, geräuschvollsten Aufruhrs. Die Krieger zogen ihre Messer und bildeten, sie wild schwenkend, zwei Reihen zu einer Gasse, die von der siegreichen Schar bis zu den Hütten führte. Die Squaws ergriffen Keulen, Äxte oder die erste beste Angriffswaffe, die sich ihren Händen darbot, und stürzten herbei, um in dem grausamen Spiel, das nun beginnen sollte, ihre Rollen zu übernehmen. Selbst die Kinder wollten nicht ausgeschlossen sein: Knaben, die noch keine Waffen trugen, rissen ihren Vätern die Tomahawks aus dem Gürtel, schlichen sich in die Reihen und ahmten die wilden Bewegungen ihrer Eltern nach.

Große Haufen Gestrüpp lagen in der Lichtung zerstreut umher, und eine erfahrene, alte Squaw war damit beschäftigt, so viele davon anzuzünden, wie zur Beleuchtung der kommenden Szene erforderlich war. Die Flamme schlug empor, sie war mächtiger als der scheidende Tag und ließ die Gegenstände zwar deutlich, aber nur um so gräßlicher erscheinen. Die ganze Szene bot das fesselndste Gemälde, dessen

Rahmen der dunkle Saum der hohen Fichten bildete. Die neu angekommenen Krieger waren am weitesten entfernt. Im Vordergrund aber standen zwei Männer, die aus der Zahl der übrigen ausgewählt worden waren, um in dem nun beginnenden Schauspiel die Hauptrollen zu spielen. Das Licht war nicht stark genug, ihre Gesichtszüge deutlich erkennen zu lassen, aber man sah wohl, daß sie von sehr verschiedenen Gefühlen bewegt wurden. Während der eine in fester Haltung aufrecht stand, bereit, sich seinem Schicksal als Held zu unterwerfen, senkte der andere sein Haupt, als wäre er von Schrecken gelähmt oder von Scham niedergedrückt.

Der edelmütige Duncan fühlte sich mächtig angetrieben, dem ersteren Bewunderung und Teilnahme zu zollen, obgleich sich keine Gelegenheit bot, solchen Regungen Worte zu geben. Er beobachtete mit unverwandtem Auge alle seine Bewegungen und folgte den Linien seines wunderbar gebildeten Körpers. Wenn es überhaupt eine Möglichkeit geben sollte, so redete er sich ein, den bevorstehenden gewagten Lauf mit Mut und Entschlossenheit zu überstehen – dann dürfte dieser junge Gefangene wohl auf sein Glück hoffen. Unvermerkt näherte sich der junge Mann den dunklen Reihen der Huronen und atmete kaum, so gespannt war sein Interesse für das ganze Schauspiel.

Jetzt ertönte das Signalgeschrei, und die augenblickliche Stille, die vorangegangen war, wurde durch einen Ausbruch von Geheul unterbrochen, der seinesgleichen noch nicht gefunden hatte. Das eine der beiden Opfer blieb regungslos stehen, das andere sprang bei dem Schrei mit der Geschwindigkeit und Gewandtheit eines Hirsches davon. Statt aber wie erwartet durch die feindlichen Linien zu stürzen, wandte der Gefangene sich kurz vor der gefährlichen Enge und setzte, ehe ein Streich gegen ihn geführt werden konnte, über die Köpfe einer Reihe von Kindern hinweg und erreichte damit die äußere, sichere Seite der furchtbaren Kriegerreihe. Dieser List folgten hundertstimmige Verwünschungen. Die ganze, aufgeregte Menge stob auseinander und zerstreute sich in wilder Verwirrung über den Platz.

Ein Dutzend Haufen brennenden Gestrüpps ergoß sein rötliches Licht über den Platz, der einer unheimlichen, geisterhaften Kampfstätte glich, wo böse Dämonen sich versammelt hatten, um ein blutiges, ruchloses Werk zu beginnen. Die Gestalten im Hintergrund glichen Gespenstern, die vor dem Auge vorbeiglitten. Schroffer schienen die Züge jener, die am Feuer vorüberliefen, weil sein Schein Licht auf ihre wuterregten Gesichter warf.

Es läßt sich leicht denken, daß unter solch einem Getümmel rachedürstender Feinde der Flüchtling nicht zu Atem kommen konnte. Einen einzigen Augenblick schien es, als ob er den Wald erreichen würde. Aber der ganze Schwarm der Sieger warf sich ihm entgegen, verfolgte ihn erbarmungslos und trieb ihn in die Mitte zurück. Wie ein eingeholter Hirsch warf er sich herum, schoß pfeilschnell über ein hoch aufloderndes Feuer, durchdrang die Menge ungefährdet und erschien wieder auf der entgegengesetzten Seite der Lichtung. Aber auch hier traf er auf einige der älteren und schlaueren Huronen, die ihn abermals zurücktrieben. Noch einmal warf er sich in das Gedränge, als ob er in der allgemeinen Verwirrung Sicherheit suchte. Dann vergingen einige Augenblicke, während derer Duncan den gewandten und mutigen jungen Fremdling verloren gab.

Man konnte nichts unterscheiden als eine dunkle Masse menschlicher Gestalten, die sich in einem verworrenen Getümmel stießen und durcheinander drängten. Blitzende Messer und furchtbare Keulen waren zu sehen, aber die Streiche wurden augenscheinlich nur aufs Geratewohl geführt. Der furchtbare Eindruck dieser Szene wurde noch erhöht durch das durchdringende Geschrei der Weiber und das wilde Geheul der Krieger. Hier und da fiel ein knapper Lichtschein auf eine flüchtende Gestalt, die in verzweifeltem Sprung durch die Luft schoß, und ließ Duncan mehr hoffen als glauben, der Gefangene sei immer noch Herr seiner bewunderswerten Stärke und Gewandtheit. Plötzlich stürmte die Menge zurück zu der Stelle, wo er selber stand. Die schwerfällige Masse der Verfolger bedrängte die Weiber und Kinder und warf einige zu Boden.

Der Fremde wurde in der Verwirrung wieder sichtbar. Menschliche Kräfte aber mußten einer so fürchterlichen Probe erliegen. Dies schien der Gefangene zu fühlen. Er nutzte die augenblickliche Verwirrung, brach aus der Mitte der Krieger hervor und machte einen verzweifelten und, wie es Duncan schien, letzten Versuch, um den Wald zu erreichen. Als wüßte er, daß ihm von dem jungen Soldaten keine Gefahr drohe, eilte er dicht an ihm vorbei und berührte ihn fast. Ein hoher, mächtiger Hurone, der seine Kräfte bisher geschont hatte, war ihm auf den Fersen und drohte mit erhobenem Arm, einen tödlichen Streich zu führen. Duncan streckte seinen Fuß vor, und dieser Stoß warf den ungestümen Wilden weit vor sein beabsichtigtes Opfer auf die Erde. Mit Gedankenschnelle nutzte der Verfolgte den Vorteil. Er wandte sich, sauste einem Meteor gleich an Duncan vorbei, und als dieser seine Besinnung wiedergewann und sich nach dem Gefangenen umschaute, sah er ihn ruhig an einem kleinen bemalten Pfosten vor dem Tor der Haupthütte lehnen.

Aus Furcht, die Rolle, die er bei dieser Rettung gespielt hatte, könnte ihm selbst gefährlich werden, verließ Duncan augenblicklich seinen Platz und folgte dem Haufen, der unmutig und verdrossen zu den

Hütten zog, einer schaulustigen Volksmenge ähnlich, die vergeblich auf eine Hinrichtung gewartet hat. Neugierde oder vielleicht ein besseres Gefühl trieben ihn, sich dem Fremden zu nähern. Dieser hielt mit einem Arm den schützenden Pfosten umschlungen und atmete nach seiner verzweifelten Anstrengung tief und schwer, doch zu stolz, das geringste Zeichen eines Leidens von sich zu geben. Er war jetzt durch eine unvordenkliche und heilige Sitte geschützt, bis der Stamm in voller Versammlung sein Schicksal beraten und entschieden hatte. Wenn man übrigens aus der Stimmung derer, die den Platz umgaben, Schlüsse ziehen wollte, war das Ergebnis dieser Beratung leicht vorauszusehen.

Kein Schimpfwort gab es in der Huronensprache, das die getäuschten Weiber nicht gegen den glücklichen Fremden ausgestoßen hätten. Sie höhnten über seine Anstrengungen und sagten ihm mit bitterem Spott, daß seine Füße mehr wert seien als seine Hände; daß er Flügel verdiente, da er weder Pfeil noch Messer zu kennen scheine. Der Gefangene gab auf alles dies keine Antwort, sondern begnügte sich, eine Stellung beizubehalten, in der sich Würde wunderbar mit Verachtung mischte. Diese Ruhe wie das gute Glück des Gefangenen erbitterte die Frauen gleichermaßen. Ihre Worte wurden unverständlich und gingen in ein schrilles, durchdringendes Geheul über. Gerade jetzt drang die geschäftige Alte, die so klug gewesen war, das Gesträuch in Brand zu stecken, durch die Menge und machte sich vor dem Gefangenen freie Bahn. Die schmutzige und verwitterte Erscheinung dieser Unholdin mochte leicht auf mögliche übermenschliche Kräfte schließen lassen. Sie warf ihr leichtes Gewand zurück, streckte höhnisch ihren langen knöchernen Arm vor und rief, um sich dem Gegenstand ihrer Schmähungen verständlicher zu machen, in der Sprache der Lenapen: »Höre mich, Delaware«, schrie sie, indem sie vor seinem Gesicht mit den Fingern schnippte, »deine Nation ist ein Geschlecht von Weibern; die Hacke schickt sich besser für eure Hände als die Büchse. Eure Squaws gebären Hirsche; käme ein Bär, eine wilde Katze oder eine Schlange unter euch zur Welt, so würdet ihr Reißaus nehmen. Die Huronenmädchen sollen dir Weiberröcke machen, und wir wollen nach einem Mann für dich suchen.«

Ein wildes Gelächter folgte diesem Angriff, und die sanften, melodischen Töne der jüngeren Frauen klangen seltsam mit der kreischenden Stimme der älteren und boshafteren Genossin zusammen. Allein der Fremde trotzte all diesen Bemühungen. Sein Haupt blieb unbeweglich; nicht die leiseste Kenntnis schien er von den Anwesenden zu nehmen, außer wenn sich sein stolzer Blick von Zeit zu Zeit auf die Krieger heftete, die düster schweigend hinter den Frauen standen.

Wütend über die Selbstbeherrschung des Gefangenen stemmte die Alte ihre Arme in die Seite, warf sich in eine herausfordernde Stellung und brach von neuem in einen Strom von Schmähungen aus, die man unmöglich zu Papier bringen könnte. Sie verströmte jedoch vergeblich ihren Atem. Obgleich sie unter ihrem Volk als eine Meisterin in der Kunst der Schmähreden galt und sich in eine Wut gesteigert hatte, die ihr den Schaum vor den Mund trieb, konnte sie es doch nicht dahin bringen, daß der regungslos dastehende Fremde auch nur einen Muskel rührte. Diese Gleichgültigkeit begann auch die anderen Zuschauer zu ärgern, und ein Jüngling, der eben erst dem Knabenalter entwachsen war, kam der keifenden Alten zur Hilfe, indem er, einen Tomahawk vor dem Opfer schwingend, ihren Hohn mit seiner leeren Prahlerei verstärkte. Jetzt wandte der Gefangene sein Antlitz in das Licht und sah auf den Knaben mit einem Blick herab, der mehr als Verachtung ausdrückte. Im nächsten Augenblick aber nahm er seine ruhige Haltung an dem Pfosten wieder ein. Doch diese Veränderung der Stellung hatte es Duncan vergönnt, einige Blicke mit den festen, durchdringenden Augen des Gefangenen – mit Uncas zu wechseln.

Atemlos vor Erstaunen und schaudernd vor der gefährlichen Lage des Freundes schlug Heyward die Augen nieder aus Furcht, daß irgendein Blick die Lage des Gefangenen verschlimmern könnte. Doch diese Furcht war für den Augenblick grundlos. Jetzt drängte sich ein Krieger durch die erhitzte Menge, Frauen und Kinder mit ernster Miene beiseite weisend, nahm Uncas beim Arm und führte ihn zur Tür des Versammlungshauses. Alle Häuptlinge und die meisten ausgezeichneten Krieger des Stammes folgten. Der besorgte Heyward fand Mittel, sich unter ihnen mit einzudrängen, ohne selbst Aufmerksamkeit zu erregen.

Einige Minuten gingen darüber hin, den Anwesenden nach ihrem Rang und Einfluß Plätze anzuweisen. Die Ordnung war ziemlich dieselbe wie bei dem früheren Zusammentreffen: die älteren und höheren Häuptlinge nahmen den Vordergrund des geräumigen Gemachs ein, hell beleuchtet von dem blendenden Licht einer Fackel, indes die jüngeren, untergeordneteren Krieger sich im Hintergrund sammelten, eine dunkle Masse schwärzlicher Gestalten mit scharfen, ausgeprägten Gesichtszügen. Mitten im Kreis, unmittelbar unter einer Öffnung, durch die ein paar Sterne flimmerten, stand Uncas, ruhig, erhaben, gefaßt. Seine Hoheit und Würde verfehlte nicht ihren Eindruck auf die Sieger. Ihre Blicke wandten sich oft mit einem Ausdruck auf ihn, der die Unbeugsamkeit ihrer Entschlüsse verkündete, aber auch von Bewunderung für den kühnen Mut des Fremdlings zeugte.

Anders das Individuum, das Duncan vor dem verzweifelten Reihenlauf neben seinem Freund hatte stehen sehen. Statt sein Heil in der Flucht zu suchen, war der Gefangene während dieses wilden Aufruhrs bedrückt stehengeblieben, ein Bild der Scham und des Unglücks. Obgleich keine Hand sich ausgestreckt hatte, ihn zu grüßen, kein Auge sich herabließ, seine Bewegungen zu bewachen, war auch er in die Hütte eingetreten, als zöge ihn ein Verhängnis an, dem er sich ohne Kampf fügen müsse. Heyward benützte die erste Gelegenheit, ihm ins Gesicht zu sehen in der geheimen Besorgnis, auch in ihm einem Bekannten zu begegnen. Allein seine Züge waren die eines Fremden, und, was ihm noch unerklärlicher schien, er trug alle Merkmale eines Huronenkriegers. Statt jedoch unter seinen Stamm zu treten, setzte er sich zur Seite, einsam mitten in der Menge, und duckte sich in eine demütige Stellung, als wollte er so wenig wie möglich Raum einnehmen.

Als jeder den ihm zukommenden Platz eingenommen hatte und allgemeine Stille eingetreten war, begann der Häuptling mit den grauen Haaren, den wir bereits erwähnt haben, in der Sprache der Lenni-Lenapen:

»Delaware«, sprach er, »obgleich aus einer Nation von Weibern, so hast du dich doch als ein Mann erwiesen. Gern würde ich dir Nahrung geben, aber wer mit einem Huronen ißt, muß sein Freund werden. Ruhe in Frieden bis zur Morgensonne, dann soll unser letztes Wort gesprochen werden.«

»Sieben Nächte und sieben Sommertage habe ich auf der Fährte der Huronen gefastet«, erwiderte Uncas ruhig. »Die Kinder der Lenapen wissen auf dem Pfade der Gerechten zu wandeln, ohne sich mit Essen aufzuhalten.«

»Zwei meiner jungen Krieger verfolgen deinen Begleiter«, fuhr der andere wieder fort, scheinbar ohne auf die Ruhmrede seines Gefangenen zu achten; »wenn sie zurück sind, werden unsere weisen Männer zu dir sagen: leb oder stirb!«

»Hat ein Hurone keine Ohren?« rief Uncas verächtlich aus. »Zweimal hat der Delaware, seit er euer Gefangener ist, den Knall einer Büchse gehört, die er wohl kennt. Eure jungen Männer kehren nimmer zurück!«

Eine kurze und düstere Pause folgte dieser kühnen Behauptung. Duncan, der merkte, daß der Mohikaner auf die verderbenbringende Büchse des Kundschafters anspielte, beugte sich nach vorn, um ängstlich zu beobachten, welchen Eindruck diese Worte auf die Sieger machen würden. Der Häuptling begnügte sich aber damit, einfach zu erwidern: »Wenn die Lenapen so geschickt sind, warum ist einer ihrer tapfersten Krieger hier?«

»Er folgte den Fußstapfen eines fliehenden Feiglings und fiel in eine Schlinge. Auch der schlaue Biber kann gefangen werden.«

Während Uncas so sprach, deutete er mit dem Finger auf den einsamen Huronen, ohne jedoch einem so unwürdigen Objekt weitere Aufmerksamkeit zu schenken. Diese Antwort und die Miene des Sprechers verursachten unter seinen Zuhörern große Aufregung. Aller Augen wandten sich finster auf den durch jene einfache Gebärde Bezeichneten, und ein dumpfes, drohendes Gemurmel lief durch die Versammelten. Diese verhängnisvollen Laute erreichten die äußere Tür und das Ohr der Frauen und Kinder, die so dicht zusammengedrängt standen, daß zwischen Schulter und Schulter keine Lücke blieb, die nicht durch die Züge eines weiteren neugierigen menschlichen Gesichtes ausgefüllt worden wäre.

Indessen redeten die älteren Häuptlinge in der Mitte miteinander in kurzen, abgebrochenen Sätzen. Kein Wort wurde gesprochen, das nicht die Meinung des Sprechers auf die einfachste, kräftigste Weise zu erkennen gab. Abermals trat eine lange, feierliche Stille ein. Sie war, wie alle wußten, der ernste Vorbote eines wichtigen und schweren Urteilsspruches. Die den äußeren Kreis Bildenden stellten sich auf die Zehenspitzen, um sehen zu können. Selbst der Schuldige vergaß für einen Augenblick seine Schmach und hob, von einem stärkeren Gefühl ergriffen, unruhig den Kopf, um einen ängstlichen Blick auf die finstere Versammlung der Häuptlinge zu werfen. Das Schweigen wurde endlich von dem öfter genannten greisen Häuptling unterbrochen. Er erhob sich von der Erde, ging an der unbeweglichen Gestalt des Mohikaners vorbei und stellte sich in würdevoller Haltung vor den Schuldigen. In diesem Augenblick trat die schon bekannte alte Squaw, eine Fackel in der Hand, in den Kreis und begann, auf die eine Seite geneigt, einen Tanz, wobei sie unverständliche Worte in einer Art von Beschwörung murmelte. Obgleich sie sich unberufen eingedrängt hatte, ließ man sie dennoch gewähren.

Als sie sich Uncas genähert hatte, hielt sie ihm den lodernden Feuerbrand dicht entgegen. Dessen roter Schein warf ein so volles Licht auf ihn, daß man die geringste Bewegung in seinen Gesichtszügen unterscheiden konnte. Der Mohikaner beharrte in seiner festen, stolzen Haltung. Sein Auge verschmähte es, ihrem forschenden Blick zu begegnen, und schaute fest in die Ferne, als ob es die Hindernisse, die seine Blicke hemmten, durchdränge und in die Zukunft schaute. Zufrieden mit dem Ergebnis ihrer Prüfung, verließ sie ihn mit einem leichten Ausdruck der Genugtuung, um ihren schuldigen Landsmann derselben Probe zu unterwerfen.

Der junge Hurone war mit den Kriegsfarben seines Stammes bemalt,

Uncas als Gefangener.

und seine Kleidung verhüllte wenig von seinen schön gebildeten Formen. Im Licht sah man genau alle Glieder und Gelenke. Schaudernd wandte sich Duncan ab, als er sah, wie sie in unbesiegbarer Todesangst zuckten. Die Alte stimmte bei diesem traurigen und schimpflichen Anblick ein tiefes, klagendes Geheul an; der Häuptling aber streckte seinen Arm aus und drängte sie sanft auf die Seite.

»Schwankendes Rohr!« sagte er, den jungen Schuldigen bei seinem Namen und in seiner Muttersprache anredend; »obgleich der große Geist dich gefällig für das Auge geschaffen hat, wäre es doch besser, du wärest nicht geboren worden. Deine Zunge ist laut im Dorf, aber stumm in der Schlacht. Keiner meiner jungen Krieger schlägt den Tomahawk tiefer in den Kriegspfosten – keiner so schwach auf die Yengeese. Die Feinde kennen die Gestalt deines Rückens, haben aber nie die Farbe deiner Augen gesehen. Dreimal haben sie dir zugerufen zu kommen, und ebenso oft hast du vergessen zu antworten. Dein Name wird in deinem Stamm nie wieder genannt werden. – Er ist bereits vergessen.«

Während der Häuptling langsam diese Worte sprach und ausdrucksvoll zwischen jedem Satz innehielt, erhob der Schuldige aus Achtung vor dem Rang und den Jahren des andern sein Antlitz. Scham, Schrekken und Stolz kämpften in seinen Zügen. Sein Auge, vor innerer Qual krampfhaft zusammengezogen, irrte auf den Personen umher, von deren Atem sein Ruf abhing, und Stolz gewann für einen Augenblick die Oberhand. Er stand auf, entblößte seine Brust und blickte fest auf das scharfe, blinkende Messer, das sein unerbittlicher Richter bereits emporhielt. Als die Waffe ihm langsam in das Herz drang, lächelte er sogar, als freue er sich, den Tod nicht so furchtbar zu finden, wie er erwartet hatte. Dann fiel er schwer auf sein Gesicht zu den Füßen des starren und unbeugsamen Uncas nieder.

Die Squaw erhob ein lautes, klägliches Geheul, stieß die Fackel auf die Erde und begrub alles umher in tiefe Finsternis. Die schaudernde Gruppe der Zuschauer eilte gleich aufgeschreckten Geistern aus dem Haus; und Duncan glaubte sich mit dem noch zuckenden Schlachtopfer eines indianischen Richterspruchs allein zurückgelassen.

Vierundzwanzigstes Kapitel

Ein einziger Augenblick überzeugte Duncan, daß er sich getäuscht hatte. Eine Hand legte sich mit kräftigem Druck auf seinen Arm, und Uncas' leise Stimme flüsterte ihm ins Ohr:

»Die Huronen sind Hunde. Vor dem Anblick des Blutes eines Feigen erzittert ein Krieger nicht. Das Graue Haupt und der Sagamore sind in Sicherheit, und Falkenauges Büchse schläft nicht. Geh – Uncas und die Offene Hand sind sich jetzt fremd!«

Heyward hätte gern noch mehr gehört, aber ein sanfter Druck des Freundes schob ihn zur Tür hin und mahnte ihn an die Gefahr, die mit einer Entdeckung ihres Umgangs verbunden war. Langsam und widerstrebend fügte er sich in die Notwendigkeit, verließ die Hütte und mischte sich unter die Menge. Die erlöschenden Feuer der Lichtung warfen ein düsteres, ungewisses Licht auf die dunklen Gestalten, die schweigend hin und her liefen. Hin und wieder verbreitete eine auflodernde Flamme einen flüchtigen Schein bis in das Innere der Hütte. Dann sah man Uncas noch immer in seiner früheren Stellung und zu seinen Füßen den toten Huronen.

Ein Trupp Krieger kam herein und trug die leblosen Überreste in den benachbarten Wald. Nach diesem Auftritt wanderte Duncan unbefragt und unbeachtet an den Hütten entlang, bemüht, eine Spur von ihr aufzufinden, für die er sich in solche Gefahr begeben hatte. Bei der jetzigen Stimmung der Wilden wäre es ihm leicht gewesen, zu entfliehen und sich seinen Freunden wieder anzuschließen, wäre ihm ein solcher Gedanke je gekommen. Aber außer der nimmer ruhenden Angst um Alice, hielt ihn auch die neue, wenngleich minder quälende Sorge um Uncas an diesem Ort fest. Er streifte von Hütte zu Hütte, immer wieder von neuem enttäuscht, bis er im ganzen Dorf die Runde gemacht hatte. Endlich gab er die fruchtlose Nachforschung auf und kehrte in die Beratungshütte zurück mit dem Vorsatz, David aufzusuchen und zu befragen, um seinem Zweifel ein Ende zu machen. Als Duncan das Gebäude erreicht hatte, das Gerichtsstätte und Hinrichtungsort zugleich geworden war, fand er, daß sich die Aufregung bereits gelegt hatte. Die Krieger hatten sich wieder versammelt und rauchten ruhig ihre Pfeifen, während sie sich über die wichtigsten Vorkommnisse während ihres letzten Zuges zum oberen Ende des Horican ernst unterhielten. Obgleich Duncans Rückkehr sie an seinen angeblichen Stand und an die verdächtigen Umstände seines Besuchs erinnern mußte, blieb sie doch ohne sichtbaren Eindruck. Ja, die eben erlebte schreckliche Szene begünstigte sogar seine Zwecke, und er wußte sofort, daß er diesen unerwarteten Vorteil nutzen mußte.

Ohne Unruhe zu verraten trat er in die Hütte und nahm seinen Sitz mit einem Ernst ein, der dem Benehmen seiner Gastfreunde entsprach. Ein flüchtiger, aber forschender Blick genügte ihm, um zu sehen, daß Uncas an seinem früheren Platz geblieben, David aber nicht wieder erschienen war. Jener war keiner anderen Bewachung unterworfen als den aufmerksamen Blicken eines jungen Huronen, der an seiner Seite stand. Ein bewaffneter Krieger lehnte überdies an dem Pfosten, der eine Seite des engen Torweges bildete. In jeder anderen Hinsicht schien der Gefangene frei zu sein, nur war er von aller Teilnahme an der Unterhaltung ausgeschlossen und glich mehr einer schön geformten Bildsäule als einem Mann voller Mut und Willenskraft.

Heyward hütete sich, durch übertriebene Selbstsicherheit aufzufallen; zu deutlich erinnerte er sich an das grausame Strafverfahren dieses Volkes, dem er sich ausgeliefert hatte. Es wäre ihm daher lieb gewesen, wenn er hätte schweigen dürfen, da eine Entdeckung seines wahren Standes sein Tod gewesen wäre. Zum Unglück aber für diesen klugen Entschluß schienen die Anwesenden anderer Meinung zu sein. Er hatte den Platz noch nicht lange inne, den er klüglich etwas im Schatten eingenommen hatte, als ein zweiter älterer Krieger, der französisch sprach, sich an ihn wandte.

»Mein Vater in Kanada vergißt seine Kinder nicht«, sagte der Häuptling. »Ich danke ihm. Ein böser Geist lebt in der Frau eines meiner jungen Männer. Kann der kundige Fremde ihn verjagen?«

Heyward besaß einige Kenntnis von den Gaukeleien, die unter den Indianern gegen vermeintliches Besessensein im Schwange waren. Er sah sofort, daß dieser Umstand ihm vielleicht nützlich sein und ihm daher kein angenehmerer Vorschlag gemacht werden konnte. Da er aber von der Notwendigkeit überzeugt war, die Würde seiner vorgeblichen Rolle zu bewahren, unterdrückte er seine Gefühle und antwortete in einem entsprechend geheimnisvollen Ton:

»Der Geister sind verschiedene: die einen weichen der Macht der Weisheit, die andern sind zu mächtig für sie.«

»Mein Bruder ist ein großer Arzt«, antwortete der schlaue Wilde, »will er es versuchen?«

Eine Gebärde der Zustimmung war die Antwort. Der Hurone war mit der Zusage zufrieden, nahm seine Pfeife wieder auf und wartete auf einen schicklichen Augenblick zum Aufbruch. Der ungeduldige Heyward verwünschte innerlich die Sitte der Wilden, die dem Schein so viel Opfer brachte, gab sich aber genauso gelassen wie der Häuptling, der wirklich ein naher Verwandter der gequälten Frau war. Minute um Minute schwand, und der Aufschub schien dem angehenden Scharlatan so lang wie Stunden. Da legte der Hurone endlich seine Pfeife beiseite und zog seinen Mantel über die Brust, als sei er im Begriff, ihn zur Wohnung der Kranken zu führen. In diesem Augenblick aber verdunkelte die Gestalt eines Kriegers das Licht des Torwegs. Der Wilde schritt schweigend durch die Gruppe der Huronen und ließ sich auf demselben Bündel nieder, auf dem Duncan saß. Dieser warf einen ungeduldigen Blick auf seinen Nachbarn: ein unwillkürlicher Schauder überlief ihn, als er sich in unmittelbarer Berührung mit Magua fand.

Die plötzliche Rückkehr dieses arglistigen und gefürchteten Häuptlings ließ den Huronen sein Vorhaben aufschieben. Mehrere Pfeifen, die bereits gelöscht waren, wurden wieder angezündet. Auch der neue Ankömmling zog wortlos seine Pfeife aus dem Gürtel, füllte den Kopf und sog den Dunst des Krautes durch den hohlen Schaft mit einer Gleichgültigkeit ein, als wäre er nicht zwei ermüdende Tage auf einer langen und anstrengenden Jagd gewesen. Zehn Minuten, die Duncan wie ebenso viele Menschenalter schienen, mochten auf diese Weise verflossen sein. Sämtliche Krieger waren in eine weiße Rauchwolke eingehüllt, ehe einer von ihnen sprach.

»Willkommen!« rief er, »hat mein Freund den Elch gefunden?«

»Die jungen Krieger schwanken unter ihren Lasten«, versetzte Magua. »Das Schwankende Rohr gehe auf den Jagdpfad; er wird sie treffen.«

Eine tiefe, schreckliche Stille folgte dem Klang des verbotenen Namens. Jedem Anwesenden sank die Pfeife aus dem Mund, als ob alle im selben Augenblick etwas Unreines eingesogen hätten. Der Rauch wirbelte in kleinen Säulen über ihre Köpfe empor, um sich durch die Öffnung im Dach einen Ausgang zu suchen, wodurch der untere Teil des Raumes von seinen Wolken gesäubert wurde, so daß die dunklen Gesichter wieder deutlich sichtbar wurden. Die Blicke der meisten Krieger waren zu Boden gesenkt, und nur wenige jüngere ohne Rang richteten ihren Blick auf einen Greis mit weißen Haaren, der seinen Platz zwischen zweien der geehrtesten Häuptlinge des Stammes hatte. Daß er dort saß, lag übrigens nicht an dem Äußeren und dem Anzug dieses Indianers, das ihn zu solcher Auszeichnung hätte berechtigen können. Seine Miene drückte eher Niedergeschlagenheit aus, und seine Kleidung war die gewöhnliche eines Indianers der niederen Klassen. Wie bei den meisten um ihn her, war auch sein Blick eine Weile zur Erde gerichtet. Als er aber endlich einmal verstohlen emporsah und gewahrte, daß er der Gegenstand allgemeiner Aufmerksamkeit geworden war, stand er auf und erhob in der allgemeinen Stille seine Stimme:

»Es ist eine Lüge«, sagte er, »ich hatte keinen Sohn. Er, der mit diesem Namen genannt wurde, ist vergessen. Sein Blut war blaß und kam nicht aus den Adern eines Huronen; die bösen Chippewas hatten mein Weib betört. Der große Geist hat gesagt: Wiss-en-tushs Geschlecht soll enden! Glücklich der, der weiß, daß das Verderben in seinem Geschlecht mit ihm stirbt! Ich habe gesprochen.«

Der Redner, dessen Sohn der furchtsame junge Indianer gewesen war, blickte umher, als wollte er in den Augen der Zuhörer Beifall für seine Gelassenheit lesen. Aber die strengen Sitten seines Volkes hatten dem alten, schwachen Mann eine zu harte Probe auferlegt. Der Ausdruck seiner Augen widersprach seinen bilderreichen, ruhmredigen Worten, und jeder Muskel seines mit Runzeln bedeckten Gesichtes zuckte vor innerer Qual. Er blieb noch einen Augenblick stehen, um seinen bitteren Triumph zu genießen, und wandte sich dann ab, als schaudere es ihn bei dem Anblick der Menschen. Er verhüllte das Gesicht mit seiner Decke und entfernte sich mit dem geräuschlosen Tritt eines Indianers, um in der Abgeschiedenheit seiner eigenen Hütte die Teilnahme seiner Gefährtin zu suchen – alt, kummervoll und kinderlos, wie er war.

Die Indianer, die an eine Vererbung der Tugenden und Fehler des Charakters glauben, ließen ihn schweigend hinausgehen. Kaum aber war er fort, lenkte einer der Häuptlinge mit einem Zartgefühl, das mancher gebildeten Gesellschaft als Muster dienen könnte, die Aufmerksamkeit der jungen Krieger von dem Anblick der Schwäche ab, indem er sich an Magua wandte, den Ankömmling.

»Die Delawaren sind um mein Dorf geschlichen wie die Bären um die Honigkörbe. Aber wer hat einen Huronen je schlafend gefunden?«

Die finstere, drohende Gewitterwolke, die dem Donnerschlag vorangeht, konnte nicht schwärzer als Maguas Braue sein, als er rief:

»Die Delawaren von den Seen!«

»Nicht sie! Die, die Weiberröcke tragen und an ihrem eigenen Fluß, dem Delaware, wohnen. Einer von ihnen ist hierhergekommen.«

»Haben meine jungen Krieger seinen Skalp genommen?«

»Seine Beine waren gut, obgleich sein Arm besser für die Hacke als für den Tomahawk taugt«, erwiderte der andere und deutete auf die unbewegliche Gestalt des Mohikaners.

Statt mit weibischer Neugierde seine Augen an dem Anblick eines Gefangenen zu weiden, dessen Volk er mit so vielem Grund haßte, rauchte Magua mit der nachdenklichen Miene fort, die ihm eigen war, wenn seine Arglist oder Beredsamkeit nicht unmittelbar in Anspruch genommen wurde. Obgleich er über die in der Rede des alten Vaters kundgewordenen Tatsachen insgeheim verwundert war, erlaubte er sich doch keine Frage und sparte sich jede weitere Nachfrage für einen geeigneteren Zeitpunkt auf. Erst nach einer geraumen Weile klopfte er die Asche aus seiner Pfeife, zog den Gürtel mit dem Tomahawk fester und stand auf, wobei er zum erstenmal einen Blick auf den Gefangenen warf, der etwas hinter ihm stand. Der aufmerksame, obgleich scheinbar in Gedanken vertiefte Uncas bemerkte diese Bewegung, wandte sich dem Licht zu, und ihre Blicke begegneten sich. Fast eine Minute standen die beiden kühnen, unbeugsamen Männer einander gegenüber, schauten sich fest in das Auge, und keiner schlug den Blick vor dem stolzen Ausdruck des Gegners nieder. Uncas' Gestalt hob sich, und seine Nasenlöcher öffneten sich gleich denen des verfolgten Tigers. So entschieden und unbeugsam war seine Haltung, daß die Phantasie in ihm leicht das ideale Abbild des Kriegsgottes seines Stammes sehen konnte. Maguas Züge waren geschmeidiger; seine Miene verlor allmählich an Trotz und ging in einen Ausdruck wilder Freude über. Er atmete tief auf und rief den furchtbaren Namen: »Le Cerf agile!«

Alle Krieger sprangen auf, als der wohlbekannte Name fiel, und die Überraschung siegte eine Zeitlang über die stoische Ruhe der Indianer. Der verhaßte und doch geachtete Name wurde aus aller Munde wiederholt und ertönte selbst über die Grenzen der Hütte hinaus. Die Frauen und Kinder, die den Eingang belagerten, nahmen ihn auf wie ein Echo, dem ein schrilles, klägliches Geheul folgte. Dieses war noch nicht verhallt, als die Aufregung unter den Männern sich bereits wieder gelegt hatte. Alle Anwesenden setzten sich, als schämten sie sich ihrer Übereilung. Aber noch manche Minute ruhten ihre Augen auf dem Gefangenen. Mit neugierigen Blicken prüften sie einen Krieger, der so oft an den Besten und Stolzesten ihrer Nation seine Tapferkeit gezeigt hatte.

Uncas genoß diesen Sieg, begnügte sich aber, seinen Triumph durch ein ruhiges Lächeln auszudrücken – ein Zeichen der Verachtung, das allen Völkern und Zeiten eigen ist. Magua gewahrte diesen Ausdruck, hob seinen Arm und schüttelte ihn gegen den Gefangenen, so daß die leichten silbernen Armbänder von der Bewegung klirrten, während er in rachedrohendem Ton auf englisch ausrief:

»Mohikaner, du stirbst!«

»Die heilenden Wasser bringen die toten Huronen nie mehr in das Leben zurück«, erwiderte Uncas in der wohlklingenden Sprache der Delawaren. »Die rollenden Wogen bespülen ihre Gebeine. Ihre Männer sind Weiber, ihre Weiber Eulen. Geh, rufe die Hunde von Huronen zusammen, daß sie einen Krieger zu sehen bekommen. Meine Nase ist beleidigt, sie riecht das Blut eines Feigen.«

Die letzte Anspielung traf schwer, und die Wunde brannte. Manche unter den Huronen verstanden die fremde Sprache, in der der Gefangene redete; so auch Magua. Der schlaue Wilde nahm seinen Vorteil wahr und eilte ihn zu benützen. Er warf sein leichtes Fell von der Schulter, reckte seinen Arm aus und ließ seiner bedenklichen, verschlagenen Beredsamkeit freien Lauf. Wie sehr auch sein Einfluß durch die unheilvolle Schwäche, der er sich zuzeiten hingab, und durch seinen Abfall von dem Stamm gelitten haben mochte – sein Mut und sein Ruf als Redner waren unbestritten geblieben. Er sprach nie ohne Zuhörer, und es war selten, daß er sie nicht überzeugte. Im gegenwärtigen Fall wurde sein natürliches Talent noch durch den Durst nach Rache angestachelt.

Er erzählte von neuem die Ereignisse bei dem Angriff auf der Glen-Insel, den Tod seiner Genossen und das Entkommen ihrer furchtbarsten Feinde. Dann beschrieb er die Beschaffenheit und die Umgebung des Berges, wohin er die Gefangenen geführt hatte, die in seine Hände gefallen waren. Seiner eigenen blutdürstigen Absichten in Bezug auf die Mädchen und seiner vereitelten Bosheit gedachte er mit keinem Wort; er ging vielmehr rasch auf den Überfall durch La longue Carabine mit seinen Gefährten und dessen unglücklichen Ausgang über. Hier machte er eine Pause und schaute sich um, Ehrfurcht für das Andenken der Gefallenen heuchelnd, in Wahrheit aber, um den Eindruck seiner Rede zu beobachten. Wie gewöhnlich waren alle Augen auf sein Antlitz gerichtet, die düsteren Gestalten schienen lebende Bildsäulen, so regungslos war ihre Stellung, so gespannt die Aufmerksamkeit jedes einzelnen.

Jetzt ließ Magua seine Stimme, die bisher hell, stark, pathetisch geklungen hatte, sinken und berührte die Verdienste der Gefallenen. Keine Eigenschaft, die auf das Mitgefühl der Indianer Einfluß üben konnte, blieb ungerühmt. Der eine war als niemals fehlschießender Jäger bekannt; ein anderer war unermüdlich gewesen, die Fährte des Feindes zu verfolgen. Dieser war tapfer, jener edelmütig. Kurz, er wußte seine Lobreden so gut anzubringen, daß es ihm bei einem Volksstamm, der aus so wenigen Familien bestand, gelingen mußte, in jedermanns Brust eine Saite zum Klingen zu bringen.

»Sind die Gebeine«, so schloß er, »meiner jungen Krieger auf dem Begräbnisplatz der Huronen? Ihr wißt es, nein. Ihre Geister sind zu der untergehenden Sonne gegangen und ziehen bereits über die großen Wasser in die glücklichen Jagdgründe. Aber sie sind heimgegangen ohne Nahrung, ohne Büchsen oder Messer, ohne Mokassins, nackt und arm, wie sie geboren wurden. Soll das so sein? Sollen ihre Seelen in das Land der Gerechten treten, gleich hungrigen Irokesen oder unmännlichen Delawaren – oder sollen sie ihren Freunden begegnen, Waffen in der Hand und Mäntel auf dem Rücken? Was, werden unsere Väter denken, ist aus den Stämmen der Wyandots geworden? Mit finsterem Blick werden sie auf ihre Kinder schauen und sprechen: Geht! Ein Chippewa ist unter dem Namen eines Huronen hierher gekommen. Brüder, wir dürfen die Toten nicht vergessen; eine Rothaut hört nie auf, sich zu erinnern! Wir wollen den Rücken dieses Mohikaners beladen, bis er unter unseren Gaben zu Boden sinkt, und ihn den jungen Kriegern nachsenden. Sie bitten uns um Hilfe; aber unsere Ohren sind nicht offen. Sie sprechen: Vergeßt uns nicht! Wenn sie den Geist dieses Mohikaners keuchend unter seiner Last hinter sich herkommen sehen, werden sie erkennen, daß wir noch der gleichen Gesinnung sind. Dann werden sie glücklich ihres Weges ziehen, und unsere Kinder werden sagen: Dies taten unsere Väter für ihre Freunde, wir müssen ein Gleiches für sie tun. Was ist ein Yengee? Wir haben viele erschlagen; aber die Erde ist noch immer blaß. Ein Flecken auf dem Namen eines Huronen kann nur durch Blut getilgt werden, das aus den Adern eines Indianers strömt. So sterbe denn dieser Delaware!«

Die Wirkung einer solchen Rede, die in der kräftigen Sprache und mit dem hinreißenden Vortrag eines huronischen Redners gehalten wurde, war nicht zu verkennen. Magua hatte die natürlichen Gefühle und den religiösen Aberglauben seiner Zuhörer auf schlaue Weise zu vermengen gewußt. In ihren Gemütern, schon durch Gewohnheit darauf vorbereitet, den Geistern der Toten blutige Opfer zu bringen, erlosch jede Spur von Menschlichkeit und glühte nur der Wunsch nach Rache. Ein Krieger insbesondere, ein Mann von wilder, grimmiger Miene, hatte sich durch eine besondere Aufmerksamkeit ausgezeichnet, die er den Worten des Sprechers geschenkt hatte. Deutlich las man in seinem Gesicht die wechselnden Gefühle, bis seine Züge endlich den Ausdruck tödlicher Bosheit annahmen. Kaum hatte Magua geendet, da sprang er auf und schwang, ein dämonisches Geheul erhebend, über seinem Haupt eine kleine, scharfgeschliffene, im Fackellicht glänzende Streitaxt. Die Bewegung und das Geschrei erfolgte zu plötzlich, als daß Worte die blutige Absicht hätten abwenden können. Es war, als ob ein blitzender Strahl von seiner Hand ausginge, im selben Augenblick mächtig durchkreuzt von einem dunklen Streifen. Das erste war die Streitaxt, die zu ihrem Ziel flog, das andere der Arm, den Magua ausstreckte, um der tödlichen Waffe eine andere Richtung zu geben. Die schnelle, entschlossene Bewegung des Häuptlings kam nicht zu spät. Die Waffe durchschnitt die Kriegsfeder auf dem Schopf des jungen Mohikaners und fuhr durch die schwache Wandung der Hütte, als wäre sie von einer furchtbaren Maschine geschleudert worden.

Duncan war Zeuge der drohenden Handlung gewesen und sprang schnell auf seine Füße. Sein Herzblut stockte, und die edelmütigsten Entschlüsse zur Rettung seines Freundes erwachten in ihm. Ein Blick sagte ihm, daß der Wurf sein Ziel verfehlt hatte, und sein Schrecken ging in Bewunderung über. Uncas stand ruhig da und blickte seinem Feind fest ins Auge mit einer Miene, die über jede Aufregung erhaben war. Marmor konnte nicht kälter, unbeweglicher, starrer sein als der Ausdruck, womit er diesem plötzlichen, rachsüchtigen Angriff begegnete. Dann aber lächelte er, als ob er Mitleid hätte mit dem Mangel an

Geschick, der seine Rettung war, und murmelte einige Worte der Verachtung in seiner Muttersprache.

»Nein«, sprach Magua, nachdem er sich überzeugt hatte, daß der Gefangene unverwundet war, »die Sonne muß seine Schande beleuchten. Die Squaws sollen sehen, wie sein Fleisch zittern wird, oder unsere Rache ist nur ein Knabenspiel. Geht, bringt ihn an einen Ort, wo Schweigen herrscht. Wir wollen sehen, ob ein Delaware in der Nacht schlafen kann und am andern Morgen sterben.«

Die jungen Krieger, die den Gefangenen zu bewachen hatten, wanden ihre Bastriemen um seine Arme und führten ihn unter tiefem, unheimlichem Schweigen aus der Hütte. Nur unter der Öffnung des Eingangs zögerte Uncas' fester Tritt. Er wandte sich um und warf einen flüchtigen, stolzen Blick auf seine Feinde umher. In diesem las Duncan den Ausdruck eines Mutes, der immer noch nicht alle Hoffnung aufgab.

Magua begnügte sich mit dem gewonnenen Erfolg oder war viel zu sehr mit geheimen Plänen beschäftigt, um seine Nachforschungen fortzusetzen. Er schüttelte seinen Mantel, faltete ihn über der Brust und verließ die Hütte, ohne eine Angelegenheit zu verfolgen, die für seinen Nebenmann so leicht gefährlich werden konnte. Trotz des in ihm wachsenden Rachegefühls, trotz der ihm eigenen Standhaftigkeit und der Besorgnis für Uncas fühlte sich Heyward doch durch die Entfernung eines so gefährlichen und listigen Feindes merklich erleichtert. Die Aufregung, die Maguas Rede hervorgerufen hatte, legte sich allmählich. Die Krieger nahmen ihre Sitze wieder ein, und Wolken von Rauch füllten abermals die Hütte. Fast eine halbe Stunde wurde keine Silbe gesprochen, kaum ein Blick zur Seite geworfen. Ein ernstes, nachdenkliches Schweigen war die natürliche Folge dieser Gewalttat und der Aufregung unter Menschen, die neben solcher Leidenschaftlichkeit so viel Selbstbeherrschung zeigten.

Als der Häuptling, der sich Duncans Hilfe erbeten hatte, mit seiner Pfeife zu Ende gekommen war, machte er eine letzte und nun ungehinderte Bewegung zum Aufbruch. Ein Wink mit dem Finger war für den vermeintlichen Arzt das Zeichen zu folgen. Während Duncan durch die Rauchwolken schritt, war er in mehr als einer Hinsicht froh, bald wieder die reine Luft eines kühlen und erfrischenden Sommerabends atmen zu dürfen.

Statt den Weg zu den Hütten zu nehmen, wo Heyward bereits seine erfolglose Nachforschung angestellt hatte, wandte sich sein Begleiter seitwärts und schritt gerade auf den Anstieg eines nahen Berges zu, der über den derzeitigen Wohnsitz der Huronen aufragte. Ein Dickicht von Unterholz umgab seinen Fuß, und ein schmaler, geschlängelter Pfad lag gerade vor ihnen. Die Knaben hatten ihre Spiele in der Lichtung wieder begonnen und bemühten sich, in zwei Reihen aufgestellt, den Lauf nach dem Pfosten und die sich anschließende Verfolgung nachzuspielen. Um ihre Spiele der Wirklichkeit so nahe wie möglich zu bringen, hatte einer der mutigsten einige Feuerbrände in die Bündel von abgehauenen Baumwipfeln geworfen, die bis jetzt der Flamme entgangen waren. Der Schein eines dieser Feuer leuchtete dem Häuptling und Duncan auf ihrem Weg und erhöhte noch den wilden Charakter der rauhen Landschaft. In geringer Entfernung von einem kahlen Felsen kamen sie an eine Grasfläche, die sie eben durchschreiten wollten. In diesem Augenblick erhielt das Feuer neue Nahrung, und das Licht der mächtigen Flamme drang selbst bis zu dieser entfernten Stelle. Es fiel auf die weiße Oberfläche des Berges, wurde reflektiert und fiel auf ein dunkles, geheimnisvoll aussehendes Wesen, das sich unerwartet auf ihrem Weg erhob.

Der Indianer zögerte, als sei er unschlüssig, ob er weitergehen sollte, und ließ seinen Begleiter zu sich herankommen. Ein großes schwarzes Knäuel, das anfangs stillzuliegen schien, begann sich jetzt auf eine für Duncan unerklärliche Weise zu bewegen. Das Feuer flammte von neuem auf, und sein Schein fiel deutlicher auf den Gegenstand. Jetzt erkannte selbst Duncan das Tier an der unruhigen und schwankenden Haltung, die den oberen Teil seiner Gestalt in ständiger Bewegung hielt, während das Ganze zu sitzen schien: es war ein Bär. Obgleich er laut und wild brummte und von Zeit zu Zeit seine feurigen Augäpfel sichtbar wurden, gab er doch kein Zeichen von Feindseligkeit. Der Hurone wenigstens schien von den friedlichen Absichten des seltsamen Eindringlings überzeugt, denn er verfolgte nach einer aufmerksamen Betrachtung ruhig seinen Weg.

Duncan, der wußte, daß dieses Tier unter den Indianern oft als Haustier diente, folgte dem Beispiel seines Begleiters in der Meinung, ein Lieblingsbär des Stammes habe auf der Suche nach Futter seinen Weg in das Dickicht gefunden, und sie kamen unangefochten vorbei. Obgleich ihr Weg sie sehr dicht an dem Tier vorbeiführte, verriet der Hurone, der sich anfangs mit viel Vorsicht von der tatsächlichen Natur des Wesens überzeugt hatte, jetzt keinerlei Unruhe. Heyward aber konnte nicht umhin, sich nochmals umzusehen, in wachsamer Hut gegen Angriffe von hinten. Seine Unruhe verminderte sich in keiner Weise, als er bemerkte, wie das Tier den Weg entlangtrollte und ihnen auf dem Fuß folgte. Er wollte eben sprechen, als der Indianer in diesem Augenblick eine Tür von Rinde beiseite schob und in eine Höhle im Inneren des Berges trat.

Zufrieden, sich einen so bequemen Rückzug gesichert zu haben, folgte ihm Duncan auf dem Fuß und wollte die leichte Tür hastig hinter sich schließen, als sie seiner Hand entrissen wurde. Es war wieder das Tier, dessen zottige Gestalt den Eingang verdunkelte. Sie befanden sich jetzt in dem engen und langen Gang einer Felsenspalte, wo jede Umkehr unmöglich war, ohne auf das Tier zu stoßen. In dieser Not wählte der junge Mann das beste und eilte vorwärts, wobei er sich möglichst nahe an seinen Führer hielt. Der Bär brummte häufig dicht auf seinen Fersen, und ein- oder zweimal legten sich ihm seine ungeheuren Tatzen auf den Rücken, als wollte er ein weiteres Vordringen in die Höhle verhindern.

Wie lange Heywards Nerven in dieser so außerordentlichen Lage ausgehalten hätten, läßt sich schwer entscheiden, denn glücklicherweise wurde er bald erlöst. Ein Lichtschimmer war schon eine Zeitlang vor ihnen gewesen, und sie befanden sich jetzt an der Stelle, von der er ausging.

Die geräumige Höhlung des Felsens war auf grobe Weise in verschiedene Gemächer unterteilt worden. Die Unterteilungen waren einfach, aber sinnreich in buntem Gemisch aus Stein, Ästen und Rinde aufgeführt. Öffnungen von oben ließen das Tageslicht herein, und bei Nacht vertraten Feuer und Fackeln die Stelle der Sonne. Hierher hatten die Huronen ihre wertvollen Besitztümer gebracht, vor allem jene, die Gemeingut des Stammes waren; und hierher, wie sich jetzt zeigte, hatte man auch die kranke Frau gebracht, die man für ein Opfer übernatürlicher Mächte hielt. Man glaubte, ihrem Quälgeist werde es schwerer fallen, durch die Steinwände als durch die Laubdächer der Hütten zu dringen. Das Gemach, in das Duncan mit seinem Führer zuerst eintrat, war ausschließlich der Bequemlichkeit der Kranken gewidmet. Er näherte sich ihrem Lager, das von Frauen umgeben war, in deren Mitte Heyward zu seiner Überraschung den vermißten Freund David entdeckte.

Ein einziger Blick überzeugte den vorgeblichen Arzt, daß die Kranke der Hilfe der Heilkunst bereits entrückt war. Sie lag in einer Art Lähmung, gleichgültig gegen ihre Umgebung, und schien zum Glück ihre Leiden nicht zu empfinden. Heyward war es keineswegs unlieb, daß er seine Gaukeleien an einem Wesen üben sollte, das viel zu krank war, um sich noch für ihren Erfolg oder Mißerfolg zu interessieren. Der leichte Gewissensskrupel, den sein beabsichtigter Betrug in ihm erregt hatte, war beschwichtigt. Eben begann er, seine Gedanken zu sammeln, um seine Rolle mit gebührendem Nachdruck zu spielen, als er merkte, daß ein anderer seiner Geschicklichkeit zuvorgekommen war und die Gewalt der Musik erproben wollte.

Als Duncan und sein Begleiter eintraten, war Gamut im Begriff

Die Kranke lag in einer Art Lähmung.

gewesen, seinen Gesang zu beginnen. Er wartete einen Augenblick, zog dann einen Ton aus seiner Pfeife und begann eine Hymne, die Wunder gewirkt haben würde, wenn der feste Glaube an ihre Wirksamkeit hier von Belang hätte sein können. Man ließ ihn zu Ende singen, da die Indianer seine vermeintliche Geistesschwäche schonten und dem jungen Soldaten der Aufschub zu gelegen kam, um die geringste Unterbrechung zu wagen. Die letzte hinsterbende Kadenz klang eben in

Duncans Ohren, da fuhr er erschreckt auf: er hörte dieselben Melodien hinter sich mit einer Stimme wiederholt, die, nur halb menschlich, wie aus einem Grab herauftönte. Er drehte sich um und erblickte das zottige Untier in einem schattigen Winkel der Höhle, wo es, auf den Hinterbeinen sitzend, seinen Leib in der unruhigen Weise dieser Tiere rastlos hin und her wiegte und mit dumpfem Brummen Laute, wenn nicht Worte wiederholte, die mit der Melodie des Sängers eine entfernte Ähnlichkeit hatten.

Die Wirkung eines so unerwarteten Echos auf David läßt sich leichter denken als beschreiben. Er öffnete die Augen weit, als ob er an ihrer Wirklichkeit zweifelte, und seine Stimme verstummte augenblicklich vor Erstaunen. Von einem Gefühl erfaßt, das der Furcht ziemlich nahe kam, obwohl er es gern für Verwunderung ausgegeben hätte, vergaß er seinen klug durchdachten Plan, wie er Heyward wichtige Nachrichten übermitteln wollte. Unter solchen Einflüssen rief er laut: »Sie erwartet Euch! Sie ist in der Nähe!« und rannte eilig zur Höhle hinaus.

Fünfundzwanzigstes Kapitel

Es lag eine seltsame Mischung von Komischem und Feierlichem in dieser Szene. Das Tier setzte, wie es schien, seine wiegenden Bewegungen mit unermüdlicher Beharrlichkeit fort, obgleich sein possierlicher Versuch, Davids Melodie nachzuahmen, aufhörte, sobald dieser das Feld verlassen hatte. Gamuts Worte waren, wie wir uns denken können, englisch gesprochen worden, und Duncan glaubte irgendeinen verborgenen Sinn darin zu ahnen, obgleich kein Gegenstand seiner Umgebung ihm die Anspielung enthüllen half. Jeder weiteren Vermutung hierüber setzte indes der Häuptling alsbald ein Ende, indem er an das Lager der Kranken trat und die weibliche Gruppe, die sich hier zusammengedrängt hatte, um Zeuge von der Kunst des Fremden zu sein, hinwegwinkte. Wenn auch mit Widerstreben, gehorchten die Frauen sogleich, und als das letzte Echo nach dem Schließen der Eingangstür am Ende des Felsenganges verklungen war, deutete er auf seine bewußtlos daliegende Tochter und sagte:

»Jetzt zeige mein Bruder seine Kunst!«

So unumwunden aufgefordert, seinen angeblichen Beruf auszuüben, mußte Heyward fürchten, daß die geringste Verzögerung Folgen haben könnte. Er bemühte sich also, seine Gedanken zu sammeln, und schickte sich an, jene Beschwörungen und die seltsamen Gebräuche in Anwendung zu bringen, unter denen die indianischen Zauberkünstler ihre Unwissenheit und Ohnmacht zu verbergen gewohnt sind. Ohne Zweifel aber hätte er bei dem ungeordneten Zustand seiner Gedanken bald einen verdachterregenden, wenn nicht unheildrohenden Fehler begangen, wenn seine ersten Versuche nicht durch ein wildes Gebrumm des Vierfüßlers unterbrochen worden wären. Dreimal erneuerte er seine Bemühungen, und ebensooft traf er auf den selben unerklärlichen Widerstand; jede Unterbrechung schon grimmiger und drohender als die vorhergegangene.

»Die Meister der ärztlichen Kunst sind eifersüchtig«, bemerkte der Hurone. »Ich gehe. Bruder, die Frau ist das Weib eines meiner besten jungen Krieger; nimm dich ihrer an! Ruhig!« fügte er hinzu, indem er dem ergrimmten Tier winkte, sich still zu verhalten. »Ich gehe.«

Der Häuptling hielt Wort, und Duncan fand sich jetzt in dieser wilden, öden Behausung allein mit der hilflosen Kranken und dem grimmigen, gefährlichen Untier. Der Bär lauschte mit dem Scharfsinn, der den Bären eigen ist, auf die Schritte des Indianers, bis ein zweites Echo verkündete, daß auch er die Höhle verlassen hatte. Jetzt wandte sich der Bär, watschelte auf Duncan zu und setzte sich vor ihm aufrecht wie ein Mensch nieder. Der junge Mann sah sich ängstlich nach einer Waffe um, mit der er dem zu erwartenden Angriff Widerstand leisten könnte. Das Tier schien jedoch seine Laune plötzlich geändert zu haben. Statt unzufrieden fortzubrummen oder weitere Zeichen von Unwillen zu geben, schüttelte es gewaltig seinen zottigen Pelz, wie von einem seltsamen, inneren Krampf ergriffen. Mit seinen ungeheueren, schwerfälligen Tatzen kraulte es täppisch an der grinsenden Schnauze, und während Heyward seinen Bewegungen mit ängstlicher Wachsamkeit folgte, fiel der grimmige Kopf zur Seite, und statt seiner erschien das ehrliche, derbe Gesicht des Kundschafters, der auf die ihm eigene Weise von ganzem Herzen lachte.

»Pst!« rief der vorsichtige Waidmann und hinderte Heyward an einem Ausruf der Überraschung. »Die Burschen sind noch in der Nähe, und jeder Laut, der nicht zu Eurer Zauberei paßte, brächte den ganzen Haufen zurück!«

»Erklärt mir erst den Zweck dieser Mummerei und warum Ihr ein so gefährliches Abenteuer gewagt habt.«

»Ach, Vernunft und Berechnung werden oft vor dem Zufall zunichte!« versetzte der Kundschafter. »Weil aber eine Geschichte immer mit dem Anfang beginnen soll, will ich Euch alles in guter Ordnung erzählen. Als wir uns trennten, brachte ich den Kommandanten mit dem Sagamoren in ein altes Biberquartier, wo sie vor den Huronen sicherer als im Fort Edward sind. Denn Eure Indianer aus dem hohen Nordwesten, die noch nicht so viel mit Krämern in Verbindung stehen, hegen stets Achtung vor dem Bibergeschlecht. Dann brachen wir, wie verabredet, auf, um das andere Lager auszukundschaften. Habt Ihr den Jungen gesehen?«

»Zu meinem großen Leidwesen! Er ist gefangen und verurteilt, mit Sonnenaufgang zu sterben!«

»Ich befürchtete immer, daß es so mit ihm kommen würde!« sagte der Kundschafter in weniger zuversichtlichem und weniger heiterem Ton. Bald aber gewann er die natürliche Festigkeit seiner Stimme wieder und fuhr fort: »Sein Mißgeschick ist der eigentliche Grund meines Hierseins. Denn es wäre eine Schande, einen solchen Jungen in den Händen der Huronen zu lassen. Ein seltenes Fest wäre es für die Schurken, wenn sie Le Cerf agile und La longue Carabine, wie sie mich heißen, zusammen an *einen* Pfahl binden könnten! Und dabei weiß ich nicht, warum sie mir einen solchen Namen gegeben haben. Es ist zwischen den Tugenden meines Wildtöters und den Leistungen eurer echten kanadischen Karabiner so wenig Ähnlichkeit wie zwischen einem Stück Pfeifenerde und einem Feuerstein!«

»Bleibt bei Eurer Erzählung!« sagte der ungeduldige Heyward. »Wir wissen nicht, wann die Huronen wiederkommen.«

»Fürchtet nichts! Ein Beschwörer muß seine Zeit haben, so gut wie ein wandernder Priester in den Niederlassungen. Wir werden so wenig unterbrochen wie ein Missionar am Beginn einer zweistündigen Rede. – Nun gut. Uncas und ich stießen auf eine heimkehrende Bande dieser Schurken. Der Junge war viel zu hitzig für einen Kundschafter. Nun, was das betrifft, er hat einmal heißes Blut, und ich will ihn dafür nicht so sehr tadeln; kurz, einer der Huronen war eine Memme, floh und brachte ihn in einen Hinterhalt.«

»Und teuer hat er für seine Schwäche bezahlt.«

Der Kundschafter fuhr mit der Hand bezeichnend an seine Kehle und nickte, als wollte er sagen: Ich verstehe, was Ihr meint. Hierauf fuhr er lauter, wenn auch nicht viel verständlicher fort:

»Nach dem Verlust des Jungen ging ich den Huronen zuleibe, wie Ihr Euch wohl denken könnt. Es gab ein paar Scharmützel zwischen mir und einigen ihrer Wegelagerer; doch das wollte nicht viel heißen. Nachdem ich die Schurken erschossen hatte, kam ich ohne weitere Störung nahe genug an ihre Hütten heran. Was konnte mir das Glück besser zuweisen, als mich an eine Stelle führen, wo einer der berühmtesten Beschwörer ihres Stammes sich, wie ich wohl sah, zu einem großen Treffen mit dem Satan anputzte. Doch warum soll ich Glück nennen, was nun als eine besondere Fügung der Vorsehung erscheint? Ein gut gezielter Schlag auf den Kopf betäubte den listigen Betrüger für einige Zeit. Um Lärm zu verhüten, steckte ich ihm zum Abendimbiß einen Walnußknebel zwischen die Zähne und hängte ihn dann zwischen zwei jungen Bäumen auf. Endlich zog ich ihm seinen Putz vom Leib und übernahm selbst die Bärenrolle, damit die Operation nicht ins Stocken geriet.«

»Und bewunderungswürdig habt Ihr den Charakter dargestellt. Das Tier selbst hätte es nicht besser machen können.«

»Du mein Gott, Major!« versetzte der geschmeichelte Waidmann. »Jemand, der so lange in der Wildnis seine Studien getrieben hat wie ich, wäre ein armseliger Stümper, wenn er nicht das Wesen und die Bewegungen einer solchen Bestie nachahmen könnte. Wär's erst ein großer Panther oder eine wilde Katze gewesen, da hättet Ihr sehen sollen, wie ich Euch ein Stückchen aufgeführt hätte, das Eurer Aufmerksamkeit noch viel mehr wert gewesen wäre! Es ist kaum eine Heldentat, ein so dummes Tier nachzumachen; aber auch bei einem Bären kann man's übertreiben. Ja, ja; nicht jedermann weiß, wieviel leichter man übertreiben kann, als gerade das richtige Maß zu treffen! – Aber wir haben noch viel zu tun. Wo ist das Mädchen?«

»Das weiß der Himmel. Ich habe jede Hütte im Dorf durchforscht, ohne die geringste Spur von ihrer Anwesenheit zu entdecken.«

»Ihr hörtet doch den Sänger beim Fortgehen sagen: Sie ist hier und erwartet Euch!«

»Ich mußte glauben, er habe das unglückliche Weib da gemeint.«

»Der einfältige Mann hatte Angst und platzte mit seiner Botschaft heraus; sicher lag mehr darin. Hier sind Wände genug, um das ganze Dorf getrennt unterzubringen. Ein Bär muß klettern können; ich will einmal hinüberschauen. Es sind vielleicht Honigtöpfe in diesen Felsen verborgen, und ich bin eine Bestie, die auf solche Süßigkeiten erpicht ist.«

Der Kundschafter belachte seinen eigenen Einfall und sah sich um. Dann kletterte er unter ständigem Nachahmen der linkischen Bewegungen eines Bären die Scheidewand hinauf. Kaum war er oben, da winkte er Heyward zu schweigen und glitt so schnell wie möglich wieder herab.

»Sie ist hier!« flüsterte er; »und durch diese Tür könnt Ihr zu ihr kommen. Gern hätte ich ein Wort des Trostes zu dem betrübten Kind gesprochen; aber der Anblick eines solchen Ungeheuers hätte ihr den Verstand geraubt. Übrigens, Major, Ihr seid mit Eurer Bemalung eben auch nicht der einladendste.«

Duncan, der bereits hastig vorgeeilt war, blieb nach dieser entmutigenden Bemerkung augenblicklich stehen. »Sehe ich denn wirklich so abstoßend aus?« fragte er ärgerlich.

»Ihr würdet damit keinen Wolf schrecken, noch ein Regiment der königlichen Amerikaner vom Angriff abhalten, aber ich weiß eine Zeit, wo Euer Äußeres einnehmender war. Die Weiber der Huronen hätten an den Streifen in Euerm Gesicht sicher nichts auszusetzen. Aber Mädchen von weißem Blut ziehen ihre eigene Farbe vor.«

»Seht«, fügte er hinzu und wies auf eine Stelle, wo das Wasser aus einem Felsen rieselte und ein kleines Kristallbecken bildete, ehe es einen Ausfluß durch die nahen Felsenspalten fand. »Da werdet Ihr leicht die Tünche des Sagamoren los, und wenn Ihr zurückkommt, will ich meine Kunst an einem neuen Schmuck versuchen. Es ist so gewöhnlich bei einem Beschwörer, daß er die Malerei wechselt, als wenn ein Stutzer in den Kolonien seinen Putz ändert.«

Der besonnene Waidmann brauchte nicht nach Argumenten zu suchen, um seinem Rat Nachdruck zu verleihen. Er hatte noch nicht ausgesprochen, als Duncan sich bereits das Wasser zunutze machte. Im nächsten Augenblick war jeder erschreckende oder abstoßende Zug verschwunden, und der junge Mann erschien wieder mit dem Gesicht, das ihm die Natur geschenkt hatte. So zu dem Besuch bei seiner Geliebten vorbereitet, nahm er hastig Abschied von seinem Begleiter und verschwand durch den bezeichneten Gang. Der Kundschafter sah sein Weggehen mit Wohlgefallen, nickte freundlich mit dem Kopf und murmelte seine besten Wünsche, worauf er mit aller Kaltblütigkeit die Speisekammer der Huronen untersuchte, da die Höhle unter anderem dazu diente, den Ertrag der Jagden aufzubewahren.

Duncan hatte keinen anderen Führer als ein entferntes flimmerndes Licht, das dem Liebenden jedoch den Dienst des Polarsterns vertrat und ihm half, in den Hafen seiner Hoffnungen einzulaufen. Dieser Hafen war nur eine andere Abteilung der Höhle, einzig zum Gewahrsam einer so wichtigen Gefangenen, wie die Tochter des Kommandanten von William Henry es war, instand gesetzt. Der Raum war übersät mit Beutestücken aus der unglücklichen Festung. Mitten in diesem Chaos fand er sie, die er suchte: bleich, ängstlich, erschrocken, aber noch immer liebenswürdig. David hatte sie auf einen solchen Besuch vorbereitet.

»Duncan!« rief sie mit einer Stimme, die über ihrem eigenen Klang zu zittern schien.

»Alice!« antwortete er und sprang unbekümmert über Koffer, Kistchen, Waffen und Hausgeräte hinweg, bis er an ihrer Seite stand.

»Ich wußte, daß Sie mich nie verlassen würden«, sagte sie und blickte zu ihm auf, während ein leichtes Erröten über ihr bekümmertes Antlitz lief. »Aber Sie sind allein! So dankenswert es ist, daß Sie sich meiner erinnerten, so wünschte ich doch, Sie wären nicht ganz allein.«

Duncan, der sah, daß sie zitterte und sich nicht länger aufrecht halten konnte, nötigte sie sanft zum Sitzen und erzählte ihr die Hauptbegebenheiten, die wir bereits geschildert haben. Alice horchte mit atemloser Aufmerksamkeit, und obgleich der junge Mann die Sorge des niedergebeugten Vaters nur leicht erwähnte, um das kindliche Gefühl der Tochter nicht so schmerzlich zu verletzten, rannen doch die Tränen so reichlich über ihre Wangen, als ob sie noch nie zuvor geweint hätte. Die besänftigende Zärtlichkeit Duncans stillte jedoch bald den ersten Ausbruch ihres Schmerzes, und sie hörte ihm gefaßt und mit ungeteilter Aufmerksamkeit zu, bis er seine Erzählung beendet hatte.

»Und jetzt, Alice«, fügte er hinzu, »werden Sie sehen, wie viel wir noch von Ihnen erwarten müssen. Mit Hilfe unseres erfahrenen und unschätzbaren Freundes, des Kundschafters, könnte es möglich werden, den Händen dieses wilden Volkes zu entkommen. Sie werden aber alle Ihre Standhaftigkeit aufbieten müssen. Denken Sie immer daran, daß Sie den Armen Ihres ehrwürdigen Vaters zueilen und wie sehr sein und Ihr Glück von Ihren Anstrengungen abhängt.«

»Kann ich anders für einen Vater handeln, der so viel für mich getan hat?«

»Und auch für mich«, fiel der Jüngling ein und drückte sanft ihre Hand, die er zwischen den seinen hielt.

Der Blick voll Unschuld und Überraschung, der aus ihrem Auge auf Heyward fiel, sagte diesem, daß er sich deutlicher erklären müsse.

»Hier ist weder Ort noch Zeit, Sie mit meinen eigennützigen Wünschen bekanntzumachen«, fügte er hinzu. »Aber welches Herz, das so bedrückt ist wie das meine, sollte nicht wünschen, seine Bürde abzuwerfen? Unglück, sagt man, sei das mächtigste aller Bande. Was wir gemeinsam um Ihretwillen erduldet haben, ließ nur wenig zwischen Ihrem Vater und mir im dunkeln.«

»Und meine liebste Cora, Duncan! Gewiß ist Cora nicht vergessen worden?«

»Nicht vergessen! Nein, sie ist bemitleidet, betrauert worden wie selten ein Mädchen zuvor. Ihr ehrwürdiger Vater kannte keinen Unterschied zwischen seinen Kindern; aber ich – Alice, Sie werden mir vergeben, wenn ich sage, daß die Vorzüge Ihrer Schwester für mich etwas verdunkelt wurden durch –«

»Dann haben Sie den Wert meiner Schwester nicht kennengelernt«, unterbrach ihn Alice und zog ihre Hand zurück. »Sie spricht immer von Ihnen als von ihrem teuersten Freund.«

»Das will ich ihr von ganzem Herzen glauben«, versetzte Duncan hastig. »Ich wünschte, sie wäre es mir in noch höherem Grade. Aber mit Ihnen, Alice, darf ich mit Ihres Vaters Erlaubnis noch auf ein näheres, schöneres Band hoffen.«

Alice zitterte heftig und wandte ihr Gesicht einen Augenblick zur Seite, einer ihrem Geschlecht so natürlichen Empfindung nachgebend. Doch bald schwand dieser Eindruck, und sie war wieder Herrin ihrer Gefühle.

»Heyward«, sprach sie und blickte ihn mit einem rührenden Ausdruck von Unschuld und Vertrauen an, »geben Sie mir die heilige Gegenwart und die Einwilligung meines ehrwürdigen Vaters, bevor Sie weiter in mich dringen.«

»Mehr durfte und weniger konnte ich nicht sagen«, wollte der Jüngling antworten, als ihn ein leichter Schlag auf seine Schulter unterbrach. Er sprang auf, wandte sich gegen den Eindringling, und seine Blicke fielen auf die dunkle Gestalt und das boshafte Gesicht Maguas. Das gedämpfte Lachen aus der Kehle des Wilden tönte in einem solchen Augenblick für Duncan wie der höllische Hohn eines Dämons. Wäre er dem ungestümen, heftigen Drang des Augenblicks gefolgt, so hätte er sich auf den Huronen geworfen und sein Schicksal dem Ausgang eines Kampfes um Leben und Tod anvertraut. Da er aber keine Waffen hatte und nicht wußte, welche Hilfe dem listigen Feind noch zu Gebote stand, da er zudem für die Sicherheit eines Wesens zu sorgen hatte, das eben jetzt seinem Herzen teurer denn je geworden war, gab er diesen verzweifelten Entschluß ebenso schnell auf, wie er ihn gefaßt hatte.

»Was willst du?« fragte Alice, ihre Hände sanft auf ihrer Brust kreuzend, während sie sich bemühte, die tödliche Angst um Heyward hinter einem kühlen und abweisenden Benehmen zu verbergen, womit sie ihren Sieger bei jedem Besuch zu empfangen pflegte.

Der triumphierende Indianer hatte wieder seine finstere Miene angenommen, zog sich aber vor den drohenden Blicken des jungen Mannes vorsichtig zurück. Er betrachtete beide Gefangenen eine Weile mit festem Blick, trat dann zur Seite und wälzte einen Baumstamm vor eine andere Tür als die, durch welche Duncan eingetreten war. Diesem wurde jetzt klar, auf welche Art er überrumpelt worden war. Er hielt sich für unrettbar verloren und zog Alice an seine Brust, bereit, sich einem Schicksal zu unterwerfen, das ihm sehr nahe ging, da er es in solcher Gesellschaft erleiden sollte. Magua hatte aber keine augenblickliche Gewalttat im Sinne. Er schien vor allem darauf bedacht, sich seines neuen Gefangenen zu versichern. Er warf keinen einzigen Blick mehr auf die regungslos Dastehenden in der Mitte der Höhle, bis er alle Möglichkeiten verbaut hatte, durch die geheime Tür, durch die er selbst gekommen war, zu fliehen. Heyward blieb ein aufmerksamer Beobachter all seiner Bewegungen. Er stand ruhig da und hielt die zarte Gestalt Alices an sein Herz gedrückt, zu stolz und zu hoffnungslos, einen so oft überwundenen Feind um Schonung anzuflehen. Als Magua seine Vorkehrungen abgeschlossen hatte, näherte er sich den Gefangenen und sagte in englischer Sprache:

»Die Bleichgesichter fangen die schlauen Biber; die Rothäute aber wissen, wie man Yengeese fängt.«

»Hurone, tue, was dir beliebt!« rief der gereizte Heyward und vergaß ganz, daß er jetzt zwei Leben aufs Spiel setzte. »Ich verachte dich ebenso wie deine Rache!«

»Wird der weiße Mann auch am Pfahl so sprechen?« fragte Magua und begleitete seine Worte mit einem Hohnlächeln, das zeigte, wie wenig er an die Standhaftigkeit des anderen glaubte.

»Hier, ganz allein mit dir oder in Gegenwart deines Stammes!«

»Le Renard subtil ist ein großer Häuptling!« erwiderte der Indianer, »er wird seine jungen Leute herbeiholen, damit sie sehen, wie standhaft ein Bleichgesicht Martern ertragen kann.«

Mit diesen Worten wandte er sich ab und war im Begriff, sich durch den Gang, durch den Duncan gekommen war, zu entfernen, als ein Brummen sein Ohr traf und ihn zögern ließ. Die Gestalt des Bären erschien an der Tür, setzte sich nieder und wiegte sich wieder mit gewohnter Beweglichkeit. Magua betrachtete ihn, wie der Vater der kranken Frau, einen Augenblick scharf, als wollte er sich über seine wahre Natur klar werden. Über den gewöhnlichen Aberglauben seines Stammes weit erhaben, erkannte er bald die wohlbekannte Maske des Beschwörers und wollte in kalter Verachtung an ihm vorübergehen. Doch ein lauteres und drohenderes Brummen veranlaßte ihn noch einmal stehenzubleiben. Endlich aber schien er entschlossen, sich durch die Posse nicht länger aufhalten zu lassen, und ging festen Schrittes weiter. Der falsche Bär, der vorgetreten war, zog sich langsam vor ihm zurück bis an den Eingang, wo er sich auf seine Hinterbeine stellte und nach der Art dieser Tiere mit den Tatzen in die Luft schlug.

»Narr!« rief der Häuptling in der Sprache der Huronen. »Geh, spiele mit Kindern und Weibern, und mache dich nicht an weise Männer!«

Noch einmal versuchte er an dem vermeintlichen Scharlatan vorbeizukommen, verzichtete aber selbst jetzt auf eine Drohung mit dem Messer oder dem Tomahawk, die an seinem Gürtel hingen. Plötzlich aber streckte das Tier seine Arme oder vielmehr Füße aus und umschloß ihn mit einer Gewalt, die sich selbst mit der des weitberühmten Riesenbären hätte messen können. Duncan war allen Bewegungen Falkenauges mit atemloser Spannung gefolgt. Er ließ zuerst Alice los, griff dann nach einem Riemen von Bocksleder, der um ein Bündel geschnürt gewesen war, und stürzte auf Magua zu, den Falkenauge eisenhart umklammert hielt. Schneller, als wir es erzählen, hatte er ihm Arme,

Magua wird gefesselt.

Beine und Füße zwanzigfach mit den Riemen umwickelt. Als der furchtbare Hurone ganz und gar gefesselt war, ließ der Kundschafter seine Beute los, und Duncan legte seinen nun völlig hilflosen Feind auf den Rücken.

Während dieses plötzlichen und unerwarteten Vorganges hatte Magua nicht den leisesten Ruf von sich gegeben, obwohl er sich aus Leibeskräften wehrte, bis er überzeugt war, daß er sich in den Händen eines Mannes mit weit stärkeren Muskeln befand. Als aber Falkenauge, um ihn aufzuklären, die zottigen Bärenkinnbacken beiseite schob und sein eigenes finsteres und rauhes Antlitz dem Gegner zeigte, war es mit dem Gleichmut des Huronen am Ende, und er stieß das nie fehlende »Hugh!« aus.

»Ja, nun bist du wieder deiner Zunge mächtig!« sprach der unerschütterte Sieger. »Damit du sie aber nicht zu unserem Verderben gebrauchst, muß ich mir erlauben, dir den Mund zu stopfen.«

Da keine Zeit zu verlieren war, machte sich der Kundschafter sogleich ans Werk. Nachdem er den Indianer geknebelt hatte, schien von diesem mit allem Fug nichts mehr zu befürchten.

»Wo kam der Schurke herein?« fragte der energische Kundschafter, als er sein Werk vollendet hatte. »Seit Ihr mich verlassen habt, ist nicht eine Seele an mir vorbeigekommen.«

Duncan wies auf die Tür, durch die Magua seinen Eingang genommen hatte. Der Rückzug durch sie bot aber jetzt zu viele Hindernisse.

»So kommt mit dem Mädchen!« fuhr sein Freund fort. »Wir müssen versuchen, durch den anderen Ausgang in den Wald zu gelangen!«

»Es ist unmöglich!« entgegnete Duncan. »Die Furcht hat sie überwältigt. Sie liegt hilflos da. Alice, meine süße, meine einzige Alice, raffe dich auf! Jetzt ist der Augenblick zur Flucht! – Es ist umsonst. Sie hört uns, aber sie ist außerstande, uns zu folgen. Geht, edler, würdiger Freund! Rettet Euch, und überlaßt mich meinem Schicksal!«

»Jede Fährte hat ihr Ende, und jedes Unglück gibt uns eine Lehre!« entgegnete der Kundschafter. »Da, wickelt sie in diese Indianerkleidung, doch so, daß man von ihrer Gestalt nichts mehr sieht! Nein, dieser Fuß hat seinesgleichen nicht in der Wildnis; er würde sie verraten! Alles, auch das Geringste muß verborgen sein! Jetzt nehmt sie in die Arme und folgt! Das übrige überlaßt Ihr mir!«

Duncan gehorchte, wie man aus den Worten seines Gefährten schließen kann, auf das genaueste. Kaum hatte der andere ausgeredet, nahm er die leichte Gestalt Alices in seine Arme und folgte den Schritten des Kundschafters. Sie fanden die kranke Frau, wie sie sie verlassen hatten, ganz allein und gingen schnell durch die Felsengalerie dem Ausgang zu. Als sie sich der kleinen Rindentür näherten, verkündete ihnen ein Gemurmel von Stimmen, daß die Freunde und Verwandten der Kranken draußen versammelt waren und geduldig auf eine Aufforderung zum Wiedereintritt warteten.

»Wenn ich meinen Mund öffne, um zu sprechen«, flüsterte Falkenauge, so wird den Burschen mein Englisch, die wahre Sprache einer Weißhaut, verraten, daß ein Feind unter ihnen ist. Ihr müßt daher Euer Kauderwelsch anbringen, Major, müßt sagen, daß wir den bösen Geist in die Höhle eingeschlossen haben und die Frau in die Wälder nehmen wollen, um stärkende Wurzeln für sie zu finden. Nehmt all Eure Schlauheit zusammen, denn hier ist dergleichen wohl erlaubt.«

Die Tür öffnete sich ein wenig, als ob jemand von außen horchen wollte, was innen vorgehe. Dies veranlaßte den Kundschafter, mit seinen Anleitungen zu schweigen. Ein wildes Gebrumm trieb den Lauscher zurück, der Kundschafter stieß kühn die Rindentür auf und verließ den Ort, indem er seine Bärenrolle weiterspielte. Duncan folgte ihm auf dem Fuße und fand sich alsbald mitten in einem Trupp von zwanzig ängstlich neugierigen Verwandten und Freunden. Der Haufen wich etwas zurück und ließ den Vater und einen, der der Gatte der Frau zu sein schien, nähertreten.

»Hat mein Bruder den bösen Geist ausgetrieben?« fragte der erstere. »Was hat er in seinen Armen?«

»Dein Kind!« sprach Duncan feierlich. »Die Krankheit ist von ihr gewichen und ist in den Felsen eingeschlossen. Ich trage die Frau eine Strecke weit fort, und will sie dann gegen künftige Anfälle stärken. Sie soll in dem Wigwam des jungen Mannes sein, wenn die Sonne wiederkehrt!«

Als der Vater die Worte des Fremden in die Huronensprache übertragen hatte, verkündete ein unterdrücktes Murmeln das Wohlgefallen, mit dem die Nachricht aufgenommen wurde. Der Häuptling winkte Duncan selbst mit der Hand weiterzugehen, indem er mit lauter, fester Stimme und stolzem Ausdruck sprach: »Geh! Ich bin ein Mann, ich will in die Höhle und mit dem bösen Geist kämpfen.«

Heyward hätte gerne gehorcht und war schon an der kleinen Gruppe vorbei, als ihn diese beunruhigenden Worte zurückhielten.

»Ist mein Bruder von Sinnen?« rief er. »Ist er grausam gegen sich selbst? Er wird der Krankheit begegnen, und sie wird in ihn selber fahren! Oder er treibt sie heraus, dann wird sie seine Tochter durch die Wälder jagen. Nein, meine Kinder mögen draußen warten und wenn der Geist erscheint, ihn mit Keulen niederschlagen. Er ist schlau und wird sich im Berg vergraben, wenn er sieht, wie viele gerüstet sind, ihn zu bekämpfen.«

Diese sonderbare Warnung hatte den erwünschten Erfolg. Statt in die Höhle zu treten, zogen der Vater und der Gatte ihre Tomahawks und hielten sich bereit, ihre Rache an dem vermeintlichen Quäler ihrer armen Verwandten zu üben, während die Frauen und Kinder in gleicher Absicht Zweige von den Gebüschen brachen oder Felsbrocken aufhoben. In diesem günstigen Augenblick verschwanden die angeblichen Beschwörer.

Obwohl Falkenauge sehr mit der abergläubischen Natur der Indianer rechnete, wußte er doch recht gut, daß die weiseren Häuptlinge solche Äußerungen mehr duldeten als teilten; er wußte, wie kostbar ihre Zeit in der augenblicklichen Notsituation war. So weit auch die Selbsttäuschung der Feinde gehen mochte, so konnte doch der geringste Verdacht, der in einem der klügeren Indianer aufstieg, ihnen nach allem noch verhängnisvoll werden. Er schlug deshalb den Pfad ein, der am wenigsten beobachtet werden konnte, und hielt sich mehr am Rande als innerhalb des Dorfes. Die Krieger waren noch in einiger Entfernung zu sehen; sie eilten bei dem matten Schein des Feuers von Hütte zu Hütte. Die Kinder aber hatten die Spiele mit ihren Feldbetten vertauscht, und die Ruhe der Nacht begann über die Aufregung und Unruhe eines so geräuschvollen, denkwürdigen Abends zu siegen.

Alice lebte unter dem erfrischenden Einfluß der freien Luft wieder auf. Da mehr ihre physischen als ihre Geisteskräfte Ursache der Schwäche gewesen waren, bedurfte sie keiner Erklärung für das, was sich zugetragen hatte.

»Jetzt lassen Sie mich versuchen, ob ich gehen kann«, sagte sie, nachdem der Wald erreicht war, und errötete insgeheim, weil sie nicht früher imstande gewesen war, Duncans Arme zu verlassen. »Ich fühle mich wieder vollkommen hergestellt.«

»Nein, Alice, Sie sind noch zu schwach!«

Das Mädchen sträubte sich sanft und war bemüht, sich aus seinen Armen loszuwinden. Heyward mußte die kostbare Bürde, wenn auch ungern, niedersetzen. Der menschliche Bär hatte sicherlich keine Ahnung von den köstlichen Empfindungen des Liebhabers, während er die Geliebte in seinen Armen hielt. Und vielleicht war ihm sogar das Gefühl keuscher Scham unbekannt, das die zitternde Alice beherrschte. Als er sich in gehöriger Entfernung von den Hütten befand, machte er halt und sprach über eine Sache, die er besser beherrschte.

»Dieser Pfad führt Euch zu dem Bach«, sagte er. »Folgt seinem nördlichen Ufer, bis Ihr zu einem Wasserfall kommt; dann steigt Ihr auf den Berg zur Rechten, und Ihr werdet die Feuer eines anderen Volkes erblicken. Dorthin müßt Ihr gehen und um Schutz bitten. Wenn es echte Delawaren sind, so seid Ihr gerettet. Mit dem zarten Geschöpf weiter zu fliehen, ist unmöglich. Die Huronen würden unserer Fährte folgen und Herren unserer Skalpe sein, ehe wir noch ein Dutzend Meilen gelaufen wären. Geht, und die Vorsehung beschütze Euch!«

»Und Ihr?« fragte Heyward überrascht. »Wir trennen uns doch nicht hier?«

»Die Huronen haben den Stolz der Delawaren, den Letzten aus dem edlen Blut der Mohikaner, in ihrer Gewalt«, entgegnete der Kundschafter. »Ich gehe und sehe, was für ihn geschehen kann. Hätten sie sich Eures Skalps bemächtigt, Major, so wäre, wie ich versprochen habe, für jedes Haar darauf ein Schurke gefallen. Wird aber der junge Sagamore an den Pfahl geführt, dann sollen die Indianer sehen, wie auch ein Mann von unverfälschtem Blut sterben kann.«

Duncan war nicht im geringsten gekränkt durch den entschiedenen Vorzug, den der unerschrockene Waidmann jenem gab, der gewissermaßen sein Adoptivkind genannt werden konnte. Dennoch machte er weiterhin alle möglichen Gründe geltend, um ihn von seinem verzweifelten Entschluß abzubringen. Alice unterstützte ihn, indem sie den Freund ebenfalls beschwor, einen Entschluß aufzugeben, bei dem es so viele Gefahren gab und so wenig Hoffnung auf Erfolg. Aber sie verschwendete fruchtlos ihre Beredsamkeit. Der Kundschafter hörte sie aufmerksam, aber ungeduldig an und schloß die Erörterung in einem Ton, der Alice sogleich zum Schweigen brachte und auch Heyward überzeugte, daß alle weiteren Einwände vergeblich sein würden.

»Ich habe sagen hören«, sprach er, »es gebe in der Jugend ein Gefühl, das den Mann fester an das Weib kettet als den Vater an den Sohn. Das mag sein. Ich war selten, wo Frauen meiner Hautfarbe weilen; aber innerhalb der Kolonien mag dies in der Natur liegen. Ihr habt Euer Leben und alles, was Euch teuer ist, aufs Spiel gesetzt, um dieses zarte Geschöpf zu retten. Ich vermute, daß eine solche Empfindung dem allen zugrunde liegt. Was aber mich betrifft, so habe ich den Jungen gelehrt, was eine Büchse wert ist, und reichlich hat er mir meine Mühe vergolten. In manchem blutigen Scharmützel habe ich an seiner Seite gekämpft; und solange ich den Knall seiner Büchse mit dem einen Ohr und die des Sagamoren mit dem anderen hören konnte, wußte ich, daß kein Feind mir im Rücken war. Winter und Sommer, Tag und Nacht haben wir gemeinsam die Wildnis durchstreift, aus derselben Schüssel gegessen, und einer wachte, indes der andere schlief. Ehe man aber sagen soll, Uncas sei zum Marterpfahl geführt worden, während ich in der Nähe war – es ist nur ein Herrscher über uns allen, welche Farbe wir auch haben mögen, und ihn rufe ich zum Zeugen an – ehe der junge Mohikaner stirbt, weil ihm kein Freund zu Hilfe kam, eher soll Treu und Glauben von der Erde weichen und mein Wildtöter so harmlos werden wie die tutende Waffe des Sängers.«

Duncan ließ den Arm des Kundschafters los. Dieser wandte sich um und schlug wieder festen Schrittes den Weg zu den Hütten ein.

Nachdem sie eine Weile stillgestanden hatten, um ihm nachzusehen, machte sich Heyward, glücklich und dennoch sorgenvoll, mit Alice auf den Weg zu der entfernten Wohnstätte der Delawaren.

Sechsundzwanzigstes Kapitel

Trotz seines hochherzigen Entschlusses sah Falkenauge recht wohl, welche Schwierigkeiten vor ihm lagen. Auf dem Rückweg in das Lager hatte sein scharfer und geübter Verstand vollauf zu tun, auf Mittel zu sinnen, wie er der mißtrauischen Wachsamkeit seiner Feinde begegnen könnte, die, wie er wohl wußte, der seinigen in nichts nachstand. Nur die Farbe seiner Haut hatte Magua und jenem Beschwörer das Leben gerettet. Sie wären als die ersten Opfer für seine Sicherheit gestorben, hätte nicht der Kundschafter eine solche Handlung, so sehr sie auch mit der Indianernatur übereinstimmen mochte, für durchaus unwürdig eines Mannes gehalten, der sich seiner unvermischten Abstammung rühmte. Deshalb vertraute er den Weidenruten und Banden, womit er seine Gefangenen gefesselt hatte, und verfolgte seinen Weg direkt zum Mittelpunkt der feindlichen Hütten.

Als er sich aber den Gebäuden näherte, wurde sein Schritt bedächtiger, und sein wachsames Auge ließ kein Zeichen, ob günstig oder drohend, unbeachtet. Etwas entfernt von den übrigen stand eine einzelne, verfallene Hütte, die, halbvollendet, von ihren Erbauern offensichtlich wieder verlassen worden war, weil es vielleicht an dem nötigen Baumaterial oder an Wasser fehlte. Ein schwaches Licht schimmerte durch die Ritzen und verriet, daß sie dessenungeachtet nicht ohne Bewohner war. Hierher lenkte Falkenauge seine Schritte wie ein kluger Heerführer, der erst die Vorposten seines Feindes auskundschaftet, ehe er den Hauptangriff wagt. Nachdem er wieder den Gang und die Haltung des Bären angenommen hatte, kroch er zu einer kleinen Öffnung, durch die er das Innere überblicken konnte. Die Hütte war Davids Zufluchtsort. Hierher hatte sich der getreue Singmeister geflüchtet mit seinen Sorgen, Befürchtungen und mit seinem demütigen Vertrauen in den Schutz des Himmels. Gerade in dem Augenblick, da der Kundschafter seine unbeholfene Gestalt erblickte, war der Sänger in tiefes Nachdenken über die seltsame Erscheinung des Bären in der Höhle versunken.

So fest auch David überzeugt war, daß die alten Wunder tatsächlich stattgefunden hätten, so bezweifelte er doch eine übernatürliche Einwirkung auf die gegenwärtige Welt. Mit anderen Worten: während er fest daran glaubte, daß Bileams Esel gesprochen hatte, war er über das Singtalent des Bären doch in einigem Zweifel. Und dabei hatte er ihn mit eigenen Ohren gehört! Es lag in seiner Miene und seinem Verhalten etwas, das dem Kundschafter eine völlige Verwirrung des Geistes verriet. Er saß auf einem Bündel Reisig, aus dem er ab und zu einige Äste herauszog, um sein bescheidenes Feuer zu unterhalten. Den Kopf stützte er auf seinen Arm und bot ein Bild melancholischen Nachdenkens. Die Kleidung des Jüngers der Musik hatte außer der neulich erwähnten keine weitere Veränderung erfahren; nur hatte er seinen kahlen Schädel mit einem dreieckigen Biberhut bedeckt, der nicht anziehend genug gewesen war, die Habgier eines der Sieger zu reizen.

Der scharfsinnige Kundschafter, der sich der Hast erinnerte, mit der jener seinen Posten am Bett der kranken Frau verlassen hatte, konnte sich schon denken, was der Gegenstand seines Nachdenkens war. Nachdem er die Runde um die Hütte gemacht und sich vergewissert hatte, daß sie wirklich allein stand, wagte er es, überzeugt, bei dem Gemütszustand des Bewohners vor anderen Besuchern geschützt zu sein, durch die niedrige Tür einzutreten, gerade vor Gamut hin. Das Feuer lag gerade zwischen ihnen, und als Falkenauge sich auf seine Hinterbeine niedergelassen hatte, sahen sie einander nahezu eine Minute lang wortlos an. Diese plötzliche, so überraschende Erscheinung war fast zu viel, ich will nicht sagen für die Gemütsruhe, aber für den Glauben und die Entschlossenheit Davids. Er tappte nach seiner Pfeife und erhob sich in der dunklen Absicht, eine musikalische Beschwörung zu versuchen.

»Finsteres, geheimnisvolles Ungeheuer!« rief er und befestigte mit zitternden Händen seine hilfreiche Brille auf der Nase. Dann suchte er nach dem nie fehlenden Helfer in der Not, der gefeierten Psalmen-Übersetzung. »Ich weiß nicht, wer du bist, noch was du begehrst. Verfolgst du aber die Person und die Rechte eines der demütigsten Diener des Tempels, so höre die begeisterte Sprache des Jünglings in Israel und hebe dich reuevoll von hinnen!«

Der Bär schüttelte seinen zottigen Körper, und eine wohlbekannte Stimme erwiderte:

»Steckt Euer Pfeifinstrument ein, und lehrt Eure Kehle Bescheidenheit! Fünf Worte einfaches, verständliches Englisch sind jetzt gerade so viel wert wie stundenlanges Schreien!«

»Wer bist du?« fragte David, unfähig, seine ursprüngliche Absicht auszuführen, und beinahe nach Luft schnappend.

»Ein Mensch wie Ihr, dessen Blut so wenig von einem Bären oder einem Indianer hat wie das Eurige. Habt Ihr schon vergessen, wer Euch das närrische Instrument gab, das Ihr da in der Hand haltet?«

»Ist es möglich?« rief David und atmete freier, als ihm langsam ein Licht aufging. »Gar manches Wunderbare habe ich seit meinem Aufenthalt unter den Heiden gesehen; aber dies ist das höchste!«

»Kommt, kommt«, versetzte Falkenauge und enthüllte sein ehrliches Gesicht, um das noch schwankende Vertrauen seines Freundes mehr zu befestigen; »da seht Ihr eine Haut, die zwar nicht so weiß wie ein Mädchengesicht ist, aber doch nicht mehr Rot hat, als ihr Wind und Sonne gegeben haben. Aber jetzt an die Arbeit!«

»Zuerst erzählt mir von dem Mädchen und dem jungen Mann, der sie mutig aufgesucht hat«, unterbrach ihn David.

»Ja, die sind glücklich vor den Tomahawks der Schufte gerettet. Könnt Ihr mich aber auf Uncas' Fährte bringen?«

»Der junge Mann ist in Banden, und ich fürchte sehr, sein Tod ist beschlossen! Es tut mir sehr weh, daß ein so reich begabter Mensch in Unwissenheit dahinfährt. Ich habe eine so schöne Hymne ausgesucht – «

»Könnt Ihr mich zu ihm führen?«

»Das wird nicht schwer sein!« antwortete David zögernd. »Obgleich ich fürchte, daß Eure Gegenwart sein Unglück eher steigern als erleichtern wird.«

»Kein Wort mehr! Führt mich zu ihm!« versetzte Falkenauge und verbarg wieder sein Gesicht. Dann ging er mit gutem Beispiel voran und verließ die Hütte.

Unterwegs erfuhr der Kundschafter, daß sein Gefährte bereits einmal Zugang zu Uncas gefunden hatte kraft des Vorrechts, das ihm seine vermeintliche Geistesschwäche verlieh, und durch die Gunst des Wächters, den er für sich eingenommen und schon früher, weil er etwas Englisch verstand, zu einem Gegenstand der Bekehrung ausersehen hatte.

Wie weit der Hurone die Absichten seines neuen Freundes begriff, läßt sich nicht entscheiden. Weil aber eine so bevorzugte Aufmerksamkeit für einen Wilden ebenso schmeichelhaft ist wie für einen zivilisierten Menschen, war der Erfolg leicht erklärlich. Wir wiederholen nicht, mit welcher Gewandtheit der Kundschafter dem schlichten David diese Einzelheiten zu entlocken wußte; auch verweilen wir nicht bei den Anweisungen, die er ihm gab, nachdem er im Besitz der nötigen Tatsachen war. Das Ganze wird dem Leser im Verlauf der Erzählung hinlänglich klarwerden.

Die Hütte, in der Uncas eingeschlossen war, stand in der Mitte des Dorfes und in einer Lage, die jede unbemerkte Entfernung oder Annäherung gleich schwer machte. Falkenauges Strategie erlaubte aber auch nicht den leisesten Schein von Heimlichkeit. Im Vertrauen auf seine Verkleidung und sein Geschick, die übernommene Rolle durchzuführen, schlug er den geraden und nächsten Weg nach der Wohnung ein. Die nächtliche Stunde gewährte ihm einigermaßen den Schutz, auf den er so wenig Wert zu legen schien. Die Knaben lagen bereits in tiefem Schlaf, und die Frauen sowie die meisten Krieger hatten sich für die Nacht in ihre Hütten begeben. Nur vier oder fünf Wilde hielten sich in der Nähe des Gefängnisses auf, um das Verhalten ihres Gefangenen zurückhaltend, aber streng zu beobachten.

Als sie Gamut mit einem Begleiter in der wohlbekannten Maske eines ihrer angesehensten Geisterbeschwörer erblickten, machten sie beiden ohne Widerrede Platz, hatten aber offenbar keine Lust, sich zu entfernen. Im Gegenteil, sie schienen schon deshalb bleiben zu wollen, weil sie von diesem Besuch ein Schauspiel geheimnisvoller Zauberbräuche erwarteten. Da der Kundschafter sich nicht in der Sprache der Huronen ausdrücken konnte, mußte er die Unterhaltung allein David überlassen. Trotz seiner Einfalt befolgte er die erhaltenen Instruktionen auf das genaueste und erfüllte selbst die kühnsten Hoffnungen seines Lehrers.

»Die Delawaren sind Weiber!« rief er und wendete sich an den Wilden, der ein wenig von der Sprache verstand, die er redete. »Die Yengeese, meine Landsleute, waren töricht genug, ihnen zu sagen, sie sollten den Tomahawk gegen ihre Väter in Kanada ergreifen, ohne dabei ihres Geschlechtes zu gedenken! Will mein Bruder hören, wie Le Cerf agile um den Weiberrock bittet? Will er ihn am Pfahl vor den Huronen weinen sehen?«

Ein entschieden beifälliges »Hugh!«, in scharfem Ton gesprochen, bewies, mit welcher Freude der Wilde die Schwäche eines lange gehaßten und so sehr gefürchteten Feindes genießen würde. »So laßt ihn auf die Seite treten, und der weise Mann wird den Hund anblasen! Sag es meinen Brüdern!«

Der Hurone erklärte seinen Kameraden Davids Absicht. Diese hörten es mit Vergnügen, denn damit durften sie eine noch raffiniertere Grausamkeit erwarten. Sie zogen sich ein wenig vom Eingang zurück und winkten dem vermeintlichen Beschwörer einzutreten. Der Bär aber, anstatt zu gehorchen, blieb in seiner sitzenden Stellung und brummte.

»Der kundige Mann fürchtet, sein Atem könnte seine Brüder treffen und auch ihnen den Mut nehmen«, fuhr David fort und reagierte damit auf einen Wink des Kundschafters. »Sie müssen weiter zurücktreten!«

Die Huronen, die ein solches Mißgeschick für den schwersten Schlag hielten, der sie treffen konnte, zogen sich zurück in eine Stellung, wo sie zwar außer Hörweite waren, aber doch den Eingang im Auge behalten konnten. Jetzt verließ der Bär, als wäre er über ihre Sicherheit beruhigt, seinen Platz und schritt langsam hinein. Der Ort war still und düster, da der Gefangene ganz allein war, und nur die erlöschende Glut eines Feuers, das zum Kochen benutzt worden war, beleuchtete ihn.

Uncas stand in einem entfernten Winkel, an die Wand gelehnt und an Händen und Füßen mit starken, schmerzenden Banden festgeschnürt. Als die furchtbare Gestalt dem jungen Mohikaner unter die Augen trat, würdigte er sie nicht eines Blickes. Der Kundschafter hatte David zum Schutz vor fremden Blicken an der Tür zurückgelassen. Dennoch hielt er es für ratsam, seine Verkleidung beizubehalten, bis er sicher war, daß sie nicht beobachtet würden. Statt zu sprechen, bemühte er sich, die Gebärden des Tieres, das er vorstellte, nachzuahmen. Der junge Mohikaner, der anfänglich glaubte, seine Feinde hätten einen wirklichen Bären hereingetrieben, um ihn zu quälen und seine Nerven auf die Probe zu stellen, entdeckte bald in dessen Bewegungen, die Heyward so naturgetreu schienen, gewisse Mängel, die ihm schnell den Betrug verrieten. Hätte Falkenauge geahnt, wie niedrig der erfahrene Uncas seine Kunstleistungen einschätzte, so hätte er diese Unterhaltung wahrscheinlich noch etwas verlängert, schon um ihn zu ärgern. Der verächtliche Ausdruck des jungen Mannes erlaubte aber so viele Deutungen, daß dem würdigen Kundschafter das Kränkende einer solchen Entdeckung erspart blieb. Sobald daher David das verabredete Zeichen gab, ließ sich statt des wilden Bärengebrumms ein leiser Zischlaut in der Hütte vernehmen.

Uncas hatte sich gegen die Wand der Hütte gelehnt und hielt seine Augen geschlossen, als wollte er den Blick einer so verächtlichen und widerlichen Gestalt vermeiden. Sobald sich aber das Geräusch einer Schlange hören ließ, richtete er sich auf, beugte sein Haupt, wandte sich nach allen Seiten und blickte forschend umher, bis sein scharfes Auge auf dem zottigen Untier ruhen blieb, unverwandt, als wäre es durch Zauberkraft gefesselt. Dieselben Töne wiederholten sich und kamen offenbar aus dem Rachen des Tieres. Noch einmal durchstreiften die Augen des Jünglings das Innere der Hütte, blieben aber auf derselben Stelle haften, und er sprach mit tiefer, gedämpfter Stimme:

»Falkenauge!«

»Zerschneide seine Bande!« gebot Falkenauge dem eben herantretenden David.

Der Sänger tat, wie befohlen, und Uncas war frei. In demselben Augenblick raschelte die dürre Bärenhaut, und der Kundschafter, in eigener Person, sprang auf seine Füße. Der Mohikaner begriff die

»Zerschneide seine Bande!« gebot Falkenauge, und David tat, wie befohlen.

Absicht des Freundes und seine Pläne ohne alle Erklärung. Weder ein Laut noch ein Ausdruck seiner Züge verriet Überraschung. Als Falkenauge sein zottiges Gewand abgeworfen hatte, wozu es nur der Lösung einiger Riemen bedurfte, zog er ein langes, blitzendes Messer hervor und gab es Uncas in die Hand.

»Die roten Huronen sind draußen«, sagte er, »laßt uns bereit sein.«

Zu gleicher Zeit legte er seinen Finger bedeutungsvoll auf eine andere ähnliche Waffe.

»Wir wollen gehen«, sprach Uncas.

»Wohin?«

»Zu den Schildkröten, sie sind die Kinder meiner Großväter.«

»Ja, Junge«, entgegnete der Kundschafter englisch – in einer Sprache, deren er sich gerne bediente, wenn er etwas unsicher war –, »das gleiche Blut rinnt in Euren Adern, ich glaube es gern. Aber Zeit und Entfernung haben seine Farbe etwas verändert. Was fangen wir mit den Mingos vor der Tür an? Sie sind ihrer sechs, und der Sänger ist so gut wie niemand.«

»Die Huronen sind Prahler!« sagte Uncas verächtlich. »Ihr Totem ist der Elch, aber sie laufen wie Schnecken. Die Delawaren sind Kinder der Schildkröte und überholen den Hirsch.«

»Ja, Junge, in deinen Worten ist Wahrheit, und ich zweifle nicht, daß du in einem Lauf die ganze Nation hinter dir ließest, so wie du auf einer Strecke von zwei Meilen zum Ziel und wieder zu Atem gekommen wärest, ehe einer dieser Schurken in die Hörweite des anderen Dorfes gelangte. Aber die Gaben des weißen Mannes liegen mehr in seinen Armen als in den Beinen. Ich mache mich anheischig, besser als andere jedem Huronen den Schädel einzuschlagen; wenn es aber einen Wettlauf gilt, kann ich mich mit den Burschen nicht messen.«

Uncas, der sich bereits dem Eingang genähert hatte und im Begriff war vorauszugehen, fuhr wieder zurück und stellte sich an die Hinterwand der Hütte. Falkenauge aber war zu sehr mit seinen eigenen Gedanken beschäftigt, um auf diese Bewegung zu achten. Er fuhr fort, mehr mit sich selbst als zu seinem Begleiter zu sprechen:

»Bei alledem ist es unvernünftig, einen Mann von den Gaben des anderen abhängig zu machen. So wird es besser sein, Uncas, wenn du den Lauf beginnst, indes ich die Haut wieder anlege und mich in Ermangelung von Schnelligkeit auf die List verlasse!«

Der junge Mohikaner antwortete nicht, sondern schlug ruhig die Arme übereinander und lehnte sich gegen einen der Pfosten, die das Gebäude trugen.

»Nun«, sagte der Kundschafter und blickte ihn an, »warum zögerst du? Ich habe Zeit genug vor mir, da die Schurken doch zuerst ihre Jagd auf dich beginnen werden.«

»Uncas bleibt«, war seine ruhige Antwort.

»Wozu?«

»Um zusammen mit meines Vaters Bruder zu kämpfen und zu sterben mit dem Freunde der Delawaren.«

»Ja, Junge«, erwiderte Falkenauge und preßte Uncas' Hand zwischen seinen Eisenfingern, »es hätte mehr einem Mingo als einem Mohikaner ähnlich gesehen, wenn du mich verlassen hättest. Aber ich dachte, ich sollte dir's anbieten, da ich weiß, daß die Jugend gemeinhin am Leben hängt. Nun, was sich im Krieg nicht durch offenen Mut ausrichten läßt, muß durch List geschehen. Leg die Bärenhaut an, ich zweifle nicht, daß du den Bären so gut spielen kannst wie ich selbst.«

Was auch immer Uncas' geheime Meinung von ihrer beiderseitigen Geschicklichkeit in diesem Punkt sein mochte, so verriet doch seine ernste Miene keinen Anspruch auf Überlegenheit. Er schlüpfte schweigend in die Bärenhaut und wartete ruhig, was ihm sein älterer Freund noch sagen würde.

»Nun, Freund« sprach Falkenauge und wendete sich damit an David, »ein Tausch unserer Kleider wird Euch lieb sein, zumal Ihr Euch doch nicht so recht gewöhnt habt an das, womit man sich in der Wildnis behilft. Da nehmt mein Jagdhemd und meine Mütze, und gebt mir Eure Decke und Euren Hut dafür. Auch Euer Buch, Eure Brille und Euer Tutinstrument müßt Ihr mir anvertrauen. Treffen wir uns je in besseren Zeiten wieder, so sollt Ihr alles zurückerhalten und meinen besten Dank obendrein.«

David überließ ihm die genannten Dinge mit einer Bereitwilligkeit, die seinem Edelmut große Ehre gemacht haben würde, hätte er nicht in mancher Hinsicht bei dem Tausch gewonnen. Falkenauge brauchte nur kurze Zeit, die geborgten Kleider anzulegen. Als seine rastlosen Augen hinter den Gläsern verborgen waren, der dreieckige Biberhut sein Haupt überragte, konnte er, da ihre Statur nicht zu verschieden war, beim Sternenlicht wohl für den Sänger gehalten werden. Nach diesen Vorbereitungen wandte sich der Kundschafter an David und gab ihm zum Abschied seine Verhaltensmaßregeln.

»Seid Ihr von Natur sehr furchtsam?« fragte er ihn offen, um erst die Ausgangslage zu klären, ehe er eine bestimmte Vorschrift zu geben wagte.

»Meine Bestrebungen sind friedlich, und meine Gemütsart, wie ich in Demut glaube, neigt hauptsächlich zur Milde und Liebe«, versetzte David, etwas verletzt durch diesen unmittelbaren Angriff auf seine männliche Ehre. »Aber keiner kann mir nachsagen, daß ich selbst in den größten Nöten mein Vertrauen auf den Herrn verloren hätte.«

»Die Hauptgefahr wird Euch in dem Augenblick drohen, da die Wilden finden werden, daß sie betrogen sind. Schlägt man Euch da nicht auf das Haupt, so schützt Euch Euer Geisteszustand, und Ihr könnt dann mit gutem Grund erwarten, in Eurem Bett zu sterben. Wenn Ihr bleibt, so müßt Ihr Euch hier in den Schatten setzen und Uncas' Rolle übernehmen, bis die schlauen Indianer den Betrug entdecken. Dann wird, wie ich schon erwähnt habe, Euer Prüfungsstündlein kommen. So wählt denn selbst, ob Ihr den Lauf mitmachen oder hierbleiben wollt.«

»Das letztere!« antwortete David entschlossen. »Ich will an der Stelle des Delawaren hierbleiben. Tapfer und edelmütig hat er für mich gekämpft; soviel und noch mehr will ich für ihn tun.«

»Ihr habt wie ein Mann gesprochen und wie einer, der unter weiserer Zucht wohl Größeres geleistet hätte. Nehmt Euren Kopf herunter und zieht Eure Beine ein; ihre Beschaffenheit könnte sonst die Wahrheit zu früh an den Tag bringen. Schweigt, solange Ihr könnt! Und wenn Ihr sprecht, so wäre es am klügsten, sogleich einen Eurer lauten Gesänge anzustimmen: dies wird die Indianer daran erinnern, daß Ihr nicht so zurechnungsfähig seid wie andere Menschenkinder. Wenn sie Euch aber den Skalp abziehen, wiewohl ich hoffe und glaube, daß sie dies nicht tun werden, so verlaßt Euch darauf, daß Uncas und ich es ihnen gedenken und Euch rächen, wie es echten Kriegern und treuen Freunden geziemt.«

»Halt!« sprach David, als er merkte, daß sie ihn mit dieser Zusicherung verlassen wollten. »Ich bin ein unwürdiger und geringer Nachfolger dessen, der nie den verdammenswerten Grundsatz der Rache predigte. Sollte ich fallen, so bringt zu meiner Erinnerung kein Opfer; verzeiht vielmehr meinen Verderbern. Und wenn Ihr überhaupt an sie denkt, so sei es nur in einem Gebet für die Erleuchtung ihres Geistes und um ihr ewiges Heil.«

Der Kundschafter zögerte und schien nachzudenken.

»Das ist ein Grundsatz«, entgegnete er, »wie man ihn nicht in den Wäldern hat, und doch schön und edel und sehr beherzigenswert.« Mit einem schweren Seufzer, dem letzten vielleicht, den die Erinnerung an ein Leben, das er längst schon aufgegeben hatte, ihm entrang, fuhr er fort: »Es ist mein herzlicher Wunsch, daß ich als Mann, der keinen unreinen Blutstropfen in sich trägt, auch nach diesen Grundsätzen handeln könnte. Aber sie sind bei Indianern nicht immer so leicht zu befolgen wie bei Mitchristen. Nun, Gott segne Euch, Freund; Ihr seid, betrachtet man die Sache recht, nicht eben auf einer falschen Fährte, wenn Ihr Euch die Ewigkeit immer vor Augen haltet. Freilich kommt es viel auf die Gaben der Natur an und auf die Stärke der Versuchung.«

Mit diesen Worten kehrte der Kundschafter um und schüttelte David herzlich die Hand. Nach dieser Freundschaftsbezeugung verließ er, von dem neuen Darsteller des Bären begleitet, die Hütte.

Sobald sich Falkenauge unter den Augen der Huronen befand, reckte er seine hohe Gestalt in der unbeholfenen Manier Davids empor, streckte seinen Arm aus, als ob er den Takt angeben wollte, und begann eine Art Nachahmung seines Psalmgesangs. Zum Glück für ihn hatte er es mit Ohren zu tun, die an den süßen Wohlklang harmonischer Töne wenig gewöhnt waren; sonst hätten sie dieses klägliche Beginnen unfehlbar entdeckt. Sie mußten in gefährlicher Nähe an der dunklen Gruppe der Wilden vorbei, und je mehr sie darauf zuschritten, desto lauter ertönte des Kundschafters Stimme. Als sie sich ihnen bis auf wenige Schritte genähert hatten, streckte der Hurone, der englisch sprach, den Arm aus und hielt den vermeintlichen Singmeister an.

»Dieser Hund von einem Delawaren«, sagte er und beugte sich nach vorn, um den Ausdruck des anderen im Dämmerlicht zu erkennen; »fürchtet er sich? Werden die Huronen Seufzer von ihm hören?«

Ein so entsetzlich natürliches Brummen aber erscholl in diesem Augenblick aus dem Bärenrachen, daß der junge Indianer seinen Mann losließ und zur Seite fuhr, als wollte er sich erst überzeugen, ob das, was vor ihm hertrollte, nicht doch vielleicht ein wirklicher Bär wäre. Falkenauge, der fürchtete, seine Stimme könnte ihn den schlauen Feinden verraten, benützte die Unterbrechung mit Freuden zu einer neuen musikalischen Produktion, die in der Sprache der verfeinerten Gesellschaft ohne Zweifel ein furchtbares Gebrüll genannt worden wäre. Bei seinen gegenwärtigen Zuhörern aber verschaffte es ihm nur noch mehr Achtung, die sie solchen, die ihrer Meinung nach geisteswirr sind, nie versagen. Die kleine Gruppe von Indianern zog sich zurück und ließ den vermeintlichen Geisterbeschwörer mit seinem sangesfreudigen Gehilfen weiterziehen.

Es war keine geringe Aufgabe für Uncas' und des Kundschafters Standhaftigkeit, den langsamen, gravitätischen Schritt beizubehalten, den sie entlang der Wohnhütten angenommen hatten, besonders als sie gleich darauf gewahrten, daß die Neugierde bei den Wächtern die Oberhand über die Furcht gewonnen hatte. Sie näherten sich der Hütte, um Zeugen der Wirksamkeit der Bezauberungen zu sein. Die geringste unüberlegte oder ungeduldige Bewegung Davids konnte sie verraten, und für die Sicherheit des Kundschafters bedurfte es notgedrungen noch einige Zeit. Er hielt es für ratsam, seinen lauten Gesang fortzusetzen und lockte damit einige Neugierige vor die Tür ihrer Hütten. Auch kreuzten ein- oder zweimal finster blickende Krieger ihren Weg, ob aus Aberglauben oder aus Mißtrauen, blieb ungewiß. Sie wurden jedoch nicht angehalten. Die Dunkelheit der Nacht und die Kühnheit des Unternehmens waren ihre besten Verbündeten.

Die Abenteurer hatten das Dorf hinter sich und näherten sich nun rasch dem Schutz der Wälder, da ließ sich aus der Hütte, in der Uncas bewacht worden war, ein lautes, anhaltendes Geschrei vernehmen. Der Mohikaner stand augenblicklich auf seinen Beinen und schüttelte sein zottiges Kleid, als ob das Tier, das er darstellte, eine verzweifelte Anstrengung machen wollte.

»Halt!« riet der Kundschafter und packte seinen Freund an der Schulter. »Laß sie noch einmal schreien; es war nichts als ihre Verwunderung!«

Sie hatten keinen Grund zu zögern. Im nächsten Augenblick erfüllte neues Geschrei die Lüfte und lief durch das ganze Dorf. Uncas warf sein Fell ab und schritt in seiner schlanken, wohlgebildeten Gestalt weiter. Falkenauge gab ihm einen leichten Schlag auf die Schulter und lief voran.

»Jetzt mögen die Teufelskinder unsere Fährte finden!« sagte der Kundschafter, indem er zwei Büchsen mit allem nötigen Zubehör unter einem Busch hervorzog, seinen Wildtöter schwang und Uncas die andere Waffe hinhielt. »Zwei wenigstens laufen dem Tod in die Arme.«

Gleich Jägern, die, ihre Gewehre im Anschlag, auf das Wild warten, eilten sie fort und waren bald in der Dunkelheit des Waldes verschwunden.

Siebenundzwanzigstes Kapitel

Die Ungeduld der Wilden, die sich um Uncas' Gefängnishütte aufhielten, hatte, wie wir gesehen haben, ihre Furcht vor dem Hauch des Beschwörers überwunden. Vorsichtig und mit klopfendem Herzen schlichen sie sich an eine Spalte heran, durch die der schwache Schein des Feuers flimmerte. Mehrere Minuten hielten sie Davids Gestalt für die ihres Gefangenen, bis es kam, wie Falkenauge vorausgesehen hatte. Müde, die Glieder seiner langen Person so nahe beisammenzuhalten, streckte der Sänger seine Füße aus, bis einer davon mit der Glutasche in Berührung kam und sie beiseite schob. Zuerst glaubten die Huronen, der Delaware sei durch Zauberkraft so entstellt worden. Als aber David, der sich nicht beobachtet glaubte, seinen Kopf wandte und sein mildes, ehrliches Antlitz statt der stolzen Züge ihres Gefangenen sehen ließ, da hätte es mehr als der Leichtgläubigkeit eines Eingeborenen bedurft, um länger Zweifel zu hegen. Sie stürzten in die Hütte, bemächtigten sich ohne viel Umstände des Gefangenen und entdeckten den Betrug. Jetzt erscholl das erste Geschrei, das die Flüchtlinge vernommen hatten; ihm folgten die grimmigsten und rachedrohendsten Gebärden. Obwohl David fest entschlossen war, den Rückzug seiner Freunde zu decken, mußte er doch glauben, daß sein eigenes letztes Stündlein geschlagen hatte. Seines Buches und seiner Pfeife beraubt, mußte er sein Gedächtnis in Anspruch nehmen, das ihn auch in solchen Situationen nicht im Stich ließ. Laut und leidenschaftlich erhob er seine Stimme zu einem Leichengesang und versuchte sich damit den Übergang in eine andere Welt zu versüßen. Die Indianer wurden gerade noch zur rechten Zeit an seine Geistesschwäche erinnert, stürzten an die freie Luft und brachten in der bereits beschriebenen Weise das ganze Dorf auf die Beine.

Der eingeborene Krieger kämpft wie er schläft, ohne daß ihn irgendetwas schützt. Kaum war daher das Alarmgeschrei ausgestoßen, als schon zweihundert Huronen auf den Beinen waren, zum Kampf oder zur Jagd bereit, wie es der Augenblick erheischte. Die Flucht des Gefangenen war bald bekannt, und der ganze Stamm scharte sich um die Versammlungshütte und wartete ungeduldig auf die Befehle seiner Häuptlinge. Bei einem so unerwarteten Appell an ihre Intelligenz mußte die Abwesenheit des schlauen Magua schmerzlich empfunden werden. Sein Name wurde genannt, und verwundert schauten alle um sich, als er nicht erscheinen wollte. Boten wurden zu seiner Wohnung geschickt, um ihn herbeizurufen.

Indes waren einige der behendesten und besonnensten jungen Krieger ausgeschickt worden, um die Lichtung zu durchsuchen und den Wald zu durchstreifen, ob nicht ihre verdächtigen Nachbarn, die Delawaren, Schlimmes im Schilde führten. Frauen und Kinder rannten hin und her; kurz, das ganze Lager bot abermals den Anblick wilder Verwirrung. Allmählich jedoch schwanden die Merkmale der Unordnung, und innerhalb kurzer Zeit waren die ältesten und ausgezeichnetsten Häuptlinge in der Hütte zu ernster Beratung versammelt.

Ein Geschrei vieler Stimmen verkündete bald die Ankunft eines Suchtrupps, von dem man einigen Aufschluß über diesen rätselhaften und überraschenden Vorgang erwarten durfte.

Die Menge draußen machte Platz, und mehrere Krieger traten ein. Sie führten den unglücklichen Beschwörer mit sich, den der Kundschafter in solche Not gebracht hatte.

Obgleich der Mann bei den Huronen sehr unterschiedlich angesehen war – die einen glaubten unbedingt an seine Macht, die anderen hielten ihn für einen Betrüger –, fand er doch jetzt bei allen die gespannteste Aufmerksamkeit. Als seine kurze Geschichte zu Ende war, trat der Vater der kranken Frau vor und erzählte dagegen, was er wußte. Diese beiden Berichte bildeten die beste Grundlage für die folgenden Nachforschungen, die sogleich mit der den Wilden eigenen Klugheit begonnen wurden.

Statt in einem verworrenen, unordentlichen Haufen zur Höhle zu stürzen, wurden zehn der weisesten und entschlossensten Häuptlinge für die Untersuchung ausersehen. Da keine Zeit zu verlieren war, erhoben sich diese nach beendeter Wahl sofort und verließen die

Hütte, ohne ein Wort zu sprechen. Am Eingang angelangt, machten die jüngeren Männer den älteren Platz, und alle betraten den niedrigen, finsteren Felsengang mit dem festen Mut von Kriegern, die entschlossen sind, sich dem Wohl der Allgemeinheit zu opfern, wenn sie auch insgeheim besorgt waren, wie die Macht beschaffen sein könnte, mit der sie streiten sollten.

In dem düsteren Vorgemach der Höhle herrschte Schweigen. Die Frau lag noch am selben Ort und in ihrer früheren Stellung, obgleich mehrere Anwesende gesehen haben wollten, wie sie der vermeintliche Arzt der weißen Männer in die Wälder getragen habe. Dies stand in offenbarem Widerspruch zu der Erzählung des Vaters, und so richteten sich alle Augen auf ihn. Verletzt von dem stillen Vorwurf und von einem so unerklärlichen Umstand innerlich beunruhigt, trat der Häuptling an die Seite des Lagers und warf einen ungläubigen Blick auf die Züge seiner Tochter, als ob er ihr wirkliches Dasein bezweifle. Sie war tot.

Die mächtigen Gefühle der Natur gewannen für einen Augenblick die Oberhand. Der alte Krieger bedeckte in seinem Kummer die Augen. Bald aber faßte er sich wieder, schaute seine Begleiter an und sagte, auf die Leiche deutend, in der Sprache seines Volkes:

»Das Weib meines jungen Mannes hat uns verlassen! Der große Geist zürnt seinen Kindern.«

Die traurige Kunde wurde in feierlicher Stille aufgenommen. Nach einer kurzen Pause schickte sich einer der älteren Indianer zum Sprechen an, als ein dunkel aussehender Körper aus dem anstoßenden Gemach mitten in das Zimmer, in dem sie standen, hineinrollte. Unbekannt mit der Natur der Wesen, denen sie hier begegnen sollten, wichen alle ein wenig zurück, verwundert dreinschauend, bis der Körper mehr in das Licht kam, sich aufrichtete und die verzerrten, aber immer noch wilden und grimmigen Züge Maguas sichtbar wurden. Dieser Entdeckung folgte ein allgemeiner Ausruf des Erstaunens.

Sobald man jedoch sah, in welcher Lage sich der Häuptling befand, wurden Glieder und Zunge Maguas mit Hilfe der Messer befreit. Der Hurone erhob sich und schüttelte sich wie ein Löwe, der sein Lager verläßt. Nicht ein Wort entschlüpfte ihm. Seine Hand spielte krampfhaft mit dem Griff seines Messers, während seine dunklen Augen über die Anwesenden hinliefen, als suchten sie ein Objekt für den ersten Ausbruch seiner Rache.

Es war ein Glück für Uncas, den Kundschafter und selbst für David, daß sie in diesem Augenblick außerhalb der Reichweite seines Armes waren: der Tod hätte sie augenblicklich ereilt und wäre auch nicht mit der Lust an raffinierten Grausamkeiten verzögert worden. Da Magua aber überall nur Gesichter von Freunden traf, knirschte er mit den

Zähnen, als würden eiserne Raspeln aneinandergerieben, und schlang seine Wut in sich hinein, da keiner da war, an dem er sie hätte auslassen können. Dieser unmäßige Zorn entging keinem Anwesenden, und mehrere Minuten verflossen in tiefem Schweigen, weil jeder fürchten mußte, eine jetzt schon an Wahnsinn grenzende Leidenschaft noch zu steigern. Endlich aber nahm der älteste Häuptling das Wort:

»Mein Freund hat einen Feind gefunden«, sprach er. »Ist er in der Nähe, daß die Huronen Rache nehmen können?«

»Laßt den Delawaren sterben!« rief Magua mit einer Donnerstimme.

Eine abermalige, lange und bedeutungsvolle Pause erfolgte und wurde wie zuvor mit gebührender Vorsicht von demselben Häuptling unterbrochen. »Der Mohikaner ist schnellfüßig und springt weit!« entgegnete er. »Aber meine jungen Männer sind auf seiner Fährte.«

»So ist er fort?« fragte Magua in tiefen Kehltönen, die aus dem Innersten seiner Brust zu kommen schienen.

»Ein böser Geist ist unter uns gewesen, und der Delaware hat unsere Augen geblendet.«

»Ein böser Geist!« wiederholte der andere mit bitterem Spott. »Es ist der Geist, der schon so vielen Huronen das Leben geraubt hat. Der Geist, der meine jungen Männer an dem herabstürzenden Fluß erschlug; der ihre Skalpe an der Heilquelle nahm und jetzt die Arme Le Renard subtils gebunden hat!«

»Von wem spricht mein Freund?«

»Von dem Hund, der unter einer bleichen Haut das Herz und die List eines Indianers hat, von La longue Carabine!«

Dieser gefürchtete Name machte auf die Zuhörer den gewohnten Eindruck. Als sie aber Zeit zum Nachdenken gewannen und die Krieger daran dachten, daß ihr kühner und furchtbarer Feind mitten in ihrem Lager gewesen war und Unheil gestiftet hatte, verwandelte sich ihr Erstaunen in helle Wut, und alle wilden Leidenschaften, die eben noch in Maguas Brust gekämpft hatten, gingen plötzlich auf seine Gefährten über. Die einen knirschten vor Grimm mit den Zähnen, andere machten ihren Gefühlen in einem Geheul Luft, während noch andere wie wahnsinnig ins Leere schlugen, als ob der Gegenstand ihrer Rache wirklich diese Streiche empfände. Allein dieser plötzliche Ausdruck der Leidenschaft verwandelte sich ganz schnell in jene stille, finstere Zurückhaltung, deren sie sich in Augenblicken der Untätigkeit stets befleißigten.

Magua, der seinerseits Zeit zum Nachdenken gewonnen hatte, änderte jetzt sein Benehmen und gab sich mit einer Würde, die der Wichtigkeit der Sache entsprach, das Ansehen eines Mannes, der weiß, was er zu tun und zu bedenken hat.

»Laßt uns zu meinem Volke gehen«, sprach er, »es wartet auf uns.«

Seine Gefährten willigten schweigend ein. Der ganze Haufen verließ die Höhle und kehrte in die Ratshütte zurück. Als sie sich niedergelassen hatten, wandten sich alle Augen auf Magua. Er entnahm daraus, daß sie ihm einstimmig die Pflicht auferlegten, von den Geschehnissen zu berichten. Er stand auf und gab einen offenen und ehrlichen Bericht. Die ganze Täuschung, die Duncan und Falkenauge ausgesonnen hatten, lag jetzt offen vor Augen; und selbst die Abergläubigsten im Stamm konnten über den Charakter der Begebenheiten nicht länger im Zweifel sein. Es war zu offenkundig, daß sie empörend schimpflich getäuscht worden waren. Als er geendet und seinen Sitz wieder eingenommen hatte, sahen sich die versammelten Krieger des Stammes gegenseitig an, mehr verwundert über die Kühnheit als über den Erfolg ihrer Feinde. Ihre nächste Überlegung galt den Mitteln und den Möglichkeiten zur Rache.

Eine weitere Schar Krieger wurden den Flüchtenden nachgesandt, die Häuptlinge ihrerseits schickten sich zu einer ernsten Beratung an. Verschiedene Wege wurden nacheinander von den älteren Kriegern vorgeschlagen, und Magua hörte sie alle mit ehrfurchtsvollem Schweigen an. Der verschlagene Wilde hatte seine ganze Umsicht und Selbstbeherrschung wiedergewonnen und ging jetzt mit gewohnter Vorsicht und List auf sein Ziel los. Erst als alle, die reden wollten, sich geäußert hatten, sagte auch er seine Meinung. Besonderes Gewicht erhielt sie durch den Umstand, daß inzwischen einige der Späher zurückgekehrt waren und berichteten, ihre Feinde hätten, nach den Spuren zu urteilen, ohne allen Zweifel in dem benachbarten Lager der Delawaren Schutz gesucht. Unter Berücksichtigung dieser wichtigen Nachricht legte der schlaue Häuptling den Gefährten seine Pläne vor, und sie wurden, wie bei seiner schlauen Beredsamkeit nicht anders zu erwarten, ohne Widerrede angenommen. Seine Meinungen und Gründe waren kurz folgende.

Es wurde bereits erwähnt, daß die Schwestern einer Gewohnheit zufolge, von der die Wilden nur selten abgehen, getrennt wurden, sobald sie das Huronenvolk erreicht hatten.

Magua hatte bald entdeckt, daß er, solange Alice in seiner Gewalt war, auch auf Cora großen Einfluß hatte. Er behielt daher die erstere im Bereich seiner Hand und vertraute die letztere, auf die er am meisten Wert legte, der Haft seiner Verbündeten an.

Diese Anordnung, die übrigens nur für den Augenblick getroffen war, sollte einerseits seinen Nachbarn schmeicheln, andererseits einer unumgänglichen Regel indianischer Bräuche Rechnung tragen.

Während der Häuptling unaufhörlich von den Rachegefühlen angestachelt wurde, die in einem Wilden immer wach sind, behielt er nichtsdestoweniger seine weiterreichenden persönlichen Interessen im Auge. Die Torheiten und Treulosigkeiten seiner Jugendzeit mußten durch eine lange und schmerzliche Buße gesühnt werden, ehe er auf das frühere Vertrauen hoffen durfte. Und ohne Vertrauen war bei einem Indianerstamm kein Ansehen zu erringen. In dieser schwierigen und mißlichen Lage hatte der listige Eingeborene kein Mittel versäumt, seinen Einfluß zu vergrößern, und eines seiner glücklichsten Mittel war der Erfolg gewesen, mit dem er die Gunst ihrer mächtigen und gefährlichen Nachbarn gewonnen hatte. Das Ergebnis seiner Mühen hatte allen Erwartungen seiner Strategie entsprochen: denn die Huronen waren keineswegs frei von dem mächtigen Hang der menschlichen Natur, jeder Gabe nur dann Wert beizumessen, wenn sie auch von anderen geschätzt wird.

Während aber Magua den Rücksichten auf das Gemeinwohl dieses scheinbare Opfer brachte, ließ er seine persönlichen Beweggründe nie außer acht. Die unvorhergesehenen Ereignisse, die alle Gefangenen seiner Gewalt entzogen hatten, paßten nicht in sein Konzept. Er sah sich jetzt genötigt, diejenigen um eine Gunst anzugehen, denen er noch vor so kurzer Zeit Verpflichtungen aufzuerlegen sich bemüht hatte.

Mehrere Häuptlinge hatten raffiniert angelegte, heimtückische Pläne zu einem Überfall auf die Delawaren vorgelegt, um durch Eroberung ihres Lagers auch die Gefangenen wiederzugewinnen. Denn da waren sich alle einig, daß die Ehre und das Interesse ihrer Nation, der Friede und die Glückseligkeit ihrer gefallenen Gefährten gebieterisch Opfer für ihre Rache forderten. Aber es wurde Magua nicht schwer, Pläne zu verwerfen, deren Ausführung zu gefahrvoll und deren Erfolg zu zweifelhaft war. Er untersuchte die damit verbundenen Wagnisse und die möglichen Enttäuschungen mit gewohntem Geschick, und erst nachdem nichts von den Plänen der anderen übriggeblieben war, wagte er es, seine eigenen Vorschläge vorzulegen.

Er fing wie üblich damit an, zuerst der Eigenliebe seiner Zuhörer zu schmeicheln, ein untrügliches Mittel, sich Aufmerksamkeit zu sichern. Nachdem er die vielen Anlässe aufgezählt hatte, bei denen die Huronen Beleidigungen gerächt, Mut und Tapferkeit gezeigt hätten, schweifte er in ein beredtes und hohes Lob der Klugheit ab. Er schilderte ihnen, wie diese Tugend den großen Unterschied zwischen den Bibern und anderen Tieren ausmache, zwischen den Bibern und den Menschen und endlich zwischen den Huronen und dem übrigen Menschengeschlecht. Nachdem er die Besonnenheit gehörig gelobt hatte, ging er dazu über zu zeigen, wie sie in der jetzigen Lage des Stammes angewendet werden könnte. Auf der einen Seite, sagte er, blicke ihr großer, bleicher Vater, der Statthalter von Kanada, mit unmutigem Auge auf seine Kinder, seit ihre Tomahawks so gerötet seien; auf der anderen Seite würde ein Volk von gleicher Größe wie sie, aber mit einer anderen Sprache und ganz anderen Interessen, jeden Vorwand willkommen heißen, die Huronen bei ihren großen weißen Häuptlingen in Ungnade zu bringen. Er sprach sodann von ihren Bedürfnissen, von den Belohnungen, die sie für ihre früheren Dienste zu erwarten hätten, wies auch auf die Entfernungen hin, die sie jetzt von ihren eigentlichen Jagdgebieten und ihren angestammten Dörfern trennten – und er sprach von der Notwendigkeit, in einer solchen Situation wie der ihren mehr der Klugheit als dem Gefühl zu vertrauen. Als er merkte, daß zwar die älteren Männer ihm Beifall zollten, viele der wildesten und ausgezeichnetsten Krieger aber auf seinen Appell zur Mäßigung mit finsteren Blicken reagierten, führte er sie schlau auf einen Gegenstand zurück, den sie am meisten liebten: er redete offen von den Früchten ihrer Klugheit, die, wie er kühn aussprach, ein vollständiger, endgültiger Triumph über ihre Feinde sein würden. Ja, er deutete an, daß bei gehöriger Umsicht ihr Erfolg sich ausweiten ließe, bis all ihre Feinde vernichtet wären. Kurz, er wußte das kriegerische Element mit der Schlauheit, das Klare mit dem Dunklen so zu vermischen, daß er den Neigungen beider Parteien schmeichelte und allen Hoffnungen machte, während keine sagen konnte, was nun wirklich seine Absichten waren.

Der Redner oder Staatsmann, der Dinge so behandeln kann, ist gemeinhin bei seinen Zeitgenossen beliebt, wie ihn auch die Nachwelt bewerten mag. Alle merkten, daß mehr angedeutet als ausgesprochen wurde, und jeder schmeichelte sich, daß alles, was nicht deutlich gesagt worden war, seinen eigenen Wünschen und Ansichten entspräche.

Bei diesem Stand der Dinge war es kein Wunder, daß Magua die Oberhand behielt. Der Stamm erklärte sich bereit, mit Besonnenheit zu Werke zu gehen, und die Leitung des ganzen Unternehmens wurde einstimmig dem Häuptling übertragen, der zu so weisen und verständigen Maßnahmen geraten hatte.

Magua hatte ein großes Ziel seiner raffinierten und wagemutigen Strategie erreicht. Er hatte nicht nur die Gunst seines Stammes wiedergewonnen, er sah sich auch selbst an die Spitze der Angelegenheit gestellt. Er war in Wahrheit ihr Herrscher, und solange er seine Popularität behaupten konnte, herrschte kein Monarch der Erde unumschränkter, jedenfalls solange sich sein Stamm im Feindesland befand. Er warf die Rolle des Beraters ab und nahm den Ernst und die Würde an, die ihm nötig schienen, um ein so wichtiges Amt zu bekleiden.

Läufer wurden in die verschiedenen Richtungen geschickt, um sich zu unterrichten. Kundschafter mußten sich dem Lager der Delawaren nähern und es ausspähen. Die Krieger wurden in ihre Wohnungen entlassen mit dem Hinweis, daß man ihre Dienste bald benötigen werde. Die Frauen und Kinder erhielten den Befehl, sich zurückzuziehen und stille zu schweigen.

Als all diese Anordnungen getroffen waren, durchschritt Magua das Dorf und trat hier und dort in eine Hütte, wo er dem Bewohner mit seinem Besuch zu schmeicheln hoffte. Er bestärkte seine Freunde in ihrem Vertrauen, ermutigte die Schwankenden und gab allen ein Gefühl der Befriedigung. Dann suchte er seine eigene Wohnung auf. Das Weib, das der Huronenhäuptling verlassen hatte, als er von seinem Volke verjagt wurde, war tot. Kinder besaß er nicht. Er hatte jetzt seine Hütte allein inne, ohne irgendeinen Gefährten. Es war die halbverfallene, einsame Wohnung, in der David entdeckt worden war. Diesen hatte Magua bei den wenigen Gelegenheiten, bei denen sie sich trafen, mit der gleichgültigen Verachtung stolzer Überlegenheit um sich geduldet.

Hierher zog sich Magua zurück, nachdem seine berechnende Arbeit beendet war. Aber während andere schliefen, kannte und suchte er keine Ruhe. Wäre einer neugierig genug gewesen, das Verhalten des neuerwählten Häuptlings zu belauschen, so würde er ihn in einem Winkel seiner Hütte sitzend gefunden haben, von der Stunde an, als er sich zurückzog, bis zu der Zeit, da die Krieger sich versammelten, in stillem Brüten über seinen Plan. Gelegentlich strich der Wind durch die Ritzen der Hütte, und die Flammen, die hin und wieder über die Kohlenglut liefen, warfen ein flüchtiges Licht auf den Bewohner der düsteren Klause. In solchen Augenblicken wäre es der Einbildungskraft leicht geworden, den grimmigen Wilden in den Fürsten der Finsternis zu verwandeln, wie er über vermeintlich erlittenes Unrecht brütet und auf Verderben sinnt.

Lange ehe der Tag graute, trat ein Krieger nach dem anderen in Maguas einsame Hütte, bis sich zwanzig um ihn versammelt hatten. Jeder trug seine Büchse und die zum Krieg unentbehrliche Ausrüstung, obgleich ihre Bemalung durchaus einen friedlichen Charakter zeigte. Still und unbeachtet waren diese Männer eingetreten. Die einen setzten sich in den Schatten, andere standen gleich Bildsäulen regungslos da, bis der letzte erschienen war.

Nun erhob sich Magua, gab ein Zeichen zum Aufbruch und setzte sich selbst an die Spitze. Sie folgten ihrem Führer einer nach dem anderen in der wohlbekannten Ordnung, die man bezeichnenderweise im Englischen »Indian file«, Gänsemarsch, nennt. Gänzlich verschieden von der Weise, in der das unruhevolle Kriegshandwerk sonst betrieben wird, verließen sie still und unbeachtet das Lager, mehr vorüberhuschenden Gespenstern gleich als Kriegern, die Ruhm durch tollkühne und verzweifelte Taten gewinnen wollen.

Statt den Weg einzuschlagen, der unmittelbar zum Lager der Delawaren führte, folgte Magua mit seinen Leuten eine Strecke weit den Windungen des Stromes, an dem kleinen, künstlichen Biberteich vorbei. Der Tag brach eben an, als sie die von den fleißigen, kunstfertigen, verständigen Tieren geschaffene Lichtung betraten. Magua hatte sein altes Gewand wieder angelegt und trug auf der gegerbten Tierhaut, die seine Bekleidung bildete, die Umrisse eines Fuchses; ein anderer Häuptling in dem Trupp führte den Biber als sein Sinnbild oder Totem. Dieser hätte gewissermaßen eine heilige Pflicht versäumt, wäre er an einer so mächtigen Gemeinschaft vermeintlicher Verwandter ohne ein Zeichen der Achtung vorübergegangen. Er hielt daher inne und redete die Tiere so freundlich und liebenswürdig an, als ob er zu vernünftigen Wesen spräche. Er nannte sie seine Vettern, bedeutete ihnen, daß sie nur seinem schützenden Einfluß ihre ungestörte Ruhe zu verdanken hätten, während so manche habsüchtige Handelsleute die Indianer überreden wollten, sie zu töten. Er versprach ihnen auch für die Zukunft seine Gunst und ermahnte sie, hierfür dankbar zu sein. Er sprach sodann von der Unternehmung, in der er begriffen sei, und gab ihnen auf eine sehr taktvolle Weise und mit Umschweifen zu verstehen, wie gut es wäre, wenn sie ihrem Verwandten einen Teil der Klugheit zukommen ließen, durch die sie selbst so berühmt seien[1].

Die Gefährten des Sprechers hörten seine sonderbare Rede mit großer Aufmerksamkeit an, so als ob auch sie solche Worte für angemessen hielten. Ein- oder zweimal zeigten sich schwarze Körper an der Oberfläche des Wassers, worüber der Hurone lebhafte Freude zeigte, da doch seine Worte anscheinend nicht vergeblich gewesen waren. Als er eben seine Rede beendet hatte, streckte ein großer Biber den Kopf aus der Öffnung einer Hütte heraus, deren Erdwände zerfallen waren und die die Indianer ihrem Zustand nach für unbewohnt gehalten hatten. Ein so außerordentliches Zeichen von Vertrauen wurde von dem Redner als ein höchst günstiges Omen aufgenommen, und obgleich sich das Tier etwas eilig zurückzog, rief ihm der Häuptling dennoch Lobsprüche und Dankesworte hinterher.

Magua dachte, es sei nun genug Zeit damit vertan worden, der verwandtschaftlichen Neigung des Kriegers Ehre anzutun, und gab das Zeichen zum Weitermarsch. Während die Indianer mit so leisen Tritten

1 Diese Ansprachen an Tiere sind bei den Indianern häufig. Ebenso reden sie oft auch ihre Opfer an, schelten sie wegen ihrer Feigheit oder rühmen ihre Entschlossenheit, je nachdem, ob sie unter ihren Martern Standhaftigkeit oder das Gegenteil zeigen.

weiterzogen, daß sie kein gewöhnliches Ohr gehört haben würde, wagte sich derselbe ehrwürdig aussehende Biber noch einmal aus seinem Versteck hervor. Hätte einer der Huronen sich umgewandt, so müßte er bemerkt haben, daß das Tier ihren Bewegungen mit einem Interesse und einem Scharfblick folgte, die man leicht für Vernunft hätte nehmen können. Wirklich waren die Bewegungen des Vierfüßlers so ausdrucksvoll und verständig, daß selbst der erfahrenste Beobachter nicht recht gewußt hätte, wie er sich die Handlungsweise des Bibers erklären sollte. Erst in dem Moment, da der Trupp im Wald verschwand, löste sich das Rätsel. Denn nun kroch das Tier ganz aus der Hütte heraus, streifte die Pelzmaske ab – und zum Vorschein kamen die Züge von Chingachgook.

Achtundzwanzigstes Kapitel

Der Stamm oder vielmehr Halbstamm der Delawaren, den wir schon so oft erwähnt haben und dessen Lagerplatz so nahe bei dem jetzigen Wohnort der Huronen war, konnte ungefähr die gleiche Anzahl Krieger versammeln wie das eben genannte Volk. Gleich ihren Nachbarn waren sie Montcalm auf das Gebiet der englischen Krone gefolgt und machten ernste und drückende Einfälle in die Jagdgründe der Mohawks. Dennoch hatten sie es für gut befunden, mit der bei den Eingeborenen so häufigen geheimnisvollen Zurückhaltung ihren Beistand gerade da zu versagen, wo er am willkommensten gewesen wäre.

Die Franzosen hatten sich diesen unerwarteten Abfall eines Teils ihrer Verbündeten auf verschiedene Weise erklärt. Die vorherrschende Meinung war jedoch, daß es aus Ehrfurcht vor einem alten Vertrag geschehen sei, kraft dessen sie einst von den sechs Nationen Schutz im Kriege erhielten und somit jetzt nicht gerne ihren früheren Beschützern feindlich gegenübertreten wollten. Der Stamm selbst hatte sich begnügt, Montcalm durch seine Abgesandten mit indianischer Kürze zu verkünden, ihre Streitäxte seien stumpf; es bedürfe Zeit, sie wieder zu schärfen. Der staatskluge Befehlshaber von Kanada hielt es für geratener nachzugeben, um einen untätigen Freund zu erhalten, als ihn durch Maßnahmen einer übel angewandten Strenge zum offenen Feind zu machen.

An dem Morgen, an dem Magua seinen schweigsamen Trupp auf die beschriebene Weise von der Biberkolonie in den Wald führte, beschien die über dem Lager der Delawaren aufgehende Sonne ein geschäftiges Volk, völlig in Anspruch genommen von den gewöhnlichen Vorbereitungen für den Mittag. Die Frauen liefen von Hütte zu Hütte; die einen bereiteten das morgendliche Frühstück, die anderen waren dabei, ihre Kleidung zu vervollständigen, die meisten jedoch waren in verstohlenen Gesprächen mit ihren Freundinnen.

Die Krieger standen untätig in Gruppen beisammen, mehr nachdenklich als gesprächig, und wenn je ein paar Worte fielen, so geschah es im Ton von Männern, die ihre Meinung zuvor gehörig erwogen haben. Zahlreiches Jagdgerät lag zwischen den Hütten, aber niemand schickte sich an, es zu benützen. Hier und da prüfte ein Krieger seine Waffen mit einer Sorgfalt, wie er es nie tun würde, wenn es allein darum ginge, die Tiere des Waldes zu jagen. Gelegentlich richteten sich die Augen einer ganzen Gruppe auf eine große, stille Hütte mitten im Dorf, als ob darin der Gegenstand ihrer gemeinsamen Gedanken und Gespräche verborgen wäre.

Während dieser Szene erschien plötzlich am äußersten Ende des Felsengrundes, der die Fläche des Dorfes bildete, die Gestalt eines Mannes. Er war unbewaffnet, und seine Bemalung war darauf berechnet, den natürlichen Ausdruck seiner strengen Züge eher zu mildern als zu erhöhen. Sobald er von den Delawaren gesehen werden konnte, blieb er stehen und machte ein Zeichen der Freundschaft, indem er den Arm gen Himmel emporstreckte und dann bedeutungsvoll auf die Brust sinken ließ. Die Bewohner des Dorfes erwiderten seinen Gruß mit einem leisen Gemurmel des Willkommens und munterten ihn durch ähnliche Zeichen freundlicher Gesinnung auf näherzukommen. Ermutigt durch diese Zusicherungen verließ die dunkle Gestalt den Rand der natürlichen Felsenterrasse, wo sie einen Augenblick verweilt und einen dunklen Umriß gegen den sich rötenden Morgenhimmel gezeichnet hatte, und trat würdevoll mitten in den Kreis der Hütten. Während der Mann sich näherte, hörte man nichts als das Klingeln des silbernen Zierats, der Hals und Arm schmückte, und den Ton der Glöckchen an seinen hirschledernen Mokassins. Mit aufmerksamer Achtung grüßte er die Männer, an denen er vorüberging, ohne die Weiber zu beachten, als hielte er ihre Gunst in der Angelegenheit, die ihn herführte, für durchaus unwichtig. Als er die Gruppe erreicht hatte, die, nach der Hoheit der Mienen zu schließen, die angesehensten Häuptlinge vereinigte, hielt der Fremde inne, und die Delawaren erkannten nun in der kraftvollen, hohen Gestalt vor ihnen den wohlbekannten Huronenhäuptling Le Renard subtil.

Der Empfang war ernst, schweigsam, gemessen. Die vorn stehenden Krieger traten zur Seite und machten ihrem bewährtesten Redner Platz, einem Mann, aller Sprachen mächtig, die unter den nördlichen Ureinwohnern gepflegt wurden.

»Der weise Hurone ist willkommen«, begann der Delaware in der Sprache der Maquas; »er ist gekommen, suc-co-tash[1] mit seinen Brüdern von den Seen zu essen.«

»Er ist gekommen«, wiederholte Magua und neigte sein Haupt mit der Würde eines morgenländischen Fürsten.

Der Häuptling streckte den Arm aus, nahm den anderen bei der Hand, und neue Freundschaftsbezeigungen wurden gewechselt. Dann lud der Delaware den Gast ein, in seine eigene Hütte zu treten und sein Morgenmahl mit ihm einzunehmen. Die Einladung wurde angenommen. Die beiden Krieger, von drei oder vier älteren Männern begleitet, entfernten sich langsam, indes die übrigen Delawaren vor Begierde brannten, den Grund eines so ungewöhnlichen Besuches kennenzulernen, wenn auch keiner durch Zeichen oder Worte die geringste Ungeduld zeigen wollte.

Während des kurzen Mahles wurde die Unterhaltung äußerst vorsichtig geführt und berührte allein Erlebnisse, denen Magua unlängst auf der Jagd begegnet war. Selbst Männer von der feinsten Bildung hätten sich nicht unbefangener geben können als Maguas Gastgeber. Dabei war jeder der Anwesenden fest überzeugt, daß es für diesen Besuch einen geheimen und äußerst wichtigen Grund geben mußte. Nachdem ihre Eßlust befriedigt war, entfernten die Squaws die hölzernen Teller und Kürbisflaschen, und beide Parteien schickten sich an, die Waffen ihres Scharfsinns auf die Probe zu stellen.

»Ist das Antlitz meines großen kanadischen Vaters wieder seinen Kindern, den Huronen, zugewendet?« fragte der Sprecher der Delawaren.

»Wann war es anders?« entgegnete Magua. »Er nennt mein Volk ›vielgeliebt‹.«

Der Delaware gab mit einer Verbeugung zu, was ihm als falsch bekannt war, und fuhr fort:

»Die Tomahawks eurer jungen Krieger sind sehr rot geworden?«

»So ist es; aber sie sind jetzt blank und stumpf: denn die Yengeese sind tot und die Delawaren unsere Nachbarn.«

Der Delaware erwiderte diese friedeverkündende Höflichkeit mit einer Bewegung der Hand und schwieg. Magua tat, als würde er erst durch die Anspielung auf das Blutbad wieder daran erinnert, und fragte: »Macht die Gefangene meinen Brüdern Beschwer?«

»Sie ist willkommen.«

1 Ein Gericht aus gequetschtem Korn und Bohnen, das auch häufig von Weißen gegessen wird. Unter Korn ist Mais zu verstehen.

»Der Pfad zwischen den Huronen und den Delawaren ist kurz und offen; schickt sie zu meinen Squaws, wenn sie meinem Bruder lästig fällt.«

»Sie ist willkommen«, erwiderte der Häuptling der anderen Nation mit größerem Nachdruck.

Magua, in leichter Verwirrung, blieb einige Minuten still. Es schien ihm völlig gleichgültig, daß sein erster Versuch, Cora wiederzugewinnen, gescheitert war.

»Lassen meine jungen Krieger den Delawaren Raum auf den Bergen für ihre Jagden?« fuhr er endlich fort.

»Die Lenapen sind Herren ihrer eigenen Berge!« versetzte der andere mit einem Anflug von Stolz.

»Es ist gut. Gerechtigkeit ist die Lenkerin der Rothäute! Warum sollten sie gegeneinander ihre Tomahawks schärfen und ihre Messer wetzen? Gibt es nicht mehr Bleichgesichter als Schwalben in der Blütezeit?«

»Richtig!« riefen zwei oder drei seiner Zuhörer zur gleichen Zeit.

Magua wartete ein wenig, bis seine Worte die Delawaren etwas milder gestimmt hatten, und fügte dann hinzu:

»Sind nicht fremde Mokassins in den Wäldern gewesen? Haben meine Brüder nicht die Fußtritte weißer Männer getroffen?«

»Möge unser kanadischer Vater kommen«, antwortete der andere ausweichend, »seine Kinder sind bereit, ihn zu begrüßen.«

»Wenn der große Häuptling kommt, so geschieht es, um mit den Indianern in ihren Wigwams zu rauchen. Die Huronen sagen ebenso: Er ist willkommen. Aber die Yengeese haben lange Arme und Beine, die nie ermüden! Meinen jungen Männern träumte, sie hätten die Spur der Yengeese nahe an dem Lager der Delawaren gesehen!«

»Sie werden die Lenapen nicht schlafend finden.«

»Das ist gut. Der Krieger, dessen Auge offen ist, kann seinen Feind sehen«, sagte Magua und suchte einen anderen Boden zu gewinnen, als er sich außerstande sah, die Wachsamkeit seines Gegenübers zu durchdringen.

»Ich habe meinem Bruder Geschenke gebracht. Seine Nation wollte nicht den Kriegspfad gehen, weil sie es nicht für sinnvoll hielt; aber ihre Freunde haben ihrer gedacht!«

Als der schlaue Häuptling auf diese Weise seine freigebige Absicht verkündet hatte, stand er auf und breitete mit würdevollem Ernst vor den geblendeten Augen seiner Wirte die Geschenke aus. Sie bestanden hauptsächlich in Schmuckwaren von geringem Wert, den erschlagenen Frauen von William Henry abgenommen. Die Verteilung dieser Kleinigkeiten machte der Klugheit des Huronen nicht weniger Ehre als ihre

Auswahl. Während er das Wertvollere den zwei bedeutendsten Häuptlingen übergab, einer von ihnen war sein Wirt, würzte er seine Gaben an die Geringeren mit so gut angebrachten, treffenden Schmeichelreden, daß auch sie sich nicht beklagen durften. Kurz, bei der ganzen Zeremonie wußte er Freigebigkeit und Schmeichelei so glücklich zu verbinden, daß er an den Augen der Beschenkten ablesen konnte, welch günstigen Eindruck er damit gemacht hatte.

Der wohlberechnete Kunstgriff Maguas brachte unmittelbare Resultate. Der Ernst der Delawaren ging in einen Ausdruck von Herzlichkeit über. Maguas Wirt insbesondere wiederholte, mit wohlgefälligem Blick auf seinen besonders reichlichen Anteil an der Beute, noch einmal:

»Mein Bruder ist ein weiser Häuptling. Er ist willkommen!«

»Die Huronen lieben ihre Freunde, die Delawaren«, versetzte Magua. »Warum sollten sie nicht? Dieselbe Sonne hat sie gefärbt, und ihre aufrechten Männer werden nach dem Tod in denselben Jagdgründen jagen. Die Rothäute sollten Freunde sein und die Augen offen halten, wenn sie auf die weißen Männer schauen. Hat mein Bruder keinen Kundschafter in den Wäldern aufgespürt?«

Der Delaware, dessen Name Hartherz bedeutete, eine Benennung, die die Franzosen in Le Cœur dur übersetzt hatten, vergaß seinen festen, hartnäckigen Sinn, der ihm einen so bezeichnenden Namen verschafft haben mochte. Seine Miene verlor merklich an Ernst, und er brachte es über sich, nun deutlich zu antworten.

»Fremde Mokassins sind um mein Lager gewesen; ihre Spur reichte bis an meine Hütten.«

»Hat mein Bruder die Hunde hinausgejagt?« fragte Magua, ohne auf die frühere Zweideutigkeit in der Antwort des Häuptlings zu achten.

»Das ging nicht. Der Fremde ist den Kindern der Lenapen stets willkommen.«

»Der Fremde, aber nicht der Spion!«

»Schicken die Yengeese ihre Weiber als Spione? Sagte nicht der Huronenhäuptling, er habe Weiber in der Schlacht zu Gefangenen gemacht?«

»Er hat keine Lüge gesprochen. Die Yengeese haben ihre Kundschafter ausgesandt. Sie sind in meinen Wigwams gewesen, doch hieß sie keiner willkommen. Danach flohen sie zu den Delawaren, denn, sagen sie, die Delawaren sind unsere Freunde; ihre Herzen sind unserem kanadischen Vater entfremdet!«

Diese Wendung, die ins Schwarze traf, zeigte den Meister und hätte Magua in gebildeteren Kreisen der Gesellschaft den Ruf eines geschickten Diplomaten eingebracht. Der neuerliche Abfall ihres Stammes hatte den Delawaren, wie sie selbst wohl wußten, viele Vorwürfe von Seiten ihrer französischen Verbündeten zugezogen. Und sie merkten, daß all ihre Schritte mit Argwohn und Mißtrauen beobachtet wurden. Es bedurfte keiner tiefen Einsicht in Ursache und Wirkung, um vorauszusehen, daß eine solche Lage der Dinge für ihre künftigen Unternehmungen höchst nachteilig werden konnte. Ihre eigentlichen Dörfer, ihre Jagdreviere und Hunderte von Frauen und Kindern, selbst ein wesentlicher Teil ihrer Streitkräfte befanden sich derzeit innerhalb der Grenzen des französischen Gebiets. So wurde diese beunruhigende Kunde, wie Magua beabsichtigte, mit offenbarer Mißbilligung, wenn nicht mit Bestürzung aufgenommen.

»Mein kanadischer Vater mag in mein Gesicht blicken«, sprach Le Cœur dur, »er wird keine Veränderung darin finden. Es ist wahr, meine jungen Krieger gingen nicht auf dem Kriegspfad; sie hatten Träume, die es ihnen verwehrten. Aber sie lieben und verehren den großen, weißen Häuptling.«

»Wird er so denken, wenn er hört, daß sein größter Feind im Lager seiner Kinder genährt wird? Wenn man ihm erzählt, daß ein blutdürstiger Yengee an eurem Feuer raucht? Daß das Bleichgesicht, das so viele seiner Freunde erschlagen hat, bei den Delawaren aus und ein geht? Kommt – mein großer kanadischer Vater ist kein Tor!«

»Wo ist der Yengee, den die Delawaren fürchten?« entgegnete der andere. »Wer hat meine jungen Männer erschlagen? Wer ist der Todfeind meines großen Vaters?«

»La longue Carabine!«

Die Delawarenkrieger schraken bei dem wohlbekannten Namen auf und verrieten durch ihr Erstaunen, daß sie erst jetzt von der Anwesenheit des unter den indianischen Verbündeten Frankreichs so berühmten Kriegers erfuhren.

»Was meint mein Bruder?« frage Le Cœur dur in einem Ton der Überraschung, der weit über die sonst übliche Gelassenheit seines Volkes ging.

»Ein Hurone lügt nie!« entgegnete Magua kalt, indem er sein Haupt an die Wand der Hütte lehnte und sein leichtes Gewand über die dunkle Brust zog. »Wenn die Delawaren ihre Gefangenen zählen, werden sie einen finden, dessen Haut weder rot noch bleich ist.«

Eine lange Pause des Nachdenkens folgte. Der Häuptling beriet sich abseits mit seinen Gefährten, und Boten wurden ausgesandt, um noch andere hervorragende Männer des Stammes herbeizuholen.

Ein Krieger nach dem anderen kam heran und wurde mit der wichtigen Nachricht bekanntgemacht, die Magua soeben mitgebracht hatte. Alle nahmen sie mit einem Ausdruck der Verwunderung und dem gewöhnlichen leisen, tiefen Kehllaut auf. Die Neuigkeit lief von Mund zu Mund, bis das ganze Lager in mächtiger Aufregung war. Die Frauen stellten ihre Arbeiten ein, um die wenigen Worte zu erhaschen, die den beratenden Kriegern unwillkürlich entschlüpften. Die Knaben verließen ihre Spiele, drängten sich furchtlos unter ihre Väter und schauten mit neugieriger Verwunderung auf, wenn sie Ausrufe des Erstaunens über die Tollkühnheit des verhaßten Feindes vernahmen, die hier die Runde machten. Mit einem Wort, jede Beschäftigung ruhte, alles wurde zur Seite gesetzt, damit der ganze Stamm in der ihm eigenen Weise sich dieser Neuigkeit hingeben konnte.

Als die Aufregung sich ein wenig gelegt hatte, erwogen die Alten, was unter so mißlichen und verwickelten Verhältnissen die Ehre und Sicherheit des Stammes verlange. Während all dieser Vorgänge und mitten in der allgemeinen Bewegung hatte Magua nicht nur seinen Sitz, sondern auch seine ursprüngliche Stellung beibehalten. Er lehnte an einer Wand der Hütte, so regungslos und scheinbar gleichgültig, als ob ihn das Ergebnis der Beratung gar nicht berühre. Gleichwohl entging seinem wachsamen Auge kein Anzeichen auf die künftigen Absichten seiner Wirte. Er war vollkommen vertraut mit dem Charakter des Volkes, mit dem er zu tun hatte, und wußte im voraus, was sie beschließen würden; ja, man konnte beinahe sagen, er durchschaute in manchen Fällen ihre Absichten, ehe sie ihnen selbst deutlich waren.

Die Beratung der Delawaren war kurz. Als sie geendet hatten, verkündete eine allgemeine Bewegung, daß ihr unmittelbar eine feierliche und förmliche Versammlung des ganzen Stammes folgen würde. Da eine solche Versammlung höchst selten war und nur in Fällen von äußerster Wichtigkeit zusammengerufen wurde, erkannte der schlaue Hurone, der bisher immer noch allein dasaß und ein finsterer Beobachter des Geschehenden war, daß nun alle seine Pläne zu einer endgültigen Entscheidung kommen müßten. Er verließ daher die Hütte und schritt schweigend dem Platz vor dem Lager zu, wo sich bereits die Krieger zu versammeln begannen.

Es mochte eine halbe Stunde vergangen sein, bis alle, Frauen und Kinder mit eingeschlossen, sich dort eingefunden hatten. An der Verzögerung waren die wichtigen Vorkehrungen schuld, die man bei einer so feierlichen und ungewöhnlichen Versammlung für nötig hielt. Als die Sonne aber über die Gipfel des Berges emporstieg, an dessen Fuß die Delawaren ihr Lager errichtet hatten, saßen die meisten auf ihrem Platz; und als ihre glänzenden Strahlen durch die Umrisse der die Anhöhe säumenden Bäume brachen, fielen sie auf eine von tiefster Teilnahme ergriffene Menge, so ernst, so aufmerksam, wie nur je eine von ihren

Morgenstrahlen beleuchtet wurde. Die Zahl der Versammelten betrug etwas über tausend Seelen.

Bei einer Versammlung von so ernst gestimmten Wilden geschieht es nie, daß irgend jemand ungeduldig das Wort an sich reißt und damit die Zuhörer zu übereilten und unbesonnenen Entschlüssen drängt. Eine solche anmaßende Voreiligkeit würde ein frühes Talent mit einemmal und für immer zugrunde richten. Den ältesten und erfahrensten Männern des Volkes allein blieb es vorbehalten, den Gegenstand der Beratung dem Stamm vorzutragen. Ehe solch ein Mann es für gut befunden hatte, den Anfang zu machen, konnten weder Waffentaten noch natürliche Talente noch Rednerruhm die geringste Unterbrechung entschuldigen. In dem nun vorliegenden Fall blieb selbst der betagte Krieger, der das Vorrecht zu sprechen hatte, still, wie überwältigt von der Wichtigkeit des Gegenstandes. Bereits weit länger als gewöhnlich hatte die Phase des Nachdenkens gedauert, die solchen Beratungen voranzugehen pflegt; aber selbst dem jüngsten Knaben entschlüpfte kein Zeichen der Ungeduld oder Verwunderung. Von Zeit zu Zeit schaute ein Auge vom Boden hoch, auf den die Blicke der meisten gerichtet waren, und suchte eine einzelne Hütte, die sich von den anderen um sie her durch nichts als durch die Sorgfalt unterschied, mit der man sie gegen die Unbilden der Witterung geschützt hatte.

Endlich ließ sich ein dumpfes Gemurmel vernehmen, wie es so geeignet ist, eine größere Volksmenge zu erregen. Dann, wie auf ein geheimes Kommando, erhob sich der ganze Stamm, drei Männer traten heraus und nahten sich langsam dem Platze der Beratung. Sie waren alle betagt, sogar älter als die Bejahrtesten der Anwesenden. Aber einer in ihrer Mitte, der sich auf seine Gefährten stützte, hatte eine Zahl von Jahren erlebt, wie sie dem Menschen nur selten vergönnt wird. Seine Gestalt, einst aufrecht und stolz gleich der Zeder, wankte jetzt unter der Bürde von mehr als einem Jahrhundert. Der leichte, elastische Tritt des Indianers war bei ihm verschwunden; mühsam und beschwerlich konnte er nur Zoll für Zoll seinen Weg zurücklegen. Sein dunkles Gesicht voller Runzeln bildete einen seltsamen Kontrast zu den langen, weißen Locken, die über seine Schultern fielen und in ihrer Fülle verkündeten, daß vielleicht Generationen hingegangen waren, seit man sie zum letztenmal geschnitten hatte.

Die Kleidung dieses Patriarchen – denn so konnte man ihn in Anbetracht seines hohen Alters, seiner großen Verwandtschaft unter dem Volk und seines Einflusses mit allem Fug nennen – war reich und ehrfurchtgebietend, obgleich der einfachen Sitte des Stammes ganz angemessen. Sie bestand aus den schönsten Fellen, die man teilweise

Tamenund inmitten seines Volkes.

geschoren hatte, um Raum für eine sinnbildliche Darstellung seiner Kriegstaten in vergangenen Zeiten zu gewinnen. Seine Brust war bedeckt mit Gedenkmünzen, einige von massivem Silber, wenige sogar von Gold – Geschenke, die er im Laufe seines langen Lebens von verschiedenen christlichen Herrschern empfangen hatte. Daneben trug er Armbänder und Spangen um die Knöchel der Füße, ebenfalls aus edlem Metall. Sein Haupt war ungeschoren, da er sich schon lange Zeit nicht mehr an den Kriegszügen beteiligte. Es wurde von einer Art Diadem aus Silber umschlossen, das mit minder wertvollem, aber funkelndem Zierat geschmückt war, aus welchem drei glänzende Straußenfedern niederwallten und in ihrem tiefen Schwarz einen auffallenden Kontrast mit seinem schneeweißen Lockenhaar bildeten. Sein Tomahawk war mit Silber beschlagen, und der Griff seines Messers schimmerte wie ein Horn von lauterem Gold.

Sobald sich die erste freudige Aufregung über das unerwartete Erscheinen dieses verehrten Mannes ein wenig gelegt hatte, hörte man den Namen »Tamenund« flüstern und von Mund zu Mund gehen. Oft hatte Magua den Ruhm dieses weisen und gerechten Delawarenhäuptlings preisen hören; einen Ruhm, der so weit ging, daß man ihm die seltene Gabe des geheimen Umgangs mit dem großen Geist zuschrieb. Sogar die weißen Usurpatoren bedienten sich, wenn auch mit geringer Veränderung, seines Namens als Schutzheiliger eines untergegangenen großen Reiches[1].

Der Huronenhäuptling eilte hastig aus dem Gedränge an einen Platz, von dem aus er die Züge des Mannes näher ins Auge fassen konnte. Seine entscheidende Stimme würde einen wesentlichen Einfluß auf seine eigene Angelegenheit haben.

Die Augen des Greises waren geschlossen, als wären sie müde, das selbstsüchtige Treiben menschlicher Leidenschaft so lange mitangesehen zu haben. Die Farbe seiner Haut war anders als die der meisten Indianer um ihn her: sie war tiefer und dunkler, was von den feinen labyrinthischen Umrissen der vielen verschlungenen und doch regelmäßigen Figuren herrühren mochte, die durch Tätowieren seinem ganzen Körper eingezeichnet waren. Ungeachtet der in die Augen fallenden Stellung des stumm beobachtenden Huronen ging er an Magua vorüber, ohne ihn zu beachten, und schritt, auf seine ehrwürdigen Begleiter gestützt, der erhöhten Stelle zu, wo er sich mit der Würde eines Monarchen und der Miene eines Vaters mitten unter seinem Volk niederließ.

1 Die Amerikaner nennen ihren Schutzheiligen zuweilen Tamenay, was nur eine Verzerrung des Namens jenes berühmten obengenannten Häuptlings ist. Viele Sagen erwähnen Tamenunds Macht und Charakter.

Nichts konnte die Ehrfurcht und Liebe übertreffen, womit dieser unerwartete Besuch, der eher einer anderen Welt anzugehören schien, vom Volk aufgenommen wurde. Nach einer ehrfurchtsvollen Pause erhoben sich die angesehensten Häuptlinge, traten vor den Patriarchen und legten ehrerbietig seine Hände auf ihre Häupter, als wollten sie seinen Segen erbitten. Die jüngeren Männer begnügten sich, sein Kleid zu berühren oder sich ihm nur zu nähern, um dieselbe Luft wie dieser so betagte, gerechte und tapfere Mann zu atmen. Aber nur die ausgezeichnetsten jungen Krieger nahmen sich diese Freiheit; die große Masse der Versammelten fühlte sich glücklich genug, auch nur die Erscheinung eines so hochverehrten und innig geliebten Mannes schauen zu dürfen. Sobald dieser Tribut der Zuneigung und Ehrfurcht dargebracht war, traten die Häuptlinge wieder auf ihre Plätze zurück, und tiefes Schweigen herrschte im ganzen Lager.

Bald aber erhoben sich einige junge Krieger, die von einem der betagten Begleiter Tamenunds in der Stille ihre Weisung erhalten hatten, verließen die Versammlung und begaben sich zu der Hütte, die den ganzen Morgen schon Gegenstand so vieler Aufmerksamkeit gewesen war. In wenigen Minuten erschienen sie wieder und die Fremden mit ihnen. Die Menge öffnete eine Gasse, und als der Zug sie betreten hatte, schlossen sich die Reihen wieder und bildeten in dem weiten Halbrund einen dichten Gürtel menschlicher Leiber.

Neunundzwanzigstes Kapitel

Die erste unter den Gefangenen war Cora, die in zärtlicher Schwesterliebe ihren Arm um Alice geschlungen hatte. Trotz der furchtbaren, drohenden Umgebung von Wilden auf allen Seiten sorgte sie sich nicht um ihr eigenes Schicksal, sondern hielt ihre Augen unverwandt auf die blassen und ängstlichen Züge der zitternden Alice gerichtet. Dicht an ihrer Seite stand Heyward, der in einem solchen Augenblick banger Ungewißheit mit einer Teilnahme auf beide Gefährtinnen blickte, die seiner Liebe für Alice kaum ein Übergewicht ließ. Falkenauge hatte sich ein wenig in den Hintergrund gestellt, aus Achtung für den höheren Rang seiner Gefährten, den er nicht vergaß, obwohl sie alle in der gleichen Lage waren. Uncas war nicht zugegen.

Als wieder Stille eingetreten war, erhob sich nach der gewohnten langen, eindrucksvollen Pause einer der älteren Häuptlinge, die an der Seite des Patriarchen saßen, und fragte in sehr verständlichem Englisch mit lauter Stimme:

»Welcher von meinen Gefangenen ist La longue Carabine?«

Weder Duncan noch der Kundschafter antworteten. Ersterer aber ließ seine Augen über die dunkle, schweigsame Versammlung schweifen und fuhr einen Schritt zurück, als er auf Maguas boshaftes Angesicht traf. Es wurde ihm schlagartig klar, daß der tückische Wilde bei ihrer Anklage vor dem Stamm seine Hand mit im Spiel hatte, und er war sofort entschlossen, der Ausführung seiner finsteren Pläne jedes mögliche Hindernis in den Weg zu legen. Ein Beispiel des schnellen Rechtsverfahrens der Indianer war noch ganz frisch in seiner Erinnerung, und er fürchtete, sein Gefährte könnte für ein zweites ausersehen sein. Da ihm dieser entscheidende Augenblick wenig oder keine Zeit zur Überlegung ließ, beschloß er, seinen unvergleichlichen Freund zu beschirmen, was immer auch geschehen mochte. Ehe er jedoch Zeit zu sprechen hatte, wurde dieselbe Frage lauter und deutlicher wiederholt.

»Gebt uns Waffen«, antwortete der junge Mann stolz, »und laßt uns in jene Wälder dort gehen. Unsere Taten sollen für uns sprechen.«

»Das ist der Krieger, dessen Name bis zu unseren Ohren gedrungen ist!« sprach der Häuptling und betrachtete Heyward mit jener neugierigen Teilnahme, die so natürlich ist beim Anblick eines Mitmenschen, den Verdienste oder Zufall, Tugenden oder Verbrechen berühmt gemacht haben. »Was hat den weißen Mann in das Lager der Delawaren geführt?«

»Meine Not. Ich kam um Nahrung, Obdach und Freunde.«

»Das kann nicht sein, die Wälder sind voll von Wild. Das Haupt eines Kriegers bedarf keines anderen Obdachs als des unbewölkten Himmels; und die Delawaren sind die Feinde und nicht die Freunde der Yengeese. Geh! Dein Mund hat gesprochen, aber dein Herz sagte nichts.«

Duncan, ein wenig verlegen, wie er fortfahren sollte, schwieg. Der Kundschafter aber, der die ganze Zeit über aufmerksam zugehört hatte, trat mutig hervor und erwiderte: »Daß ich auf den Ruf nach La longue Carabine nicht antwortete, hatte seinen Grund nicht in Scham oder in Furcht, denn weder die eine noch die andere ziemen einem Mann von Ehre. Aber ich gestehe den Mingos nicht das Recht zu, jemandem, den seine Freunde wegen seiner guten Eigenschaften in dieser Hinsicht schon besser bedacht haben, einen anderen Namen beizulegen. Zudem ist ihr Name eine Lüge. Mein Wildtöter ist ein gezogenes Rohr und kein Karabiner. Ich bin der Mann, der von seinen Eltern den Namen Nathanael erhalten hat, den Ehrennamen Falkenauge von jenen Delawaren, die an ihrem eigenen Fluß leben. Ich bin endlich der Mann, den die Irokesen die Lange Büchse zu nennen sich erlaubt haben – ohne mein Zutun, obwohl es mich doch am meisten angeht.«

Die Augen aller Anwesenden, die bisher Duncans Person mit ernstem Blick gemessen hatten, wandten sich nun augenblicklich der aufrechten, eisenfesten Gestalt zu, die einen so rühmlichen Namen für sich in Anspruch nahm. Es war nichts Ungewöhnliches, daß sich zwei Personen um die Ehre stritten, einen solchen Namen zu führen, denn Betrüger waren unter den Eingeborenen, wenn auch selten, so doch nicht unbekannt. Aber dennoch war es wesentlich für den gerechten und strengen Sinn der Delawaren, hier jeden Irrtum auszuschließen. Einige ihrer älteren Männer gingen mit sich zu Rate und entschlossen sich, ihren Besucher darüber zu befragen.

»Mein Bruder hat gesagt, eine Schlange sei in mein Lager gekrochen«, sagte der Häuptling zu Magua, »welchen meinte er damit?«

Der Hurone deutete auf den Kundschafter.

»Will ein weiser Delaware einem kläffenden Wolf Glauben schenken?« rief Duncan, mehr denn je überzeugt von den schlimmen Absichten seines alten Feindes. »Ein Hund lügt niemals; wann aber hat man einen Wolf die Wahrheit sprechen hören?«

Die Augen Maguas sprühten Feuer. Aber schnell erinnerte er sich, wie notwendig es sei, die Beherrschung zu behalten, und wandte sich mit einer Miene stillen Unwillens ab, auch weil er sicher war, daß der Scharfsinn der Indianer die Wahrheit bald entdecken würde. Er täuschte sich nicht. Nach einer zweiten kurzen Beratung wandte sich der bedächtige Delaware ihm wieder zu und teilte in den gewähltesten Ausdrücken den Entschluß der Häuptlinge mit.

»Mein Bruder ist ein Lügner genannt worden«, sagte er, »und seine Freunde sind darob erzürnt. Sie wollen zeigen, daß er die Wahrheit gesprochen hat. Gebt meinen Gefangenen Gewehre, und laßt sie zeigen, welcher der richtige Mann ist.«

Magua stellte sich, als wäre dieser Vorschlag eine Höflichkeit ihm gegenüber, obgleich er wußte, daß nur Mißtrauen ihm zugrunde lag, und machte eine Gebärde der Zustimmung. Er war sicher, daß seine Glaubwürdigkeit von einem so guten Schützen, wie es der Kundschafter war, erwiesen würde.

Die streitenden Freunde erhielten alsbald ihre Waffen mit der Weisung, über die Häupter der sitzenden Menge hinweg auf ein Tongefäß zu schießen, das zufällig sechzig und ein paar Schritte von der Stelle, wo sie standen, auf einem Baumstamm lag.

Heyward lächelte im stillen bei dem Gedanken eines Wettkampfes mit dem Kundschafter. Dennoch war er fest entschlossen, bei seiner Behauptung zu bleiben, bis er Maguas Absichten kannte. Er hob seine Büchse mit der größten Sorgfalt, zielte zu drei wiederholten Malen und feuerte. Die Kugel zerriß das Holz wenige Zoll von dem Gefäß, und ein allgemeiner Ruf des Beifalls verkündete, daß man den Schuß als einen Beweis von großer Geschicklichkeit im Gebrauch der Waffe ansehe. Selbst Falkenauge nickte mit dem Kopf, als wollte er sagen, es sei besser gegangen, als er erwartet hätte. Statt sich aber zu dem beabsichtigten Wettstreit mit dem glücklichen Schützen fertigzumachen, lehnte er sich länger als eine Minute auf seine Büchse, als sei er gänzlich in Gedanken versunken. Aus diesen Träumereien wurde er jedoch von einem der jungen Indianer aufgestört, der die Waffen gebracht hatte. Dieser berührte seine Schulter und sprach in stark gebrochenem Englisch:

»Kann das Bleichgesicht besser machen?«

»Ja, Hurone!« rief der Kundschafter, seine kurze Büchse mit der Rechten erhebend und sie gegen Magua mit einer Leichtigkeit schwingend, als ob es ein Rohr wäre. »Ja, Hurone, ich könnte dich jetzt treffen, und keine Macht der Erde könnte die Tat verhindern. Dem kreisenden Falken ist die Taube so sicher, wie ich deiner in diesem Augenblick wäre, wenn ich dir meine Kugel durch das Herz jagen wollte! Warum sollte ich's nicht? Warum? Weil meine Hautfarbe es mir nicht zuläßt und ich über zarte, unschuldige Wesen Unheil bringen könnte! Wenn du ein Wesen kennst wie Gott, so danke ihm in deinem innersten Herzen – du hast allen Grund dazu!«

Die wutentbrannte Miene, das grimmige Auge und die vor Erregung fast berstende Gestalt des Kundschafters beeindruckten die Zuhörer zutiefst. Die Delawaren hielten vor Erwartung den Atem an. Aber Magua blieb, wiewohl er der Mäßigung seines Feindes nicht traute, ruhig und unbeweglich stehen, wo ihn die Menge in dem Gedränge festhielt, als sei er mit der Erde verwachsen.

»Besser machen!« wiederholte der junge Delaware an der Seite des Kundschafters.

»Besser machen – was, Narr? – Was?« rief Falkenauge und schwang immer noch ergrimmt seine Waffe über dem Haupt, obgleich sein Auge nicht länger Magua suchte.

»Wenn der weiße Mann der Krieger ist, für den er sich ausgibt«, sprach der betagte Häuptling, »so schieße er näher an das Ziel!«

Der Kundschafter lachte laut – ein so unnatürliches Lachen, daß Heyward zusammenzuckte –, ließ das Gewehr schwer in die ausgestreckte linke Hand fallen: es ging los, scheinbar durch die Erschütterung, trieb die zerschmetterten Stücke des Gefäßes in die Luft und streute sie umher. Beinahe im selben Augenblick hörte man ein anderes Geräusch. Es rührte von der Büchse her, die der Kundschafter verächtlich auf die Erde geworfen hatte.

Der erste Eindruck eines so außerordentlichen Auftritts war ungeteilte Bewunderung. Dann lief ein leises Gemurmel durch die Menge, das allmählich lauter wurde, mehr und mehr anschwoll und zeigte, daß die Zuschauer über diese Demonstration verschiedener Meinung waren. Während einige einer so beispiellosen Geschicklichkeit unverhohlen ihren Beifall zollten, war der bei weitem größere Teil des Stammes geneigt zu glauben, der Schuß danke seinen Erfolg nur dem Zufall. Heyward zögerte nicht, eine Meinung zu bekräftigen, die seinen eigenen Zielen entgegenkam. »Es war Zufall!« rief er. »Niemand kann schießen, ohne zu zielen!«

»Zufall!« echote der gereizte Waidmann, der sich nun einmal in den Kopf gesetzt hatte zu beweisen, daß er wirklich der sei, für den er sich ausgegeben hatte, und bei dem alle geheimen Winke Heywards, die Täuschung zu begünstigen, gänzlich verloren waren.

»Hält jener lügnerische Hurone es auch für Zufall? Gebt ihm ein Gewehr, stellt uns einander gegenüber, offen, ohne Schutz, auf daß die Vorsehung und unsere Augen die Sache entscheiden. Euch mache ich diesen Vorschlag nicht, Major: unser Blut ist von ein und derselben Farbe, und wir dienen ein und demselben Herrn.«

»Daß der Hurone ein Lügner ist, liegt zutage«, versetzte Heyward kalt; »Ihr habt ihn selbst behaupten hören, Ihr seid La longue Carabine.«

Aber Falkenauge wollte nun einmal beweisen, daß er der wahre Mann sei. Es ist schwer zu bestimmen, wohin ihn sein Ungestüm noch geführt hätte, wäre nicht der betagte Delaware noch einmal als Vermittler aufgetreten. »Der Falke, der aus den Wolken niederschießt, kann dahin zurückkehren, wenn er will«, sprach er. »Gebt ihnen die Gewehre!« Diesmal ergriff der Kundschafter die Büchse mit Begierde, und Magua, der die Bewegungen des Schützen mit scheelen Augen beobachtete, hatte keinen weiteren Grund zur Besorgnis.

»Nun soll es sich entscheiden im Angesicht dieses Delawarenstammes, wer der bessere Mann ist!« rief der Kundschafter und deutete mit dem Finger, der so oft zu einem tödlichen Schuß abgedrückt hatte, auf das neue Ziel seiner Büchse. »Ihr seht die Kürbisflasche dort an dem Baum hängen, Major. Wenn Ihr ein Schütze seid, wie er in den Grenzlanden sein muß, so trefft Ihr die Schale!«

Duncan faßte den Gegenstand ins Auge und schickte sich an, die Probe von neuem zu bestehen. Die Kürbisflasche war eines jener kleinen Gefäße, deren sich die Indianer bedienen, und hing an einem Riemen aus Hirschleder von dem dürren Ast einer kleinen Fichte herab, volle hundertundfünfundzwanzig Schritte entfernt. Ein so wunderliches Gefühl ist die Eigenliebe, daß der junge Soldat die ursprüngliche Veranlassung dieses Wettstreites vergaß und nur noch siegen wollte, wobei ihm das Urteil seiner wilden Schiedsrichter völlig gleichgültig geworden war. Wir haben bereits gesehen, daß seine Geschicklichkeit nichts weniger als unbedeutend war, und er beschloß nun, auch das letzte aufzubieten. Hätte sein Leben von dem Ausgang abgehangen, er hätte nicht aufmerksamer und sorgfältiger zielen können. Er gab Feuer, und drei oder vier junge Indianer, die bei dem Knall hingesprungen waren, verkündeten jubelnd, die Kugel stecke dicht neben dem eigentlichen Ziel in dem Baum. Die Krieger erhoben allesamt ein Freudengeschrei und richteten dann ihre Augen forschend auf die Bewegungen des Nebenbuhlers.

»Das reicht hin für die königlichen Amerikaner!« bemerkte Falkenauge, noch einmal in seiner stillen, herzlichen Weise lachend. »Aber hätte mein Gewehr oft nur so weit die rechte Linie verfehlt, so würde mancher Marder, dessen Pelz jetzt den Muff einer Dame ziert, noch in den Wäldern sein; ja, und mancher blutdürstige Mingo, der dahingegangen ist zum letzten Gericht, würde noch heutigentags seine Teufeleien in den Grenzprovinzen treiben. Ich hoffe, die Squaw, der die Flasche gehört, hat noch mehr dergleichen in ihrem Wigwam; denn diese da wird kein Wasser mehr halten!«

Der Kundschafter hatte während des Sprechens sein Zündpulver geschüttelt und die Büchse gespannt. Als er fertig war, setzte er einen Fuß rückwärts und hob die Mündung langsam in die Höhe. Die Bewegung geschah sicher, gleichmäßig und in ein und derselben Richtung. Als sie gänzlich waagerecht lag, ruhte sie einen Augenblick, ohne im geringsten zu zittern oder die Lage zu ändern, als ob Mann und Büchse in Stein gehauen wären. Während dieses Stillstands entlud sich der Schuß in einem hellen, glänzenden Feuerstrom. Abermals sprangen die jungen Indianer hin; doch ihr hastiges Suchen und die Enttäuschung in ihren Blicken verkündeten, daß keine Spuren der Kugel zu sehen waren.

»Geh!« sprach der alte Häuptling zu dem Kundschafter im Ton tiefer Mißbilligung. »Du bist ein Wolf in der Haut eines Hundes. Ich will mit der Langen Büchse der Yengeese sprechen.«

»Ach, daß ich die Flinte hätte, welche mir den Namen gab, den du gebrauchst! Ich wollte mich verpflichten, den Riemen durchzuschießen und die Kürbisflasche herabzuwerfen, ohne sie zu zerbrechen!« sprach Falkenauge, keineswegs außer Fassung gebracht durch das Benehmen des anderen; »Narren, wenn ihr die Kugel eines Scharfschützen aus diesen Wäldern finden wollt, müßt ihr *in* dem Ziel suchen und nicht *außerhalb*!«

Die jungen Indianer verstanden ihn sogleich, denn er sprach diesmal in der Sprache der Delawaren. Sie rissen den Kürbis vom Baum herab, hielten ihn unter ausgelassenem Jubelgeschrei in die Höhe und zeigten dabei auf ein Loch im Boden, das die Kugel durch die Öffnung der Flasche hindurch geschlagen hatte. Bei dieser unerwarteten Aufklärung brachen alle anwesenden Krieger in ein lautes und stürmisches Beifallrufen aus. Es entschied die Frage und gab Falkenauge den Besitz seines gefährlichen Ruhmes wieder. Die Augen, die sich voller Neugierde und Bewunderung Heyward zugewandt hatten, blieben jetzt auf der verwitterten Gestalt des Kundschafters ruhen. Er war von nun an der Hauptgegenstand der Aufmerksamkeit für die einfachen und unverdorbenen Wesen um ihn herum. Als die plötzliche, geräuschvolle Aufregung sich ein wenig gelegt hatte, nahm der betagte Häuptling sein Verhör wieder auf:

»Warum wolltest du meine Ohren verstopfen?« fragte er, wieder zu Duncan gewandt. »Glaubst du, die Delawaren sind Toren, daß sie nicht imstande wären, den jungen Panther von der Katze zu unterscheiden?«

»Und doch werden sie in dem Huronen einen falschen Singvogel finden!« entgegnete Duncan, indem er sich bemühte, die Bildersprache der Eingeborenen nachzuahmen.

»Es ist gut. Wir werden sehen, wer die Ohren der Männer schließen kann. Bruder!« fügte der Häuptling hinzu und lenkte seine Augen auf Magua. »Die Delawaren hören dich!«

Als er so deutlich und unmittelbar aufgefordert wurde, seine Absicht zu erklären, erhob sich der Hurone, schritt mit großer Würde und Besonnenheit in die Mitte des Kreises, den Gefangenen gerade gegenüber, und schickte sich zum Sprechen an. Ehe er aber seinen Mund öffnete, ließ er seine Blicke langsam über den ganzen lebendigen Gürtel ernster Gesichter schweifen, als wollte er seinen Vortrag der Fassungskraft der Zuhörer anpassen. Auf Falkenauge warf er einen feindseligen und doch achtungsvollen Blick, auf Duncan einen des unauslöschlichsten Hasses; die angstgeschüttelte Gestalt Alices würdigte er kaum des Ansehens. Als aber sein Auge der kühnen, gebieterischen und doch so liebenswürdigen Erscheinung Coras ansichtig wurde, blieb es eine Weile mit einem Ausdruck haften, der sich schwer beschreiben ließe. Dann sprach er, ganz von seinen finsteren Plänen erfüllt, in der Sprache Kanadas, die, wie er wohl wußte, von den meisten seiner Zuhörer verstanden wurde.

»Der Geist, der die Menschen schuf, gab ihnen verschiedene Farben«, begann der schlaue Hurone. »Die einen sind schwärzer als der träge Bär. Diese, sprach er, sollen Sklaven sein, und er gebot ihnen, gleich dem Biber, immerwährende Arbeit. Wenn der Südwind weht, könnt ihr sie an den Gestaden des großen Salzsees stöhnen hören, lauter als die brüllenden Büffel; man bringt sie scharenweise in großen Kanus und holt sie auch wieder weg. Andere schuf er mit Gesichtern, bleicher als der Hermelin in den Wäldern: diese hieß er Krämer werden, hündisch ergeben ihren Weibern, aber wie Wölfe gegen ihre Sklaven. Diesem Volk gab er die Natur der Taube: Schwingen, die nie müde werden, Junge, zahlloser als die Blätter der Bäume, und eine Freßlust, die Erde zu verschlingen. Er gab ihm Zungen gleich dem falschen Ruf der wilden Katze, Herzen wie die der Kaninchen; die Schlauheit des Schweins (aber nicht die des Fuchses) und Arme, länger als die Beine des Elchs. Mit seiner Zunge verstopft er die Ohren der Indianer; sein Herz lehrt ihm, Krieger anzuwerben, um seine Schlachten auszukämpfen. Seine Schlauheit gibt ihm die Möglichkeit, die Schätze der Erde an sich zu raffen, und seine Arme umschließen das Land von den Gestaden des Salzwassers bis zu den Inseln der großen Seen. Seine Gefräßigkeit macht es krank. Gott gab ihm genug, und doch will es alles haben. So sind die Bleichgesichter.«

»Wieder andere schuf der große Geist mit einer Haut, glänzender und röter als die Sonne dort«, fuhr Magua fort, ausdrucksvoll auf die matte Scheibe deutend, die sich durch die Nebel am Horizont kämpfte; »und diese bildete er nach seinem eigenen Sinn. Er gab ihnen dies Eiland, wie er es geschaffen hatte, bedeckt mit Bäumen und voll Wild. Der Wind bahnte ihnen Lichtungen, die Sonne und der Regen reiften ihre Früchte, und der Schnee kam, sie Dankbarkeit zu lehren. Was bedurften sie Straßen, um darauf zu reisen? Ihre Augen drangen durch die Berge hindurch. Wenn die Biber arbeiteten, lagen sie im Schatten und sahen ihnen zu. Die Winde kühlten sie im Sommer; im Winter hielten Felle sie warm. Wenn sie untereinander fochten, so war es nur, um sich als Männer zu erproben. Sie waren tapfer, sie waren gerecht, sie waren glücklich.«

Hier machte der Redner eine Pause und blickte abermals um sich, ob seine Worte die Zustimmung der Zuhörer gewonnen hätten. Überall traf er auf Augen, die sich auf ihn richteten, die Häupter emporgereckt, die Nasenlöcher geweitet, als ob jeder einzelne Kraft und Mut in sich fühlte, das seinem Geschlecht widerfahrene Unrecht wieder gutzumachen.

»Wenn der große Geist seinen roten Kindern verschiedene Sprachen gab«, fuhr er in gedämpftem, leisem, fast melancholischem Ton fort, »so war es, damit alle Tiere sie verstehen können. Die einen wies er in die Schneegefilde zu ihrem Vetter, dem Bären; andere zum Untergang der Sonne auf dem Weg in die glücklichen Jagdgründe; einige in die Länder um die großen frischen Wasser. Seinen größten und geliebtesten aber gab er die sandigen Küstenflächen des Salzsees. Kennen meine Brüder den Namen dieses begünstigten Volkes?«

»Es waren die Lenapen!« riefen zwanzig Stimmen eifrig und wie aus einem Mund.

»Es waren die Lenni-Lenapen!« erwiderte Magua, das Haupt wie aus Ehrfurcht vor ihrer ehemaligen Größe beugend. »Es waren die Stämme der Lenapen! Die Sonne ging ihnen auf aus dem Wasser, das salzig, und ging unter in dem Wasser, das süß war: nie verbarg sie sich ihren Augen. Doch warum sollte ich, ein Hurone aus den Wäldern, einem weisen Volk seine eigenen Überlieferungen erzählen? Warum es erinnern an die erlittene Unbill, an seine alte Größe, seine Taten, seinen Ruhm, sein Glück, seine Verluste, seine Niederlagen, sein Elend? Ist keiner unter ihnen, der das alles mit angesehen hat, der weiß, daß ich Wahrheit rede? Ich bin am Ende. Meine Zunge ist stumm, denn mein Herz ist schwer wie Blei. Ich höre.«

Als der Sprecher plötzlich verstummte, wandten sich jedes Gesicht und aller Augen wie auf ein geheimes Zeichen auf den ehrwürdigen Tamenund. Von dem Augenblick an, da er seinen Sitz eingenommen hatte, waren die Lippen des Patriarchen verschlossen geblieben, und kaum war ihm ein Zeichen des Lebens entschlüpft. Er saß, von Schwäche gebeugt, und schien während der ganzen Eröffnungsszene, in der die Redekunst des Kundschafters sich so glänzend zeigte, auf nichts zu achten, was um ihn her vorging. Als aber Magua die Töne seiner Stimme unmerklich steigerte, bezeugte er eine leise Anteilnahme und hob sogar ein- oder zweimal das Haupt, als wollte er lauschen. Als der schlaue Hurone aber seine Nation beim Namen nannte, öffneten sich die Augenlider des alten Mannes, und er schaute auf die Menge mit jenem leeren, bedeutungslosen Ausdruck, den man bei einem Gespenst erwarten würde. Er versuchte jetzt aufzustehen: unterstützt von seinen beiden Freunden, wurde er Herr seiner Glieder und stand nun in einer Haltung, die durch ihre Würde Ehrfurcht gebot, wiewohl seine Knie vor Schwäche zitterten.

»Wer ruft die Kinder der Lenapen auf?« sprach er in tiefem Kehlton, der schaurig klang in der atemlosen Stille der Menge. »Wer spricht von Dingen, die vergangen sind? Wird nicht das Ei zum Wurm, der Wurm zur Fliege, die dann zugrunde geht? Warum den Delawaren von Gütern sprechen, die verloren sind? Lieber dem Manitou danken für das, was geblieben ist.«

»Es ist ein Wyandot, der das tut«, sagte Magua und näherte sich dem Erdhügel, auf dem der andere stand; »ein Freund von Tamenund.«

»Ein Freund!« wiederholte der Weise, dessen Braue sich finster zusammenzog, so daß sein Ausdruck einen Teil jener Strenge zurückgewann, die sein Auge in früheren Jahren so furchtbar machte. »Sind die Mingos Herren der Erde? Was führt einen Huronen hierher?«

»Gerechtigkeit. Seine Gefangenen sind bei seinen Brüdern, und er kommt, sein Eigentum zurückzufordern.«

Tamenund wandte sein Haupt zu einem der Alten, die ihn stützten, und ließ sich mit kurzen Worten berichten. Dann faßte er den Bittenden ins Auge, betrachtete ihn eine Weile mit großer Aufmerksamkeit und sprach mit leiser Stimme, fast zögernd:

»Gerechtigkeit ist das Gesetz des großen Manitou. Meine Kinder, gebt dem Fremden zu essen. Dann, Hurone, nimm, was dein ist, und entferne dich!«

Nach diesem feierlichen Urteilsspruch nahm der Patriarch seinen Sitz wieder ein und schloß die Augen, als hätte er größeres Gefallen an den Bildern seiner eigenen gereiften Erfahrung, denn an den sichtbaren Dingen dieser Welt. Gegen einen solchen Ausspruch zu murren, geschweige sich zu widersetzen, wagte kein Delaware. Die Worte waren kaum gesprochen, als vier oder fünf jüngere Krieger hinter Heyward und den Kundschafter traten und ihre Arme so geschickt und schnell mit Riemen umschlangen, daß beide sich kaum bewegen konnten. Duncan war zu sehr in Anspruch genommen von seiner kostbaren, beinahe besinnungslosen Bürde, um rechtzeitig zu merken, was mit ihm geschah. Und der Kundschafter, der sogar die feindlich gesinnten Stämme der Delawaren als eine Art höherer Wesen betrachtete, unterwarf sich ohne Widerstand. Vielleicht hätte er sich nicht so passiv verhalten, wenn ihm die Mundart, in der das vorhergehende Gespräch geführt worden war, völlig verständlich gewesen wäre.

Magua warf einen Blick des Triumphes auf die Versammlung umher, ehe er zur Ausführung seines Vorhabens schritt. Da er die Männer außerstande sah, Widerstand zu leisten, wandte er sich an Cora, auf deren Besitz er den größten Wert legte. Sie begegnete seinem Blick mit einem so ruhigen und festen Auge, daß sein Entschluß zu wanken begann. Seines früheren Kunstgriffs gedenkend, nahm er Alice aus den Armen des Kriegers, an den sie sich lehnte, bedeutete Heyward, ihm zu folgen, und winkte der ihn umgebenden Menge, ihm einen Weg zu öffnen. Aber diesmal folgte Cora nicht ihrem schwesterlichen Impuls, sondern warf sich zu Füßen des Patriarchen und erhob ihre Stimme:

»Gerechter, ehrwürdiger Delaware, an deine Weisheit und Macht wenden wir uns um Gnade! Sei taub gegen jenes arglistige, gewissenlose Ungeheuer, das deine Ohren mit Falschheit vergiftet, um seinen Blutdurst zu stillen. Du, der du lange gelebt und die Übel der Welt kennengelernt hast, solltest das Elend der Unglücklichen zu mildern wissen!«

Die Augen des alten Mannes öffneten sich schwerfällig, und noch einmal blickte er auf die versammelte Menge. Als die durchdringenden

»Hurone, nimm, was dein ist!«

Töne der Flehenden sein Ohr trafen, bewegten sie sich langsam zu Cora hin und blieben endlich fest auf ihr ruhen. Auf die Knie geworfen und mit ineinandergeschlungenen, auf die Brust gedrückten Händen lag sie da, ein schönes, atmendes Muster ihres Geschlechts, während sie mit einer Art heiliger Ehrfurcht auf das verwelkte, aber majestätische Antlitz des Greises blickte. Allmählich veränderte sich der Ausdruck von Tamenunds Zügen, und ihre Leere ging in Bewunderung über. Sein Gesicht erhellte ein Schimmer jugendlichen Feuers, das er hundert Jahre früher so oft unter den Stämmen der Delawaren anzufachen wußte. Ohne Hilfe und, wie es schien, ohne Anstrengung erhob er sich und fragte mit einer Stimme, deren Festigkeit seine Zuhörer in Erstaunen setzte:

»Wer bist du?«

»Ein Weib, von einem verhaßten Geschlecht, wenn du willst – eine Yengee, aber ein Wesen, das dir nie etwas zuleide getan hat und deinem Volk nichts zuleide tun kann, wenn es auch wollte – ein Wesen, das dich um Beistand anfleht.«

»Sagt mir, meine Kinder«, fuhr der Patriarch mit rauher Stimme fort und beugte sich zu den Umstehenden, obgleich seine Augen immer noch auf der knienden Cora weilten, »wo haben sich die Delawaren gelagert?«

»Auf den Bergen der Irokesen, jenseits der klaren Quellen des Horican.«

»Mancher sengende Sommer ist gekommen und gegangen«, fuhr der Weise fort, »seit ich von den Wassern meines eigenen Flusses getrunken habe. Die Kinder des Miquon[1] sind die gerechtesten unter den weißen Männern; aber sie waren durstig und nahmen den Fluß für sich. Folgen sie uns so weit?«

»Wir folgen niemandem nach; wir begehren nichts«, antwortete Cora. »Als Gefangene gegen unseren Willen wurden wir in eure Mitte gebracht und bitten nur um Erlaubnis, in Frieden zu den Unsrigen heimkehren zu dürfen. Bist du nicht Tamenund, der Vater, der Richter – fast möchte ich sagen, der Prophet dieses Volkes?«

»Ich bin Tamenund, der so viele Tage erlebt hat.«

»Es sind jetzt sieben Jahre her, daß sich einer aus deinem Volk an

1 William Penn hieß bei den Delawaren Miquon; und da er sich nie eine Gewalttat oder Ungerechtigkeit zuschulden kommen ließ, war seine Lauterkeit zum Sprichwort geworden. Der Amerikaner ist mit Recht auf den Ursprung seines Volkes stolz, der vielleicht seinesgleichen in der Geschichte der Welt nicht mehr findet. Die Pennsylvaner und Jerseyer aber dürfen sich vor den Bewohnern anderer Staaten auf ihre Vorfahren etwas zugute tun, da sie sich gegen die ursprünglichen Eigentümer des Bodens kein Unrecht vorzuwerfen haben.

den Grenzen dieser Provinz in den Händen eines weißen Häuptlings befand. Er sagte, daß er vom Blute des guten und gerechten Tamenund sei. Geh, sprach der weiße Mann, um deines Verwandten willen bist du frei! Erinnerst du dich des Namens dieses englischen Kriegers?«

»Ich erinnere mich«, versetzte der Patriarch mit der eigentümlichen Erinnerungsgabe des höchsten Alters. »Als ich noch ein lachender Knabe war, stand ich auf dem Sand des Seeufers und sah ein großes Kanu mit Schwingen, weißer als die des Schwans und breiter als die vieler Adler, vom Aufgang der Sonne kommen –«

»Nein, nein, ich spreche von keiner so fernen Zeit, sondern von einer Wohltat, die einer der Meinigen einem Verwandten von dir erwiesen hat. Dein jüngster Krieger kann sich dessen erinnern!«

»War es, als die Yengeese und die Holländer um die Jagdgebiete der Delawaren kämpften? Da war Tamenund ein Häuptling und tauschte zuerst den Bogen mit dem Blitz der Bleichgesichter –«

»Auch da nicht«, unterbrach ihn Cora, »viele Jahrzehnte später! Ich rede von gestern. Gewiß, gewiß – du hast es nicht vergessen!«

»Erst gestern noch«, fuhr der Alte mit rührendem Pathos fort, »waren die Kinder der Lenapen Herren der Welt. Die Fische des Salzsees, die Vögel, die Tiere und die Mengwes der Wälder erkannten sie als ihre Herren an.«

Cora ließ bitter enttäuscht ihr Haupt sinken und kämpfte einen Augenblick mit ihrem Schmerz; dann erhob sie ihr sprechendes Antlitz und ihre strahlenden Augen und fuhr in einem Ton fort, der beinahe ebenso eindringlich wie die überirdisch klingende Stimme des Patriarchen klang:

»Sage mir, ist Tamenund Vater?«

Mit einem wohlwollenden Lächeln auf seinen erstorbenen Zügen blickte der Greis auf sie herab, blickte langsam über die Versammlung und antwortete:

»Vater einer Nation.«

»Für mich selbst erbitte ich nichts«, fuhr sie fort, ihre Hände krampfhaft auf das Herz gedrückt und das Haupt so tief gesenkt, daß ihre glühenden Wangen von der Fülle glänzend schwarzer Locken, die unordentlich über ihre Schultern fielen, beinahe bedeckt wurden. »Wie bei dir und den Deinigen, ehrwürdiger Häuptling, ist der Fluch meiner Vorfahren schwer auf ihr Kind gefallen. Aber dort ist eine, die nie zuvor des Himmels Ungunst gekannt hat. Sie ist die Tochter eines alten, schwachen Mannes, dessen Tage gezählt sind. Sie hat viele, sehr viele, die sie lieben, deren Wonne sie ist, und sie ist zu gut, viel zu kostbar, ein Opfer jenes Schurken zu werden!«

»Ich weiß, die Bleichgesichter sind ein stolzes und gieriges Geschlecht. Ich weiß, sie wollen nicht nur die Erde besitzen; selbst der Geringste ihrer Farbe soll besser sein als die hervorragendsten Häuptlinge der roten Männer. Die Hunde und die Krähen ihrer Stämme«, fuhr der ernste alte Häuptling fort, ohne zu bemerken, wie tief er die Gefühle seiner Zuhörerin verletzte, die ihr Haupt tief beschämt zu Boden senkte, »würden bellen und krähen, ehe sie ein Weib, dessen Farbe nicht weiß wie der Schnee ist, in ihre Wigwams nähmen. Aber sie mögen nicht zu laut vor Manitous Angesicht prahlen! Bei Sonnenaufgang kamen sie ins Land, sie könnten es bei Sonnenuntergang wieder verlassen müssen. Oft habe ich die Heuschrecken das Laub von den Bäumen fressen sehen; aber die Zeit der Blüten ist immer wieder gekommen.«

»So ist es«, sprach Cora mit einem tiefen Seufzer, als ob sie aus einer Erstarrung erwachte. Sie erhob ihr Gesicht, warf ihren glänzenden Schleier zurück und fuhr fort mit einem Auge, dessen Feuer der tödlichen Blässe ihres Gesichtes widersprach; »aber warum – das dürfen wir nicht fragen. Doch noch einer aus deinem eigenen Volk ist da, der noch nicht vor dich gebracht worden ist. Ehe du den Huronen im Triumph fortziehen läßt, höre ihn an!«

Als Tamenund zweifelnd um sich blickte, sagte einer seiner Begleiter:

»Es ist eine Schlange – eine Rothaut im Sold der Yengeese. Wir behalten ihn für die Marter.«

»Laßt ihn kommen!« sprach der Weise.

Noch einmal sank Tamenund auf seinen Sitz zurück, und die jungen Krieger schickten sich an, seinem lapidaren Befehl zu folgen. Es herrschte eine so tiefe Stille, daß man das Rauschen der Blätter vom nahen Wald vernehmen konnte, die der leichte Morgenwind sanft bewegte.

Dreißigstes Kapitel

Die Stille dauerte viele bange Minuten, und kaum ein menschlicher Laut unterbrach sie. Dann öffnete sich die wogende Menge, schloß sich wieder, und Uncas stand im Kreis der Versammelten. Aller Augen, die bisher in den Gesichtszügen des Weisen als der Quelle ihres Selbstverständnisses wißbegierig geforscht hatten, wandten sich jetzt um und hafteten in stiller Bewunderung auf der hohen, geschmeidigen, tadellosen Gestalt des Gefangenen. Aber weder die Umgebung noch die ausschließliche Aufmerksamkeit, die er auf sich zog, störte die

Selbstbeherrschung des jungen Mohikaners. Er warf einen besonnenen, beobachtenden Blick um sich her und begegnete dem entschieden feindseligen Ausdruck der Häuptlinge mit derselben Ruhe wie dem neugierigen Gaffen der Kinder. Als aber sein stolzes und forschendes Auge zuletzt auf Tamenund fiel, blieb es ruhen, als ob alles andere vergessen wäre. Dann trat er mit leisem, geräuschlosem Schritt unmittelbar vor den erhöhten Sitz des Weisen. Hier stand er unbeachtet, faßte selbst aber jenen scharf ins Auge, bis einer der Häuptlinge Tamenund von seiner Gegenwart in Kenntnis setzte.

»In welcher Sprache spricht der Gefangene mit Manitou?« fragte der Patriarch, ohne die Augen aufzuschlagen.

»In der seiner Väter«, antwortete Uncas; »in der Sprache der Delawaren.«

Auf diese plötzliche, unerwartete Äußerung lief ein gedämpftes, wildes Murren durch die Menge, dem Grollen des Löwen vergleichbar, wenn seine Leidenschaft erwacht; ein furchtbares Vorzeichen künftigen Grimmes. Der Eindruck dieser Worte auf den Weisen war ebenso stark, obgleich er sich auf andere Art zu erkennen gab. Tamenund fuhr mit der Hand über die Augen, als wolle er sie von einem so schmachvollen Anblick fernhalten, und wiederholte in seinen leisen Kehllauten die soeben gehörten Worte:

»Ein Delaware! Ich habe erlebt, daß die Stämme der Lenapen, von ihren Versammlungsfeuern vertrieben, gleich zersprengten Rudeln Wildes zwischen die Berge der Irokesen zerstreut wurden. Ich habe die Äxte eines fremden Volkes die Wälder in den Tälern fällen sehen, die die Stürme des Himmels verschont hatten. Ich habe gesehen, wie das Wild, das auf den Bergen geht, und die Vögel, die über die Bäume fliegen, in den Wigwams der Menschen leben. Aber noch nie zuvor habe ich gefunden, daß ein Delaware so niederträchtig war, einer giftigen Schlange gleich in die Lager seiner Nation zu kriechen.«

»Die gleißnerischen Singvögel haben ihre Schnäbel geöffnet«, entgegnete Uncas in den sanftesten Tönen seiner melodischen Stimme, »und Tamenund hat auf ihren Gesang gehört!«

Der Weise fuhr empor und neigte sein Haupt auf die Seite, als wollte er die fliehenden Töne einer verklungenen Melodie erhaschen.

»Träumt Tamenund?« rief er. »Welche Stimme klingt in seinem Ohr? Sind die Winter rückwärts gegangen? Wird der Sommer wieder zu den Kindern der Lenapen kommen?«

Feierliches, ehrfurchtsvolles Schweigen folgte diesem unzusammenhängenden Ausbruch aus dem Mund des Propheten. Sein Volk glaubte, die unverständlichen Worte gehörten zu einer jener geheimnisvollen Unterredungen, die er mit höheren Wesen pflegte. Alle warteten daher mit heiliger Scheu auf das Ergebnis der ihm zuteil gewordenen Offenbarung. Nach einer langen Pause jedoch wagte einer der älteren Männer ihn an den Gefangenen zu mahnen, denn er merkte, daß dem Weisen die Anwesenheit des Fremdlings völlig entfallen war.

»Der falsche Delaware zittert, Tamenunds Worte zu vernehmen«, sprach er. »Es ist ein Spürhund, der aufheult, wenn ihm die Yengeese eine Fährte zeigen.«

»Und ihr«, entgegnete Uncas, finster um sich blickend, »seid Hunde, die winseln, wenn euch die Franzosen den Abfall von ihrem Wild hinwerfen.«

Zwanzig Messer blitzten in der Luft, und ebenso viele Krieger sprangen nach dieser beißenden und vielleicht berechtigten Erwiderung auf, aber der Wink eines der Häuptlinge unterdrückte den Ausbruch ihrer Wut und stellte die Ruhe scheinbar wieder her. Dies wäre vielleicht schwieriger gewesen, hätte nicht Tamenund durch eine Bewegung angedeutet, daß er wieder sprechen wolle.

»Delaware«, begann der Weise wieder, »wenig verdienst du deinen Namen. Mein Volk hat seit vielen Wintern keinen hellen Sonnenschein gesehen, und der Krieger, der seinen Stamm verläßt, wenn Wolken ihn verhüllen, ist ein doppelter Verräter. Manitous Gesetz ist gerecht. So ist es: solange die Ströme fließen und die Berge stehen, solange die Blüten auf den Bäumen kommen und wieder gehen, muß es so sein. Er ist euer, meine Kinder, verfahrt mit ihm nach Gerechtigkeit.«

Kein Glied hatte sich bewegt, kein Atemzug war zu hören, bevor die letzte Silbe dieses endgültigen Urteils über Tamenunds Lippen kam. Jetzt aber erscholl mit einem Mal ein Rachegeschrei, das, wie es schien, aus dem Mund der ganzen Nation kam, ein schrecklicher Vorbote ihrer barbarischen Absichten. Mitten unter diesem langanhaltenden, wilden Geheul verkündete ein Häuptling mit lauter Stimme, der Gefangene sei verurteilt, die schreckliche Feuertortur zu erdulden. Der Kreis löste sich auf, und frohlockende Rufe mischten sich in den Lärm und Tumult der Vorbereitungen. Heyward rang halb wahnsinnig mit seinen Siegern; Falkenauge begann, ängstlich und sehr ernst um sich zu blicken, und Cora warf sich dem Patriarchen zu Füßen, um noch einmal seine Gnade zu erflehen.

In diesen Augenblicken der Prüfung war Uncas allein gelassen geblieben. Unbewegt blickte er auf die Vorbereitungen, und als die Quäler nahten, um ihn zu ergreifen, erwartete er sie in fester, aufrechter Haltung. Einer unter ihnen, womöglich noch grimmiger und wilder als die andern, griff den jungen Krieger bei seinem Jagdhemd und zerrte es ihm mit einem Griff vom Leibe. Dann stürzte er mit wahnsinnigem Jubel auf sein widerstandsloses Schlachtopfer, um es an den Pfahl zu

Der Delaware wies voller Erstaunen auf die Brust des Gefangenen.

führen. In dem Augenblick aber, da der Wilde den Gefühlen der Menschlichkeit am meisten entfremdet schien, hielt er so plötzlich inne, als ob eine übernatürliche Macht für Uncas gesprochen hätte. Die Augäpfel des Delawaren schienen aus ihren Höhlen treten zu wollen; sein Mund öffnete sich, und seine ganze Gestalt war vor Erstaunen wie erstarrt. Langsam und gemessen hob er seine Hand und wies mit dem

Finger auf die Brust des Gefangenen. Seine Begleiter drängten sich verwundert um ihn, und alle Augen starrten, gleich den seinigen, auf die Gestalt einer kleinen Schildkröte, die in glänzend blauer Farbe auf die Brust des Gefangenen tätowiert war.

Ruhig lächelnd genoß Uncas einen Augenblick seinen Triumph. Dann wies er die Menge mit einer stolzen Bewegung seines Armes zurück, trat mit der Würde eines Königs vor das Volk und sprach mit einer Stimme, die das laut werdende Gemurmel der Bewunderung übertönte: »Männer der Lenni-Lenapen! Mein Geschlecht trägt die Erde! Euer schwacher Stamm steht auf meinem Schild! – Welches Feuer, das ein Delaware entzündet hat, würde das Kind meiner Väter verbrennen?« fuhrt er fort, mit Stolz auf den einfachen Bilderschmuck seiner Haut deutend. »Das Blut aus einem solchen Born müßte eure Flammen ersticken. Mein Geschlecht ist der Großvater von Nationen!«

»Wer bist du?« fragte Tamenund und erhob sich, mehr erschreckt durch die Laute, die in sein Ohr drangen, als ergriffen von den Worten des Gefangenen.

»Uncas, der Sohn Chingachgooks!« antwortete der Gefangene bescheiden, wendete sich von der Menge ab und beugte sein Haupt ehrerbietig vor dem Rang und den Jahren des anderen. »Ein Sohn des großen Unamis!«[1]

»Tamenunds Stunde ist nahe!« rief der Weise. »Der Tag hat sich endlich zur Nacht gewendet! Ich danke Manitou, daß einer hier ist, meinen Platz am Versammlungsfeuer einzunehmen. Uncas, das Kind des Uncas ist gefunden! Laßt die Augen des sterbenden Adlers in die aufgehende Sonne blicken!«

Der Jüngling schritt leichten, aber stolzen Schrittes die Erhöhung hinauf, wo er der ganzen bewegten und verwunderten Menge sichtbar wurde. Tamenund hielt ihn lange mit ausgestrecktem Arm vor sich und nahm, mit unverwandtem Auge auf Uncas schauend, jeden Zug des schönen Antlitzes in sich auf wie einer, der sich glückliche Tage wieder zurückruft.

»Ist Tamenund ein Knabe?« rief der verwirrte Prophet endlich aus. »Habe ich nur geträumt von so vielen Wintern, geträumt, daß mein Volk gleich dem flutenden Sand zerstreut worden ist von den Yengeese, die zahlreicher als die Blätter auf den Bäumen das Land überschwemmt haben? Tamenunds Pfeil würde das Hirschkalb nicht mehr schrecken, sein Arm ist welk wie der Ast einer abgestorbenen Eiche. Die Schnecke würde schneller im Wettlauf sein. Und doch steht Uncas vor ihm wie damals, als sie zum Kampf mit den Bleichgesichtern zogen! Uncas, der

1 Schildkröte.

Panther seines Stammes, der älteste Sohn der Lenapen, der weiseste Sagamore der Mohikaner! Sagt mir, ihr Delawaren, hat Tamenund hundert Winter lang geschlafen?«

Die ruhige, tiefe Stille, die diesen Worten folgte, verkündete zur Genüge, mit welch ehrerbietiger Scheu die Mitteilung des Patriarchen von seinem Volke aufgenommen worden war. Niemand wagte zu antworten, und alle starrten in atemloser Erwartung, was folgen würde. Uncas aber, der ihm mit der Zärtlichkeit und Verehrung eines Lieblingskindes ins Antlitz sah, erwiderte im Vertrauen auf seine hohe, anerkannte Stellung:

»Vier Krieger seines Geschlechts haben gelebt und sind gestorben, seit Tamenunds Freund sein Volk in die Schlacht führte. Das Blut der Schildkröte rann in den Adern vieler Häuptlinge. Sie sind aber in die Erde zurückgekehrt, aus der sie kamen, außer Chingachgook und seinem Sohn.«

»Es ist wahr, es ist wahr«, versetzte der Weise, dem ein Blitz der Erinnerung all die lieblichen Bilder zerstörte und ihm mit einem Male die wahre Geschichte seines Volkes zurückrief. »Unsere weisen Männer haben oft gesagt, daß zwei Krieger aus dem alten, unvermischten Geschlecht noch in den Bergen der Yengeese lebten. Warum sind ihre Sitze bei den Versammlungsfeuern der Delawaren so lange leer geblieben?«

Bei diesen Worten richtete der junge Mann sein Haupt empor, das er bisher ehrerbietig gesenkt hielt, und erhob seine Stimme, um vor der ganzen Menge ein für allemal die Grundsätze seiner Familie zu erläutern:

»Es war eine Zeit, da schliefen wir dort, wo wir den Salzsee in seiner Wut sprechen hören konnten. Damals waren wir Herrscher und Sagamoren über das Land. Als sich aber an jedem Bach ein Bleichgesicht zeigte, folgten wir dem Wild zurück zum Fluß unserer Nation. Die Delawaren waren fortgezogen. Wenige Krieger nur blieben, um aus dem Strom zu trinken, den sie liebten. Dann sagten meine Väter: hier wollen wir jagen. Die Wasser des Flusses gehen in den Salzsee. Gehen wir dem Untergang der Sonne zu, so finden wir Ströme, die in die großen Seen mit süßem Wasser fließen. Da würde ein Mohikaner sterben gleich dem Fisch der See, wenn er in das Quellwasser kommt. Wenn Manitou bereit ist und spricht: Kommt! so wollen wir dem Fluß bis zum Meer folgen und uns wieder nehmen, was unser ist. Dies, Delawaren, ist der Glaube der Kinder der Schildkröte. Unsere Augen blicken zur aufgehenden, nicht zur niedergehenden Sonne. Wir wissen, woher sie kommt, aber nicht, wohin sie geht. Es ist genug.«

Die Männer der Lenapen hörten seinen Worten mit all der Achtung zu, die der Aberglaube verleiht, und fanden selbst in der bildhaften Sprache, in welcher der junge Sagamore seine Gedanken mitteilte, einen geheimen Reiz. Uncas selbst beobachtete mit kundigem Auge den Eindruck dieser Erläuterung und legte die hoheitsvolle Haltung, die er angenommen hatte, allmählich wieder ab, als er bemerkte, daß seine Worte die Zuhörer befriedigt hatten. Sein Blick, der über die um Tamenunds erhabenen Sitz versammelte Menge schweifte, traf auf den schwer gefesselten Falkenauge. Ungestüm drängte er sich an seinen Freund heran, durchschnitt mit schneller, ungeduldiger Hand die Riemen und winkte der Menge, sich zu zerstreuen. Die Indianer gehorchten schweigend, und wieder bildeten sie einen Kreis, gleich dem vor des Jünglings Erscheinen unter ihnen. Uncas nahm den Kundschafter bei der Hand und führte ihn zu den Füßen des Patriarchen.

»Vater«, sagte er, »sieh dieses Bleichgesicht; es ist ein gerechter Mann und ein Freund der Delawaren.«

»Ist er ein Sohn Miquons?«

»Nicht doch; ein Krieger, bekannt unter den Yengeese und gefürchtet von den Maquas.«

»Welchen Namen hat er durch seine Taten gewonnen?«

»Wir nennen ihn Falkenauge«, versetzte Uncas, sich allerdings des delawarischen Ausdrucks bedienend, »denn sein Auge täuscht sich nie. Die Mingos kennen ihn noch besser durch den Tod, den er unter ihre Krieger bringt; bei ihnen heißt er die Lange Büchse.«

»La longue Carabine!« rief Tamenund, öffnete seine Augen und sah den Kundschafter streng an. »Mein Sohn hat nicht wohl getan, ihn Freund zu nennen.«

»Ich nenne den so, der sich als solcher erweist«, entgegnete der junge Häuptling mit großer Ruhe, aber mit fester Miene. »Wenn Uncas unter den Delawaren willkommen ist, so ist auch Falkenauge bei Freunden.«

»Das Bleichgesicht hat meine jungen Männer erschlagen; sein Name ist groß durch die Streiche, welche er gegen die Lenapen geführt hat.«

»Wenn ein Mingo dies den Delawaren in das Ohr geflüstert hat, so hat er nur bewiesen, daß er ein Lügner ist«, sagte der Kundschafter, der nun die Zeit gekommen sah, sich selbst von so beleidigenden Anschuldigungen zu reinigen. Er bediente sich der Mundart des Mannes, an den er sich wandte, bequemte aber die indianische Bildersprache seinen eigenen Begriffen an. »Zu leugnen, daß ich die Maquas erschlagen habe, dazu bin ich der Mann nicht, selbst nicht vor ihren eigenen Versammlungsfeuern; aber daß wissentlich meine Hand jemals einem Delawaren etwas zuleide getan hätte, stünde im Widerspruch mit meiner innersten Natur, die ihnen freundlich gesinnt ist.«

Ein leiser Ausruf des Beifalls lief durch die Krieger, und sie wechselten Blicke miteinander wie Menschen, die eines Irrtums innewerden.

»Wo ist der Hurone?« fragte Tamenund. »Hat er meine Ohren verstopft?«

Magua, dessen Gefühle während dieses Auftritts, in welchem Uncas seinen Triumph feierte, leichter zu denken als zu beschreiben sind, antwortete dem Ruf, indem er mutig vor den Patriarchen hintrat.

»Der gerechte Tamenund«, sprach er, »wird nicht behalten, was ein Hurone ihm geliehen hat.«

»Sag mir, Sohn meines Bruders«, war des Weisen Antwort, der das finstere Gesicht Le Subtils vermied und mit Vergnügen auf Uncas' ausdrucksvollen Zügen verweilte; »hat der Fremde das Recht des Siegers über dich?«

»Er hat keines. Der Panther kann in Schlingen geraten, die ihm Weiber legten; aber er ist stark und weiß über sie zu springen.«

»La longue Carabine?«

»Er lacht über die Mingos. Geh, Hurone, frag deine Squaws nach der Farbe des Bären!«

»Der Fremde und das weiße Mädchen, die zusammen in mein Lager kamen?«

»Sie sollen auf offenem Pfad reisen.«

»Und das Weib, das der Hurone bei meinen Kriegern zurückließ?«

Uncas erwiderte nichts.

»Und das Weib, das der Mingo in mein Lager brachte?« wiederholte Tamenund mit Würde.

»Sie ist mein!« schrie Magua, seine Hand triumphierend gegen Uncas schwingend. »Mohikaner, du weißt, daß sie mein ist!«

»Mein Sohn ist stumm«, sprach Tamenund und bemühte sich, in dem Antlitz zu lesen, das der Jüngling bekümmert von ihm abwandte.

»Es ist so!« war seine leise Antwort.

Eine kurze, bedeutungsvolle Pause folgte, und es war offenbar, mit welchem Widerwillen die Menge das Recht von Maguas Ansprüchen einräumte. Endlich sprach der Weise, von dem allein die Entscheidung abhing, mit fester Stimme:

»Hurone, entferne dich!«

»Wie ich kam, gerechter Tamenund«, fragte der schlaue Mingo, »oder mit Händen, gefüllt durch die Treue der Delawaren? Der Wigwam Le Renard subtils ist leer. Mache ihn stark mit dem, was sein ist!«

Der alte Mann sann einen Augenblick nach; dann wandte er das Haupt gegen einen seiner ehrwürdigen Begleiter und fragte:

»Sind meine Ohren offen?«

»So ist es!«

»Ist dieser Mingo ein Häuptling?«

»Der erste in seiner Nation!«

»Mädchen, was willst du? Ein großer Krieger nimmt dich zum Weib. Geh, dein Geschlecht wird nimmer enden.«

»Tausendmal eher mag es enden«, rief Cora, vor Entsetzen schaudernd, »als solcher Schmach begegnen!«

»Hurone, ihr Geist ist in den Zelten ihrer Väter. Ein Mädchen, das gegen seinen Willen den Wigwam betritt, bringt Unglück herein.«

»Sie spricht mit der Zunge ihres Volkes«, entgegnete Magua und betrachtete sein Opfer mit bitterem Spott. »Sie ist aus einem Geschlecht von Krämern und will mit einem freundlichen Blick Handel treiben. Laßt Tamenund die Worte sprechen!«

»Nimm dir das Wampum und unsere Gunst!«

»Nichts will Magua mit sich nehmen, als was er hierher gebracht hat.«

»So entferne dich mit dem, was dein ist! Der große Manitou verbietet dem Delawaren, ungerecht zu sein.«

Magua trat vor und faßte seine Gefangene mit fester Hand am Arm; die Delawaren wichen schweigend zurück, und Cora, als fühlte sie, daß jeder weitere Einwand nutzlos sei, wollte sich ohne Widerstand in ihr Schicksal ergeben.

»Halt, halt!« rief Duncan, hervorstürzend; »Hurone, hab Erbarmen! Ihr Lösegeld soll dich reicher machen, als je einer deines Stammes gewesen sein kann.«

»Magua ist eine Rothaut, er bedarf des Flitters der Bleichgesichter nicht.«

»Gold, Silber, Pulver, Blei – alles, was ein Krieger bedarf, soll in deinem Wigwam sein; alles, was dem größten Häuptling gebührt.«

»Le Subtil ist sehr stark«, rief Magua, indem er Coras Arm, den er fest umklammert hielt, heftig schüttelte, »seine Rache ist erfüllt.«

»Allmächtiger Lenker der Schicksale!« rief Heyward, verzweiflungsvoll die Hände ringend. »Kann das zugelassen werden? An dich, gerechter Tamenund, wende ich mich, habe Erbarmen!«

»Die Worte des Delawaren sind gesprochen!« entgegnete der Weise, schloß seine Augen und sank erschöpft von geistiger und körperlicher Anstrengung in seinen Sitz zurück, »Männer sprechen nicht zweimal.«

»Daß ein Häuptling seine Zeit nicht damit verschwendet, was er einmal gesprochen hat zurückzunehmen, ist weise und vernünftig«, sprach Falkenauge und winkte Duncan zu schweigen. »Aber es ist auch klug von jedem Krieger, sich vorher wohl zu bedenken, ehe er den Tomahawk nach dem Haupt seines Gefangenen wirft. Hurone, ich liebe dich nicht, noch kann ich sagen, daß sich je ein Mingo meiner Gunst erfreut hätte. Es ist wohl anzunehmen, daß, wenn dieser Kampf nicht bald ein Ende nimmt, noch mancher Krieger von euch mir in diesen Wäldern begegnet. Überlege einmal, was dir lieber ist: eine Gefangene wie dieses Mädchen in dein Lager zu nehmen oder einen Mann wie mich, den deine Nation mit Freuden empfangen würde, wenn er unbewaffnet käme!«

»Will die Lange Büchse ihr Leben für ein Weib hingeben?« fragte Magua zögernd, denn er hatte bereits eine Bewegung gemacht, mit seinem Opfer den Platz zu verlassen.

»Nein, nein, so viel habe ich nicht gesagt«, erwiderte Falkenauge und bemühte sich, seinen Vorschlag ein wenig abzuschwächen, als er sah, mit welcher Begierde Magua auf seinen Vorschlag hörte. »Es wäre ein ungleicher Tausch, einen Krieger in der Blüte seiner Jahre und seiner Kraft für das beste Weib in den Grenzprovinzen zu geben. Ich könnte mich dazu entschließen, in das Winterquartier zu gehen, jetzt, wenigstens sechs Wochen, bevor die Blätter ihre Farbe wechseln – unter der Bedingung, daß du das Mädchen freigibst.«

Magua schüttelte den Kopf und gab der Menge ungeduldig ein Zeichen, ihn durchzulassen.

»Wohlan denn«, fuhr der Kundschafter fort mit der nachdenklichen Miene eines Mannes, der noch nicht im reinen mit sich ist, »ich gebe den Wildtöter noch in den Kauf. Nimm das Wort eines erfahrenen Jägers, das Gewehr hat an der Grenze seinesgleichen nicht.«

Magua verschmähte zu antworten und bemühte sich fortwährend, durch die Menge zu dringen.

»Vielleicht«, setzte der Kundschafter hinzu, der immer mehr von seiner angenommenen Kälte verlor, je mehr Gleichgültigkeit der andere gegen den Tausch bezeigte; »vielleicht vergleichen wir uns doch noch, wenn ich verspreche, Eure jungen Leute den rechten Gebrauch dieser Waffe zu lehren.«

Le Renard befahl den Umstehenden erneut, ihm Platz zu machen. In seinem Blick lag die Drohung, sich ein zweitesmal um Gerechtigkeit an den Propheten zu wenden. Doch die Delawaren erwarteten, daß er auf die Vorschläge des Kundschafters eingehen würde, und hielten den Kreis weiter geschlossen.

»Was geschehen soll, muß früher oder später geschehen«, fuhr Falkenauge mit einem traurigen, niedergeschlagenen Blick auf Uncas fort. »Der Schurke kennt seinen Vorteil und nützt ihn! Gott segne dich, Junge, du hast Freunde unter deinen natürlichen Verwandten gefunden. Hoffentlich werden sie dir so treu sein wie einige, die du getroffen hast und in deren Adern kein Tropfen indianischen Blutes floß. Was mich betrifft, so muß ich doch früher oder später sterben; es ist deshalb ein Glück, daß es nur wenige sind, die Totenlieder für mich anstimmen können. Wahrscheinlich wäre es den Teufelskindern doch einmal geglückt, mir den Skalp abzuziehen, und ein oder zwei Tage werden in der großen Zeitrechnung der Ewigkeit nicht viel Unterschied machen. Gott segne dich«, fuhr der rauhe Waidmann fort, indem er sein Haupt zur Seite neigte, dann sogleich wieder hob und den Jüngling scharf ins Auge faßte, »ich habe dich und deinen Vater geliebt, Uncas, obgleich unsere Haut nicht von gleicher Farbe ist und unsere Fähigkeiten verschieden sind. Sag dem Sagamoren, ich hätte ihn auch im größten Gedränge nie aus dem Auge verloren. Und du, gedenke zuweilen meiner, wenn du auf einer glücklichen Fährte bist, und verlaß dich drauf, Junge, ob es nun einen oder zwei Himmel gibt, *ein* Pfad in der anderen Welt muß sein, auf dem ehrliche Männer wieder zusammenkommen. Du wirst die Büchse an der Stelle finden, wo wir sie versteckten; nimm sie und behalte sie zum Gedächtnis. Und höre, Junge, da deine Farbe dir die Rache nicht verbietet, so übe sie reichlich gegen die Mingos. Es wird den Schmerz über meinen Verlust erleichtern und dein Gemüt besänftigen. Hurone, ich nehme dein Anerbieten an. Laß das Mädchen los. Ich bin dein Gefangener.«

Ein unterdrücktes, aber deutliches Murmeln des Beifalls lief durch die Menge über diesen edelmütigen Entschluß. Selbst die wildesten unter den Delawaren-Kriegern zeigten sich angetan von der Größe eines solchen Opfers. Magua zögerte, und ängstliche Erwartung begleitete seine Unentschlossenheit. Dann blickte er auf Cora mit einem Ausdruck, in dem Wildheit und Bewunderung seltsam gemischt waren, und sein Entschluß war nun unwiderruflich gefaßt. Mit einer Bewegung des Kopfes deutete er an, daß er auch dieses Angebot verschmähen würde, und sprach in festem, sicherem Ton:

»Le Renard subtil ist ein großer Häuptling, er ändert seine Meinung nie. Komm«, fügte er hinzu, indem er seine Hand vertraulich auf die Schulter der Gefangenen legte, um sie vorwärtszudrängen, »ein Hurone ist kein Schwätzer; wir wollen gehen.«

Das Mädchen wich mit hoher weiblicher Würde zurück, und ihr dunkles Auge funkelte, während ihr vor Unmut das Blut, dem flüchtigen Glanz der Sonne gleich, bis in die Schläfen schoß.

»Ich bin deine Gefangene und wenn es Zeit sein wird, will ich dir folgen, und ginge ich selbst dem Tod entgegen. Aber es bedarf keiner Gewalt«, sagte sie kühl und wandte sich darauf unmittelbar an Falkenauge. »Edelmütiger Jäger«, sprach sie, »vom Grund meines Herzens danke ich Euch. Euer Anerbieten ist vergeblich, ich hätte es auch unmöglich annehmen können. Aber Ihr könnt mir noch Dienste leisten, selbst größere, als in Eurem edlen Entschluß lagen. Seht das Kind an, wie es sich abhärmt, vom Unglück gebeugt! Verlaßt es nicht, ehe es in die Wohnungen zivilisierter Menschen zurückgekehrt ist. Ich will nicht sagen«, fuhr sie fort und drückte die harte Hand des Jägers mit der ihren, »daß ihr Vater Euch belohnen wird: denn Männer wie Ihr stehen über dem Lohn der Menschen. Aber er wird Euch danken und Euch segnen. Und glaubt mir, der Segen eines gerechten und alten Mannes findet Gnade in den Augen des Himmels. Wollte Gott, ich könnte ihn in diesem schauerlichen Augenblick von seinen Lippen vernehmen.« Die Stimme versagte ihr, und einen Augenblick schwieg sie. Dann trat sie einen Schritt näher auf Duncan zu, der ihre besinnungslose Schwester stützte, und fuhr in leisem Ton fort, in welchem ihr Gefühl mit dem Anstand ihres Geschlechtes furchtbar kämpfte: »Ich brauche Sie nicht zu bitten, über den Schatz zu wachen, den Sie besitzen werden. Sie lieben Alice, Heyward, und das würde tausend Fehler verbergen, wenn sie deren hätte. Sie ist so gut, so sanft, so süß, so edel, wie ein Mensch nur sein kann. Kein Fehl haftet an Geist oder Leib, den der stolzeste Mann tadeln könnte! Sie ist schön – oh, über die Maßen schön!« Hier legte sie ihre schöne, wenngleich minder blendende Hand in melancholischer Zärtlichkeit auf Alices Alabasterstirn und teilte das goldene Haar, das über die Brauen fiel, mit ihren Fingern. »Und gleichwohl ist ihre Seele rein und so makellos wie ihre Haut. Ich könnte noch viel sagen, mehr vielleicht, als die kühle Vernunft gutheißen würde. Aber ich will Sie und mich schonen.« Ihre Stimme wurde unhörbar, und ihr Gesicht beugte sich über die Schwester. Nach einem langen glühenden Kuß erhob sie sich, totenbleich im Gesicht, aber ohne eine Träne in dem fiebrig glänzenden Auge, und sprach so würdevoll wie je: »Nun, wenn es dein Wille ist, ich will dir folgen!«

»Ja, geh!« rief Duncan, indem er Alice den Armen eines Indianermädchens übergab. »Geh, Magua, geh! Diese Delawaren haben ihre Gesetze, die ihnen verbieten, dich zurückzuhalten. Aber mich, mich bindet kein solcher Zwang. Geh, boshaftes Ungeheuer! – Warum zögerst du noch?«

Es würde schwer sein, den Ausdruck zu beschreiben, mit dem Magua diese Drohung anhörte. Zuerst war es wilde, unverhohlene Freude, die aber bald in die Miene kühler Verachtung überging. »Die Wälder sind offen«, antwortete er ruhig, »die Offene Hand kann kommen.«

»Halt!« rief Falkenauge, griff Duncan am Arm und hielt ihn mit Gewalt zurück. »Ihr kennt die List des Schurken nicht. Er würde Euch in einen Hinterhalt führen und Euer Tod –«

»Hurone«, unterbrach sie Uncas, der, den strengen Sitten seines Volkes getreu, ruhig, aber aufmerksam zugehört hatte; »Hurone, die Gerechtigkeit der Delawaren kommt von Manitou. Sieh nach der

Sonne; noch ist sie in den obersten Ästen jener Schierlingstannen: dein Pfad ist kurz und offen. Wenn sie über den Bäumen steht, werden Männer auf deiner Fährte sein!«

»Ich höre eine Krähe!« rief Magua mit höhnischem Gelächter. »Geht!« fuhr er fort und streckte seine Hand aus gegen die Menge, die ihm nur mit Widerstreben einen Durchgang öffnete. »Wo sind die Weiberröcke der Delawaren? Sie mögen ihre Pfeile und Büchsen den Wyandots schicken, sie sollen dafür Wildbret zu essen bekommen und Korn, das sie behacken können! Hunde, Kaninchen, Diebe – ich speie euch an!«

Düster schweigend hörte die Versammlung die höhnischen Reden des Scheidenden an, und mit weiterem Hohn von seinen Lippen eilte er triumphierend dem Wald zu, gefolgt von der widerstandslosen Gefangenen und beschützt durch die unverletzlichen Gesetze indianischer Gastfreundschaft.

Einunddreißigstes Kapitel

Solange ihr Feind und sein Opfer noch sichtbar waren, blieb die Menge regungslos, als wäre sie von einer dem Huronen günstigen Macht an die Stelle gebannt. Kaum aber war er verschwunden, gewannen Wut und mächtige Leidenschaften die Oberhand. Uncas blieb auf seinem erhöhten Standpunkt und behielt Cora im Auge, bis sich die Farben ihrer Kleidung im Laub des Waldes verloren. Dann stieg er herab, schritt schweigend durch das Gedränge und verschwand in der Hütte, die er erst vor kurzem verlassen hatte. Einige ernstere und aufmerksamere Krieger bemerkten, wie die Augen des jungen Häuptlings Blitze des Zorns schossen, und folgten ihm an den Ort, den er sich zur stillen Überlegung ausersehen hatte. Hierauf wurden Tamenund und Alice weggebracht; den Frauen und Kindern wurde befohlen, sich zu zerstreuen. Während der bedeutsamen Stunde, die nun folgte, glich das Lager einem Schwarm aufgestörter Bienen, der nur auf das Erscheinen seiner Königin wartete, um unter ihrer Führung einen bedeutsamen Flug in die Ferne zu unternehmen.

Ein junger Krieger trat endlich aus Uncas' Wohnung. Er ging mit ernstem, bedächtigem Schritt auf eine Zwergfichte zu, die aus den Spalten der Felsenterrasse wuchs, zog ihr die Rinde ab und kehrte schweigend wieder dahin zurück, woher er gekommen war. Ihm folgte bald ein zweiter, der den Baum seiner Äste beraubte und den Stamm kahl und entblößt zurückließ[1]. Ein dritter bemalte den Pfosten mit dunkelroten Streifen. Alle diese Zeichen deuteten auf ein kriegerisches Vorhaben der Stammesoberen hin und wurden von den umstehenden Kriegern mit düsterem, bedeutungsvollem Schweigen aufgenommen. Endlich erschien der Mohikaner selbst. Er hatte alle seine Kleider bis auf den Gürtel und die Beinkleider abgelegt. Eine Hälfte seiner schönen Gesichtszüge war von tiefem Schwarz wie von einer drohenden Wolke bedeckt.

Langsam und würdevoll näherte sich Uncas dem Pfosten und begann ihn alsbald gemessenen Schrittes zu umkreisen, nicht unähnlich einem Tanz des Altertums, während er zugleich seine Stimme zu einem wilden, regellosen Kriegsgesang erhob. Die Töne stiegen zu der äußersten Höhe menschlicher Laute, oft so melancholisch und klagend, daß sie mit dem Gesang der Vögel wetteiferten, und dann wieder in plötzlichen Übergängen so tief und kraftvoll, daß die Zuhörer darunter erschauerten. Es waren nur wenige Worte, und sie wiederholten sich oft, gingen von einer Art Hymne oder einem Anrufen der Gottheit allmählich dazu über, das kriegerische Vorhaben anzukündigen, und schlossen, wie sie begannen, mit der Anerkennung der Abhängigkeit vom großen Geist. Wenn es möglich wäre, die ausdrucksvolle, melodische Sprache des jungen Kriegers zu übertragen, so würde die Ode etwa so lauten:

»Manitou! Manitou! Manitou!
Du bist groß, du bist gut, du bist weise:
Manitou! Manitou!
Du bist gerecht!

In den Himmeln, an den Wolken, oh! da gewahr' ich
Viele Flecken – viele schwarz, viele rot:
An den Himmeln, oh! da seh' ich
Viele Wolken.

In den Wäldern, in der Luft, oh! da hör' ich
Kriegsruf, Geschrei und langes Geheul.
In den Wäldern, oh! da hör' ich
Lauten Kriegsruf!

1 Ein Baum, der teilweise oder ganz seiner Rinde beraubt ist, heißt in der Landessprache blazed. Der Ausdruck ist gut, da ein Pferd mit einer weißen »Blesse« ebenfalls blazed genannt wird.

Manitou! Manitou! Manitou!
Ich bin schwach – du bist stark; ich bin langsam –
Manitou! Manitou!
Leih mir Hilfe!«

Am Ende jedes Verses, wenn man es so nennen konnte, machte er eine Pause, indem er seine Stimme hob und länger aushielt, wie es den gerade ausgedrückten Gefühlen eben entsprach. Der erste Schluß war feierlich und sollte den Gedanken der Verehrung nahelegen, der zweite schilderte und umfaßte das Beunruhigende, und der dritte war das wohlbekannte, schreckliche Kriegsgeschrei, das wie die Vereinigung aller furchtbaren Klänge einer Schlacht den Lippen des jungen Kriegers entströmte. Der letzte war gleich dem ersten, demütig, flehend. Dreimal wiederholte er diesen Gesang und ebensooft umtanzte er den Pfosten.

Am Schluß der ersten Runde folgte ein ernster, hochgeachteter Häuptling der Lenapen seinem Beispiel. Er sang selbstgedichtete Worte in einer ganz ähnlichen Weise. Krieger um Krieger schlossen sich dem Tanz an, bis alle, die in einigem Ruf und Ansehen standen, dabei versammelt waren. Das Schauspiel wurde jetzt wild und erschreckend; die grimmigen, drohenden Gesichter der Häuptlinge gewannen einen noch stärkeren Ausdruck durch die grauenerregenden Töne, die sie aus tiefster Kehle ausstießen. Auf dem Höhepunkt des Geschehens schlug Uncas seinen Tomahawk tief in den Pfosten und erhob die Stimme zu einem Geheul, das man sein Schlachtgeschrei nennen konnte. Damit kündigte er an, daß er die oberste Leitung in dem beabsichtigten Kriegszug übernehmen wolle.

Dieses Signal weckte die schlummernden Leidenschaften des ganzen Stammes. Hundert junge Krieger, die bisher die Scheu der Jugend zurückgehalten hatte, stürzten gleich Wahnsinnigen auf das Sinnbild des Feindes und hieben Splitter um Splitter heraus, bis von dem Stamm nichts mehr als die Wurzeln in der Erde übrig war. Während dieses Tumults wurden an den Überresten des Baumes, wie es schien, alle Greueltaten des Krieges mit einer Wut verübt, als ob es die lebendigen Opfer dieser Grausamkeit wären. Die einen wurden skalpiert, die anderen erhielten Streiche mit der scharfen, blinkenden Axt, wieder andere erhielten Stöße der tödlichen Messer. Kurz, die Begeisterung und die wilde Freude waren so groß und unzweideutig, daß man kaum zweifeln konnte, die Unternehmung werde zu einem Krieg der ganzen Nation werden.

Sobald Uncas den Streich geführt hatte, trat er aus dem Kreis und blickte zur Sonne empor, die eben den Punkt erreichte, an dem der Waffenstillstand mit Magua zu Ende ging. Ein entsprechendes Geschrei verkündete den Augenblick, und die tobende Menge verließ unter durchdringenden Freudenrufen ihr mimisches Kampfspiel, um sich für die gefährlichere Wirklichkeit vorzubereiten.

Augenblicklich war das ganze Lager wie umgewandelt. Die Krieger, bereits bewaffnet und bemalt, wurden still, als ob sie keiner Leidenschaft fähig wären. Dagegen stürzten die Frauen aus ihren Wohnungen und erhoben abwechselnd Gesänge der Freude und der Klage in so seltsamem Gemisch, daß man schwer sagen konnte, welche Empfindung die vorherrschende sei. Keine war jedoch müßig. Die einen trugen ihre kostbarste Habe, andere ihre Kinder, wieder andere alte und gebrechliche Personen in den Wald, der wie ein glänzend grüner Teppich den Berghang bedeckte. Hierher begab sich ruhig und gefaßt auch Tamenund nach einer kurzen und rührenden Unterredung mit Uncas, von dem sich der Greis mit dem Widerstreben eines Vaters trennte, der ein lange verlorenes und eben wiedergewonnenes Kind verlassen soll.

Mittlerweile hatte Duncan Alice in Sicherheit gebracht und suchte jetzt den Kundschafter auf mit einem Blick, der deutlich verriet, wie sehr es auch ihn nach dem nahen Kampf dürstete.

Falkenauge aber war an den Schlachtgesang und die kriegerischen Vorbereitungen der Eingeborenen zu sehr gewöhnt, um von der Szene um ihn her überwältigt zu sein. Gelegentlich nur warf er einen Blick auf die Krieger, die zu Uncas kamen und sich bereit zeigten, ihn in den Kampf zu begleiten. In diesem Punkt sah er sich bald befriedigt: alle streitbaren Männer der Nation hatten sich, wie wir bereits gesehen haben, schnell um den jungen Häuptling versammelt. Nachdem er das wußte, schickte er einen indianischen Jungen los, um seinen Wildtöter und Uncas' Büchse von der Stelle zu holen, wo sie die Waffen bei ihrer Annäherung an das Lager der Delawaren versteckt hatten. Diese Vorsicht war doppelt klug: würden sie gefangen, so blieben ihre Waffen von einem ähnlichen Schicksal bewahrt. Auf der anderen Seite konnten sie, ohne Mißtrauen zu erregen, in der Fremde als Notleidende auftreten, die sich weder verteidigen noch selbst unterhalten konnten. Wenn der Kundschafter einen anderen wählte, um seine hochgeschätzte Waffe zu holen, so hatte er damit nur seine übliche Vorsicht gezeigt. Er wußte, daß Magua nicht unbegleitet gekommen war, und ebenso, daß Spione der Huronen am Saum der Wälder entlang die Bewegungen ihrer neuen Feinde belauerten. Hätte er selbst den Versuch gemacht, so könnte er ins Verderben laufen wie jeder andere Krieger. Gefahr für einen Knaben war aber erst vorauszusehen, wenn man dessen Absicht entdeckte. Als Heyward zu dem Kundschafter kam, wartete dieser ruhig den Erfolg dieses Versuches ab.

Der Knabe eilte mit der Miene eines Siegers auf den berühmten Jäger zu.

Dem Jungen, der wohlunterrichtet und schlau genug war, schwoll die Brust vor Stolz über das ihm geschenkte Vertrauen und vor jugendlichem Ehrgeiz. Er lief sorglos am Rand der Lichtung entlang und betrat den Wald erst, als er die Stelle erreicht hatte, wo die Gewehre verborgen sein sollten. Sobald er von den Blättern der Büsche gedeckt war, sah man seine dunkle Gestalt gleich einer Schlange zu dem gesuchten Schatz hingleiten. Er fand ihn und flog im nächsten Augenblick, in jeder Hand einen Preis seines Mutes, pfeilschnell über die schmale Lichtung hin, die die Terrasse des Dorfes begrenzte. Schon hatte er die Felsen erreicht und sprang mit unglaublicher Behendigkeit hinauf, da fiel ein Schuß aus dem Wald und bewies, wie gut der Kundschafter geurteilt hatte. Der Knabe antwortete mit einem leichten, verächtlichen Schrei; und sogleich wurde ihm von einer anderen Seite des Verstecks eine zweite Kugel nachgeschickt. Jetzt erschien er auf der Fläche oben und eilte, seine Büchsen im Triumph emporhebend, mit der Miene eines Siegers auf den berühmten Jäger zu, der ihn mit einem so ruhmvollen Auftrag beehrt hatte.

Trotz des lebhaften Anteils, den Falkenauge an dem Schicksal seines Boten genommen hatte, empfing er doch seinen Wildtöter mit einer Freude, die für den Augenblick alle anderen Gedanken aus seinem Sinn verdrängte. Nachdem er das Gewehr mit scharfem Auge gemustert, die Zündpfanne zehn bis fünfzehn Male geöffnet und geschlossen und verschiedene andere wichtige Versuche mit dem Schloß gemacht hatte, wandte er sich an den Knaben und fragte voller Teilnahme, ob er verwundet sei. Der junge Held sah ihm stolz ins Gesicht, gab aber keine Antwort.

»Ja, ja! Ich sehe es, Junge, die Schufte haben dir den Arm angekratzt!« setzte der Kundschafter hinzu, indem er das Glied des standhaften Dulders emporhielt. Von einer der ihm nachgesandten Kugeln hatte der Junge eine tiefe Fleischwunde davongetragen. »Ein paar gequetschte Erlenblätter darauf werden Wunder tun. Vorher will ich eine Wampum-Schnur darum binden. Früh hast du das Kriegshandwerk begonnen, wackrer Junge, und wirst ohne Zweifel eine gute Anzahl ehrenvoller Narben mit in dein Grab nehmen. Ich kenne manche jungen Männer, die schon Skalpe erbeutet, aber kein solches Zeichen aufzuweisen haben. Geh«, sagte er, nachdem er ihm den Arm verbunden hatte, »aus dir wird dereinst ein Häuptling werden.«

Der Knabe entfernte sich, stolzer auf das Blut, das an ihm herabfloß, als der eitelste Höfling auf ein rotes Ordensband sein kann, und spazierte unter seinen Gespielen umher, ein Gegenstand des Neides und allgemeiner Bewunderung.

Aber in einem Augenblick, da so ernste und wichtige Pflichten mahnten, fand dieses einzelne Beispiel jugendlichen Mutes nicht die Beachtung und das Lob, die ihm in günstigeren Zeiten zuteil geworden wären. Es hatte jedoch dazu gedient, die Delawaren über die Stellung und Absichten ihrer Feinde zu unterrichten. Sofort wurde ein Kommando von Kriegern losgeschickt, das einer solchen Aufgabe besser gewachsen war als der schwache, wenn auch mutige Knabe, um die lauernden Feinde zu vertreiben. Dies war bald getan: denn die Huronen hatten sich von selbst zurückgezogen, sobald sie sich entdeckt sahen. Die Delawaren folgten ihnen eine ziemliche Strecke weit vom eigenen Lager weg und warteten dann auf weitere Befehle, um nicht in einen Hinterhalt gelockt zu werden. Da beide Parteien sich verborgen hielten, wurde der Wald wieder so still und ruhig, wie ihn ein milder Sommermorgen und tiefe Einsamkeit nur immer machen konnten.

Der ruhige und doch ungeduldige Uncas versammelte jetzt seine Häuptlinge und verteilte seine Streitmacht. Er stellte ihnen Falkenauge als einen oft erprobten Krieger vor, der unbedingtes Vertrauen verdiene. Als er merkte, daß sein Gefährte freundlich aufgenommen wurde, stellte er zwanzig Krieger unter seinen Befehl, gleich ihm tatkräftig, gewandt und entschlossen. Dann erläuterte er den Delawaren Heywards Rang bei den Truppen der Yengeese und bot ihm eine ebenso wichtige Stelle an. Duncan aber lehnte das Angebot ab und erklärte, an der Seite des Kundschafters als Freiwilliger kämpfen zu wollen. Danach wies Uncas noch mehreren eingeborenen Häuptlingen ihre Aufgaben zu und gab, da die Zeit drängte, das Zeichen zum Aufbruch. Schweigend, aber mit Freuden gehorchten die mehr als zweihundert Krieger. Ohne jeden Zwischenfall drangen sie in den Wald ein. Sie begegneten keinem lebenden Wesen, das sie hätte beunruhigen oder ihnen irgendeine Auskunft hätte geben können, bis sie an die Verstecke ihrer eigenen Kundschafter gelangten. Hier wurde haltgemacht, und die Häuptlinge versammelten sich zu einer leisen Beratung. Verschiedene Operationspläne wurden vorgeschlagen, doch keiner von der Art, daß er mit den Wünschen ihres feurigen Anführers übereinstimmte. Wäre Uncas seiner Neigung gefolgt, so hätte er, ohne einen Augenblick zu zögern, seine Gefährten zum Angriff geführt und den Kampf mit einem Mal entschieden. Ein solches Vorgehen aber hätte mit den alten Gewohnheiten und Handlungsweisen seiner Landsleute in zu grellem Widerspruch gestanden. Er war daher genötigt, eine Vorsicht walten zu lassen, die er in seiner jetzigen Stimmung verwünschte, und Ratschläge anzuhören, die seinen feurigen Geist in Entrüstung versetzten, wenn er an Coras Gefahr und Maguas Übermut dachte.

Mehrere Minuten hatte die Beratung schon gedauert, ohne zu einem Ergebnis zu kommen, als sie von der feindlichen Seite her einen einzelnen Mann so eilig herankommen sahen, daß sie glaubten, es könnte ein Bote mit Friedensvorschlägen sein. Als sich der Fremde aber dem Versteck, in dem die Delawaren sich berieten, auf reichlich hundert Schritte genähert hatte, zögerte er; unsicher, wie es schien, welchen Weg er einschlagen solle. Dann blieb er endlich stehen. Aller Augen waren jetzt auf Uncas gerichtet, als erwarteten sie von ihm Verhaltensregeln.

»Falkenauge«, sagte der junge Häuptling mit leiser Stimme, »er darf nie wieder mit den Huronen sprechen.«

»Sein Stündlein hat geschlagen«, entgegnete der Kundschafter lakonisch, indem er das lange Rohr seiner Büchse durch die Blätter steckte und bedächtig sein Ziel suchte. Aber statt abzudrücken, senkte er die Mündung und überließ sich einem Ausbruch der ihm eigenen Heiterkeit. »Ich hielt den Burschen für einen Mingo, so wahr ich ein armer Sünder bin!« sagte er. »Als mein Auge aber an seinen Rippen entlangschweifte, um einen Platz für die Kugel zu suchen, da bekam ich – ob du es glaubst oder nicht, Uncas – unseres Musikers Blasinstrument zu Gesicht! Und so ist es allem Anschein nach unser Gamut, dessen Tod niemand etwas nützen würde, der uns jedoch bei unserem Vorhaben noch gute Dienste leisten kann, falls seine Zunge auch noch etwas anderes vermag als zu singen. Wenn Töne nicht alle Kraft verloren haben, so will ich bald mit dem ehrlichen Burschen ins Gespräch kommen, und das mit einer Stimme, die er angenehmer finden wird als meinen Wildtöter.«

Mit diesen Worten legte Falkenauge seine Büchse beiseite, kroch durch die Büsche, bis ihn David hören konnte, und wiederholte jene musikalischen Versuche, die ihn mit so viel Sicherheit und Glanz durch das Lager der Huronen geführt hatten. Davids feinere Organe ließen sich nicht so leicht täuschen, und da er solche Töne schon einmal gehört hatte, erkannte er, woher sie rührten. Und wirklich wäre es auch außer dem Kundschafter jedem anderen schwergefallen, einen ähnlichen Lärm hervorzubringen. Der arme Kerl schien damit einer großen Not enthoben: er folgte der Richtung der Stimme – eine Aufgabe, die ihm weniger schwer wurde, als wenn er einer donnernden Batterie entgegengegangen wäre – und entdeckte bald den verborgenen Sänger.

»Ich möchte wohl wissen, was die Huronen hiervon halten!« sagte der Kundschafter lachend, indem er seinen Begleiter am Arm nahm und ihn in den Hintergrund zog. »Wenn die Schurken innerhalb Hörweite liegen, so werden sie sagen, statt eines Narren sind nun zwei da. Aber hier sind wir sicher«, fuhr er fort, indem er auf Uncas und seine Krieger deutete. »Nun erzählt uns in gutem Englisch, was die Mingos alles vorhaben, aber ohne jeden Kirchengesang!«

David gaffte die trotzigen und wild aussehenden Häuptlinge in stummer Verwunderung an. Dann aber sah er die bekannten Gesichter, faßte neuen Mut und konnte eine verständliche Antwort geben.

»Die Heiden sind in großer Anzahl ausgezogen«, sagte er; »und ich fürchte, sie haben nichts Gutes im Sinn. Seit einer Stunde war ein Geheul unter ihnen, ein gottloses Jauchzen in Tönen, die auszustoßen Sünde ist, daß ich davor floh, um bei den Delawaren Frieden zu suchen.«

»Eure Ohren hätten bei dem Wechsel nicht viel gewonnen, wenn Ihr schneller zu Fuß gewesen wäret«, antwortete der Kundschafter trocken. »Doch lassen wir das. Wo sind die Huronen?«

»Sie liegen zwischen hier und dem Dorfe zahlreich in dem Walde verborgen, so daß es der Klugheit gemäß wäre, sogleich umzukehren.«

Uncas warf einen Blick entlang der Baumreihe, die seine Schar verborgen hielt, und fragte:

»Magua?«

»Ist unter ihnen. Er brachte das Mädchen zurück, das bei den Delawaren gewesen war, ließ es in der Höhle zurück und stellte sich dann, einem wütenden Wolf gleich, an die Spitze seiner Wilden. Ich weiß nicht, was ihn so gewaltig aufgeregt hat!«

»Er hat es, sagt Ihr, in der Höhle zurückgelassen?« unterbrach ihn Heyward. »Es ist gut, daß wir deren Lage kennen! Können wir nichts tun, um sie sogleich zu befreien?«

Uncas sah den Kundschafter ernsthaft an und fragte dann:

»Was sagt Falkenauge?«

»Gib mir meine zwanzig Büchsen, dann wende ich mich rechts dem Wasser zu, gehe an den Biberhütten vorbei und nehme den Sagamoren und den Oberst mit mir. Dann wirst du von dort das Schlachtgeschrei hören; bei diesem Wind dringt es eine Meile weit. In dem Moment, Uncas, greifst du sie von vorne an, und wenn sie uns in Schußweite kommen, sollen sie eine Salve haben, daß sich, die Ehre eines alten Grenzjägers zum Pfand, ihre Linie wie ein Bogen von Eschenholz biegen wird. Dann gehen wir auf das Dorf los, befreien das Mädchen aus der Höhle und bringen die Sache mit dem Stamm zu Ende, nach europäischer Kampfweise durch einen einzigen siegreichen Schlag oder auf indianische Manier durch List und Hinterhalt. Dieser Plan ist zwar nicht sehr gelehrt, Major, aber mit Mut und Ausdauer läßt sich alles zustande bringen.«

»Er gefällt mir wohl!« rief Duncan, sobald er sah, daß Coras Befreiung des Kundschafters Hauptaugenmerk war. »Er gefällt mir wohl. Nun sogleich zur Ausführung!«

Nach einer kurzen Besprechung war der Plan zur Reife gelangt und den einzelnen Trupps erläutert. Signale wurden verabredet, und die Häuptlinge trennten sich, ein jeder eilte auf den ihm zugeteilten Posten.

Zweiunddreißigstes Kapitel

Während Uncas seine Anordnungen für die Streitkräfte traf, waren die Wälder so still und mit Ausnahme derer, die sich zur Beratung versammelt hatten, scheinbar so unbewohnt, als ob sie eben erst aus der Hand des Schöpfers gekommen wären. Das Auge konnte in alle Richtungen durch die langen und schattigen Wölbungen der Bäume blicken; nirgends war etwas zu sehen, das nicht zu der friedlichen und schlummernden Szene ringsumher gestimmt hätte. Hier und da hörte man einen Vogel zwischen den Ästen der Buchen flattern, oder ein Eichhörnchen ließ eine Nuß fallen, Geräusche, die den aufgeschreckten Trupp einen Augenblick zu der Stelle blicken ließ. Sobald aber die zufällige Unterbrechung vorüber war, hörte man die Luft wieder leise über die wogende grüne Waldfläche dahinstreichen. Der Wald, in dem sie sich befanden, dehnte sich über eine endlose Fläche des Landes aus und wurde nur hin und wieder von einem Fluß oder einem See unterbrochen. Fast schien es, als sei dieser Teil der Wildnis, der zwischen den Delawaren und ihren Feinden lag, noch nie von eines Menschen Fuß betreten worden, so tief und atemlos war die Stille, die auf ihm ruhte. Aber Falkenauge, dessen Aufgabe es war, am weitesten vorzudringen, kannte den Charakter seiner Gegner zu gut, um dieser trügerischen Ruhe zu trauen.

Als der Kundschafter seine kleine Schar um sich versammelt sah, nahm er den Wildtöter in den Arm und gab schweigend ein Zeichen, ihm zu folgen. Er führte sie eine ganze Strecke weit rückwärts zum Bett eines kleinen Baches, den sie beim Vorrücken überschritten hatten. Hier machte er halt, bis sich die ernsten und aufmerksamen Krieger dicht um ihn gesammelt hatten, und fragte dann in der Sprache der Delawaren:

»Weiß einer meiner jungen Krieger, wohin dieser Bach uns führt?«

Ein Delaware streckte die Hand aus, hielt zwei Finger gespreizt und deutete auf die Stelle, wo sie sich im Handteller wieder vereinigten. Dann antwortete er:

»Ehe die Sonne ihre Bahn durchläuft, wird das kleine Wasser in dem großen sein. Dann«, setzte er hinzu und wies in die Richtung des erwähnten Ortes, »werden die zwei groß genug für die Biber.«

»Das dachte ich auch«, versetzte der Kundschafter und hob seinen Blick durch die Baumwipfel über ihm. »Man kann es an seinem Lauf und an der Lage der Berge sehen. Freunde, wir wollen uns unter dem Schutz seiner Ufer halten, bis wir die Huronen wittern.«

Seine Begleiter ließen den gewohnten kurzen Ausruf des Beifalls hören. Als sie aber sahen, daß ihr Anführer sich nun an ihre Spitze stellen wollte, bedeuteten einige durch Zeichen, daß nicht alles so sei, wie es sein sollte. Falkenauge verstand ihre Blicke, wandte sich um und gewahrte, daß der Singmeister ihnen bis hierher gefolgt war.

»Wißt Ihr, Freund«, sagte der Kundschafter ernst und vielleicht mit einigem Stolz über den ihm übertragenen Auftrag, »daß Ihr in einer Kommandotruppe seid, zu dem verwegensten Dienst ausgewählt und unter den Befehlen eines Mannes, der, wenn so etwas besser auch ein anderer sagen sollte, diese Truppe sicher nicht dem Müßiggang überlassen wird? Ehe dreißig, vielleicht auch nur fünf Minuten vergangen sein werden, schreiten wir über den Leib eines lebendigen oder toten Huronen weg.«

»Obgleich nicht mit Worten von Eurer Absicht unterrichtet«, versetzte David, leicht errötend, während sein sonst ruhiges, ausdrucksloses Auge von ungewöhnlichem Feuer glänzte, »haben mich doch Eure Männer an die Kinder Jakobs erinnert, wie sie gegen die Sichemiten zu Felde zogen, weil diese ruchloserweise eine Jungfrau von dem auserwählten Volk des Herrn in die Ehe begehrten. Nun bin ich mit dem Mädchen, das Ihr sucht, weit gewandert, in Freud und Leid mit ihr zusammen gewesen, und obgleich ich kein Kriegsmann bin, der seine Lenden gegürtet und das scharfe Schwert in Bereitschaft hat, so wollte ich für sie doch gern einen Streich führen.«

Der Kundschafter zögerte, als erwäge er die möglichen Folgen einer so seltsamen Genossenschaft, und antwortete dann: »Ihr könnt ja keine Waffe gebrauchen. Ihr habt keine Büchse, und glaubt mir, was die Mingos einnehmen, zahlen sie auch reichlich wieder zurück.«

»Obgleich ich kein prahlerischer, blutdürstiger Goliath bin«, erwiderte David und zog eine Schleuder unter seiner formlosen, vielfarbigen Kleidung hervor, »so habe ich doch das Beispiel des jüdischen Knaben nicht vergessen. Mit diesem alten Kriegswerkzeug bin ich in meiner Jugend viel umgegangen, und vielleicht hat mich mein Geschick noch nicht ganz verlassen.«

»Nun«, sagte Falkenauge und betrachtete den hirschledernen Riemen und den Schurz mit kaltem, mißbilligendem Auge, »das Ding mag gegen Bogen und selbst gegen Messer seine Stelle ausfüllen, diese Mengwes aber sind von den Franzmännern Mann für Mann mit gutgezogenen Gewehrläufen versehen worden. Doch da es Euch einmal gegeben scheint, im Feuer unversehrt zu bleiben, und Ihr bisher so begünstigt wart – Major, Ihr habt den Hahn gespannt gelassen, ein einziger Schuß vor der Zeit könnte unnützerweise zwanzig Skalpe kosten! –, Sänger, Ihr mögt uns begleiten, wir können Euch beim Kriegsgeschrei brauchen.«

»Ich dank' Euch, Freund«, entgegnete David, indem er sich gleich seinem königlichen Namensvetter am Bach mit Kieselsteinen versah. »Obgleich mein Sinn nicht aufs Töten gerichtet ist, so hätte es mich doch betrübt, wenn Ihr mich weggeschickt hättet.«

»Merkt es Euch aber«, setzte der Kundschafter hinzu und deutete am eigenen Haupt bedeutungsvoll auf die Stelle, wo Gamut seine Wunde gehabt hatte, »es geht zum Kampfe, nicht zum Musizieren. Ehe das allgemeine Kriegsgeschrei ertönt, darf hier kein anderer Laut zu hören sein als der Knall der Büchse.«

David nickte, um seine Zustimmung zu diesen Bedingungen anzudeuten. Falkenauge warf noch einen beobachtenden Blick auf seine Gefährten und gab alsbald das Zeichen weiterzuziehen. Ihr Marsch ging eine Meile weit am Bett des Gewässers entlang. Obgleich vor der Gefahr einer Entdeckung durch die steilen Ufer und das dichte Gestrüpp um den Bach geschützt, versäumten sie dennoch keine der Vorsichtsmaßregeln eines indianischen Kriegszuges. An jeder Seite ging oder schlich vielmehr ein Krieger, um immer wieder Blicke in den Wald umher zu werfen. Alle paar Minuten machte der Trupp halt und horchte auf feindliche Laute mit Organen, deren Schärfe unbegreiflich für Menschen ist, die der Natur fernstehen. Ihr Zug blieb jedoch ungestört, und sie erreichten den Punkt, wo sich der kleinere Bach in den größeren verlor, ohne das geringste Anzeichen, daß sie beobachtet worden wären. Hier machte der Kundschafter wieder halt, um die Zeichen des Waldes zu Rate zu ziehen.

»Wir werden voraussichtlich einen guten Tag zum Gefecht haben«, bemerkte der Kundschafter in englischer Sprache zu Heyward, indem er zu den Wolken aufschaute, die in breiten Schichten am Firmament dahinzogen. »Eine glänzende Sonne und ein blinkendes Rohr sind nicht eben günstig, um gut zu zielen. Alles kommt uns entgegen: sie haben den Wind, der uns den Schall von ihnen herweht, und den Rauch dazu, was schon an sich von Bedeutung ist, da wir so nach jedem Schuß wieder freie Sicht haben. Aber hier ist es zu Ende mit unserer Deckung. Seit Jahrhunderten hat der Fluß an dieser Stelle den Bibern gehört, und zwischen ihren Nahrungsplätzen und den Dämmen, wie Ihr seht, sind wohl manche toten Stämme, aber nur wenig grünende Bäume zu erblicken.«

Falkenauge hatte mit diesen wenigen Worten wirklich keine üble Beschreibung der Aussicht gegeben, die jetzt vor ihren Augen lag. Die Breite des Baches war hier sehr ungleich: bald schoß er durch enge Felsenspalten, bald verbreitete er sich über Strecken flachen Landes, kleine Becken oder Teiche bildend. Überall entlang der Ufer trieben vermodernde Überreste abgestorbener Bäume in allen Stufen des Verfalls: solche, die noch auf schwankenden Stämmen ächzten, und andere, kaum erst der schützenden Rinde beraubt, die auf eine so geheimnisvolle Weise ihre Lebenskraft eingeschlossen hält. Dazwischen lagen lange, niedrige und moosbedeckte Stämme wie Denkmäler früherer, längst vergangener Geschlechter.

Alle diese Einzelheiten beachtete der Kundschafter mit einem Ernst und einem Interesse, das ihnen wahrscheinlich noch nie zuteil geworden war. Er wußte, daß das Huronenlager nur eine kurze halbe Meile bachaufwärts lag, und mit jener charakteristischen Ängstlichkeit, die eine verborgene Gefahr ahnt, war er sehr unruhig, daß er nicht die geringste Spur des nahen Feindes finden konnte. Ein paarmal war er versucht, den Befehl zu einem plötzlichen Hervorbrechen zu geben und einen Überfall auf das Dorf zu wagen; aber seine Erfahrung rief ihm schnell die Gefahr eines so nutzlosen Versuches ins Gedächtnis. Dann lauschte er angestrengt und mit schmerzlicher Ungewißheit auf feindselige Laute aus der Gegend, wo er Uncas verlassen hatte. Aber nichts ließ sich hören als das Pfeifen des Windes, der in einzelnen Stößen durch das Innere des Waldes fuhr und einen Gewittersturm ankündigte. Endlich beschloß er, mehr seiner drängenden Ungeduld folgend als dem Rat der Erfahrung, die Sache zu einer Entscheidung zu bringen, mit seinen Leuten die Deckung zu verlassen und vorsichtigen, aber festen Schrittes den Fluß hinaufzuziehen.

Der Kundschafter hatte während dieser Überlegungen im Schutz eines Gebüsches gestanden. Seine Gefährten befanden sich noch tief unten in der Schlucht, durch die der kleinere Bach floß. Auf sein leises, aber deutliches Signal schlich der ganze Trupp wie dunkle Gespenster an dem Ufer herauf und sammelte sich schweigend um ihn. Falkenauge wies in die gewählte Richtung und ging voran. Der Trupp formierte sich zu einer Kette, und jeder folgte so genau des Führers Fußstapfen, daß es, Heyward und David ausgenommen, nur die Fährte eines einzigen Mannes zu sein schien. Kaum aber hatten sie das Versteck verlassen, als sie in ihrem Rücken eine Salve von einem Dutzend Büchsen hörten. Ein Delaware sprang wie ein verwundeter Hirsch hoch in die Luft und stürzte der Länge nach augenblicklich tot zu Boden.

»Oh! Eine solche Teufelei habe ich gefürchtet!« rief der Kundschafter englisch und fuhr mit Blitzesschnelle in der Sprache der Delawaren fort: »Ins Versteck, Freunde, gebt Feuer!«

Der Trupp zerstreute sich auf sein Wort, und ehe Heyward sich von seiner Überraschung erholt hatte, fand er sich mit David allein. Zum Glück waren die Huronen bereits zurückgewichen, und beide hatten von ihrem Feuer nichts mehr zu befürchten. Aber diese Ruhe dauerte nicht lange, denn der Kundschafter ging mit seinem Beispiel den übrigen voran, sprang von Baum zu Baum und feuerte mit seiner Büchse auf den Feind, der langsam zurückwich.

Dieser Angriff verfehlte seine Wirkung nicht und befreite sie aus ihrer drückenden Lage. Falkenauges Überfall schien vom Feind vorausgesehen worden zu sein und war deshalb fehlgeschlagen. Dagegen hatten sich wiederum die Huronen in der Anzahl von Falkenauges Kriegern und in seinem Plan getäuscht und daher eine zu geringe Zahl von streitbaren Männern bei Uncas zurückgelassen, die dem Angriff des jungen Mohikaners nun nicht widerstehen konnten. Was diese Vermutung wahrscheinlich machte, war, daß das Gefecht im Walde sich sehr schnell zum Dorf hinzog. Auch verminderte sich die Anzahl der Huronen, die Falkenauge gegenüberlagen, sehr bald, denn ein großer Teil lief ihren bedrängten Kameraden zu Hilfe, um nicht einen Posten aufzugeben, der, wie es sich bald herausstellte, der Hauptpunkt ihrer Verteidigung war.

Mit seiner Stimme und durch eigenes Beispiel die Mannschaft ermunternd, gab der Kundschafter jetzt den Befehl zum Angriff. Dieser bestand bei einer so kunstlosen Kriegführung allein darin, von Versteck zu Versteck zu springen, näher und näher an den Feind heran: dies geschah hier, und mit Glück. Die Huronen mußten sich zurückziehen, und die Szene des Kampfes verlagerte sich ganz schnell von dem offenen Waldgrund in ein Dickicht, wo die Angegriffenen sich wieder halten konnten. Hier setzte sich der Streit hartnäckig fort, wie es schien, mit ungewissem Ausgang. Von den Delawaren war zwar noch niemand gefallen, aber ihr Blut floß reichlich als Folge ihrer unvorteilhaften Stellung.

In diesem bedenklichen Augenblick gelang es Falkenauge, hinter denselben Baum zu schlüpfen, der auch Heyward deckte. Die meisten seiner Krieger waren im Bereich seiner Stimme, etwas zur Rechten, wo sie ein rasches, aber wirkungsloses Feuer auf ihre geschützten Feinde unterhielten.

»Ihr seid noch ein junger Mann, Major!« sagte der Kundschafter, indem er den Kolben des Wildtöters auf die Erde stellte und, von seinen Mühen etwas erschöpft, sich auf das Rohr stützte. »Und es kann Euch einmal beschieden werden, Truppen gegen diese Schurken, die Mingos, zu führen. Hier habt Ihr die ganze Philosophie eines Indianerkampfes! Sie besteht hauptsächlich in einer flinken Hand, einem scharfen Auge und einer guten Deckung. Nun, wenn Ihr eine Kompanie königlicher Amerikaner hier hättet, was würdet Ihr sie unter diesen Umständen tun lassen?«

»Das Bajonett müßte eine Bahn brechen!«

»Ja, als Weißer sprecht Ihr da ganz vernünftig. Aber in diesen Wildnissen muß man sich fragen, wie viele Menschenleben man schonen kann. Nein – das Pferd[1]«, fuhr der Kundschafter fort und schüttelte nachdenklich den Kopf, »das Pferd, fast schäme ich mich's zu sagen, das Pferd muß früher oder später in diesen Scharmützeln entscheiden. Das Vieh ist da besser als der Mensch, und ans Pferd müssen wir uns am Ende halten. Setzt einen beschlagenen Huf hinter den Mokassins einer Rothaut, und wenn seine Büchse einmal leer ist, wird er nicht mehr innehalten, sie wieder zu laden.«

»Das ist ein Gegenstand, den wir besser ein anderes Mal erörtern«, versetzte Heyward. »Wollen wir angreifen?«

»Es widerspricht der Aufgabe eines Mannes nicht, wenn er in Augenblicken der Erholung und des frischen Atemschöpfens nützliche Betrachtungen anstellt«, entgegnete der Kundschafter. »Was aber ein Hervorbrechen anlangt, ein solcher Versuch kostet immer ein paar Skalpe. Und doch«, setzte er hinzu, indem er den Kopf zur Seite neigte, um den Tönen des fernen Kampfes zu lauschen, »und doch müssen wir die Kerle vor uns loswerden, wenn wir Uncas etwas nützen wollen!«

Hierauf wandte er sich schnell und mit entschlossener Miene um und rief seinen Indianern etwas laut in ihrer Sprache zu. Seine Worte wurden von einem Geschrei erwidert, und auf ein gegebenes Zeichen glitt jeder Krieger schnell um den Baum, hinter dem er stand. Der Anblick so vieler dunkler Gestalten, die zu gleicher Zeit vor ihnen auftauchten, veranlaßte die Huronen zu schnellem und deshalb unwirksamem Feuern. Ohne einen Augenblick zu verlieren, sprangen die Delawaren in langen Sätzen dem Wald zu wie Panther, die sich auf ihre Beute stürzen. Falkenauge war voran, seine furchtbare Büchse schwingend und die Gefährten durch sein Beispiel ermunternd. Einige der älteren und erfahreneren Huronen hatten sich durch die List, die sie zum Feuern hatte verleiten sollen, nicht täuschen lassen und gaben jetzt eine geschlossene und tödliche Salve ab. Die Besorgnis des Kundschafters ging in Erfüllung, denn drei seiner vordersten Krieger fielen. Doch dieser Verlust konnte das Ungestüm der Angreifenden nicht aufhalten. Die Delawaren brachen mit gewohnter Wildheit in das Ver-

1 In den amerikanischen Wäldern läßt sich die Reiterei wohl verwenden, da diese Wälder nur ganz kleines Unterholz und wenig verschlungenes Gesträuch haben. Falkenauges Plan ist der, der in den Kämpfen zwischen den Weißen und den Indianern immer von bestem Erfolg war: Wayne hielt auf seinem berühmten Feldzug am Miami das Feuer seiner Feinde in Reih und Glied aus, ließ dann seine Dragoner um die Flanken schwenken, und die Indianer wurden aus ihren Verstecken vertrieben, ehe sie Zeit hatten, wieder zu laden. Einer der hervorragendsten Häuptlinge, die in der Schlacht am Miami mitkämpften, versicherte dem Verfasser, daß die roten Männer die Krieger mit den langen Messern und den Lederstrümpfen (er meinte die Dragoner mit ihren Säbeln und Stiefeln) nicht bekämpfen könnten.

Im Dickicht setzte sich der Streit hartnäckig fort.

steck, und die Wut ihres Ansturms machte jeden Widerstand unmöglich.

Der Kampf dauerte nur einen Augenblick, Mann gegen Mann. Die Angegriffenen wichen schnell zurück, bis sie den entgegengesetzten Rand des Dickichts erreichten, unter dessen Schutz sie sich mit einer Hartnäckigkeit wieder festsetzten, wie man sie auch bei gehetztem Wild oft findet. In diesem entscheidenden Augenblick, da der Erfolg des

Kampfes wieder zweifelhaft wurde, ließ sich ein Flintenknall im Rücken der Huronen vernehmen. Eine Kugel pfiff von den Biberhütten her, die auf der Lichtung im Hintergrund standen, und gleich darauf ertönte das wilde, schreckenerregende Schlachtgeheul.

»Da spricht Chingachgook!« rief Falkenauge freudig und erwiderte das Geschrei mit seiner Stentorstimme. »Wir haben sie jetzt von vorn und von hinten!«

Die Wirkung auf die Huronen zeigte sich augenblicklich. Entmutigt durch Angriffe von einer Seite her, die ihnen auch das letzte Versteck abschnitten, stießen sie sämtlich ein Geheul der Verzweiflung aus, stoben auseinander und rannten aufgelöst über die Lichtung davon, auf nichts als auf Flucht bedacht. Manche fielen bei diesem Versuch unter den Kugeln und den Streichen der sie verfolgenden Delawaren.

Wir halten uns nicht dabei auf, das Zusammentreffen des Kundschafters mit Chingachgook oder das noch rührendere Wiedersehen Duncans und Munros zu beschreiben. Wenige eilige Worte reichten hin, beide Teile mit dem Stand der Dinge bekanntzumachen; Falkenauge stellte seinen Gefährten den Sagamoren vor und legte den Oberbefehl in die Hände des Mohikanerhäuptlings. Chingachgook übernahm diese Stellung, zu der ihn Geburt und Erfahrung so besonders berechtigten, mit der Würde und dem Ernst, die den Befehlen des eingeborenen Kriegers stets Ansehen verleihen. Er folgte den Fußstapfen des Kundschafters und führte den Zug durch das Dickicht zurück. Seine Krieger skalpierten die gefallenen Huronen und verbargen die Leichen ihrer eigenen Toten. Endlich hatten sie einen Punkt gefunden, wo es Chingachgook für gut fand haltzumachen.

Die Krieger, die sich nach dem vorangegangenen Kampf wieder etwas erholt hatten, wurden jetzt auf einer kleinen Fläche postiert, die genug mit Bäumen bedeckt war, um ihnen Schutz zu gewähren. Das Land fiel jäh vor ihnen ab, und unterhalb breitete sich mehrere Meilen weit ein enges, dunkles Waldtal aus. In diesem dichten, finsteren Wald war Uncas mit der Hauptmacht der Huronen immer noch im Kampf begriffen.

Der Mohikaner und seine Freunde begaben sich an den Rand des Hügels und horchten mit geübtem Ohr auf das Getöse des Kampfes. Einige Vögel, von ihren abgelegenen Nestern aufgescheucht, schwebten über dem Blätterteppich des Tales, und hier und da stieg eine leichte Rauchwolke über den Bäumen empor, die sich bereits mit der Atmosphäre zu mischen schien. Sie deutete einen Platz an, wo der Kampf hitzig und hartnäckig gewesen sein mochte.

»Das Gefecht kommt den Abhang herauf«, sagte Duncan und deutete in eine Richtung, wo sich eben wieder Feuerwaffen hören ließen. »Wir sind zu sehr im Mittelpunkt ihrer Linie, um mit Nachdruck wirken zu können.«

»Sie werden sich nach dem Hohlweg ziehen, wo sie besser geschützt sind«, sagte der Kundschafter; »und dann können wir sie gerade in der Flanke nehmen. Komm, Sagamore, es ist Zeit, daß du dein Kriegsgeschrei erschallen läßt und die jungen Krieger anführst. Ich will in diesem Scharmützel neben Kriegern von meiner eigenen Farbe fechten. Du kennst mich, Mohikaner; kein einziger Hurone soll über die Anhöhe dir in den Rücken kommen, ohne daß mein Wildtöter dazwischentritt.«

Der indianische Häuptling zögerte noch einen Augenblick, um die Zeichen des Kampfes zu beobachten, der sich nun schnell den Abhang heraufzog – ein sicherer Beweis, daß die Delawaren triumphierten. Er verließ den Platz nicht früher, als bis er von der Nähe seiner Freunde wie auch der Feinde durch einige Kugeln überzeugt wurde, die von den ersteren herrührten und in die dürren Blätter auf dem Boden einschlugen, Hagelkörnern gleich, die dem Ausbruch eines Sturmes vorangehen. Falkenauge und seine drei Begleiter zogen sich einige Schritte in ein Dickicht zurück und erwarteten den Ausgang mit einer Ruhe, wie sie bei einer solchen Situation nur lange Erfahrung geben konnte. Bald darauf verloren die Flintenschüsse das Echo der Wälder und klangen, als würden sie in der freien Luft abgefeuert. Dann und wann zeigte sich jetzt ein Krieger, der bis an den Saum des Waldes getrieben worden war und hier an der Lichtung als dem Ort des letzten Widerstandes nochmals Fuß zu fassen versuchte. Immer mehr versammelten sich, bis sich endlich eine lange Kette dunkler Gestalten mit dem Mut der Verzweiflung zum letzten Kampf stellte. Heyward wurde ungeduldig und wandte sein Auge unruhig zu Chingachgook. Der Häuptling, von dem nichts als sein ruhiges Antlitz sichtbar war, saß auf einem Felsen und betrachtete das Schauspiel so bedächtig, als ob er sich hier nur um des Zuschauens willen hingesetzt hätte.

»Es ist Zeit für den Delawaren loszuschlagen«, sagte Duncan.

»Nicht doch, nicht doch!« entgegnete der Kundschafter. »Wenn er seine Freunde wittert, wird er sie es schon wissen lassen, daß er da ist. Seht! Seht! Die Burschen schließen sich dort unter jenen Fichten zusammen wie Bienen nach dem Schwärmen. Bei Gott, eine Squaw reichte aus, um eine Kugel in die Mitte eines solchen Knäuels von dunklen Häuten zu jagen!«

In diesem Augenblick erscholl das Kriegsgeschrei, und ein Dutzend Huronen fielen unter dem Feuer von Chingachgook und seinen Leuten. Das Geschrei, das nun folgte, wurde von einem einzelnen Kriegsruf aus dem Wald beantwortet, und ein Geheul erfüllte die Luft, als ob tausend Kehlen sich dazu vereinigt hätten. Die Huronen stutzten und wichen aus dem Zentrum ihrer Schlachtlinie. Da brach Uncas an der Spitze von hundert Kriegern aus dem Wald hervor und stürmte in die entstandene Öffnung hinein.

Mit den Händen rechts und links winkend zeigte der junge Häuptling seinen Gefährten den Feind. Sie trennten sich in der Verfolgung, denn der Kampf war jetzt geteilt. Beide Flügel der durchbrochenen Huronen-Reihen suchten wieder Schutz in den Wäldern, hart bedrängt von den siegreichen Kriegern der Lenapen. Kaum war eine Minute vergangen, als sich das Getöse schon nach verschiedenen Richtungen hin entfernte und unter dem Widerhall der Waldgewölbe allmählich seine Deutlichkeit verlor. Eine kleine Schar Huronen hatte es jedoch verschmäht, irgendeinen Schutz zu suchen, und zog sich gleich bedrängten Löwen langsam und verbissen die Anhöhe hinan, die Chingachgook mit seinem Trupp eben verlassen hatte, um dem Kampf näher zu sein. Unter diesen ragte Magua hervor, wild und trotzig und noch immer mit einer stolzen Herrschermiene.

In seiner Hast, die Verfolgung zu beschleunigen, war Uncas fast allein geblieben. Sobald aber sein Auge die Gestalt Le Subtils sah, war jede andere Rücksicht vergessen. Er erhob sein Schlachtgeschrei, das sechs oder sieben Krieger an seine Seite rief, und stürzte sich ohne Rücksicht auf die zahlenmäßige Unterlegenheit auf den Feind. Le Renard, der diese Bewegungen bemerkt hatte, blieb mit heimlicher Freude stehen, um ihn zu erwarten. In dem Augenblick aber, da er den jungen Gegner durch ein so tollkühnes Ungestüm in seine Hände gegeben glaubte, ertönte ein neues Geschrei, und La longue Carabine eilte, von seinen weißen Gefährten begleitet, zur Hilfe herbei. Der Hurone wandte sich daraufhin ab und begann einen eiligen Rückzug die Anhöhe hinan.

Zu Grüßen oder Glückwünschen war keine Zeit. Uncas setzte mit Windesschnelle die Verfolgung fort, als bemerkte er die Gegenwart seiner Freunde nicht. Umsonst ermahnte ihn Falkenauge, sich in Dekkung zu halten: der junge Mohikaner trotzte dem gefährlichen Feuer seiner Feinde und zwang sie bald zu einer Flucht, die seiner Eile an Schnelligkeit gleichkam. Zum Glück war die Jagd nur von kurzer Dauer, und die Weißen wurden dabei durch ihre Stellung sehr begünstigt, sonst hätte der Delaware alle seine Begleiter überholt und wäre ein Opfer seiner Verwegenheit geworden. Aber ehe ein solches Unglück eintreten konnte, hatten Verfolger und Verfolgte das Dorf der Wyandots erreicht, einander so nahe, daß sie handgemein werden konnten.

Durch den Anblick ihrer Hütten erregt und ermüdet von der Flucht, machten die Huronen halt und fochten mit der Wut der Verzweiflung rund um ihre Versammlungshütte. Anfang und Ende des Kampfes glichen einem zerstörenden Sturmwind. Uncas' Tomahawk, Falkenauges Streiche und selbst Munros immer noch kräftiger Arm waren in diesem Augenblick gleich tätig, und bald bedeckte sich der Boden mit Feinden. Immer aber entging Magua, obgleich er sich unerschrocken preisgab, allen Angriffen auf sein Leben, als stünde auch er unter jenem Schutz, den die Sage des Altertums für ihre Lieblingshelden bereithielt. Ein Geheul ausstoßend, das seine Wut und seine Enttäuschung tausendfach zu erkennen gab, stürzte der arglistige Häuptling, als er seine Gefährten fallen sah, nur von zwei Freunden begleitet vom Kampfplatz und überließ es den Delawaren, die Köpfe der Toten des blutigen Siegeszeichens zu berauben.

Uncas, der ihn vergeblich in dem Gewühl gesucht hatte, stürzte fort, ihn zu verfolgen; Falkenauge, Heyward und David folgten ihm nach. Alles aber, was der Kundschafter tun konnte, war, daß er die Mündung seiner Büchse stets vor seinen Freund hielt und ihn dadurch wie mit einem Zauberschild deckte. Einmal war es, als wollte Magua eine zweite und letzte Anstrengung machen, seine Verluste zu rächen. Allein er gab den kaum gefaßten Vorsatz wieder auf, sprang in ein Dickicht, gefolgt von seinen Feinden, und schlüpfte mit dem Rest seiner Gefährten plötzlich in die Höhle, die unsere Leser bereits kennen. Falkenauge, der bisher nur aus Anhänglichkeit zu Uncas nicht gefeuert hatte, erhob jetzt ein Siegesgeschrei und erklärte laut, daß ihr Opfer ihnen jetzt nicht mehr entgehen könnte. Die Verfolger stürzten in den langen und engen Gang, noch zeitig genug, um einen flüchtigen Schein von den davoneilenden Huronen zu erhaschen. Während sie durch die natürlichen Gänge und unterirdischen Gemächer der Höhle stürmten, flohen unter Geschrei und Geheul Hunderte von Frauen und Kindern vor ihnen her. Der Ort glich in seinem ungewissen Dämmerlicht den Schattenregionen der Unterwelt, in welchen Scharen unseliger Geister und wilder Dämonen durcheinander jagten.

Immer aber hielt Uncas, als ob das Leben für ihn nur noch eine einzige Aufgabe hätte, sein Auge auf Magua gerichtet. Heyward und der Kundschafter blieben ihm auf den Fersen, von demselben Gefühl, wenn auch vielleicht nicht in gleich hohem Grad beseelt. Ihr Weg aber wurde in den düsteren, finsteren Gängen sehr mühevoll. Seltener und minder deutlich zeigten sich ihnen die fliehenden Krieger, und für einen Augenblick glaubten sie sogar ihre Spur verloren zu haben, als an dem fernen Ende eines Ganges, der auf den Berg zu führen schien, ein weißes, flatterndes Kleid sichtbar wurde.

»Es ist Cora!« rief Heyward in einem Ton, in dem sich Entsetzen und Freude seltsam mischten.

»Cora! Cora!« wiederholte Uncas, indem er gleich dem Hirsch des Waldes vorwärtsstürzte.

»Es ist das Mädchen!« schrie der Kundschafter; »Mut, Lady; wir kommen! Wir kommen!«

Die Verfolgung erneuerte sich mit einem Eifer, den der ermutigende Anblick der Gefangenen verzehnfachte. Der Weg aber wurde rauh, unterbrochen, an einigen Stellen beinahe ungangbar. Uncas warf seine Büchse weg und sprang in Sturmeseile vorwärts, Heyward folgte rasch seinem Beispiel. Beide wurden aber augenblicklich daran erinnert, daß sie töricht handelten. Sie hörten einen Schuß, den die Huronen in den Felsenweg hineinfeuerten: die Kugel brachte dem jungen Mohikaner eine leichte Wunde bei.

»Wir müssen ihnen auf den Leib!« rief der Kundschafter, indem er mit einem verzweifelten Sprung seine Freunde hinter sich zurückließ. »In dieser Entfernung schießen uns die Schufte alle weg; und seht, sie halten das Mädchen als einen Schild vor sich!«

Ohne auf diese Worte zu achten oder vielmehr, ohne sie zu hören, folgten die Begleiter seinem Beispiel und kamen durch unglaubliche Anstrengungen den Fliehenden so nahe, daß sie sehen konnten, wie Cora von zwei Kriegern fortgetragen wurde, während Magua Richtung und Art ihrer Flucht bestimmte. In diesem Augenblick zeichneten sich die vier Gestalten deutlich gegen eine lichte Öffnung, die ins Freie ging, und verschwanden dann ganz. Fast wahnsinnig vor Enttäuschung machten Uncas und Heyward Anstrengungen, die übermenschlich zu nennen waren, und stürzten aus der Höhle an der Seite des Berges, noch zeitig genug, um wahrnehmen zu können, welchen Weg die Flüchtigen eingeschlagen hatten. Der Pfad führte jetzt die Anhöhe hinan und war noch immer mühsam und gefährlich.

Durch seine Büchse gehindert oder vielleicht nicht von so tiefem Interesse für die Gefangene getrieben wie seine Begleiter, ließ der Kundschafter letztere ein wenig voraus, und Uncas ließ seinerseits Heyward hinter sich. So kamen sie in unglaublich kurzer Zeit über Felsen und Abstürze weg und siegten über Gefahren, die zu anderer Zeit und unter anderen Umständen für unüberwindlich gehalten worden wären. Aber das Ungestüm der jungen Männer wurde belohnt: sie bemerkten, daß die Huronen, durch Cora gehindert, langsamer wurden.

»Steh, Hund von einem Wyandot!« rief Uncas, seinen blitzenden Tomahawk gegen Magua schwingend. »Ein Delaware gebietet dir Halt!«

»Ich gehe nicht weiter!« rief Cora, indem sie unerwartet an einer Felsenspitze stehenblieb, die über einem tiefen Abgrund nahe dem

Gipfel des Berges hing. »Töte mich, wenn du willst, abscheulicher Hurone; ich gehe nicht weiter!«

Die Wilden, die das Mädchen trugen, erhoben ihre bereiten Tomahawks mit jener ruchlosen Freude, die man bösen Geistern zuschreibt, wenn sie Unheil stiften können. Aber Magua hielt sie zurück; er riß seinen Begleitern die Waffen aus der Hand, warf sie über den Felsen hinab, zog sein Messer und wandte sich mit einem Blick an die Gefangene, in dem sich die widerstrebendsten Leidenschaften malten.

»Weib«, sprach er, »wähle: Le Subtils Wigwam oder sein Messer!«

Cora achtete nicht auf ihn. Sie warf sich auf die Knie, hob Augen und Arme zum Himmel und sprach mit sanfter, aber vertrauensvoller Stimme:

»Dein bin ich! Tu mit mir nach deinem Ratschluß!«

»Weib!« wiederholte Magua mit barscher Stimme, indem er vergeblich einen Blick aus ihrem heiteren strahlenden Auge zu erhaschen suchte. »Wähle!«

Aber Cora hörte oder beachtete nicht, was er sprach. Jede Fiber zitterte an dem Huronen. Er hob seinen Arm, ließ ihn aber mit einem Ausdruck der Verwirrung wieder sinken wie einer, der noch unschlüssig ist. Noch einmal kämpfte er mit sich und hob die scharfe Waffe empor – da hörte man aus der Höhe herab ein durchdringendes Geschrei. Uncas erschien und sprang in wilder Verzweiflung von einer furchtbaren Höhe auf die Felsenspitze herab. Magua fuhr einen Schritt zurück, und einer seiner Begleiter nützte den Moment, sein Messer Cora in das Herz zu stoßen.

Der Hurone sprang wie ein Tiger auf seinen verwegenen Landsmann, der bereits zurückwich; der herabstürzende Uncas aber trennte die unnatürlichen Gegner. Durch diese Unterbrechung gestört und durch den Mord, dessen Zeuge er eben geworden war, in Raserei versetzt, stieß Magua dem auf dem Boden liegenden Delawaren das Messer in den Rücken, ein höllisches Jubelgeschrei über diese feige Tat ausstoßend. Aber wie ein verwundeter Panther sich auf den Feind stürzt, so erhob sich Uncas nach diesem Stoß noch einmal und streckte mit der letzten Anstrengung seiner sinkenden Kraft Coras Mörder zu seinen Füßen nieder. Dann wandte er einen finsteren, festen Blick auf Le Subtil, und sein Auge verriet, was er getan haben würde, hätten ihn nicht seine Kräfte gänzlich verlassen. Magua ergriff den kraftlosen Arm des zu jedem Widerstand unfähigen Delawaren und stieß ihm dreimal sein Messer in die Brust. Dann erst fiel das Schlachtopfer, den Blick immer noch mit einem Ausdruck der tiefsten Verachtung auf den Feind geheftet, tot zu seinen Füßen nieder.

»Erbarmen! Erbarmen, Hurone!« rief Heyward von oben in Tönen,

Uncas eilt zu Coras Rettung herbei.

die vor Entsetzen beinahe erstickten. »Hab Erbarmen, und du sollst Erbarmen finden!«

Magua schleuderte das blutige Messer nach dem stehenden Jüngling, und dann stieß der siegreiche Wilde ein so grimmiges, wütendes und zugleich frohlockendes Geschrei aus, daß der Ruf wilden Triumphes sogar bis zu den Ohren der Krieger drang, die tausend Fuß unter ihm im Tal fochten. Ein Schrei aus dem Mund des Kundschafters antwortete, und seine hohe Gestalt eilte über die gefahrvollen Felsenklippen mit so kühnem, unaufhaltsamem Schritt auf Le Subtil zu, als ob er die Gabe besäße, in der Luft zu wandeln. Als aber der Jäger den Schauplatz des so grauenhaften Mordes erreicht hatte, waren die Toten allein auf der Felsenspitze.

Sein kühnes Auge warf einen einzigen Blick auf die Opfer und überschaute dann die Schwierigkeiten der vor ihm ansteigenden Felsenhöhe. Auf der Höhe des Berges stand, gerade am Rand des schwindelerregenden Absturzes, in furchtbar drohender Stellung eine Gestalt mit hoch emporgehobenen Armen. Ohne die Person näher zu betrachten, hob Falkenauge seine Büchse. Aber dann sah er den Felsbrocken, den die Gestalt einem der Flüchtigen unten auf den Kopf warf, und erkannte oben das vor Entrüstung glühende Antlitz des ehrlichen Gamut. Erst jetzt kam Magua aus einer Felsenspalte hervor, schritt mit gleichgültiger Ruhe über die Leiche seines letzten Gefährten, übersprang einen weiten Felsenriß und klomm an einer Stelle, wo Davids Arm ihn nicht erreichen konnte, den Berg hinauf. Noch ein einziger Sprung über den Abgrund, und er wäre in Sicherheit gewesen. Ehe er jedoch den Anlauf nahm, hielt er inne, schüttelte die Faust gegen den Kundschafter und schrie:

»Die Bleichgesichter sind Hunde! Die Delawaren sind Weiber! Magua läßt sie auf den Felsen den Krähen zur Speise!«

Unter heiserem Gelächter machte er einen verzweifelten Sprung, erreichte aber das Ziel nicht, obwohl seine Hände im Fallen noch ein Gestrüpp am Rande der Höhe erreichen konnten. Wie ein wildes Tier, das im Begriff ist, sich auf seine Beute zu stürzen, krümmte sich Falkenauge zusammen. Alle seine Glieder zitterten so heftig, daß die Mündung seiner halberhobenen Büchse hin und her schwankte wie ein Blatt, das der Wind bewegt. Ohne sich in fruchtlosen Anstrengungen zu erschöpfen, ließ der kluge Magua seinen Leib der Länge nach heruntergleiten und fand ein Felsstück, auf dem seine Füße ruhen konnten. Dann bot er alle seine Kräfte zu einem neuen Versuch auf, der ihm auch soweit gelang, daß er sich mit den Knien auf den Rand des Felsens zu schwingen vermochte. Jetzt, da der Leib des Feindes eng zusammengekauert war, hob der Kundschafter das schwankende Gewehr an die Schulter. Die Felsen rund umher konnten nicht unbeweglicher sein, als es die Flinte in dem Augenblick war, da sie abgefeuert wurde. Die Arme des Huronen erschlafften, sein Körper fiel ein wenig zurück, während seine Knie noch in ihrer Lage blieben. Er warf einen unversöhnlichen Blick auf den Feind und hob eine Hand in grimmigem Trotz. Dann schwand sein letzter Halt. Einen Augenblick sah man die dunkle Gestalt kopfüber durch die Luft fliegen, bis sie hinter dem Saum von Gesträuch, das den Felsen umgab, in der Tiefe verschwand, ein unwiederbringlicher Raub des Todes.

Dreiunddreißigstes Kapitel

Die aufgehende Sonne fand die Lenapen am nächsten Tag als ein Volk von Trauernden. Die Töne der Schlacht waren verklungen. Ihr alter Haß war reichlich gesättigt, und den letzten Strauß mit den Mengwes hatten sie durch die Vernichtung einer ganzen Stammesgemeinschaft gerächt. Eine trübe und düstere Atmosphäre lag über der Gegend, wo das Lager der Huronen gewesen war, und verkündete nur zu deutlich das Schicksal dieses wandernden Stammes. Hunderte von Raben, die um die bleichen Gipfel der Berge flatterten oder in krächzenden Schwärmen über den endlosen Waldräumen schwebten, waren gräßliche Wegweiser zu dem Schauplatz des Kampfes. Kurz, jedes Auge, das mit der Kriegführung im Grenzland nur etwas vertraut war, hätte diese untrüglichen Spuren der Greuel einer Indianerrache leicht erkennen können. Und doch fand die aufgehende Sonne das Volk der Lenapen in Trauer. Kein Jubellaut, kein Triumphgesang, um den Sieg zu feiern, war zu hören. Der letzte Nachzügler war von seinem gräßlichen Geschäft heimgekehrt, warf die schrecklichen Abzeichen seines blutigen Berufes von sich, um in die Klagen seiner Landsleute, die sich ein geschlagenes Volk nennen durften, einzustimmen. Stolz und Frohlocken waren der Niedergeschlagenheit und die wildesten menschlichen Leidenschaften den Äußerungen des tiefsten, ehrlichsten Schmerzes gewichen.

Die Hütten waren verlassen. Alles, was Leben hatte, war zu einem Ort in der Nähe gezogen, wo nun alle in tiefem, feierlichem Schweigen versammelt waren, ein breites Band ernsthaft blickender Gesichter. Menschliche Wesen jedes Ranges und Alters, von beiden Geschlechtern und mit den verschiedensten Beschäftigungen waren in dieser lebendigen Mauer versammelt, und doch belebte sie alle ein Gefühl. Alle

Augen waren auf die Mitte des Kreises gerichtet, wo sich die Gegenstände so lebhafter und so allgemeiner Teilnahme befanden.

Sechs delawarische Mädchen, deren lange, dunkle Haarflechten ungebändigt über ihre Brust herabflossen, standen an der Seite und taten nichts anderes, als daß sie von Zeit zu Zeit süßduftende Kräuter und

Dort saß Uncas, als wäre er noch am Leben.

Waldblumen auf eine Sänfte von wohlriechenden Zweigen streuten. Auf ihr ruhten unter einem Leichentuch aus indianischen Gewändern die irdischen Überreste der feurigen, hochsinnigen, edelmütigen Cora. Ihre Gestalt war unter vielen Hüllen eines einfachen Stoffes verborgen, die ihr Gesicht für immer dem Anblick der Menschen entzogen. Zu ihren Füßen saß der erbarmungswürdige Munro. Sein ehrwürdiges Haupt neigte sich beinahe zur Erde nieder in schmerzlicher Unterwerfung unter die Fügung des Himmels. Doch spielte ein verborgener Gram um die gefurchte Stirn, die nur teilweise durch graue, nachlässig über seine Schläfe fallende Locken bedeckt wurde. Gamut stand an seiner Seite, sein sanftes Haupt war entblößt und den Strahlen der

Sonne preisgegeben, während seine Augen, unstet und befangen, ihre Blicke teilten zwischen dem kleinen Buch, das so spitzfindig ausgedrückte und doch so hochheilige Lehren enthielt, und dem alten Mann, dem sein Herz gern Trost gespendet hätte. Heyward stand in der Nähe und lehnte sich an einen Baum, bemüht, die plötzlichen Ausbrüche eines Schmerzes niederzuhalten, zu deren Bekämpfung er seine ganze männliche Standhaftigkeit brauchte.

So traurig und melancholisch man sich diese Gruppe denken mag, so war sie doch nicht so ergreifend wie eine andere am entgegengesetzten Ende dieses Platzes. Dort saß Uncas, als wäre er noch am Leben, in Gestalt und Haltung voller Würde und Anstand und mit dem prachtvollsten Schmuck geziert, den der Reichtum des Stammes hatte zusammenbringen können. Kostbare Federn neigten sich von seinem Haupt; Wampum, Hals- und Armgeschmeide, Denkmünzen überflossen ihn in verschwenderischer Fülle. Aber sein erstorbenes Auge und seine leblosen Züge widersprachen zu sehr der stolzen Absicht eines so eitlen Putzes.

Gerade vor dem Toten saß Chingachgook, ohne Waffen, ohne Bemalung, ja, ohne jeglichen Schmuck, das glänzend blaue Stammbild seines Geschlechtes ausgenommen, das der nackten Brust untilgbar eingegraben war. Während der ganzen Zeit, da der Stamm hier versammelt war, schaute der mohikanische Krieger fest und kummervoll auf das kalte, leblose Antlitz seines Sohnes. So unverwandt und innig war dieser Blick, seine Haltung so unverrückt, daß ein Fremder den Lebenden von dem Toten nur an den gelegentlichen Zuckungen im düsteren Antlitz des Vaters und an der Ruhe des Todes in den Zügen des Sohnes unterschieden haben würde.

Der Kundschafter stand dicht daneben, schwermütig auf seine todbringende Rächerwaffe gelehnt, während Tamenund, von den Ältesten seiner Nation unterstützt, einen erhöhten Platz einnahm, von wo er die stumme, von Gram bewegte Versammlung überblicken konnte.

In dem innern Rand des Kreises stand ein Offizier in der Uniform einer fremden Nation; außerhalb befand sich sein Schlachtroß, von einer Anzahl berittener Diener umgeben, die sich, wie es schien, auf eine größere Reise vorbereitet hatten. Die Kleidung des Fremden zeigte, daß er in der engsten Umgebung des Statthalters von Kanada eine angesehene Stellung innehaben mußte. Wie es schien, war seine Absicht, Frieden zu stiften, durch das wilde Ungestüm seiner Verbündeten vereitelt worden. Er mußte sich nun damit begnügen, ein schweigsamer Zeuge der traurigen Früchte eines Streites zu sein, den er nicht mehr verhindern konnte.

Der Tag nahte sich dem Ende seines ersten Viertels, und immer noch verharrte die Menge in dem atemlosen Schweigen, das seit dem vergangenen Abend herrschte. Nichts hörte man als ab und zu einen unterdrückten Seufzer. Kein Glied hatte sich die lange Zeit über gerührt, außer um die einfachen und rührenden Opferdienste zu versehen, die von Zeit zu Zeit dem Andenken der Toten dargebracht wurden. Nur indianische Geduld und Selbstbeherrschung konnten einen solchen Zustand des Losgelöstseins erreichen, der die dunklen, bewegungslosen Gestalten in Stein verwandelt zu haben schien.

Endlich streckte der Weise der Delawaren den Arm aus, stützte sich auf die Schultern seiner Begleiter und erhob sich matt und erschöpft, als ob auf ihm, der gestern noch vor seinem Volk gestanden hatte, heute ein Menschenalter mehr lastete.

»Männer der Lenapen!« sprach er in hohlen Tönen, deren Klang eine Prophezeiung zu verkünden schien. »Manitous Gesicht ist hinter einer Wolke! Sein Auge ist von euch gewandt; seine Ohren sind verschlossen; seine Zunge gibt keine Antwort. Ihr seht ihn nicht, und doch hat euch sein Gericht getroffen. Mögen eure Herzen offen sein und eure Geister keine Lüge sprechen! Männer der Lenapen! Manitous Antlitz ist hinter einer Wolke!«

Nach dieser einfachen und doch furchtbaren Ankündigung folgte eine so tiefe und schauerliche Stille, als ob das hohe Wesen, das sie anbeteten, die Worte ohne Hilfe menschlicher Organe gesprochen hätte. Selbst der leblose Uncas schien belebt im Vergleich mit der demütigen, unterwürfigen Menge, von der er umgeben war. Jedoch der unmittelbare Eindruck verschwand allmählich wieder, und leise, murmelnde Stimmen begannen eine Art von Gesang zu Ehren der Toten. Es waren weibliche Laute, durchdringend, sanft und klagend. Die Worte hatten unter sich keine regelmäßige Folge: wenn eine aufhörte, nahm eine andere den Lobgesang oder die Trauerklage, wie immer man es nennen mochte, wieder auf und drückte ihre Empfindungen in einer Sprache aus, wie sie ihr das Gefühl und die Verhältnisse eingaben. Dazwischen wurden die Sprecherinnen von lauten und allgemeinen Ausbrüchen des Schmerzes unterbrochen, während der die Mädchen um Coras Bahre die Pflanzen und Blumen auf ihrem Körper in wilder Hast zerpflückten, als wären sie vor Gram von Sinnen. In milderen Augenblicken jedoch wurden diese Sinnbilder der Reinheit und süßer Anmut mit allen Zeichen zärtlicher Anteilnahme wieder an ihre frühere Stelle gelegt. Obgleich ihre Worte durch die vielfachen, stärkeren Ausbrüche der Empfindung unzusammenhängend erschienen, würde doch die Übertragung in unsere Sprache regelmäßig wiederkehrende Wechsel und in ihnen eine Reihenfolge von Gedanken zutage gebracht haben.

Ein Mädchen, durch ihren Rang und ihre Eigenschaften hierzu besonders auserlesen, begann mit einfachen Hinweisen auf die Verdienste des gefallenen Kriegers und schmückte ihre Ausdrucksweise mit jenen morgenländischen Bildern, die die Indianer ohne Zweifel von den äußersten Enden des anderen Kontinents mit herübergebracht haben und die an sich schon ein Glied in jener Kette bilden, die die Geschichte der beiden Welten verbindet.

Sie nannte ihn den Panther seines Stammes und schilderte ihn als einen, dessen Mokassin keine Spur im Tau zurücklasse, dessen Sprung dem des jungen Hirschkalbes gleiche, dessen Auge glänzender sei als ein Stern in finsterer Nacht und dessen Stimme in der Schlacht so laut klinge wie der Donner Manitous. Sie erinnerte ihn an die Mutter, die ihn geboren habe, und pries das Glück, das diese in Besitz eines solchen Sohnes empfunden haben müßte. Sie bat ihn, ihr zu sagen, wenn er sie in der Welt der Geister treffe, daß die Delawaren-Mädchen über dem Grab ihres Kindes Tränen vergossen und sie eine Gesegnete genannt hätten.

Ihr folgten andere, die mit noch sanfteren und innigeren Tönen mit der ihrem Geschlecht eigenen zarten Empfindsamkeit das fremde Mädchen besangen. Sie sei fast gleichzeitig mit Uncas dieser Erde entrückt worden, so daß der Wille des großen Manitou sich darin deutlich offenbare und nicht mißverstanden werden könne. Sie ermahnten ihn, freundlich gegen sie zu sein und Nachsicht mit ihr zu haben, wenn sie die Fertigkeiten nicht besitze, die ein Krieger wie er für seine Bequemlichkeit so nötig habe. Sie verweilten bei ihrer unvergleichlichen Schönheit und ihrer edlen Entschlossenheit ohne einen Gedanken von Neid, wie etwa Engel an noch höheren Wesen ihre Freude finden mögen. Sie bemerkten auch, daß diese reichen Gaben kleinere Mängel der Erziehung mehr als ersetzen würden.

Nach ihnen redeten andere, in wohlbedachter Folge, in der Sprache der Zärtlichkeit und Liebe zu dem Mädchen selbst. Sie ermunterten sie, fröhlichen Sinnes zu sein und nichts für ihr künftiges Wohlergehen zu fürchten. Ein Jäger werde ihr Gefährte sein, der auch ihre kleinsten Bedürfnisse zu befriedigen wisse; ein Krieger werde ihr zur Seite stehen, der sie gegen jegliche Gefahr zu schützen vermöge. Ihr Pfad, verhießen sie, werde angenehm und ihre Bürde leicht sein. Sie warnten sie vor vergeblicher Sehnsucht nach den Freunden ihrer Jugend, nach den Landen, wo ihre Väter geweilt hätten, mit der Versicherung, die gesegneten Jagdgefilde der Lenapen enthielten so anmutige Täler, so klare Ströme und so liebliche Blumen wie der Himmel der Bleichgesichter. Sie rieten ihr, aufmerksam auf die Bedürfnisse ihres Gefährten zu achten und nie zu vergessen, daß Manitou weise einen Unterschied zwischen ihnen gemacht hat.

Dann besangen sie, ihre Stimmen stärker erhebend, die Sinnesweise des Mohikaners. Sie nannten ihn edel, männlich, großmütig; alles vereinige er, was einem Krieger gezieme und was ein Mädchen lieben könne. Sie kleideten ihre Gedanken in die entferntesten, gesuchtesten Bilder und gaben zu verstehen, daß es ihnen in der kurzen Zeit ihres Zusammenseins gelungen sei, seine geheime Neigung mit der ihrem Geschlecht eigenen schnellen Auffassungsgabe zu entdecken. Die Mädchen der Delawaren hätten in seinen Augen keine Gnade gefunden. Er sei von einem Stamm, dessen Angehörige einst Herren der Gestade des Salzsees gewesen wären, und seine Wünsche hätten ihn zurück zu einem Volk geführt, das um die Gräber seiner Väter wohnte. Warum sollte ein solcher innerer Drang nicht ermutigt werden! Aber die Tote wäre von reinerem und reicherem Blut als andere ihrer Nation, wie jedes Auge leicht erkennen könne. Daß sie den Gefahren und Wagnissen des Lebens in den Wäldern gewachsen sei, habe ihr Verhalten gezeigt. Und jetzt habe der Weise der Erde sie an einen Ort versetzt, wo sie ebenbürtige Geister finden und für immer glücklich sein werde.

Abermals wechselten sie Ton und Gegenstand und sangen von der Jungfrau, die in der nahegelegenen Wohnung weinte. Sie verglichen sie mit den Flocken des Schnees: so rein, so weiß, so glänzend, schmelzend in der heftigen Sommerhitze, gefrierend in dem Frost des Winters. Sie zweifelten nicht daran, daß sie dem Auge des jungen Häuptlings liebenswert erscheine, schon weil er ihr in seinem Leid ähnlich wäre. Doch schienen sie sie, wenn sie dies auch nicht deutlich ausdrückten, nicht so hoch zu stellen wie das Mädchen, um das sie trauerten. Sie versagten ihr jedoch nicht den Ruhm, den ihre seltenen Reize fordern durften. Ihre Locken wurden mit den üppigen Ranken der Weinrebe, ihr Auge mit dem blauen Himmelsgewölbe verglichen, und das fleckenloseste Gewölk, vom glühenden Hauch der Sonne gerötet, war nicht so strahlend wie die Blüte ihrer Wangen.

Während dieser und ähnlicher Klagelieder hörte man nichts als das Gemurmel des Gesanges, noch gesteigert oder sogar herzzerreißend gemacht durch die gelegentlichen stärkeren Ausbrüche des Grames, die gleichsam einen Chor dazu bildeten. Die Delawaren lauschten wie von einem Zauber gefangen, und das wechselnde Spiel ihrer ausdrucksvollen Mienen zeigte, wie tief und innig ihr Mitleid war. Selbst David lieh willig sein Ohr so lieblichen Stimmen, und lange bevor der Gesang zu Ende war, merkte man an seinem Blick, wie sehr sein Inneres von den Tönen ergriffen war.

Der Kundschafter, dem allein unter den anwesenden Weißen die Worte verständlich waren, erhob sich etwas aus seiner nachdenklichen Haltung und neigte sein Haupt zur Seite, um den Sinn gut zu erfassen.

Als sie aber von den künftigen Aussichten Coras und Uncas' sangen, schüttelte er den Kopf wie einer, der die Irrtümer ihres schlichten Glaubens erkannte. Er lehnte sich wieder zurück und blieb so stehen, bis die Zeremonie zu Ende war – wenn man dieses Wort überhaupt für eine Handlung verwenden darf, die doch von so tiefem Gefühl zeugte. Heyward und Munro verstanden, zum Glück für ihre Fassung, den Sinn der eben vernommenen wilden Laute nicht.

Chingachgook allein bildete eine Ausnahme unter den übrigen so tief ergriffenen Eingeborenen. Sein Blick blieb unbewegt während des ganzen Auftritts. Selbst bei den wildesten oder feierlichsten Teilen der Wehklage zuckte kaum ein Muskel auf seinem starren Antlitz. Die kalten, leblosen Überreste seines Sohnes waren ihm alles, und jeder andere Sinn schien erstorben, während sein Auge zum letzten Mal nach den so geliebten Zügen schaute, deren Anblick ihm bald für immer entrissen werden sollte.

Jetzt trat ein Krieger, berühmt durch seine Waffentaten, besonders aber durch seine Leistungen in dem letzten Kampf, ein Mann von ernster, würdevoller Haltung, langsam aus der Menge hervor und stellte sich vor den Toten.

»Warum hast du uns verlassen, Stolz der Wapanachki?« sprach er, sich an die tauben Ohren des jungen Mohikaners wendend, als ob die leere Hülle noch die Fähigkeiten des Lebenden besäße. »Deine Zeit war die der Sonne, solange sie hinter den Bäumen ist; dein Ruhm war glänzender als ihr Licht um die Mittagszeit. Du bist dahingegangen, junger Krieger, aber Hunderte von Wyandots räumen das Brombeergesträuch von deinem Pfade in die Welt der Geister. Wer sah dich in der Schlacht und glaubte, daß du sterben könntest? Wer vor dir hat Uttawa den Weg in die Schlacht gezeigt? Deine Füße waren gleich Adlerschwingen, dein Arm schwerer als Äste, die von der Fichte fallen, und deine Stimme glich der Stimme Manitous, wenn er in den Wolken spricht. Die Zunge Uttawas ist schwach«, fügte er hinzu, indem er mit traurigem Blick um sich schaute, »und sein Herz wird ihm schwer. Stolz der Wapanachki, warum hast du uns verlassen?«

Ihm folgten der Reihe nach andere, bis die meisten der hohen und fähigen Männer der Nation sprechend oder im Gesang dem Andenken des gefallenen Häuptlings ihr Totenopfer dargebracht hatten. Als sie zu Ende waren, herrschte abermals eine tiefe Stille über der ganzen Versammlung.

Jetzt ließ sich ein leiser, tiefer Ton vernehmen, ähnlich der gedämpften Begleitung einer fernen Musik. Er war laut genug, um hörbar zu werden, blieb aber so unbestimmt, daß man nicht wußte, woher er kam, noch was er bedeutete. Er stieg höher und höher, bis er zuerst in

Der Reihe nach folgten die hohen und fähigen Männer der Nation.

lang ausgehaltenen, oft wiederholten Ausrufungen und endlich in Worten undeutlich an das Ohr der Hörer drang. Die Lippen Chingachgooks hatten sich nun so weit geöffnet, daß man erkannte, es war des Vaters Trauergesang für Uncas. Zwar wandte sich ihm kein Auge zu, und niemand zeigte nur das geringste Zeichen von Ungeduld. Doch sah man deutlich, daß die Versammelten ihre Köpfe hoben, um den Tönen mit einer Aufmerksamkeit zu lauschen, wie sie bisher nur Tamenund zuteil geworden war. Sie horchten aber vergeblich. Der Gesang wurde gerade so laut, um vernehmbar zu werden, dann immer schwächer und zitternder, bis er dem Ohr völlig entschwand, als würde er von einem flüchtigen Windhauch davongetragen. Die Lippen des Sagamoren schlossen sich, und er blieb schweigend sitzen, mit seinem starrblickenden Auge und der regungslosen Gestalt einem Wesen gleich, das der Allmächtige nur mit dem Bild, aber nicht mit dem Geist eines Menschen begabt hat. Die Delawaren, die an diesem Zeichen erkannten, daß ihr Freund noch nicht zu einer so mächtigen geistigen Anstrengung fähig sei, ließen ihre Aufmerksamkeit sinken und schienen in angeborener Zurückhaltung alle ihre Gedanken auf das Leichenbegängnis des fremden Mädchens zu richten.

Einer der älteren Häuptlinge gab den Frauen, die in der Nähe von Coras Leiche standen, ein Zeichen. Die Mädchen gehorchten dem Wink, hoben die Bahre zur Höhe ihrer Häupter und schritten dann langsam und gleichmäßig vorwärts, einen zweiten Klagegesang zum Preise der Verstorbenen anstimmend. Gamut, der ihre ihm so heidnisch dünkenden Gebräuche beobachtet hatte, beugte jetzt sein Haupt über die Schulter des fast besinnungslosen Vaters und flüsterte:

»Sie nehmen die Überreste deines Kindes auf. Wollen wir ihnen nicht folgen und auf ein christliches Begräbnis bedacht sein?«

Munro fuhr auf, als hätte die letzte Posaune in sein Ohr geklungen, und warf einen hastigen, ängstlichen Blick umher. Dann erhob er sich und folgte dem einfachen Zug mit der Miene eines Soldaten, aber mit dem ganzen Gewicht des Vaterschmerzes. Seine Freunde drängten sich um ihn mit einem Ausdruck des Kummers, der zu stark war, um nur Mitgefühl genannt zu werden. Selbst der junge Franzose schloß sich an, sichtbar ergriffen von dem frühen und traurigen Ende eines so liebenswürdigen Wesens. Als die letzten und niedrigsten Frauen des Stammes sich in den scheinbar regellosen und doch geordneten Zug eingereiht hatten, schlossen die Männer der Lenapen den Kreis um Uncas' Leiche wieder, so ernst, so würdevoll, so regungslos wie zuvor.

Die Stelle, die sie zu Coras Grab gewählt hatten, war ein kleiner Hügel, auf dem ein Kreis junger, gesunder Fichten Wurzel gefaßt hatte, deren Schatten ein schwermütiges Dunkel schuf. An dem Platz angekommen, setzten die Mädchen ihre Last nieder und warteten mit der ihnen eigenen Geduld und Schüchternheit auf irgendein Zeichen der Zustimmung von denen, deren Gefühle bei dieser Zeremonie am meisten beteiligt waren. Endlich sagte der Kundschafter, der allein mit ihren Gefühlen vertraut war, in ihrer Sprache:

»Was meine Töchter getan haben, ist gut. Die weißen Männer danken ihnen.«

Zufrieden mit diesem Lob, schickten sich die Mädchen an, die Leiche in einen einfachen, aus Birkenrinde gefertigten Sarg zu betten, und senkten sie dann in die finstere, letzte Behausung hinab. Genauso schlicht und genauso stumm verlief die Zeremonie, während der die Grube mit Erde gefüllt und danach mit Blättern, Blüten und Zweigen bedeckt wurde. Als die Arbeit dieser freundlichen Kinder der Natur, die eine so traurige Pflicht so liebevoll erfüllt hatten, vollendet war, zögerten sie, weil sie unsicher waren, wie es nun weitergehen sollte. Da wandte sich der Kundschafter noch einmal an sie:

»Meine jungen Frauen haben genug getan«, sagte er, »der Geist eines Bleichgesichts bedarf weder Speise noch Kleidung. Sie haben, was sie in dem Himmel der Weißen bedürfen. Ich sehe«, fuhr er fort und schaute zu David hinüber, der eben mit seinem Buche beschäftigt war und die Absicht verriet, einen heiligen Gesang einzuleiten, »daß einer reden will, der die christlichen Gebräuche besser kennt als ich!«

Die Mädchen, die bisher eine Hauptrolle gespielt hatten, traten nun bescheiden zur Seite, ruhige und aufmerksame Zuschauerinnen bei dem, was folgte. Während David auf die angedeutete Weise die frommen Gefühle seines Herzens ergoß, entschlüpfte ihnen kein Zeichen der Überraschung, kein Blick der Ungeduld. Sie lauschten vielmehr gleich denen, die den Sinn der fremden Worte verstanden, und es schien, als ob sie die gemischten Gefühle des Schmerzes, der Hoffnung und der Ergebung mit empfänden, die der Gesang hervorrufen sollte.

Erregt von dem Geschehen, dessen Zeuge er gewesen war, und wohl auch als Folge der Bewegung seines Innern, leistete der Singmeister Ungewöhnliches. Seine volle, reiche Stimme litt keineswegs bei dem Vergleich mit den sanften Tönen der Mädchen, und seine kunstgerechten Weisen besaßen wenigstens für die Ohren derer, an die sie sich vornehmlich wandten, den Vorteil des leichteren Verständnisses. Er endete das heilige Lied, wie er es angefangen hatte, in ernstem, feierlichem Schweigen.

Als jedoch die letzten Töne des Gesangs in den Ohren seiner Zuhörer verklungen waren, verrieten die heimlichen, zaghaften Blicke und die allgemeine, wenngleich unterdrückte Bewegung unter den Versammelten, daß man vom Vater der Verstorbenen einige Worte erwartete. Munro schien zu fühlen, daß auch für ihn die Zeit gekommen sei, die vielleicht größte Anstrengung zu machen, deren die Menschennatur fähig ist. Er entblößte sein graues Haupt und schaute fest und mit gefaßter Miene auf die ihn umgebende scheue und ruhige Volksmenge. Dann winkte er dem Kundschafter mit der Hand und sprach:

»Sagt diesen guten, liebreichen Mädchen, daß ein schwacher Greis, dessen Herz gebrochen ist, ihnen seinen Dank abstattet. Sagt ihnen, daß das Wesen, das wir alle verehren, wenn auch unter verschiedenen Namen, ihrer Liebe gedenken wird. Und sagt ihnen, daß die Zeit nicht mehr fern sein kann, wo wir alle ohne Unterschied des Geschlechts, des Ranges oder der Farbe um seinen Thron versammelt sein werden.«

Der Kundschafter hörte diese Worte, die der Veteran mit zitternder Stimme sprach, aufmerksam an und schüttelte, als er geendet hatte, langsam das Haupt, als ob er an ihrer Wirksamkeit zweifelte.

»Ihnen dies mitzuteilen«, sagte er, »hieße so viel, als wenn ich sagte, daß der Schnee nicht im Winter komme oder die Sonne am wärmsten scheine, wenn die Bäume ihr Laub verloren haben.«

Er wandte sich an die Frauen und drückte ihnen Munros Dankbarkeit in Worten aus, die ihm für die Fassungskraft seiner Zuhörerinnen angemessen schienen. Munros Haupt war wieder auf seine Brust gesunken, und er war nahe daran, sich wieder der früheren Schwermut hinzugeben, da wagte der junge Franzose, seinen Ellbogen leicht zu berühren. Sobald er die Aufmerksamkeit des trauernden alten Mannes gewonnen hatte, wies er auf einen Trupp junger Indianer, die mit einer leichten, aber dichtverschlossenen Sänfte nahten, und deutete dann aufwärts zur Sonne.

»Ich verstehe Sie, mein Herr!« versetzte Munro im Ton erzwungener Festigkeit. »Ich verstehe Sie. Es ist der Wille des Himmels, und ich unterwerfe mich. Cora, mein Kind! Wenn die Gebete eines Vaters, dessen Herz gebrochen ist, dir jetzt helfen könnten, wie selig solltest du sein! – Kommen Sie, meine Herren!« fuhr er fort, mit einem Anflug von stolzer Fassung um sich blickend, obgleich der Gram, der in seinen bleichen Zügen bebte, zu gewaltig war, um sich verbergen zu lassen. »Wir haben hier nichts mehr zu tun; laßt uns gehen!«

Heyward gehorchte gern dem Ruf, der ihn von einem Ort entfernte, wo ihn seine Selbstbeherrschung jeden Augenblick verlassen konnte. Während seine Gefährten aber die Pferde bestiegen, fand er noch Zeit, dem Kundschafter die Hand zu drücken und ihm noch einmal ihre Übereinkunft ins Gedächtnis zu rufen, sich wieder bei den Posten des britischen Heeres zu treffen. Dann schwang er sich schnell in den Sattel, spornte sein Pferd an und ritt neben die Sänfte, aus der leises unterdrücktes Schluchzen ihm die Anwesenheit Alices verriet. Auf diese Weise entfernten sich alle Weißen, an der Spitze Munro mit wieder gesenktem Haupt, danach Heyward und David in düsterem Schweigen, begleitet von dem Abgesandten Montcalms und dessen Begleiter. So entschwanden mit Ausnahme Falkenauges alle Weißen den Augen der Delawaren und waren bald in den endlosen Wäldern des Landes verschwunden.

Das Band gemeinsam erlittenen Unglücks aber, das diese einfachen Waldbewohner mit den Fremden vereinte, die nur vorübergehend unter ihnen geweilt hatten, löste sich nicht so schnell. Noch viele Jahre später verkürzte die Geschichte von dem weißen Mädchen und dem jungen Krieger den Delawaren in langen Winternächten oder auf ermüdenden Zügen die Zeit, und in den Herzen ihrer jungen Männer und tapferen Krieger wurde damit lange noch der Durst nach Rache lebendig gehalten. Auch diejenigen, die in diesen bedeutenden Erlebnissen eine weniger hervorragende Rolle gespielt hatten, wurden nicht vergessen. Durch Vermittlung des Kundschafters, der noch Jahre danach eine Art von Bindeglied zwischen ihnen und der zivilisierten Welt bildete, erfuhren sie als Antwort auf ihre Erkundigungen, daß das Graue Haupt bald zu seinen Vätern versammelt worden sei, niedergedrückt, wie sie fälschlich glaubten, durch sein Unglück im Kriege, und daß die Offene Hand seine überlebende Tochter weit weg in die Niederlassungen der Bleichgesichter geführt habe, wo ihre Tränen endlich aufgehört hätten zu fließen und dem lieblichen Lächeln gewichen wären, das ihrer heiteren Natur angemessener war. Doch diese Begebenheiten fallen in eine Zeit, die bereits außer dem Bereich unserer Erzählung liegt.

Von allen Gefährten seiner Hautfarbe verlassen, kehrte Falkenauge an den Ort zurück, wohin ihn sein Gefühl mit unwiderstehlicher Macht zog. Er kam gerade noch zur rechten Zeit, um einen Abschiedsblick auf die Züge von Uncas zu werfen, den die Delawaren bereits in seine letzten Pelzgewänder hüllten. Sie hielten eine Weile inne, um dem standhaften Waidmann einen letzten abschiednehmenden Blick zu ermöglichen. Dann wurde der Körper eingehüllt, um nie mehr aufgedeckt zu werden. Nun folgte ein zweiter feierlicher Zug, und die ganze Nation versammelte sich um das vorläufig gewählte Grab des Häuptlings – vorläufig, denn seine Gebeine sollten einst in kommenden Tagen unter denen seines eigenen Volkes ruhen.

Die Übereinstimmung der Gefühle führte zu einer Anteilnahme, von der sich niemand ausschließen wollte. Derselbe ernste Ausdruck des Grams, dasselbe strenge Schweigen, dieselbe Ehrfurcht vor den Hauptleidtragenden, die wir bereits einmal zu schildern hatten, war auch um diese Begräbnisstätte zu merken. Die Leiche wurde in ruhender Stellung niedergelassen, das Gesicht gegen die aufgehende Sonne gerichtet, neben ihm seine Kriegs- und Jagdgeräte, bereit für die letzte große Reise. In dem Sarg, durch den der Körper vor der unmittelbaren Berührung mit der Erde geschützt war, ließ man eine Öffnung, damit der Geist, falls er es wünschte, mit seiner irdischen Hülle verkehren könne. Das Ganze wurde mit der den Eingeborenen eigenen Klugheit gegen Angriffe von Raubtieren geschützt. Als man mit diesen Anordnungen fertig war, wendete aller Sinn sich wieder auf die eigentlichen Feierlichkeiten. Chingachgook wurde noch einmal der Gegenstand allgemeiner Aufmerksamkeit. Er hatte noch nicht gesprochen, und doch erwartete man bei einem so wichtigen Anlaß von einem so berühmten Häuptling etwas Tröstliches und Belehrendes zu hören. Der Krieger erriet die Wünsche des Volkes, erhob, seinen Schmerz bezwingend, das ernste Antlitz, das er zuletzt in sein Gewand verhüllt gehalten hatte, und schaute mit festem Auge um sich. Seine zusammengepreßten, ausdrucksvollen Lippen öffneten sich, und zum ersten Male während der langen Zeremonie ließ sich seine Stimme deutlich vernehmen.

»Warum trauern meine Brüder?« sprach er und schaute auf die dunklen Krieger, die mit niedergeschlagener Miene um ihn standen. »Warum weinen meine Töchter? Weil ein junger Krieger in die glücklichen Jagdgefilde eingegangen ist? Weil ein Häuptling seine Zeit mit Ehren erfüllt hat? Er war gut; er war pflichttreu; er war tapfer. Wer kann es leugnen? Manitou hatte einen solchen Krieger nötig, und er hat ihn abgerufen. Was mich betrifft, den Sohn und den Vater eines Uncas, so bin ich eine verdorrte Fichte in einer Lichtung der Bleichgesichter. Mein Geschlecht hat die Gestade des Salzsees und die Berge der Delawaren verlassen. Aber wer kann sagen, daß die Schlange seines Stammes ihre Weisheit vergessen hat? Ich bin allein – «

»Nein, nein«, rief Falkenauge, der bisher mit einem Audruck der hingebungsvollsten Teilnahme auf die strengen Züge Chingachgooks geschaut hatte und nun seine gewohnte, bisher nur mit Mühe behauptete Fassung verlor; »nein, Sagamore, nicht allein. Unsere Gaben und unsere Hautfarbe mögen verschieden sein; aber Gott hieß uns auf demselben Pfad miteinander wandeln. Ich habe keinen Verwandten und kann, gleich dir, sagen, ich habe auch kein Volk. Er war dein Sohn und eine Rothaut von Geburt; und es mag sein, daß dein Blut ihm näher ist. Aber wenn ich je den Jungen vergesse, der im Kriege so oft neben mir gefochten und im Frieden an meiner Seite geruht hat, so soll er, der uns alle erschuf, wie auch unsere Farbe oder unsere Natur sein mag – so soll er meiner vergessen! Der Junge hat uns für eine Weile verlassen; aber, Sagamore, du bist nicht allein!«

Chingachgook ergriff die Hand, die der Kundschafter ihm, von seinen Empfindungen hingerissen, über das frische Grab hinüberstreckte. Und in dieser Haltung der Freundschaft neigten die beiden standhaften, unerschrockenen Waidmänner ihre Häupter: heiße Tränen fielen auf das Grab nieder und benetzten Uncas' Ruhestätte wie Regentropfen.

Mitten in dem ehrfurchtsvollen Schweigen, mit dem ein solcher Ausbruch der Empfindung von seiten der zwei berühmtesten Krieger jener Regionen aufgenommen wurde, erhob Tamenund seine Stimme:

»Es ist genug!« rief er. »Geht, Kinder der Lenapen, der Zorn Manitous hat sich noch nicht gelegt. Warum sollte Tamenund hier noch verweilen? Die Bleichgesichter sind Herren der Erde, und die Zeit der Rothäute ist noch nicht wiedergekommen. Mein Tag ist schon zu lang gewesen. Am Morgen sah ich die Söhne des Unamis glücklich und mächtig, und jetzt, bevor die Nacht hereingebrochen ist, mußte ich den Tod des letzten Kriegers aus dem weisen Geschlecht der Mohikaner erleben!«

Einleitung zur zweiten englischen Ausgabe von 1831

Der Verfasser glaubt, in dem Text der folgenden Erzählung und den begleitenden Anmerkungen den Schauplatz genug beleuchtet, ebenso dem Leser die zum Verständnis der meisten einzelnen Anspielungen erforderliche Belehrung in hinlänglichem Maß gegeben zu haben. Aber immer noch herrscht so viel Dunkelheit in den indianischen Überlieferungen und so viel Verwirrung bei den indianischen Namen, daß einige Erläuterungen willkommen sein dürften.

Bei wenig Menschen findet man eine größere Verschiedenheit, wir möchten sagen, größere Widersprüche der Gemütsart als bei dem eingeborenen Krieger von Nordamerika. Im Krieg ist er unternehmend, prahlerisch, verschmitzt, grausam, rachsüchtig, voll Selbstverleugnung und Aufopferung; im Frieden gerecht, edelmütig, gastfreundlich, bescheiden, abergläubisch und gewöhnlich keusch. Diese Eigenschaften zeichnen zwar nicht alle in gleichem Grade aus, bilden aber so hervorstechende Züge bei diesen merkwürdigen Völkern, daß man sie charakteristisch nennen darf.

Man ist allgemein der Ansicht, daß die Ureinwohner des amerikanischen Festlandes asiatischer Abkunft seien. Viele Tatsachen sowohl im physischen wie im sittlichen Bereich bestärken diese Meinung, und nur wenige fallen in die entgegengesetzte Waagschale.

Die Hautfarbe des Indianers ist, wie der Verfasser glaubt, ihm eigentümlich; und wenn seine Backenknochen sehr auffallend das Gepräge tatarischen Ursprungs tragen, so ist dies bei den Augen nicht der gleiche Fall. Das Klima dürfte auf erstere großen Einfluß gehabt haben; aber es ist schwer einzusehen, wie es bei den letzteren einen so wesentlichen Unterschied bewirkt haben soll. Die Bildersprache des Indianers ist in Dichtung und Rede orientalisch: beschränkt, und vielleicht zu ihrem Vorteil beschränkt durch den engeren Kreis seiner praktischen Kenntnisse. Er nimmt seine Bilder von den Wolken, den Jahreszeiten, den Vögeln, den Vierfüßlern und der Pflanzenwelt. Hierin tut er vielleicht nicht mehr, als ein anderes tatkräftiges und phantasiereiches Volk auch tun würde, wenn es in dem Walten seiner Einbildungskraft durch den Kreis der Erfahrung in Schranken gehalten wird. Aber der nordamerikanische Indianer kleidet seine Gedanken in ein Gewand, das zum Beispiel von dem des Afrikaners zu sehr abweicht und in sich selbst zu viel Orientalisches hat, als daß es nicht auffallen müßte. Seine Sprache hat ferner ganz den Reichtum und die gedankenreiche Fülle der chinesischen; er sagt einen Satz mit einem einzigen Wort und bestimmt den Sinn eines ganzen Satzes durch eine Silbe: ja, er drückt verschiedene Bedeutungen durch die einfachsten Biegungen der Stimme aus.

Sprachforscher, die viel Zeit auf ihre Studien verwandt haben, behaupten, daß die vielen zahlreichen Stämme, die früher das Gebiet der Vereinigten Staaten bewohnten, eigentlich nur zwei oder drei Sprachen gesprochen hätten. Die jetzigen Schwierigkeiten im Verstehen der Völker untereinander sind nach ihrer Meinung in Sprachverderbnis und Mundarten zu suchen. Der Verfasser erinnert sich, der Zusammenkunft zweier Häuptlinge der großen Prärien westlich vom Mississippi beigewohnt zu haben, bei der ein Dolmetscher zugegen war. Die Krieger schienen im besten Einvernehmen und sprachen viel miteinander, und doch verstand nach der Versicherung des Dolmetschers keiner ein Wort von dem, was der andere sagte. Sie waren von feindlichen Stämmen, und nur der Einfluß der amerikanischen Regierung hatte sie zusammengebracht. Es ist bemerkenswert, das ein gleiches Verhalten sie beide zum gleichen Ergebnis brachte: Sie forderten sich gegenseitig zum Beistand auf, falls die Umstände des Krieges die eine oder die andere Partei in die Hände ihrer Feinde brächte. – Welche Bewandtnis es nun auch mit dem Ursprung und der Eigenart der indianischen Sprachen haben mag, eine Verschiedenheit in einzelnen Wörtern liegt außer allem Zweifel und hat damit alle Nachteile von fremden Sprachen; daher die Schwierigkeit, die Geschichte zu studieren und die Unzuverlässigkeit ihrer Überlieferungen.

Gleich Völkern, die höhere Ansprüche machen dürfen, erzählt auch der amerikanische Indianer die Geschichte seines Stammes oder Geschlechts ganz anders als andere Völker. Er überschätzt gerne seine eigenen Vorzüge und bewertet diejenigen seines Nebenbuhlers oder Feindes geringer; ein Zug, der vielleicht die mosaische Schöpfungsgeschichte bekräftigen dürfte.

Die Weißen haben durch ihre Verstümmelung der Namen viel dazu beigetragen, die Überlieferungen der Ureinwohner noch mehr zu verdunkeln. So wechselte bei ihnen der Name im Titel dieses Buches bald in Mahicanni, bald in Mohegans oder Mohicans; die letzte Form ist bei den Weißen die übliche. Wenn man sich erinnern will, daß die Stämme des Landes, welches der Schauplatz der folgenden Erzählung ist, im Mund der Holländer (die sich zuerst in New York ansiedelten), der

Engländer und Franzosen stets anders klangen und daß sogar die Indianer nicht allein ihren Feinden, sondern auch sich selbst häufig verschiedene Namen gaben, so ist die Verwirrung leicht erklärt.

In den folgenden Blättern werden die Namen Lenni-Lenapen, Lenopen, Delawaren, Wapanachki und Mohikaner von einem und demselben Volke oder von Stämmen desselben Volkes gebraucht. Die Mengwe, die Maquas, die Mingos und die Irokesen sind durchaus nicht identisch, werden aber von den Sprechern häufig gleichgesetzt, da sie politisch miteinander verbunden und Feinde der vorgenannten Völkerschaften waren. Mingo war ein besonders kräftiges Schimpfwort, ungleich heftiger als Mengwe und Maqua. Oneida ist der Name eines besonderen und mächtigen Stammes aus diesem Bund.

Die Mohikaner waren Herren jenes Landstrichs, der in diesem Teil des Kontinents von den Europäern zuerst in Besitz genommen wurde. Sie wurden daher auch zuerst vertrieben, und das anscheinend unvermeidliche Los aller dieser Völker, die dem Fortschritt oder vielmehr den Übergriffen der Zivilisation bis zum Verschwinden weichen mußten wie das Grün ihrer Heimatwälder dem schneidenden Frost – dieses Los haben wir als bereits erfüllt betrachtet. Es bleibt historische Wahrheit genug in dem Gemälde, um diese Freiheit zu rechtfertigen. Am Schluß dieser Einleitung ist es an der Stelle, über einen wichtigen Charakter dieser Geschichte, der auch in zwei[1] anderen Erzählungen desselben Verfassers eine bedeutende Rolle spielt, noch einige Worte zu sagen. Einen Kundschafter zu schildern in den Kriegen, die England und Frankreich um den Besitz des amerikanischen Festlandes führten; einen Jäger in jenen Zeiten größter Aktivität, die dem Frieden vom Jahr 1783 unmittelbar folgten; endlich einen einsamen Wanderer durch die Prärien, nachdem die Politik der Freistaaten jene endlosen Öden dem Unternehmungsgeist ihrer halbzivilisierten Abenteurer geöffnet hatte, die zwischen Gesittung und Barbarei die Mitte hielten – ein solches Individuum zu schildern, heißt mit Hilfe der Dichtung einen Zeugen für die Wahrheit jener wunderbaren Umwandlung ausstellen, die die Fortschritte der amerikanischen Nation bis zu einer vorher nie gekannten Höhe bezeichnen – Fortschritte, für welche Hunderte von Lebenden dasselbe Zeugnis ablegen könnten. In diesem Punkt hat unsere Dichtung nicht das Verdienst einer Erfindung.

Über den fraglichen Charakter hat der Verfasser weiter nichts zu sagen, als daß er einen Mann von natürlicher Gutmütigkeit zeichnen wollte, der den Versuchungen des zivilisierten Lebens entrückt, den-

1 Jetzt in dreien – in chronologischer Folge dem »Pfadfinder«, den »Ansiedlern« und der »Prärie«. (Anm. d. Übersetzers, 1841)

noch ihre Vorurteile und Lehren nicht ganz vergessen hat: einen Mann, der auf die Sitten und Gewohnheiten in der Natur angewiesen, durch dieses Band mehr gewinnt als verliert und die Schwächen wie die Vorzüge seiner Lage wie auch seiner Geburt deutlich macht. Der Verfasser wäre vielleicht der Wirklichkeit näher geblieben, wenn er ihn sittlich weniger hochgestellt hätte; aber das Gemälde hätte an Interesse verloren, und die Aufgabe des Romanschreibers ist, dem Ideal der Poesie möglichst nahe zu kommen. Nach diesem Bekenntnis braucht er kaum noch hinzuzusetzen, daß bei der Auffassung und Ausstattung dieser selbstgeschaffenen Persönlichkeit kein lebendes Vorbild zugrunde lag. Der Verfasser glaubte, der Wahrheit genug gegeben zu haben, indem er die Sprache und den Charakter beibehielt, derer die Rolle bedurfte.

Was die Örtlichkeit anbelangt, hat sich der Schauplatz der folgenden Erzählung, seitdem die angedeuteten historischen Ereignisse stattgefunden haben, so wenig verändert wie nur irgendein Distrikt von gleichem Umfang in dem ganzen Gebiet der Vereinigten Staaten. Moderne, gut eingerichtete Badeanstalten finden sich jetzt an der Quelle, wo Falkenauge haltmachte und trank; Straßen durchschneiden die Wälder, wo er und seine Freunde pfadlos wandern mußten. Glens ist ein großes Dorf, und während William Henry und selbst eine Festung aus späterer Zeit nur noch in Ruinen erkennbar sind, steht eine andere Ortschaft an den Ufern des Horican. Außer diesen Veränderungen hat der Unternehmungsgeist und die Schöpfungskraft des Volkes, das anderswo Wunder getan hat, wenig vollbracht. Die ganze Wildnis, in der sich die letzten Ereignisse unserer Geschichte zugetragen haben, ist beinahe immer noch Wildnis, obgleich die Rothäute ganz aus ihr gewichen sind. Von allen hier genannten Stämmen sind dort nur noch wenige halbzivilisierte Oneidas auf dem ihnen in New York vorbehaltenen Landstrich anzutreffen. Die übrigen haben entweder die Gebiete ihrer Väter verlassen oder sind ganz von der Erde verschwunden.

Nachwort

Daß die Lebenskraft der literarischen Spezies der Indianerromane und -erzählungen, die mit François René Chateaubriands »Atala« 1801 ihre Geburt feierte, bis heute ungebrochen ist, verdankt sie einer Reihe fast schon klassisch zu nennender Schöpfungen wie James Fenimore Coopers »Lederstrumpf-Erzählungen«, Charles Sealsfields »Tokeah«, Gabriel Ferrys »Waldläufer«, Thomas Mayne Reids »Skalpjägern« und Karl Mays »Winnetou«. Eigenartigerweise waren diese vermeintlichen Klassiker der Jugendliteratur durch die Bank von ihren Verfassern nicht für die Jugend geschrieben worden. Pfiffige Verleger hatten aber schon früh erkannt, daß sich diese Werke bestens als Lektüre für die heranwachsenden Leser eigneten, und waren darangegangen, Bearbeitungen für die Jugend anfertigen zu lassen, die von der ursprünglichen Fassung oft nicht mehr als das Gerippe der Handlung übrigließen. Naturschilderungen und Reflexionen fielen dem Stift der Bearbeiter ebenso zum Opfer wie Figuren, die nicht in das von den Bearbeitern häufig angestrebte Schwarz-Weiß-Klischee paßten, oder zeitkritische Anspielungen und anspruchsvollere Dialoge. Kurioserweise wurden viele Werke durch die Bearbeitung zu »Jugendklassikern«, verloren dadurch aber im allgemeinen Bewußtsein ihren Stellenwert als Klassiker der Weltliteratur. Hinzu kam, daß die federführenden Exponenten der Literaturgeschichte etwa seit den neunziger Jahren des vorigen Jahrhunderts das Stoffgebiet »Indianer« automatisch der Jugend- oder gar der Trivialliteratur zuordnen, allein schon deshalb, weil im deutschsprachigen Raum spannende Literatur nicht wertvoll sein kann, gute Erzähler Gefahr laufen, der Anbiederung an den Publikumsgeschmack bezichtigt zu werden – und daß die meisten Literaturinquisitoren wenig Ahnung von den ethnologischen und historischen Hintergründen haben.

Eines der klassischen Werke der Indianerliteratur ist James Fenimore Coopers »Der Letzte der Mohikaner«, die zweite der fünf »Lederstrumpf-Erzählungen«, nach der Chronologie der Handlung ebenso wie nach der Reihenfolge des Entstehens. Ihr Schöpfer kam am 15. September 1789 in Burlington, New Jersey, zur Welt. Sein Vater übersiedelte nach der Revolution mit seiner vielköpfigen Familie in den Staat New York, wo er am südöstlichen Ufer des Otsego-Sees in den Besitz größerer Ländereien gekommen war. Dort gründete er das Städtchen Cooperstown, das heute noch existiert. In diese entlegene Ecke der damals noch relativ kleinen Vereinigten Staaten hatten sich, durch die Wirren der Zeit bedingt, nicht nur ein früherer Gouverneur von Martinique und ein ehemaliger Hauptmann der britischen Armee zurückgezogen, die dort ihr Leben als Händler fristeten; auch der berühmt-berüchtigte französische Staatsmann und Diplomat Talleyrand wohnte einige Monate als Gast beim alten Cooper. Eine der Schwestern des jungen James Fenimore stach ihm so in die Augen, daß er ihr glühende Liebesbriefe schrieb, die in der Familie natürlich aufbewahrt wurden.

James Fenimore ging in Albany zur Schule und besuchte dann das Yale College, das er aber nach drei Jahren verlassen mußte, weil er an einem die allgemeine Ruhe störenden Trinkgelage teilgenommen hatte. Er wechselte daraufhin zur amerikanischen Marine, wurde Midshipman und lernte auf diese Weise die Hafenstädte Amerikas und Europas kennen. Als 1808 ein Krieg mit England drohte, wurde Cooper mit einer Reihe anderer Seeleute nach Oswego beordert, um dort am Bau eines Kanonenbootes mitzuwirken. Erinnerungen aus jener Zeit fanden ihren Niederschlag in der »Lederstrumpf«-Geschichte »Der Pfadfinder«.

Im Jahr 1811 quittierte er den Dienst bei der Marine, weil er heiratete. Seine Frau, eine geborene DeLancey, entstammte einer Hugenottenfamilie, die im amerikanischen Revolutionskrieg auf der Seite Englands gestanden hatte. Aus dieser Konstellation resultiert die für viele amerikanische Leser seinerzeit befremdliche Tatsache, daß Cooper die Engländer in seinen Werken meist mit Samthandschuhen anfaßte, obgleich sie für die Öffentlichkeit als Erzfeinde galten.

In den darauffolgenden Jahren lebte Cooper mit seiner Frau zuerst als Landwirt in der Gegend von Cooperstown, dann in Searsdale, wo seine Schwiegereltern wohnten. Schriftsteller wurde er – wie viele große Abenteuerschriftsteller – durch Zufall: Als er seiner Frau einen Roman vorlas, meinte er, das könne er wohl besser schreiben. Seine Frau nahm ihn beim Wort – und Cooper setzte sich hin und verfaßte einen zweibändigen Roman mit dem Titel »Precaution« (»Vorsicht«). Er erschien 1820 anonym in New York – in sehr schlechter Ausstattung, denn amerikanische Autoren hatten es in der englisch beherrschten Literaturszene Nordamerikas bei den Verlagen sehr schwer. Da die Handlung aber in England spielte, hielt man ihn dort für einen Engländer und druckte ihn nach, so daß das Werk einen leidlichen Erfolg hatte.

Die Freunde des Landwirts und nunmehrigen Schriftstellers ermunterten ihn weiterzumachen und als nächstes ein Thema aus Amerika zu behandeln, am besten aus dem Unabhängigkeitskrieg. Aus dieser Zeit lebten noch viele Veteranen. Einer von ihnen, der in Coopers Nachbarschaft wohnte, erzählte ihm von den Abenteuern eines Spions – und lieferte damit seinem aufmerksamen Zuhörer den Stoff für dessen nächstes Werk, das den Titel »The Spy« (»Der Spion«) trug. Zwar wollte Cooper auf halber Strecke die Flinte ins Korn werfen, aber der Druck seiner Freunde war so stark, daß er doch weitermachte. Innerhalb kürzester Zeit erschienen drei Auflagen; die Kritik pries das Werk als bedeutendsten in Amerika verfaßten Roman. Es dauerte nicht lange, da erschien es auch in England sowie in deutscher und französischer Übersetzung.

Die Schriftstellerei erwies sich nun als akzeptable Lebensgrundlage für Cooper. In den nächsten zehn Jahren verfaßte er elf Werke, darunter drei Lederstrumpf-Erzählungen. Als erste erschien 1823 »The Pioneers« (»Die Ansiedler«), worin der Lederstrumpf Natty Bumppo als alter, menschenscheuer Mann geschildert wird, »dem das Vordringen der Zivilisation ein Dorn im Auge ist und der glaubt, die Luft einer Stadt oder eines Dorfes würde ihn ersticken«, wie Karl Knortz es in seiner »Amerikanischen Literaturgeschichte« ausdrückte. Der Delaware Chingachgook ist ein von der Zivilisation und dem Alkohol aus der Bahn geworfener Indianer.

Auf Grund der Eindrücke, die Cooper 1825 auf einer zusammen mit Freunden unternommenen Reise nach dem Lake George und dem Lake Champlain gewonnen hatte, entschloß er sich – von seinen Freunden dazu ermuntert –, eine Erzählung zu schreiben, die in dieser romantischen und geschichtsträchtigen Gegend spielte. Kaum war er zu Hause, begann er zu schreiben und stellte sein neues Werk in knapp vier Monaten fertig. Im Februar 1826 erschien »The Last of the Mohicans« (»Der Letzte der Mohikaner«). Natty Bumppo und sein Freund Chingachgook sind darin voll jugendlichem Elan, ganz anders als in den »Ansiedlern«.

»Der Letzte der Mohikaner« wurde ein Welterfolg. Noch im selben Jahr erschienen gleich drei deutsche Übersetzungen. Nicht nur in England verglich man Cooper mit Walter Scott. Auch das »Literarische Conversations-Blatt« vom 28. Dezember 1826 stellt in seiner Rezension des »Mohikaners« Cooper auf eine Stufe mit Washington Irving und Walter Scott, »nur ist Scott mehr noch der Mann des Volkes und um vieles fruchtbarer und schreibseliger als der Amerikaner, der nach eigenem Ausdruck und Geständnis größtenteils ›to please himself‹ schreibt …« Und weiter: »Freilig wird er so noch weniger reich im

Produzieren sein als Scott; aber er wird länger produktiv bleiben, und seine Werke werden im Fortschritt der Zeit mehr Jugendfrische und Neuheit bewahren. Für den deutschen Leser hat schon der Schauplatz seiner Romane ein gewisses Interesse. Amerika ist auch der Schauplatz seines neuesten Romans, Der Letzte der Mohikaner. Seine Einbildungskraft findet hier das reichste Feld für die Schilderung der eigentümlichen Reize des Landes, die er sorgfältig studiert zu haben scheint, für die Darstellung von Charakteren nordamerikanischer Wilder und ihrer Sitten und für die Folge von Szenen, die den Leser in steter Spannung halten.«

Zu den prominentesten Lesern von Coopers Romanen zählte Johann Wolfgang von Goethe, der sich gemäß seinen Tagebucheintragungen am 15. und 16. Oktober 1826 mit dem »Letzten der Mohikaner« befaßt hat, nachdem er zwischen 30. September und 2. Oktober »Die Ansiedler« gelesen hatte. Im selben Monat Oktober verschlang der Dichterfürst den »Spion«, wozu sich am 4. November noch »Der Lotse« gesellte. Im Juni 1827 widmete er sich vier Tage lang der »Prärie«, und im Januar 1828 dem »Roten Freibeuter«. Sicherlich ist es auch auf die Lektüre Coopers zurückzuführen, wenn er 1827 eine Xenie »Den vereinigten Staaten« widmete:

Amerika, Du hast es besser
Als unser Kontinent, der alte,
Hast keine verfallenen Schlösser
Und keine Basalte.

Coopers Romane ernteten jedoch nicht nur Lob, es gab auch zahlreiche kritische Stimmen. So warf man ihm vor, die Indianer, vor allem Chingachgook und Uncas, zu sehr idealisiert zu haben, wenngleich sie – gemessen an den Indianern in Chateaubriands Romanen – geradezu realistisch anmuten.

Cooper, der selbst wohl wenig Kontakt mit »wilden« Indianern hatte und sein Wissen über die Indianer vornehmlich aus Berichten und Erzählungen von Grenzern sowie aus den Aufzeichnungen des berühmten Missionars Heckewelder bezog, nimmt sich natürlich die dichterische Freiheit, Idealgestalten zu schaffen. Es gelingt ihm jedoch, seinen indianischen Hauptthelden ein hohes Maß an Glaubwürdigkeit zu verleihen. Chingachgook wird von Cooper als »schöner Indianer« beschrieben, »der von den jungen Weibern seines Stammes sehr geachtet und bewundert wird, nicht allein wegen seiner Familie, sondern auch um seiner selbst willen«. Die Erläuterung seines Namens legt der Dichter Falkenauge Natty Bumppo in den Mund: »Große Schlange! Er wird seiner Klugheit und Schlauheit wegen so genannt; sein wirklicher Name ist Uncas und alle Männer seiner Familie heißen Uncas, bis sie sich durch ihre Taten einen anderen Namen erworben haben.«

»Uncas« bedeutet soviel wie »Häuptling« und ist genaugenommen nur ein Titel. Auch Chingachgooks Sohn, der »letzte Mohikaner«, trägt den Namen Uncas – und wurde deshalb häufig mit dem historischen Mohegan-Häuptling Uncas verwechselt. Abgesehen davon, daß der Coopersche Uncas keinerlei Ähnlichkeit mit dem historischen Uncas aufweist – einem Verräter und Kollaborateur schlimmster Sorte – und daß die Handlung des »Letzten der Mohikaner« in einem anderen Jahrhundert spielt, haben auch die Mohikaner nichts mit den Mohegan zu tun. Die Mohikaner lebten am mittleren Hudson River im Staat New York, die Mohegan dagegen in Connecticut. Cooper erhöht die Verwirrung noch dadurch, daß er die Delawaren mit den Mohikanern gleichsetzt, so daß der »Letzte der Mohikaner« kurioserweise der Sohn eines Delawaren ist. Delawaren und Mohikaner sind zwar beide Stämme, die zur Algonkin-Sprachfamilie gehören, ihre Sprachen sind jedoch so verschieden, daß sie als gegenseitiges Verständigungsmittel nicht dienen können.

Die Handlung des »Letzten der Mohikaner« spielt 1757 im »French and Indian War« und gipfelt in der Kapitulation von Fort William Henry am Südufer des Lake George. Gegenspieler Natty Bumppos und seiner beiden indianischen Freunde ist der Hurone Magua, den Cooper als Inbegriff aller schlechten Eigenschaften darstellt, gleichsam als negativen »idealen Wilden«.

Mit dem ungeheuren Erfolg des »Letzten der Mohikaner« hatte Cooper den Zenit seiner Popularität erreicht. Er galt als *der* amerikanische Romanautor und trug erheblich zum literarischen Selbstbewußtsein des jungen Staatenbundes bei. Als Honorarkonsul reiste er 1826 mit seiner Familie nach Europa, wo er sich insgesamt sieben Jahre aufhielt. Er besuchte Deutschland, Italien, Belgien, Holland, Frankreich und England. Letzteres schätzte er immer weniger, da es den Abfall seiner nordamerikanischen Kolonien südlich von Kanada nicht verwinden konnte und die USA als Hort der Lüge, des Betruges und anderer Laster bezeichnete. Er nahm gegen England mehrmals so entschieden Stellung – etwa im Roman »Conanchet oder die Beweinte von Wish-ton-wish« gegen die bigotten englischen Missionare –, daß sich dies im Verkauf seiner Werke in England deutlich niederschlug. Cooper war allerdings zeit seines Lebens kein Freund von Kompromissen; ihm lag nichts daran, beliebt zu sein. Karl Knortz schrieb in seiner »Amerikanischen Literaturgeschichte« dazu: »Cooper hatte in seinem persönlichen Auftreten wenig Sympathisches; er war unerträglich stolz und anmaßend und predigte in mehreren Werken die Notwendigkeit des sozialen Klassenunterschieds.« Trotz allem war er aber ein Republikaner durch und durch. In Paris unterstützte er die polnische Revolution durch Geld.

Sein Aufenthalt in Europa und seine Begegnung mit der abendländischen Kultur und Kunst prägten ihn so stark, daß er sich nach seiner Rückkehr in die USA voller Abscheu von der Geldgier und Spekulationswut seiner Landsleute abwandte. Er empfand, daß sich in den sieben Jahren seiner Abwesenheit vieles geändert habe. Die gesellschaftlichen Kreise seiner Heimat sahen dies jedoch umgekehrt und wandten sich von ihm ab, weil sie die moralischen Maßstäbe, die er anlegte, als überkommen und unbequem empfanden. Voller Entrüstung verfaßte er 1834 »A Letter to his Countrymen«, trat damit aber in sämtliche Fettnäpfchen und machte sich bei seinen gegenüber Kritik sehr dünnhäutigen Landsleuten so unbeliebt, daß es bei diesen von da an als schick galt, auf Cooper zu schimpfen. Dieser ließ sich natürlich nichts gefallen und zog notfalls gegen seine »Feinde« vor Gericht, was noch mehr Öl ins Feuer goß. Darin war Cooper mit Karl May zu vergleichen. Zudem versuchte er, seine Gegner mittels der literarischen Waffe der Satire anzugreifen, doch erwies sich seine schriftstellerische Begabung dafür als nicht geeignet. Allerdings gelang es ihm in einigen Romanen, der amerikanischen Gesellschaft in all ihrer Hohlheit einen Spiegel vorzuhalten, was wiederum seine Beliebtheit in Europa steigerte. Seine Gegner verhielten sich erwartungsgemäß genauso uneinsichtig und primitiv, wie es seiner Gesellschaftskritik entsprach. So bezeichnete er die Puritaner der Neuenglandstaaten als die Großinquisitoren des Privatlebens – eine Vorahnung der 150 Jahre später grassierenden Political Correctness. Die meisten Prozesse endeten mit Siegen Coopers, meist über Journalisten, die es einerseits als ganz normal ansahen, jemanden zu verunglimpfen, die andererseits aber sofort aufheulten, daß die Freiheit der amerikanischen Presse gefährdet sei, wenn Cooper sich erfolgreich wehrte.

Im Jahr nach dem Erscheinen des »Letzten der Mohikaner« hatte Cooper eine Fortsetzung zu den »Ansiedlern« verfaßt, die den Titel »Die Prärie« trug. Natty Bumppo war voller Abscheu gegenüber der Zivilisation nach Westen gezogen, in die Jagdgründe der Sioux und Pawnee, um dort seine alten Tage zu verbringen. 1840 folgte eine weitere Lederstrumpf-Erzählung, »Der Pfadfinder«, der wieder zur Zeit der Kriege zwischen England und Frankreich im Gebiet der großen Seen spielt. Im Jahr darauf schloß Cooper sein Meisterwerk mit dem »Wildtöter« ab, von der Handlungszeit her der früheste Teil der Lederstrumpf-Erzählungen. Damit war sein Hauptwerk abgeschlossen, »die ungezähltemal aufgelegte, in alle lebenden Sprachen übersetzte, hundertfältig bearbeitete und nachgeahmte ›Lederstrumpf‹-Pentalogie, ein dem Zufall mehr als ernster künstlerischer Absicht entsprungenes Produkt«, wie Friedrich von Gagern, der Verfasser des »Grenzerbuchs«, schrieb. Aus den zahllosen lobenden Äußerungen anderer Schriftsteller und Dichter sei Honoré de Balzac herausgegriffen, der zu Coopers Meisterwerk feststellte: »Seine Naturschilderungen sind unübertrefflich. Niemals ist die Kunst, in Worten zu malen, der Malerei mit dem Pinsel so nahegekommen. Die Lederstrumpfgeschichten sind eine Schule für literarische Landschaftsmaler.«

Die Fehde mit seinen Landsleuten hatte er 1839 mit einem Werk über die Geschichte der US Navy fortgesetzt. Wieder war Cooper um Sachlichkeit und Objektivität bemüht, was sich dahingehend auswirkte, daß amerikanische und englische Rezensenten und Historiker nun gemeinsam über ihn herfielen, weil sie von den ungeschminkt wiedergegebenen Fakten nicht sonderlich begeistert waren. Das Werk war aber trotzdem erfolgreich und erlebte mehrere Auflagen, in ergänzter Form auch noch nach Coopers Tod.

Unter den Werken, die er neben seinen Pressefehden verfaßte, befanden sich neben seinen Lederstrumpf-Erzählungen drei weitere Indianerromane: »Wyandotté« (1843), die »Ravensnest«-Trilogie (1845/46) und »Der Bienenjäger« (1848). Coopers früheste Indianererzählung »O-i-che. A Tale of the Mohawk« wurde 1822 verfaßt, erschien aber erst am 17. Mai 1843 in der Zeitschrift »Home Weekly«. Sie wurde bisher nicht ins Deutsche übersetzt.

Eine zweite Seite seines Schaffens auf dem Gebiet der Abenteuerliteratur, das seine Lebensfähigkeit durch zahlreiche Ausgaben bis in die Gegenwart bewiesen hat, sind die Seeromane, von denen »Der Rote Freibeuter« am bekanntesten wurde.

Die Lederstrumpf-Erzählungen sind jedoch unbestritten das beste und reifste Werk Coopers. Er selbst sagte darüber, daß sie ihn überleben werden. Wie viele andere Abenteuerschriftsteller nach ihm versuchte auch er gegen Ende seines Lebens, den Lorbeer des Dramatikers zu erringen. Doch sein 1850 verfaßtes Schauspiel »Uprise down, or Philosophy in Pettycoats« versank nach drei Aufführungen in New York in Vergessenheit, ohne jemals gedruckt worden zu sein.

Cooper starb am 14. September 1851 in Cooperstown. Vier Monate später folgte ihm seine Frau. Sie sind beide auf dem Friedhof der Christ Church von Cooperstown bestattet.

Siegfried Augustin

Bibliographie (Auswahl)

1821 »Der Spion. Eine Erzählung aus dem Niemandsland«. Originaltitel: »The Spy. A Tale of the Neutral Ground«. Deutsche Übersetzung 1824.

1823 »Die Ansiedler oder die Quellen des Susquehanna«. Ein Zeitgemälde. (4. Band der Lederstrumpf-Romane). Originaltitel: »The Pioneers; or, The Sources of the Susquehanna«. Deutsche Übersetzung 1824.

1826 »Der letzte Mohikaner. Ein Bericht über das Jahr 1757«. (2. Band der Lederstrumpf-Romane). Originaltitel: »The Last of the Mohicans. A Narrative of 1757«. Deutsche Übersetzung 1826.

1827 »Die Prärie«. (5. Band der Lederstrumpf-Romane). Originaltitel: »The Prairie«. Deutsche Übersetzung 1828.

1831 »Der Bravo. Eine venezianische Geschichte«. Originaltitel: »The Bravo. A Venetian Story«. Deutsche Übersetzung 1832.

1840 »Der Pfadfinder oder Das Binnenmeer« (3. Band der Lederstrumpf-Romane). Originaltitel: »The Pathfinder; or, The Inland Sea«. Deutsche Übersetzung 1841.

1841 »Der Wildtöter oder Der erste Kriegspfad«. (1. Band der Lederstrumpf-Romane). Originaltitel: »The Deerslayer, or the first Warpath«. Deutsche Übersetzung 1841.

1845/46 »Die Familienpapiere der Littlepage«. Originaltitel: »The Littlepage Manuscripts«. Romantrilogie, bestehend aus den Bänden »Satanstoe«, »The Chainleader« und »The Redskins«. In deutscher Übersetzung »Satanszehe oder Die Familie von Littlepage« (1846), »Der Kettenträger oder Die Familie der Littlepage« (1846) und »Ravensnest oder Die Rothäute« (1846).

Editorische Hinweise

Titel der 1826 erschienenen amerikanischen Ausgabe »The Last of the Mohicans. A Narrative of 1757«. Unserem Text liegt die ungekürzte Übersetzung von Leonhard Tafel »Der letzte Mohikaner« zugrunde, die als Band 1 der »Amerikanischen Romane« 1841 in Stuttgart erschien. Für die Bearbeitung wurden neben der amerikanischen Originalausgabe auch eine frühere Übersetzung von Heinrich Döring, 1826 bei Sauerländer in Frankfurt am Main, hinzugezogen.

Den amerikanischen Ausgaben von 1826 und 1831 wurden unterschiedliche Einführungen des Autors vorangestellt. Unsere Ausgabe bringt die »New Introduction« von 1831 am Ende dieses Bandes.

Die Anmerkungen im Text stammen, wenn nicht anders bezeichnet, vom Autor.

Die Illustration zum Einband von C. Offterdinger wurde der Ausgabe »Lederstrumpf. Fünf Erzählungen nach J.F. Cooper« in der Bearbeitung von Oskar Höcker, Verlag Wilhelm Effenberger, Stuttgart und Leipzig, entnommen.

Die Textillustrationen von Elviro Michael Andriolli stammen aus »Der Letzte der Mohikaner«, bearbeitet von A. Helms, bei Ferdinand Hirt & Sohn, Leipzig 1888. Sie erschienen erstmals in der französischen Ausgabe von 1884 bei Firmin-Didot in Paris.

Inhaltsübersicht

1998 Edition Erdmann in
K. Thienemanns Verlag in Stuttgart – Wien – Bern

Lizenzausgabe mit freundlicher Genehmigung des
VS Verlagshaus Stuttgart GmbH

Satz und Reproduktion: Typomedia Satztechnik GmbH, Scharnhausen
Druck und Bindung: Franz Spiegel Buch GmbH, Ulm

ISBN 3-522-66100-1